Lázaro

Lars Kepler

Lázaro

TRADUÇÃO
Renato Marques

Copyright © 2018 by Lars Kepler

Grafia atualizada segundo o Acordo Ortográfico da Língua Portuguesa de 1990, que entrou em vigor no Brasil em 2009.

Título original
Lazarus

Capa
Estúdio Nono

Foto de capa
milosz_g/ Adobe Stock

Preparação
Jana Bianchi

Revisão
Ana Maria Barbosa
Jane Pessoa

Dados Internacionais de Catalogação na Publicação (CIP)
(Câmara Brasileira do Livro, SP, Brasil)

Kepler, Lars
  Lázaro / Lars Kepler ; tradução Renato Marques. —
1ª ed. — Rio de Janeiro : Alfaguara, 2022.

  Título original: Lazarus
  ISBN 978-85-5652-138-5

  1. Literatura 2. Ficção policial e de mistério (Literatura sueca) I. Título. II. Série.

22-99991   CDD-839.737

Índice para catálogo sistemático:
1. Ficção policial e de mistério : Literatura sueca   839.737
Cibele Maria Dias – Bibliotecária – CRB-8/9427

[2022]
Todos os direitos desta edição reservados à
EDITORA SCHWARCZ S.A.
Praça Floriano, 19, sala 3001 — Cinelândia
20031-050 — Rio de Janeiro — RJ
Telefone: (21) 3993-7510
www.companhiadasletras.com.br
www.blogdacompanhia.com.br
facebook.com/editora.alfaguara
instagram.com/editora_alfaguara
twitter.com/alfaguara_br

Lázaro

Prólogo

A luz do céu branco revela o mundo em toda a sua crueldade, a mesma imagem que Lázaro deve ter visto ao sair do túmulo.

O piso de metal corrugado vibra sob os pés do padre. Com uma das mãos ele se agarra à balaustrada enquanto, ao mesmo tempo, tenta usar a bengala para lidar com o balanço da balsa.

O mar cinza se move sonolento, feito uma lona tremulando ao sabor da brisa.

Dois cabos de aço estendidos entre uma ilha e outra puxam a balsa adiante. Eles sobem da água pingando na frente da embarcação e afundam de novo atrás dela.

O balseiro freia, ondas espumantes se erguem e a prancha para o cais de concreto é estendida com um estrondo.

O padre dá um ligeiro tropeço quando a proa bate nas defensas de atracação com um solavanco que ecoa de uma ponta à outra do casco.

Ele está aqui para visitar o sacristão aposentado Erland Lind, que não atende ao telefone e há tempos não aparece para o culto adventista na igreja de Länna, como costuma fazer.

Erland mora no chalé de serviço, atrás da capela de Högmarsö, que pertence à paróquia. Sofre de demência, mas ainda recebe um salário para cortar a grama, desbastar os caminhos e jogar sal nas ruas cobertas de neve quando esfria.

O padre caminha ao longo da sinuosa trilha de cascalho, o rosto entorpecido pelo ar gélido. Não há ninguém à vista, mas pouco antes de chegar à capela ele ouve o guincho estridente de um torno mecânico que vem da doca seca no estaleiro.

Não consegue mais se lembrar da citação bíblica que tuitou naquela manhã e que estava pensando em repetir para Erland.

Contrastando com o pano de fundo formado pelas planas terras aráveis e pelo trecho de floresta, a capela branca quase parece feita de neve.

Como o local de culto permanece fechado no inverno, o padre caminha direto para o chalé de serviço; bate com a ponta da bengala na porta, espera um pouco e depois entra.

— Erland?

Ninguém em casa. O padre bate os pés com força para limpar as solas dos sapatos e olha em volta. A cozinha está uma bagunça. Ele pega o saco de pãezinhos de canela e o deixa sobre a mesa, ao lado de uma bandeja de alumínio com as sobras endurecidas e rachadas de um purê de batatas, molho seco e duas almôndegas cinzentas de mofo.

O torno mecânico à beira-mar silencia.

O padre sai, tenta abrir a porta da capela e em seguida vai espiar a garagem, que está destrancada.

Há uma pá enlameada caída no chão e um balde de plástico preto atulhado de ratoeiras enferrujadas.

Ele usa a bengala para erguer o plástico que cobre o soprador de neve, mas se detém ao ouvir um gemido distante.

Sai de novo e caminha até as ruínas do antigo crematório, na borda da floresta. Em meio ao mato alto, é possível ver o forno e a base enegrecida de fuligem da chaminé.

O padre contorna uma pilha de paletes de madeira e não consegue deixar de olhar por cima do ombro.

Está com uma sensação sinistra desde que embarcou na balsa.

Hoje a luz não oferece conforto algum.

O som bizarro ressoa outra vez, mais perto, como um bezerro trancafiado numa caixa de metal.

Ele estaca e fica imóvel, sem fazer um ruído sequer.

O silêncio perdura enquanto a respiração do padre sai em lufadas de vapor.

Atrás da pilha de compostagem, o solo está enlameado e pisoteado. Há um saco de adubo encostado em uma árvore.

O padre começa a caminhar em direção à leira de compostagem, mas se detém quando chega diante de uma tubulação de metal de cerca de meio metro de comprimento que se projeta do chão. Talvez ela demarque os limites da propriedade.

Apoiado na bengala, ele fita a floresta e avista uma vereda coberta de pinhas e agulhas de pinheiro.

O vento assobia por entre as copas das árvores, e um corvo solitário grita ao longe.

O padre se vira, ouve o estranho som de gemidos atrás de si e acelera. Passa pelo crematório e pelo chalé, olha de relance por cima do ombro e pensa que tudo o que quer neste exato momento é voltar para a casa paroquial e se sentar em frente à lareira, com um livro de suspense e um copo de uísque.

1

Uma viatura empoeirada da polícia se afasta do centro de Oslo pelo anel rodoviário externo. As ervas daninhas que crescem sob as muretas estremecem com o vento, e uma sacola plástica esvoaça ao longo da valeta.

Karen Stange e Mats Lystad responderam à chamada da central, embora já seja tarde.

A bem da verdade, já seria hora de encerrarem o dia — mas em vez de irem embora para casa, estão a caminho do bairro de Tveita.

Já faz dias que vários moradores de um condomínio se queixam de um mau cheiro terrível. A empresa de manutenção enviou alguém para verificar as lixeiras, mas estavam todas em ordem. Depois foi constatado que o fedor vinha de um apartamento no décimo primeiro andar, de cujo interior se ouvia o som de uma suave cantoria, mas o morador, um tal Vidar Hovland, recusou-se a abrir a porta.

A viatura passa por uma área de instalações industriais.

Do outro lado das cercas de arame farpado há caçambas, caminhões e depósitos cheios de sal, prontos para o inverno.

O conjunto de prédios residenciais de Nåkkves vei parece uma enorme escada de concreto que desmoronou de ponta-cabeça e se partiu em três.

Um homem de macacão cinza acena para os policiais na frente de um furgão com o letreiro SERVIÇOS DE CHAVEIRO DO MORTEN estampado na lateral. Os faróis da viatura iluminam o homem, e a sombra da mão erguida se projeta vários andares acima do edifício atrás dele.

Karen encosta no meio-fio e para devagar. Puxa o freio de mão, desliga o motor e sai do carro ao mesmo tempo que Mats.

O céu já dá o dia por encerrado e começa a se apagar. O ar está frio, a sensação é de que pode nevar. Os dois policiais trocam apertos de mão com o chaveiro. O rosto dele está escanhoado, mas nas bochechas se vê uma sombra cinzenta de barba; seu peito parece encolhido, e ele se mexe de forma irrequieta e espasmódica.

— Já ouviram aquela da polícia sueca que recebe uma chamada para ir a um cemitério? Parece que encontraram quase trezentos corpos enterrados — o chaveiro brinca quase sem fôlego, depois ri encarando o chão.

O atarracado sujeito da empresa de manutenção predial está sentado em sua picape, fumando.

— O velho deve ter esquecido um saco de lixo cheio de restos de peixe no corredor — ele murmura. Em seguida, com um empurrão, escancara a porta da picape.

— Tomara que seja isso — Karen responde.

— Bati na porta e gritei pelo buraco da correspondência que ia chamar a polícia — diz o homem, e com um piparote atira longe a guimba do cigarro.

— Você fez a coisa certa ao ligar pra gente — Mats responde.

Nos últimos quarenta anos, dois cadáveres foram encontrados ali: um no estacionamento e outro dentro de um dos apartamentos.

Os dois policiais e o chaveiro seguem o homem da manutenção porta adentro, e são imediatamente atingidos pelo fedor repugnante.

Tentando não respirar pelo nariz, entram no elevador.

As portas se fecham e eles sentem a pressão sob os pés enquanto são transportados para cima.

— O décimo primeiro andar é um dos meus favoritos — o homem da manutenção diz. — Tivemos um despejo difícil lá no ano passado, e em 2013 um dos apartamentos foi completamente destruído por um incêndio.

— Nos extintores suecos está escrito que eles têm que ser testados três dias antes de qualquer incêndio — o chaveiro faz piada de novo, em voz baixa.

Assim que a porta do elevador se abre, o fedor é tão repulsivo que uma expressão de leve desespero perpassa os olhos de todos.

O chaveiro cobre o nariz e a boca com a mão.

Karen faz força para não vomitar. É como se seu diafragma tivesse entrado em pânico, tentando empurrar para cima o conteúdo do estômago pela garganta.

O homem da empresa de manutenção puxa a blusa do moletom por cima do nariz e da boca, indicando o apartamento com a outra mão.

Karen avança, encosta o ouvido na porta e tenta ouvir algo. Tudo está em silêncio lá dentro. Ela toca a campainha.

Uma melodia fraca ecoa.

De súbito, ela ouve um fiapo de voz no interior do apartamento. Um homem está cantando ou recitando alguma coisa.

Karen bate à porta e o homem se cala, depois recomeça, muito baixo.

— Vamos entrar — Mats diz.

O chaveiro chega perto da porta, põe no chão a mochila pesada e abre o zíper.

— Estão ouvindo isso? — ele pergunta.

— Sim — Karen responde.

A porta de um dos outros apartamentos se abre e aparece uma menininha de cabelo loiro desgrenhado e olheiras profundas.

— Volte pra dentro — Karen diz.

— Eu quero ver — a menina responde, sorrindo.

— Sua mãe e seu pai não estão em casa?

— Sei lá — ela diz, e rapidamente fecha a porta.

Em vez de usar uma gazua para abrir a fechadura, o chaveiro utiliza uma broca para arrancar o mecanismo inteiro. Espirais reluzentes de metal voam e caem no chão. Ele recolhe as peças incandescentes do cilindro e as guarda na mochila, arranca a lingueta e o trinco e depois se afasta.

— Esperem aqui — Mats instrui o homem da manutenção e o chaveiro.

Karen empunha a pistola enquanto Mats abre a porta e anuncia em voz alta:

— Polícia! Estamos entrando!

Karen observa a pistola em sua mão pálida. Por alguns momentos, o objeto preto de metal lhe parece completamente estranho. Ela desconhece as peças — o cano, o ferrolho, o punho, o carregador.

— Karen?

Ela levanta a cabeça e seu olhos cruzam com os de Mats, depois ela se vira para o interior do apartamento, ergue a pistola e entra, com a outra mão sobre a boca.

Ela não vê nenhum saco de lixo no corredor de entrada.

O fedor deve estar vindo do banheiro ou da cozinha.

Karen não ouve mais nenhum som além do ruído das botas sobre o piso de PVC e a própria respiração.

Ela passa diante de um espelho estreito no corredor e entra na sala de estar, verifica depressa os cantos e passeia os olhos pelo caos ao redor. O televisor foi derrubado no chão, há vasos de samambaias destruídos, o sofá-cama está atravessado no meio da sala, uma das almofadas foi rasgada e o abajur de chão está caído.

Ela aponta a pistola em direção ao corredor que dá acesso ao banheiro e à cozinha, deixa Mats passar e vai atrás dele.

As botas dos policiais esmagam os estilhaços de vidro.

Uma das lâmpadas está acesa; minúsculas partículas de poeira pairam na luz projetada através dela.

Karen se detém e aguça os ouvidos.

Mats abre a porta do banheiro e abaixa a arma. Karen tenta olhar lá dentro, mas a porta está bloqueando a luz. A única coisa que consegue enxergar é uma cortina de chuveiro encardida. Ela avança mais um passo, inclina-se para a frente e empurra de leve a porta, agora permitindo que um naco de luminosidade deslize pelos ladrilhos.

A pia está manchada de sangue.

Karen estremece e, de súbito, ouve uma voz atrás de si. É um homem velho, falando baixinho. O sobressalto é tão grande que ela deixa escapar um gemido quando se vira e aponta a pistola para o corredor.

Não há ninguém lá.

Tomada pela adrenalina, ela volta para a sala de estar, ouve uma gargalhada e aponta a arma para o sofá.

É perfeitamente possível haver alguém escondido ali atrás.

Karen se dá conta de que Mats está tentando lhe dizer alguma coisa, mas não consegue entender o quê.

Ela sente a pulsação latejando nas têmporas.

Avança devagar, o dedo apoiado no gatilho; percebe que está tremendo, por isso segura a pistola com as duas mãos.

Um instante depois, quando o velho começa a cantar de novo, Karen entende que a voz vem do aparelho de som.

Ela contorna o sofá, depois abaixa a arma e fita os cabos empoeirados e uma embalagem vazia de batatas fritas.

— Tudo bem — sussurra para si mesma.

Em cima do aparelho de som está o estojo de um CD do Instituto de Línguas e Folclore. A mesma faixa está tocando em loop, repetida em sequência ininterrupta. Um velho conta algo em um dialeto carregado, ri e começa a cantar: "É dia de festa de casamento aqui na nossa fazenda, com pratos vazios e louças rachadas", depois se cala.

Mats está parado no vão da porta e gesticula para Karen seguir em frente, ansioso para entrar na cozinha.

Lá fora já escureceu quase por completo, e as cortinas balançam suavemente no calor que emana dos aquecedores.

Karen segue o parceiro corredor adentro, titubeia um pouco e precisa estender a mão que empunha a pistola para se apoiar na parede.

O ar está denso, impregnado do odor de excremento e cadáver, forte o suficiente para fazer lacrimejar os olhos dos dois policiais.

Karen ouve a respiração de Mats, curta e superficial, e se concentra em não deixar a própria náusea dominá-la.

Ela o segue até a cozinha e se detém.

No assoalho de linóleo jaz uma pessoa nua, com uma barriga protuberante e uma cabeça grande demais.

Uma mulher grávida com um pênis azul-acinzentado e intumescido.

O chão oscila sob os pés de Karen, cujo campo de visão se contrai.

Mats se encosta no congelador, gemendo baixo.

Karen tenta dizer a si mesma que é apenas efeito do choque. Agora consegue ver que o corpo é de um homem, mas a barriga inchada e as coxas abertas a fizeram pensar em uma mulher dando à luz.

Ao guardar a pistola de volta no coldre, ela sente as mãos trêmulas.

O corpo está em avançado estágio de decomposição, e boa parte dele parece flácido e úmido.

Mats atravessa a cozinha e vomita na pia com tanta força que respinga na máquina de café.

A cabeça do homem morto parece uma abóbora enegrecida que foi acoplada aos ombros. Ele teve a mandíbula quebrada, e os gases que se avolumaram no interior do corpo empurraram o esôfago e o pomo de adão para fora da boca deformada.

Houve uma luta, Karen pensa. Ele se feriu, fraturou a mandíbula, bateu a cabeça no chão e morreu.

Mats vomita de novo, depois cospe uma gosma com saliva.

Karen olha de novo para a barriga do cadáver, as pernas abertas, os genitais.

Mats está suando profusamente, o rosto pálido. Karen está prestes a ir amparar o colega quando alguém agarra sua perna. Ela solta um grito estridente e começa a procurar a pistola, mas por fim percebe que é a menina do apartamento vizinho.

— Você não pode ficar aqui — Karen diz, ofegante.

— É divertido — a menina responde, encarando a policial com um olhar sombrio.

Com as pernas bambas, Karen conduz a criança apartamento afora até o lance de escadas.

— Ninguém tem permissão pra entrar — ela diz ao homem da manutenção.

— Eu me virei por um minuto pra abrir a janela — ele se explica.

A verdade é que Karen não tem a menor vontade de voltar para o apartamento; sabe que vai acabar sonhando com aquela cena, vai acordar no meio da noite com a imagem das pernas abertas do homem gravada nas retinas.

Quando entra de novo na cozinha, Mats está fechando a torneira. Com os olhos úmidos, ele se vira e olha para ela.

— Terminamos? — Karen pergunta.

— Sim, só quero dar uma olhada no congelador — ele diz, apontando para as impressões digitais no puxador.

Mats limpa a boca, abre a tampa e se inclina para a frente.

Karen vê o parceiro jogar a cabeça para trás com um solavanco e abrir os lábios sem emitir um som sequer.

Ele cambaleia para trás, e a tampa do congelador se fecha com uma pancada tão forte que faz pular uma xícara de café sobre a mesa.

— O que foi? — ela indaga, aproximando-se do eletrodoméstico.

Mats está agarrado à borda da pia. Derruba um borrifador de plantas e se vira para olhar para Karen. De tão contraídas, as pupilas dele parecem duas minúsculas gotas de tinta, o rosto tomado por uma brancura sobrenatural.

— Não olhe — ele sussurra.

— Preciso saber o que tem dentro do congelador — ela diz, e consegue ouvir o medo na própria voz.

— Pelo amor de Deus, não olhe...

2

Viveiro de plantas de Valéria em Nacka, arredores de Estocolmo

O crepúsculo cai devagar, e a escuridão só se torna evidente quando as três estufas começam a brilhar feito lanternas de papel de arroz.

É quando se percebe que a noite chegou.

O cabelo cacheado de Valéria de Castro está preso em um rabo de cavalo. As galochas estão salpicadas de lama e a jaqueta acolchoada vermelha, justa nos ombros, está suja.

Faz tanto frio que sua respiração exala pequenas nuvens de vapor, e o ar recende a geada.

Ela já encerrou o dia de trabalho e tira as luvas enquanto se dirige para casa.

Sobe as escadas e prepara um banho de banheira, jogando as roupas sujas no cesto.

Ao se virar para o espelho, descobre uma grande mancha de sujeira na testa e um arranhão na bochecha causado por uma das amoreiras do canteiro.

Enquanto pensa que precisa dar um jeito no cabelo, sorri ironicamente consigo mesma por parecer tão feliz.

Abre a cortina do chuveiro o máximo possível, apoia uma das mãos na parede de azulejos e entra na banheira. A água está tão quente que ela espera um pouco antes de afundar de vez.

Encosta a cabeça na borda da banheira, fecha os olhos e ouve o som dos pingos caindo da torneira.

Joona vem hoje à noite.

Eles tiveram uma discussão por causa de alguma bobagem, ela ficou magoada, mas foi tudo um mal-entendido e eles resolveram o assunto como adultos.

Ela abre os olhos e vê os reflexos da água brincando no teto enquanto as ondas circulares das gotas se propagam pela superfície.

A cortina do chuveiro escorregou pelo varão de novo, por isso ela não consegue mais enxergar a porta do banheiro.

A água ondula suavemente quando ela pousa um pé na borda da banheira.

Valéria fecha os olhos de novo e continua a pensar em Joona; em seguida, percebe que está pegando no sono e se senta.

Agora está com tanto calor que precisa sair da banheira. Valéria se levanta e deixa a água escorrer do corpo, depois tenta olhar para a porta pelo espelho, mas o vidro está embaçado por causa do vapor.

Ela sai da banheira e pisa no chão escorregadio, pega uma toalha e começa a se secar.

Empurra a porta, aguarda um momento, depois olha para o patamar da escada.

As sombras sobre o papel de parede estão imóveis.

Reina o completo silêncio.

Valéria não é de se assustar facilmente, mas o tempo que passou na prisão a deixou desconfiada e cautelosa em certas situações.

Com o corpo fumegante, ela sai do banheiro, percorre o corredor gélido e entra no quarto. Ainda não está completamente escuro, há linhas de nuvens translúcidas visíveis no céu.

Vai até a cômoda, pega uma calça jeans limpa e a veste, depois abre o guarda-roupa, tira o vestido amarelo e o coloca sobre a cama.

Ouve um barulho no andar de baixo.

Ato contínuo, Valéria congela.

Prende a respiração e fica imóvel, escutando.

O que pode ter sido?

Joona só deve chegar dali a uma hora ou mais, mas ela já preparou o cordeiro picante com coentro fresco.

Valéria dá um passo em direção à janela e começa a abaixar a persiana quando vê alguém parado ao lado de uma das estufas.

Ela recua e solta o cordão, e a persiana se enrola toda até o topo com um estrondo.

Há um ruído baixo do cordão se embolando.

Valéria se apressa em apagar a luz da mesinha de cabeceira e olha de novo pela janela.

Não há ninguém lá.

Mas ela tem quase certeza de ter visto um homem parado, completamente imóvel, na borda da floresta.

Era magro como um esqueleto e estava olhando para ela.

O vidro nas estufas está reluzindo por causa da condensação. Não há ninguém lá. Ela não pode se dar ao luxo de sentir medo do escuro, isso tornaria as coisas impossíveis.

Valéria diz a si mesma que deve ter sido um cliente ou fornecedor querendo perguntar alguma coisa, e que depois mudou de ideia e desapareceu quando a viu nua na janela.

Com frequência, ela recebe visitas mesmo depois de ter encerrado o expediente.

Ela pega o celular na mesinha de cabeceira, mas está sem bateria.

Valéria veste às pressas o roupão vermelho e começa a descer a escada, mas depois de alguns passos se detém, sentindo uma corrente de ar frio roçar nos tornozelos. Ela avança e constata que a porta da frente está escancarada.

— Olá? Tem alguém aí? — ela diz em voz baixa.

O vento soprou algumas folhas úmidas de outono para cima do tapete. Valéria calça as galochas, pega a lanterna pendurada no cabide de casacos e sai da casa.

Desce a vereda até as estufas, verifica se as portas estão todas fechadas e direciona o facho da lanterna para os corredores entre as fileiras de plantas.

As folhas escuras se iluminam enquanto sombras e reflexos brincam nas paredes de vidro.

Valéria contorna a estufa mais distante. A grama farfalha sob o peso das galochas.

A borda da floresta é puro breu.

— Posso ajudar? — ela pergunta em voz alta, apontando a lanterna na direção das árvores.

Sob a luz, os troncos das árvores são pálidos e cinzentos, porém mais adiante a escuridão toma conta da floresta. Valéria passa pelo velho carrinho de mão e sente o cheiro de ferrugem vindo dele. Devagar, move o feixe de luz de árvore em árvore.

O mato alto parece intacto. Ela continua apontando a lanterna para as árvores. Por entre os troncos, avista algo no chão. Parece um cobertor cinza cobrindo um toco.

A luz da lanterna fica mais fraca, Valéria a sacode. O facho ganha força novamente, e ela chega mais perto.

Enquanto afasta um galho do caminho, sente o coração bater mais rápido, e a lanterna treme em sua mão.

É como se o cobertor estivesse cobrindo um corpo, alguém encolhido, talvez sem um ou os dois braços.

Valéria precisa puxar o cobertor e olhar.

A floresta está em completo silêncio.

Um galho seco se quebra com um estalido sob a bota de Valéria, e de súbito toda a borda da mata é banhada por uma luz branca. Ela vem por trás de Valéria, e, à medida que se desloca, sombras finas e compridas se fundem à dela enquanto deslizam pelo chão.

3

Joona Linna deixa o carro deslizar devagar em direção à estufa mais distante. A estreita estradinha de asfalto rachado é margeada por uma grama alta e pela vegetação emaranhada da floresta.

Uma de suas mãos está apoiada no volante.

Há uma expressão pensativa em seus olhos, que são cinzentos feito gelo marinho. Joona usa o cabelo curto, porque começa a se espetar em todas as direções quando cresce demais.

É um homem alto e musculoso, uma compleição que só se atinge depois de décadas de árduo exercício, quando todos os músculos, tendões e ligamentos trabalham juntos.

Está vestindo uma jaqueta cinza-chumbo e uma camisa social branca com o colarinho aberto.

Há um buquê de rosas vermelhas no banco do passageiro a seu lado.

Antes de ingressar na Academia de Polícia, Joona Lina era do Exército, membro do Grupo de Operações Especiais, onde se qualificou para um curso de treinamento de elite na Holanda a fim de aprender técnicas inovadoras de combate corpo a corpo e guerrilha urbana.

Desde que se tornou superintendente do Departamento Nacional de Investigação Criminal, Joona resolveu mais casos de assassinato complexos do que qualquer outro agente da lei na Escandinávia.

Quando foi condenado a quatro anos de prisão, muita gente considerou que os trâmites do julgamento no tribunal de Estocolmo tinham sido injustos.

Joona não recorreu da sentença. Sabia dos riscos que estava correndo quando tentou salvar um amigo.

No último outono, a pena de Joona foi reduzida para prestação de serviços comunitários como policial de bairro em Norrmalm, distrito de Estocolmo. Hoje ele mora em um apartamento funcional de serviço da polícia na rua Rörstrandsgatan, em frente à Igreja de Deus de Filadélfia. Em poucas semanas deve retornar às funções como superintendente e receber de volta sua sala na sede da polícia.

Joona manobra o carro e para, sai e fica um pouco no ar frio.

As luzes estão acesas na casinha de Valéria, e a porta da frente está escancarada.

A luz que sai pela janela da cozinha tinge os galhos nus da bétula de ramos finos e o gramado coberto de geada.

Joona ouve um estalido vindo da floresta e se vira. Por entre as árvores se move uma réstia de luz, e as folhas farfalham sob os passos que se aproximam dele.

Com movimentos rápidos, Joona abre o coldre com uma das mãos.

Dá um passo para o lado quando vê Valéria sair da mata com uma lanterna na mão. Ela está vestindo um roupão vermelho e galochas. Suas bochechas estão pálidas, o cabelo molhado.

— O que você está fazendo na floresta? — Joona pergunta.

Ela lança um olhar estranho na direção dele, como se estivesse perdida em pensamentos distantes.

— Conferindo as estufas, só isso.

— De roupão?

— Você chegou cedo — ela comenta.

— Eu sei, é muito indelicado, tentei dirigir mais devagar — ele se explica, pegando o buquê de rosas.

Ela agradece, olha para ele com os grandes olhos castanhos e o convida para entrar.

A cozinha cheira a cominho e louro, e Joona começa a dizer algo sobre como está faminto, depois muda de ideia e tenta explicar que sabe que chegou antes da hora e que não tem pressa para comer.

— Vai ficar pronto daqui a meia hora. — Ela sorri.

— Perfeito.

Valéria deixa as flores sobre a mesa e vai até o fogão. Levanta a tampa da panela e mexe; em seguida, coloca os óculos de leitura e consulta o livro de receitas antes de adicionar a salsa e o coentro já picados na tábua.

— Você vai passar a noite aqui, não é? — ela pergunta.

— Se estiver tudo bem por você...

— Bom, então você pode tomar um pouco de vinho — ela explica, com um rubor.

— Eu já imaginava que fosse isso.

— Você já imaginava — ela diz, imitando com um sorrisinho irônico o sotaque finlandês dele.

— Sim.

Ela pega duas taças em uma das prateleiras mais altas do armário, abre uma garrafa de vinho e serve.

— Arrumei a cama no quarto de hóspedes e separei uma toalha e uma escova de dentes.

— Obrigado — Joona agradece, pegando a taça.

Fazem um brinde silencioso, provando o vinho enquanto trocam olhares.

— Eu não tinha nada disso lá em Kumla — ele diz.

Valéria olha para as pontas cortadas das hastes das rosas, põe as flores em um vaso sobre a mesa e fica séria.

— Vou falar sem rodeios — ela anuncia, ajeitando o cordão do velho roupão. — Lamento ter reagido da maneira como reagi.

— Você já se desculpou — Joona responde.

— Eu queria dizer cara a cara... Me comportei de maneira idiota e imatura quando descobri que você ainda era policial.

— Eu sei que você achou que eu tinha mentido, mas eu...

— Não foi só isso — ela o interrompe, e enrubesce de novo.

— Todo mundo gosta de um policial, não é?

— Sim — ela responde, fazendo tanta força para não sorrir que a ponta do queixo começa a se franzir.

Ela mexe de novo na panela, põe a tampa de volta e abaixa um pouco o fogo.

— Me diga se houver algo que eu possa fazer.

— Não, é só... Eu estava planejando arrumar o cabelo e me maquiar antes de você chegar, então vou dar um pulinho ali e fazer isso agora.

— Tá bem.

— Você quer esperar aqui ou me fazer companhia?

— Eu te faço companhia — Joona sorri.

Levam as taças de vinho escada acima e entram no quarto. O vestido amarelo ainda está estendido sobre a cama arrumada com esmero.

— Você pode se sentar na poltrona — Valéria murmura.

— Obrigado — ele agradece e se senta.

— Não precisa ficar olhando.

Ele desvia o olhar enquanto ela tira o roupão, coloca o vestido amarelo e começa a fechar os pequenos botões que sobem a partir da cintura.

— Não costumo usar vestidos, só de vez em quando no verão, quando vou à cidade — ela diz, fitando o reflexo no espelho.

— Está linda.

— Pare de olhar. — Ela sorri ao fechar o último botão sobre os seios.

— Não consigo — ele responde.

Ela se aproxima do espelho e começa a prender o cabelo úmido com grampos.

Joona observa o pescoço esguio de Valéria quando ela se inclina para passar o batom.

Quando ela se senta na cama para pegar um dos brincos sobre a mesinha de cabeceira, seu olhar encontra o de Joona.

— Acho que minha reação foi por causa daquela vez no shopping Mörby Centrum... Ainda tenho vergonha daquilo — ela diz, calma. — Não quero nem imaginar o que você deve ter pensado a meu respeito.

— Foi uma das minhas primeiras operações com a Unidade de Resposta Rápida de Estocolmo — ele responde, fitando o chão.

— Eu era uma viciada, uma drogada.

— As pessoas seguem caminhos diferentes, é assim que as coisas são — Joona comenta, olhando-a nos olhos.

— Mas você ficou aborrecido — ela diz. — Deu pra ver... E me lembro de tentar combater isso com uma espécie de ódio.

— Sabe de uma coisa? Eu só conseguia pensar em como você era no ensino médio... Você nunca respondeu nenhuma das minhas cartas, então fui prestar o serviço militar e acabei indo pro exterior.

— E eu fui parar no presídio de Hinseberg.

— Valéria...

— Não, foi tudo muito sem sentido, imaturo demais. Eu tomei todas as decisões ruins possíveis e imagináveis... E agora cheguei perto de estragar as coisas para nós outra vez.

— Você não esperava que eu continuasse na polícia — ele diz em tom suave.

— Você pelo menos sabe por que fui parar na cadeia?

— Li sua ficha e a sentença, e não é pior do que eu mesmo fiz.

— Tá certo, contanto que você saiba que não sou nenhum anjo.

— Claro que é — ele retruca.

Valéria continua olhando para ele, como se houvesse mais coisas para ver, como se houvesse algo oculto que logo poderia se tornar evidente.

— Joona — ela diz, séria. — Eu sei que você está convencido de que é perigoso estar perto de você, que você expõe ao perigo as pessoas de quem gosta.

— Não — ele sussurra.

— Você já passou por coisas terríveis, por muito tempo, mas não está escrito nas estrelas que tem que ser sempre assim.

4

Joona está repetindo mais uma vez, embora já esteja empanturrado, enquanto Valéria limpa o fundo do próprio prato com um pedaço de pão. Estão sentados à mesa da cozinha, e o vaso de rosas foi deixado na bancada para que consigam se ver.

— Lembra quando fizemos aquele curso de canoagem juntos? — ela pergunta, entornando na taça de Joona o resto da garrafa de vinho.

— Eu penso muito naquela época.

Era o auge do verão, e os dois haviam decidido passar a noite numa ilhota que tinham visto. Ficava em uma enseada e era pouco maior do que uma cama de casal, com relva macia, alguns afloramentos de rocha nua e cinco árvores.

Valéria limpa o batom da borda da taça.

— Quem sabe o rumo que a nossa vida poderia ter tomado se aquela tempestade não tivesse chegado de repente? — ela diz sem olhar para Joona.

— Eu estava tão apaixonado por você no ensino médio... — ele diz, e lhe ocorre que os mesmos sentimentos o estão arrebatando de novo.

— Acho que, na verdade, pra mim aquilo nunca passou — ela diz.

Joona pousa a mão sobre a de Valéria, que o encara com olhos brilhantes antes de pegar outro pedaço de pão.

Joona limpa a boca no guardanapo e se recosta, fazendo a cadeira ranger.

— Como vai a Lumi? — Valéria pergunta. — Está se dando bem em Paris?

— Falei com ela no sábado, ela parecia feliz. Estava indo a uma festa na Perrotin, que aparentemente é uma galeria que eu deveria conhecer... E comecei a perguntar se ela ia ficar até tarde na rua e como voltaria para casa.

— Que pai preocupado — Valéria diz, rindo.

— Ela disse que provavelmente pegaria um táxi, aí acho que devo ter ficado um pouco chato porque comecei a dizer que ela devia se sentar atrás do motorista e usar o cinto de segurança.

— Entendi — Valéria sorri.

— Percebi que ela queria desligar, mas não consegui me segurar e disse que ela devia tirar uma foto da licença do taxista e enviar pra mim e não parei mais.

— Ela não mandou a foto, mandou?

— Não. — Ele ri.

— Os jovens querem que a gente se importe, mas não muito... Querem que a gente confie neles.

— Eu sei, mas simplesmente saiu, tenho dificuldade de não pensar como um policial.

Os dois continuam à mesa, bebem todo o vinho, conversam sobre o viveiro de plantas e os dois filhos de Valéria.

A escuridão lá fora já está mais densa. Joona agradece pela refeição e começa a tirar os pratos.

— Quer que eu te leve até o quarto de hóspedes? — ela pergunta, tímida.

Eles se levantam e Joona bate a cabeça na luminária, que emite um som estridente e metálico. Sobem juntos a escada que range até um quarto estreito com um nicho fundo sob a janela.

— Muito agradável — ele diz, parando bem atrás dela. Ela se vira e se descobre inesperadamente perto dele. Recua e gesticula, desajeitada, em direção ao guarda-roupa.

— Há travesseiros extras ali... e cobertores, se você ficar com frio.

— Obrigado.

— Ou você pode dormir na minha cama, é claro, se quiser — ela sussurra, pegando a mão dele e o levando consigo.

Ela se detém no vão da porta do quarto, fica na ponta dos pés e o beija. Joona retribui, a abraça e quase a levanta no colo.

— Vamos fazer uma barraca com os lençóis? — ele sussurra.

— É o que costumávamos fazer — ela sorri, e sente o coração bater mais rápido.

Valéria desabotoa a camisa de Joona e a empurra dos ombros, passa as mãos por seus bíceps e olha para ele.

— É engraçado... Eu me lembro do seu corpo, mas naquela época você era apenas um menino grandalhão. Não tinha todos esses músculos e cicatrizes.

Ele desabotoa o vestido, beija Valéria na boca e na lateral do pescoço, depois crava os olhos nela outra vez.

Ela é magra, tem seios pequenos.

Ele se lembra dos mamilos escuros.

Agora ela tem tatuagens nos ombros, os braços são musculosos e cobertos de arranhões por causa dos arbustos espinhosos.

— Valéria... como você pode ser tão bonita? — diz ele.

Ela tira a calcinha e a deixa cair no chão, depois dá um passo adiante. Seus pelos pubianos são escuros e encaracolados.

Com mãos trêmulas ela começa a desabotoar a calça dele. Não consegue entender como funciona a fivela e, em vez disso, só consegue apertar ainda mais o cinto.

— Desculpe. — Valéria cai na risada.

Ela enrubesce e faz força para não encarar demais enquanto ele tira a calça.

Eles vão para debaixo do enorme edredom e se sentam debaixo da tenda improvisada na cama, rindo e se entreolhando na luz suave antes de começarem a se beijar de novo.

Rolam para o lado e empurram o edredom. Sentem-se adolescentes, mas ao mesmo tempo não. São desconhecidos, e ainda assim estranhamente íntimos.

Valéria suspira enquanto Joona beija seu pescoço e seus lábios, afundando de volta na cama e mirando os intensos olhos cinza dele, e sente uma explosão de alegria vertiginosa invadir seu coração.

Ele beija os seios dela e chupa um dos mamilos. Ela puxa a cabeça dele e sente o coração disparar.

— Vem aqui — Valéria sussurra, puxando-o para cima e abrindo as pernas enquanto ele se deita sobre ela.

Joona não consegue parar de olhar para Valéria, para os olhos sérios, os lábios entreabertos, o pescoço, a sombra da clavícula.

Valéria o puxa para mais perto e sente como ele está duro ao deslizar para dentro dela.

O peso do corpo de Joona pressiona o de Valéria contra o colchão, e os músculos das coxas se tensionam quando suas pernas se abrem mais.

Joona sente o calor úmido e apertado dela, depois solta um suspiro e muda o ritmo.

Ela abre os olhos e vê a ternura nos olhos dele, o desejo.

Ela acompanha os movimentos dele e a luz suave percorre seus seios, a barriga, os quadris.

A respiração de Valéria acelera e ela levanta os quadris, inclina a cabeça para trás e fecha os olhos.

O edredom escorrega para o chão.

A água no copo sobre a mesa de cabeceira balança, irradiando reflexos que dançam e formam um padrão elíptico pelo teto, repetidamente.

5

É domingo e, sendo início do inverno, o dia está tão escuro que parece que o sol já se pôs. Joona passou as últimas duas noites na casa de Valéria, mas volta ao trabalho na segunda-feira.

Valéria está sentada à escrivaninha do quarto, conferindo algumas cotações de preços no laptop, quando ouve um carro.

Ela olha pela janela e vê Joona colocar a pá no carrinho de mão e acenar para um Jaguar branco que se aproxima ao longo da trilha de cascalho.

Joona gesticula tentando fazer Nils Åhlén parar, mas ele segue em frente e passa por cima de uma fileira de vasos de jacinto. Os vasos se despedaçam com um estrépito e o adubo úmido voa debaixo dos pneus. O carro enfim para com uma das rodas sobre a alta guarnição de pedra.

Ainda na janela, Valéria vê o homem alto com óculos aviador sair do carro precariamente equilibrado. Veste um jaleco branco sob um grosso casaco de lã desabotoado. Seu nariz fino é torto e o cabelo é grisalho, cortado muito curto, quase à escovinha.

Nils Åhlén é professor de medicina forense no Departamento de Medicina Legal do Instituto Karolinska, um dos maiores especialistas na Europa.

Joona aperta a mão do velho amigo e diz que ele está mais pálido do que o habitual.

— Você devia usar um cachecol — Joona diz, e tenta fechar a gola de Åhlén.

— Anja me deu o endereço daqui — Nils diz, sem retribuir o sorriso de Joona. — Eu preciso...

Ele se interrompe abruptamente quando vê Valéria descendo as escadas.

— O que aconteceu? — Joona pergunta.

Os lábios finos de Nils Åhlén estão descorados, o olhar aterrorizado.

— Preciso falar com você em particular.

Valéria vai até eles e estende a mão para o homem alto.

— Esta é Valéria — Joona diz.

— Professor Nils Åhlén — o homem responde em tom formal.

— Prazer em conhecer o senhor — Valéria sorri.

— Preciso dar uma palavrinha com Nils — Joona diz. — Tudo bem se entrarmos na cozinha?

— Claro — ela responde, e os leva até a casa.

— Lamento incomodar vocês em pleno domingo — Nils Åhlén se desculpa.

— Não se preocupe, eu estava trabalhando um pouco lá em cima — Valéria diz, e se encaminha para as escadas.

— Não desça, eu aviso assim que terminarmos — Joona grita para ela.

— Tá bom.

Joona leva Åhlén cozinha adentro e o convida a se sentar. O fogo crepita no fogão.

— Aceita um café?

— Não, obrigado... eu não...

Nils fica em silêncio e desaba em uma cadeira.

— Como você está de verdade?

— Não tem nada a ver comigo — Nils responde, perturbado.

— Então o que aconteceu?

Nils não ousa encarar Joona nos olhos. Limita-se a roçar com uma das mãos o tampo da mesa.

— Tenho muito contato com colegas na Noruega — ele começa a falar, hesitante. — E recebi uma ligação do Instituto Norueguês de Saúde Pública... Hoje em dia é onde fica a sede dos departamentos de medicina legal e de patologia deles.

— Sei.

Nils engole em seco, tira os óculos, ensaia uma tentativa desanimada de limpar as lentes, desiste e os leva de volta ao rosto.

— Joona, estou sentado aqui, mas ainda não faço ideia de como vou te contar... Quero dizer, não sem que você...

— Apenas me diga o que aconteceu.

Joona serve um copo d'água e o coloca na frente de Åhlén.

— Pelo que entendi, a polícia criminal norueguesa assumiu a investigação preliminar de uma suspeita de assassinato... Policiais de Oslo encontraram um homem morto em um apartamento. A princípio, todas as evidências sugeriam uma ocorrência comum, uma briga de bêbados, mas quando olharam o congelador da vítima, encontraram partes de corpos de um grande número de pessoas diferentes, congeladas em vários estágios de decomposição... Estão trabalhando com a teoria de que o homem morto era um ladrão de túmulos, até então desconhecido... Pode ser que tivesse envolvimento também com necrofilia e canibalismo... Parece que costumava viajar para participar de feiras de antiguidades e leilões como negociante de arte, e aproveitava a oportunidade para saquear túmulos locais e pegar suvenires.

Nils Åhlén bebe um gole de água e, com um dedo trêmulo, limpa o lábio superior.

— O que isso tem a ver com a gente?

— Não quero que você fique chateado — Nils diz, fixando o olhar de Joona pela primeira vez. — Mas encontraram o crânio de Summa no congelador dele.

— Minha Summa?

Joona estende a mão para se apoiar na bancada e derruba a garrafa de vinho vazia, mas não parece notar quando ela despenca dentro da pia sobre as taças e os pratos. Seus ouvidos começam a zunir enquanto as lembranças da esposa inundam sua mente.

— Tem certeza? — ele pergunta num sussurro, lançando um olhar que atravessa o vidro da janela e alcança as estufas.

Nils Åhlén empurra os óculos ainda mais para cima do nariz e explica que a polícia norueguesa buscou correspondências de DNA das partes dos corpos encontradas no congelador consultando bancos de dados da polícia mantidos pela Europol, pela Finlândia e pelos países escandinavos.

— Eles encontraram os registros dentários de Summa... E como fui eu que assinei o atestado de óbito dela, me ligaram.

— Entendi — Joona diz, e se senta de frente para o amigo.

— Encontraram todos os documentos de viagem do homem no apartamento dele... Em meados de novembro ele participou como antiquário de uma venda de velharias de uma casa em Gällivare... que não fica longe de onde Summa está sepultada.
— Você tem certeza disso? — Joona repete.
— Sim.
— Posso ver as fotos?
— Não — Nils sussurra.
— Não precisa se preocupar — Joona diz, olhando Nils nos olhos.
— Não faça isso.

Mas Joona já tinha aberto a maleta dele e retirado de lá o arquivo da polícia criminal norueguesa. Pôs as fotografias, uma a uma, sobre a mesa da cozinha.

A primeira mostra o congelador aberto visto de cima. O pé cinzento de uma criança se projeta de um bloco de gelo branco. Há uma coluna vertebral aninhada ao lado de um rosto barbado e de uma língua ensanguentada.

Joona folheia as fotos das partes dos corpos descongelando sobre uma bancada de aço inox. Há um coração humano em avançado estado de decomposição, uma perna cortada na altura do joelho, o corpo inteiro de um bebê, três crânios descarnados, alguns dentes e um torso completo com seios e braços.

De súbito, Valéria entra na cozinha e pousa duas xícaras de café usadas no escorredor de madeira.

— Pelo amor de Deus! — Joona vocifera, tentando cobrir as fotos, embora saiba que ela já as viu.
— Me desculpem — ela murmura, e sai às pressas.

Joona se põe de pé, apoia uma das mãos na parede e fita as estufas, depois volta a olhar para as fotos.

O crânio de Summa.

É apenas uma coincidência, ele diz a si mesmo. O ladrão de túmulos não sabia quem ela era. Não há nenhuma identificação na lápide e nada em nenhum registro público.

— O que sabemos sobre o assassino? — Joona pergunta, e ouve Valéria voltar escada acima.
— Nada, eles não têm pista alguma.

— E a vítima?

— Todas as evidências sugerem luta corporal no apartamento, e ele tinha uma quantidade considerável de álcool na corrente sanguínea quando morreu.

— Não é um pouco estranho que a polícia não tenha nenhuma pista da outra pessoa?

— No que você está pensando? Joona, no que exatamente você está pensando agora? — Nils Åhlén pergunta com apreensão na voz.

6

Valéria está sentada na frente do computador no andar de cima quando Joona aparece e bate à porta.

Ela se vira para ele, e a luz baça que atravessa a janela de vidro dá a seu cabelo um bruxuleante brilho castanho-avermelhado.

— Nils foi embora — Joona diz com a voz abafada. — Desculpe por ter me zangado, eu só não queria que você tivesse visto aquilo.

— Não sou tão frágil assim — ela responde. — Você sabe, já vi cadáveres muitas vezes.

— Mas aquilo era mais do que partes de cadáveres... é algo pessoal — Joona explica, e então fica em silêncio.

Em Estocolmo há um jazigo de família com os nomes de Summa Linna e Lumi Linna na lápide, mas as urnas debaixo da terra não contêm cinzas. A morte da esposa e da filha de Joona foi forjada, e durante muitos anos elas viveram sob novas identidades em um local secreto.

— Vamos descer até a cozinha e aquecer a sopa — Valéria sugere depois de alguns minutos.

— O quê?

Eles se abraçam, Joona a envolve com afeto e encosta o rosto na cabeça dela.

— Vamos comer — ela repete em voz baixa.

Descem para a cozinha e ela pega na geladeira a sopa que tinham preparado mais cedo. Coloca a panela no fogão e liga o fogo, mas quando aciona a luz do exaustor, Joona se aproxima e o desliga.

— O que aconteceu? — Valéria pergunta.

— O túmulo de Summa foi vandalizado e...

Joona emudece e desvia o rosto, e Valéria o vê enxugar as lágrimas que escorrem.

— Você tem permissão para chorar, você sabe — ela diz com voz suave.

— Eu sinceramente não sei por que isso me deixa tão transtornado... Alguém violou o túmulo e levou o crânio dela para Oslo.

— Meu Deus — ela sussurra.

Joona vai até a janela e olha para as estufas e a floresta. Valéria vê que ele fechou as cortinas da sala e que há uma faca sobre a velha cômoda.

— Você sabe que Jurek Walter está morto — ela diz em tom sério.

— Sim — Joona sussurra, fechando as cortinas da janela da cozinha.

— Quer falar sobre ele?

— Não sei se consigo — Joona responde, ríspido, e se vira para ela.

— Tá certo — ela responde com voz serena. — Mas você não precisa esconder nada de mim, eu aguento ouvir, garanto... Sei o que você fez para salvar Summa e Lumi, então entendo que ele é um monstro.

— Ele é pior do que qualquer coisa que alguém possa imaginar... Ele consegue se embrenhar dentro da pessoa, revira até as entranhas... e deixa a pessoa vazia.

— Mas agora acabou — Valéria sussurra, e estende a mão para acarinhar Joona. — Você está a salvo agora, ele está morto.

Joona assente.

— Isso fez tudo voltar à tona outra vez... Quando ouvi o que aconteceu com o túmulo de Summa, foi como se eu pudesse sentir o bafejo de Jurek na minha nuca.

Joona volta para a janela e espia por entre as cortinas, de costas para Valéria, que o observa na penumbra da cozinha.

Sentam-se e Valéria pede que ele conte mais sobre Jurek Walter. Joona pousa as mãos sobre a mesa para impedi-las de tremer e fala baixo:

— Ele foi diagnosticado com... "esquizofrenia não específica, pensamento caótico e psicose aguda recorrente caracterizada por episódios erráticos de comportamento bizarro e extremamente violento", mas isso não significa nada... Ele nunca foi esquizofrênico...

A única coisa que o diagnóstico mostra é o quanto o psiquiatra que fez a avaliação estava aterrorizado.

— Ele era um ladrão de túmulos?

— Não — Joona responde.

— Pois então — ela diz, e tenta sorrir.

— Jurek Walter jamais se importaria com troféus — Joona diz com voz pesada. — Ele não era um pervertido... mas tinha paixão por arruinar a vida das pessoas. Não se interessava em matá-las e torturá-las; não que fosse hesitar em fazer isso num piscar de olhos, mas para entendê-lo você precisa ter em mente que o objetivo dele era destruir a alma de suas vítimas, apagar a centelha de vida dentro delas...

Joona tenta explicar que o objetivo de Jurek era tirar tudo das vítimas para em seguida observar como continuavam vivendo — indo para o trabalho, comendo, assistindo televisão — até o terrível momento em que, privadas de tudo, percebiam que já estavam mortas.

Sentados na penumbra, Joona conta a Valéria sobre Jurek Walter. Embora ele fosse o mais abominável assassino em série de todos os tempos nos países nórdicos, era completamente desconhecido do público, porque todas as informações sobre ele foram consideradas confidenciais.

Joona explica como ele e o parceiro Samuel Mendel começaram a fechar o cerco sobre Jurek Walter.

Eles se revezaram para vigiar a casa de uma mulher em particular, cujos dois filhos pequenos tinham desaparecido em circunstâncias que lembravam uma série de outras vítimas no caso.

Era como se tivessem sido devorados pela terra.

O padrão, que logo ficou evidente, mostrava que um número desproporcional de pessoas desaparecidas nos últimos anos vinha de famílias em que já havia algum outro registro de desaparecimento.

Joona fica em silêncio e Valéria vê que ele entrelaça as mãos numa tentativa de aquietá-las. Ela se levanta, faz chá e enche duas canecas antes de se sentar de novo para esperar que ele continue a falar.

— O tempo estava ameno fazia duas semanas, tinha começado o degelo, mas naquele dia nevou de novo — ele diz. — Então havia uma camada de neve fresca por cima da neve velha...

Joona nunca falou sobre aquelas últimas horas, quando Samuel chegou para substituí-lo na tocaia.

Um homem magro estava parado às margens da floresta, e não tirava os olhos da janela do quarto onde dormia a mulher cujos filhos tinham sumido.

O rosto do homem, muito magro e enrugado, estava completamente impassível.

Joona se pegou pensando que a simples visão do edifício parecia dar ao homem uma sensação de calma prazerosa, como se ele já estivesse arrastando a vítima floresta adentro.

O vulto magro não fez nada além de observar, até que por fim deu meia-volta e desapareceu.

— Você está pensando na primeira vez em que o viu — Valéria diz, pousando a mão sobre a dele.

Joona ergue os olhos, percebe que parou de falar e meneia a cabeça antes de contar que ele e Samuel tinham saído do carro para seguir o homem, acompanhando o rastro das pegadas recentes.

— Corremos ao longo de uma velha linha férrea que atravessava a floresta de Lill-Jans...

Mas, na escuridão em meio ao emaranhado de árvores, de repente perderam o rastro do homem. Sem ter outros vestígios para continuar as buscas, eles se viraram para voltar.

Enquanto refaziam os passos ao longo da ferrovia, concluíram que em algum ponto o homem magro tinha saído dos trilhos e entrado na floresta.

Como o solo sob a neve fresca estava úmido, as marcas deixadas pelos sapatos dele haviam ficado escuras como chumbo. Meia hora antes, estavam brancas, impossíveis de enxergar sob a luz fraca, mas agora eram escuras feito granito, nítidas e inconfundíveis.

Seguindo floresta adentro, em determinado momento começaram a ouvir um gemido estridente.

Parecia alguém chorando das profundezas do inferno.

Por entre os troncos das árvores, viram o homem que vinham perseguindo. Estava em frente a uma cova rasa, e o chão ao redor estava coberto por terra recém-revirada. Uma mulher imunda e raquítica tentava sair de um caixão, chorando e se debatendo para subir pela borda. Mas, toda vez que subia, o homem a empurrava de volta para baixo.

Joona e Samuel sacaram as pistolas e correram pela neve. Conseguiram render o homem, obrigando-o a se deitar de bruços antes de algemar seus punhos e pés.

Ofegante, Samuel ligou para o centro de controle de emergências.

Com cuidado, Joona ajudou a mulher a sair do caixão e a cobriu com um casaco. Enquanto tentava acalmá-la e explicar que a ajuda estava a caminho, de repente ele vislumbrou um movimento entre as árvores. Alguns galhos balançaram, a neve sobre eles caindo suavemente.

— Alguém estava parado ali nos observando — ele disse, calmo.

A mulher tinha cinquenta anos e sobreviveu, apesar de ter sido mantida no caixão por quase dois anos. Jurek Walter aparecia de tempos em tempos, abria o caixão, dava água e comida a ela, depois cobria a cova de novo. A mulher tinha ficado cega, estava gravemente desnutrida, perdera os dentes. Os músculos haviam se atrofiado, e as feridas a deixaram deformada. As mãos e os pés tinham congelado.

A princípio, os médicos pensaram que ela estava apenas traumatizada, mas com o passar do tempo ficou claro que o frio e a desnutrição haviam ocasionado lesões cerebrais graves.

Nessa mesma noite, vastas áreas da floresta foram isoladas e postas sob vigilância. Na manhã seguinte, um cão farejador levou os policiais a um local a duzentos metros do túmulo onde a mulher fora enterrada. As escavações exumaram os restos de um homem de meia-idade e de um adolescente de cerca de quinze anos, ambos enfiados em um barril de plástico azul. Mais tarde a análise forense indicou que haviam sido enterrados quatro anos antes. Não tinham sobrevivido por muitas horas no barril, embora houvesse um tubo permitindo a entrada de oxigênio.

Joona vê que Valéria está abalada; o rosto dela perdeu toda a cor e ela cobre a boca com uma das mãos fechadas.

Ela está pensando na descrição que Joona fez da primeira vez que viu Jurek Walter, parado na neve sob a janela da próxima vítima. Isso a faz se lembrar do homem que viu na sexta-feira, na borda da floresta, ao lado da estufa. Sabe que devia contar a Joona, mas não quer dar a ele nenhum motivo para achar que Jurek ainda está vivo.

7

Assim que Jurek fora preso, um promotor assumira a responsabilidade pela investigação preliminar, mas foram Joona e Samuel que conduziram os interrogatórios, desde os procedimentos de custódia até a audiência principal.

— É difícil de entender, mas de alguma forma Jurek Walter entrava na cabeça de qualquer pessoa que chegasse perto o suficiente — Joona diz, encontrando o olhar de Valéria. — Não há nada de sobrenatural nisso, eu atribuiria a uma espécie de fria consciência acerca das fraquezas humanas... Ele se aferrava a algum pormenor fundamental, e a pessoa perdia completamente a capacidade de se defender.

Durante todo o período em que foi mantido sob custódia, Jurek Walter não confessou nada, mas tampouco negou os crimes. Em vez disso, passou a maior parte do tempo absorto em uma desconstrução filosófica acerca dos conceitos de crime e castigo.

— Apenas durante a audiência final percebi que o plano de Jurek era induzir a mim ou Samuel a dizer que havia uma possibilidade de que ele fosse inocente... Que ele simplesmente encontrou por acaso o túmulo e estava tentando ajudar a mulher quando lhe demos voz de prisão.

Certa noite, quando Joona e Samuel estavam correndo juntos, Samuel aventou a questão hipotética do que teria acontecido se qualquer outra pessoa que não fosse Jurek estivesse ao lado da cova quando chegaram.

— Não consigo parar de pensar nisso — Samuel disse. — Que qualquer outra pessoa que estivesse ao lado do túmulo naquele momento teria sido indiciada.

Era verdade que faltavam provas concretas, e que eram principalmente as circunstâncias em torno da prisão de Jurek e a inexistência de qualquer explicação alternativa adequada que haviam sustentado a acusação que resultou em sua condenação no tribunal de Estocolmo.

Joona sabia que Jurek era perigoso, mas na época não tinha ideia de qual era o nível de perigo com o qual estavam lidando.

Samuel Mendel se tornou mais retraído, não conseguia lidar com a situação, não suportava estar próximo de Jurek; disse que se sentia sujo, que sua alma estava sendo envenenada.

— Quase contra a minha vontade, me pego dizendo coisas que sugerem que Jurek poderia ser inocente — Samuel admitiu.

— Ele é culpado... mas acho que tem um cúmplice — Joona respondeu.

— Tudo aponta para um louco solitário que...

— Ele não estava sozinho na cova quando chegamos — Joona o interrompeu.

— Estava, sim, isso é uma tentativa de Jurek de nos manipular, porque significaria admitir que você viu o verdadeiro assassino fugindo para a floresta.

Joona pensou inúmeras vezes na última conversa que teve com Jurek antes da audiência principal.

Jurek Walter estava sentado em uma cadeira na sala de interrogatório fortemente protegida por guardas, o rosto enrugado fitando o chão.

— Para mim é completamente irrelevante se eu for considerado culpado de algo que não fiz. Eu não me importo, embora seja inocente — ele alegou. — Não tenho medo de nada, nem da dor, nem da solidão ou do tédio. O tribunal vai acatar a acusação do promotor... A descrição dos meus atos será considerada prova inequívoca da minha culpa.

— Você se recusa a se defender — Joona disse.

— Eu me recuso a ficar atolado em detalhes técnicos, porque não existe diferença entre cavar uma cova para libertar uma pessoa enterrada ou para enterrar uma pessoa.

Joona percebeu que estava sendo manipulado, que Jurek Walter precisava dele a seu lado para ser libertado. E por isso tentava plantar uma semente de dúvida. Joona sabia quais eram as intenções de Jurek, mas também não podia ignorar a possibilidade de que realmente houvesse uma falha no argumento da promotoria.

— Ele pensou que tinha subjugado você, conquistado você para o lado dele — Valéria diz com a voz assustada.

— Acho que ele interpretou aquilo como uma promessa.

Durante a audiência principal, Joona foi convocado como testemunha para relatar as circunstâncias da detenção de Jurek.

— É possível que Jurek Walter estivesse na verdade tentando resgatar a mulher na cova? — o advogado de defesa perguntou.

Uma compulsão interna de dizer que sim empurrou Joona para a beira do abismo. Aquela chance estava obviamente dentro dos limites da plausibilidade. Joona começou a assentir em resposta, mas se deteve e se forçou a voltar à lembrança exata da terrível cena na clareira da floresta, quando viu que Jurek Walter empurrava calmamente a mulher de volta para o caixão toda vez que ela tentava sair.

— Não... Ele é a pessoa que a mantinha cativa na cova. Ele matou todas as vítimas — Joona respondeu.

Depois da devida deliberação, o presidente do tribunal proferiu a sentença: Jurek Walter ficaria encarcerado em uma clínica psiquiátrica de segurança máxima, com restrições específicas aplicadas a quaisquer eventuais processos de liberdade condicional.

Assim que o juiz terminou, e antes de ser levado da sala do tribunal, Jurek Walter se voltou para Joona. Seu rosto estava coberto por rugas finas, e em seus olhos pálidos se via uma expressão bizarramente vazia.

— Agora os dois filhos de Samuel Mendel vão desaparecer — Jurek disse com voz pausada. — E a esposa de Samuel, Rebecka, vai desaparecer. Mas... Não, escute, Joona Linna. A polícia vai procurar por eles e, quando desistir, Samuel vai continuar procurando. Depois de certo tempo, quando perceber que nunca mais vai rever a família, ele vai se matar...

Lá fora a luz brincava entre as folhas do parque, lançando sombras tremeluzentes e transparentes sobre a silhueta magra de Jurek.

— E sua filhinha — Jurek Walter continuou, olhando para as próprias unhas.

— Cuidado com o que vai dizer — Joona alertou.

— Lumi vai desaparecer — Jurek sussurrou. — E Summa vai desaparecer. E quando você perceber que nunca mais vai encontrá-las... você vai se enforcar.

Ele ergueu a cabeça e olhou diretamente nos olhos de Joona. Sua expressão era calma, como se as coisas já tivessem acontecido do jeito que ele queria.

— Vou pisotear e esmagar você no chão — ele disse baixinho.

Joona vai até as cortinas e contempla a escuridão, onde os galhos das bétulas sopram ao vento.

— Você nunca me contou muito sobre seu amigo Samuel — Valéria diz.

— Eu tentei, mas...

— Não foi sua culpa a família dele ter desaparecido.

Joona se senta outra vez e olha para ela com os olhos úmidos.

— Eu estava em casa, sentado à mesa da cozinha com Summa e Lumi... Tínhamos acabado de fazer espaguete com almôndegas quando Samuel ligou... Estava transtornado, ofegando e falando tão rápido que demorei um pouco para perceber que Rebecka e os meninos não estavam na casa em Dalarö, aonde deveriam ter chegado horas antes... Samuel já havia entrado em contato com os hospitais e a polícia... Tentou se recompor, tentou respirar fundo, mas foi com a voz embargada que me pediu para verificar se Jurek Walter não tinha escapado.

— E ele não tinha fugido — Valéria disse, sem fôlego.

— Não, ele estava trancado em sua cela.

Todos os rastros de Rebecka e dos meninos desapareciam numa estrada de cascalho, a cinco metros do carro abandonado. Os cães farejadores não identificaram nenhum cheiro. Durante dois meses a fio a polícia vasculhou florestas, estradas, rios e lagos. Depois que a polícia e os voluntários desistiram, Samuel e Joona continuaram as buscas por conta própria. Procuraram com determinação, e em nenhum momento discutiram seu maior temor.

— Jurek Walter tinha um cúmplice, que sequestrou a família de Samuel — Valéria diz.

— Sim.

— E depois foi sua vez.

Durante todo esse período, Joona manteve sua família sob a mais estrita vigilância; ia com Summa e Lumi para toda parte, mas por fim foi obrigado a aceitar que aquilo não seria suficiente, não no longo prazo.

Samuel parou de procurar e voltou ao trabalho cerca de um ano após o desaparecimento da família. Depois de abandonar as esperanças, ele durou três semanas. Então foi para sua casa de veraneio, caminhou até a bela praia onde os filhos costumavam nadar, sacou a pistola de trabalho e deu um tiro na cabeça.

Joona tentou convencer Summa a se mudar, começar uma vida nova, mas ela não fazia ideia de como Jurek Walter era perigoso.

Primeiro Joona tentou encontrar uma forma de permanecerem juntos. Talvez pudessem arranjar novos empregos e trocar de identidade, levar uma vida pacata em algum país distante.

Ligou para o antigo tenente em uma linha criptografada, mas estava ciente de que não seria o bastante. Como policial, sabia que identidades protegidas não eram infalíveis e cem por cento seguras. Só propiciariam uma pausa para respirar.

— Mas por que vocês simplesmente não fugiram juntos? — Valéria sussurra.

— Eu teria dado qualquer coisa para ser capaz de fazer isso, mas...

Quando Joona se deu conta do que precisava ser feito, aquilo se tornou uma obsessão. Ele começou a elaborar um plano que poderia salvar os três.

Foi obrigado a admitir que havia algo mais importante para ele do que estar com Summa e Lumi.

A vida delas era mais importante.

Se Joona fugisse ou desaparecesse com elas, aquilo seria um desafio declarado para o cúmplice de Jurek, que sairia em seu encalço.

E Joona sabia que quem procura mais cedo ou mais tarde acaba achando, por mais que as presas tentem se esconder.

Portanto, Jurek Walter e seu cúmplice não poderiam ter nenhum motivo para procurar, ele pensou. Era a única maneira infalível de as duas não serem encontradas.

O que o levou a concluir que só havia uma solução: Jurek e seu cúmplice precisavam acreditar que Summa e Lumi estavam mortas. Joona encenaria um acidente de carro para que parecesse que elas tinham morrido.

— Mas por que não vocês três? — Valéria perguntou. — Você poderia ter fingido que estava no carro também. É o que eu teria feito.

— Jurek nunca teria acreditado nisso... O que o enganou foi a minha solidão, o fato de que vivi sozinho ano após ano... Ninguém seria capaz de suportar isso, não sem, mais cedo ou mais tarde, ser seduzido por uma falsa sensação de segurança e cair na tentação de rever a família.

— Então você achava que estava sendo observado pelo cúmplice de Jurek o tempo todo.

— Eu estava — Joona diz com uma voz oca.

— Sabemos disso agora, mas você chegou a ver alguém?

— Não.

Agora que alguns anos se passaram depois de tudo acabado, Joona sabe que fez a coisa certa. Todos pagaram um preço alto, mas aquele artifício salvou a vida de Summa e Lumi.

— O irmão gêmeo de Jurek, Igor, o estava ajudando o tempo todo — Joona diz. — Era medonho... Ele não tinha vida própria, o trauma mental era tão profundo que seu único propósito na vida era obedecer a Jurek.

Joona fica em silêncio e pensa nas cicatrizes nas costas de Igor, evidências de uma vida inteira de maus-tratos infligidos com um assentador de navalhas.

Quando Jurek escapou após catorze anos de encarceramento, continuou com seu plano como se nada tivesse acontecido.

Durante aqueles dias terríveis em que Jurek Walter estava livre, muitas pessoas perderam a vida.

— Mas Jurek e o irmão estão mortos agora — Valéria declara.

— Sim.

Joona se lembra do momento em que atirou no coração do irmão de Jurek, três vezes e à queima-roupa. As balas atravessaram seu corpo magro, e Igor foi jogado para trás na pedreira de cascalho. Mesmo sabendo que o irmão gêmeo de Jurek estava morto, ele ainda assim se arrastou pela encosta íngreme para ter certeza absoluta.

Saga Bauer atirou em Jurek Walter e viu o corpo ser carregado pelas correntezas rio abaixo e levado para o mar.

Quando Joona enfim se reuniu com Summa, ela estava morrendo de câncer. Ele a levou junto com Lumi para uma casa em Nattavaara, nos confins do norte da Suécia. A pequena família viveu unida durante seis meses. Quando Summa morreu, eles a enterraram nas terras da avó de Joona, em Purnu, na Finlândia.

Apenas depois de um ano Joona por fim se atreveu a acreditar que a história tinha mesmo acabado — quando Saga encontrou os restos mortais do corpo de Jurek, e as impressões digitais e a análise de DNA confirmaram que, sem dúvida, era ele.

Era como se Joona pudesse finalmente respirar de novo.

Para todos os envolvidos, a dor e as feridas daqueles anos sempre estarão presentes. Saga Bauer não é a mesma desde que atuou sob disfarce para investigar Jurek Walter. Ela se tornou mais sombria, e às vezes Joona não consegue afugentar o pensamento de que Saga está tentando fugir de seu destino.

8

Saga Bauer está correndo a passadas rápidas pela velha ponte Skansbron, em meio às sombras úmidas das pontes mais novas acima.

O tráfego pesado passa com estrondo por ela.

Ela aperta o passo ao se aproximar do fim da ponte.

Há uma mancha escura de suor na frente do top esportivo.

Quase todos os dias, depois do trabalho, ela corre até o distrito de Gamla Enskede e busca a meia-irmã Pellerina na escola.

Saga retomou o contato com o pai após uma ruptura que começou quando ela ainda era adolescente. Embora os mal-entendidos mais graves já tenham sido resolvidos, Saga está achando difícil voltar a ser filha de alguém. Talvez eles nunca sejam capazes de consertar as coisas de vez.

Saga acelera ao passar por debaixo do viaduto ecoante que cruza a rodovia Nynäsvägen e as linhas férreas.

Ela é musculosa, como uma dançarina de balé, e bonita de uma forma que chama a atenção das pessoas. O longo cabelo loiro está trançado com fitas coloridas, e seus olhos são de um azul impressionante.

Saga Bauer é superintendente operacional da Polícia de Segurança sueca, mas no último outono o chefe a fez escrever relatórios e participar de pomposas reuniões sobre a cooperação entre as polícias da Suécia e dos Estados Unidos. A fim de evitar divergências e críticas internas, decidiu-se anunciar que a colaboração é um grande sucesso. Entre outras coisas, Saga Bauer e o agente especial López foram forçados a se tornar amigos no Facebook.

Saga passa pelo ginásio esportivo de aspecto deplorável e segue em frente para o antigo subúrbio arborizado; depois, numa arrancada, percorre o último trecho antes de chegar à Escola Enskede.

Do campo de futebol se ergue uma nuvem de poeira, que um pé de vento arrasta através da grade alta de arame.

Pellerina está com doze anos, mas não tem permissão para ir para casa sozinha depois das aulas. Precisa ficar na escola e participar das atividades extracurriculares até que alguém a busque.

Pellerina tem síndrome de Down e nasceu com a tetralogia de Fallot, uma combinação de quatro anomalias cardíacas diferentes que impedem que o sangue chegue até os pulmões. Com quatro semanas de vida, recebeu um implante de válvula cardíaca via cateter, e antes mesmo do primeiro aniversário teve que ser submetida a uma complicada cirurgia no coração.

Tem dificuldades de aprendizagem, mas consegue frequentar uma escola regular graças à ajuda de professoras auxiliares com formação em ensinar crianças com necessidades especiais.

A frequência cardíaca e a respiração de Saga se abrandam enquanto ela caminha ao redor do edifício principal da escola e se aproxima do clube Mellis de atividades extracurriculares para os alunos. Vê a irmã pela janela do andar térreo. Pellerina parece feliz, pulando e rindo com outras duas meninas.

Saga abre a porta da frente, passa pelo vestiário, descalça os tênis, deixa-os ao lado da linha de fita adesiva no chão e em seguida entra no clube. Ouve a música que vem da sala de dança e ioga e se detém no vão da porta.

Um xale cor-de-rosa foi colocado sobre uma luminária. A batida dos graves da música faz uma das janelas estremecer, e os flocos de neve de papel grudados no vidro parecem bailar.

Saga reconhece Anna e Fredrika, colegas de classe da irmã; ambas são um pouco mais altas do que Pellerina.

As meninas estão descalças. As meias compridas estão emboladas e jogadas debaixo de uma das cadeiras. Enfileiradas no meio da sala, as meninas fazem a contagem, depois balançam os quadris, dão um passo à frente, batem palmas e rodopiam.

Pellerina dança com um largo sorriso no rosto, sem perceber o fio de ranho pendurado no nariz. Saga vê que ela está indo bem, aprendeu todos os movimentos, mas está um pouco entusiasmada demais, projetando os quadris mais do que as outras duas meninas.

Anna desliga a música. Sem fôlego, ajeita uma mecha de cabelo atrás da orelha e bate palmas.

Do ponto junto à porta de onde está observando tudo sem ser vista, Saga vê as duas meninas trocando olhares por cima da cabeça de Pellerina; Fredrika faz uma careta abobalhada, e Anna cai na risada.

— Por que estão rindo? — Pellerina pergunta, ainda ofegante enquanto coloca de volta os óculos de lentes grossas.

— Estamos rindo porque você é muito inteligente e bonita — Fredrika responde, sufocando uma gargalhada.

— Vocês também são inteligentes e bonitas — Pellerina diz com um sorriso.

— Mas não tão bonitas quanto você — Anna diz.

— São, sim — Pellerina ri.

— Você deveria pensar em seguir carreira solo — Fredrika diz.

— O que é isso? — Pellerina pergunta, empurrando os óculos ainda mais pelo nariz.

— Isso quer dizer que pode ser melhor se a gente filmar você dançando sozinha.

Fredrika para de falar de repente quando Saga entra na sala. Pellerina vai correndo abraçá-la.

— Você está se divertindo? — Saga pergunta calmamente.

— Estamos ensaiando nossa dança — Pellerina responde.

— Estão indo bem?

— Muito bem!

— Anna? — Saga diz, olhando para a menina. — Estão indo bem?

— Sim — ela responde, e olha para Fredrika.

— Fredrika?

— Sim.

— Estou vendo que vocês duas são boas meninas — diz ela. — Continuem assim.

Saga espera no vestiário enquanto Pellerina abraça várias vezes a professora auxiliar antes de vestir o macacão de inverno e guardar os desenhos na mochila.

— Elas são as meninas mais legais da classe — Pellerina explica enquanto atravessam de mãos dadas o pátio da escola.

— Mas se te disserem para fazer coisas esquisitas, você deve dizer "não" — Saga a instrui no caminho de casa.

— Já sou uma mocinha.

— Você sabe que me preocupo — Saga explica, e sente um nó na garganta.

Ela segura a mão de Pellerina e pensa nas meninas fazendo caretas. Parecia que estavam pensando em filmar Pellerina para zombar dela, espalhando o vídeo nas redes sociais.

No fim das contas, todo mundo sempre recorre ao pretexto de que foi apenas uma brincadeirinha inocente que saiu de controle, quando na verdade nunca houve qualquer dúvida de que se tratava apenas de crueldade. A energia sombria toma o ambiente, e mesmo assim a pessoa escolhe seguir adiante.

9

Pellerina mora com o pai em uma casa de placas de gesso acartonado recobertas de pigmento vermelho brilhante e telhado de telhas vermelhas na rua Björkvägen, em Gamla Enskede.

As velhas macieiras e o gramado cintilam cobertos de minúsculos cristais de gelo.

Enquanto Saga fecha o portão, Pellerina corre até a porta e toca a campainha.

Lars-Erik Bauer está usando uma calça de veludo cotelê e uma camisa branca amarrotada com a gola aberta. Poderia ter cortado o cabelo há um mês, mas a cabeleira grisalha e despenteada lhe dá uma aparência atraente e excêntrica. Toda vez que Saga vê o pai, fica impressionada com a idade que ele tem agora.

— Entre — ele diz, e ajuda Pellerina a tirar o macacão. — Você é bem-vinda para ficar para o jantar, Saga.

— Não tenho tempo — Saga responde de pronto.

As lentes grossas dos óculos de Pellerina ficaram embaçadas. Ela os tira e sobe desajeitadamente as escadas para o quarto.

— Estou fazendo macarrão com queijo. Sei que é um dos seus pratos favoritos.

— Foi quando eu era pequena.

— É só você dizer o que você gostaria de comer... Posso ir ao mercado.

— Pare com isso — Saga diz com um sorriso. — Tanto faz, eu como qualquer coisa. Macarrão com queijo está ótimo.

Lars-Erik parece genuinamente encantado por ela querer ficar um pouco. Pega a jaqueta da filha, pendura-a e pede que ela se sinta em casa.

— Estou preocupada que algumas meninas do Mellis não estejam sendo muito legais — Saga diz.

— De que maneira? — o pai pergunta.

— Não sei, apenas uma sensação. Elas estavam fazendo caretas.

— Pellerina geralmente lida muito bem com a maioria das coisas sozinha, mas vou falar com ela — ele diz antes de subirem para o quarto da menina.

Lars-Erik é cardiologista e comprou uma máquina profissional de ECG para poder monitorar o coração de Pellerina, uma vez que ela está sujeita a sofrer episódios recorrentes dos problemas pregressos.

Saga olha para os desenhos mais recentes da irmã enquanto o pai conecta os eletrodos no peito de Pellerina. A pálida cicatriz das cirurgias desce num risco vertical pelo esterno.

— Vou preparar o jantar — Lars-Erik diz, e sai do quarto.

— Eu tenho um coração bobo — Pellerina suspira, botando os óculos de volta.

— Você tem o melhor coração do mundo.

— O papai diz que eu tenho um coração de ouro. — Ela sorri.

— Ele tem razão, e você é a melhor irmãzinha de todo o mundo.

— Você é a melhor, você parece a Elsa — Pellerina sussurra, estendendo a mão para tocar o cabelo comprido de Saga.

Normalmente Saga se irrita quando alguém a compara a uma princesa da Disney, mas ela gosta do fato de Pellerina ver as duas como as irmãs de *Frozen*.

— Saga? — Lars-Erik grita do pé da escada. — Você poderia descer aqui um instante?

— Volto logo, Anna — ela diz, acariciando o rosto da irmã.

— Tá bom, Elsa.

Lars-Erik está picando alho-poró quando Saga entra na cozinha. Há um pacote sobre a mesa. Está embrulhado em papel-alumínio e tem um coração de papel colado em cima com os dizeres "Para minha querida filha, Saga".

— Eu estava sem papel de presente — ele se desculpa.

— Não quero presentes, pai.

— Não é nada, apenas uma lembrancinha.

Saga arranca o papel-alumínio e o amassa em uma bola brilhante, que deixa ao lado da caixa de papelão florida.

— Abra — Lars-Erik diz com um sorriso largo.

A caixa contém um antiquado elfo de Natal de porcelana acondicionado em papel picado. Veste uma roupa verde-árvore, tem olhos penetrantes, bochechas rosadas e uma boquinha alegre.

Carrega nos braços uma grande tigela de mingau.

O elfo de Natal da infância de Saga.

Todo mês de dezembro ele era tirado do armário, e enchiam a tigela com caramelos cor-de-rosa e amarelos.

— Fazia um tempão que eu estava procurando um... Bom, séculos, na verdade — Lars-Erik diz. — E hoje, por acaso, entrei numa loja de antiguidades em Solna e lá estava ele.

Saga se lembra da ocasião em que a mãe, com raiva do pai, jogou o elfo no chão, despedaçando-o.

— Obrigada, pai — ela diz, e põe a caixa em cima da mesa.

Quando volta ao quarto de Pellerina, Saga percebe que a frequência cardíaca da menina aumentou, como se ela tivesse corrido. Pellerina está olhando o celular, boquiaberta, com uma expressão de horror no rosto.

— O que aconteceu? — Saga pergunta com a voz preocupada.

— Ninguém pode ver, ninguém pode ver — a irmã diz, apertando o telefone contra o peito.

— Pai! — Saga grita.

— Não é permitido!

— Não se preocupe, querida. Apenas me diga o que você estava olhando.

— Não.

Lars-Erik sobe às pressas as escadas e entra no quarto.

— Conta pro papai — Saga pede.

— Não! — Pellerina grita.

— O que é, Pellerina? Estou cozinhando o jantar — ele diz, para incentivá-la a falar.

— É alguma coisa no celular dela — Saga explica.

— Me mostre — Lars-Erik pede, e estende a mão.

— Não é permitido — Pellerina diz, soluçando.

— Quem disse isso? — ele pergunta.

— É o que diz no e-mail.

— Eu sou seu pai, então tenho permissão para ver.

Ela entrega o aparelho para o pai, que lê e franze a testa.

— Ah, querida — ele diz com um sorriso, abaixando o celular. — Isto não é de verdade, você sabe, não é?

— Eu tenho que enviar, senão...

— Não, você não precisa. Nesta família nós não enviamos e-mails bobos — Lars-Erik diz com firmeza.

— Uma daquelas correntes de e-mail? — Saga pergunta.

— Sim, uma muito boba — ele responde, depois se vira para Pellerina. — Vou me livrar dela.

— Não, por favor! — Pellerina implora, mas Lars-Erik já deletou o e-mail.

— Pronto, tudo acabado — ele diz, e devolve o telefone para a menina. — Já podemos esquecer essa história.

— Eu também recebo correntes de e-mail — Saga diz.

— Mas elas vêm ver você também?

— Quem?

— As meninas palhaças — Pellerina sussurra, empurrando os óculos mais para cima no nariz.

— Isso não é de verdade, é tudo invenção — o pai diz. — Alguma criança inventou essa história para assustar as pessoas.

Depois que Lars-Erik retira os eletrodos e desliga o monitor de ECG, Saga carrega a irmã para o andar de baixo e a deita no sofá em frente à televisão. Enrola a menina em um cobertor e coloca *Frozen*, como de costume.

Está escuro lá fora agora. Saga vai à cozinha para ajudar o pai com o jantar. Assim que termina de despejar creme de leite, os ovos e o queijo ralado por cima do macarrão, ela pega um par de luvas de silicone e leva a travessa ao forno.

— O que dizia no e-mail? — ela pergunta baixinho.

— Que você tem que enviar o e-mail para três outras pessoas e assim escapar da maldição. — Ele suspira. — Caso contrário, as meninas palhaças vão aparecer quando você estiver dormindo e vão arrancar seus olhos, esse tipo de coisa.

— Dá pra entender por que ela ficou com medo — Saga diz.

Ela vai ver como está Pellerina, que pegou no sono. Tira os óculos da menina e os deixa na mesinha de centro.

— Ela está dormindo — Saga diz quando volta para a cozinha.
— Vou acordá-la quando for hora de comer. Isso sempre acontece, a escola acaba com ela.
— Eu tenho que ir — Saga diz.
— Não tem tempo de comer primeiro? — ele pergunta.
— Não.
Ele a acompanha até o vestíbulo e lhe entrega a jaqueta.
— Não se esqueça de levar seu elfo.
— Ele pode ficar aqui — Saga diz ao abrir a porta.
Lars-Erik fica parado no vão. A luz brinca em seu rosto enrugado e no cabelo despenteado.
— Achei que você ia gostar — ele diz calmamente.
— Não é assim que funciona — ela responde, e vai embora.

10

São três da tarde e o céu branco já está começando a escurecer.

Joona nunca teve qualquer objeção a fazer o serviço de patrulha, mas depois da visita de Nils Åhlén parece que o mundo se tornou um lugar mais perigoso.

Está passando pelas grades de ferro forjado que circundam a igreja Adolf Fredrik, e vê um grupo vestido de preto ao redor de um túmulo aberto. As lápides próximas foram vandalizadas e cobertas de suásticas.

Quando Joona passa pela rua Olof Palmes, percebe alguém acenando de trás da janela de um restaurante tailandês.

Uma mulher embriagada se levanta da mesa e o olha fixamente.

Quando Joona se aproxima, a mulher cospe no vidro da janela, bem diante dele.

Ele segue em frente em direção à praça Hötorget, onde os comerciantes do mercado estão ocupados vendendo frutas e legumes. A mente de Joona continua divagando para o ladrão de túmulos de Oslo. Tão logo consiga trazer o crânio de Summa de volta da Noruega, planeja enterrá-lo outra vez com os restos mortais dela. Ainda não decidiu se vai contar a Lumi sobre o ocorrido. Isso a deixaria terrivelmente perturbada.

Joona acaba de passar pela Sala de Concertos quando ouve um homem berrando em uma voz agressiva e bêbada. Uma garrafa de vidro se espatifa, e quando Joona olha para trás vê os cacos verdes na rua.

As pessoas estão mantendo distância de um homem que está claramente sob o efeito de narcóticos. Ele tem um resto de barba por fazer e o cabelo loiro se amontoa em uma maçaroca bagunçada na parte de trás da cabeça. Veste uma jaqueta de couro estropiada e calça jeans com manchas escuras de urina ao redor da virilha e numa das pernas.

O homem não está calçando sapatos nem meias, e Joona pode ver que está ferido e deixa um rastro de sangue na calçada.

O homem xinga uma mulher que se afasta às pressas, em seguida fica imóvel, com uma expressão autoritária, e aponta um dedo para as pessoas ao redor, como se estivesse prestes a dizer algo incrivelmente importante.

— Um, dois, três, quatro... cinco, seis, sete...

Joona se aproxima e vê uma menina parada atrás do homem confuso. No rosto sujo dela há uma expressão transtornada, e ela parece à beira de irromper em lágrimas. Um moletom cor-de-rosa é sua única proteção contra o frio.

— Podemos ir pra casa agora? — ela pergunta, puxando timidamente a jaqueta do homem.

— Um, dois, três...

Ele perde a conta e, para não cair, estende a mão e se apoia num poste de iluminação. Os olhos de drogado estão vermelhos e inchados; de tão encolhidas, as pupilas se reduziram a pontas de alfinete, e do nariz escorre um fino fio de ranho.

— Precisa de ajuda? — Joona pergunta.

— Sim, por favor — o homem murmura.

— O que posso fazer?

— Atire naqueles pra quem eu apontar.

— Você está armado?

— Estou apontando pra todos aqueles que...

— Pare com isso — Joona o interrompe com calma.

— Tá legal, tá legal — o homem resmunga.

— Você está armado?

O homem aponta para um cara que parou para olhar e, em seguida, para uma mulher que está passando com um carrinho de bebê.

— Papai — a menina implora.

— Não tenha medo, mas eu preciso descobrir se seu pai tem algum tipo de arma com ele — Joona diz a ela.

— Ele precisa descansar um pouco, só isso — ela sussurra.

Joona diz ao homem para colocar as mãos atrás da cabeça, e ele obedece. Mas, quando solta o poste, perde o equilíbrio e desaba para trás, na sombra da parede azul da Sala de Concertos.

— Que drogas você tomou?

— Só um pouco de cetamina e anfetamina.

Joona se agacha ao lado da menina. Mais uma vez, o pai começa a apontar discretamente o dedo para várias pessoas.

— Quantos anos você tem?

— Seis e meio.

— Você acha que consegue cuidar de um ursinho de pelúcia?

— O quê?

Joona abre a mochila e tira um bicho de pelúcia. Nas semanas próximas ao Natal, os policiais recebem ursinhos de pelúcia que podem dar a qualquer criança em situação de risco ou que tenha testemunhado algo violento. Para muitas crianças de famílias envolvidas em problemas com drogas, é o único presente de Natal que vão ganhar.

A menina encara o ursinho, que veste uma camiseta listrada e tem um grande coração vermelho no peito.

— Você gostaria de cuidar dele? — Joona sorri.

— Não — ela responde com um sussurro, e olha para ele timidamente.

— Pode ficar com ele, se você quiser — Joona explica.

— Sério?

— Mas ele precisa de um nome — Joona diz, entregando o brinquedo para ela.

— Sonja — a menina diz, abraçando o ursinho contra o pescoço.

— É um nome lindo.

— Era o nome da minha mãe — ela diz.

— Precisamos levar seu pai ao hospital. Há alguém com quem você possa ficar enquanto isso?

A criança assente e sussurra algo no ouvido do ursinho de pelúcia.

— A vovó.

Joona pede uma ambulância, entra em contato com uma conhecida no Serviço Social e a instrui a buscar a menina e levá-la ao endereço que encontraram no banco de dados.

Assim que acaba de explicar toda a situação para a menina, um carro da polícia chega ao local, as luzes azuis piscando no asfalto.

Dois colegas uniformizados descem do carro e cumprimentam Joona com um aceno de cabeça.

— Joona Linna? Seu chefe entrou em contato comigo pelo rádio — um deles diz.
— Carlos?
— Ele quer que você atenda ao telefone.

Joona pega o celular e vê que Carlos Eliasson — chefe do Departamento Nacional de Investigação Criminal — está ligando para ele, embora não haja toque algum.

— Joona — ele diz ao atender.
— Desculpe incomodar enquanto está trabalhando, mas é que se trata de uma prioridade absoluta — Carlos explica. — Uma superintendente da polícia alemã, Clara Fischer, da BKA, precisa entrar em contato com você o mais rápido possível.
— Por quê?
— Eu disse a ela que você pode ajudá-los em uma investigação preliminar... A polícia de Rostock está fazendo diligências para esclarecer uma morte em um acampamento, provavelmente assassinato... O nome da vítima é Fabian Dissinger... um estuprador em série que estava preso numa unidade psiquiátrica de segurança máxima em Colônia e tinha sido solto recentemente.
— Ainda estou em liberdade condicional, cumprindo tarefas de patrulha até...
— Ela pediu que fosse você — Carlos o interrompe.

11

O carro de Joona passa por campos de um verde baço e grandes casas de pedra cujas garagens estão apinhadas de automóveis e bicicletas.

O avião de Estocolmo pousou no aeroporto de Rostock-Laage faz uma hora. Joona alugou uma BMW e seguiu para o norte pela Autobahn 19.

Não sabe por que a superintendente Clara Fischer solicitou a ajuda específica dele. Os dois jamais tiveram contato, e o homem que foi encontrado morto no acampamento nunca apareceu em nenhum dos casos de Joona.

Clara Fischer não indicou com precisão de que maneira achava que Joona seria capaz de contribuir — mas, como as forças policiais alemã e sueca têm um longo histórico de cooperação, Carlos deu o sinal verde.

Durante o voo, Joona teve tempo de ler três dos arquivos que a Bundeskriminalamt lhe enviou sobre casos relacionados à vítima de homicídio.

Fabian Dissinger foi condenado por vinte e três estupros violentos de homens e mulheres na Alemanha, Polônia e Itália. De acordo com um relatório psiquiátrico, tinha transtorno de personalidade antissocial com tendências sádicas e traços de psicopatia.

Joona faz uma curva fechada à esquerda e percorre um trecho de floresta. Avista uma pista lamacenta de motocross numa clareira à direita, e depois disso não há nada além de árvores até chegar ao acampamento, Ostseecamp Rostocker Heide.

Joona estaciona rente ao cordão de isolamento e caminha até o grupo de policiais alemães que estão à sua espera.

O sol de inverno reluz nos cabos e nas antenas parabólicas no teto dos trailers.

A superintendente Clara Fischer é uma mulher alta com olhos castanho-escuros; em seu semblante altivo, algo sugere que ela se ofende com facilidade. O olhar fixo e penetrante parece se aguçar ainda mais enquanto observa Joona se aproximar. O cabelo curto e encaracolado está ficando grisalho nas têmporas. Veste uma jaqueta de couro preta que chega abaixo dos quadris e botas de couro preto com salto baixo que agora estão completamente cinza com a lama do solo úmido.

Clara esquadrinha Joona como se a menor mudança em sua expressão tivesse grande significado.

— Obrigada por vir tão rápido — ela diz, sem romper o contato visual enquanto aperta a mão dele.

— Eu gosto de acampamentos...

— Excelente.

— Mas vim me perguntando por que estou aqui — ele conclui.

— Certamente não é porque a morte de Fabian Dissinger seja uma grande perda para a Alemanha — Clara Fischer responde, partindo em direção a uma das áreas de camping.

Joona se enverada atrás dela ao longo de uma das trilhas de asfalto que cortam o parque. Uma fria brisa de inverno sopra enquanto os raios de sol brancos brilham por entre as copas nuas das árvores.

— Não estou dizendo que ele teve o que merecia, mas, se dependesse de mim, passaria o resto da vida na prisão — ela diz com toda a calma do mundo.

— Não é uma opinião descabida.

Passam pela área dos chuveiros e por um pequeno quiosque. Alguns campistas estão aglomerados do lado de fora do cordão de isolamento e tiram fotos da cena do crime com o celular. A fita plástica branca e vermelha ondula com o vento.

— Não é uma opinião descabida — Clara repete, e olha de relance para Joona. — Sei que alguns de nossos colegas em Berlim se recusaram a trabalhar em um caso na semana passada... Um pedófilo conhecido foi encontrado afogado dentro de uma vala nas imediações de uma escola... Consigo entender, já que ao mesmo tempo foram obrigados a abandonar a investigação sobre o latrocínio de uma jovem em Spandau.

Uma lata de cerveja vazia rola pela área de areia ao redor de um aglomerado de lixeiras de coleta seletiva. Cacos de vidro cintilam ao sol, e há um punhado de plástico bolha enfiado entre dois dos recipientes de reciclagem.

Joona e Clara caminham em silêncio por entre um grupo de trailers mais antigos, que foram fechados para o inverno.

Dois policiais uniformizados vigiam o cordão de isolamento. Cumprimentam Clara com saudações respeitosas.

— Um Cabby 58 de 2005 — ela diz, apontando para o trailer. — Dissinger o estava alugando pelos últimos dois meses e quatro dias.

Joona olha para o trailer quadrado, empoleirado em blocos de concreto. Gotas de ferrugem castanho-avermelhadas escorreram pela lateral de uma antena torta no teto.

Dois peritos forenses de macacão branco esmiuçam o terreno em torno de uma mesa no cascalho ao lado do trailer, e varetas numeradas marcam os locais de quaisquer achados. Há uma panela de alumínio enegrecida de fuligem cheia de água da chuva e moscas mortas.

— Creio que você não teve tempo de dar uma olhada nos relatórios que lhe enviamos.

— Não em todos.

Ela esboça um sorriso desanimado.

— Não em todos — ela repete. — Encontramos uma grande quantidade de material pornográfico violento no computador dele... Então acho que podemos supor que onze anos de tratamento psiquiátrico não resolveram os problemas do sujeito. Ele estava preso, medicado, apenas em banho-maria, dando tempo ao tempo... esperando por uma chance de recomeçar de onde tinha parado.

— Algumas pessoas são assim — Joona responde, seco.

Um perito forense corpulento sai do trailer de modo a abrir espaço para os dois e diz a Clara algo que Joona não consegue ouvir.

Eles sobem no banquinho em formato de degrau em frente à porta aberta.

Sem constrangimento, Clara observa cada movimento de Joona. Parece sempre prestes a fazer perguntas, mas se contendo.

Tapetes de plástico transparente foram dispostos para proteger o piso de cortiça. O chão do trailer range com o peso dos policiais.

Há um paletó marrom com lapela puída e mangas manchadas de sangue jogado em cima dos bancos azul-claros desbotados pelo sol.

— Alguém deve ter ouvido a briga — Clara diz baixinho.

O tampo de vidro que cobre a pequena pia e o fogareiro a gás está repleto de tubos de ensaio com amostras biológicas e sacos plásticos contendo itens apreendidos — xícaras de café, copos de cerveja, talheres, escovas de dente e guimbas de cigarro.

— Dissinger recebeu um visitante. Provavelmente estava planejando o de sempre, mas o tempo levou a melhor, ele estava mais fraco, mais velho... a situação mudou, e ele foi agredido e assassinado pela pessoa que pretendia violentar.

A luz do sol jorra através das janelas imundas e das cortinas cor de creme manchadas. Restos de teias de aranha rompidas tremem com a corrente de ar que se insinua pela porta aberta.

— Ele foi encontrado por dois rapazes... Parece que dias atrás Dissinger disse a um deles que ficaria feliz em lhes oferecer uma bebida.

— Eu gostaria de falar com eles — Joona diz, olhando para o sangue na quina arredondada de um dos armários.

— Eles estão bastante abalados, mas se não tivessem chegado tarde demais para a tal bebida, provavelmente estariam em uma condição bem pior.

A cama de casal está suja de sangue; uma das luzes de leitura embutidas na cabeceira foi arrancada e está pendurada pelos fios. Alguém foi puxado para fora do colchão sem lençol, e em seguida jogado para trás e arrastado ao longo da lateral do trailer enquanto tentava escapar.

— Os parentes dele não estão exatamente fazendo fila para organizar o funeral, então o deixei pendurado ali dentro até você chegar — Clara conclui, e gesticula em direção à porta fechada do banheiro.

— Obrigado.

12

Joona abre a porta de correr do banheiro. Há um homenzarrão sem camisa pendurado em um armário alto entre o vaso sanitário e a pia. Seus pés alcançam o chão, mas ambas as pernas foram quebradas na altura do joelho, tornando-as incapazes de suportar o peso do corpo.

Em volta do pescoço há um pedaço de fio de aço, que abriu um corte de pelo menos cinco centímetros de profundidade logo abaixo do pomo de adão.

O sangue escorreu pelo peito peludo e pela barriga saliente até a calça jeans.

— Vocês têm certeza quanto à identidade dele?

— Cem por cento — Clara diz, mais uma vez observando Joona atentamente.

O rosto do homem foi esmagado, não sobrou muito de suas feições.

As mãos flácidas ao longo do corpo estão pretas por causa da hipóstase.

— Ele deve ter feito muitos inimigos depois do julgamento — Joona diz, pensativo. — Vocês já...

— Estatisticamente, a vingança é um motivo incomum — Clara o interrompe.

Joona examina a parede atrás do corpo. É evidente que o homem morto lutou por um bocado de tempo antes de sufocar. Em seus esforços para afrouxar o fio balançando o corpo para a frente e para trás, conseguiu quebrar a pia. Mesmo que não possa ser considerado um enforcamento completo, visto que os pés do morto estão tocando o solo, Joona tem certeza de que encontrarão fraturas no osso hioide e na borda superior da cartilagem tireoide.

— Estou trabalhando com a hipótese de que ele conseguiu atrair um rapaz cuja vida saiu dos trilhos... Orfanatos, crimes de pequena monta, prostituição, esteroides anabolizantes, Rohypnol — Clara continua, vestindo um par de luvas de látex brancas.

— Não houve luta — Joona diz.

— Não?

— Ele seria fisicamente capaz de brigar com unhas e dentes, mas os nós dos dedos não têm um arranhão.

— Vamos levar o corpo para o laboratório, agora que você já o viu — ela murmura.

— Ele tampouco tem outros ferimentos que indicam tentativa de defesa — Joona continua.

— Certamente deve ter — ela diz, virando os braços do morto para examiná-los.

— Ele não se defendeu — Joona diz com calma.

Clara Fischer suspira, solta os braços do cadáver e olha fixo para Joona.

— Como você pode saber tanto?

— O que estou fazendo aqui? — Joona indaga.

— É exatamente o que eu estava pensando em perguntar — Clara rebate e tira da bolsa um saquinho plástico para coleta e integridade de evidências contendo um celular de modelo antigo, que mostra a Joona.

— Um telefone — ele diz.

— Um telefone que encontramos entre as almofadas do sofá... Pertencia a Fabian Dissinger — ela diz, ligando-o dentro do saquinho plástico. — Dois dias atrás ele ligou para este número. Você o reconhece?

— É o meu número — Joona responde.

— Uma das últimas ligações que ele fez na vida foi para seu telefone pessoal.

Joona pega o próprio celular e vê uma ligação perdida correspondente.

— Me conte o que você sabe — Clara diz.

— Bem, agora entendi por que você me queria aqui.

— Você precisa me explicar por que ele te ligou — ela diz, impaciente.

Joona balança a cabeça.

— Fabian Dissinger não apareceu em nenhuma das minhas investigações.

— Me conte a verdade — Clara insiste, irritada.

— Eu não faço ideia.

Ela sopra para afastar uma mecha de cabelo da boca.

— Você não faz ideia. Mas deve haver alguma conexão. — Ela não desiste.

— Sim. — Joona meneia a cabeça, dando um passo para mais perto do homem enforcado e perscrutando seus olhos.

Um deles está oculto por um inchaço cinza-azulado e por uma porção de pele reduzida a uma polpa vermelha, mas o outro está aberto, a membrana mucosa salpicada por pequenos pontos de sangue.

Joona percebe que Clara Fischer evitou contar a ele sobre o telefone para ver se sua reação à cena do crime poderia revelar alguma conexão que, em outra circunstância, ele teria negado.

— Me dê alguma coisa — ela diz, com os olhos cravados em Joona.

Apesar do ar frio no interior do trailer, gotículas de suor brotam no lábio superior de Clara.

— Eu gostaria de estar presente na autópsia — Joona responde.

— Você disse que não houve luta corporal.

— A violência foi unilateral... Uma explosão quase descontrolada de agressividade, mas empregando técnicas militares.

— Antes de trabalhar na polícia você foi do Exército, serviu na Unidade de Operações Especiais.

Eles se afastam do banheiro para que dois peritos forenses possam entrar. Eles deixam no chão um saco para cadáveres e em seguida amarram saquinhos plásticos em volta das mãos da vítima, cortam o fio e erguem o corpo grande e enrijecido.

O peso do morto faz os oficiais gemerem de esforço, e eles dão instruções um ao outro enquanto o carregam para fora do banheiro pela porta estreita. Enquanto os peritos ajeitam o cadáver dentro do saco, Joona tem um vislumbre das costas largas e dos ombros peludos de Fabian Dissinger.

— Esperem, virem o corpo — Joona diz, aproximando-se.

— *Könnten Sie bitte die Leiche auf den Bauch wenden?** — Clara diz com a voz neutra.

Os peritos forenses encaram Joona e Clara, mas abrem de novo o saco, viram o corpo e depois se afastam um pouco.

Joona sente o coração acelerar enquanto examina as costas da vítima: das omoplatas até as nádegas, a pele apresenta riscas e listras estranhas, como se o homem tivesse se deitado sobre uma esteira de junco.

— O que aconteceu com as costas dele? — Clara sussurra.

Sem se preocupar em vestir luvas de proteção, Joona se agacha e desliza suavemente as pontas dos dedos sobre a pele danificada; são centenas de cicatrizes paralelas, vestígios de ferimentos que sangraram e se curaram repetidas vezes.

— Eu sei que você tem uma reputação lendária como detetive — Clara diz lentamente. — Mas tem também uma condenação criminal, está em liberdade condicional, e vou prendê-lo e levá-lo para interrogatório a menos que você possa me explicar como...

Joona se levanta, passa por ela e, ao estender uma das mãos na direção do fogão em busca de apoio, acidentalmente derruba alguns dos sacos para coleta de evidências contendo copos e cinzeiros; por fim, ele avança e sai para o sol.

— Peguei você, Joona, não peguei? — Clara diz, correndo atrás dele.

Ele não responde, apenas atravessa o cascalho em direção ao portão, empurrando para o lado um perito forense parado no meio do caminho enquanto fuça no celular.

Atrás dele, Joona ouve Clara dizer:

— Detenham esse homem. — Mas não há senso de urgência em sua voz.

Pronto para derrubar qualquer um que tentar impedi-lo, Joona passa por dois policiais uniformizados.

Obviamente reconhecendo a determinação no rosto dele, os homens se afastam, com cautela.

O morto no trailer apresenta sinais de ter sido açoitado.

---

* "Vocês poderiam virar o corpo de bruços, por favor?", em alemão. (N. T.)

O irmão gêmeo de Jurek Walter tinha cicatrizes semelhantes nas costas. Durante anos foi chicoteado com um assentador de navalhas, um pedaço de couro grosso usado para afiar lâminas de barbear.

Joona ainda não sabe o que essas semelhanças significam, mas não há dúvida de que são uma mensagem para ele.

Ele corre em direção ao estacionamento, pula dentro do carro e, com uma guinada violenta do volante, faz o veículo dar meia-volta e lançar jatos de lama para os lados.

Ao sair do camping, Joona liga para a polícia criminal norueguesa.

Precisa saber se havia algum ferimento nas costas do ladrão de túmulos que foi encontrado morto em Oslo, o homem que guardava o crânio de Summa em seu congelador.

13

Joona pegou um táxi direto do aeroporto para o Departamento de Medicina Legal do Instituto Karolinska, nos arredores de Estocolmo.

Nas janelas do prédio de tijolos vermelhos há castiçais elétricos do Advento; do lado de fora, os galhos despidos dos arbustos de rosa-mosqueta estão cobertos de gelo.

Joona não tomou seu remédio hoje porque tem a sensação de que, com ele, não fica tão perspicaz quanto poderia.

Como resultado de um acidente ocorrido há muitos anos, Joona sofre de cefaleia em salvas. Às vezes, a dor de cabeça é tão forte que o deixa completamente nocauteado por minutos; outras vezes, passa depressa como uma tempestade ameaçadora. Até agora, a única coisa que ajuda é um medicamento antiepiléptico chamado topiramato.

Joona entra pelas portas de vidro e vira à esquerda no corredor, onde dá de cara com o velho faxineiro empurrando o carrinho de produtos de limpeza.

— Como está Cindy? — Joona pergunta.

— Muito melhor agora, obrigado — o homem responde com um sorriso.

Joona não consegue contar quantas vezes, durante os anos na polícia, ficou plantado nesse corredor esperando para ouvir as descobertas de Nils Åhlén.

As coisas estão diferentes hoje, visto que o corpo que vão analisar está presente apenas em forma fotográfica.

Fabian Dissinger, o maníaco sexual encontrado morto em Rostock, foi submetido a maus-tratos físicos durante um longo período. As cicatrizes eram consistentes com a hipótese de ele ter ficado deitado de bruços, imóvel, enquanto alguém ao lado do corpo o flagelava.

As feridas curadas se abriam novamente por conta dos novos golpes e depois cicatrizavam mais uma vez.

O ladrão de túmulos de Oslo não tinha cicatrizes nas costas. Contudo, pouco antes de sua morte, ele tinha sofrido cinco golpes severos desferidos com um cinto ou um assentador de navalhas.

As luzes estão acesas na sala principal de autópsia. Saga está agachada com as costas contra a parede de ladrilhos enquanto Nils, vestindo seu jaleco branco, esfrega as mãos magras.

— A polícia criminal norueguesa enviou as fotos. Eu as recebi no carro a caminho daqui, depois encaminhei para você — Joona explica.

— Obrigado — Nils diz.

— Eu não ganho um abraço? — Saga diz, levantando-se.

O cabelo loiro está preso em tranças, e, como de costume, ela veste calça jeans desbotada e uma jaqueta da academia de boxe em que treina.

— Você parece feliz — Joona diz, indo até ela para abraçá-la.

— Acho que sim — Saga responde.

Joona dá um passo para trás e a olha nos olhos. Ela segura o braço dele por alguns momentos.

— Mesmo que esteja namorando um policial.

— Randy. — Ela sorri.

Nils Åhlén abre o computador, encontra os e-mails e clica nos anexos. Os três se reúnem diante da tela enquanto ele exibe as imagens das duas cenas de crime.

— O que está rolando? — Saga diz, por fim. — Os dois homens foram agredidos até a morte, com extrema violência, brutalidade excessiva... Nenhum deles se esforçou muito para se defender... E ambos foram açoitados nas costas.

— Da mesma forma que o irmão de Jurek — Joona diz.

— Isso é discutível — ela diz.

— Fabian Dissinger tem exatamente o mesmo tipo de cicatrizes que o irmão gêmeo de Jurek Walter... Embora a situação do irmão fosse muito pior, é claro; ele era bem mais velho, e...

— Então não é a mesma coisa — ela ressalta.

— Ambas as vítimas tinham ligações diretas comigo — Joona diz.

— Sim.

— Sabemos que todo mundo diz que Jurek Walter está morto — Joona diz após uma pausa. — Mas tenho pensado que... bem, talvez não seja o caso.

— Pare com isso — Saga protesta com uma voz tensa.

— Joona — Nils Åhlén diz, ajeitando nervosamente os óculos. — Temos um corpo, temos DNA cem por cento compatível...

— Eu quero analisar as evidências de novo — Joona o interrompe. — Preciso saber se há uma possibilidade mesmo que teórica de ele ainda estar vivo e...

— Não há — é a vez de Nils interrompê-lo.

Saga balança a cabeça e começa a caminhar em direção à porta.

— Espere, isso afeta você também — Joona diz às costas dela.

— Vou buscar o arquivo — Nils Åhlén anuncia. — Vamos fazer do seu jeito.

— Vocês dois enlouqueceram — Saga murmura enquanto se vira e volta até eles.

Nils destranca o arquivo de gavetas de ferro e puxa a pasta que contém os relatórios e fotografias relacionados a Jurek Walter. Na câmara fria, pega um frasco contendo um dedo preservado em formol. Olhar pelo vidro faz o dedo aumentar levemente de tamanho. Pálidas feito gelo, pequenas partículas brancas giram em torno do dedo túrgido.

— A única evidência que temos de que Jurek está morto é um dedo — Joona diz.

— Era um torso inteiro, porra — Saga diz, levantando a voz. — Coração, pulmões, fígado, rins, intestinos...

— Saga, ouça — Joona explica. — Eu só quero que a gente faça isso, quero que nós três juntos repassemos tudo o que sabemos. Porque isso ou vai nos ajudar a relaxar ou...

— Eu atirei nele, eu o matei — Saga protesta. — Ele poderia ter me matado, eu não sei por que ele hesitou, mas atirei no pescoço dele, no braço, no peito...

— Se acalme — Nils pede, e puxa uma cadeira de escritório para ela.

Saga se senta, segura o rosto entre as mãos por alguns instantes, depois as abaixa e respira fundo.

— Jurek Walter morreu naquela noite — ela continua, com a voz embargada. — Não sei quantas vezes já revi tudo isso na cabeça... Como foi difícil correr na neve alta, o reflexo do clarão da luz do sinalizador nos cristais minúsculos... Eu o vi claramente, mirei e atirei nele com minha Glock 17. O primeiro tiro acertou no pescoço, o segundo no braço... Fui andando em direção a ele e atirei de novo, três disparos no peito. Acertei todos, e vi os esguichos de sangue dos ferimentos de saída das balas mancharem a neve atrás dele.

— Eu sei, mas...

— Porra, não é minha culpa que ele tenha caído nas corredeiras, mas eu atirei na água escura e vi uma nuvem de sangue surgir e ondular ao seu redor, e eu o segui rio abaixo, disparando e disparando até não ter mais munição, e depois o corpo desapareceu, arrastado pela correnteza.

— Todo mundo fez o que tinha que fazer e muito mais — Nils Åhlén diz lentamente. — Naquela mesma noite a polícia enviou mergulhadores, e quando amanheceu eles vasculharam as margens sob o gelo com cães farejadores por mais de dez quilômetros rio abaixo.

— Eles deveriam ter encontrado o corpo — Joona diz em voz baixa.

Ele sabe que Saga continuou procurando por conta própria. A busca provavelmente fazia parte de seu longo caminho de volta à vida, uma maneira de resolver em seu íntimo o que tinha acontecido. Ela contou a ele sobre como percorreu de cima a baixo as duas margens do rio, de Bergasjön até os arredores de Hysingsvik, na costa do Báltico. Também explicou como, em seguida, delimitou uma área no mapa e vasculhou sistematicamente o arquipélago, dividindo-o em quadrantes. Esquadrinhou o litoral, vasculhou as praias, estudou correntes de maré e foi a cada uma das ilhotas e arrecifes em um raio de cem quilômetros ao longo da costa, conversou com moradores e turistas, pescadores, funcionários das balsas, oceanógrafos...

— Eu o encontrei — Saga sussurra, olhando para Joona com os olhos vermelhos. — Porra, Joona, eu o encontrei.

Ele ouviu Saga explicar que, depois de mais de um ano de buscas, um dia, andando pela praia no norte de Högmarsö, num terreno bastante acidentado e traiçoeiro, ela topou com um senhor idoso. Era um sacristão aposentado, coletando troncos na praia. Falou com ele e descobriu que, cinco meses antes, ele havia encontrado o cadáver de um homem na beira da água.

Saga foi com o velho para a parte habitada da ilha. A casa do sacristão e o crematório ficavam enfiados atrás de uma capela branca como leite.

— Depois de ser carregado pela correnteza, o corpo de Jurek foi dar na praia durante as tempestades que tivemos no final daquele inverno — Saga diz, sem tirar os olhos de Joona.

— Isso tudo confere — Nils diz. — Você entende, Joona? Tudo faz sentido. Ele está morto.

— As únicas partes que sobraram de Jurek Walter foram o torso e um dos braços — Saga continua. — O sacristão me disse que pôs o corpo inchado no carrinho de mão e o levou de volta pela floresta, depois o colocou no chão do depósito de ferramentas atrás da capela. Mas o cheiro deixou o cachorro doido, então ele teve que transportá-lo para o velho crematório.

— Por que ele não ligou para a polícia? — Joona pergunta.

— Não sei. Ele fabricava a própria bebida, tinha um alambique ilegal em casa, fraudava de alguma forma o benefício social que recebia. Talvez já tivesse começado a ficar senil... Mas tirou algumas fotos com o celular, para o caso de a polícia aparecer e começar a fazer perguntas. E ele guardou o dedo no fundo da geladeira.

Nils Åhlén puxa do arquivo uma foto impressa e a passa para Joona.

Ele pega a foto e a posiciona em um ângulo no qual o reflexo das luzes fluorescentes do teto do laboratório de autópsia não atrapalhe.

No chão de cimento do depósito de ferramentas, ao lado de um cortador de grama vermelho, jaz um tronco inchado, sem cabeça. Uma poça de água se esparramou ao redor. A pele branca do peito se rachou e escorregou para baixo, e os três buracos de bala se abriram como crateras.

Saga se põe ao lado de Joona para examinar a foto.

— É Jurek. É onde eu o acertei.

14

Muito calmamente, Nils Åhlén mostra as cópias das impressões digitais escaneadas, o perfil de DNA de Jurek Walter obtido no momento da prisão e a resposta do laboratório.

— A compatibilidade é exata, porque temos o DNA e as impressões digitais... Nem mesmo gêmeos idênticos têm impressões digitais idênticas — ele explica.

— Não duvido de que seja o dedo de Jurek Walter — Joona diz baixinho.

— E foi removido de um corpo já morto — Nils Åhlén afirma em tom enfático.

— Joona, ele está morto, você não está ouvindo? — Saga pergunta, limpando as lágrimas do rosto.

— Bastaria uma parte de um cadáver — Joona responde. — O dedo poderia ter sido cortado de uma mão amputada que estivesse na água salobra pelo mesmo período de tempo que o corpo.

— Ah, pelo amor de Deus — Saga solta um gemido.

— Isso é puramente teórico — Joona insiste.

— Nils, explique para ele que isso é impossível.

Nils Åhlén ajeita os óculos novamente e olha para Joona.

— Você está sugerindo que ele poderia ter cortado a própria mão para...

Ele fica em silêncio, e seu olhar encontra o de Joona.

— Digamos que Jurek tenha tido uma sorte incrível e, de alguma forma, tenha sobrevivido aos tiros, nadado com a correnteza, conseguido chegar a terra firme e sobrevivido — Joona diz, sério.

— Os tiros foram fatais — Saga protesta.

— Jurek foi uma criança-soldado — Joona argumenta. — Para ele, dor é algo irrelevante. Se fosse necessário, ele teria cauterizado as feridas e amputado o próprio braço.

— Joona, você percebe que isso é impossível? — Nils diz, a voz cansada.

— Só é impossível se realmente não puder ser feito.

— Certo, estamos ouvindo — Saga diz, afundando de novo na cadeira.

Com o rosto pálido e impassível, Joona expõe sua teoria.

— Jurek encontra um homem mais ou menos da mesma compleição que ele, a mesma idade. Atira nessa vítima da mesma forma que você atirou nele... depois corta a cabeça do sujeito e abandona o resto do corpo para boiar em algum lugar ao longo da costa... dentro de alguma espécie de gaiola ou caixa.

— Junto com a mão do próprio Jurek — Nils diz baixinho.

— Para os padrões de Jurek, nem seria algo tão bizarro assim. Ele costumava manter as pessoas enterradas vivas em caixões, só aparecia de vez em quando para ver como estavam.

— Para isso, ele teria que contar com a cooperação do sacristão que Saga conheceu.

— Jurek sabe como fazer com que as pessoas o obedeçam.

As gotas de uma torneira cintilam na grade do ralo de drenagem no chão.

Joona olha para Nils e Saga. Os olhos cinza-gelo parecem quase pretos agora, e seu rosto está coberto de suor.

— Estou certo? Existe uma possibilidade teórica de Jurek ainda estar vivo? — ele pergunta num sussurro.

— Joona — Nils implora, e em seguida faz que sim com a cabeça.

— Isso é um absurdo, não é o suficiente, isso não é nada, pelo amor de Deus! — Saga exclama, derrubando os relatórios e as fotos.

— Não estou dizendo que acredito que ele esteja vivo — Joona diz, hesitante.

— Que bom, Joona, porque isso seria meio esquisito — ela desabafa. — Já que eu atirei nele e depois encontrei o corpo.

— Só um dedo, na verdade.

— Em teoria, Joona tem razão — Nils conclui.

— Tá bom, mas que merda! — Saga diz, sentando-se novamente na cadeira. — Então você está certo em teoria, mas, qualquer que seja o ponto de vista, não há lógica na premissa toda. Por que diabos

Jurek iria querer chicotear e matar dois ex-presidiários pervertidos na Noruega e na Alemanha?

— Isso não parece ser do feitio de Jurek Walter — Nils Åhlén admite.

Joona fecha os olhos e as pálpebras tremem enquanto ele tenta se recompor o suficiente para dar prosseguimento a sua linha de raciocínio.

— Jurek tinha três tipos de vítimas — ele começa a falar, abrindo os olhos. — As verdadeiras vítimas, seus alvos principais, eram as pessoas que ele não matava com as próprias mãos, como Samuel Mendel.

— Por isso era tão difícil estabelecer um padrão — Nils comenta.

— Na segunda categoria estavam as pessoas que ele tirou dos alvos principais, os entes queridos que davam sentido à vida das vítimas.

— Filhos, esposas, irmãos, pais, amigos.

— Jurek não queria efetivamente matar essas pessoas. Como indivíduos, elas não tinham significado algum para ele.

— Razão pela qual ele as mantinha vivas, trancadas ou enterradas em caixões e barris — Nils continua, assentindo.

— A terceira categoria era de pessoas que acabavam atrapalhando seus planos... Ele tampouco queria matar estas, mas acabava matando por razões práticas, para tirá-las do caminho, porque eram apenas obstáculos.

— Então quer dizer que ele nunca esteve disposto a matar ninguém? — Saga pergunta.

— O ato de matar em si não lhe proporcionava coisa alguma, não havia motivação sexual, não se tratava sequer de dominação, apenas seu senso pessoal de justiça... Ele queria que as vítimas de verdade, as da primeira categoria, ficassem em frangalhos, a ponto de preferirem a morte à vida.

Ele olha para o chão e fita as fotografias do torso em decomposição, as costas vergastadas e os laudos laboratoriais.

— Agora temos duas vítimas aparentemente sem conexão entre si, com violentos ferimentos infligidos de uma forma que lembra o que aconteceu com o irmão de Jurek. Uma das vítimas estava de posse do crânio de Summa, guardado no congelador, e a outra tentou entrar em contato comigo.

— Isso não pode ser coincidência — Saga diz baixinho. — Mas esses assassinatos não são coerentes com a persona de Jurek Walter.

— Concordo, concordo plenamente, também não acho que seja Jurek, mas talvez alguém esteja tentando me dizer algo, e talvez essa pessoa tenha algum tipo de ligação com ele — Joona diz.

— E se houver outras vítimas? — Saga diz, e encara Joona direto nos olhos.

15

Stellan Ragnarson é um homem esguio com olhos amáveis e um sorriso indeciso e suplicante. Começou a cortar o cabelo bem curto depois que os fios ficaram ralos demais para manter o aspecto jovial.

Esta noite, está vestindo sua calça de corrida preta e um desbotado moletom cinza com capuz e o logotipo dos New York Rangers.

Tira meio quilo de bife da geladeira, arranca o plástico e coloca a carne dentro de uma grande tigela de inox.

Marika está sentada à mesa dobrável e segura o celular e uma barra de chocolate.

Ela é cinco anos mais nova que ele e trabalha no posto de gasolina da E65, em frente ao supermercado ICA Kvantum.

— Você mima demais esse cachorro — ela diz, quebrando três quadradinhos de chocolate.

— Eu posso me dar ao luxo — ele responde, e deixa a tigela no chão sob a janela da cozinha.

— Hoje, talvez.

Stellan sorri enquanto o imenso cachorro devora a carne com um estalo do pescoço. Rollof é um rottweiler de aparência impressionante, calmo e tranquilo. A cauda foi cortada quando era filhotinho porque estava enrolada sobre o dorso.

Stellan está desempregado, mas ganhou algum dinheiro com os cavalos ontem e surpreendeu Marika comprando uma rosa para ela.

Eles se sentam no sofá e comem sanduíches quentes de presunto e mostarda enquanto assistem a *Stranger Things*.

O episódio está quase no fim quando o celular de Marika toca. Ela olha para a tela e diz que é a irmã de novo.

— Atende — ele diz, levantando-se. — Vou subir e jogar um pouco antes de levar o Rollof pra passear.

— Oi, mana — Marika atende com um sorriso, e ajeita a almofada atrás das costas.

Stellan pega uma lata de cerveja na geladeira e sobe para o computador.

Seis meses atrás, começou a explorar a Dark Web, a zona invisível da rede mundial de computadores que, dizem, tem cinco vezes o tamanho da internet normal.

Mesmo sem estudar programação de software e protocolos de internet, a maioria das pessoas sabe que cada computador e telefone tem seu próprio endereço IP individual, uma combinação de letras e números que pode ser usada para identificar o usuário e determinar sua posição geográfica.

Stellan foi atraído pela Darknet, a parte da Dark Web que emprega servidores sem endereços IP. É nela, em sites e redes que não são indexados pelos mecanismos de busca, que a maioria dos negócios realmente perigosos acontece: armas, drogas, estupro, assassinatos por encomenda, comércio de escravos e tráfico de órgãos.

Porém, depois do que aconteceu onze dias atrás, ele parou de vasculhar a Dark Web. Cortou todo contato e tentou se livrar do software, sem sucesso.

Não importa, ele diz a si mesmo.

Não vai mais usar a Dark Web; de agora em diante vai se contentar com um pouco de jogos on-line.

Ele começou a se dedicar a Battlefield.

É intenso, mas é apenas um jogo.

Os jogadores precisam montar uma equipe para realizar uma operação militar; passam a maior parte do tempo falando sobre a missão, mas ainda assim é divertido conhecer gente nova de todos os cantos do mundo.

Stellan põe a cerveja sobre a mesinha e cobre a lente da câmera do monitor com um esparadrapo antes de colocar os fones de ouvido e o microfone e começar.

A tarefa da equipe dele é liquidar um líder terrorista em um edifício em ruínas em Damasco.

Eles receberam fotos de satélite do prédio e foram levados de helicóptero da base deles até o local.

Stellan tira uma das mãos do controle para abrir a lata de cerveja, mas não dá tempo de terminar antes que precise voltar ao jogo.

Eles arrombam a porta dos fundos e entram no prédio em duas duplas. Stellan e seu reforço, que atende pelo codinome de Palha, atravessam correndo uma passarela sustentada por pilastras ao longo da lateral de um pátio, com ladrilhos de mármore rachados e equipamento militar enferrujado em meio a palmeiras mirradas.

— Vá devagar agora, numa boa — Stellan diz no chat de voz.

— Eu posso ir na frente se você estiver amarelando — Palha diz, e em seguida arrota.

— Você nem viu os guardas, viu? — Stellan pergunta em voz baixa.

Quase não dá para enxergar os cigarros dos guardas num canto escuro. Quando dão uma tragada, a luz que emana do tabaco queimando reflete nos rifles automáticos.

Palha suspira nos fones de ouvido de Stellan, em seguida sai andando e dispara contra os guardas do líder terrorista. O estrondo da artilharia pesada ecoa pela passarela e nas paredes.

— Porra, você não pode fazer isso antes de a gente verificar o pátio — Stellan reclama, pegando novamente a lata de cerveja.

Ele tenta abrir o lacre enquanto o avatar de Palha saracoteia pelo pátio com sua arma pendurada no quadril.

— Precisa de ajuda com essa lata aí? — ele pergunta.

Stellan arranca os fones de ouvido e se levanta de um pulo, tão rápido que a cadeira tomba atrás dele. Ele olha para a tela, vê o esparadrapo que cobre a lente da câmera e ouve uma voz nos fones de ouvido, agora caídos na mesinha ao lado do controle.

— Sente-se de novo — Palha ordena.

Stellan dá um passo para a frente e puxa os fones de ouvido, força o computador a desligar, desconecta tudo da tomada e tenta entender como é possível alguém vê-lo mesmo com a câmera coberta; leva o laptop até o guarda-roupa, enfia-o lá dentro e fecha a porta.

Vai até a janela e olha para a rua escura. Na frente da casa há um carro estacionado com os vidros embaçados. Stellan deixa as persianas caírem com estrépito, levanta a cadeira do chão e se senta com o coração acelerado.

— O que está acontecendo? — ele sussurra para si mesmo.

Com mãos trêmulas, ele enfia o controle e os fones de ouvido numa das gavetas da mesinha.

Acha que deve ter algo a ver com o que aconteceu onze dias atrás.

— Porra, porra, porra...

Embora tenha passado dois anos na prisão estudando TI, ele agora percebe o tamanho da burrice que foi brincar com a Darknet. Não existe anonimato perfeito, sempre há alguém que pode ser mais esperto que o sistema.

Mas até onze dias atrás estava obcecado, incapaz de resistir à tentação.

Ele foi longe demais antes de perceber que estava se metendo em águas muito profundas, lidando com algo muito mais complexo que tudo que poderia ter imaginado. Algumas das pessoas que se envolviam com a Darknet eram letais, não conheciam limites. Em tempo real, ele assistiu a dois homens atirarem em um garoto sentado na frente de seu computador. O sangue espirrou nos cartazes de *Star Wars* e numa máscara do rosto flácido de Trump caída no chão.

Stellan leu sobre os riscos e descobriu que qualquer um que se conectava usando o navegador Vidalia se tornava cúmplice de todas as atividades na Dark Web.

Mas o software de anonimização Tor supostamente protegia os usuários, tornando impossível rastreá-los.

É tudo uma questão de cascatas intrincadas de conexões e redes de transmissão de dados, um sistema de múltiplos redirecionamentos em que os sinais do usuário são enviados por meio de uma sequência aleatória de servidores proxy espalhados pelo mundo.

Stellan não entende isso totalmente, mas sua leitura é que o software lhe daria acesso aos rincões mais obscuros da internet sem que ninguém fosse capaz de identificá-lo ou localizá-lo.

16

Stellan se levanta com as pernas trêmulas, afasta devagarinho as cortinas e olha para a rua de novo. O carro foi embora. Ele desce até a sala de estar e arranca o cabo do roteador. Marika está sentada no sofá em frente à televisão e, quando o vê, dá uns tapinhas no lugar ao seu lado para que ele se sente e lhe faça companhia.

— Tenho que levar o Rollof pra passear — ele diz em uma voz neutra.

Ela faz uma careta exagerada de chateação.

— Você sempre põe o cachorro em primeiro lugar.

— Ele precisa de exercício, é um cachorro grande.

— O que aconteceu? Você não parece bem.

— É só que... a gente não pode mais usar a internet.

— Por que não?

— Vamos precisar trocar a rede, pegou um vírus que vai estragar tudo se a gente tentar ficar on-line.

— Mas eu preciso ficar on-line.

— Agora?

— Sim, preciso pagar as contas e...

— Vá na casa da sua irmã e use o computador dela — ele diz, interrompendo-a.

Marika balança a cabeça.

— Isso está parecendo uma baita cagada.

— Vou sair com o Rollof e depois ligo pro suporte técnico da operadora.

— Isso não deveria acontecer — Marika murmura.

Stellan vai até o corredor. Quando pega a guia e os elos metálicos prateados chacoalham, Rollof vem correndo.

É uma noite de inverno chuvosa e tranquila no sul da Suécia. Os campos estão marrons e vazios. Stellan e Rollof partem ao longo da margem da rodovia E65, como de costume. De tempos em tempos, um ou outro caminhão pesado passa com estrondo. Stellan não consegue deixar de espiar por cima do ombro a intervalos regulares, mas ele e o cachorro estão sozinhos.

Uma névoa fina paira sobre os terrenos do outro lado da estrada larga. Rollof caminha perto dele, respirando calmamente.

É uma noite crua, fria e escura. Eles viram à direita na rua Aulinvägen e caminham ao longo da grama amarelada, com o grande complexo industrial à esquerda. Os enormes estacionamentos estão desertos a essa hora da noite.

Stellan tem noção de que não está pensando com muita clareza, que talvez esteja se comportando de maneira irracional, mas decidiu incendiar a oficina. Se puser fogo em tudo, poderá receber uma indenização da seguradora, mudar-se de Ystad, trocar de provedor de internet e comprar novos equipamentos eletrônicos.

Numa das velhas estufas adiante há uma luz acesa. Rollof se detém, e em seguida começa a latir e a rosnar para os arbustos densos do terreno deserto.

— O que foi? — Stellan pergunta em voz baixa.

A coleira está tensionada ao redor do pescoço grosso do cão, cuja respiração soa forçada e roufenha. Rollof é confiável, mas pode ficar agressivo quando encontra outros cães machos.

— Nada de brigar agora — Stellan avisa, puxando-o para longe.

Não se ouvem latidos de outros cães, mas alguns dos galhos na frente da estufa começam a balançar.

Stellan sente um arrepio percorrer a espinha. Por um momento, julgou ter visto alguém parado ali.

Ele entra no imenso parque industrial. As ruas estão vazias e, no espaço entre os postes de iluminação, tudo está um breu. A sombra dele se alonga, depois desaparece por completo antes que alcance o círculo de luz seguinte. Seus passos ecoam nas fachadas de tijolo e metal corrugado.

Não é fácil para alguém com ficha criminal ter sucesso no mercado de trabalho sueco. Stellan foi condenado por duplo homicídio quando tinha vinte anos. Desde que ganhou a liberdade, trabalhou em uma série de empregos temporários e fez um monte de cursos tentando obter melhores qualificações, mas vivia principalmente dos benefícios do seguro social.

Suas incansáveis buscas na Darknet, sua observação voyeurística do que outras pessoas estavam fazendo — tudo isso tinha raízes em uma velha fantasia. Mesmo quando ainda estava na prisão, Stellan falava em arranjar algumas garotas e colocá-las para ganhar dinheiro para ele. Tinha lido a respeito, pensado no assunto, ponderado sobre os riscos e decidido descobrir a melhor maneira de ter sucesso no ramo.

Era o que tinha em mente quando começou a se aventurar na Dark Web. Anunciou em alguns fóruns que queria comprar três garotas, mas não recebeu resposta alguma.

Quando tornou os anúncios mais específicos e explicou que queria manter as meninas em gaiolas e explorá-las sexualmente, as respostas começaram a chegar de repente. Muitas eram provocações, algumas eram tentativas de assustá-lo. Outras pareciam sérias, mas quando ele fazia mais perguntas pareciam ter alguma ligação com o crime organizado.

Stellan não sabe por que razão não conseguia parar de pensar em manter as mulheres em gaiolas. Talvez fosse a ideia de que o plano era realmente factível.

Há dez anos Stellan herdara um velho galpão industrial que tinha tentado alugar. Enquanto aguardava mais respostas nos fóruns da Dark Web, construiu uma robusta parede interna na parte de trás da construção longa e estreita. Sem medir as paredes por dentro e por fora, era impossível dizer que havia um compartimento escondido contendo cinco gaiolas equipadas com camas, um chuveiro, um vaso sanitário e uma pequena área de cozinha com geladeira.

Stellan estava quase terminando o trabalho quando Andersson entrou em contato com ele.

Ele não se deu conta de como Andersson era perigoso — quem dera tivesse percebido antes.

Andersson mostrou interesse nos planos de Stellan, e estava disposto a lhe entregar cinco garotas da Romênia.

A oferta era perfeita em todos os aspectos. Todos os detalhes pareciam excelentes — era como conseguir uma dica quente e infalível para apostar nas corridas de cavalos.

Mas, ao mesmo tempo, Andersson irradiava uma seriedade inquietante que fazia Stellan estremecer de medo.

Ele fez mais pesquisas sobre a rede Tor.

Contanto que fosse cuidadoso, ninguém conseguiria rastreá-lo, porque suas informações eram criptografadas e retransmitidas por meio de incontáveis camadas de nós até chegar ao destinatário.

O negócio era areia demais para o caminhãozinho de Stellan.

Mas, se conseguisse construir uma base de clientes, poderia ganhar uma fortuna.

Stellan não conseguia parar de pensar nas garotas engaioladas. Apesar disso, a verdade é que não sabia exatamente o que faria com elas.

Não tinha interesse em estuprá-las, tampouco queria bater nelas. Fantasiava sobre uma maneira de manipular as mulheres a ponto de torná-las tão esmorecidas que consentiriam em fazer qualquer coisa sem opor resistência.

Andersson o convenceu a revelar detalhes de seu passado, e fez perguntas complicadas sobre lealdade.

Stellan ficou tão irritado com aquilo que, como forma de se colocar numa posição de vantagem e controle, criou uma espécie de cavalo de troia na forma de um documento PDF.

Assim que o anexo foi aberto, a localização exata de Andersson foi revelada.

Então agora Andersson sabia que ele sabia.

Stellan tinha o endereço dele.

Não se meta comigo, porra!, era o pensamento na mente de Stellan.

A resposta de Andersson foi tão rápida quanto inesperada.

"Você não deveria ter feito isso", ele escreveu. "A única maneira de recuperar a minha confiança é filmar a si mesmo cortando seus tendões de aquiles."

Isso foi há onze dias.

Stellan fingiu acreditar que era tudo uma piada, mas no fundo sabia que Andersson era louco.

Sem dar muita importância ao ocorrido, tentou desfazer o acordo, explicando que estava enfrentando dificuldades financeiras e teria que adiar o negócio por ora.

"É tarde demais para isso", Andersson respondeu.

"Como assim?"

"Vou te fazer uma visita em breve."

"Andersson, eu sinto muito", Stellan escreveu. "Não tive a intenção…"

Parou quando a ventoinha do computador começou a funcionar na velocidade máxima.

"Você está na minha mão", Andersson respondeu.

Um segundo depois a tela de Stellan ficou preta. O quarto ficou às escuras. O computador reiniciou, o disco rígido sacudiu, a tela piscou; em seguida a conexão voltou e de súbito Stellan viu a si mesmo na tela.

Controlando remotamente o laptop de Stellan, Andersson tinha ativado a câmera e o via sentado à mesinha sem tampo, uma caneca de café ao lado do teclado.

Com o coração martelando no peito, Stellan saiu da Dark Web, entrou nas configurações do sistema, desligou a conexão com a internet e tentou excluir o navegador Tor.

Desde então, não se aventurou mais nas profundezas da Darknet. A sufocante sensação de ser vigiado e observado piorava a cada dia.

Os portões do número 18 da rua Herrestadsgatan estão abertos. Rollof levanta a pata e faz xixi num poste, como de costume. Eles passam pela Jeppsson Engenharia e por um velho trólebus coberto por uma lona azul.

Stellan e o cachorro saem da viela de cascalho e seguem pela grama molhada, passando por um grande edifício prateado enquanto se dirigem a um longo e estreito galpão industrial de tijolos amarelos com um lance de degraus de metal na porta da frente.

A placa anunciando Oficina Mecânica e Pneus Ystad ainda está lá, embora o negócio tenha fechado as portas há muito tempo.

Stellan amarra a guia a um bloco de concreto destinado a escorar placas de sinalização de obras na pista, ajoelha-se, acaricia a pele solta da nuca de Rollof e diz ao cachorro que já volta.

Ele aperta o interruptor e as fileiras de lâmpadas fluorescentes piscam e se acendem com um zumbido, espalhando o brilho sobre bancadas sujas e suportes pesados. O piso de cimento está coberto de manchas de óleo e furos de brocas onde antes havia máquinas instaladas. Por toda parte há vestígios da extinta oficina. Tudo o que podia ser vendido no leilão que se seguiu à falência foi desmontado e levado embora.

Ao se aproximar da parede falsa, Stellan ouve Rollof começar a rosnar do lado de fora. Destranca a porta do armário de produtos de limpeza, retira o aspirador industrial, recolhe o calendário com fotos de mulheres de topless, insere a chave comprida na fechadura e empurra com o corpo a porta escondida para abri-la.

No interior da sala secreta, ele construiu três gaiolas robustas com grades de aço soldadas, firmemente fixadas com rebites ao piso de concreto.

No momento, tudo o que contêm são três camas simples e desarrumadas da Ikea e três urinóis de plástico.

A lâmpada do teto projeta sombras quadriculadas nos colchões.

A pequena cozinha consiste em uma única peça multifuncional contendo uma pia, um fogão estilo cooktop, uma ducha manual portátil que se encaixa na torneira, um forno de micro-ondas e um frigobar.

Ele está ciente de que a coisa mais sensata a fazer seria desmontar as gaiolas antes de atear fogo à oficina. Stellan caminha até a gaiola mais distante, enfia o pé de cabra entre a parede de tijolos e a estrutura metálica e faz força.

O plano é destruir as gaiolas e depois roubar o diesel do ônibus parado na frente da Jeppsson, encharcar tudo e provocar um incêndio usando um dos aquecedores.

A indenização prevista na apólice de seguro não cobre o valor total da oficina, mas agora é tarde demais para ligar para a seguradora e pedir para alterar os termos do contrato.

Stellan arranca uma das gaiolas com o pé de cabra e a empurra para longe. Seu celular vibra, e ele pendura a ferramenta na trama metálica enquanto tira o aparelho do bolso para olhar a tela. Recebeu uma mensagem de texto de um número desconhecido: "Despeje gasolina no próprio corpo e…".

Stellan não termina de ler o texto, apenas arremessa o telefone contra a parede, incapaz de descobrir como Andersson conseguiu seu número.

— O que está acontecendo? — ele sussurra, pisoteando o aparelho até despedaçá-lo.

Decide não se dar ao trabalho de desmontar as gaiolas. Provavelmente vão queimar junto com todo o resto, e ninguém vai descobrir seu segredo.

De repente, as luzes se apagam. O fusível deve ter queimado. Tateando no escuro, Stellan abre caminho, tropeça num saco de papel cheio de parafusos, abas de cantoneira e uma variedade de peças sobressalentes. Abre a pesada porta de segurança, entra no depósito de produtos de limpeza e depois na oficina. Todas as luzes se apagaram. Uma fraca claridade cinza entra pelas janelas que não foram lacradas com tábuas de compensado. Stellan consegue ver que a porta do quadro elétrico com seus velhos fusíveis de esmalte está aberta.

Lá fora, Rollof começa a latir. O cachorro está claramente agitado, puxando a guia, e alterna rosnados e ganidos.

Uma sombra se esgueira por uma das janelas. Há alguém espreitando o galpão.

O coração de Stellan bate tão forte que sua garganta dói.

Ele olha para a porta à sua frente, sem saber o que fazer.

A corrente do guincho quebrado balança atrás dele.

Stellan se vira, mas não vê ninguém.

Ele começa a caminhar em direção à porta, ouve passos rápidos atrás de si e no mesmo instante sente uma violenta pontada de dor na cabeça.

Cambaleia para o lado, massacrado por uma dor terrível na têmpora.

Suas pernas se dobram, ele desmorona no chão e se ouve gemer com sons guturais.

Suas costas se arqueiam em espasmos, seu corpo se retesa, depois começa a se sacudir de maneira incontrolável. Alguém o agarra por uma das pernas e começa a arrastá-lo pelo chão.

— Eu sinto muito — Stellan suspira, piscando para tirar o sangue dos olhos.

O homem berra algo e depois pisa na boca de Stellan, que sente a força de cada golpe até perder completamente a consciência.

Quando volta a si, seu rosto está úmido e quente.

Deitado de lado, ele tenta levantar a cabeça e vê o homem derrubar a velha escrivaninha, voltar carregando uma serra enferrujada numa das mãos e chutá-lo na barriga.

O ruído da respiração de Stellan ecoa no piso de concreto.

Ele está pensando que precisa rastejar para fora e soltar Rollof.

O homem pisoteia várias vezes a base da sua coluna vertebral, depois anda à sua volta.

Stellan sente o homem agarrar sua nuca, encostar no pescoço a borda recortada da lâmina e começar a serrar.

Ele nota a mudança de som e, antes que tudo desapareça de vez, só tem tempo para pensar que a dor é absolutamente insuportável.

17

Em silêncio no elevador, Joona e Nils Åhlén não se olham. O chão está molhado de neve derretida. O único som é o assobio dos cabos no poço do elevador enquanto os dois se dirigem à sala de conferências no oitavo andar.

Nathan Pollock, da Comissão Nacional de Homicídios, já convocou a primeira reunião. Dentro da Unidade Nacional de Operações, ele é responsável por procurar vítimas que possam se enquadrar no padrão dos dois casos conhecidos.

A expressão no rosto de Joona é de intenso foco e concentração.

A gola da jaqueta está assimétrica — um lado virado para cima, o outro para baixo.

Uma vez que concordam que existe a possibilidade teórica de Jurek Walter ter sobrevivido aos tiros de Saga, Joona precisa seguir a hipótese até o fim.

A razão pela qual ele não consegue evitar a sensação de desastre iminente é que a escolha das vítimas não se encaixa no senso de equilíbrio de Jurek.

Nem a escolha das vítimas nem o método fazem sentido.

Jurek não tem interesse em violência excessiva; simplesmente faz o que é necessário para alcançar o resultado que almeja.

Os homens mortos na Alemanha e na Noruega têm uma ligação com Joona, mas não há nada que indique qualquer conexão clara com Jurek Walter.

O fato de a vítima no acampamento em Rostock ter sido chicoteada não necessariamente significa alguma coisa. O homem poderia ser um masoquista, poderia ter se autoflagelado ou sido agredido por outros pacientes na unidade psiquiátrica de segurança máxima.

Não há sequer provas inequívocas de que tenha sido açoitado

com um assentador de navalhas. Talvez Joona esteja se deixando levar pela imaginação.

E o homem em Oslo tinha apenas algumas cicatrizes nas costas, que podem ter sido causadas durante o ataque que ocasionou sua morte.

Joona faz força para prestar atenção enquanto Nils lhe diz que seu assistente Frippe começou a jogar golfe com a esposa.

Joona tenta sorrir e mais uma vez pensa que deve estar exagerando. Jurek está morto.

O homem em Oslo e o homem no acampamento devem ter sido assassinados pela mesma pessoa, e em ambos os casos havia definitivamente uma ligação com ele.

Joona vem tentando entender como o maníaco sexual assassinado poderia ter obtido seu número de telefone pessoal.

O nome Fabian Dissinger não consta de nenhum inquérito sueco, pelo menos não desde que Joona começou a trabalhar na polícia.

A mesma coisa com o ladrão de túmulos de Oslo.

O elevador desacelera, para de vez e as portas se abrem.

Anja está à espera deles. Sem dizer palavra alguma, dá um abraço apertado em Joona, depois recua um passo.

Com um sorriso satisfeito, ela os leva até a sala de conferências. Três mesas pequenas foram colocadas juntas. Sobre uma delas há um laptop fechado e dois maços de papéis e pastas. Dá para ver o braço empoeirado de um castiçal do Advento saindo de uma lixeira.

É possível ver o pátio interno através das janelas baixas, os telhados planos cobertos de mastros e antenas parabólicas, o pátio de exercícios da unidade de custódia e a torre da antiga sede da polícia.

— Vocês chegaram rápido — Nathan diz atrás deles.

Como de costume, o cabelo grisalho está preso em um rabo de cavalo e ele veste um paletó preto, calça apertada e sapatos de salto cubano.

— Como vão as coisas? — Joona pergunta, apertando a mão do velho amigo.

— Uma merda, mas tudo bem, obrigado — Nathan responde, como sempre.

Vai até a parede e arranca uma foto natalina e um cartaz instruindo os policiais a ficarem de olho nos filhos adolescentes.

— Nathan acha que o clima de Natal é ruim para a harmonização feng shui da sala — Anja explica.

— O que você descobriu? — Joona pergunta, sentando-se em uma das cadeiras.

Nathan balança de leve a cabeça para ajeitar o rabo de cavalo, abre o laptop e começa a relatar suas conversas com a Europol.

— Perguntamos sobre as vítimas dos últimos seis meses que eram criminosos graves ou doentes mentais... agressões violentas, abusos sexuais.

— Com particular ênfase nos sinais de espancamentos e açoitamentos — Anja acrescenta.

— Pedimos a eles que excluíssem terrorismo, crime organizado, tráfico de drogas e crimes financeiros — Nathan continua.

— A resposta foi que não há assassinatos que atendam a esses critérios — Anja completa, enchendo quatro copos com a água de uma garrafa.

— Mas deve haver alguns, é estatística pura — Nathan continua. — Então entramos em contato com as autoridades policiais nacionais, depois continuamos separando por distritos e departamentos.

— Não digo que foi difícil, mas na Europa existem quarenta e cinco diferentes Estados-nações, o que significa uma grande quantidade de chefes de departamento — Anja explica. — Alguns deles são desconfiados e não querem revelar detalhes, mas o maior problema provavelmente é...

Ela fica em silêncio e suspira antes de continuar:

— É uma coisa asquerosa, mas em geral a polícia não faz muito esforço nos casos em que um criminoso mata outro. E quando um dos piores criminosos de um país morre, a reação usual é de alívio. Não se trata da atitude oficial, é claro, mas é inevitável... Ninguém se empolga em investigar a morte de um pedófilo, ninguém se sente motivado a passar um tempão ligando para outros distritos, entrando em contato com outros países, em busca de informações.

— Falei com uma autoridade policial húngara que disse que não queria dar uma de Duterte...* mas explicou que mesmo que não che-

---

* Referência ao advogado e político Rodrigo Duterte, eleito presidente das Filipinas em 2016. Com a promessa de "acabar com as drogas no país", ele deu poderes sem precedentes às polícias locais para eliminar traficantes e usuários de drogas. Defensores dos direitos humanos estimam que, com o estímulo de Duterte aos extermínios, em quatro anos de governo ocorreram cerca de 30 mil mortes no país. (N. T.)

gassem ao ponto de encorajar assassinatos, na verdade não têm nenhuma objeção a uma limpeza social — Nathan diz.

— E eu falei com um superintendente inglês que disse que colocaria nosso assassino na folha de pagamento se ele se mudasse para o bairro de Tottenham.

Joona ergue o copo, olha para a superfície da água e para a sombra circular e translúcida sobre a mesa, e pela primeira vez sente certo alívio.

Jurek não está tentando tornar o mundo um lugar melhor; jamais se sentiria na obrigação de punir criminosos — não é assim que ele age.

— Mas quero enfatizar que estamos longe de encerrar nossas investigações — Nathan diz, pegando uma maçã da tigela no centro da mesa. — Só achamos que você gostaria de ver as três respostas que recebemos até agora e que atendem aos critérios.

Um som estrondoso preenche a cabeça de Joona.

— Critérios? — ele repete em forma de pergunta, levando as pontas dos dedos à têmpora esquerda.

— Vejamos — Nathan diz, abrindo um arquivo no laptop. — Este exigiu uma boa dose de persuasão... No começo eles disseram que não tinham registro de nenhum assassinato, depois por fim acabei sendo encaminhado a um superintendente em Gdansk... que sem qualquer hesitação me disse que encontraram um homem de meia-idade no afluente do rio Vístula conhecido como "o Vístula Morto"... A causa da morte não foi afogamento, ele foi espancado até a morte. Seu rosto havia sido mordido e a cabeça quase cortada do corpo.

— Ele tinha cumprido pena de prisão por três assassinatos e pela profanação de um cadáver — Anja diz.

— O que mais? — Joona pergunta, com a boca subitamente seca.

— Falei com Salvatore Giani esta manhã. Ele mandou um abraço — Nathan diz, e dá uma mordida na maçã.

— Obrigado — Joona sussurra.

— Salvatore me deu informações sobre um assassinato em Segrate, nos arredores de Milão... Na última quinta-feira, uma mulher chamada Patrizia Tuttino foi encontrada com o pescoço quebrado no porta-malas do próprio carro, na frente do Departamento de Cirurgias Plástico-Reconstrutivas do Hospital San Raffaele... Durante as buscas em sua casa, descobriram que havia cometido pelo menos cinco homicídios por encomenda antes de marcar a cirurgia de redesignação sexual.

Nathan franze a testa enquanto digita e em seguida vira o laptop na direção de Joona para lhe mostrar uma foto.

A sombra da cúpula do prédio do hospital se estende por toda a calçada até alcançar um Fiat Panda vermelho com o para-choque dianteiro danificado. Há um cadáver no porta-malas aberto. O saco plástico que cobre a cabeça tem manchas de batom por dentro. O vestido e o casaco de pele da vítima estão pretos de lama. É uma mulher alta, de seios fartos, coxas largas e joelhos grossos.

— E a terceira vítima? — Joona pergunta.

Nathan esfrega a testa.

— Há um parque nacional muito frequentado nos arredores de Brest-Litovsk, a floresta de Białowieza, em Belarus. Na semana passada, o corpo de um homem foi encontrado em meio à vegetação rasteira, atrás de algumas lixeiras na nova atração turística baseada em Ded Moroz, o "Vovô Gelo", uma espécie de Papai Noel eslavo... A vítima era um homem que trabalhava como guarda no parque. Brutalmente agredido, teve os dois braços quebrados e levou um tiro na nuca. Seu nome era Maksim Rios.

— Certo — Joona diz.

— Nosso colega bielorrusso disse que no ano passado o homem havia sido chicoteado "feito uma pobre criancinha de orfanato", nas palavras dele.

— Preciso pensar — Joona diz.

— Ainda estamos esperando as fotos, bem como as respostas de muitos outros países... Como a Anja disse, o problema é que a maioria não faz objeções ao desaparecimento de seus malfeitores.

Joona fica sentado com as mãos sobre o rosto enquanto ouve Nathan relatar a resposta sarcástica da polícia de Marselha.

Joona pensa que assassinos em série como esse não existem.

Vez por outra, um serial killer tenta justificar o desejo de matar com a ideia de que a sociedade precisa passar por uma limpeza, mas nessas ocasiões os alvos geralmente são homossexuais, prostitutas ou grupos étnicos ou religiosos específicos.

Não pode ser Jurek.

Ele nunca mataria uma pessoa por demonstrar ausência de valores morais.

Isso não provoca minimamente o interesse dele.

A menos que haja alguma vantagem nisso, Joona pensa de repente, e se levanta da cadeira.

Os assassinatos nada têm a ver com uma limpeza da sociedade.

É uma competição, uma disputa, em que os concorrentes tentam destruir uns aos outros.

— Ele está vivo — Joona sussurra, empurrando a cadeira para trás.

Jurek Walter está vivo e vem recrutando e testando pessoas para encontrar o cúmplice mais adequado.

Ele restringiu a pesquisa a pessoas desprovidas de limites morais.

Jurek precisa de alguém para ocupar o lugar do irmão, alguém que seja totalmente leal e que esteja preparado para aceitar ser punido pelo mais ínfimo dos erros.

Jurek não planejou que o homem em Oslo pegaria o crânio de Summa, nem queria que o homem no acampamento ligasse para mim — os atos foram apenas subprodutos de sua doutrinação.

O acúmulo de cadáveres significa que o processo de seleção está encerrado.

As vítimas que foram encontradas até agora são aquelas que não conseguiram chegar à rodada seguinte da competição.

Esse é o motivo.

O motivo que eles não tinham conseguido identificar.

Joona sabe que Nathan está dizendo algo para ele, mas não consegue ouvi-lo, não consegue absorver nada.

— Joona? O que foi?

Joona se vira, cambaleia em direção à porta e a abre. Verifica se está com a pistola no coldre sob o braço e começa a caminhar rumo aos elevadores enquanto saca o celular e procura o número de Lumi.

Anja o alcança no corredor.

— O que está acontecendo? — ela pergunta, ansiosa.

— Eu tenho que ir — ele diz, apoiando-se com uma das mãos na parede.

— Acabamos de receber um e-mail de Ystad que você precisa ver: a polícia de lá encontrou o corpo de um homem num complexo industrial... A cabeça, o rosto e o peito foram completamente esmigalhados...

Enquanto tenta chegar aos elevadores, Joona acidentalmente derruba da parede um cartaz de divulgação de um torneio de hóquei feminino.

— Ele se encaixa no padrão — Anja diz. — O nome da vítima é Stellan Ragnarson, que cumpriu pena por cortar a garganta da namorada e da mãe dela.

Joona acelera o passo e encosta o celular no ouvido enquanto espera a ligação se completar.

Aperta o botão do elevador, mas, impaciente, corre escadas abaixo.

— Lumi — ela atende em voz baixa.

— É seu pai — ele diz, e se detém.

— Oi, pai... Estou na aula, não posso...

— Lumi — ele a interrompe, tentando sufocar o pânico que se avoluma dentro dele. — Escute... Eu estava querendo saber, você se lembra do eclipse solar em Helsinque?

Por alguns momentos, ela não diz nada. Gotas de suor ansiosas brotam na testa e no pescoço de Joona.

— Sim — por fim ela responde e engole em seco.

— É que eu estava pensando naquele dia, mas a gente pode conversar sobre isso mais tarde... Amo você.

— Eu amo você, pai.

18

Lumi deixa o iPhone cair dentro da mochila e, com as mãos trêmulas, fecha o caderno. Se o professor Jean-Baptiste Blom não tivesse de interromper a aula por causa de um problema com o laptop, ela nunca teria atendido à ligação.

Ela mal pode acreditar que aquilo aconteceu de verdade, que o pai ligou para perguntar sobre o eclipse solar.

Isso nunca deveria acontecer, não mesmo.

Através dos janelões, a luz do inverno inunda o auditório. As paredes são cheias de remendos, o assoalho está gasto.

Os alunos de história da arte ainda estão sentados em seus lugares, conversando baixo ou olhando o celular enquanto o professor tenta fazer o laptop funcionar.

— Eu preciso ir embora — Lumi sussurra para Laurent, que se mudou de lugar para se sentar mais perto dela.

— Quem era? — ele pergunta enquanto lhe acarinha as costas com a mão.

Lumi enfia o caderno e as canetas na mochila, levanta, tira a mão do namorado de suas costas e abre caminho ao longo da fileira de cadeiras.

— Lumi?

Ela não responde, finge não ouvir, mas percebe que ele está pegando as próprias coisas e indo atrás dela.

Lumi chega ao corredor e vê o professor abrir um sorriso de dentes nitidamente tortos quando a primeira imagem aparece no telão. É uma fotografia em preto e branco de Robert Doisneau: um homem nadando ao lado de um violoncelo que flutua nas águas.

Ela caminha em silêncio em direção à porta enquanto o professor retoma a discussão sobre a dramaturgia do momento.

Lumi chega ao corredor e veste a jaqueta. Olha de relance para os banheiros, sentindo-se prestes a vomitar, mas segue em direção à saída.

— Lumi?

Laurent a alcança e segura o braço dela. Lumi gira, um jorro de adrenalina disparando pelo corpo.

— O que está acontecendo? — ele pergunta.

Ela olha para o rosto preocupado de Laurent, para a barba por fazer e o cabelo comprido, bagunçado e encantador, como se ele tivesse acabado de sair da cama.

— Preciso resolver uma coisa — ela se apressa em dizer.

— Quem te ligou?

— Um amigo — ela diz, se afastando.

— Da Suécia?

— Preciso ir.

— Ele está aqui em Paris? Ele quer ver você?

— Laurent... — ela implora.

— Você está bem esquisita. Sabe disso, certo?

— É um assunto particular, nada a ver com...

— Você sabia que eu me mudei pra sua casa, não é? — Ele a interrompe com um sorriso. — E você se lembra do que a gente fez ontem à noite e hoje de manhã de novo... e vai fazer de novo esta noite?

— Pare — ela diz, sentindo que pode explodir em lágrimas a qualquer segundo.

Ele percebe a expressão no rosto dela e fica sério.

— Tá legal — ele diz.

O ponteiro dos segundos do grande relógio de parede se move com um tique-taque vagaroso. Uma viatura da polícia passa em algum lugar próximo. Lumi deixa o namorado segurar sua mão, mas não consegue olhar nos olhos dele.

— Você ainda vai na festa mais tarde, não vai? — ele pergunta.

— Não sei.

— Não sabe — ele repete baixinho.

Lumi se desvencilha dele e corre para a saída, passa pelas portas de vidro, vira à esquerda na calçada e atravessa a rua Fénelon.

Ela para em frente à ampla escadaria da igreja, arranca da jaqueta um button com o símbolo de paz e amor e usa o alfinete para retirar o cartão SIM do celular.

Ela o joga no chão, pisoteia o objeto até destruí-lo e segue em frente.

Do outro lado do Boulevard de Magenta, joga o celular dentro de uma lixeira e em seguida caminha até a Gare du Nord, onde pega o metrô com destino ao imenso terminal ferroviário da Gare de Lyon.

Seu pescoço está latejando de ansiedade e ela respira com dificuldade enquanto abre caminho em meio a um grupo de turistas.

O saguão da estação está repleto de ruídos: viajantes animados, vagões de carga, a frenagem dos trens e os ecos de anúncios públicos nos alto-falantes.

Como um enorme organismo, a multidão de pessoas se reflete no grande teto de vidro.

Lumi passa apressada por barracas de flores, quiosques e lanchonetes, usa a escada rolante para percorrer o corredor da estação principal e atravessar o controle de segurança até chegar ao guarda--volumes.

Ofegante, ela se detém na frente dos pequenos armários, digita um código e tira uma bolsa de um dos compartimentos; em seguida, vai até o banheiro feminino, tranca-se no último cubículo, tira a jaqueta e a pendura no gancho. Abre a bolsa, pega um pequeno canivete, seleciona a chave de fenda e, em seguida, agacha-se sob a pia e desliza a mão tateando a parede. Logo acima do sifão, a poucos centímetros do chão, ela encontra os parafusos revestidos de uma camada de tinta. Encaixa a chave de fenda nos sulcos e remove o painel que esconde as válvulas do encanamento. Estende a mão e puxa o pacote, aparafusa tudo de volta no lugar, fica de pé e se olha no espelho.

Os lábios de Lumi estão brancos de tensão, e os olhos parecem insolitamente brilhantes.

Ela tenta se concentrar no que está prestes a fazer, embora ainda não consiga acreditar que aquilo esteja acontecendo de fato.

Afrouxa o barbante e está pronta para remover o papel do pacote quando percebe que alguém entrou no banheiro.

Ouve a voz arrastada de uma mulher reclamando das prostitutas de luxo. Ela vai de cubículo em cubículo e bate com a palma da mão em todas as portas.

Sem fazer barulho, Lumi tira o papel que envolve a pistola, uma pequena Glock 26 com mira de visão noturna.

Insere um pente de munição e enfia a arma no fundo da bolsa.

Lá fora, a mulher ainda está vociferando consigo mesma.

Com movimentos calculados, Lumi tira da bolsa o envelope com o dinheiro, divide o maço de notas em dois, enfia um dentro da carteira e guarda o outro na bolsa. Pega um dos passaportes, verifica o nome e o repete em silêncio para si mesma; depois, tira um dos celulares da bolsa.

A mulher está quieta agora, mas Lumi consegue ouvir a respiração pesada dela.

Algo cai no chão com estrépito.

Lumi liga o telefone e digita o código PIN.

Está apreensiva, teme que algo de ruim tenha acontecido com o pai — é sua principal preocupação. Lumi não fez nenhuma pergunta, mas é inevitável torcer para que ele esteja errado. Uma parte sua especula que o pai, depois de passar tanto tempo à espera de um desastre, já não é mais capaz de suportar e agora está antevendo catástrofe onde na verdade não existe ameaça nenhuma.

Mas ele ligou para ela e perguntou se ela se lembrava do eclipse solar em Helsinque.

Isso significa apenas uma coisa: o plano de emergência para o caso de desastre foi ativado.

Ela disse que sim.

O que significa que ela acha que dá conta de cumprir sua parte.

Lumi enxuga as lágrimas do rosto, tenta respirar com calma, veste a jaqueta nova, enfia a velha na bolsa e puxa o capuz sobre a cabeça. Em seguida dá descarga e sai do cubículo.

Uma mulher grandalhona está parada na frente do espelho sobre uma das cubas. O chão sob seus pés está encharcado.

Lumi sai apressada, vai até um dos guichês do saguão de embarque e retira uma senha; quando chega sua vez, compra uma passagem de volta no próximo trem para Marselha. Paga em dinheiro e se dirige à plataforma.

O cheiro forte dos freios dos trens paira no ar.

Lumi espera de cabeça baixa, a bolsa entre os pés. O letreiro digital na plataforma avisa que o trem vai demorar vinte minutos ou mais para chegar.

Ela se lembra daqueles meses em Nattavaara. Os últimos momentos que passou com a mãe foram também os primeiros que passou com o pai. Antes disso ela realmente não o conhecia, tinha apenas algumas lembranças e histórias aleatórias.

Mas ela adorava estar perto dele — aquelas noites à mesa de jantar, as primeiras horas da manhã.

Ela adorava o fato de que ele a treinara, de maneira paciente e incansável.

Eles se tornaram próximos um do outro graças aos preparativos de ambos para as piores hipóteses possíveis.

Lumi levanta o queixo e escuta com atenção. O alto-falante está anunciando atrasos.

Ouve-se o som de apitos de trem ao longe.

Um homem magro com um casaco cor de chumbo caminha ao longo da plataforma oposta, abrindo caminho entre os passageiros que aguardam, até que de repente sai correndo para a escadaria.

Lumi abaixa os olhos e se lembra de quando Saga Bauer foi visitá-los para dizer que o corpo de Jurek Walter havia sido encontrado.

A sensação fora a de abrir as portas para um jardim em uma manhã de verão. Agora ela poderia sair para desbravar um novo mundo, mudar-se para Paris.

Um trem se aproxima e passa chacoalhando antes de parar com um silvo na plataforma 18. Lumi pega a bolsa, embarca e encontra um assento. Senta-se com a bolsa no colo, olhando pela janela, quando de repente vê o homem de casaco cinza parado na plataforma.

Ela rapidamente afunda em direção ao chão, fingindo procurar algo dentro da bolsa, e vê as horas.

A essa altura já deveriam ter partido.

Ela não responde quando a mulher a seu lado pergunta se pode ajudar em alguma coisa.

Um apito soa na plataforma e o trem começa a se mover. Ela espera um bocado de tempo antes de se sentar novamente no assento e pedir desculpas à mulher.

Lumi fecha os olhos com força para não chorar.

Por algum motivo, ela se pega pensando no final do primeiro semestre na universidade, quando sem querer ofendeu outro aluno ao sugerir que as fotografias dele poderiam ser consideradas sexistas. Depois, numa exposição naquele mesmo mês, ele havia rabiscado em todas as fotos a legenda "cinco fotos sexistas tiradas por um sexista".

Após o episódio eles acabaram saindo juntos, e no verão ele foi morar com ela para ver se conseguiam fazer o relacionamento funcionar.

Lumi abre os olhos, mas ainda consegue imaginá-lo à sua frente. Laurent, com o cabelo desgrenhado e os suéteres velhos cheios de bolinhas. Aqueles intensos olhos castanhos. Laurent, com seu sorriso lindo, seu sotaque do sul da França e seus lábios sempre com beicinho.

Paris e seus extensos subúrbios já ficaram para trás.

Lumi pensa em como se afastou de Laurent e correu dele feito a Cinderela.

Quando o trem chega a Lyon, duas horas mais tarde, ela se levanta, cobre a cabeça com o capuz da jaqueta e sai para a plataforma.

O vento está mais quente aqui.

Lumi nunca teve a intenção de viajar até Marselha.

Ela se mistura ao fluxo de pessoas que andam de um lado para outro na estação, desce pela escada rolante e caminha ao longo de um corredor de azulejos até a locadora de automóveis Hertz. Apresenta o passaporte falso, preenche os formulários, paga em dinheiro e recebe as chaves de um Toyota vermelho.

Se ela pegar a rodovia A42, estará na Suíça em duas horas.

19

Joona Linna está dirigindo o mais rápido que pode ao longo do lago Järlasjön. A nevasca pesada desaparece sem deixar vestígios no instante em que atinge a superfície escura da água. Ele tenta ligar para Valéria novamente, mas sem resposta.

Uma faísca de pânico perpassa sua mente. É como se Jurek Walter estivesse sentado na escuridão no banco de trás do carro, inclinando-se para sussurrar:

"Vou pisotear e esmagar você no chão."

Joona se amaldiçoa por ser tão lento, por não ter percebido antes o que Jurek estava aprontando.

Valéria não atende ao telefone.

Se ele deparar com um veículo vindo na direção oposta, terá de assumir que é Jurek ou um de seus cúmplices. Terá de bloquear a estrada com o carro e se jogar na valeta, pronto para se levantar de um pulo e atirar no motorista através do para-brisa.

Ele consegue aumentar ainda mais a velocidade quando chega à estreita estradinha depois do vilarejo de Hästhagen. A neve rodopiante atrás do carro se tinge de vermelho no clarão das lanternas traseiras.

A floresta se abre para revelar que o solo escuro dos campos há pouco foi coberto por uma camada de gelo.

Os flocos de neve que caem são menores agora; voam para cima quando ele vira para pegar o caminho que leva ao viveiro de plantas de Valéria.

Há marcas recentes de pneu, de algum um veículo pesado, na entrada e na curva de retorno. Não foram feitas pelo carro de Valéria, que está estacionado no lugar de costume, com uma fina camada de neve cobrindo o teto, para-brisa e capô.

As luzes das estufas estão acesas, mas Joona não consegue ver ninguém lá dentro.

Com uma brusca guinada do volante para a esquerda, Joona vai em direção à valeta profunda, depois dá marcha a ré e para, de modo que seu carro bloqueie a estrada e impeça a passagem de qualquer outro veículo.

Pega a bolsa no banco do passageiro e sai do carro; em seguida, leva a mão sob a jaqueta e saca a Colt Combat.

As janelas da casa de Valéria estão às escuras. Nenhum ruído. A neve cai devagar, branca contra o céu branco.

Ao se aproximar da primeira estufa, ele vê sinais de movimentação recente no chão.

Alguém derrubou um balde cheio de bolinhas de argila expandida.

Joona caminha ao longo das paredes de vidro, espiando lá dentro. Há folhas verdes pressionadas contra o vidro embaçado pela condensação.

Ele ouve latidos ao longe.

Quando chega à estufa mais distante, vê a jaqueta acolchoada vermelha de Valéria caída no chão ao lado de um dos bancos.

Com cautela, abre a porta, entra no ar úmido, detém-se para ouvir, depois avança entre os bancos com a pistola apontada para o chão.

Joona se desloca entre a vegetação e seus vapores — um contraste impressionante com o mundo lá fora, que entrou em hibernação durante o inverno.

Ele ouve um barulho estridente, possivelmente uma tesoura caindo no chão de cimento.

Joona leva o dedo ao gatilho e se agacha sob os galhos de uma fileira de cerejeiras japonesas em flor. Alguém está se movendo em um ponto mais distante da estufa, movimentos rápidos através da folhagem úmida.

Valéria.

Ela está de costas para ele e empunha uma faca.

Andando a passos lentos, Joona guarda a pistola de volta no coldre e afasta um galho saliente.

— Valéria?

Ela se vira com um sorriso espantado. Veste uma camiseta suja do Greenpeace, e o cabelo cacheado está preso em um volumoso rabo de cavalo. Há um borrão de adubo composto úmido em sua bochecha esquerda.

Ela deixa a faca sobre um banquinho e tira as luvas.

Joona vê que ela está enxertando novos ramos no rizoma de uma macieira, amarrando os enxertos com barbante para prendê-los no lugar, depois pincelando-os com cera para selá-los.

— Cuidado, estou um pouco suja — ela diz, contendo o sorriso de uma forma que a faz franzir a ponta do queixo.

Ela se inclina para a frente e o beija na boca sem encostar nele.

— Estava tentando ligar para você — Joona diz.

Valéria tateia os bolsos de trás da calça jeans.

— Devo ter deixado o celular na jaqueta.

Joona olha de relance para um galho escuro quando uma rajada de vento roça as árvores.

— Pensei que a gente ia se encontrar em Farang.

— Precisamos conversar, há umas coisas acontecendo que...

Ele fica em silêncio e respira fundo. Valéria engole em seco e seu rosto se tensiona.

— Você acha que ele está vivo — ela sussurra. — Mas encontraram o corpo, era o corpo dele, não era?

— Já analisei a história toda com Nils, mas não é o suficiente... Jurek Walter está vivo. Não achei que estivesse, mas está.

— Não — ela diz com voz baixa, porém firme.

Joona olha por cima do ombro, mas não consegue ver a porta da estufa. Há muitas plantas no caminho.

— Você precisa confiar em mim — ele diz. — Vou levar a Lumi para um lugar seguro no exterior e tentar protegê-la, e... bem, gostaria que você viesse comigo.

O rosto de Valéria fica cinzento; isso acontece quando ela está preocupada. As rugas em volta da boca se tornam mais nítidas e o rosto, menos expressivo.

— Você sabe que não posso fazer isso — ela diz calmamente.

— É uma decisão difícil.

— É mesmo? Porque estou quase começando a ter dúvidas... Não quero exagerar minha própria importância, mas isso veio à tona logo agora que nosso relacionamento ficou mais sério... Eu queria que você soubesse que você não estava sob nenhum tipo de pressão, não estou tentando competir com a Summa, porque não tenho chance, eu sei.

Joona dá um passo para o lado de modo a ter uma visão melhor da estufa atrás dela.

— Eu entendo o que você está dizendo, mas...

— Desculpe, eu não quis dizer isso... Foi uma coisa boba de se dizer.

— Eu entendo. Podemos conversar sobre isso tudo, mas Jurek está vivo... e matou pelo menos cinco pessoas mês passado.

Valéria esfrega a testa com os dedos sujos, deixando dois riscos pretos acima da sobrancelha direita.

— Por que não li nada nos jornais? — ela rebate.

— Porque as vítimas estão espalhadas por toda a Europa, e também porque são criminosos, assassinos e maníacos sexuais... Jurek está procurando alguém com quem possa trabalhar. Ele tem submetido vários candidatos a testes, e mata os que não chegam lá.

Joona consulta o relógio de pulso e olha de relance para a casa às escuras.

— Você acha de verdade que é perigoso para nós dois ficarmos aqui?

— Sim — ele responde, olhando-a nos olhos. — Há uma boa chance de você já estar sendo observada. Ele vai ficar de olho em você, vai conhecer você aos poucos, aprender suas rotinas.

— Parece um exagero.

— Você tem que vir comigo — Joona implora.

— Quando você está pensando em partir? — ela pergunta após uma pausa.

— Agora.

Ela olha para ele com espanto e umedece os lábios.

— Posso me encontrar com você depois?

— Não.

— Você está dizendo simplesmente para eu fazer as malas e ir embora com você?

— Não há tempo para fazer as malas.
— Quanto tempo vamos ficar escondidos?
— Duas semanas, dois anos... O tempo que for necessário.
— Tudo isto aqui estaria arruinado, tudo que eu trabalhei tanto para conseguir — ela diz com uma voz sem emoção.
— Valéria, você sempre pode começar de novo. Eu vou te ajudar.
Ela fica parada em silêncio, os olhos fitando o chão.
— Joona — ela diz, erguendo os olhos. — Você fez o que podia, reconheço que isso pode ser sério, mas não tenho escolha. Não posso ir embora, tenho minhas estufas, minha clientela... Esta é minha casa... e vou comemorar o Natal com meus meninos pela primeira vez... Você sabe o quanto isso significa pra mim.
— Talvez você possa estar de volta a tempo para o Natal — Joona argumenta, o desespero crescendo. — Escute, Valéria, quando Jurek escapou, eu estava morando com uma mulher, Disa... Nunca pensei que teria coragem para fazer isso de novo.
— Disa? Por que você nunca falou dela antes?
— Eu não queria assustar você — ele diz com voz pesada.
Valéria fecha os olhos quando percebe o que ele quer dizer.
— Ele a matou.
— Sim.
Ela limpa a boca com as costas da mão.
— Isso não significa que ele vai me matar — ela diz com a voz trêmula.
— Valéria — Joona implora, com o maior desamparo que já sentiu na vida.
— Não posso, eu simplesmente não posso — ela diz. — Como vou abandonar os meninos de novo?
— Por favor, você...
— Eu não posso — ela o interrompe.
— Vou arrumar proteção policial.
— De jeito nenhum — ela diz, e em seguida solta uma risada surpresa.
— Você nem teria que ver os policiais.
— Joona, me escute, nada de polícia, não na minha propriedade... Só você, e olhe lá.

Ele fica com a cabeça abaixada por vários segundos. Depois abre a bolsa, tira uma pistola de um coldre de ombro e a entrega a Valéria.

— É uma Sig Sauer. Está carregada, onze tiros no pente... Leve-a com você o tempo todo, mantenha-a com você inclusive quando estiver na cama... Olhe, tudo o que você tem que fazer é soltar esta trava de segurança empurrando a alavanca para baixo, segurar com as duas mãos, apontar e atirar. Não hesite se tiver oportunidade, atire imediatamente, várias vezes.

Ela nega com a cabeça.

— Eu não vou fazer isso, Joona.

Ele põe a arma no banquinho ao lado da faca e respira fundo.

— Outra coisa que preciso fazer é avisar você. De agora em diante você tem que considerar qualquer coisa que não seja absolutamente conhecida e rotineira como uma armadilha. Visitas inesperadas, um novo cliente, alguém que trocou de carro ou apareceu na hora errada... Não importa o que seja, ligue para este número.

Joona mostra um número no celular dele e envia a Valéria os detalhes do contato.

— Guarde esse número e se certifique de que seja sempre a primeira opção ao abrir seu telefone... Não vai ser o suficiente para salvá-la de um risco imediato, Jurek é rápido demais para isso, mas é o número de um amigo meu, Nathan Pollock... Ele vai poder ver onde você está, o que aumenta as chances de a polícia localizar e resgatar você.

— Isso tudo parece loucura — ela se limita a dizer, cravando os olhos em Joona.

— Eu ficaria com você se não fosse pela Lumi, mas preciso cuidar dela.

— Está tudo bem, eu entendo, Joona.

— Tenho que ir agora — ele sussurra. — Se quiser vir comigo, precisa vir do jeito que está, com as botas e a calça sujas... Vou voltar pro carro e esperar vinte segundos.

Ela não responde, apenas olha para ele e tenta conter as lágrimas e engolir o nó na garganta.

Joona sai da estufa, entra no carro, dá marcha a ré e para na curva de retorno.

Ele olha para o relógio de pulso.

Flocos de neve caem sob a luminescência que vem das enormes estufas.

Os segundos passam; ele já deveria ter partido.

Ele se encosta no assento frio e pousa a mão direita na alavanca do câmbio.

Tudo está silencioso e imóvel.

Ele liga o motor, e a luz dos faróis forma um túnel giratório em direção à borda da floresta.

As ventoinhas zumbem quando o carro começa a esquentar.

Joona olha fixo para a frente, consulta de novo o relógio de pulso, troca de marcha e percorre lentamente a curva de retorno. Pelo retrovisor, observa as estufas e se afasta devagar do viveiro de plantas de Valéria.

20

Érica Liljestrand está sentada sozinha em um banquinho sem encosto no balcão do Bar Peregrino, esperando por uma amiga do curso de biotecnologia.

Uma fina camada de gelo derretido escorre pelas janelas que dão para a rua.

Ela deixa o celular ao lado da taça de vinho e olha as marcas de dedo na tela antes que a luz se apague.

Ela e Liv concordaram em se encontrar ali às dez horas para discutir a festa de Ano-Novo, mas Liv já está mais de uma hora atrasada, e não atende ao telefone.

Nesta noite quase não há clientes no bar, provavelmente porque o edifício está sendo reformado e a fachada na rua Regeringsgatan está coberta. A entrada está escondida por andaimes e por uma imunda rede de náilon branca.

Os três caras da mesa nos fundos começaram a olhar de relance para Érica, por isso ela decide ficar perto do barman, conversando com ele e conferindo o celular.

Estranho que uma mulher sentada sozinha em um bar tenha que se considerar um alvo, ela pensa.

Érica sabe que não é exatamente uma beldade, e está muito longe de ser o tipo de mulher que gosta de flertar. Mesmo assim, o simples fato de estar ali sozinha é suficiente para eles.

O barman, que diz se chamar Nick, parece presumir que é irresistível. É um homem bronzeado e enrugado no início da meia-idade, com olhos azuis e um corte de cabelo da moda. A camisa de manga curta é justa nos bíceps protuberantes, e cobre apenas pela metade a tatuagem meio desbotada no pescoço.

Até agora, Nick já falou com ela sobre alpinismo na Tailândia, esqui nos alpes franceses e a instabilidade do mercado de ações.

Érica lança olhares furtivos para um casal mais velho de bochechas rosadas entretido em um bate-papo numa das mesas de canto. Parecem felizes compartilhando uma garrafa de vinho e comendo nachos com salsa picante e guacamole.

Pela enésima vez, Érica liga para Liv e deixa o telefone tocar por um tempo ridiculamente longo.

Do lado de fora, água suja goteja do andaime.

Ela põe o telefone de lado e, com a unha, acompanha um arranhão na lustrosa madeira do balcão do bar. Para quando alcança a base da taça e toma um gole.

A campainha tilinta quando a porta se abre.

Érica se vira para olhar.

Não é Liv, mas um homem do tamanho de um urso. Traz consigo o ar frio da rua, tira a capa de chuva preta e a enfia dentro de um saco plástico.

O homem veste um suéter de malha azul-escuro com um retalho de couro nos cotovelos, calça cargo e botas de estilo militar.

Ele cumprimenta o barman e se senta a mais ou menos um metro de distância de Érica, com uma cadeira entre os dois, antes de pendurar o saco plástico em um gancho sob o balcão.

— Está ventando demais — ele diz com uma voz grave e suave.

— É o que parece — o barman responde.

O homem corpulento esfrega as mãos.

— Que vodcas você tem?

— Dworek, Stolichnaya, Smirnoff, Absolut, Koskenkorva, Nemiroff — Nick diz.

— Black Smirnoff?

— Sim.

— Vou querer cinco doses duplas de Smirnoff, então.

Nick levanta as sobrancelhas.

— Você quer cinco copos de vodca?

— Temperatura ambiente, se possível. — O homem sorri.

Érica confere a hora no celular e decide esperar mais dez minutos.

O barman enfileira cinco copinhos na frente do homenzarrão, depois pega uma garrafa na prateleira.

— E reabasteça a taça dela, já que estamos celebrando — ele diz, acenando com a cabeça na direção de Érica.

Érica não faz ideia do que ele está falando. Talvez tenha sido apenas uma piada que não deu muito certo. Ela olha para ele, mas ele não retribui o olhar. Seu rosto parece triste, e o pescoço grosso se assentou em dobras. Ele usa o cabelo bem curto e em cada orelha há um brinco de pérola.

— Aceita outra taça de vinho? — o barman pergunta a Érica.

— Por que não? — ela responde, sufocando um bocejo.

— Já que estamos celebrando — Nick diz, e em seguida serve a bebida em uma taça nova.

O homenzarrão tira do bolso uma cartela de fósforos e começa a mastigar um palito.

— Já tive um bar em Gotemburgo — ele diz, e se levanta.

Fica imóvel, como se já não fosse capaz de entender onde está. Vira-se lentamente para olhar para o barman, depois para Érica. Suas pupilas estão dilatadas, e o palito de fósforo cai de seus lábios. Ele continua se virando; olha para o homem mais velho na mesa do canto e encara um dos jovens antes de lamber os lábios e se sentar de novo.

Ele pigarreia e esvazia o primeiro copinho de vodca, que em seguida pousa sobre o balcão.

Érica olha para a cartela de fósforos ao lado da fileira de copinhos. A embalagem preta é decorada com o que parece ser um pequeno esqueleto branco.

— Você vai passar o Natal em Estocolmo? — Nick pergunta, colocando uma tigela de grandes azeitonas verdes na frente de Érica.

— Vou ver meus pais em Växjö — ela responde.

— Legal, Växjö é uma cidade boa.

— E você? — ela pergunta, educada.

— Tailândia, como de costume.

— Acho que não — o homenzarrão diz.

— Como é? — Nick pergunta, surpreso.

— Não que eu consiga prever o futuro, mas...

— Não consegue? — o barman o interrompe. — Puxa, que alívio, por um momento você quase me deixou preocupado.

O homenzarrão abaixa os olhos e fita as pontas dos dedos grossos. Os três caras se levantam com estardalhaço e vão embora do bar.

— É complicado — o grandalhão diz depois de algum tempo.

— Não é? — Nick diz, azedo.

O homem corpulento não responde, ainda fuçando na cartela de fósforos. O barman se levanta e, durante alguns minutos, encara fixamente o homem esperando que ele levante os olhos. Depois, começa a limpar o balcão com um pano cinzento.

— Belos brincos — Érica diz, e ouve o barman soltar uma risada.

— Obrigado — o homem responde com uma voz séria. — Eu os uso em homenagem à minha irmã, minha irmã gêmea. Ela morreu quando eu tinha treze anos.

— Isso é terrível — ela sussurra.

— Sim — ele concorda, e levanta o copinho na direção dela. — Saúde... saúde, seja qual for seu nome...

— Érica — ela diz.

— Saúde, Érica...

— Saúde.

Ele bebe, pousa o copinho vazio no balcão e lambe os lábios.

— O pessoal me chama de Castor.

O barman se vira para esconder o sorriso.

— É uma pena que sua amiga esteja atrasada — Castor diz após uma pausa.

— Como você sabe disso?

— Eu poderia dizer que é dedução, uma conclusão lógica — ele diz. — Observo as pessoas. Vi a maneira como você olha para o celular, como se virou para a porta... E também tenho um sexto sentido.

— Um sexto sentido, tipo telepatia? — ela pergunta, fazendo força para não sorrir.

Nick retira a primeira taça de vinho de Érica e limpa o balcão.

— É difícil de explicar — Castor continua. — Mas em termos leigos, eu deveria chamar isso de precognição... Além de clarividência, conhecimento intrínseco.

— Parece muito sofisticado — Érica diz. — Então você é tipo um médium?

Ela não consegue deixar de sentir pena do homem. Ele parece completamente alheio ao fato de que passa uma impressão muito esquisita.

— Minhas habilidades não são paranormais... Há uma explicação lógica.

— Certo — o barman diz, cético.

Érika e Nick esperam o homenzarrão continuar a falar. Em vez disso, com movimentos muito precisos, ele esvazia o terceiro copinho e o enfileira ao lado dos outros.

— Quase toda vez que estou com outras pessoas, sei em que ordem elas vão morrer — ele diz. — Não sei quando vai acontecer, se em dez minutos ou em cinquenta anos... mas posso ver a ordem.

Érica assente. Ela se arrepende de ter encorajado o homem a falar. Apenas se sentiu obrigada a ser um pouco mais simpática porque Nick estava começando a agir como um idiota. Enquanto ela se pergunta quanto tempo deve esperar para ir embora sem parecer que está tentando fugir, seu celular vibra.

21

Érica olha o telefone, na esperança de que o aparelho lhe proporcione uma desculpa para ir embora do bar imediatamente. É uma mensagem de Liv, desculpando-se por não dar as caras e alegando que teve de ajudar uma amiga que exagerou na bebida a voltar para casa.

Os polegares de Érica ficam estranhamente dormentes enquanto responde que tudo bem e que elas podem se encontrar no dia seguinte.

— Eu tenho que ir nessa — ela diz, empurrando para longe a taça de vinho quase intocada.

— Eu não queria assustar você — o grandalhão diz, olhando atentamente para ela.

— Não, é que... Acredito que todo mundo tem habilidades que não usa — ela responde de forma vaga.

— Sei que o que eu disse soou dramático demais, mas é que parece que nunca sou capaz de encontrar as palavras certas para descrever.

— Eu entendo — ela diz, olhando para a tela do celular.

— Às vezes eu só tenho tempo para contar as pessoas, mas às vezes consigo saber sobre o destino de todos em um recinto... É como se eu visse um grande mostrador de relógio com algarismos romanos, e quando o ponteiro se desloca e aponta para o número um, eu me pego olhando para a primeira pessoa ali que vai morrer. Não sei como, mas é assim que acontece. Tique-taque, o ponteiro se move para o número dois e aí eu olho para outra pessoa... Muitas vezes avisto meu próprio rosto em um espelho antes de perder o contato.

— Posso pagar a conta? — Érica pergunta ao barman.

— Eu assustei você — Castor diz, ainda tentando chamar a atenção dela.

— Dá pra você deixar a garota em paz? — Nick intervém.

— Érica, só quero dizer que seu número não foi o primeiro a aparecer nesta sala.

— Pare com isso — o barman diz, inclinando-se sobre o balcão.

— Já vou parar — Castor diz calmamente, e enfia a pequena cartela de fósforos dentro do bolso do suéter. — A menos que você queira saber quem é o número um aqui hoje.

— Com licença — Érica diz, e segue em direção aos banheiros.

Observada pelo barman, ela se afasta, cambaleante, e estende uma das mãos para a parede em busca de apoio.

Castor esvazia o quarto copinho de vodca e em seguida o coloca silenciosamente ao lado dos outros.

— Tá legal, quem vai morrer primeiro? — o barman pergunta.

— Você... O que não chega a ser uma surpresa — Castor responde.

— Por que não é uma surpresa?

— Porque estou aqui para cortar sua garganta — Castor continua com toda a calma.

— Vou ter que chamar a polícia?

— Você batizou a taça dela com Xyrem, não é? — Castor pergunta.

— O que você quer, caralho? — Nick sibila entre dentes.

— Você sabia que uma das suas garotas morreu na ambulância? — Castor vira o último copinho no balcão.

— Você é doente da cabeça — Nick diz. — Talvez você não saiba disso, mas...

Ele se cala quando Érica volta para o banquinho onde estava sentada. O rosto dela está pálido e ela fica quieta por alguns segundos com os olhos semicerrados.

— Tenho quase certeza de que vou conseguir, visto que você é o número um e eu sou o número cinco — Castor diz baixinho.

O casal mais velho agradece, veste os casacos e sai do bar.

Agora, restam apenas os três.

— Acho melhor eu ir embora — Érica diz, numa voz engrolada. — Não estou me sentindo muito bem...

— Quer que eu chame um táxi? — Nick pergunta, solícito.

— Obrigada — ela consegue dizer.

— Ele está só fingindo que vai chamar o táxi — Castor diz. — É o jeito dele de manter você aqui até o bar esvaziar.

— Beba e vá embora — o barman diz.

— Quando minha irmã morreu, eu...

— Cale a boca — o barman vocifera, pegando o telefone.

— Eu quero ouvir — Érica diz, e sente uma nova uma onda de cansaço tomar conta do corpo.

— Quando criança, eu tinha uma dor de estômago permanente — Castor continua. — Sempre com uma sensação de barriga inchada e pesada... E, quando eu tinha treze anos, minha barriga ficou tão grande que eu não conseguia mais esconder. Me levaram ao médico, que concluiu que era um tumor... Não um tumor comum, e sim minha irmã gêmea. O que eles chamam de "feto em feto" ou "gêmeo parasita".

Com um puxão, ele levanta o suéter de tricô e o colete branco para revelar uma cicatriz longa e clara na lateral da barriga gorda e sem pelos.

— Puta merda — Érica murmura.

— Atrás do meu peritônio havia uma espécie de cápsula de tecido de vinte e cinco centímetros de comprimento... Era lá que estava a minha irmã. Mais tarde eu vi as fotos dela morta: braços finos e mãos grandes, a barriga pequena, dois cambitos, a coluna vertebral e uma parte do rosto... mas sem cérebro. Meu sangue era a única coisa que a mantinha viva.

Érica sente a náusea subindo pela garganta, se põe de pé e tenta vestir o casaco. Uma das mangas está do avesso e ela tropeça, e apenas por muito pouco consegue agarrar a borda do balcão.

— Também encontraram partes dela no meu cérebro, mas muito difíceis de remover... Então vão ter que ficar onde estão enquanto não entram em metástase... Na maior parte do tempo eu posso sentir a minha irmã... Não dá pra ver numa ressonância magnética, mas acho que carrego o minúsculo cérebro dela dentro do meu... É por isso que tenho um sexto sentido.

Érica deixa cair a bolsa no chão; o estojo de óculos e o delineador saem rolando e desaparecem sob o banquinho sem encosto. Ela sente uma ânsia de vômito e imagina que comeu algo que não caiu bem.

— Meu Deus do céu — ela sussurra, e sente as costas empapadas de suor.

Ela se abaixa para guardar as coisas de volta na bolsa, mas se sente tão cansada que precisa se deitar de lado e descansar por um momento antes de ter forças para se levantar novamente.

Encosta o rosto no chão frio. Fecha os olhos, mas se sobressalta com um barulho súbito. É o barman gritando com Castor.

— Saia daqui! — ele ruge.

Érica sabe que precisa se levantar, que precisa ir para casa. Força os olhos a se abrirem e vê o barman recuar empunhando um taco de beisebol.

— Vá se foder! — ele grita.

Com um gesto amplo, o grandalhão que disse ser conhecido como Castor derruba várias garrafas do balcão, depois parte rapidamente para cima de Nick.

Érica ouve baques e suspiros profundos.

O barman desaba com violência no chão e sai rolando para o lado; antes de se chocar contra a parede, manda duas cadeiras pelos ares.

Castor vai atrás dele com passadas largas. Tira o taco de beisebol das mãos de Nick e o golpeia nas pernas três vezes, berrando alguma coisa com uma voz entrecortada antes de destruir uma mesa. Arremessa o bastão quebrado contra Nick e em seguida pisa nos restos da mesa, chutando para longe os pedaços de madeira.

Érica tenta se sentar e vê o instante em que Castor puxa Nick e o obriga a ficar de pé novamente antes de acertá-lo em cheio com um violento empurrão no peito e gritar com uma voz de trovoada em seu rosto.

— Tá legal, fique calmo — Nick pede, arfante.

O barman não consegue sustentar nenhum peso na perna direita, e de um corte acima da sobrancelha escorre um filete de sangue. Com uma das mãos, Castor agarra o barman pelo pescoço, e com a outra desfere um soco em seu rosto. Espreme Nick contra o tampo de uma mesa, derrubando copos e um castiçal; em seguida, lança a mesa contra a parede, e Nick cai estatelado no chão.

Érica precisa se deitar outra vez e observa Castor montar em cima do barman e esmurrar o rosto dele.

Nick se contorce tentando escapar do homem corpulento. Sangue jorra de sua boca enquanto ele tosse e implora. Castor agarra uma de suas mãos e quebra seu braço na altura do cotovelo.

Nick solta um grito agudo de desespero quando Castor dá um puxão no braço e tenta quebrá-lo novamente.

Ofegante, Castor agarra o pescoço de Nick com as duas mãos e aperta com tanta força que seu rosto empalidece; ele urra e bate a cabeça do barman contra o chão antes de soltá-la de supetão e se afastar de Nick, que se engasga e tenta recobrar o fôlego.

Castor cambaleia para trás.

Quando puxa algo do bolso, a pequena cartela de fósforos cai no chão.

Com um movimento ágil e um clique, ele abre uma faca de lâmina larga e retrátil e avança de novo, gritando tanto que seus dentes tortos cintilam no brilho de uma das luminárias da parede.

— Desculpe ter sido mal-educado com você, não foi minha intenção — Nick geme. — Você não precisa me matar, eu prometo...

Deitada, Érica sente passos pesados no chão perto de seu rosto.

Castor se aproxima de Nick, ergue a mão e o apunhala.

A lâmina penetra fundo o peito do barman.

Quando Castor puxa a faca, seu rosto é borrifado de sangue.

Solta um rugido de raiva e esfaqueia Nick de novo.

Nick já quase perdeu a consciência a essa altura, e apenas choraminga.

Castor gira o corpo do barman, agarra seu cabelo e começa a tentar escalpelá-lo. Corta um grande naco de pele e joga de lado.

Parece ter tomado algum tipo de droga terrível.

Ele deixa cair a faca, solta um rugido, agarra uma perna do barman e arrasta o corpo inerme em direção à porta.

Nick com certeza já deve estar morto, mas Castor continua batendo nele e pisoteando sua barriga. Arranca da parede uma foto emoldurada de John Lennon, quebra-a, e estilhaços de vidro voam em todas as direções; em seguida, joga os restos da moldura no corpo ensanguentado.

O homenzarrão vira uma mesa em cima de Nick e depois se afasta, arquejante, antes de se virar e olhar para Érica.

— Não tenho nada a ver com isso — ela diz, num fiapo de voz.

Castor caminha na direção dela e pega a faca do chão. Há um fio de sangue coagulado preso à lâmina.

— Por favor...

Érica não tem energia nem sequer para levantar a cabeça do chão enquanto o homem se aproxima e a agarra pelo cabelo.

A verdade é que a dor não é tão avassaladora quando a lâmina corta o tecido, os tendões e os vasos sanguíneos. Muito pior é o vento gelado da tempestade em seu rosto, combinado com a sensação de ser asfixiada por dentro.

22

Ao acordar, Saga ouve o barulho de Randy na cozinha. Ele costuma passar a noite na casa dela, e às vezes dorme no antigo estúdio fotográfico que aluga. Randy entra no quarto trazendo uma xícara de café e um croissant com geleia para ela.

Ele é cinco anos mais novo que Saga e tem a cabeça raspada, olhos tranquilos e um sorriso cético. Inspetor de polícia, faz parte de uma força-tarefa que investiga crimes de ódio virtuais.

— Sempre que vou para casa em Örgryte, minha mãe me traz o café da manhã na cama — ele diz.

— Você é mimado — Saga sorri, e bebe o café.

— Sei que sua mãe era...

— Não quero falar sobre ela — Saga o interrompe.

— Tá bom, me desculpe — ele diz, abaixando os olhos.

— Não me faz bem, é por isso que tenho essa regra. É melhor evitar o assunto de uma vez, eu já disse.

— Eu sei, mas...

— Não tem nada a ver com você.

— Mas eu estou aqui — ele diz baixinho.

— Obrigada — ela responde, sem rodeios.

Depois que ele vai embora, Saga se pergunta se não foi áspera demais. Randy não tem como saber pelo que ela passou. Ela manda uma mensagem de texto pedindo desculpas e agradecendo pelo café da manhã.

Depois do trabalho, Saga busca a meia-irmã na escola e a leva para uma consulta no otorrino. No caminho para casa, pergunta a ela sobre as meninas palhaças.

— O papai disse que elas não existem de verdade — Pellerina diz.

— É isso mesmo, não são reais — Saga confirma.

— Mesmo assim, não quero que elas me encontrem.

O pai delas não está em casa. Saga espera que ele volte logo; quer falar a respeito do presente que não pôde aceitar porque a fazia se lembrar muito da doença da mãe.

Pellerina, usando um avental de bolinhas, está junto à bancada da cozinha batendo a massa de bolo enquanto Saga unta a fôrma.

A campainha toca, e Pellerina dá um grito agudo para avisar que é o pai que chegou.

Saga limpa as mãos em um pedaço de papel-toalha e vai até o corredor atender a porta.

É Joona Linna.

O rosto dele está sério; há uma expressão gélida em seus olhos cinzentos.

— Entre — ela diz.

Ele olha por cima do ombro, dá dois passos corredor adentro e fecha a porta.

— Quem mais está em casa?

— Só eu e a Pellerina. O que aconteceu?

Ele olha para a escada de madeira e depois para a porta da cozinha. Ela continua:

— Joona, sei que você realmente acredita que Jurek ainda está vivo.

— No início era apenas uma possibilidade teórica... mas agora identifiquei o padrão — ele diz, espiando pelo olho mágico da porta da frente.

— Você não gostaria de entrar e tomar um café? — ela pergunta.

— Não tenho tempo — ele responde, olhando de novo para ela.

— Eu sei que eventos recentes trouxeram muitas lembranças antigas — ela diz. — Mas sinceramente não acho que Jurek está por trás disso. Veja o nível de violência; é agressivo de uma forma que Jurek nunca foi... E sim, sei que você vai dizer que foi o cúmplice dele. Entendo o que você está dizendo; sei que na sua opinião há um padrão claro, mas simplesmente não consigo enxergar.

— Saga, só estou aqui para dizer que você precisa se esconder, precisa encontrar um lugar seguro para você e sua família... Mas estou começando a perceber que você não vai querer fazer isso.

— Eu nunca conseguiria fazer meu pai e Pellerina virem comigo... Não vou nem tentar, não quero assustar os dois.

— Mas...

Uma porta bate com força na cozinha, e a mão de Joona se estende instintivamente na direção da pistola sob a jaqueta antes de ouvir a risada de Pellerina.

— Se Jurek está vivo, a culpa é minha — Saga diz em voz baixa. — Você sabe disso, fui eu quem o deixou sair... Então é minha responsabilidade detê-lo.

— Não vale a pena — ele diz. — Você é como uma irmã para mim. Não quero nem que tente deter Jurek, só peço que você se esconda.

— Joona, você está fazendo a coisa certa do seu ponto de vista, está convencido disso e precisa proteger a Lumi. Mas, pra mim, a coisa certa é ficar aqui e tentar encontrar a pessoa que está por trás desses assassinatos... E não estou descartando nenhuma possibilidade, nem mesmo Jurek Walter.

— Então trabalhe com o Nathan... Enviei a ele todo o material que tenho.

— Tá bom, vou falar com ele.

— Saga! — Pellerina grita da cozinha.

— Eu preciso voltar.

— Não ache que Jurek é como todo mundo — Joona continua. — Ele não te tratou de um jeito diferente só porque você é bonita...

— E eu que já estava achando que você nunca tinha notado — ela sorri.

— Eu notei, Saga — ele diz. — Mas Jurek não se importa com sua aparência, ele está interessado na sua mente, sua alma... Sua escuridão, suas catacumbas, como ele gosta de chamar.

— Você sabe que eu falei com Jurek Walter, não é? Mais do que você, na verdade — ela faz questão de lembrar.

— Mas naquela época você era apenas uma ferramenta para ele, um cavalo de troia...

— Tá legal, tudo bem — ela diz, levantando as mãos para interrompê-lo.

— Saga, me escute... Se você ficar aqui, vai encontrar com ele de novo.

— Isso é só uma ideia que você enfiou na cabeça.

— Você não é obrigada a fazer o que eu digo, mas não posso ir embora sem primeiro te dar três conselhos.

— Sou toda ouvidos.

Ela se encosta no batente da porta e cruza os braços sobre o peito.

— Número um: não tente falar com ele, não tente prendê-lo, não leve em consideração nenhum princípio ético se não houver testemunhas por perto. Você precisa matá-lo imediatamente na primeira oportunidade que tiver, e dessa vez tem de se certificar de que ele está morto.

— Ele já está morto.

— Número dois: lembre-se de que ele não está agindo sozinho, e que...

— Supondo que sua teoria esteja correta — ela o interrompe.

— Jurek está acostumado a ter um irmão que o obedece como um cachorro fiel... Os assassinatos de agora significam que ele recrutou um cúmplice, o que por sua vez significa que ele pode estar em mais de um lugar ao mesmo tempo.

— Joona, já chega.

— Número três — Joona insiste. — Se aquilo que não pode acontecer acabar acontecendo de qualquer maneira, você precisa se lembrar de que não deve fazer nenhum acordo com ele, porque isso nunca vai trazer nenhuma vantagem para você... Ele não vai desistir, e cada acordo que fechar com Jurek só vai fazê-la afundar ainda mais na armadilha dele... Jurek vai tirar tudo de você, mas é a você que ele quer chegar.

— E eu quero que você vá embora agora — ela diz, e o olha nos olhos.

— Talvez seja melhor mesmo.

23

Enquanto pega a rotatória, Joona não consegue deixar de pensar que ficou tempo demais na casa de Saga. Percebeu quase de imediato que ela não daria atenção aos seus conselhos — mas, se no fim das contas ela se encontrasse com Jurek, talvez se lembrasse de algumas de suas palavras.

Um caminhão betoneira empoeirado está estacionado em meio a uma nuvem de fumaça de escapamento no posto de gasolina, e um grupo de crianças usando uniforme escolar se aproxima pela passarela.

Quando Joona entra na Nynäsvägen, avista a van branca pela segunda vez.

Ela estava estacionada em frente à igreja, na mesma rua cuja calçada ele percorreu às pressas após o encontro com Saga.

Os galhos das árvores se refletiam no para-brisa, mas não se limitavam a se mover em sincronia com o vento — vez por outra estremeciam e oscilavam.

Havia alguém dentro da van.

Isso não significava necessariamente que Joona estava sendo observado — mas, diante das atuais circunstâncias, era uma suposição sensata.

Ele não pode se dar ao luxo de descartar como mera coincidência qualquer coisa que esteja fora do normal.

Joona muda de faixa e pega a ponte Johanneshov, acompanhando o ritmo do tráfego que flui veloz enquanto a água escura cintila lá embaixo.

Dois carros da polícia passam a toda na direção oposta, as sirenes ligadas.

No meio da estrada há um pneu rasgado.

Pelo retrovisor ele vê a van pegar a ponte. Está centenas de metros atrás dele, mas continua no mesmo percurso que ele.

Joona nunca deu isso como certo, mas imagina que, num combate corpo a corpo com Jurek, seria o vencedor. A razão pela qual está fugindo é que Jurek jamais travaria um combate corpo a corpo com alguém que não fosse capaz de derrotar.

É impossível derrotar Jurek, porque ele tira proveito do fato de que seres humanos amam uns aos outros.

Joona ultrapassa pela direita uma perua de entrega caindo aos pedaços e pisa no acelerador.

As janelas deixam escapar um leve suspiro, e todo o som é abafado quando o carro entra no túnel Söderleden.

Ele tem precisamente mil quinhentos e vinte metros para encontrar uma solução.

As paredes cinzentas e sujas e as saídas de emergência verdes passam zunindo, e o clarão das fileiras de luzes fluorescentes pulsa de maneira uniforme através do carro.

Joona acelera e destrava o cinto de segurança ao passar pelo entroncamento que leva à praça Medborgarplatsen. Os veículos ao redor emitem um rugido monótono.

Ele pega a pista da direita e vê as placas de saída para Nacka. Olha pelo retrovisor e gira o volante ainda mais para a direita, dirigindo por cima da linha tracejada que separa as duas faixas.

A saída se aproxima depressa, e os veículos à volta de Joona buzinam e mantêm uma distância segura dele.

A linha secionada se transforma em uma linha contínua à medida que desaparece sob a dianteira do carro. Se Joona não tomar uma decisão agora, colidirá em cheio com a parede que divide as duas pistas.

Ele dá uma olhada de relance pelo retrovisor e freia com tanta força que os pneus derrapam ao longo do asfalto antes de o carro invadir o acostamento. As ranhuras sonoras da pista fazem o chassi inteiro estrondear até o veículo enfim parar a poucos centímetros da mureta baixa de proteção projetada para amortecer qualquer impacto com a parede que separa os dois túneis.

Veículos pesados passam trovejando de ambos os lados.

Joona sai furtivamente do carro e corre vários metros agachado no túnel que leva a Nacka.

Mal se embrenhou na escuridão atrás da fileira de colunas quando ouve um veículo frear e parar atrás dele, na área hachurada entre as pistas.

Irritado, um taxista a caminho de Nacka aperta a buzina.

Poeira e lixo rodopiam no ar.

Joona saca a Colt Combat do coldre sob o braço direito, enfia uma bala na câmara e em seguida se detém e se põe a escutar.

Tudo o que consegue ouvir é o bramido do tráfego e o som dos ventiladores no teto do túnel.

Poeira cor de chumbo cobre o chão e o lixo que se acumulou no espaço atrás das pilastras.

Alguns velhos sacos plásticos farfalham, esvoaçando atrás dele.

Ao parar exatamente no ponto onde o túnel se divide em dois feito a língua bífida de uma cobra, Joona deixou seu perseguidor em uma posição impossível.

Qualquer que seja a pista que ele escolha, acabará sendo a errada.

Seu perseguidor foi forçado a desistir ou a abandonar qualquer tentativa de ação sub-reptícia.

Agora ele está sentado dentro do carro com o motor em ponto morto, sem saber o que fazer.

Provavelmente desconfia que é uma armadilha.

O perseguidor não sabe se Joona está se escondendo no carro ou se continuou a pé, e é possível até que tenha escapado do túnel pela saída de emergência à frente.

Joona avança a passos lentos entre as pilastras. Contanto que permaneça fora do alcance das luzes do teto, está fora de vista.

Cada vez que um veículo passa, ele se afasta ligeiramente de modo a evitar que os fachos dos faróis o iluminem.

Poeira negra rodopia em meio à lufada de ar causada pelos carros em movimento.

Com a pistola apontada para o chão, Joona sai correndo no momento em que uma motocicleta passa por ele.

Ele precisa saber se a pessoa que parou atrás do carro dele é Jurek.

Muito devagar, Joona se move em direção à luz e vê o imundo telefone de emergência na parede, as sombras listradas no concreto áspero.

Ainda é impossível enxergar com clareza o outro veículo.

Ele se esgueira com cautela para um lado a fim de obter um ângulo melhor, e agora consegue ver parte da traseira da van.

Não há dúvida de que é a mesma van branca que viu estacionada na rua de Saga.

A nuvem de fumaça de escapamento desenha espirais de fumaça cada vez que um veículo passa.

Joona se afasta o máximo que consegue e vê que o motorista está sentado ao volante — mas, por causa dos reflexos no vidro, é impossível distinguir seu rosto.

Um caminhão passa rumo ao centro da cidade. O peso faz o chão tremer, e os faróis iluminam a van tempo suficiente para permitir a Joona entrever um homem corpulento de ombros caídos.

Um purificador de ar pendurado no retrovisor obscurece a maior parte do rosto dele.

De uma coisa Joona tem certeza: não é Jurek Walter. Talvez seja seu primeiro vislumbre do novo recruta.

É impossível saber.

Joona abaixa a arma.

Em outras circunstâncias, poderia atirar no homem assim que o próximo veículo de grande porte passasse; como não tem certeza de que se trata de um cúmplice de Jurek, porém, Joona não pode fazer isso — não enquanto o homem se mantiver passivo.

A van balança levemente quando o homem dentro dela se mexe.

Joona se mantém imóvel com a pistola apontada para o chão. Pode ouvir o farfalhar dos ratos entre os sacos plásticos atrás dele.

A van balança de novo.

Um ônibus grande e barulhento se aproxima.

Joona recua um pouco.

O brilho dos faróis enche o túnel, e a luz atinge a cabine da van pela lateral.

O homem corpulento não está mais sentado ao volante.

Ele sumiu.

O ônibus passa, e o chão treme.

O ar se enche de poeira e lixo.

O único som é o ruído distante dos enormes ventiladores no teto do túnel.

Joona se agacha e tenta ver embaixo da van, mas está muito escuro. Ele não consegue dizer se seu perseguidor está escondido lá ou não.

Ele espera o veículo seguinte passar e aponta a pistola para a escuridão entre as rodas dianteiras e traseiras.

Joona pode ver as luzes de outro carro se aproximando ao longe e, à medida que chega mais perto, o feixe dá saltos ao longo da faixa de rodagem até atingir a van.

Por um momento, o chassi enlameado, o eixo de transmissão e os pneus são iluminados.

Não há ninguém ali.

Joona abaixa a pistola novamente e, assim que se põe de pé, a van começa a dar marcha a ré. Ela então para antes de guinar à esquerda e desaparecer no túnel que leva ao centro da cidade.

Joona apura os ouvidos, atento, até o som do motor sumir aos poucos.

Ele espera vários minutos; em seguida, de cócoras, aproxima-se do próprio carro, a pistola apontada para a frente. Verifica embaixo do veículo, olha ao redor e se senta no banco do motorista.

Engata a ré, dirige até a estação central, entra pelo portão principal e estaciona em local proibido.

Ele desce, contorna o carro, pega o celular e vê que Valéria ligou.

Remove o cartão SIM e o destrói, depois abre o porta-malas.

No espaço onde deveria haver um estepe há duas bolsas a tiracolo pretas, uma grande e uma pequena. Ele pega as duas e volta para o banco do motorista. Uma das bolsas contém uma faca de lâmina curta projetada para combate corpo a corpo. Ele a prende com fita adesiva no braço esquerdo, guarda a pistola no porta-luvas, tranca o carro e vai embora a pé.

Em breve o carro será recolhido pela Polícia Rodoviária e guardado em uma instalação fora da cidade até que ele o busque.

Joona acessa a estação pela entrada principal e olha para o painel de horários de chegadas e partidas. Anda de cabeça baixa por entre a multidão que se move a passos lentos.

Segue direto até a vitrine da livraria e, pelo vidro laminado, observa atentamente os reflexos das pessoas que se movem atrás dele.

Parece que ninguém o está seguindo.

Vai até o balcão e compra uma passagem para Copenhague, que paga com dinheiro vivo.

O trem sai em onze minutos e já está à espera na plataforma 12.

Ele caminha até a plataforma, passa pelos painéis de informações e pelas máquinas de venda automática de passagens. Um vento frio sopra ao longo dos trilhos. Corvos sobrevoam em círculos os telhados escuros e abaulados. Um mendigo dorme ao lado de uma das lixeiras, enrolado em uma manta acolchoada verde. Joona deixa o celular cair em seu pratinho e embarca no trem.

24

Sentado no assento do corredor, Joona está lendo a autobiografia de Keith Richards. De tempos em tempos, ergue os olhos para observar os outros passageiros. A mulher sentada a seu lado está com o rosto voltado para a janela e fala ao telefone em um tom sem emoção. Do outro lado do corredor há um homem mais velho, com marcas de sujeira na calça do terno marrom-claro. Ele folheia a revista de bordo gratuita deixada no espaço atrás do assento da frente antes de apoiar a cabeça no encosto e fechar os olhos.

O trem atravessa o longo viaduto e para na estação Södertälje Syd. Um homem corpulento se senta em um dos assentos algumas fileiras atrás.

Um forte cheiro de loção pós-barba se espalha pelo vagão.

O fiscal ferroviário passa verificando as passagens dos novos passageiros e, quando o trem dá um solavanco, ele se agarra ao compartimento de bagagens no final do corredor; em seguida, passa para o próximo vagão.

A paisagem está congelada e cinzenta.

O grandalhão deve ter embarcado em Estocolmo, já que o fiscal ferroviário não verificou o bilhete dele, mas esperou até passarem por Södertälje para se sentar.

Um traço de enxaqueca irrompe atrás de um dos olhos de Joona. Sua visão perde a clareza e ele precisa fechar os olhos por alguns instantes antes de continuar a leitura.

Keith Richards está descrevendo com grande entusiasmo uma receita envolvendo salsichas.

Depois de algum tempo, Joona se levanta e passeia os olhos pelo vagão.

Não consegue enxergar o rosto do passageiro alto, que usa uma touca de lã preta e está olhando pela janela.

Joona leva consigo a bolsa a tiracolo menor, mas deixa a jaqueta pendurada em um gancho ao lado do assento e a bolsa maior no compartimento superior de bagagens.

Ele vai até o vagão-restaurante e compra um sanduíche de queijo e uma caneca de café. Quando volta para o lugar, percebe que alguém o observa do barulhento espaço entre os vagões. Não é capaz de dizer quem é através da porta de vidro, mas tão logo começa a caminhar na direção dela, a silhueta desaparece.

Joona volta para seu vagão e nota que o homem alto continua sentado em seu assento como se não tivesse movido um músculo.

Passam por um conjunto de bifurcações, e o rugido das rodas percorre todo o trem.

Joona se recosta no assento e retoma a leitura.

O trem está se aproximando de Norrköping.

Ainda faltam muitas horas de viagem até chegarem a Copenhague.

A paisagem fica mais plana.

A mulher ao seu lado está lendo no laptop um relatório do Banco Central.

Largando o livro no assento e a caneca de café e o sanduíche comido pela metade sobre a mesinha, Joona pega a bolsa menor e para diante da porta do banheiro, esperando que fique desocupado.

O trem desacelera e estremece quando muda de linha e se aproxima da plataforma. Assim que para bruscamente na estação, Joona vai para outro vagão.

Carregando malas e carrinhos de bebê, um grupo de passageiros faz fila no corredor e espera para descer. As portas se abrem com um chiado, Joona se infiltra em meio ao grupo e sai do trem. Ele se detém atrás de uma grande máquina automática de venda de refrigerantes na plataforma; ajoelhando-se para não ser visto, puxa a adaga, esconde a arma junto ao corpo e aguarda.

A maior das duas bolsas ainda está no compartimento acima do assento, a jaqueta pendurada no gancho e a caneca de café sobre a mesinha.

O ar está impregnado do cheiro dos freios do trem. No chão há guimbas de cigarro e porções de tabaco mascado.

O fiscal ferroviário apita, e as portas se fecham com um chiado. O trem sai devagar da plataforma enquanto os cabos elétricos zumbem.

Joona enfia a adaga na bolsa, depois se levanta e corre em direção à construção da estação. Um ônibus está saindo no instante em que ele vira a esquina. Há dois carros esperando no ponto de táxi; Joona abre a porta do primeiro, entra e explica rapidamente ao motorista que precisa chegar às pressas ao aeroporto de Skavsta.

Enquanto o táxi se afasta da estação, Joona observa o trem acelerar.

O táxi diminui a velocidade para permitir que uma velhinha com um andador atravesse a faixa de pedestres. Algumas gralhas estão bicando o lixo na frente de um quiosque de cachorro-quente.

O veículo está percorrendo a Norra Promenaden quando o trem para ao longe, nas proximidades do imponente edifício da delegacia de polícia.

Alguém acionou os freios de emergência.

O táxi passa por alguns prédios grandes que bloqueiam a visão de Joona e o impedem de enxergar o trem. O motorista tenta entabular uma conversa sobre fazer uma viagem para curtir o sol num país quente, mas Joona dá respostas curtas enquanto olha para trás.

Pouco antes de entrarem no túnel sob o pátio de cargas ferroviárias, Joona avista o trem novamente. Há um homem correndo ao longo do trilho em direção à estação.

Trinta e seis minutos depois, o táxi para na porta do prédio cinza do terminal do aeroporto de Skavsta. Jogando a bolsa por cima do ombro, Joona entra pela porta principal, passa sob a réplica de um avião pendurada no teto e abre caminho até o balcão de atendimento. Pega uma senha e espera de costas para a parede, a mão agarrada à adaga dentro da bolsa.

Pessoas entram e saem pelas portas. O céu pálido brilha no vidro a cada vez que as portas se abrem.

Um homem de aparência cansada está tentando despachar um conjunto completo de equipamentos de golfe em um voo para as ilhas Canárias, e uma senhora muito idosa precisa de ajuda para ligar para a irmã.

Quando chega a vez de Joona, ele se dirige até a mulher no balcão. Ela o encara nos olhos quando ele pede uma passagem para Béziers, no sul da França.

— França? Em vez disso, não gostaria de ficar em Nyköping? — ela diz com um sorriso, depois enrubesce.

— Numa outra vida — ele responde.

— Você já sabe onde me encontrar.

Joona pega o cartão de embarque e entra no banheiro; depois de limpar cuidadosamente todos os vestígios de impressões digitais da faca, ele a embrulha em papel higiênico e a joga na lixeira.

Só depois de ouvir a última chamada para o embarque Joona passa pela inspeção de segurança, certificando-se de que é o último passageiro a embarcar. A porta se fecha atrás dele, o avião começa a taxiar e a comissária de bordo entra no corredor para começar a demonstração dos procedimentos de segurança.

Joona se vira para olhar pela janela. Sente os motores do avião começarem a rugir e depois ouve o zumbido dos flaps se abrindo. Ele enviou instruções detalhadas para Nathan Pollock. A primeira coisa que Nathan precisa fazer é garantir que Valéria receba proteção policial, no mais alto nível.

Assim que Joona pousar na França, vai mudar de identidade. Na bolsa ele leva outro passaporte, uma nova carteira de habilitação, dinheiro em diferentes moedas — tudo de que precisa.

Se Jurek descobrir que Joona foi para a França, vai presumir sua intenção de se encontrar com Lumi em Marselha, mas em vez disso Joona vai alugar um carro e seguir na direção oposta para pegar uma bolsa em Bouloc, ao norte de Toulouse.

À direita da rua Jean Jourès, antes de entrar na cidade, há uma pequena fazenda à beira de um campo.

Lá, ao lado do tanque de chorume, Joona enterrou uma caixa de alumínio.

Contém duas pistolas, munições, explosivos e detonadores.

Assim que pegar a caixa, ele rumará para Genebra por estradinhas secundárias para se encontrar com Lumi.

25

Os joelhos de Saga estão encostados no tanque de gasolina preto fosco, e ela pode sentir as vibrações do motor na parte interna das coxas. Ela percorre a rodovia paralela à linha férrea na sexta marcha, inclina-se suavemente para a esquerda e pega a saída para Sollentuna. Pisa de leve no acelerador, troca de marcha e faz uma curva tão brusca e fechada que um dos escapamentos raspa no asfalto.

Saga ainda não se acostumou com o baixo ângulo de inclinação que a motocicleta tolera.

Quando sua antiga Triumph chegou ao fim da vida, ela pegou emprestada a Indian Chief Dark Horse do pai, já que ele a usa somente nos dias de verão perfeitos.

O pai de Saga tem uma relação sentimental com a marca e com o fato de o fundador da montadora Indian e o construtor da primeira motocicleta ter sido um sueco nascido em Småland. Quando Lars-Erik era jovem, morou em San Francisco por algum tempo e pilotava uma velha Indian 1950 caindo aos pedaços.

Agora que chegou à meia-idade e tem condições financeiras, ele se deu ao luxo de comprar uma nova, mas ficou acostumado demais ao conforto para andar de moto.

Saga freia na colina íngreme que leva à garagem de Nathan Pollock e para atrás do utilitário esportivo estacionado.

Eles marcaram uma reunião com seus respectivos chefes na sede da Polícia de Segurança em Solna, mas antes disso Saga queria dar uma olhada no material que Joona já havia enviado para Nathan.

A elegante *villa* escura está situada em uma encosta e tem vista para as águas escuras e encapeladas da enseada de Edsviken.

Saga pendura o capacete no guidom e contorna o carro de Nathan.

Plantas mortas farfalham em uma treliça descascada que cerca um banco de madeira.

Saga vai em direção à casa e vê uma sacola de mantimentos na senda a cerca de dez metros da varanda. Pão, uma embalagem de ervilhas congeladas e três pacotes de bacon estão espalhados na grama amarelada.

Ela se detém e escuta. Ouve baques surdos dentro da casa. Parece uma porta sendo batida com força cinco vezes, então o barulho cessa de súbito.

Saga se dirige à varanda, mas para abruptamente ao ouvir gritos de uma mulher dentro da construção.

Saga se agacha e puxa a Glock do coldre, põe uma bala na câmara e em seguida anda ao redor da casa com o cano apontado para o chão.

Pela primeira janela, vê a sala de estar. Uma cadeira de espaldar alto está caída no chão.

Saga leva o dedo ao gatilho e aperta só até o primeiro entalhe; passa por uma macieira de modo a obter um ângulo de visão através da segunda janela. No espaço entre as cortinas, pode ver a esposa de Nathan. Ela está parada à porta da sala de estar e enxuga lágrimas dos olhos.

Devagar, Saga se move para o lado e vê Nathan entrar na sala e esvaziar no chão o conteúdo de uma gaveta de roupas íntimas coloridas.

A esposa grita alguma coisa para ele, mas Nathan não responde, apenas sai de novo levando a gaveta vazia.

Estão obviamente no meio de uma briga séria.

Saga guarda a pistola no coldre e caminha até a frente do lugar; está prestes a subir na moto e voltar para casa quando a porta da frente se abre, Verônica sai com um maço de cigarros na mão e a avista.

— Olá — ela se apressa em dizer, e acende um cigarro.

— É uma hora ruim?

— Muito pelo contrário — Verônica responde, sem olhar para Saga.

Nathan está parado na varanda atrás dela.

— Ela quer o divórcio — ele diz.

— Devo voltar mais tarde?

— Não, não é nada de mais, ela provavelmente vai mudar de ideia.

— Não vou não, senhor — Verônica rebate amarga, e dá uma longa tragada no cigarro.

— Talvez não, tenho certeza de que você está certa. Afinal de contas, por que você ficaria comigo? — ele diz, segurando a porta aberta para Saga.

Verônica abaixa o cigarro e olha para Saga com uma expressão exausta.

— Desculpe pela bagunça — ela diz. — Vou deixar Nathan explicar a pilha de roupas íntimas no...

— Nica, eu só acho...

— Não me chame assim — ela o interrompe bruscamente. — Eu odeio esse apelido, sempre odiei, eu só fingia achar fofo no começo.

— Tá bom — ele sorri e entra com Saga. No vestíbulo, ele a ajuda a tirar a jaqueta de couro que ela está usando por cima da blusa de moletom com capuz.

— Na Suécia não é necessário um motivo para se divorciar, mas...

— Eu tenho mil motivos! — Verônica grita de lá de fora.

— Mas se uma das pessoas tiver objeções há um adiamento. O tribunal dá ao casal seis meses para pensar — ele diz.

Saga não sabe ao certo quantas vezes Nathan já foi casado, mas se lembra da esposa anterior, uma mulher loira da mesma idade que ele. Antes dela, ele fora casado com uma especialista forense chamada Kristina.

Eles seguem pela varanda envidraçada, com seus móveis de vime e vasos de hera. As janelas de chumbo chacoalham quando a porta da frente abre e fecha de novo.

— A Verônica não está muito empolgada com os seis meses de tempo para pensar, e consigo entender. As coisas andam tensas — ele diz com uma voz despreocupada.

— Você está chateado com o divórcio?

— Você sabe — começa ele. — A esta altura, já estou bastante acostumado a me divorciar.

— Bem, eu não estou, e me sinto chateada — Verônica diz atrás deles.

— Você não deveria ter ouvido isso — Nathan reclama por cima do ombro.

— Claro que deveria — ela suspira, cansada.

— Tudo o que estou dizendo é que é melhor você pensar a respeito, é por isso que a lei foi concebida assim — ele responde para Verônica com uma calma irritante.

— Já pensei a respeito, você sabe disso perfeitamente bem. Isso é só você usando o poder do seu cargo pra manipular as coisas e se dar bem.

— Ela quer vender a casa e dividir os bens antes da conclusão do processo — Nathan explica para Saga.

— Que diferença isso faria para você? — Verônica diz, enxugando as lágrimas que começaram a cair outra vez. — Vai acontecer, quer você goste ou não.

— Nesse caso, tenho certeza de que você pode esperar mais seis meses, Nica.

— Vou ter que bater em você? — ela pergunta em tom de provocação.

— Eu tenho uma testemunha. — Ele sorri, jogando o longo rabo de cavalo cinza-prateado por cima do ombro.

Verônica suspira, sussurra algo para si mesma, recolhe uma peça de roupa do chão e a deixa em uma das cadeiras de vime; em seguida, pega uma xícara de chá de cima da mesa.

— Nunca se case com ele — ela diz a Saga, e sai da varanda.

Saga e Nathan caminham pela sala de estar, forrada de estantes de livros e onde há uma lareira de azulejos marrons.

— São as roupas íntimas dela — ele diz, apontando para o chão. — Pensei que ela poderia começar vendendo essas peças, então poderíamos dividir os lucros.

— Não seja malvado, Nathan.

— Eu não sou — ele responde.

As linhas profundas em seu rosto e as rugas ao redor dos olhos o fazem parecer cansado, mas os olhos são impenetráveis como rocha.

— Vamos dar uma olhada no que Joona enviou? — ela propõe.

— Vai demorar um pouco.

Nathan a leva até a cozinha, onde há dez caixas de papelão no chão. Ele começou a desempacotar uma delas, e a mesa já está atulhada de mapas dos locais onde os corpos foram encontrados, bem como mapas ferroviários e fotografias.

— Joona fez algumas anotações — Nathan diz, mostrando a ela uma página inteira de apontamentos em um bloco de papel.

— Certo — Saga diz, examinando uma fotografia das covas na floresta de Lill-Jan.

— A primeira coisa que ele quer que a gente faça é obter proteção para Valéria.

— Posso entender, olhando do ponto de vista dele — Saga diz.

— Não é tão simples assim — Nathan continua. — Ele diz que isso tem que ser feito em segredo, porque ela não quer proteção.

Ele mostra a Saga um esboço que Joona fez do viveiro de plantas de Valéria e dos melhores locais para posicionar dez policiais.

— Parece bom — Saga concorda.

— Obviamente, ele diz que é impossível se proteger contra Jurek... Mas que dá para destruir uma teia de aranha com um graveto.

— Jurek está morto — Saga murmura.

— A segunda coisa que ele quer que a gente faça é interrogar o sacristão da igreja que estava guardando o dedo de Jurek em um frasco de vidro.

— Ele está senil, é impossível arrancar dele qualquer coisa que faça sentido.

— Joona está ciente disso, mas ainda assim acha que podemos conseguir algo se dermos ao velhote algum tempo... Porque o plano de Jurek nunca teria funcionado sem o envolvimento do sacristão.

— Eu vi o corpo, o torso em decomposição, os buracos de bala exatamente onde atirei.

— Eu sei — Nathan diz, pegando uma carta em meio aos papéis sobre a mesa. — Joona escreveu o seguinte: "A capela da ilha é a única porta de entrada para o mundo de Jurek que encontramos até agora... É a fresta de onde ele saiu rastejando, é onde vocês...".

Do andar de cima vem um baque estrondoso, seguido pelo som de algo se estilhaçando no chão.

— Eu coleciono objetos de arte em vidro — ele diz, lacônico.

— Vamos indo?

26

Na parte nordeste do subúrbio de Huvudsta há uma área conhecida como Ingenting, "Nada". O nome remonta a uma propriedade senhorial do século XVIII. E é onde a nova sede da Polícia de Segurança sueca está localizada.

Como a coleta de informações está no cerne das atividades da Polícia de Segurança, a instituição é caracterizada pela paranoia. O medo de grampos e escutas clandestinas é tão disseminado que eles construíram algo como uma prisão para si mesmos, com medidas de extrema segurança.

A mesma construtora que ergueu os presídios de segurança máxima de Kumla e Hall foi responsável pelo projeto desse seguro edifício de sete andares com balaustradas e entrada envidraçada.

Saga e Nathan saem do elevador e passam pelos janelões ao longo da passarela aberta. Saga, que veio de moto, ainda está com o capuz do moletom levantado. O rabo de cavalo platinado de Nathan bate contra suas costas a cada passo.

Ambos os chefes já estão na sala quando eles chegam. Parece que tiveram uma breve reunião preliminar.

Verner Sandén, o diretor da Polícia de Segurança, está sentado à mesa, as pernas longas cruzadas. Veste terno e gravata, e uma das pernas da calça subiu, revelando uma meia preta listrada.

Carlos Eliasson, chefe do Departamento Nacional de Investigação Criminal, veste um suéter cor de vinho e uma camisa branca. Está sentado com desleixo numa das poltronas, e segura na mão uma tangerina.

As imensas janelas do gabinete de Verner dão para um canteiro de obras, com algumas unidades industriais e a floresta Ingenting além. O mundo lá fora parece estranhamente borrado nas bordas através do vidro de segurança reforçado.

— O que tem para o almoço hoje? — Saga pergunta enquanto se senta à mesa oval.

— É segredo — Verner responde, sem sorrir.

— Um dos assassinatos em questão ocorreu no sul da Suécia — Carlos toma a palavra enquanto descasca a tangerina. — E cinco aconteceram fora de nossas fronteiras, dois deles em...

— Joona acha que Valéria de Castro precisa de proteção policial — Saga o interrompe.

— Foi o que ele disse na mensagem que deixou no meu celular... E, obviamente, ela vai receber essa proteção, como qualquer outra pessoa no país, se existir uma ameaça clara contra ela — Carlos responde com calma.

— Joona acha que existe.

— Mas a pessoa responsável pela ameaça está morta — argumenta Carlos, e joga três gomos da fruta na boca.

— Em teoria, há uma possibilidade infinitesimal de Jurek Walter ainda estar vivo — Saga diz.

— Naturalmente, não acreditamos nisso — Nathan intervém.

— Mas Joona está convencido de que Jurek está vivo e por trás dos assassinatos desses criminosos pela Europa — Carlos continua.

— E se ele estiver certo, Valéria corre um risco extremamente alto — Saga diz, abrindo sobre a mesa, em frente a Verner, o esboço com o mapa do viveiro de plantas de Valéria e as possíveis posições dos policiais.

— Está claro que o que tirou Joona dos eixos foi o fato de duas das vítimas terem conexões com ele — Verner fala, sem olhar para o mapa. — Isso é compreensível. É profundamente perturbador que alguém tenha vandalizado o túmulo da esposa dele, horrível de verdade. Mas o homem em Oslo havia recolhido partes de corpos de trinta e seis pessoas diferentes.

Carlos se levanta e joga a casca da tangerina na lixeira.

— Quanto à segunda vítima... Sem dúvida é difícil explicar por que um maníaco sexual alemão tentaria ligar para Joona pouco antes de morrer — Carlos diz.

— Por que para um policial sueco?

— Não temos ideia. Mas durante anos a vítima havia cumprido pena em uma unidade psiquiátrica de segurança máxima. De acordo com os arquivos que recebi, estava numa enfermaria onde havia pelo menos três internos que tinham agido na Suécia.

— E qualquer um pode encontrar o número do telefone de Joona na internet se souber onde procurar — Verner conclui.

— Não vamos abandonar o caso, de jeito nenhum — Carlos diz, ocupando seu lugar à mesa. — Mas também não podemos dedicar recursos demais pra isso.

— Certo — Pollock concorda baixinho.

— Seria bom se Joona pudesse estar nesta reunião — Carlos fala e levanta o celular sem motivo aparente.

— Ele provavelmente já deixou o país — Saga diz.

— Por causa disso? — Carlos quer saber.

— Acho que ele está fazendo a coisa certa — Saga responde, olhando-o nos olhos.

— Você acha...

— Espere um pouco — ela diz, interrompendo-o. — Tenho certeza de que matei Jurek Walter, mas ainda assim acho que Joona está fazendo a coisa certa, já que pessoalmente não está convencido da morte de Jurek... Então, estou feliz que ele tenha ido embora para proteger a filha e deixado pra nós o trabalho de investigação.

Carlos balança a cabeça, hesitante.

— Vou tomar providências para que ele consulte um psicólogo quando voltar — Carlos suspira.

— O assassino é uma pessoa, ou possivelmente mais de uma, que assumiu para si a tarefa de fazer uma limpeza na Europa — Verner diz.

— Mas esse não é o estilo de Jurek. Por que ele iria querer fazer uma limpeza social? — Carlos pergunta.

— Joona acredita que Jurek Walter recrutou um cúmplice — Saga explica. — Que ele passou anos testando candidatos... e que agora está matando aqueles que não obtiveram sucesso.

Verner se levanta e pega um laptop da escrivaninha.

— Joona deixou uma mensagem para Carlos dizendo que Jurek Walter havia açoitado o homem do acampamento da mesma forma que costumava fazer com o irmão gêmeo — ele diz, conectando o laptop na tomada da mesa.

— Sim, eu sei — Saga concorda.

— E quando Joona descobriu um assassinato em Belarus, em que a vítima tinha ferimentos semelhantes nas costas, interpretou isso como prova de que Jurek é responsável pelos assassinatos de criminosos em toda a Europa — Carlos alega.

— Recebemos agora uma gravação da polícia bielorrussa. Algumas imagens de câmeras de vigilância captaram o assassino — Verner diz, tocando no computador portátil. Um telão se acende em uma parede.

— Dá para ver o assassino? — Nathan indaga.

— O parque nacional fica fechado à noite. Ainda não são dez horas, e o guarda está fazendo a ronda — Verner responde enigmaticamente enquanto apaga as luzes e clica em uma tecla para reproduzir na tela a filmagem sem som.

Três palavras em letras cirílicas brancas aparecem na parte inferior da tela, ao lado de um cronômetro.

A câmera de segurança está apontada para uma casa de madeira escura com uma profusão de ornamentos, esculturas e detalhes exuberantes. As paredes, a varanda, as grades e as pilastras estão cobertas por luzes natalinas, todas apagadas.

— Uma casinha de biscoito de gengibre — Nathan murmura.

— A versão deles do Papai Noel se chama Ded Moroz e, aparentemente, é aí que ele mora — Verner murmura.

O parque está mergulhado na escuridão do inverno. A única luz vem do que parecem ser tochas elétricas com cúpulas de vidro pontiagudas ladeando os caminhos. Um guarda uniformizado com um gorro de pele verifica se a porta da casa está trancada, depois desce de novo pelos degraus. No ar gelado, ele respira soltando fumaça pela boca. Percorre a vereda arada, ao longo da cerca de madeira toda ornamentada.

— As autoridades bielorrussas não confirmaram — Verner começa —, mas sabemos que em outro momento a vítima tinha sido contratada pelo serviço secreto do país para dar cabo de críticos do governo.

O guarda se detém e acende um cigarro antes de prosseguir na direção da extremidade esquerda da tela.

Um grande vulto emerge da escuridão entre as árvores e vai atrás do guarda.

— Caramba — Saga sussurra.

A gravação em preto e branco está em baixa resolução, e os movimentos do perseguidor parecem sujeitos a algum tipo de atraso, como se fosse parte de sua persona sombria se demorar como um bruxuleio elástico.

— Vejam isto — Carlos diz a meia-voz.

A figura atarracada tirou da bolsa uma pistola com silenciador e, visto que o guarda não esboça reação, fica evidente que está se movendo pela neve sem fazer barulho.

— Não é Jurek — Saga diz, com olhos fixos na gravação.

O homem alcança o guarda ao lado de um boneco de neve de plástico e atira na nuca dele, à queima-roupa e sem qualquer preâmbulo. A extremidade do cano da arma com o silenciador se ilumina por um instante. Uma explosão de sangue e fragmentos de osso irrompe da boca do guarda como um terrível ataque de vômito de projéteis. Logo depois, dentes e língua borrifam a neve.

O cigarro ainda está preso entre os dedos da mão quando suas pernas cedem. O homem corpulento o acerta na cabeça com a coronha da pistola.

O cadáver afunda na neve, mas o agressor não para. Ele escorrega, dá um passo para o lado, guarda a pistola, volta e desembesta a dar pontapés no corpo.

— O que ele está fazendo? O homem está morto — Nathan sussurra.

O homem agarra um dos braços do guarda e arrasta o corpo para trás da cerca, o que deixa um rastro escuro de sangue na neve. A boca do assassino se abre, como se estivesse gritando enquanto esmaga a cabeça do guarda contra uma pedra.

— Jesus Cristo — Carlos geme.

O homem se endireita, claramente sem fôlego; em seguida, pisa no rosto e no peito do guarda repetidas vezes, então arrasta o corpo por uma das pernas até sair do enquadramento.

— O corpo foi encontrado a vinte metros de distância, atrás de algumas latas de lixo — Verner diz.

O homem volta, mas ainda está escuro demais para que seja possível ver seu rosto com clareza. Ele limpa a boca, depois se vira e refaz parte do caminho, chuta e estraçalha uma das lâmpadas alinhadas ao longo da vereda, grita alguma coisa e por fim desaparece.

A gravação pisca e chega ao fim.

— Isso refuta cem por cento a teoria de Joona — Carlos conclui.

— Talvez seja o cúmplice — Saga sugere.

— O cúmplice secreto que mata outros cúmplices secretos em Belarus — Verner murmura.

— Nós temos noção de que parece loucura — Saga suspira.

— Não tem lógica alguma nisso — Carlos declara, mas não de forma desagradável. — Se Jurek está vivo e tem um cúmplice, então com certeza o cúmplice deveria fazer o que Jurek deseja e enterrar pessoas vivas em vez de limpar a sociedade.

— Ainda assim gostaríamos de realizar uma investigação preliminar — Saga insiste.

— No caso do homicídio da Suécia, então — Carlos responde.

— Estamos falando de um assassino em série — ela diz.

— Não podemos atuar fora das nossas fronteiras se ninguém pediu nossa ajuda... As pessoas estão muito aliviadas por estarem se livrando de alguns de seus piores criminosos.

— Nos dê um mês — Nathan pede.

— Vocês têm uma semana, só vocês dois, e isso porque estamos sendo muito generosos — Carlos diz, olhando de relance para Verner.

27

Valéria prendeu o cabelo cacheado em um rabo de cavalo grosso e vestiu uma calça jeans limpa e um colete branco. Há uma xícara de chá sobre a mesa da cozinha ao lado de uma edição em brochura de *A amiga genial*, de Elena Ferrante, e seus óculos de leitura baratos.

De pé junto à janela, fala ao telefone com o filho mais novo, Linus, enquanto observa as estufas às escuras.

Linus mora em Farsta, a apenas vinte minutos de Valéria se for de carro por Älta. Ela prometeu dar ao caçula uma antiga escrivaninha que está juntando pó no sótão há anos.

— Vou buscar na semana que vem — Linus diz.

— Converse com a Amanda e veja se vocês gostariam de ficar para o jantar — ela propõe.

— Joona vai estar aí?

— Ele está viajando.

— Como vão as coisas com ele? — Linus pergunta. — Você parecia mais feliz nos últimos tempos.

— Eu estava.

Depois que encerram a ligação, Valéria pousa o telefone em cima da mesa e olha para os óculos de leitura. Um dos pinos caiu faz algum tempo, por isso uma das pernas está presa com um clipe de papel.

Valéria está acostumada a ficar sozinha. Os anos que passou na prisão tornaram a solidão uma parte dela — mas quando Joona voltar para casa, ela planeja perguntar se ele gostaria de tentar morarem juntos para verem no que dá. Joona pode manter o próprio apartamento, não há pressa alguma, mas ela adoraria passar mais tempo com ele, fazendo coisas comuns do dia a dia.

Ela pega uma taça em um dos armários e enche até a metade com vinho de uma caixa que está sobre o balcão; em seguida, vai até a sala de estar e olha para a televisão desligada e as janelas às escuras antes de ligar o toca-discos para ouvir o vinil que já está no prato. Os alto-falantes estalam, e começa a tocar *Guilty*, álbum que Barbra Streisand lançou em 1980.

Valéria se senta no braço do sofá e pensa em como é estranho ter encontrado Joona novamente depois de tantos anos.

Ela pensa em suas jornadas de carro até o presídio de Kumla e na ansiedade que sentia quando os portões de aço se fechavam atrás dela. Sentia o mesmo pânico toda vez que passava pelos guardas, entrava pelo Portão 3, entregava o documento de identidade, recebia um crachá de visitante e era instruída a pendurar seu casaco e deixar todos os itens aleatórios em um dos armários. Ela assentia e sorria para as mulheres imaculadamente maquiadas que estavam sempre lá, com crianças irrequietas amontoadas em volta das pernas. Na sala de espera havia um banheiro, vários sofás, informações para os visitantes e um cavalinho de balanço de madeira com o assento gasto.

As mulheres visitantes não tinham permissão de usar sutiãs com fecho metálico, nem tampões ou qualquer tipo de absorvente íntimo. Tinham de colocar os sapatos em uma esteira antes de passarem pelo portão de segurança e se submeterem a uma revista.

Mas ainda assim Valéria amava aquela enfadonha sala de visitas. Adorava as tentativas de Joona de torná-la agradável com guardanapos, café e biscoitos.

E agora ele estava livre.

Agora Joona passava a noite com ela, eles faziam amor e trabalhavam juntos no jardim.

Valéria bebe mais um pouco de vinho e começa a cantarolar "Woman in Love"; quando se dá conta da ironia do significado do título, "Mulher apaixonada", ela se cala, com vergonha.

Vai ao corredor e se detém em frente ao espelho, onde sopra uma mecha de cabelo para longe do rosto, levanta o queixo e conclui que de fato parece feliz.

As tatuagens em seus ombros ficaram borradas ao longo dos anos, e os braços são musculosos graças ao trabalho árduo, além de arranhados por causa dos arbustos espinhentos.

Ela segue para a cozinha, pousa a taça de vinho no balcão e apaga a lâmpada na qual Joona sempre bate a cabeça.

As paredes da sala de estar abafam a música, como se um vizinho estivesse dando uma festa no apartamento ao lado.

Ela pensa no medo que viu nos olhos de Joona quando pediu que deixasse tudo para trás e fosse embora com ele.

Valéria se assustou com o fato de que Joona parecia genuinamente acreditar que Jurek não estava morto.

Ela entende as razões que o levam a pensar assim. Na verdade, um trauma nunca vai embora de vez, apenas se esconde nas sombras, pronto para se lançar de repente sobre a pessoa a qualquer momento.

É bom que ele tenha ido ver Lumi.

Valéria tem a esperança de que isso o ajude a se acalmar; passar alguns dias com a filha em Paris, ver que ela está se saindo bem lá.

A ventania recrudesceu e assobia pela chaminé.

Valéria está prestes a pegar o livro e os óculos de leitura quando as luzes dos faróis de um carro entram pela janela da cozinha. Bruxuleiam por entre as árvores como as imagens em um cinetoscópio.

A pulsação de Valéria acelera quando ela vê o veículo desconhecido parar na curva de retorno. O facho dos faróis incide diretamente sobre a primeira estufa, iluminando as plantas e projetando uma infinidade de sombras.

Valéria vai até o vestíbulo e veste a capa de chuva, calça as botas, pega a lanterna na prateleira e abre a porta para a friagem da noite.

O carro desconhecido está imóvel. Uma nuvem de fumaça de escapamento ondula suave no brilho vermelho das luzes traseiras.

Por um instante, Valéria pensa na pistola na gaveta da mesa de cabeceira.

O cascalho crepita sob suas galochas.

A porta do motorista está aberta, o banco vazio.

Há alguém na estufa mais próxima, um vulto escuro se movendo entre as prateleiras e plantas.

Valéria chega mais perto e acende a lanterna, mas num átimo o facho quase desaparece. Ela dá uma chacoalhada na lanterna e aponta a luz fraca para a estufa.

É Gustav Eriksson, da Hasselfors Casa & Jardim. Um dos colegas dele está um pouco mais além, entre os bancos de madeira.

Valéria acena para os dois, se aproxima e abre a porta.

Gustav é um homem atarracado na casa dos sessenta anos que, sempre que fala de negócios, começa a fazer tilintar as moedas no bolso. Ele usa óculos, ostenta um bigode grisalho e sempre usa jeans largos, camisas e jaquetas cor-de-rosa ou amarelas.

Valéria compra adubo composto e estrume da Hasselfors há mais de dez anos.

Ela presume que Gustav devia estar de passagem por ali e quis verificar se ela tinha a intenção de fazer algum outro pedido antes da primavera.

— Gustav?

— A primavera vai chegar num piscar de olhos — ele diz, sacudindo as moedas no bolso.

Seu colega parrudo ergue um vaso com um tomateiro, e um pouco de terra cai pelo buraco na parte inferior.

— Ainda estou fazendo as contas — ela diz. — Mas vou precisar de um bocado de coisas este ano.

Ele deixa escapar uma risada discreta, meio constrangida.

— Me desculpe por vir aqui tão tarde, quase dei meia-volta e fui embora, mas quando vi que já tinha um cliente aqui, presumi que estava tudo bem se eu...

Ouve-se um baque violento e Gustav para no meio da frase. Em seguida, um segundo baque, úmido, e Gustav desaba por cima do armário na frente de Valéria.

Ela não entende.

As pernas de Gustav se contraem em espasmos, mas seu rosto está flácido, apesar dos olhos bem abertos.

Valéria vê o outro homem ao lado de Gustav e está prestes a lhe dizer para ligar para uma ambulância quando vê o martelo na mão dele.

Uma poça escura de sangue está se espalhando sob Gustav.

O homem com o martelo tem quase dois metros de altura, pescoço grosso e ombros grandes. Suas narinas estão dilatadas e ele parece tenso. Respira rápido, e brincos de pérola balançam em suas orelhas.

É como um sonho.

Valéria tenta recuar e se afastar do homem, mas suas pernas parecem estranhamente entorpecidas, como se ela estivesse atravessando um brejo.

O homem se livra do martelo, como se não entendesse mais o que está segurando nas mãos, e se vira para ela com uma expressão intrigada.

— Não vá embora — ele murmura.

— Eu volto já — ela sussurra, e se vira devagar na direção da porta.

— Não vá embora! — o homem berra, e parte para cima dela.

Valéria sai correndo e derruba atrás de si o banco de madeira com o vaso de amora-preta; ouve o homem tropeçar e rugir como um animal. Ela corre entre as estantes, saltando por cima de sacos de adubo composto.

Percebendo que o homem está bem atrás dela, Valéria tromba numa das prateleiras no instante em que passa pelo facho dos faróis do carro, derrubando dois vasos de terracota.

Chega à porta e, no exato momento em que consegue agarrar a maçaneta, o homem a alcança.

Ela gira o corpo e o ataca com um golpe violento da lanterna no rosto; ele cambaleia para o lado e ela lhe acerta um pontapé entre as pernas. Vê o homem se curvar de dor e cair de joelhos.

Ela se vira de novo para a porta.

A velha fechadura está emperrada; Valéria usa os nós dos dedos para esmurrar o trinco enferrujado enquanto puxa a porta com força.

Pelo reflexo no vidro trêmulo, ela vê o homem rastejando em sua direção.

Valéria gira a maçaneta e ouve o próprio lamento quando o homem agarra uma de suas pernas. Com um único puxão, ele a derruba no chão. Ela desaba de barriga para baixo e usa as mãos para amortecer a queda, depois rola para o lado e tenta chutar o homem.

Ele a puxa com violência para trás.

A capa de chuva de Valéria desliza para cima e ela rala a barriga e o queixo.

Antes que tenha tempo de se levantar, o homem sobe em cima dela e a golpeia nas costas. Ela perde o fôlego, tosse e luta para respirar quando ele a agride de novo.

O homem se afasta, grunhindo, esmigalhando os pedaços dos vasos caídos.

Ofegante, Valéria consegue ficar de quatro e vê o homem derrubar plantas no chão enquanto avança na direção de Gustav. Rugindo de raiva, ele começa a chutar o corpo sem vida.

Valéria se levanta e estende o braço para o vidro em busca de apoio, mas nesse momento o homem volta as atenções para ela.

— Me deixe em paz! — ela deixa escapar, e com uma das mãos tenta rechaçá-lo.

Ele agarra o braço dela e a esmurra com força na face esquerda; ela tropeça para a direita, bate a cabeça contra o vidro e despenca no chão em meio a uma chuva de estilhaços.

O homem pisa no peito dela, gritando que ela vai morrer, que ele vai massacrá-la; tossindo e berrando, ele monta sobre ela, agarra sua garganta com as duas mãos e começa a esganá-la.

Sem conseguir respirar, Valéria luta para tirar o homem de cima dela, mas ele é muito forte. Ela se revira e se contorce para os lados e tenta alcançar o rosto dele.

Ele começa a bater a cabeça dela contra o chão. Na terceira pancada, a nuca de Valéria arde e se abre, e ela perde a consciência.

Sonha que está em um elevador, descendo rápido, e acorda com uma dor terrível numa das pernas. O homem está mordendo a coxa dela, com uma dentada que rasga a calça jeans; depois ele se levanta com um rugido e chuta seus pés.

Sangue morno escorre da mordida.

Semiconsciente, Valéria observa o homem corpulento destruir os vasos de plantas que estão em cima dos bancos antes de pegar uma faca de poda do chão.

Ele volta até Gustav e lhe corta a garganta com um talho profundo, então abre uma fenda do umbigo ao pescoço. Ergue Gustav num dos ombros e caminha até a porta. Pequenos espasmos percorrem o corpo da vítima, e sangue escorre pelas costas dele.

O homem passa por Valéria e abre a porta da estufa com um único pontapé. As dobradiças quebram e o vidro se estilhaça ao atingir o chão.

Valéria se põe de pé e quase vomita de dor. O sangue que sai da nuca escorre pela capa de chuva. Cambaleando para a frente, tateando em busca de apoio, ela se esgueira pela porta.

Ouve uma explosão abafada quando o carro na rotatória começa a queimar. O vento sopra para o lado as chamas sujas de gasolina. Brandindo uma pá, o homem destroça os vidros das janelas do veículo; quando as labaredas se enfurecem, ele dá um passo para trás e crava os olhos em Valéria.

Ela se vira e corre floresta adentro, arquejando de dor na coxa. Gemendo, abre caminho por entre a vegetação rasteira, quase cai, mas de alguma forma consegue se manter de pé.

Valéria sente a respiração pesada do homem em seu encalço. Ela pisa em um buraco cheio de água e tenta proteger o rosto dos galhos baixos quando o homem a golpeia na cabeça com uma pá.

Nocauteada, ela cai por entre os galhos secos e bate em cheio nas moitas de amora alpina cobertas de orvalho congelado. Com um rosnado, o homem desfere outro golpe, mas erra o alvo e a pá escorrega de sua mão.

Valéria volta a si e percebe que o homem a está arrastando por uma das pernas através da floresta. Ela perdeu as galochas, e sua capa de chuva está sendo puxada atrás dela. Tenta se agarrar a uma bétula ressequida, mas não tem forças.

28

Agora Joona Linna é um arquiteto e paisagista finlandês chamado Paavo Niskanen, de acordo com seu passaporte e cartão do banco. Com exceção do próprio corpo, não há mais nada que o vincule à verdadeira identidade e à vida que levava em Estocolmo.

Nenhum documento, nenhum aparelho eletrônico, nem mesmo qualquer peça de roupa.

Ele cortou o estepe com a faca, encheu-o com explosivos e detonadores e, em seguida, vedou com solda a parede de borracha.

As distâncias na Europa Ocidental são curtas em comparação com a Suécia.

Pela rodovia A9 são apenas quinhentos quilômetros de Béziers, no sul da França, até Genebra, na Suíça — mas, como ele optou por dirigir por estradas secundárias, a viagem leva sete horas.

Joona insiste em dizer a si mesmo que tudo vai ficar bem. Sabe que Nathan tomará providências para que Valéria receba proteção policial. Teria sido melhor se ela tivesse vindo com ele, mas estará em segurança até que Joona consiga encontrar Jurek.

Ele cruza a estreita extensão do rio La Laire Rau e a fronteira com a Suíça, dirige ao longo do Chemin du Moulin-de-la-Grave e se aproxima de Genebra sob um céu pesado de chuva.

Joona estaciona na rua de Lausanne e joga a bolsa por cima do ombro. Passa pela extravagante entrada da estação ferroviária, entra no café e pega no balcão o envelope contendo o cartão magnético de Lumi.

Isso significa que ela está aqui.

Ela conseguiu escapar de Paris.

Antes de entrar na recepção revestida de mármore do Hotel Warwick Genebra, Joona cobre a cabeça com o capuz do moletom.

No elevador a caminho do segundo andar, mantém a cabeça baixa para não ser filmado pelas câmeras de segurança.

O carpete do corredor silencia seus passos. Ele para na porta do quarto 208 e bate.

O olho mágico escurece.

Ele sabe que Lumi está de pé ao lado da porta, cobrindo a lente com alguma coisa — uma almofada do sofá, talvez — caso a pessoa no corredor esteja pronta para atirar tão logo ela espie pelo orifício.

O corredor ainda está vazio, mas Joona ouve uma música tocando baixinho em algum lugar.

O olho mágico fica mais claro, depois escurece de novo.

Joona meneia a cabeça e Lumi abre a porta. Ele entra rápido, tranca a porta e joga a bolsa no chão.

Eles se abraçam. Ele beija a cabeça da filha, sorvendo o cheiro de seu cabelo, e a aperta com força.

— Pai — ela sussurra em seu peito.

Ele sorri e olha Lumi de cima a baixo; o cabelo castanho-claro está puxado para trás em um elegante rabo de cavalo, e ela parece ter emagrecido um pouco. As maçãs do rosto estão mais pronunciadas e os olhos cinza mais escuros.

— Você está linda.

— Obrigada — ela agradece, abaixando os olhos.

Ele inspeciona o quarto duplo, apaga a luz, fecha as cortinas e se volta para ela novamente.

— Você tem certeza absoluta? — ela pergunta, séria.

— Sim.

Joona consegue ver que a filha está tentando não dizer nada. Ela apenas acena com a cabeça e vai se sentar numa das poltronas.

— Você se livrou de tudo? — ele pergunta enquanto pega a bolsa no chão.

— Fiz o que combinamos — ela responde com voz pesada.

— Correu tudo bem?

Ela encolhe os ombros e olha para baixo.

— Lamento muito envolver você nisso — Joona diz, tirando uma sacola plástica da bolsa. — Vista estas roupas... Provavelmente são um pouco grandes, mas podemos comprar outras no caminho.

— Tá bem — ela murmura e se levanta.

— Troque tudo, roupa íntima, grampos de cabelo...

— Eu sei — ela o interrompe, e em seguida vai para o banheiro com a sacola na mão.

Joona tira as pistolas da bolsa. Desliza uma para o coldre de ombro sob o braço esquerdo, e em seguida prende a outra na canela direita usando fita adesiva.

Lumi reaparece enquanto ele está ajustando as próprias roupas. Seu novo suéter é largo e a calça está folgada nos quadris magros.

— Onde está sua arma? — ele pergunta.

— Na cama, debaixo do travesseiro.

— Você verificou o martelo e a mola?

— Você já fez isso antes de eu ter a chance — ela diz, cruzando os braços sobre o peito.

— Você não sabe se fiz.

— Sim, eu sei — ela insiste.

— Faça você mesma, é a única maneira de ter certeza.

Sem dizer uma palavra, ela vai até a cama, pega a Glock 26, remove o pente, tira a bala da câmara, desmonta a arma, põe as peças sobre o colchão e examina a mola de coice.

— Estou começando a me acostumar a sumir — Joona diz, tentando sorrir. — E sei que tudo isso pode parecer um pouco exagerado.

Lumi não responde. Monta de novo a arma, testa algumas vezes o mecanismo e, em seguida, reinsere o pente.

Joona vai até o banheiro e vê que as roupas que Lumi descartou estão dentro da banheira. Ele as enfia em um saco de lixo, junta o resto das coisas da filha, pega os sapatos que ela deixou no chão ao lado da porta e sai do hotel.

O ar está frio, e o céu é cinza-aço. Faixas de nuvens escuras pairam acima da imensa estação ferroviária. As ruas foram decoradas para os festejos natalinos, com árvores de Natal cintilantes e guirlandas nos postes de iluminação. As calçadas estão apinhadas de gente, e o tráfego ainda é intenso. Joona anda de cabeça baixa, dobra à esquerda na Place de Cornavin, passa por uma hamburgueria e uma cervejaria. Quando chega ao grande túnel de pedestres que leva à estação, começa a descartar as coisas de Lumi em lixeiras diferentes.

No caminho de volta, entra em um restaurante chinês e pede comida para viagem. Enquanto espera na área mal iluminada do bar, Joona pensa no tempo que passou com Lumi em Nattavaara, e como pai e filha tiveram a chance de se conhecer de novo, conversando sobre as coisas que tinham vivido em todos aqueles anos de separação.

Lumi permite que o pai entre no quarto; ela parece ter chorado. Joona a segue até a área de estar e deixa a comida sobre a mesa ao lado do sofá.

— Você bebe vinho? — ele pergunta.

— Eu moro na França — ela responde, calma.

Ele tira as caixas de comida da sacola, pega os copos, guardanapos e hashis.

— Como estão as coisas na faculdade? Tudo bem? — ele pergunta, buscando uma garrafa de vinho tinto no frigobar.

— Estou feliz lá... Tem muita coisa acontecendo.

— É assim que deve ser, não é?

— E você? Como está indo, pai? — Lumi pergunta, abrindo as caixas de comida.

Enquanto comem, Joona relata o que aconteceu desde que foi libertado da prisão, fala sobre o trabalho como policial de bairro e sobre Valéria e seu viveiro de plantas.

— Você vai morar com ela?

— Não sei. Eu gostaria, mas ela tem a vida dela, então... Bem, vamos ver.

Ela abaixa os hashis e desvia o olhar.

— O que foi, Lumi?

— É só que... você não sabe nada sobre mim de verdade.

— Eu não queria te causar problemas, você tem uma vida totalmente nova... Eu adoraria fazer parte dela, mas entendo que ter um pai policial não é motivo para se gabar em meio a todos aqueles artistas e escritores.

— Você acha que tenho vergonha de você?

— Não, mas... Só quis dizer que não me encaixo direito no seu mundo.

A voz da filha faz Joona se lembrar da voz de Summa. Ele tem vontade de dizer isso, mas se contém. Terminam de comer em silêncio e bebem o resto do vinho.

— Vamos partir bem cedo — ele diz, e começa a tirar a mesa.

— Pra onde?

— Não posso dizer.

— Não — ela sussurra, e vira o rosto.

— Lumi, entendo que você não quer se esconder, que isso não combina com o tipo de vida que você leva agora.

— Por acaso eu reclamei? — ela pergunta com a voz embargada.

— Você não precisa.

Ela suspira e passa a palma da mão rapidamente sobre os olhos.

— Você viu Jurek Walter?

— Não, mas o cúmplice dele estava me seguindo, e...

— Que cúmplice? — ela o interrompe.

— Jurek está observando você. Ele está mapeando sua vida, conhece suas rotinas e sabe com quem você passa o tempo.

— Mas por que Jurek arranjaria um cúmplice?

— Para conseguir se vingar do jeito que quer, Jurek precisa de um cúmplice que seja tão fiel a ele quanto o irmão era — Joona explica. — Ele sabia que no momento em que eu percebesse que ele ainda estava vivo, largaria tudo e tentaria proteger você... E a estratégia dele era pegá-la antes que eu pudesse chegar a Paris enquanto o cúmplice se encarregaria de Valéria em Estocolmo. Essas duas coisas tinham que acontecer ao mesmo tempo. Ele pensa como um gêmeo.

— Então por que o cúmplice estava seguindo você?

Joona joga as caixas de comida vazias na lixeira, sente uma pontada de dor atrás do olho e se apoia com uma das mãos na escrivaninha para manter o equilíbrio.

— Porque só me dei conta de que Jurek não estava morto momentos antes de ele iniciar seu plano — Joona responde, virando-se para Lumi. — Liguei para você, que fez exatamente o que tinha que fazer e conseguiu fugir de Paris... Mandar o cúmplice no meu encalço foi uma solução de emergência, uma tentativa de não perder a única maneira que ele tinha de encontrá-la... Fomos rápidos e conseguimos obter uma pequena vantagem, mas só isso e nada mais.

— Nada disso faz sentido, pai... Além do fato de não existirem provas de que Jurek está vivo; ninguém o viu, nem mesmo você... Quer dizer, por que a pessoa que estava seguindo você teria alguma ligação com Jurek?
— Eu sei que Jurek está vivo.
— Certo, vamos supor que sim. É por isso que estamos aqui, afinal.
— Eu matei o irmão gêmeo de Jurek, mas não matei Jurek — Joona continua.
— E quem sou eu nessa história toda? — ela pergunta.
— Minha filha.
— Estou começando a me sentir como uma espécie de refém — ela diz, e ergue as mãos em um gesto de resignação. — Desculpe, eu exagerei... Mas isso está afetando toda a minha vida, então tenho o direito de saber o que estamos fazendo.
— O que você quer saber? — Joona pergunta, sentando-se no sofá.
— Para onde a gente vai amanhã? Qual é o plano?
— O plano é continuarmos vivos até a polícia pegar Jurek... Entreguei a eles uma grande quantidade de material, então não é impossível que consigam encontrar Jurek se agirem rápido.
— E como vamos continuar vivos? — Lumi pergunta com uma voz mais suave.
— Vamos atravessar de carro a Alemanha e a Bélgica até a Holanda... Há alguns edifícios abandonados rodeados por campos de cultivo na província de Limburgo, não muito longe de Weert.
— É lá que vamos nos esconder?
— Sim.
— Por quanto tempo?
Ele não responde. Não há resposta.
— Você vai se sentir mais calmo lá? — Lumi pergunta, sentando-se na poltrona.
— Eu já te contei sobre meu amigo Rinus?
— Você mencionou o nome dele quando estávamos praticando combate corpo a corpo em Nattavaara.
Depois de prestar o serviço militar como paraquedista, Joona foi recrutado para um treinamento ultrassecreto na Holanda, onde foi orientado pelo tenente Rinus Advocaat.

— Rinus sempre foi um pouco paranoico e criou a coisa mais próxima de que se pode chegar de uma casa completamente segura... Vendo de fora parece um grupo de edifícios abandonados, mas...

— E daí? — Lumi suspira.

Joona está prestes a dizer algo, mas uma segunda punhalada de enxaqueca, ainda mais pungente, o atinge em cheio. Uma dor aguda atrás do olho esquerdo, seguida pela sensação debilitante de que seus ouvidos estão se enchendo de água.

— Pai? O que está acontecendo?

Ele pressiona a mão no olho esquerdo enquanto a tempestade passa e a dor diminui.

— Foi um dia longo — ele explica, e em seguida se levanta e vai escovar os dentes.

Quando volta para o quarto, Lumi está sentada na beira da cama, segurando um relógio de pulso.

— O que é isso? — ele pergunta.

— Um presente — ela responde.

— Você vai ter que deixar para trás.

— Isso não é nada legal — ela retruca com firmeza, colocando o relógio no pulso.

— Provavelmente não, mas a única regra que funciona é esquecer por completo o passado.

— Tudo bem, mas não vou abrir mão do relógio. Você pode conferir, é só um relógio — ela diz, entregando-lhe o objeto.

Acendendo a luminária sobre a mesinha de cabeceira para ver melhor, Joona pega o objeto, o vira e o revira de um lado para outro sob a luz, verifica cada elo da pulseira e examina se algum dos minúsculos parafusos na parte de trás está arranhado.

— Nada de microfones nem transmissores secretos? — ela pergunta, incapaz de esconder o sarcasmo na voz.

Ele devolve o relógio sem responder, e ela o afivela no pulso esquerdo em silêncio. Fazem as malas sem falar nada, vestem-se como se já estivessem prestes a partir, calçam os sapatos e ajustam as pistolas nos respectivos coldres antes de se deitarem cada um de um lado da cama.

29

Já faz catorze horas que Saga Bauer e Nathan Pollock estão sentados dentro de uma sala da Unidade Nacional de Operações com os celulares e computadores ligados.

As três janelas dão para o pátio interno coberto, a área de descanso da prisão e os telhados polvilhados de equipamentos de ventilação e antenas parabólicas.

As paredes da sala estão revestidas de mapas, imagens de satélite, fotografias e listas de nomes e números de telefone de vários contatos em toda a Europa.

A superfície da mesa está atulhada de blocos cheios de anotações e ideias destacadas com marca-texto. Um guardanapo amassado dentro de uma caneca enegreceu, e a única coisa que sobrou no que antes era um prato de pães é um pouco de açúcar de confeiteiro e alguns pedaços de goma de mascar velha.

— Não é Jurek, é um serial killer... E temos uma semana para encontrá-lo — Saga diz. Fecha por alguns segundos os olhos, que estão ardendo.

— Qual é o próximo passo? As imagens de Belarus são muito ruins. Não dá nem pra ver se ele tem um rosto.

— Seis vítimas em seis países diferentes, e em todos os lugares a mesma coisa. Que loucura — ela diz. — Sem testemunhas, nada de fotos, nenhuma correspondência na base de dados de DNA.

— Vou ligar de novo para Ystad. Deve haver algum tipo de câmera de segurança em um parque industrial, pelo amor de Deus.

A exaustão tornou as rugas no rosto magro de Nathan mais profundas do que nunca, e seus olhos de águia estão injetados.

— Vá em frente. — Ela suspira. — Apenas vão dizer que o exame forense deles está em andamento, e que não precisam de nenhuma ajuda de Estocolmo.

— Devíamos ir lá de qualquer maneira.
— Não adianta.
— Se pelo menos tivéssemos uma imagem razoavelmente nítida, uma única testemunha, um nome, qualquer coisa, aí seríamos capazes de encontrá-lo.

Saga olha mais uma vez para o mapa do parque industrial de Ystad.

Um homem condenado por duplo homicídio foi espancado até a morte em uma oficina da qual era o dono.

O assassino usou um martelo para esmagar a cabeça do homem até virar um mingau e em seguida a separou do corpo, que foi pendurado em um guincho.

O cachorro da vítima também foi morto e empalado em uma grade do lado de fora.

Várias janelas do prédio em frente foram quebradas, e uma motocicleta numa propriedade vizinha foi vandalizada.

Saga se pergunta se o assassino tem níveis anormais de serotonina no córtex pré-frontal e excesso de atividade da amígdala.

— Ele é extremamente violento... Mas tem também outro lado — ela diz. — Como as vítimas são bastante específicas, ele deve ter feito muitas pesquisas, hackeando ou de alguma forma obtendo acesso a uma ampla gama de bancos de dados... Ele estudou as vítimas e provavelmente estabeleceu alguma forma de contato com elas bem antes dos ataques.

O celular de Nathan toca em cima da mesa, e Saga tem tempo de ver uma foto da esposa aparecer na tela antes de ele rejeitar a chamada e se posicionar diante da longa lista de países, distritos e nomes de detetives e outros policiais.

Eles já riscaram quatrocentos nomes e oito países.

Saga abre um arquivo em PDF de um relatório da Europol e pensa em todos os sacrifícios que Joona fez ao longo dos anos. Ele deixou a família para trás, perdeu anos de convívio com a filha e baseou toda a vida em tentar escapar da vingança de Jurek.

Aquilo claramente se tornou uma espécie de obsessão.

O fato de o ladrão de túmulos em Oslo manter o crânio de Summa no congelador foi a gota d'água.

A paranoia de Joona criou um cenário hipotético em que os assassinatos em toda a Europa foram cometidos por Jurek Walter à medida que ele dispensava os candidatos que não eram suficientemente competentes.

Mas Jurek Walter está morto, e esse assassino não tem nada a ver com ele.

Nathan levanta os olhos da tela do computador e começa a dizer mais uma vez que o denominador comum entre as vítimas é que todas tinham sido judicialmente condenadas por crimes graves, de natureza sexual ou violenta.

— Sem serem severamente punidos por isso... Uma teoria plausível é que o criminoso tem algum tipo de motivação moral distorcida — Nathan sugere. — Ele julga estar em uma missão para limpar a sociedade, talvez até mesmo tornar o mundo um lugar melhor e mais seguro.

— Um super-herói... Ou a mão de Deus.

Saga e Nathan começam a pesquisar na internet pessoas que defendem penas rigorosas e a purificação da sociedade, mas o número de resultados é vasto demais para ter qualquer utilidade factível.

Previsível, talvez.

Centenas de milhares de pessoas declarando que as ruas precisam ser expurgadas.

Entre elas há muitos policiais que se queixam da leniência das leis, dos tribunais e dos colegas politicamente corretos, amaldiçoando o respeito excessivo aos direitos humanos dos criminosos.

O celular toca. Saga vê que é um número estrangeiro e aceita a chamada: é o superintendente Salvatore Giani, de Milão. Em tom de quem pede desculpas, ele diz que a pista do assassinato de Patrizia Tuttino na frente do Hospital San Raffaele esfriou.

— Examinamos as gravações de todas as câmeras de segurança, conversamos com os funcionários do hospital... Não há pistas, nem testemunhas, nada — ele diz.

— E quanto à perícia forense?

— Sinto muito, mas não estamos mais priorizando essa investigação — Salvatore explica.

— Entendo. Obrigada por avisar — Saga agradece.

Ela desliga o telefone, suspira e encontra o olhar cansado de Nathan.

— Vou tentar outra vez com Volgogrado — ele diz, e estende a mão para pegar o celular quando Verônica liga outra vez.

— Atenda — Saga diz.

— Ela só quer me dizer que sou um idiota por ignorar as ligações dela.

— Então pare de ignorá-las.

Nathan toma um gole de café frio, joga o copo de plástico na lixeira e pega o telefone.

— Oi, querida.

Saga pode ouvir na voz de Verônica que ela está chateada.

— Eu não estou ignorando você — Nathan alega. — Mas tenho um trabalho que... Tá bom, Nica, não concordamos... Tudo bem... Mas, fora isso, tem alguma coisa específica sobre a qual você gostaria de falar...?

Ele fica em silêncio e desliga o telefone.

— Bem, pelo menos somos amigos de novo agora — ele diz em tom sarcástico.

Saga se levanta e vai até a parede com as imagens desfocadas e borradas das câmeras de segurança e as fotos dos corpos brutalizados.

— Isso não vai acabar do nada... Porque o tal super-herói não vai parar enquanto não for detido — ela diz.

— Concordo.

— Se a qualidade da filmagem bielorrussa não fosse tão ruim, talvez já tivéssemos conseguido divulgar uma descrição. Quero dizer... Ele vai cometer um erro mais cedo ou mais tarde, se é que já não cometeu.

Saga pega o telefone e o sopesa na mão. O aparelho está quente e a tela escura reflete as luzes no teto. Ela olha as anotações no bloco de papel à sua frente e decide ligar para seu contato no centro nacional de polícia na Polônia.

Nathan já teve vinte e três conversas com autoridades russas como o FSB e o SVR, além de chefes de polícia regionais em todos os distritos federais.

— Tenho a sensação de que estou trabalhando em televendas — Nathan murmura e liga para mais uma agência federal russa, a Unidade de Controle de Narcóticos e Psicotrópicos conhecida como Gosnarkokontrol.

Depois de vários mal-entendidos, a ligação de Nathan é transferida para o gabinete de um superintendente idoso chamado Jakov Kramnik, e o policial sueco explica rapidamente o motivo do contato.

— Sim, recebemos sua solicitação via Interpol — o superintendente russo responde. — Lamento não ter respondido antes, mas em algumas áreas ainda temos que lidar com nossa burocracia.

— Não se preocupe — Nathan diz, esfregando a testa.

— Obrigado pela compreensão, é bondade da sua parte. Isso aquece meu coração... porque na verdade temos uma suspeita de assassinato que corresponde a vários de seus critérios. Na segunda-feira, um certo Igor Sokolov foi encontrado com a garganta cortada em um galpão nos arredores de São Petersburgo. Já havia cumprido dezenove anos no presídio de Kresti por delitos relacionados a narcóticos, mas também era suspeito de quatro assassinatos... Foi uma execução... Um dos joelhos foi quebrado, e a carótida interna cortada. Parece até coisa das nossas forças especiais... mas eles nunca teriam tentado arrancar a coluna vertebral dele.

— A coluna?

— Sokolov foi submetido a violência extrema muito depois de estar morto. Posso enviar nosso relatório se quiser.

— Você tem alguma ideia de quem possa ser o assassino? — Nathan pergunta.

O celular de Saga começa a tocar.

— Igor Sokolov lutou por nosso país no Afeganistão, depois caiu em desgraça e foi preso por vício em heroína e crimes graves... Mas cumpriu a pena e estava reconstruindo sua vida, e respeito isso... Não temos pistas sobre o assassino, mas parece que algum velho inimigo do submundo acertou as contas com ele.

Pelo reflexo na janela, Nathan vê Saga se levantar de maneira tão abrupta que a cadeira desliza para trás e bate na parede.

— Vocês verificaram as câmeras de segurança na área ao redor do galpão? — ele pergunta.

— Não achamos nada — o superintendente russo responde.

Nathan encerra a ligação com expressões mútuas de agradecimento e esperança de cooperação contínua no futuro.

Ele joga o telefone sobre a mesa, observa o aparelho girar uma vez e em seguida se volta para Saga.

Ela está de pé com o celular pressionado contra o ouvido, inclinada para a frente e rabiscando algo no bloco de anotações.

— Estamos a caminho, chegaremos o mais rápido possível — ela diz.

30

Dois carros da polícia estão bloqueando um lado da rua Regeringsgatan e toda a calçada em frente ao andaime; o contêiner de janelas gradeadas que faz as vezes de alojamento dos operários está isolado com uma fita plástica azul e branca que esvoaça ao vento.

— Não sei... Só achei muito parecido como nosso assassino — Saga diz.

— Passamos horas fazendo ligações para todos os cantos da Europa, mas não sabemos nem o que está acontecendo na porra do nosso próprio quintal — Nathan prageja enquanto para o carro junto ao meio-fio.

— Porque estão convencidos de que tem a ver com um esquema de extorsão por suposta proteção — Saga diz. — Aparentemente, este bar já foi alvo de tentativas de extorsão antes.

— Todo mundo protegendo o próprio território feito um bando de crianças briguentas.

— Olha, nós dois estamos cansados, mas estamos aqui agora, então vamos tentar manter a calma. Quero dizer, talvez seja o que estamos procurando — Saga diz, abrindo a porta do carro. — E, por mim, podem até achar que a gangue Black Cobra esteja por trás disso, contanto que deixem a gente entrar.

Segurando um guarda-chuva, um homem mais velho espera na calçada. É o promotor Arne Rosander, do escritório central de Estocolmo.

Ele tem cabelo ralo e uma barba bem aparada, usa óculos prateados e uma capa de chuva impermeável por cima de um blazer xadrez.

— Eu ouvi falar de você, Saga Bauer, mas achei que estavam exagerando — ele diz, segurando o guarda-chuva sobre a cabeça.

— As vítimas foram identificadas? — ela pergunta.

— Érica Liljestrand... Vinte e oito anos, solteira... Estudante de biotecnologia no Instituto Real de Tecnologia... Niklas Dahlberg, também solteiro, barman aqui no Bar Peregrino.

A imunda rede de náilon branca que cobre o andaime ondula como uma vela enfunada.

— Não encontramos nenhuma ligação entre as vítimas — o promotor segue falando enquanto os conduz em direção à cena do crime. — Todas as evidências sugerem que ela era a última cliente no bar.

— Sozinha? — Nathan pergunta.

— Estava desacompanhada, mas tinha um encontro marcado com uma amiga — Arne Rosander explica. — Provavelmente se envolveu nisso por acidente.

Eles entram pela passagem sob o andaime. A chuva escorre pelo telhado improvisado de madeira compensada. A equipe forense criou uma câmara de ar de segurança junto à entrada do bar para as pessoas vestirem roupas de proteção e assinarem uma lista antes de terem acesso à cena do crime.

Bastante acostumado com o procedimento, Arne veste depressa a roupa protetora e, com paciência, espera enquanto Saga e Nathan assinam a lista.

— O que acha que aconteceu aqui, Arne? — Nathan pergunta, prendendo o rabo de cavalo antes de cobrir a cabeça com o capuz de plástico azul.

Os olhos cordiais do promotor adquirem uma expressão de desespero.

— É coisa da Black Cobra, vocês vão ver o grau excessivo de brutalidade que foi usado aqui... Mas, obviamente, vai ser difícil instaurar um processo de acusação. Temos que vincular o assassino à gangue e mostrar que ele recebeu ordens explícitas da organização para fazer isso.

Eles entram na luz ofuscante dos holofotes. Há cerca de uma dúzia de peritos forenses trabalhando em silêncio dentro do bar.

— Os corpos foram transferidos para o Instituto de Medicina Legal — Arne diz em voz baixa. — Mas, fora isso, mantive a cena do crime o mais intacta possível.

Saga inspeciona os locais onde os corpos foram encontrados. Todas as evidências sugerem um episódio de extrema violência. Manchas de sangue foram pisoteadas, é evidente que os corpos foram arrastados entre os móveis, e em dois lugares parece que foram pelo menos parcialmente desmembrados.

O ar está impregnado de um forte cheiro de álcool e vinho azedo que vem das garrafas quebradas atrás do balcão. Por toda parte há cacos de vidro espalhados entre os móveis destroçados e as lascas de madeira. Não fosse por todo o sangue, seria possível imaginar que um tornado devastara o local.

Eles avançam bar adentro e param ao lado da estrutura de metal retorcida de uma mesa, caída ao lado de um taco de beisebol de madeira ensanguentado.

Saga olha para o outro lado do recinto e tenta reconstruir o desenrolar dos acontecimentos. O barman parece ter sido a principal vítima, ou pelo menos o foco da agressividade do assassino. A mulher teve a garganta cortada e foi arrastada por vários metros antes de o corpo ser descartado.

— É o nosso assassino? — Nathan pergunta em voz baixa.

Saga se vira devagar e observa o bar destruído. A seu ver, tudo começou com uma luta, muitos socos e chutes, para em seguida se transformar em um furioso e desenfreado massacre com o taco de beisebol.

Ela examina uma grande poça de sangue perto da parede oposta e nota que o sangue espirrou com uma pressão considerável, atingindo os quebra-luzes e abajures cor-de-rosa das paredes.

Foi ali que teve início a violência mais extrema.

A perícia provavelmente já encontrou a faca.

Várias estocadas no coração e nos pulmões.

Em seguida, o corpo foi arrastado em direção à porta. Saga acompanha com os olhos o rastro de sangue e as pegadas pesadas.

As vítimas ainda estavam vivas — uma mão ensanguentada tentou se agarrar a um pilar.

— É ele — ela diz.

— Parece que sim — Nathan assente.

— Existe alguma indicação de violência sexual? — Saga pergunta.

— Não — o promotor responde.

— Vocês verificaram todas as câmeras de segurança da área? — Nathan quer saber.

— Infelizmente, as únicas câmeras relevantes estão encobertas pelos andaimes... Mas provavelmente não teriam sido de grande valia, uma vez que estava muito escuro e o tempo estava péssimo.

— Entendi.

— Mas temos três testemunhas que viram um homem corpulento na rua em frente ao bar... gritando e agindo de forma agressiva.

— Eu gostaria de ler os depoimentos — Saga diz.

— Uma delas foi capaz de fornecer uma descrição muito boa — Arne diz, procurando um arquivo de áudio no iPad.

Saga e Nathan se aproximam do promotor, que aperta o play para reproduzir o testemunho de uma mulher idosa que fala com uma voz cativante e ligeiramente frágil.

"No começo só ouvi gritos, um homem berrando... O que foi obviamente muito desagradável... Mas depois eu o vi sob o andaime. Era um homenzarrão, na casa dos cinquenta anos, talvez com uns dois metros de altura, ombros largos... Vestia uma capa de chuva preta, de plástico, não de náilon... E caminhava trôpego... Quando chegou a Nalen, a luz o atingiu em cheio e vi que tinha sangue no rosto... Estava agindo de forma extremamente agressiva, gritando e chutando os carros estacionados. Depois pegou uma pedra e a arremessou contra um grupo de jovens do outro lado da rua antes de desaparecer."

"A senhora consegue descrever o rosto dele?", o policial perguntou.

"Não sei, o que mais me impressionou foi o sangue, pensei que ele estivesse machucado... Mas era um homem de cabeça grande e pescoço grosso... Não sei, é muito difícil... Me pareceu um arruaceiro russo, mas não sei ao certo o que quero dizer com isso."

O Departamento de Medicina Legal do Instituto Karolinska fica localizado em um discreto prédio de tijolos vermelhos na periferia norte de Estocolmo. Através das cortinas, é possível ver o brilho fraco de estrelinhas do Advento e castiçais atrás das janelas.

O vento fez o lixo transbordar das latas e se esparramar em meio aos arbustos de roseiras sem flores.

Saga e Nathan param no estacionamento e saem do carro.

Um Jaguar branco está estacionado todo torto de um lado da entrada, e ao passar por ele Saga vê que há uma pasta executiva preta no teto do carro.

Ela pega a pasta e segue Nathan prédio adentro.

O piso do corredor vazio está gasto pelo uso frequente. Os batentes das portas e os rodapés de madeira estão muito arranhados e amassados.

A porta da sala do professor está aberta.

Nils Åhlén está sentado diante do computador e veste o jaleco médico. Seu rosto magro está bem barbeado e triste, o cabelo grisalho cortado curto.

Alguém usou neve falsa em spray para escrever *Infeliz Natal* em sua janela.

Saga bate e entra.

— Eu tenho uma igualzinha a essa aí — Nils diz ao ver a pasta executiva.

— Pois é, eu a encontrei no teto do seu carro — Saga anuncia, deixando a pasta sobre a mesa de trabalho dele.

— Bem, não era para estar lá — ele responde, e faz logout do computador.

— Estamos vindo direto do Bar Peregrino, onde falamos com Arne Rosander. Ela disse que você estava examinando os corpos.

— Vocês desistiram daquela ideia sobre Jurek Walter? — Nils pergunta.

— Não é ele, temos testemunhas e algumas imagens borradas de câmeras de segurança — Nathan responde.

— Quando encontrarmos o verdadeiro assassino, essas mortes vão parar... E, assim que Joona souber disso, vai poder voltar pra casa — Saga diz.

Nils assente e seus lábios finos formam um sorriso melancólico. Ele apoia as duas mãos sobre a mesa e se põe de pé.

— Então vamos indo — ele diz, e sai da sala.

Saga e Nathan o seguem até o laboratório de autópsia mais próximo. As portas automáticas se abrem. Os ladrilhos brancos nas paredes refletem o brilho das lâmpadas fluorescentes.

Saga caminha até a mulher morta, que está deitada com os olhos abertos e os lábios contraídos. O corpo nu está cinza e pálido, e o ferimento profundo no pescoço é uma escancarada cratera vermelho--escura. A superfície de plástico da mesa da necropsia, com seus sulcos e calhas, está enegrecida de sangue.

— Quem confirmou a identidade? — ela pergunta.

— A irmã de Érica Liljestrand, embora tenha tido problemas para reconhecê-la. Ela insistiu em dizer que devia haver algum mal-entendido, até que por fim percebi que estava se referindo aos olhos.

— Qual é o problema dos olhos? — Nathan diz, inclinando-se para a frente.

— Todo mundo fica com olhos castanhos por causa da hemolisina... independentemente da cor que costumavam ter em vida... Isso pode confundir os parentes.

— O que você pode nos contar sobre ela? — Saga pergunta, impaciente.

Nils levanta um dos braços da mulher morta.

— Bem, vocês podem ver aqui que o livor mortis, a lividez cadavérica, é bastante fraca... Na verdade é visível apenas onde o corpo estava pressionado diretamente contra o chão.

— Então ela perdeu muito sangue.

— Ainda estou longe de terminar meu exame detalhado, mas a causa da morte está em algum lugar entre hemorragia e inalação de sangue... O pescoço foi cortado e a coluna quebrada.

— O promotor está convencido de que foi a ação de uma gangue criminosa dando uma demonstração de força.

— Ele poderia até estar certo — diz Nils, empurrando os óculos de aviador ainda mais para cima do nariz.

— Se não estivesse errado — Saga se apressa em completar.

— Agora você falou como Joona — ele diz.

— Sei que o promotor está errado porque este é o mesmo assassino que agiu em Ystad... Pedi que lhe enviassem o relatório post mortem.

— Não chegou.

— Bem, é o mesmo assassino — Saga diz —, e precisamos do DNA dele. As vítimas ofereceram resistência, deve ser possível encontrar algo.

— Sim, mas esse tipo de análise leva tempo.

O rosto de Saga está pálido e tenso, os olhos baços por causa da falta de sono.

— Estamos cientes de que você ainda não terminou — Nathan diz. — Mas sabemos que acha que o homem era o alvo principal.

Nils puxa a máscara para baixo do queixo e encara os dois.

— Como o homem e a mulher foram mortos ao mesmo tempo, é impossível dizer, com base na temperatura corporal e no grau de decomposição, qual dos dois morreu primeiro. Mas é claro que não é isso que vocês estão perguntando.

Saga solta um resmungo alto.

— Queremos saber se o criminoso queria mesmo matar só um deles — Nathan explica.

— O estado do homem, como vocês sabem, é muito pior, mas isso não necessariamente significa que era o alvo principal.

— Como assim? — Nathan pergunta, observando que Saga se virou para fitar a parede de ladrilhos.

— Por exemplo, se a motivação do assassino foi uma crise de ciúme e de início ele planejava machucar a mulher, ao vê-la com outro homem ele pode ter sido tomado por uma súbita e terrível fúria contra o acompanhante.

— Nesse caso, a mulher seria o alvo principal, mas o homem é quem acabou sofrendo um ataque mais violento — Nathan diz.

— Mas se estamos diante de uma demonstração de força de uma organização criminosa... Aí é muito mais provável que o homem tenha sido o alvo primordial, e a mulher apenas uma testemunha que precisava ser silenciada — Nils continua.

— Sim — Saga diz, ainda encarando a parede.

— Por outro lado, a mulher foi drogada, o que reacende os holofotes sobre ela... Acabei de receber o relatório de toxicologia, que mostra a presença de ácido gama-hidroxibutirato na corrente sanguínea.

Saga se vira e olha para Nils.

— GHB...? Ela estava ao menos consciente quando foi assassinada?

— Deve ter sentido um cansaço extraordinário, mas tenho certeza de que estava acordada porque segurava um objeto na mão com muita força... Caso contrário, ela o teria soltado.

— O que ela estava segurando?

Nils vai até um armário e volta trazendo um saco plástico contendo uma pequena cartela de fósforos, do tipo em que se abre uma aba e se puxa um palito para acendê-lo.

Saga levanta a sacola contra a luz e a inclina para evitar reflexos.

A pequena cartela de fósforos é um item promocional. A frente preta é decorada com um esqueleto sem cabeça que segura um crânio em cada uma das mãos.

Como se não conseguisse decidir qual dos dois é o dele, Saga pensa. Uma espécie de Hamlet confrontado com um novo dilema.

Estão faltando três fósforos.

No verso não há nada além da palavra CABEÇA grafada em letras brancas. Talvez seja o erro que estavam esperando.

31

Após o encontro com Nils Åhlén, não demorou muito para Saga e Nathan localizarem a casa noturna semiclandestina chamada Cabeça nas instalações de um porão no número 151 da rua Ringvägen, ao lado do parque Lilla Blecktornsparken. O clube de hard rock, beirando os limites da ilegalidade, abre às sextas e sábados da meia-noite às seis da manhã.

Eles não têm como saber se a cartela de fósforos pertencia ao assassino, mas os amigos de Érica afirmam que ela não frequentava noitadas de hard rock.

Nathan voltou para casa para falar com Verônica. Marcou uma reunião com o promotor para o dia seguinte e ofereceu a Saga uma folga caso ela estivesse disposta a ir à casa noturna.

O plano é ela ir lá hoje à noite e falar com os seguranças e leões de chácara e descobrir se existem listas de frequentadores ou câmeras de segurança.

Saga foi para casa e dormiu por três horas a fim de se preparar para sua visita.

Tomou banho e trocou de roupa, e marcou de se encontrar com Randy em uma hora.

Ela pega o telefone e liga para Pellerina. Depois de uma longa pausa, quem atende é o pai, que diz que as mãos da irmã estão cobertas de massa de bolo de chocolate.

— Está tudo bem com ela?

— O mesmo de sempre — ele responde.

— Você parece um pouco desanimado.

Ela o ouve sair da cozinha.

— Ah, estou tentando namorar pela internet... Tem uma porção de aplicativos que você pode baixar no celular — ele diz.

— O que a Pellerina pensa sobre isso?

— Ainda não contei para ela, tudo parece meio constrangedor, na verdade.

— Todo mundo faz isso hoje em dia.

— Tenho curiosidade de saber o que as pessoas fazem quando se encontram de verdade.

— Eu não sei — Saga responde, e bebe um gole de água do copo sobre a mesinha de cabeceira.

— Porque tenho trocado e-mails com uma pesquisadora do Hospital da Universidade de Uppsala, e estava pensando em convidá-la para jantar.

— Faça isso — Saga responde.

— Você poderia ficar com a Pellerina na segunda-feira? — ele pergunta com um sorriso na voz.

— Segunda-feira agora?

— À noite.

— Não posso, vou trabalhar até tarde — Saga responde, e ouve a irmã ao fundo avisar, aos gritos, que acabou de lavar as mãos.

— Não que eu esteja desesperado ou algo assim. Achei que seria divertido, só isso — o pai diz.

— Posso falar com a Pellerina?

— Mas tudo bem para você se eu começar a namorar?

— Pare com isso! O que você acha? — Saga diz, impaciente.

— Pellerina Bauer — sua irmã diz ao pegar o telefone.

— Oi, aqui é a Saga.

— Eu lavei minhas mãos agora.

— O que você está preparando?

— Bolo de chocolate pegajoso.

— Delícia.

— Sim — Pellerina diz baixinho.

— No que está pensando?

— O papai também pode chorar.

— Claro, mas por que você diz isso? O papai está triste?

— Sim.

— Você sabe por quê?

— Ele não quer falar sobre isso.

— Tenho certeza de que o bolo vai deixar o papai mais feliz.
— Sim.

Depois de um divórcio, Randy está alugando as instalações de um velho amigo que resolveu interromper temporariamente as atividades de sua agência de publicidade. Boa parte dos equipamentos ainda está lá, ou empilhada em caixas que cobrem uma parede inteira. O estúdio fica em um sujo prédio industrial de tijolos amarelos em Västberga, uma mixórdia de estúdios, oficinas mecânicas, consultórios de dentistas e ginecologistas, empresas de investimentos e lojas de pneus.

Saga entra no grande elevador industrial, sobe até o último andar e caminha ao longo do corredor que dá acesso ao antigo estúdio fotográfico.

— Você viu o entregador de pizza? — Randy pergunta, abraçando-a.

— Não.

Randy trabalha como policial, mas é apaixonado por fotografia. Tira fotos de Saga toda vez que se encontram.

Até agora, doze fotografias de meio quadro.

A única mobília que Randy trouxe consigo foi uma cama de casal, que fica bem no meio do estúdio, rodeada por tripés de câmera, lâmpadas profissionais, refletores e fundos.

Do lado de fora dos janelões o céu está escuro.

Sentados na cama, eles comem pizza e bebem vinho em canecas à luz de um abajur de chão.

Randy estende o braço para pegar uma caixa de vinho que está em cima de uma caixa preta de equipamentos de iluminação, e enche as canecas.

— Posso ficar até a meia-noite — ela diz, colocando um pedaço de pizza na boca dele.

Randy nasceu na China e foi adotado; ainda tem contato com a mãe biológica em Yuxi, na província de Yunnan. Cresceu em Lidingö e se formou na Academia de Polícia há cinco anos.

Nas paredes já estão penduradas várias fotografias em tamanho grande de Saga, tão íntimas que dá para ver os pelos de seu corpo.

Ao lado da cama há vários esboços a lápis da ideia mais recente de Randy: fotografar Saga de cima, deitada dentro de um grande heptagrama de cerejas.

Saga pega uma das folhas e examina o desenho.

A lâmpada ilumina o papel. Randy desenhou o rosto dela como uma oval e as cerejas como pontinhos formando uma estrela de sete pontas.

— É um antigo símbolo da criação, os sete dias — ele explica. — Deus criou o homem e a mulher no sexto dia... E Ele os fez para que dominassem todas as criaturas que se movem sobre a terra.

— Iguais desde o início — ela diz.

— A gente não tem que fazer esta foto específica... Você pode mostrar o dedo do meio e mandar a história da criação à merda, como uma pequena saudação a Ai Weiwei.

— Não. — Ela sorri.

— Ou a gente pode simplesmente comer todas as cerejas.

— Pare com isso. Vamos fazer a foto agora, é uma ideia divertida.

Randy espalha as cerejas no chão e começa a montar a câmera, as luzes e os refletores.

Saga se levanta da cama, tira a calça jeans e a pendura em um tripé sobressalente. Abre o zíper da velha jaqueta da Adidas e caminha até um espelho de corpo inteiro encostado na parede.

Sem perceber que Randy parou de trabalhar, ela deixa a jaqueta cair no chão e tira a camiseta velha e surrada. Ele não consegue deixar de olhar fixamente para ela ali de pé só de calcinha, aplicando batom vermelho-cereja nos lábios e mamilos.

Há um estrondo, e Saga levanta os olhos. Randy deixou cair no chão uma das pesadas barras de um dos suportes, e resmunga um pedido de desculpas enquanto a recolhe.

— Você está com frio? — ele pergunta com voz rouca.

— Ainda não.

— Daqui a pouco as lâmpadas vão esquentar as coisas.

Ela volta a passar o batom, tira a calcinha e, obedecendo às instruções do fotógrafo, deita-se no centro da estrela de modo que os mamilos fiquem alinhados com as cerejas no chão.

No fim de semana anterior, ela tirou uma foto de Randy sentado, nu, com asas de anjo nas costas e uma garrafa de calvados numa das mãos.

Randy já montou a câmera em um pantógrafo que move ao longo de um trilho no teto para poder fotografá-la de cima. Ele sobe numa escadinha de alumínio, olha para ela, desce novamente e desloca a escada.

— Pronta para a primeira foto?

— Você quer que eu só fique deitada aqui?

— Você é linda de um jeito tão incrível que é uma loucura — ele diz, e aperta a lâmpada de borracha de liberação do obturador na extremidade do longo cabo disparador da câmera.

Ele sobe e põe o filme na câmera, desce de novo, tira a escada do caminho e ajusta uma das luzes do estúdio e uma tela prateada.

— Ótimo — ele murmura. — Vai ficar incrível...

Saga levanta um pouco mais um dos joelhos.

— Isso, está ótimo, fique assim.

— Você vai comigo ver meu pai e a Pellerina nas festas do Dia de Santa Luzia?

— Eu já disse que adoraria — Randy responde, ainda fotografando.

O olhar dele está compenetrado agora. Já está vendo as fotos reveladas, a pele branca de Saga e sua beleza luminosa dentro da estrela pontuda de cerejas. As costelas dela se destacam, salientes sob a pele como ondulações na areia, e seus pelos púbicos loiros mudam de bronze para vidro.

Depois da última foto, Saga se levanta e come algumas das cerejas que sobraram em uma tigela. Tem marcas vermelhas nas costas por ficar deitada na superfície dura.

— Já estamos quase terminando as preliminares? — ela pergunta.

— Talvez — ele responde.

Saga afasta o abajur de chão e se deita na lateral da cama, esperando enquanto ele desconecta o último dos cabos. Ela ainda tem duas horas antes de ir ao clube de hard rock. Randy se senta na cama e tira a camiseta. Ela se deita de costas e ele beija seu pescoço e seios. Ela abre ligeiramente as pernas e fecha os olhos, mas ainda consegue sentir os olhos dele queimando sua pele. Randy beija a barriga e a parte interna das coxas de Saga, que sente a respiração dele quando começa a lambê-la em movimentos suaves e rítmicos.

Ela se esvai no calor suave da boca de Randy.

O metal quente das lâmpadas estala em volta deles.

Saga leva uma das mãos à cabeça raspada de Randy e ouve a respiração dele ficar mais rápida. O calor pulsante se espalha de uma ponta à outra do corpo dela.

— Mais devagar — ela sussurra.

Ele prossegue, leve como uma pluma. Vai um pouco para o lado, e sem querer seu pé esbarra no abajur de chão. Ela vê o abajur cair e sente Randy estremecer entre as pernas dela quando a lâmpada bate em cheio no chão e se apaga.

— Meus Deus, levei um susto. — Ele sorri.

— Percebi. — Ela ri.

— Tudo bem?

Saga sorri e meneia a cabeça, ajuda Randy a tirar a calça e o empurra para que se deite de costas. Observa o corpo nu dele, os músculos, os quadris estreitos, os pelos púbicos pretos e o pênis semiereto.

Saga tira uma camisinha da caixa em cima do iPad ao lado da cama, abre a embalagem e encara Randy nos olhos. Coloca suavemente o pau dele na boca até ficar duro; em seguida, usa uma das mãos para segurar a ereção enquanto com a outra desenrola a camisinha.

Ela se inclina sobre Randy, abre a boca e sente a borracha esticada roçar seus lábios e língua.

— Vem cá — ele sussurra.

Saga monta nele e, com as pernas bem abertas, deixa-o deslizar para dentro dela, aperta-o com força e começa a mexer os quadris.

Ela se inclina para a frente, pousa as mãos no peito dele e desliza para trás repetidamente, suspirando. Ele começa a respirar mais rápido, segurando a bunda dela com as duas mãos, depois deixa a cabeça cair para trás e goza.

Saga não teve tempo de chegar ao orgasmo, não chegou nem perto, tudo aconteceu muito rápido — mas aprendeu que é assim que ele funciona, daqui a pouco vão continuar, e ela terá mais tempo na segunda e terceira vezes.

Randy tira a camisinha e dá um nó. Eles se deitam lado a lado em silêncio. A respiração dele ainda está acelerada. Depois de algum tempo, ele se inclina sobre ela e começa a chupar delicadamente um de seus mamilos.

Saga está acariciando o pescoço úmido de Randy quando seu celular toca em meio à pilha de roupas no chão. Ela se levanta, encontra a jaqueta e pega o telefone.

— Bauer — ela atende.

— Eu sei que já é tarde, mas, em minha defesa, apenas me lembrei do que você disse sobre entrar em contato se tivéssemos o mais ínfimo detalhe que pudesse ajudar a montar as peças do quebra-cabeça do assassino — o promotor Arne Rosander diz.

— Claro — Saga diz em tom profissional.

Ela dá mais alguns passos para longe da cama. Seu corpo inteiro ainda está formigando. Pela janela, vê que uma parte do prédio do outro lado da rua está sendo reformada; deixaram as luzes acesas e há uma escada no meio de um dos pisos.

— Pode não ser nada — Arne Rosander continua. — Mas falei com a nossa especialista em testemunhas oculares... e hoje ela entrevistou outra mulher que viu o assassino na rua na frente do bar... Antes, essa mesma mulher não tinha sido capaz de fornecer qualquer tipo de descrição, às vezes é assim mesmo, mas ontem à noite ela sonhou com ele.

— Estou ouvindo.

Saga se vira para olhar o estúdio de novo. Nu na cama, Randy a observa com olhos brilhantes.

— Um homem corpulento com um pescoço grosso, cabelo cortado bem curto e rosto ensanguentado... E ouça só, isto é muito interessante: ele estava usando brincos de pérola.

— Ela se lembra do homem usando os brincos na vida real?

— Não, isso estava no sonho, mas o cabelo e o sangue coincidem com o que outras testemunhas disseram.

Saga lhe agradece por ligar e depois volta para Randy. Ela se aninha em um dos braços dele e sente que a outra mão começa a abrir caminho entre suas pernas.

32

Saga para a uma curta distância da entrada da casa noturna. Esfriou de novo. Flocos de neve minúsculos e quebradiços flutuam sob o brilho da lâmpada comum que ilumina a despretensiosa porta do estabelecimento.

Um segurança alto, com colete à prova de balas por cima da camisa e o cabelo loiro puxado para trás em um rabo de cavalo, observa alguns jovens vestidos de preto que estão fumando atrás das lixeiras. O pescoço dele é coberto de tatuagens cinza-azuladas.

Grandes sacos de náilon cheios de entulho de construção foram empilhados ao longo do meio-fio.

São quatro e meia da manhã, mas as batidas secas da música no porão ainda reverberam na rua.

Saga adormeceu depois de fazer sexo com Randy pela segunda vez e só acordou às quinze para as quatro. Antes de sair, trancou a pistola e a identificação policial no armário de armas. Sabe que nunca teria permissão do chefe para visitar uma balada ilegal na qualidade de agente da Polícia de Segurança. Sua viagem para Chicago no encalço do Caçador de Coelhos já tinha causado alvoroço suficiente.

Saga se aproxima da entrada quando um táxi clandestino encosta na frente dela. Três rapazes usando longos sobretudos pretos saem e trocam algumas palavras com o segurança antes de entrarem e desaparecerem escada abaixo.

O segurança dá um passo para o lado para não bloquear a luz quando Saga se aproxima dele.

— Tem certeza de que não veio ao lugar errado, princesa? — ele pergunta, e quando sorri seu rosto se transforma em uma malha de rugas.

— Sim.

— A decisão é sua — ele diz, e abre a porta. A música fica instantaneamente mais alta.

— Vocês têm câmeras de segurança? — ela pergunta.

— Não, por que você...?

— Em nenhum lugar lá dentro?

— Não temos licença para isso.

Saga não pode deixar de sorrir com o fato de uma casa noturna ilegal se preocupar com licenças e autorizações. Ela desce um íngreme lance de degraus de concreto enquanto o segurança fecha a porta atrás dela.

Ouve uma espécie de rugido por cima das batidas surdas e graves da música.

Ao pé da escada há um procedimento de revista antes que as pessoas possam entrar no clube. À frente de Saga, os três jovens assinam uma lista de frequentadores, pagam a taxa de entrada e passam por um detector de metais.

A música faz as paredes tremerem e as fotos emolduradas dos visitantes famosos chacoalharem contra o concreto.

A segurança encarregada da revista é uma mulher grande de papada dupla, cabeça raspada, óculos redondos e calça de couro preta.

Os rapazes caem na gargalhada enquanto ela os apalpa.

Saga assina, paga e examina a lista, que consiste apenas em primeiros nomes e endereços de e-mail. Ela passa pelo detector, e fica curiosa para saber se a lista existe apenas como precaução para o caso de haver uma batida policial — assim podem invocar a brecha na lei sobre consumo de álcool em eventos privados — e depois é jogada fora assim que a noite acaba.

A segurança usa uma camiseta muito justa em que se lê "Tribo 8". Seus braços grossos e pálidos estão cobertos por lindas tatuagens de guirlandas. Os três rapazes de sobretudo gritam uns com os outros por cima da música, e um deles abre caminho em direção aos banheiros.

Saga se aproxima, abre os braços e é rapidamente revistada pela segurança.

— Eu assinei a lista, mas...

— O quê? — a segurança pergunta.

— Eu assinei a lista — Saga repete, mais alto. — Mas não sei se estou no banco de dados dos frequentadores.

A guarda encolhe os ombros e gesticula para que ela se mova. Há mais pessoas descendo as escadas.

— Continue andando.

— Existe algum banco de dados de frequentadores que...?

O rosto da segurança está brilhando de suor, os olhos pequenos cintilando por trás dos óculos redondos.

— Do que diabos você está falando? — ela pergunta.

Saga desvia o olhar e segue até a chapelaria. Olha em volta. A porta do banheiro feminino se abre e de lá sai uma jovem cujos lábios estão pintados com um batom escuro.

Antes que a porta se feche de novo, Saga vê de relance a multidão em frente aos espelhos. Passa por cima das pernas de um homem que está sentado no chão com o celular pressionado contra o ouvido e vai até a parte principal da casa noturna.

Entra por duas portas pesadas com grossas bordas de borracha na parte inferior e então é obrigada a parar por um momento na repentina escuridão.

O nível de ruído é extraordinário.

Uma banda está tocando no palco, e os velozes e barulhentos acordes do baixo reverberam pelo corpo de Saga. O público avança, pulando e erguendo as mãos.

O recinto está abarrotado.

É quase impossível se mover em qualquer direção.

Uma onda perpassa a multidão amontoada e obriga Saga a ir para o lado. Ela é empurrada contra a parede; em seguida, outra onda a arremessa, trôpega, de volta no súbito vazio.

A plateia não se cansa de empurrar e impelir, dançando e cantando junto.

Há pilhas de alto-falantes e outros equipamentos montados no teto. A fumaça jorra através de feixes giratórios de luz.

Nenhum tipo de conversa é possível aqui. Até que ela consiga encontrar um dos organizadores, não há nada a fazer a não ser procurar um homem corpulento na casa dos cinquenta anos.

Se ele estiver aqui, não deverá ser difícil identificá-lo, porque em sua maioria os clientes são jovens com cabelo comprido e roupas pretas.

Saga pede desculpas e tenta abrir caminho margeando a parede interna, o mais longe possível do caos no palco.

O baixo e o pedal duplo da bateria mantêm um ritmo frenético, e a guitarra toca acordes potentes, rápidos e repetitivos.

O vocalista está vestindo jeans preto e uma camiseta com o nome da banda Entombed estampado em letras ornamentadas.

Um rugido sai dos alto-falantes, seguido por um rosnado gutural — uma espécie de som rouco e grave que parece vir das profundezas da garganta.

O público se move para trás, novamente pressionando Saga contra a parede. Ela luta para rechaçar a multidão, e usa os dois braços para empurrar os corpos para longe.

À medida que a onda muda de direção, Saga sente uma mão entre suas pernas. Ela se vira, mas não consegue descobrir quem a apalpou; está muito escuro e todos já estão se precipitando para a frente de novo.

Um homem barbudo e com uma careca lustrosa dança e distribui chutes no ar. Ele perde o equilíbrio, desaba no chão e rola por vários metros.

Saga tenta chegar até o bar. Às cotoveladas, avança rente à parede.

A plateia pula de um lado para o outro, pressiona a beirada do palco, grita com vozes estridentes e agita as mãos no ar.

A música martela o peito e o pescoço de Saga.

Uma mulher de minissaia de vinil derrama cerveja ao tentar beber de um copo de plástico. Um homem de cabelo oleoso parado atrás dela acaricia seus seios. Ela esboça uma apática tentativa de resistir, mas continua bebendo.

Saga segue adiante, empurrando alguém que bloqueia seu caminho, e ignora o encontrão no ombro que recebe em troca enquanto se esforça para avançar por entre os homens.

Ela chega a uma mesa de mixagem numa plataforma elevada, com telas de acrílico riscadas e cabos presos no chão com fita adesiva.

O ar está quente, impregnado de cheiro de suor, cerveja e gelo seco.

As luzes do palco deslizam impetuosamente sobre a multidão.

Ao lado do bar, Saga avista a silhueta de um homem quase trinta centímetros mais alto do que todos ao redor.

Ela tem quase certeza de que a cabeça dele está raspada.

Ziguezagueando, Saga tenta contornar a mesa de mixagem, mas é empurrada pela multidão.

A música fica mais lenta e parece pairar no ar. O bumbo da bateria silencia e os pratos tilintam suavemente.

O vocalista puxa a camiseta para baixo, chega bem na beirada do palco, levanta o braço direito e, em seguida, olha para a frente e faz um movimento lento simulando um corte.

A plateia se separa dos dois lados da linha imaginária, e se afasta para liberar espaço no meio.

No chão há um pouco de lixo, copos de plástico vazios e uma jaqueta jeans.

As duas metades da multidão ficam frente a frente, dois pelotões ofegantes, na expectativa.

De repente, a música volta a ficar muito rápida e raivosa, e os homens dos dois lados do espaço vazio correm de encontro uns aos outros, gritando enquanto colidem e caem. Um rapaz loiro desaba no chão e vários outros homens tropeçam nele. Outro cambaleia com a mão sobre a boca e sangue escorre entre seus dedos.

A música lateja nos ouvidos de Saga enquanto a luz estroboscópica assola o palco.

Saga se espreme, passa às pressas pela mesa de mixagem e leva uma cotovelada no rosto desferida por um homem que está tentando subir nos ombros de um amigo.

O suor escorre pelas costas de Saga quando ela enfim alcança a multidão em torno do bar. Examina a turba em busca do homem corpulento. As pessoas estão inclinadas sobre o balcão, passando de mão em mão grandes copos plásticos de cerveja.

Um rapaz de cabelo comprido e ondulado na altura das bochechas olha Saga direto nos olhos e diz algo inaudível com um sorriso torto.

O vocalista da banda instrui a multidão a se separar novamente.

Saga vai em direção a um homem com tatuagens na cabeça que está entre o bar e o mar de gente. Força caminho até ele e pergunta se viu um homem mais velho de cabeça raspada. Precisa gritar no ouvido do homem para se fazer ouvir. Ele a encara com um olhar trôpego, diz alguma coisa e depois se afasta, cambaleante.

Só depois ela percebe que o homem perguntou se ele tinha cara de quem gostava da polícia.

A música segue seu lento bramido, anunciando um iminente estrondo de trovão.

Luzes turvas piscam pela multidão, e Saga avista o homem alto de cabeça raspada. Ele está de pé em um canto ao lado de uma porta reservada aos funcionários da casa noturna. A luz chameja, e num piscar de olhos tudo volta a mergulhar na escuridão.

A música explode de novo; os gritos do palco abafam todo o resto enquanto as duas metades da multidão correm em direção uma à outra, colidem e caem.

Uma menina é arrastada pelo chão.

Dois rapazes começam a se bater com cotoveladas, joelhadas, socos e cabeçadas agressivos, até que a luta é apartada.

Saga consegue abrir caminho e passar pelo bar até o canto. O homem alto não deve ter mais de vinte anos. Está encostado na parede com seu corpo magro e seus braços tatuados.

Ela segue em frente e verifica o canto seguinte, perscrutando todos os rostos na penumbra.

A multidão continua pulando e se empurrando.

As guitarras estão tocando sequências rápidas de acordes cromáticos. O vocalista agarra o microfone com as duas mãos e rosna.

Em uma plataforma pintada de prata ao lado do palco, há uma jovem só de calcinha dançando ao lado de um poste de metal vertical; ela gira o corpo em volta do poste, engancha uma das pernas para se suspender, rodopia e depois desliza até o chão.

Saga vê o homem com a cabeça tatuada abrir caminho no meio da multidão em direção à entrada.

Ela vai atrás dele, mas alguém a empurra por trás e ela tropeça em outro homem, que a ajuda a recuperar o equilíbrio.

33

Saga tenta não perder de vista o homem da cabeça tatuada.

A multidão empurra para trás, e o movimento carrega Saga de repente; ela quase cai quando cerveja respinga em seu rosto. Ela se choca com a mesa de mixagem, batendo a cabeça contra o acrílico.

Saga avança ao longo da parede dos fundos, pisa em um tênis perdido e se esquiva de um homem que se debate e agita desvairadamente os braços e as pernas. Por fim, ela alcança a porta e entra na chapelaria.

Uma lufada de ar mais fresco jorra pela entrada e, embora a música estrondosa esteja reverberando nas paredes, é muito mais silencioso ali.

Há pessoas descendo as escadas de volta depois de terem saído para fumar. Elas mostram à segurança os braços carimbados.

Há uma pilha de cartelas de fósforos com esqueletos em uma máquina de venda de cigarros.

O homem da cabeça tatuada desaparece no banheiro masculino com o celular encostado no ouvido.

Saga vai atrás dele e é atingida por um intenso fedor de urina e desinfetante. O chão está alagado e coberto com toalhas de papel molhadas, copos de plástico e tabaco mascado.

Saga vê jovens bêbados enfileirados nos mictórios. Um deles usa uma das mãos para se apoiar na parede e a outra para mirar o pênis. O esguicho de urina espirala em torno das pequenas porções de tabaco no mictório, atinge a borda e espirra na parede e no chão.

O homem da cabeça tatuada sai de um dos cubículos. A tampa do assento da privada está caída no chão molhado.

— Não ouvi sua resposta à minha pergunta — Saga diz, parando na frente dele.

— O quê? — ele murmura, olhando-a nos olhos.

— Estou procurando um homem na casa dos cinquenta anos que...

— Ela só quer dar uma trepada — outro homem diz.

— Não faço ideia do que você está falando — o homem da cabeça tatuada diz.

— Eu acho que você faz.

— Me deixe em paz, porra — ele responde, e a empurra pelo peito.

O homem sai do banheiro e Saga o segue ao som de uma enxurrada de aplausos e assobios.

Isso é inútil, ela pensa, sem sair do lugar. A cartela de fósforos não necessariamente pertence ao assassino — e, mesmo que pertencesse, não significa que ele vem aqui com frequência.

Mas, ao mesmo tempo, por ora é a única pista que eles têm para continuar a investigação.

Uma possível conexão entre o assassino e uma balada de hard rock.

Ter a esperança de dar de cara com ele no meio da multidão é inútil.

Mas a casa noturna está prestes a fechar, e então será mais fácil descobrir quem trabalha aqui.

Alguém tem que saber de alguma coisa.

Saga volta ao salão principal. A multidão dança aos pulos, os punhos erguidos na frente do palco onde o guitarrista está tocando um solo veloz, as duas mãos dedilhando o braço do instrumento.

A música se alterna para um ritmo de fanfarra; as mudanças de acordes se tornam mais pesadas, mais lentas.

A performance chega ao fim com um uivo prolongado.

São seis da manhã.

A banda sai do palco e os *roadies* imediatamente põem mãos à obra para desmontar os equipamentos.

As luzes se acendem enquanto a música ainda está reverberando como uma ferroada nos ouvidos de todos.

Saga tenta ver o rosto das pessoas que vão saindo às pressas. O pessoal da segurança percorre o salão para acordar os homens que adormeceram encostados nas paredes e ajudar os mais bêbados a se levantar.

O salão se esvazia, revelando algumas peças de roupa descartadas entre os copos de plástico e outros tipos de lixo.

O palco, pintado de preto e visivelmente descascando, já está deserto.

Alguns rapazes bêbados dão gargalhadas e fazem brincadeiras enquanto sobem os degraus em direção à rua.

Uma caixa vermelha contendo extintores de incêndio se descolou da parede, caiu no chão e agora está atravancando o caminho.

Saga se esquiva entre a multidão cada vez menor que se dirige à saída e se aproxima dos funcionários da casa noturna que ainda estão atrás do bar. A dançarina de *pole dancing* agora está usando um roupão, e o técnico de som com a barba por fazer conversa com a segurança de óculos redondos.

O barman está servindo cerveja e coca-cola para os funcionários.

Saga vai até eles e se senta em um dos banquinhos fixos, depois se vira para o homem atrás do balcão.

— Eu gostaria de receber a newsletter que a casa manda para os convidados — ela diz.

— A gente não tem — ele diz bruscamente enquanto limpa o balcão.

— Como vocês comunicam as informações para as pessoas... Pelo Facebook, ou...

— Não, não é assim — ele a interrompe, olhando fixo para ela.

— Por que você faz tantas perguntas, porra? — a segurança entra na conversa.

— Estou tentando encontrar uma pessoa que vem aqui — Saga responde, alto o suficiente para todos ouvirem.

— E quem é você? — o barman pergunta, coçando a orelha.

— Uma amiga.

— Amiga de quem? — ele insiste, tamborilando o balcão.

— Estamos fechando agora — a segurança diz.

— Estou procurando um homem de uns cinquenta anos, ele esteve aqui — Saga continua. — Ele é corpulento, tem pescoço grosso e cabelo curto.

— Um monte de gente diferente vem aqui — o barman responde.

— Pessoas que não são jovens com roupas pretas? — Saga pergunta.

— Ele estava tentando ajudar — a segurança intervém, ríspida.

— O que quero dizer é que a pessoa que estou tentando encontrar deve se destacar dos demais — Saga explica.

— Cinquenta anos, cabeça raspada, pescoço grosso — o barman diz, e aponta para uma fotografia atrás dele.

É uma foto do cantor Udo Dirkschneider, de quando ele visitou a casa. Um homem rechonchudo com cabelo loiro bem curto, jaqueta de couro e um copo plástico de cerveja numa das mãos.

— O homem que estou procurando às vezes fica extremamente zangado e quebra coisas — Saga diz.

O barman encolhe os ombros e a segurança consulta o celular para ver que horas são. Um *roadie* que está recolhendo cabos no palco se aproxima do bar para pegar um copo d'água.

— O que está acontecendo? — ele pergunta, olhando para Saga.

— Vocês têm muitos problemas de pancadaria aqui? — ela quer saber.

— Você quer dizer o público... Não tem problema nenhum, é apenas *mosh pit*. Eu juro, é uma puta curtição — ele diz, esvazia o copo e anda em direção à porta.

— Por aqui nunca temos problemas — a segurança diz.

— Existe a possibilidade de que ele use brincos de pérola — Saga diz, e pelo canto do olho vê a dançarina de *pole dancing* se virar e se afastar.

— Você vai ter que procurar o seu *daddy* em outro lugar — o barman diz, arrastando um barril de cerveja para fora do caminho.

A segurança ri e repete o que disse sobre o *daddy* dela. Saga observa a dançarina ir em direção à sala dos funcionários.

Havia algo em seu rosto quando se virou.

Como se tivesse sido pega em flagrante.

Saga começa a segui-la e percebe que a mulher acelera o passo antes de finalmente chegar à porta e segurar a maçaneta.

— Espere um pouco — Saga diz em tom firme.

A dançarina desaparece na sala dos funcionários. Saga corre os últimos passos e segura a porta antes que feche.

— Você não pode entrar aí — a segurança grita atrás dela.

— Eu sei — Saga diz em uma voz quase inaudível ao entrar.

A sala dos funcionários é um espaço sem janelas com uma fileira de armários de metal, um sofá, poltronas ao redor de uma mesa muito arranhada e um pequeno armário de cozinha num canto.

A dançarina corre para o banheiro e tranca a porta. A segurança entra na sala enquanto Saga bate na porta do banheiro.

— Saia daí, preciso falar com você — Saga diz, ainda batendo.

— Você não pode entrar aqui — a segurança diz atrás dela.

— Eu sei — Saga responde. — Mas acho que ela sabe algo sobre o homem que estou procurando.

— Venha comigo e podemos conversar sobre isso.

— Daqui a um minuto — Saga diz, e bate de novo na porta.

— Você agora está começando a me causar problemas. Eu preciso fazer meu trabalho, a casa está fechada e não posso deixar você entrar aqui.

— Entendo o que você está dizendo, mas preciso falar com...

— Você tem raciocínio lerdo ou o quê? — a segurança a interrompe.

Saga tira o cabelo do rosto e olha de esguelha para a mulher.

— É importante. Você provavelmente já percebeu, e eu ficaria muito agradecida se pudesse me dar dez minutinhos.

Ela se vira de novo para a porta do banheiro; quando a segurança põe a mão em seu braço, ela se desvencilha e a encara nos olhos.

— Não encoste em mim — Saga diz com sangue-frio.

— Eu tentei ser legal e dizer que você tem que ir embora, mas o que posso fazer se você não quer me ouvir, porra?

— Abra! — Saga diz em voz alta, esmurrando a porta.

Mais uma vez a segurança agarra o braço de Saga, que se vira de repente e a empurra pelo peito, obrigando-a dar um passo para trás para manter o equilíbrio.

A segurança puxa um bastão telescópico do cinto e o abre totalmente.

— Estou vendo que vou ter que dar um jeito em você, e...

— Cale a boca — Saga a interrompe. — É tarde e estou começando a ficar cansada, mas se você não sair do meu caminho...

Saga vê o bastão vindo pelo lado do corpo e se esquiva com um movimento ágil.

Faz anos que ela não participa de lutas competitivas, mas ainda treina no clube de boxe quatro dias por semana.

A segurança se aproxima de novo de Saga e tenta acertá-la no ombro. Ergue o bastão bem alto e desfere um golpe de cima para baixo com força total.

Saga desliza e trava a pancada com uma cotovelada no antebraço da segurança, que geme enquanto o bastão gira no ar e atinge um dos armários de metal.

Com movimentos de uma lutadora de kickboxing, a segurança aplica um gancho de esquerda.

Em vez de simplesmente se esquivar do soco, Saga inclina a cabeça para trás, além do alcance da oponente, de modo a instigá-la a tentar de novo, e ainda mais forte, na próxima vez.

Seus movimentos são uma espécie de dança ao estilo Muhammad Ali nos ringues.

A segurança dá um passo à frente e golpeia de novo.

Saga revida com um rápido jab de esquerda para avaliar a distância exata e simultaneamente se move para o lado, fora da linha central da adversária.

— Uma boxeadorazinha — a segurança ri, tentando agarrá-la.

Saga acerta um gancho de direita perfeito no rosto da segurança, cujos óculos voam em meio a um jato de suor.

A segurança parece aturdida; com o impacto do soco, uma de suas pernas fica frouxa e ela cambaleia para o lado.

Saga aproveita o desequilíbrio da oponente para desferir um gancho de esquerda baixo nas costelas.

A segurança geme, ajoelha-se, estende o braço, agarra uma caixa de desinfetante e ofega enquanto o sangue escorre do lábio.

Saga já está a uma curta distância da mulher de novo, e agora acerta um cruzado de direita de cima para baixo cujo alvo é o nariz.

É um soco extremamente potente.

A cabeça da segurança voa para trás como se os músculos do pescoço tivessem parado de funcionar. Indefeso, seu corpo desaba para trás, arrastando na queda um esfregão e um balde.

Sem olhar de novo para a segurança, Saga volta para a porta do banheiro, bate e, aos gritos, manda a dançarina abrir.

— Porra, porra, porra — a segurança geme, tentando se sentar enquanto o sangue escorre do nariz.

— Fique aí — Saga diz, e em seguida dá um pontapé na porta do banheiro.

Ouve-se um estrépito quando a fechadura se despedaça e as peças de metal se espalham pelo piso.

— Não bata em mim — a dançarina implora, afundando ao lado da pia.

— Eu só quero conversar — Saga diz, puxando-a para fora do banheiro.

34

O dia está começando a raiar quando Saga põe dois copos plásticos com café sobre a mesa. O McDonald's da rua Götgatan acaba de abrir. Antes de saírem da casa noturna, Saga tirou a carteira de identidade da bolsa da dançarina, fotografou o documento e confirmou o endereço e o número de telefone dela.

Ela se chama Anna Sjölin, tem vinte e dois anos e mora em Vårby.

Está vestindo jeans e uma jaqueta acolchoada vermelha. Suas luvas e seu gorro de lã estão sobre a mesa à sua frente, e a longa cabeleira castanha está presa em um coque.

— Beba um pouco de café — Saga diz, sentando-se de frente para ela.

Anna assente e coloca as mãos em volta do copo, como se estivesse tentando aquecê-las. Seu rosto empalidece enquanto ela responde, hesitante, às perguntas de Saga.

— Há quanto tempo você trabalha ali?

— Faz mais ou menos um ano — Anna responde, provando o café.

Saga massageia os nós dos dedos doloridos da mão direita enquanto observa o rosto impassível e os movimentos lentos da moça.

— *Pole dancing* é um esporte — Anna fala sem levantar os olhos.

— Eu sei — Saga diz.

— Mas não lá. Eu faço apenas coisas simples para não ficar muito cansada, porque tenho que dançar a noite toda.

— O que você faz entre um turno e outro?

Anna esfrega o nariz e olha para Saga. Está com olheiras por causa da falta de sono, e em sua testa há finas linhas de expressão.

— Você pode me dizer por que estamos sentadas aqui? — ela pergunta, empurrando o copo.

— Eu trabalho para a Polícia de Segurança.
— A Polícia de Segurança. — Ela sorri. — Posso ver algum documento de identificação?
— Não — Saga responde.
— Mas como é que eu vou sab...
— Me conte sobre o homem com os brincos de pérola — Saga a interrompe.
Anna abaixa os olhos e seus cílios tremem.
— O que foi que ele fez? — ela pergunta.
— Não posso falar.
Anna olha pela janela no momento em que as luzes da rua se apagam ao longo da calçada. Do lado de fora, uma senhora sem-teto empurrando um carrinho de compras lotado se detém e as encara.
— Você viu um homem corpulento com brincos de pérola na casa noturna — Saga diz mais uma vez, para instigar Anna a continuar.
— Sim.
— Ele vai muito lá?
— Já o vi acho que umas cinco vezes.
— O que ele faz?
— Ele é muito reservado, não participa, não dança... Fica por algumas horas, bebendo doses de vodca e comendo amendoim picante.
Ela puxa o copo de café de novo, pega o açúcar, mas muda de ideia.
— Você já conversou com ele? — Saga pergunta.
— Uma vez, quando alguns caras derrubaram cerveja nele... Ele parece um pouco... especial, tipo uma criança grande... com aqueles brincos e, ah... sei lá...
Ela fica em silêncio, e um vinco profundo surge entre suas sobrancelhas. Saga tenta pensar em uma maneira de fazer com que Anna conte mais, que diga algo que ajude a investigação a avançar.
— Ele ficou com raiva quando derrubaram cerveja nele?
— Não, só tentou explicar o lance das pérolas. Ninguém deu a mínima... mas eu ouvi o que ele disse... São uma homenagem à irmã, que morreu aos treze anos, eram os brincos dela, e ele disse que não se importava se as pessoas rissem... Ele aceita de bom grado qualquer ofensa que façam a ele.

— Qual o nome dele?

— Ele diz se chamar Castor — Anna diz com um sorriso cansado. — Não facilita as coisas para si mesmo.

Ela bebe um gole e limpa os lábios com a mão.

— Então você falou com ele? — Saga pergunta.

Anna encolhe os ombros.

— Um pouco.

— Sobre o quê?

— Todo tipo de coisa — ela diz, e parece se perder em pensamentos por alguns segundos. — Não estou dizendo que acredito, mas ele me contou que tinha um sexto sentido: assim que ele entra em algum lugar, sempre sabe quem vai ser a primeira pessoa a morrer.

— Como assim? — pergunta Saga.

— Ele falou isso como se fosse a coisa mais óbvia do mundo e apontou para Jamal, um cara que... Bem, ele não tinha como saber que eu conhecia Jamal... Três dias depois, recebi a notícia de que Jamal morreu, um vaso sanguíneo estourou no cérebro; ele nasceu com esse problema, parece... Ninguém sabia a respeito disso, nem mesmo o próprio Jamal.

Anna abaixa o copo de café, pega o gorro e as luvas e se levanta.

— Estamos quase terminando — Saga diz.

Anna se senta outra vez.

— Você sabe qual é o verdadeiro nome do Castor?

— Não.

— Você tem algum contato dele, algo concreto?

— Não.

— Você já o viu com mais alguém?

— Não.

— Ele já deu em cima de você?

— Ele falou sobre abrir a própria casa noturna e perguntou se eu estaria interessada em mudar de emprego.

— O que você disse?

— Que pensaria a respeito da oferta.

— Onde ele mora?

Anna suspira e se recosta na cadeira.

— Ele parece um cara meio sem raízes, não tinha endereço fixo, ficava circulando por aí, para lá e para cá. Pelo menos foi o que entendi.

— Ele chegou a mencionar algum endereço? Disse onde estava morando no momento? Algum amigo, alguma coisa?

— Não.

Anna sufoca um bocejo com os nós dos dedos.

— Tá legal, vamos repassar toda a conversa, tim-tim por tim-tim — Saga diz. — Ele deve ter dito alguma coisa... Algo que possa me ajudar a encontrá-lo.

— Olha, eu preciso dormir um pouco, eu trabalho na Filippa Krister, aquela loja de roupas, durante a semana. Ele nunca disse onde morava.

— Como você faria para responder a ele sobre o emprego?

— Não sei, era muito cedo pra isso, ele nem tem uma casa noturna ainda.

— Então era tudo conversa mole?

— Eu sinceramente não sei. Ele dizia que era empresário, um homem do Renascimento... Dizia um monte de coisas estranhas, eu nem entendia tudo. Ele me falou sobre comprar um centro de pesquisas abandonado na Bulgária, algum laboratório estatal que fechou as portas depois da queda do comunismo, mas na verdade eu não me lembro direito.

— Ele é da Bulgária?

— Acho que não, ele não tem sotaque... Desculpe, estou muito cansada para conseguir pensar — ela sussurra.

— Uma psicóloga especializada em entrevistar testemunhas oculares vai entrar em contato com você amanhã. Ela vai ajudá-la a se lembrar melhor — Saga diz, ficando de pé.

35

São oito e quinze da noite de domingo; relutantes, Saga e Nathan Pollock encerram o dia de trabalho.

Em uma parede da sala há um mapa da Europa, além de outros mapas detalhados em grande escala dos locais onde as vítimas foram encontradas. Na outra, uma série de impressões de cenas da filmagem da câmera de segurança bielorrussa. A gravação foi feita na escuridão, e a qualidade da imagem é precária, mas ainda assim o homem que se autodenomina Castor é visível. Sua altura, a compleição física e os ombros grandes e caídos são evidentes. De certos ângulos, um pedaço do pescoço grosso, da mandíbula e do contorno da cabeça se destacam contra o plano de fundo.

O brilho da luminária de mesa incide sobre as lentes arranhadas dos óculos de leitura de Nathan ao lado do computador, e o reflexo tremula no teto quando ele dá uma topada na quina da mesa ao se levantar.

Nathan sacode a cabeça para fazer o rabo de cavalo grisalho cair nas costas.

As testemunhas na calçada do Bar Peregrino descreveram um homem agressivo que lembra o homem visto na filmagem da câmera de segurança de Belarus.

A polícia sueca vasculhou a casa do barman assassinado e encontrou filmagens dele violentando mulheres drogadas. Ele havia sido inocentado de duas acusações de estupro no tribunal de Estocolmo.

A dançarina de *pole dancing*, Anna Sjölin, contou sobre sua conversa com um homem que se encaixa na descrição do assassino.

Castor usa brincos de pérola, vê a si mesmo como um empresário e quer comprar um antigo complexo de laboratórios na Bulgária.

Por alguma razão, ele parece pensar que tem poderes especiais. Aparentemente tem uma visão bastante exagerada de si mesmo, um senso de superioridade narcisista que se encaixaria no perfil de um assassino que se vê como um super-herói encarregado de limpar a sociedade e livrá-la dos criminosos que o sistema de justiça não conseguiu punir com rigor suficiente.

Duas horas atrás, quando Saga falou com Jeanette Fleming, a psicóloga especialista em entrevistar testemunhas, ela estava sentada à mesa da cozinha de Anna, em Vårby. Era cedo demais para discutir a conversa que ela teve com Castor, mas Jeanette disse que estavam entremeando as memórias de Anna em uma estrutura cada vez mais organizada.

Nathan começa a arrumar sua pasta executiva e explica que precisa ir para casa explicar a Verônica como os tribunais tratam os casos de divórcio. Alguns fios grisalhos de seu rabo de cavalo grudaram na jaqueta.

— Você deveria assinar os papéis — Saga diz.

— Não estou com um pingo de pressa.

Saga também decidiu ir para casa; está pensando em correr dez quilômetros e depois ligar para Randy. Deveria falar com o pai também, mas não se sente pronta para isso. Da última vez que conversaram, ele tentou pedir conselhos sobre como se comportar com uma namorada da internet, como se ela tivesse experiência com namoro on-line. A conversa toda a deixou impaciente — era como se o pai estivesse fingindo que estava tudo bem, que eles tinham uma relação adulta e tranquila.

Saga examina a melhor fotografia que têm do rosto de Castor. Restos de cola da fita adesiva mancharam os cantos da folha impressa. A câmera o flagrou segundos antes de chutar e quebrar um poste de iluminação em formato de chama.

O clarão do poste ilumina por baixo o rosto de Castor inclinado para trás.

Apesar da resolução ruim, é possível distinguir o rosto redondo, a testa e o brilho do que poderia ser um brinco de pérola.

— Agora sabemos que Castor é capaz de se sentar e entabular uma conversa — Saga diz. — Ele pode até ser provocado sem se enfurecer... Mas, ao mesmo tempo, vimos o tipo de fúria ensandecida de que é capaz.

— O que mais sabemos? — Nathan pergunta em voz baixa.

Os olhos de Saga encontram o olhar cansado de Nathan.

— Ele se autodenomina Castor, é um homem corpulento e parrudo na casa dos cinquenta anos, tem cabelo bem curto e usa brincos, duas pérolas que pertenciam à irmã morta — Saga diz.

— Ele afirma ter um sexto sentido e diz estar limpando a Europa — Nathan continua.

— Ele fala sueco sem sotaque, provavelmente não tem endereço fixo, diz que vai abrir uma casa noturna e comprar um antigo centro de pesquisas na Bulgária... Sugere que é um empresário, mas pode ser que tudo não passe de conversa fiada... Não consegui encontrar nenhum laboratório antigo que esteja à venda lá.

O silêncio enche a sala novamente. O prédio inteiro está silencioso, não há muitas pessoas na sede da Unidade Nacional de Operações a essa hora numa noite de domingo.

As janelas da sala de Nathan estão sujas. A antena de telecomunicações e a torre da antiga sede da polícia contrastam com o céu escuro. No centro de uma das janelas é possível ver a marca de uma testa. Fragmentos de pequenas folhas marrons se esparramam no peitoril, ao redor de um vaso de planta.

— Já faz quanto tempo que Jeanette está conversando com a dançarina? — Nathan pergunta, dobrando um guardanapo e o jogando no cesto de lixo.

— Não quero interromper as duas. Jeanette vai ligar assim que terminar.

Eles saem da sala e seguem pelo corredor depois de deixar as canecas na cozinha e apagar as luzes. A caminho do elevador, passam pela sala vazia de Joona Linna.

— Precisamos encontrar uma maneira de avisar Joona que não é Jurek quem está tentando limpar a sociedade — Nathan declara.

36

Quando Saga volta para casa, as ruas estão quase desertas. Alguns flocos de neve rodopiam em torno dos postes de luz e dos anúncios publicitários iluminados. No começo, o vento gelado contra seu rosto a incomoda, mas depois se torna ligeiramente entorpecente e provoca uma estranha sensação de calor interno. Ela já começou a se acostumar com a motocicleta do pai e passou a apreciar seu baixo centro de gravidade no meio do tráfego urbano.

Ocorre a Saga que, mais cedo ou mais tarde, Joona deve entrar em contato para perguntar sobre o andamento da investigação. Caso contrário, vai acabar se escondendo para sempre, sem nunca saber que identificaram um assassino em série completamente novo.

Ela entra na rua Tavastgatan, estaciona e cobre a moto com uma lona.

O material fino e cinza-prateado sussurra no vento noturno.

No apartamento, Saga tranca a pistola no armário de armas e folheia a correspondência, bebe um pouco de suco de laranja direto da caixa e veste as roupas de corrida.

Está calçando os tênis no corredor quando seu celular toca. Ela caça o aparelho dentro da bolsa no chão e, ao ver na tela que é Pellerina, atende.

— O que você está fazendo? — a meia-irmã pergunta, quase baixinho demais para ouvir.

— Vou fazer um pouco de exercício, sabe, sair pra correr.

— Tá bom — Pellerina diz, e sua respiração ecoa na linha.

— Por que você não está dormindo? Já é bem tarde — Saga pergunta, cautelosa.

— Está muito escuro — a menina sussurra.

— Acenda sua luminária em formato de coração.

— Mas depois você não pode esquecer de desligar — a irmã responde.

— Eu prometo, você tem permissão para acendê-la — Saga diz. — Você pode ir até o papai e passar o telefone pra ele?

— Não.

— Por que você não quer ir ver o papai? — ela pergunta.

— Eu não posso.

— Ele está lá embaixo na cozinha?

— Ele não está em casa.

— Você está sozinha?

— Talvez.

— Me conte o que aconteceu... Sua aula de pintura terminou às oito horas e aí você foi pra casa com a mãe da Miriam, como de costume, e o papai geralmente te espera com o chá pronto.

— Ele não estava em casa — a menina responde. — Acho que está zangado comigo.

— Talvez o papai tenha ido ao hospital. Você sabe, porque ele ajuda as pessoas que têm problemas de coração.

Saga ouve a respiração da irmã.

— Eu escutei umas risadinhas lá fora — Pellerina diz em um sussurro quase inaudível. — Achei que eram as meninas palhaças.

— Elas não existem de verdade. Você sabe disso, não sabe?

Saga não consegue deixar de pensar que podem ter sido as meninas da escola que enviaram a corrente de e-mail.

— Você acendeu as luzes? — ela pergunta.

— Não.

De repente, Saga se preocupa com a possibilidade de as meninas terem entrado na casa para fazer mal a Pellerina de verdade, atacá-la e furar seus olhos com uma chave de fenda. Sabe que é apenas sua imaginação correndo solta; por outro lado, todas as crianças precisam testar seus limites, e é fácil essas coisas saírem do controle. Acontece em todos os lugares.

— Acenda as luzes agora.

— Tá.

— Vou chegar aí o mais rápido que eu puder, tá bem? — Saga diz.

Elas encerram a ligação e Saga telefona para o pai enquanto veste o macacão de couro branco por cima das roupas de corrida. Ninguém atende, e ela tenta mais uma vez enquanto desce correndo as escadas. Deixa uma mensagem de voz na caixa postal pedindo que ele ligue assim que possível.

Saga procura o número da Unidade de Terapia Intensiva Torácica no Hospital Karolinska, mas Lars-Erik Bauer não está trabalhando esta noite.

Saga tira a lona de cima da motocicleta, põe o capacete e dá a partida.

A caminho de Gamla Enskede, ela pensa mais a fundo na última conversa que teve com o pai. Não consegue imaginar como ele poderia tê-la entendido mal. Ele queria convidar a pesquisadora que conheceu on-line para jantar e perguntou se Saga poderia ficar de babá da irmã.

Talvez Saga tenha feito confusão com as datas. Talvez tenha entendido errado a que dia ele se referia e, distraída, disse que sim sem perceber.

Os vidros dos carros estacionados na frente de todas as casas estão brancos, e os gramados reluzem de geada.

Saga para e abre o portão de ferro forjado, conduz a pesada motocicleta até a garagem, desliga o motor, abaixa o pé de descanso da moto, volta e fecha o portão.

Tira o capacete e passeia os olhos pela casa.

Todas as janelas estão às escuras.

A luz de um poste de iluminação mais adiante na rua alcança o jardim. Os galhos despidos de folhas da macieira lançam uma trama de sombras sobre a alvenaria.

A bicicleta cor-de-rosa de Pellerina, com pompons no guidom, está caída na grama, os pneus murchos.

Saga caminha em direção à casa com um fraco foco de luz atrás de si. Vê a própria sombra ficar mais pálida e mais comprida.

Olha adiante e vê a curva da entrada para a garagem no subsolo. Há uma bola de futebol de plástico em frente à porta.

Ela se detém diante da entrada e escuta. Ouve um som surdo e baixo, como alguém correndo numa esteira.

Empurra a maçaneta para baixo e puxa.

A porta da frente está destrancada.

O ruído surdo cessa no momento em que ela abre a porta.

Ela perscruta o corredor escuro.

Silêncio total.

O tapete está ligeiramente torto.

Saga coloca o capacete na banqueta, tira as botas e entra. O assoalho de parquete está gelado sob seus pés. Ela acende a luz principal e um brilho amarelo se espalha pelas paredes.

— Olá? Pellerina?

A casa está tão fria que Saga solta pequenas nuvens de vapor pela boca quando respira. Ela percorre o corredor e a porta que levam ao porão e vê o casaco do pai pendurado nas costas de uma cadeira na cozinha.

— Pai?

Saga acende a luz da cozinha e vê que a porta do jardim dos fundos está escancarada.

Ela vai até lá e chama Pellerina em voz alta.

Da caldeira no porão vêm alguns barulhos abafados, depois silêncio novamente.

Saga olha para o vidro úmido da estufa, que está refletindo a luz da cozinha. Ela vê a própria silhueta parada no vão da porta.

O vento agita os arbustos sem folhas, que roçam a cerca da casa vizinha. O balanço range suavemente nas correntes.

Saga esquadrinha o jardim, a escuridão entre as árvores, e fecha a porta.

A corrente de e-mail dizia que as meninas palhaças vêm à noite, agarram a vítima e pintam uma boca risonha em seu rosto para deixá-la com uma aparência feliz enquanto furam seus olhos.

Saga volta para o corredor e se detém diante da porta do porão. Pellerina nunca desce ali. Lá embaixo ficam a caldeira, a máquina de lavar, a secadora de roupas e algumas ferramentas e móveis de jardim.

Mas Pellerina tem medo da caldeira de vapor, porque nas noites muito frias o barulho que o equipamento faz pode ser ouvido por toda a casa.

Saga vai até a escada e vê que alguém subiu os degraus com os sapatos sujos.

— Pellerina? — ela chama, olhando para cima.

Saga sobe sorrateira a escada. Quando sua cabeça atinge o nível do patamar, ela se detém e olha ao longo das grossas tábuas do assoalho. Vê os veios da madeira, as pontas esfiapadas dos tapetes, a fresta sob a porta do banheiro.

Ela pode ouvir uma voz muito fraca, mas não consegue dizer de onde está vindo. Parece o som de uma cantoria monótona.

Saga se vira rápido e olha para baixo, apoia a mão em um dos degraus, ajoelha-se e verifica se a porta do porão está fechada.

Continua subindo a escada e caminha pela escuridão até o quarto de Pellerina. Escuta com atenção e, com muito cuidado, abre a porta.

Na escuridão, vê a caixa de plástico cinza da máquina de ECG, um par de sapatilhas de balé cor-de-rosa e a porta fechada do guarda-roupa.

Saga entra e vê que a cama foi usada, mas agora está vazia. Ela ouve um rangido vindo do sótão. Lá fora, o cabo solto da antena parabólica está balançando.

— Pellerina? — Saga chama em voz baixa.

Ela acende a luminária em formato de coração e a claridade cor-de-rosa se espalha pela parede atrás da cômoda até o teto.

Saga olha embaixo da cama e vê embalagens de balas e bombons, uma extensão elétrica empoeirada e um esqueleto de plástico com olhos vermelhos.

Ela se levanta, vai até o guarda-roupa e põe a mão no puxador cor de bronze.

— Pellerina, sou eu — ela diz, abrindo a porta.

As dobradiças rangem, e no instante em que Saga vê de relance as roupas penduradas lá dentro, uma forma volumosa se precipita em sua direção. Ela joga a cabeça para trás e sua mão automaticamente alcança a pistola enquanto o enorme urso de pelúcia cai no chão e lá fica sentado de costas para ela.

— Quase causei um baita estrago em você — Saga diz.

Ela fecha o guarda-roupa e ouve de novo a cantoria. É um fiapo de voz, quase inaudível. Saga se vira devagar, apura os ouvidos e pensa que parece estar vindo do quarto de hóspedes.

Saga sai do quarto, passa pela escada às escuras e abre com cautela a porta do quarto onde costuma dormir. Alguém puxou os lençóis e cobertores para o chão e está sentado debaixo deles do outro lado da cama.

— Não estou aqui, não estou aqui, não estou aqui — Pellerina está entoando em voz alta.

— Pellerina?

— Não estou aqui, não estou aqui...

Quando Saga puxa os lençóis e as cobertas, a irmã solta um grito agudo de medo. A menina cobre os ouvidos com as mãos e parece apavorada.

— Sou eu — Saga diz, tomando-a nos braços.

O coração da menina está batendo rápido e seu corpinho está suado.

— Sou só eu, não se preocupe, sou só eu.

Pellerina a abraça com força e sussurra o nome dela sem parar.

— Saga, Saga, Saga, Saga...

37

Elas ficam sentadas em um abraço apertado na cama até Pellerina se acalmar, e então descem para a cozinha. A menina permanece junto de Saga o tempo todo enquanto ela acende as lâmpadas pelo caminho.

Saga abre a geladeira e encontra algumas sobras da refeição do dia anterior, ensopado de carne e batatas cozidas.

— Você vai ter que ir pra cama assim que a gente terminar de comer — Saga diz, pegando uma caixa de creme de leite.

— O papai ficou zangado e não fez chá — Pellerina sussurra.

— Por que você continua repetindo que ele estava zangado?

— Mandei uma foto do meu primeiro quadro.

— Da aula de pintura?

— Sim, e ele ligou e disse que era um cachorro muito bonito, e que ia pendurar o desenho na cozinha, mas quando eu disse que era um cavalo ele se irritou e desligou.

— O quê? O que ele disse?

Pellerina ajeita os óculos no nariz.

— Ele só desligou.

— Deve ter sido algum problema, às vezes a bateria acaba. Eu juro, ele não estava zangado — Saga sorri enquanto começa a aquecer a comida no fogão.

— Por que ele não quer voltar pra casa, então?

— Pode ser minha culpa. Eu tinha esquecido que o papai ia encontrar uma moça.

— O papai tem uma namorada? — Pellerina sorri.

— Você sabe que estou saindo com o Randy, não sabe?

— Ele é muito fofo.

— Sim, ele é.

Enquanto a comida esquenta, Saga faz um molho. Dissolve um

cubo de caldo de carne no creme de leite, adiciona um pouco de pimenta moída e uma colher de chá de molho de soja.

— Então, qual é o nome da namorada do papai? — Pellerina pergunta.

— Não me lembro... Annabella, talvez? — Saga diz, escolhendo um nome aleatório.

— Annabella. — A irmã ri.

— Ela tem grandes olhos castanhos, cabelo escuro e batom vermelho brilhante.

— E um vestido dourado cintilante!

— Isso.

Saga pega dois pratos e copos, põe sobre a mesa a geleia de mirtilo, algumas folhas de papel-toalha e uma jarra de água.

— Ele provavelmente deixou o celular no silencioso para poder beijar a Annabella — ela continua.

Pellerina dá uma gargalhada. Seu rosto voltou a ter alguma cor. Elas se sentam e, antes de começarem a comer, Saga se certifica de que Pellerina tome os medicamentos para o coração.

— O papai não te contou sobre o encontro dele? — ela pergunta depois de alguns minutos.

— Não — Pellerina responde, e toma um gole de água.

— Mas ele disse que eu viria hoje à noite?

— Não sei — Pellerina diz, comendo um bocado do ensopado. — Acho que não.

Quando terminam, Saga escova os dentes de Pellerina e vai para o quarto com ela.

— Eu fiquei com medo e fui me esconder — Pellerina diz enquanto veste o pijama.

— Vou te dar um pequeno conselho — Saga diz, afastando o cabelo do rosto da irmã. — Se você quiser mesmo se esconder, tem que ficar completamente quieta. Você não pode ficar dizendo "Não estou aqui, não estou aqui", porque aí vão saber que você está lá.

— Tá bom — a irmã faz que sim com a cabeça e se deita na cama.

— E não se esconda debaixo dos lençóis e das cobertas — Saga continua. — Vá para trás das cortinas ou de uma porta aberta e fique bem quietinha e parada até eu encontrar você.

— Porque você é da polícia.
— Deixo a luz acesa?
— Sim.
— Mas não tem motivo nenhum pra você sentir medo, você sabe disso, não é? — Saga diz, sentando-se ao lado dela.
— Você nunca fica com medo? — Pellerina pergunta.
— Não, nunca — Saga responde, tirando os óculos da irmã e os deixando sobre a mesinha de cabeceira.
— Boa noite, Saga.
— Boa noite, irmãzinha — ela diz no exato momento em que seu celular começa a tocar no bolso.
— Talvez o papai já esteja cansado de tanto beijar. — Pellerina sorri.
Saga pega o telefone e vê que a ligação é de Jeanette Fleming.
— Não é ele. É do meu trabalho, preciso atender, mas venho ver você daqui a pouco.
Deixando a porta entreaberta, Saga atende enquanto desce as escadas.
— Peço desculpas por ligar tão tarde, mas você disse que queria um relatório após cada sessão — Jeanette diz.
— Como foi? — Saga quer saber.
— Devo precisar de mais algumas noites.
— Não podemos simplesmente dizer a ela para tirar uns dias de folga do trabalho?
— Conseguimos resultados melhores quando nos encaixamos na rotina das pessoas, e eu lido bem com essas sessões tarde da noite.
— Contanto que você não se canse demais...
— O bebê gosta quando eu trabalho, fica bem e quietinho.
Jeanette se divorciou, mas está grávida depois de muitos anos desejando ter filhos. Saga acha que Jeanette foi para a Dinamarca fazer um tratamento de inseminação artificial, algo que ela própria já havia comentado que faria — mas agora, estranhamente, guarda segredo absoluto sobre como tudo aconteceu.
— O que ela disse?
— Talvez seja melhor você ouvir por si mesma. Vou enviar o áudio, são só alguns minutos em que ela se lembra de coisas novas, o resto é tudo preâmbulo e estrutura.

— Ótimo, obrigada.

Saga desliga e localiza o arquivo, abre-o e se senta à mesa da cozinha; fita as velhas macieiras à luz da janela enquanto a gravação começa no meio de uma frase:

"... e isso também. Não, não é meu, é..."

Anna derruba alguma coisa e solta um palavrão.

"Porra."

As pernas da cadeira arranham o chão, depois é possível ouvir passos e o som de uma torneira aberta. Jeanette está longe do microfone, sua voz é quase inaudível.

"Vamos voltar ao que você disse antes, sobre ele falar que ia comprar um centro de pesquisas na Bulgária?"

"Ele dizia todo tipo de coisa", Anna responde, a respiração pesada.

"Mas você se lembra especificamente da parte sobre o antigo laboratório na Bulgária? Você entendeu qual era a intenção dele?"

"Não faço ideia, ele parecia interessado na indústria química — porra, como é que alguém poderia ter interesse nisso? Ele também falou sobre uma empresa em Norrtälje, uma que fabrica... como é que se chama, aquele material que faz os carros brilharem?"

"Graxa?", Jeanette sugere, sentando-se de novo à mesa.

"Não, cera."

"Cera automotiva?"

"Isso, eles fabricam alguma coisa que tem na cera de carro... Ele estava falando sobre comprar a maioria das ações da empresa."

"Ele trabalhou lá?"

"Não, mas ficava por ali na época."

"Em Norrtälje?"

"Ele pegava a balsa em Solö", ela responde.

"Para onde?"

"Eu não sei."

"Mas ele pegava a balsa para voltar para casa?"

"Foi o que eu entendi, mas ele..."

Anna fica em silêncio quando a campainha toca, murmura que é Fredrika e sai da cozinha.

Saga fica sentada em silêncio por algum tempo, depois se levanta e começa a tirar a mesa. Passa uma água nos pratos e talheres, liga a lava-louça e sobe as escadas para ver se está tudo bem com a irmã.

Dá uma volta por toda a casa, apagando as luzes e verificando se as portas estão trancadas e as janelas fechadas antes de ir para o quarto de hóspedes.

Pega no chão os lençóis e cobertores, arruma a cama, depois tenta mais uma vez ligar para o pai.

É estranho ele não dar sinal de vida mesmo que tenha saído com a namorada, ela pensa.

O celular dele deve estar quebrado ou talvez o tenha perdido.

Se o pai tivesse sofrido um acidente, a essa altura ela já teria sabido.

Saga apaga o abajur sobre a mesinha de cabeceira e fecha os olhos, mas volta a abri-los quando imagina ter visto um movimento através das pálpebras. Ela fita o teto na escuridão, a luz que oscila de modo quase imperceptível.

A videira que cresce na parede circundou a janela do quarto de hóspedes, e seus galhos secos raspam no peitoril da janela.

Ela pensa no trabalho do dia, em suas conversas com Nathan, no breve arquivo de áudio enviado por Jeanette, no interesse de Castor na indústria química e na balsa na cidade de Norrtälje.

A caldeira começa a retinir no porão. Parece uma pessoa com cãibras em uma banheira vazia.

Ela deveria estar dormindo, mas com o pensamento que invadiu sua mente é inevitável acender de novo a luz, pegar o celular e procurar na internet informações sobre as balsas de Solö.

Quase imediatamente ela consegue encontrar uma tabela de horários. Lê os nomes dos vários pontos de parada e constata que a balsa passa por Högmarsö.

É apenas uma das muitas ilhas em que a embarcação faz escala.

Mesmo assim, o coração de Saga começa a bater mais rápido.

Högmarsö é o lugar onde o cadáver de Jurek Walter, arrastado pelas ondas, apareceu na praia, e foi onde Saga conheceu o sacristão e recebeu o dedo decepado. Foi onde Joona achava que ela e Nathan deveriam começar a investigação.

Ele queria que Saga e Nathan fossem até lá porque pensava que seria uma porta de entrada para o mundo de Jurek.

Saga percebe que as mãos estão tremendo enquanto procura o número de Anna Sjölin e liga para ela.

— Porra — uma voz rouca diz. — Eu estava dormindo. O que está acontecendo? Isto é...
— Castor disse que morava em Högmarsö? — Saga a interrompe.
— O quê?
— Ele morava numa ilha no arquipélago chamada Högmarsö?
— Não sei. Acho que não.
— Mas ele pegava a balsa em Solö?
— É o que entendi... Olha, eu preciso dormir um pouco...
— Só mais uma coisa — Saga pede.
— O quê?
— Você está ouvindo?
— Siiim.
— Castor mencionou algum sacristão?
— Eu não sei... Na verdade... Sim. Ele disse que estava dormindo numa igreja.

38

Joona e Lumi estão se aproximando da pequena cidade fronteiriça de Waldfeucht, ao longo de uma estrada estreita, a Brabanter Strasse.

A paisagem agrícola é plana e vasta, como um mar verde-musgo. Turbinas eólicas brancas se destacam em contraste com o céu baixo de inverno.

Quando passam de carro, um bando de gralhas-de-nuca-cinzenta alça voo de uma árvore escura.

Eles partiram do hotel na manhã do dia anterior e dirigiram rumo ao norte, atravessando a Suíça e a Alemanha.

Mantiveram-se em estradas secundárias junto à Autobahn 5 até Karlsruhe, dirigindo durante horas a fio debaixo de chuva cinzenta através de cidadezinhas como Trier e Düren.

Joona mantém uma das mãos no volante enquanto discorre sobre aspectos de estratégia, instruindo Lumi a respeito de diversas rotas de fuga e pontos de encontro.

Ele a instrui sobre como se orientar na paisagem quando está escuro com a ajuda de trigonometria simples, usando postes telefônicos visíveis.

Depois das explicações, eles ficam sentados em silêncio, lado a lado, perdidos em pensamentos. Atrás do céu branco é impossível dizer qual é a posição do sol.

O rosto de Lumi está virado para o lado. A paisagem corre depressa diante de seus olhos cinza.

— Pai — ela diz por fim, respirando fundo. — Estou fazendo isso porque prometi... Mas não quero.

— Eu entendo.

— Não, eu sinceramente acho que você não entende — ela rebate, olhando de esguelha para ele. — Você estava esperando que isso acontecesse, parecia quase ansioso para isso acontecer... Digo, todos os preparativos, todos os sacrifícios que você foi forçado a fazer de repente significam alguma coisa.

Passam direto pela cidadezinha fronteiriça alemã. Edifícios de tijolos marrons e uma charmosa igreja desaparecem atrás deles.

Ao longe, um trator amarelo desliza por um campo de cultivo. Um silo de grãos reflete o céu.

Não há posto de verificação de fronteira entre os países. Depois de uma placa, a estrada estreita simplesmente segue em frente Países Baixos adentro.

— Uma coisa que eu não entendo, pai... A maneira como você deixou tudo. Quero dizer, você é o especialista em Jurek, você sabe tudo sobre ele, mas agora que você acha que ele está de volta, de repente desaparece e deixa seus colegas à procura dele.

— Mesmo se eu ainda estivesse lá, não teria permissão para participar da investigação — Joona explica. — Mas entreguei a Nathan Pollock as minhas anotações e informações básicas, e ele será capaz de montar uma equipe numerosa junto com Saga Bauer.

— Enquanto você se esconde — ela diz calmamente.

— Vou fazer o que for necessário para não perder você — ele diz em tom sincero.

— E a Valéria?

— Teria sido melhor se tivesse vindo comigo, mas ela vai receber proteção e é o que importa: dez policiais, fortemente armados.

— Como você consegue viver com esse medo o tempo todo?

— Lumi, sei que praticamente todas as vezes que você me viu eu estava apavorado, como lá em Nattavaara — Joona diz, olhando de relance para ela e abrindo um sorriso. — Mas a verdade é que é raro eu sentir medo.

Eles estão percorrendo uma avenida reta ladeada por árvores sem folhas, passando por esporádicas casas de tijolos escuros, e há mais fazendas visíveis à distância.

— A mamãe me disse que você era o homem mais corajoso do mundo — Lumi fala depois de algum tempo.

— Isso eu não sou, mas sou muito bom no que faço — Joona responde.

Enquanto cruzam a província de Limburgo, no sul dos Países Baixos, começa a chover de novo.

O som mecânico dos limpadores de para-brisa enche o carro.

Fileiras de fardos de silagem cobertos de plástico repousam nos campos negros como frutas brancas e reluzentes.

— Você e Saga Bauer já ficaram juntos? — Lumi pergunta.

— Não, nunca — ele sorri. — Ela sempre foi como uma irmã pra mim.

Lumi se olha no espelhinho do para-sol.

— Eu só a vi pessoalmente uma vez, quando ela veio dizer que tinha encontrado o corpo de Jurek... Sei lá, não consigo parar de pensar nela, ela é linda de morrer, perfeita.

— Você é perfeita — Joona salienta.

Lumi olha pela janela lateral e vê no acostamento um grande crucifixo cercado por grades de ferro.

— Não entendo por que ela entrou para a polícia quando poderia ter sido uma supermodelo, ou qualquer outra coisa, na verdade.

— Igualzinho a mim — Joona brinca.

— Não há nada de errado em querer trabalhar na polícia, você sabe que não é o que quero dizer, mas não é pra todo mundo.

— Até onde eu sei, Saga teve uma infância difícil. A mãe sofria de uma doença mental. Ela nunca fala a respeito, mas acho que a mãe dela cometeu suicídio... Sempre que tento mencionar o assunto, ela me diz que não quer falar. É uma de suas regras, porque pensar na mãe a deixa infeliz. Ela é muito rigorosa em relação a isso.

Passam por um posto de gasolina com uma fita de LED de neon vermelho iluminando de ponta a ponta a estrutura que cobre as bombas de combustível.

— Como foi quando seu pai morreu? — Lumi pergunta.

— Meu pai — Joona diz baixinho.

— Tipo, eu sei que você só tinha onze anos. Você se lembra dele? Quero dizer, você se lembra bem dele?

— O que me preocupa é esquecer... Quando eu era mais jovem, costumava entrar em pânico quando achava que não estava conseguindo me lembrar do rosto ou da voz dele... Mas me dei conta de que a memória funciona de outras maneiras... Ainda sonho muito com ele, e nos sonhos a minha lembrança é perfeita.

As palhetas do limpador de para-brisa se movem rápido, eliminando o excesso de água da chuva.

— Você sonha com a sua mãe? — Joona indaga depois de algum tempo.

— Muito — Lumi responde. — Sinto muita saudade dela, todos os dias.

— Também sinto saudade dela.

Lumi abaixa o rosto e, com as costas das mãos, se apressa em enxugar as lágrimas.

Joona diminui a velocidade em um cruzamento nos arredores de Weert. A luz vermelha do semáforo reflete no asfalto molhado. Um corvo pousa pesadamente na copa de uma árvore sem folhas.

— Eu me lembro de uma vez quando a mamãe e eu... A gente viu um grande incêndio. Um armazém na estação pegou fogo. Acho que foi no mesmo dia em que nos sentamos pra tomar sorvete na escadaria da catedral, e ela me contou sobre meu maravilhoso pai que não estava mais por perto.

O semáforo fica verde e o carro se põe em movimento outra vez.

— Você se lembra de alguma coisa da vida na Suécia? — Joona pergunta.

— A mamãe me disse que eu tinha um fogãozinho de brinquedo. E que você brincava comigo quando chegava em casa.

— Você fazia de conta que eu era seu filhinho, ou um cachorro que latia sem parar, ou eu tinha que me deitar no chão enquanto você me dava comida... Você sempre foi muito paciente... Depois de algum tempo eu pegava no sono, e aí você punha pratos e talheres em cima de mim.

— Por quê? — ela sorri.

— Eu não sei, talvez eu servisse de mesa.

Eles ultrapassam um caminhão perto de uma capela encardida. As cascatas de água sobre o para-brisa e o vácuo da ultrapassagem fazem o carro trepidar.

— Pode ser que eu tenha sonhado — Lumi diz devagar. — Mas acho que é uma lembrança verdadeira: nós dois dizendo boa-noite para um gato cinza.

— Fazíamos isso, sim. Quando eu estava em casa, toda noite eu lia histórias para você dormir... E, antes de você pegar no sono, a gente acenava pela janela para o gato do vizinho.

39

A chuva amaina quando eles desaceleram para pegar a rodovia Rijksweg, que corre quase paralela à rota E25. Não estão longe da zona industrial nos arredores de Maarheeze.

Cerca de trinta ovelhas pastam em um descampado, todas viradas para o mesmo lado ao vento. Do outro lado da rodovia é possível ver a superfície cinza de uma imensa barragem.

Eles entram em uma estradinha estreita de asfalto. Placas muito amassadas indicam que é um beco sem saída e que a área é propriedade particular.

A grama alta roça as laterais do carro.

Joona para na frente de uma cancela enferrujada, sai no ar frio e remove um espigão de ferro que está enfiado na corrente em vez de um cadeado.

No final da estrada há um punhado de edifícios abandonados, com uma vista ampla se estendendo em todas as direções.

O local é perfeito.

Ninguém pode se aproximar sem ser visto à distância, e são apenas setenta quilômetros até a fronteira com a Bélgica.

Eles entram no pátio, e Joona estaciona atrás da construção principal. As janelas estão lacradas com tábuas de compensado e a porta está selada com pregos.

Uma trilha de cascalho, pontilhada de poças d'água, circunda um prado até a antiga oficina. É um edifício grande, com paredes de zinco pintadas de branco. Parte de uma extremidade parece ter cedido e está dependurada, balançando devagar ao sabor do vento.

Eles pegam um atalho pela campina e passam por cima de uma cerca eletrificada abandonada. Os fios de arame sumiram, e vários postes e isoladores de porcelana estão caídos em poças.

— Não está minado? — Lumi pergunta.

— Não.

— Porque isso denunciaria o esconderijo — ela diz para si mesma.

Eles seguem por uma estradinha de terra esburacada através de trechos com arbustos de sabugueiro até chegarem à vereda de cascalho. Em meio ao matagal ao lado da oficina é possível ver os destroços de uma debulhadora.

Joona saca a pistola e a segura rente ao corpo enquanto dão a volta na oficina. As janelas do andar de cima estão fechadas. A ferrugem marrom-avermelhada escorreu das escoras metálicas da fachada imunda de zinco branco. A parte final do edifício consiste em duas portas largas o suficiente para as manobras de entrada e saída de maquinário pesado. Uma delas se soltou e agora balança para a frente e para trás com a força do vento.

A oficina parece estar abandonada há anos.

No fundo da rampa de concreto rachada, o vento faz rolar um frasco plástico de óleo para motor vazio.

Joona se detém e lança um rápido olhar para trás, abarcando a campina, a trilha estreita e o carro estacionado em frente à casa principal.

Ele abre a porta, espia dentro da oficina escura e vê o chão de concreto coberto de velhas manchas de óleo, uma caixa de parafusos e alguns rolos de plástico industrial.

No pilar mais próximo da porta a tinta foi raspada, resultado de anos de desgaste mecânico.

— Acho que ele preparou uma surpresa para nós — Joona diz ao entrar.

Lumi o segue com uma persistente ansiedade na boca do estômago. Há folhas de outono secas espalhadas pelo chão.

De maneira instintiva, Lumi segue bem perto do pai.

A imensa oficina está quase completamente vazia.

Por um momento o vento empurra a porta atrás deles, que em seguida se sacode e se fecha com um rangido, deixando-os na escuridão quase total.

O som dos passos de pai e filha ecoa nas paredes.

— Isso não está cheirando nada bem — Lumi sussurra.

Um fio de luz branca do céu consegue entrar quando o vento faz a porta se abrir de novo. A pálida claridade desliza pelo chão como uma marca de queimadura, tromba com uma parede interna, depois recua outra vez.

O recinto é espaçoso, mas não o suficiente para ocupar todo o edifício.

Lumi tenta puxar Joona em direção à entrada. Ouvem um estranho som de sucção, e pouco depois uma porta hidráulica de aço desaba com estrépito atrás deles.

A porta atinge o chão e fica travada no lugar. A única saída está completamente bloqueada agora, do rés do chão ao teto.

— Pai — Lumi diz, com medo na voz.

— Não se preocupe — ele responde.

As luzes se acendem e eles veem que as paredes lisas são feitas de aço maciço, soldado nos cantos.

Quatro metros acima, há câmeras de vigilância e fendas de disparo para armas.

No espaço vazio não há onde se esconder, nada que possam escalar.

Eles veem o próprio reflexo como duas sombras cinzentas na parede reforçada à frente.

Lumi está arquejando, e Joona pousa a mão no braço dela para impedi-la de pegar a pistola.

Uma porta de aço se abre na parede e um homem baixinho com calça de corrida preta e uma blusa de malha da mesma cor entra mancando no recinto. Tem enormes cicatrizes no rosto e cabelo branco cortado bem curto, e empunha uma pistola.

— Estou muito infeliz com você — ele diz em um inglês inexpressivo, gesticulando com a arma em direção a Joona.

— Sinto muito...

— Você ouviu o que eu disse? — o homem o interrompe, levantando a voz.

— Sim, tenente.

O homem anda em volta de Joona, inspecionando-o de cima a baixo e o empurrando pelas costas, o que o obriga a dar um passo à frente para manter o equilíbrio.

— Qual é a sensação de estar caído no chão chafurdando no próprio sangue?
— Eu não estou.
— Mas eu poderia ter atirado em você, não poderia?
— Ninguém vai entrar aqui, mas você precisa pintar o pilar.
— O pilar?
— A tinta se desgastou até lá em cima. Se alguém olhar para o teto, vai conseguir enxergar o mecanismo inteiro — Joona diz.

O homem refreia um sorriso satisfeito e, pela primeira vez, volta as atenções para Lumi.
— Meu nome é Rinus — ele diz, apertando a mão dela.
— Obrigada por nos deixar vir — Lumi agradece.
— Muito tempo atrás, tentei enfiar um pouco de juízo na cabeça do seu pai — ele explica.
— Foi o que ele me contou — Lumi diz.
— O que ele te contou?
— Que era como estar de férias — ela responde com um sorriso.
— Eu sabia que tinha sido bonzinho demais com ele — Rinus ri.

Rinus conta que comprou a propriedade trinta anos atrás com o objetivo de cuidar ele mesmo da fazenda, mas isso nunca aconteceu. Quando deixou o Exército, foi recrutado pelo AIVD, o Serviço Geral de Inteligência e Segurança holandês.

Embora o AIVD fosse diretamente subordinado ao Ministério do Interior, Rinus tomou conhecimento da possibilidade de surgirem situações que exigiriam que ele vivesse escondido por longos períodos de tempo.

— Os esconderijos secretos do próprio serviço de inteligência não são seguros o suficiente, e nem sempre dá pra confiar na própria equipe — ele diz, como se fosse óbvio. — Eu estava encabeçando uma investigação sigilosa extremamente confidencial que parecia apontar para comportamentos suspeitos de partes da própria organização, e foi quando achei que era hora de ter certeza de que eu estava preparado.

A propriedade consiste em quatro hectares de terra e fica perto das fronteiras da Bélgica, Alemanha, Luxemburgo e França caso Rinus precise deixar o país às pressas e procurar refúgio em outro lugar.

A construção principal é apenas uma fachada, uma precaução para o caso de alguém ficar curioso: uma casa abandonada e lacrada com barricadas de tábuas que ele nunca usa.

As verdadeiras acomodações estão escondidas no interior da antiga oficina.

Rinus os conduz cozinha adentro até o andar superior por um corredor com portas que dão para quatro quartos, cada um contendo dois beliches.

No final do corredor há uma saída de emergência bloqueada. Rinus rabiscou STAIRWAY TO HEAVEN, "escadaria para o paraíso", na porta, pois arrancou a escada de incêndio e a jogou no lixo.

A única maneira de entrar é através da oficina, mas no subsolo há um túnel de fuga oculto que percorre duzentos metros até um trecho de floresta no campo atrás do prédio.

Joona arruma a mesa para três enquanto aquece lasanha congelada no micro-ondas. Enche três copos de água e conta a Lumi sobre seu treinamento com Rinus. Uma vez ele foi lançado ao mar a cinco quilômetros do litoral, com as pernas amarradas e as mãos algemadas atrás das costas.

— Férias na praia — Rinus sorri ao entrar na cozinha depois de guardar o carro deles na garagem escondida.

Ele se senta e diz a Lumi que mora em Amsterdam há anos, embora a família seja de Sint Geertruid, no sul dos Países Baixos, não muito longe de Maastricht.

— As pessoas aqui tendem a ser católicas, muito mais religiosas do que do outro lado dos rios — ele explica enquanto começa a servir a comida.

— O que Patrik diz sobre você desaparecer assim? — Joona pergunta.

— Espero que ele tenha tempo para sentir minha falta, mas desconfio de que na verdade está aliviado por se ver livre de mim por algum tempo.

— Pensei que você levava o café da manhã na cama pra ele todas as manhãs — Joona sorri.

— Bem, só quando eu acordava primeiro — Rinus diz com um dar de ombros.

Ele olha para Lumi, que está soprando uma garfada de lasanha quente.

— Então, academia de polícia depois da escola de arte?

— De jeito nenhum — ela responde com uma risada curta.

— Seu pai também é artista — ele diz, olhando para Joona.

— Não sou — Joona protesta.

— Você desenhou um...

— Vamos esquecer isso, que tal? — Joona o interrompe.

Rinus abafa uma risada enquanto olha para o prato. As profundas cicatrizes nas maçãs do rosto e num canto da boca são tão pálidas que parecem linhas desenhadas com giz.

Após a refeição, Rinus os leva escada abaixo. Passam por uma cortina e chegam a uma sala mal iluminada com venezianas nas janelas.

Uma das paredes é forrada com caixas de madeira repletas de armas — pistolas, semiautomáticas e rifles de precisão.

Rinus revisa o plano tático e a ordem de comando em caso de ataque, e lhes mostra o monitor e o sistema de alarme.

Tomando como ponto de partida a localização das venezianas do andar de cima, eles dividem os arredores da oficina em diferentes zonas de vigilância e elaboram uma escala de funções.

Joona fica observando com um binóculo a estrada de acesso e a cancela na trilha enquanto Rinus explica a Lumi os mecanismos de funcionamento dos detonadores russos para o caso de terem que minar o prédio.

— Detonadores elétricos são melhores, mas os mecânicos são mais confiáveis... Mesmo que tenham ficado guardados dentro da caixa por trinta anos — ele diz, colocando um em cima da mesa diante de si.

O detonador é muito parecido com uma caneta esferográfica, com um pequeno estopim e um pino numa das extremidades.

— Presumo que seja onde você conecta o fio — ela diz, apontando para o anel grande.

— Sim, mas primeiro você enfia a ponta uns cinco centímetros dentro da carga explosiva; em seguida, prepara prendendo um cordel detonante no pino, como você diz... Depois, tira a trava.

— E se alguém pisar no fio, o pino é arrancado.

— E o cão atinge a espoleta, que aciona o detonador. A espoleta não é muito diferente da de uma arma de brinquedo, mas se o detonador explodir, você perde a mão. E, obviamente, se a carga explosiva explodir, você já era.

40

Em vez de pegarem a balsa em Solö como Castor fez, Saga e Nathan vão de carro o mais longe possível através das pontes que ligam as ilhas para pegar a balsa regular em Svartnö.

O pai de Saga ainda não tinha chegado em casa quando ela deixou Pellerina na escola. A escola estava fechada por conta de um treinamento de professores, mas o clube de atividades extracurriculares fica aberto o dia todo e a professora-auxiliar de educação especial de Pellerina estava de plantão.

Saga está tentando não se preocupar, dizendo a si mesma que o celular do pai pode estar quebrado, ou que ele foi direto para o trabalho na manhã seguinte ao encontro com a namorada.

Mas quando ligou para o Karolinska, ele não estava lá.

Agora ela já telefonou para todos os hospitais em Estocolmo e falou com a polícia.

Ela se sente como a mãe de um adolescente.

Tudo o que pode fazer é torcer para que ele esteja tão apaixonado que se esqueceu de todo o resto.

Isso não é do feitio dele, mas ela ficaria ao mesmo tempo aliviada e extremamente zangada.

Nathan freia e sai da rodovia 278, entrando em uma trilha de cascalho que atravessa um aglomerado de pinheiros à direita da estrada.

Estão rumando para Högmarsö para tentar falar com o sacristão, a fim de descobrir se Castor realmente viveu na capela por algum tempo.

Se tiverem sorte, em breve saberão o nome verdadeiro de Castor. Pode ser até que o sacristão esteja encaminhando a correspondência dele para um novo endereço, caso tenha deixado seus dados de contato.

Mas Saga sabe que não vai ser fácil.

Erland Lind sofre de demência há anos, e qualquer comunicação com ele até agora se mostrou inútil.

Eles param na frente da cancela que bloqueia o caminho até o cais. É o ponto onde as pessoas fazem fila até a hora de embarcar na balsa.

A estrada está vazia.

Não há mais ninguém esperando para atravessar.

Saga observa a ilha escura do outro lado da água e a balsa que vem se aproximando.

A busca que ela e Nathan estão empreendendo pelo homem corpulento que se autodenomina Castor tem conexões desconcertantes com o derradeiro capítulo da história de Jurek Walter e o local exato onde seus restos mortais foram encontrados.

A balsa chega com um som rascante.

A água ao longe está completamente parada.

Assim que a cancela se ergue, eles entram no cais e um homem de capa impermeável acena para que posicionem o carro a bordo. A rampa bate com estrépito contra o cais quando o peso do carro a pressiona para baixo.

O convés é preto e molhado, e a balaustrada e a cabine do balseiro são pintadas de amarelo-mostarda.

Nathan e Saga permanecem sentados dentro do carro, que começa a tremer à medida que a balsa se põe em movimento. O tremor se propaga pelas pernas, pélvis e barriga de ambos.

Sob a superfície da água, dois robustos cabos de aço correm em paralelo entre as duas ilhas. São puxados para fora da água e passam através do poderoso guincho da balsa antes de mergulharem novamente.

Saga olha para trás e vê que a ondulação faz oscilar os juncos amarelos congelados de ambos os lados do cais.

Joona tem a convicção de que Jurek Walter está vivo e que dedicou os últimos anos a encontrar um substituto para o irmão.

Saga sempre esteve convencida de que matou Jurek.

Ela passou um ano procurando o corpo dele só para tranquilizar Joona.

Saga se considerava culpada pela fuga de Jurek, por isso sentia que era seu dever provar que ele estava morto, se é que isso era possível.

Ela se lembra nitidamente do encontro com o sacristão em Högmarsö. Ele estava recolhendo a lenha trazida pelo mar em meio às rochas e disse a ela que tinha encontrado o cadáver de um homem cinco meses antes.

Guardou o corpo no galpão de ferramentas, mas quando o fedor ficou muito forte ele o queimou no antigo crematório.

Decepou um dos dedos e o guardou na geladeira em um frasco de vodca.

Saga e Nils Åhlén estudaram a fotografia que o sacristão tirou do torso inchado e dos buracos de bala.

Era Jurek, todos os detalhes batiam.

E quando os resultados da análise da impressão digital e do DNA revelaram uma correspondência de cem por cento, eles se convenceram.

Saga gostaria apenas que Joona tivesse esperado um pouco mais antes de desaparecer, que ele tivesse tido tempo de ver as imagens da câmera de segurança de Belarus.

Nunca vai se esquecer da expressão no rosto de Joona quando foi avisá-la.

Ela quase não o reconheceu; o roubo do crânio da esposa o deixara paranoico.

De súbito, Joona se convenceu de que Jurek estava vivo — que havia encontrado um homem da mesma idade e constituição física que ele, atirado nesse homem nos mesmos pontos do corpo em que Saga havia atirado nele e depois amputado a própria mão ou parte dela, deixando a parte do corpo arrancada de molho na água do mar por seis meses.

A conclusão de Joona foi que o sacristão devia ter ajudado Jurek, que Jurek persuadiu ou obrigou Erland Lind a fotografar o torso do morto e, em seguida, cremá-lo, amputar e guardar o dedo da mão putrefata de Jurek e incinerar o resto.

Saga pensa no olhar devastado pela bebida de Erland Lind, em seu ar taciturno, suas roupas esfarrapadas. Ela tentou interrogá-lo em várias ocasiões depois do primeiro encontro, mas ele estava tão degenerado pela demência que a conversa se mostrou inútil.

A água está quase preta esta manhã, não há vento e a superfície está parada. Uma névoa fina paira entre as ilhas ao longe.

A balsa se aproxima lentamente de Högmarsö.
Para além do cais vazio há árvores nuas imóveis.
A balsa desliza com um ruído surdo pelos trilhos subaquáticos, e a rampa raspa o concreto do molhe antes de a balsa parar de repente.
As ondas suaves marulham contra a costa rochosa.
Nathan dá uma olhadela para Saga, liga o carro e avança para terra firme. Sobem até a colina, passando por casas de verão lacradas com tábuas durante o inverno.
Leva apenas alguns minutos para chegarem ao estaleiro. O clarão de um maçarico se ergue entre os edifícios. A área à beira-mar é empoeirada e atulhada de tralhas, velharias e barcos cobertos com lonas.
Nathan entra à esquerda, passando por pequenos descampados e um pedaço de floresta. Branca como açúcar, a capela reluz entre os troncos negros das árvores.
Diminuem a velocidade, sobem uma colina e param. Uma imensa âncora está escorada na grama amarelada.
A brisa fria carrega o cheiro do mar. Do porto chegam os gritos das gaivotas.
Saga sobe a vereda de cascalho e tenta abrir a porta da capela. Está trancada, mas a chave está pendurada em um prego sob o corrimão ao lado dos degraus.
Ela destranca a porta, empurra a maçaneta e entra; Nathan a segue, e cada passo que dão faz ranger o assoalho de madeira. Os bancos foram pintados de verde, e nas paredes há velas votivas. O friso na lateral é um filete cor de creme que reflete a luz do inverno das janelas ogivais. Eles caminham até o altar simples, voltam e param na frente de um cobertor enlameado caído no chão.
Junto à parede há latas de feijão e de ensopado de carne, ao lado dos hinários.
Nathan e Saga saem novamente, trancam a capela e seguem em direção à casa do sacristão. O campanário assoma como uma plataforma de caça entre as árvores.
O sol rompe a névoa enquanto eles batem na porta. Esperam alguns segundos, então entram.
A minúscula casa consiste em uma cozinha com uma cama em uma alcova e um pequeno banheiro.

Sobre a mesa, os restos de uma refeição se retorceram e ressecaram. Ao lado da cafeteira há um saco plástico cheio de pãezinhos de canela mofados. A cama estreita está sem lençóis. O morador tem dormido no colchão nu e dispõe apenas de um cobertor. Em um tamborete ao lado da cama há um relógio com um mostrador de vidro riscado.

A choupana foi abandonada.

Saga se lembra do cheiro de comida e de umidade que sentiu da primeira vez em que esteve ali. Erland Lind estava bêbado, mas naquela ocasião sua mente parecia relativamente lúcida.

Na vez seguinte, ele estava ensimesmado e confuso.

O processo de deterioração fora muito rápido.

Saga acha que ele deve ter sido internado em alguma clínica e nenhum de seus parentes ainda teve tempo ou condições de lidar com os pertences.

— Aqui é onde ele guardava o dedo em um pote velho de geleia — ela diz, abrindo a geladeira.

As prateleiras sujas estão repletas de frascos e garrafas sem rótulos e pacotes de comida rançosa e estragada. Ela confere as datas de validade de uma caixa de creme de leite e de um pacote de bacon.

— Ele não vem aqui há uns quatro meses — ela diz a Nathan, e fecha a geladeira.

Eles saem da casinha e vão para a garagem.

Uma pá imunda e enferrujada está jogada no chão, rodeada de terra seca. Eles podem ver parte do alambique ilegal de Erland atrás do soprador de neve coberto por uma lona.

— Era aqui que Jurek estava caído. Os fluidos escorriam do corpo para o ralo — ela diz, apontando.

Saem de novo e olham em direção ao carro e à capela.

— Vamos perguntar aos vizinhos se eles sabem para onde ele foi? — Nathan sugere em voz baixa.

— Vou ligar para a secretaria da paróquia — Saga diz, virando para o outro lado.

As ruínas dos alicerces do crematório estão escondidas em meio ao mato alto, mas a chaminé de tijolos se ergue a quatro metros do solo.

— Foi lá que ele queimou o corpo de Jurek — Nathan diz.

— Certo.

Caminham pela grama e param em frente ao forno enegrecido de fuligem. Saga avança com cautela até a borda da floresta, olha para o cabo comprido de um forcado enfiado no monte de compostagem e segue em direção ao trecho de terra entre as árvores.

Ela fica sem ar quando vê um tubo de metal despontando da terra.

Precisa se agarrar a uma das árvores para não desabar.

Com o coração martelando no peito, ela se aproxima e sente os calcanhares afundarem na terra remexida. Seus pensamentos rodopiam. Ela se ajoelha, inclina-se para a frente e cheira o tubo, se levanta, tosse, recua e cospe no chão.

Carne podre.

A borda da floresta escorrega para longe enquanto Saga se vira de um lado para outro, à procura de algo em que concentrar os olhos. Ela dá alguns passos, fitando o crematório e a casa do sacristão.

— O que foi? — Nathan pergunta, aflito.

Ela não consegue responder, apenas corre até a garagem, pega a pá, volta correndo e começa a cavar o solo suavemente afofado, jogando a terra no mato alto.

O suor escorre pelas costas.

Sua garganta emite um gemido enquanto ela usa o pé para enfiar a pá na terra e revolver o solo.

Ofegante, ela alarga o buraco, entra nele e continua cavando.

Setenta centímetros abaixo, a pá atinge um caixão. Com as mãos, Saga afasta a terra para os lados. O tubo passa por uma tampa, e o orifício foi vedado com fita adesiva prateada.

— O que é isso? — Nathan pergunta.

Ela limpa toda a parte de cima do caixão, força a pá numa fresta e consegue abrir um pouco. Joga a ferramenta de lado, agarra a tampa com ambas as mãos, puxa com movimentos bruscos para o lado e arranca os últimos pregos.

Nathan pega a tampa das mãos dela e a deixa ao lado da cova rasa.

Ambos encaram os restos mortais do sacristão.

O corpo de Erland Lind está inchado e se desfazendo, algumas partes quase dissolvidas enquanto outras, incluindo as mãos e os pés, parecem estar intactas. O rosto está macilento, os olhos negros, as pontas dos dedos despedaçadas.

— Isso é obra do Jurek — Saga sussurra.

Ela sai da cova, volta às pressas para a capela e tropeça num pedaço das ruínas dos alicerces do crematório.

— Espere! — Nathan grita, atrás dela.

— Ele pegou o meu pai! — ela grita, e se precipita em direção ao carro.

41

Os policiais Karin Hagman e Andrej Ekberg estão sentados na viatura 30-901 na rua Palmfeltsvägen, nas imediações da arena multiuso Globen.

É uma manhã tranquila. O tráfego da hora do rush em direção a Estocolmo diminuiu, os engarrafamentos na Nynäsvägen desapareceram e, com exceção de uma pequena colisão em que ninguém se feriu, as coisas estão sossegadas.

Karin e Andrej dirigiram pelo bairro do matadouro e pararam atrás de um furgão estacionado em cuja porta se vê uma imagem pornográfica pintada. Karin verificou o número de registro do veículo no banco de dados criminal na esperança de que pudessem intervir alegando um motivo mais concreto do que apenas mau gosto.

Agora estão percorrendo vagarosamente a rua arborizada que corre ao lado da linha do metrô, sob passarelas desertas e edifícios de alvenaria vazios e escuros. A região ainda está uma bagunça depois de um show na noite anterior.

— A vida é longa demais pra que a pessoa tenha energia pra se divertir o tempo todo — Karin suspira.

— Você disse que ia contar pro Joakim como está se sentindo — Andrej comenta.

— Não vai fazer diferença nenhuma... Parece que ele não quer mais nada, ele simplesmente não está nem aí.

— Você precisa se separar.

— Eu sei — Karin sussurra, e tamborila no volante.

Eles passam por um homem que coleta latas e garrafas descartadas para vender para reciclagem. Ele veste um casaco militar imundo e um gorro de pele enquanto caminha ao longo da valeta arrastando um saco de lixo.

No instante em que Karin abre a boca para dizer que Joakim tenta de tudo para evitar fazer sexo com ela, recebem uma chamada do Comando Central.

Ela atende e nota na voz do operador um nível de tensão incomum enquanto lhe informa que recebeu de um colega um alerta de "prioridade grau 1".

O brilho pálido do rádio faz a mão de Karin parecer branca como a neve quando ela alcança a alavanca do câmbio.

O alerta diz respeito a um sequestro em andamento no clube Mellis de atividades extracurriculares da Escola Enskede, na rua Mittelvägen.

O operador faz o melhor que pode para responder com calma e eficiência às perguntas dos policiais, mas claramente há algo na situação que o afeta.

Pelo que Karin consegue entender, estão lidando com o sequestro violento de uma menina de doze anos com síndrome de Down. Acredita-se que o sequestrador é perigosíssimo e possivelmente está armado.

O endereço aparece na tela.

Eles estão perto.

Karin aciona o giroflex e dá uma guinada brusca no carro, lançando um jorro de luz azul pulsante numa parede de tijolos marrons com toldos rasgados.

O operador informa que estão coordenando a resposta com o Hospital Södermalm e a Unidade Nacional de Operações.

— Mas somos os mais próximos, vamos ser os primeiros a chegar — Andrej diz.

Karin liga a sirene, pisa fundo e sente a aceleração do carro empurrá-la contra o assento. Há um ciclista à frente, à direita, e um caminhão se aproximando na faixa oposta.

No retrovisor, o homem que recolhe as latas e garrafas na valeta se ergue e vê a viatura sair em disparada.

Karin diminui a velocidade no grande cruzamento de modo a se certificar de que todos os carros pararam para deixá-la passar, depois acelera de novo.

Andrej pergunta ao operador se ele sabe quantas crianças estão no clube, e ouve que provavelmente há menos crianças do que o normal porque a escola está fechada.

Karin acha que deve ser alguma batalha jurídica pela custódia de um filho que acabou saindo do controle, algum ex-marido ofendido por se sentir injustiçado.

Passam pela fachada amarela da escola católica, fazem uma curva fechada à direita na rotatória e aceleram margeando o grande complexo esportivo.

A cerca prateada em frente à fileira de campos de futebol passa tremeluzindo.

Enquanto Karin dirige, Andrej continua falando com o operador da central. Receberam diversas ligações relativas a um distúrbio, bem como a disparos de arma de fogo.

Ela está dirigindo um pouco rápido demais; quando chegam à rotatória seguinte, os pneus perdem a aderência na curva à esquerda.

A viatura desliza pelos pedriscos soltos do asfalto e vai parar na calçada, raspando uma placa que indica a direção da igreja de Enskede.

— Vai com calma — Andrej murmura.

Karin não responde, apenas pisa no acelerador novamente enquanto passam pela borda do parque Margareta.

Pássaros alçam voo de uma lata de lixo.

A grama do parque está marrom por causa do inverno, e as árvores desfolhadas lançam sombras sobre a trama de trilhas.

Avistam o telhado da escola acima dos edifícios ao redor, e Karin desliga a sirene. Ela vira à direita na rua Mittelvägen, diminui a velocidade e para bem na frente do portão de entrada.

Eles saem do carro e verificam as armas e os coletes à prova de balas. Karin tenta controlar a respiração.

As folhas marrons que se acumularam na base de uma escada de incêndio caracol farfalham ao vento.

Andrej confirma que chegaram à cena do crime. Karin observa enquanto ele ouve as instruções e meneia a cabeça antes de encerrar a chamada.

— O operador disse para termos cuidado — ele diz, olhando-a nos olhos.

— Cuidado? Eu nunca tinha ouvido isso antes — ela responde, sem conseguir invocar um sorriso.

— Quem deu esse conselho foi o mesmo colega que passou o alerta.

— Cuidado — ela repete em voz baixa.

Ela olha para a construção térrea que abriga o clube de atividades extracurriculares da escola, espremido em uma lacuna entre os edifícios escolares muito mais altos dos dois lados. As paredes de tijolos foram pintadas de amarelo, e há musgo crescendo no telhado de telhas vermelhas.

É possível ver luzes acesas atrás das cortinas, mas não há ninguém à vista.

Tudo está quieto.

— Vamos entrar e dar uma olhada — Andrej diz.

Com as pistolas em punho, eles correm pela calçada larga e se esgueiram ao longo da parede em direção à porta vermelho-escura.

Andrej abre a porta e Karin dá alguns passos para dentro do vestiário.

No chão há uma grande caixa de plástico com roupas descartadas. Pares de botas e tênis estão alinhados ao lado de uma secadora.

Andrej passa por Karin e gesticula apontando para a porta seguinte; ela o segue até um salão repleto de mesas com tabuleiros de xadrez e gamão.

As cortinas de todas as janelas estão fechadas.

O único som é o farfalhar dos uniformes e o barulho das botas dos policiais a cada passo que dão no piso de PVC enquanto se movem entre as mesas baixas.

A porta de um dos banheiros na outra extremidade do salão está fechada.

Eles se detêm.

Ouvem uma série de estalidos borbulhantes.

Karin troca um olhar com Andrej, e ele imediatamente se desloca para o lado. Ela se aproxima da porta do banheiro, pensando na insólita recomendação para tomar cuidado, e percebe que está tremendo ao estender a mão para empurrar a maçaneta.

42

Com um empurrão brusco, Karin abre a porta, recua um passo e aponta a pistola penumbra adentro. Antes que tenha tempo de enxergar qualquer coisa, porém, a porta se fecha.

Karin dá um passo adiante e abre a porta novamente.

Não há ninguém.

A torneira está aberta e um fio de água escorre pelo ralo com um ruído suave.

— Cadê todo mundo? — Andrej sussurra atrás dela.

Eles seguem até o refeitório. Há três mesas circulares bem espaçadas. Sobre uma delas veem um copo de milk-shake de chocolate e um prato com a metade de um sanduíche.

Karin localiza um sapato no chão entre as mesas e cadeiras, perto da porta entreaberta que dá acesso à cozinha.

Andrej vai até a janela, afasta a cortina e olha para fora. Não há sinal da Unidade de Resposta Rápida, mas uma van branca parou no final do quarteirão.

— Tem uma van mais adiante na rua — ele diz baixinho.

Karin olha para a pistola na mão, afasta uma cadeira do caminho e se aproxima do colega.

Ela se detém e olha de novo na direção da cozinha.

Entrevê um pé descalço entre as mesas.

— Andrej — ela diz com voz tensa.

Ela se vira e atravessa correndo o refeitório, a pulsação acelerada.

No vão da porta da cozinha há uma mulher corpulenta caída de bruços, completamente imóvel. A porta de correr está semicerrada, de modo que apenas a metade inferior do corpo é visível.

Os dois pés da mulher estão descalços.

Seus calcanhares são rosados, as solas dos pés rugosas e quase brancas.

Karin olha para o jeans desbotado e os bolsos de trás franjados na bunda avantajada da mulher.

Ela veste uma blusa com listras horizontais da grife Marimekko, apertada nas costas.

Apontando a pistola para a cozinha, Karin estende a outra mão e lentamente desliza a porta até abri-la por completo.

Engole em seco quando, em vez de encontrar o cabelo e a nuca da mulher, dá de cara com o rosto dela.

A cabeça da vítima foi torcida para trás com força descomunal.

O pescoço foi quebrado com tanta brutalidade que os ligamentos se romperam e o tecido mole entre a primeira e a segunda vértebras foi esmagado.

— Mas o que foi que aconteceu aqui? — Andrej sussurra.

— Verifique o próximo cômodo — Karin diz, com voz desnecessariamente alta.

O rosto da mulher está lívido, os lábios fechados, os olhos arregalados e o nariz vertendo sangue.

Karin mantém a pistola apontada para a cozinha enquanto se agacha para apalpar o pescoço da mulher.

O corpo está frio, ela deve estar morta há horas.

Os pensamentos giram em turbilhão na cabeça de Karin. O alarme soou tarde demais, de nada adianta a polícia montar barreiras e bloqueios nas estradas, e eles já não precisam do reforço da Unidade de Resposta Rápida.

Karin se levanta e já está entrando na cozinha destruída quando ouve Andrej chamá-la. Ela se vira, passa pela mulher morta e acidentalmente tropeça numa cadeira, que se choca com estrondo contra a mesa.

Andrej está na penumbra da sala de dança e ioga. As cortinas estão fechadas pela metade, e o brilho rosado de uma luminária decorativa incide sobre um violão pendurado na parede.

Um globo espelhado gira no teto, fazendo minúsculos reflexos deslizarem pelas paredes.

Karin segue o olhar fixo de Andrej e olha para o canto mais distante.

Um homem com barba preta cheia e sobrancelhas grossas está sentado em um tapete de ioga, inclinado contra uma cadeira de espaldar de ripas. Sua cabeça foi esmagada. A testa foi afundada pelo menos cinco centímetros, e sangue escuro cobre o rosto deformado e o peito da vítima.

Andrej murmura que eles chegaram tarde demais e sai da sala.

Karin permanece imóvel. Apenas escuta a própria pulsação acelerada latejando nos ouvidos.

Embora seja evidente que o homem está morto, ela se aproxima e leva a mão ao pescoço dele.

Limpa a mão na calça e começa a caminhar de volta para o vestiário.

Quando sai para o ar frio do lado de fora do prédio, Andrej está sentado em um banco junto a uma mesa de madeira escura.

Ouvem sirenes ao longe. Mais adiante rua abaixo, um homem tatuado descarrega uma pesada mangueira de dentro de uma van.

— Ele matou os funcionários e levou a menina — Andrej diz sem olhar para Karin.

— É o que parece — ela responde. — Você já comunicou a central?

— Vou fazer isso agora.

Enquanto Andrej fala com o superior imediato, Karin vai até o carro e pega o rolo de cordão de isolamento. Amarra uma das extremidades da fita plástica na escada de incêndio e circunda o galpão e as árvores, depois envolve todo o prédio e começa a fazer algumas anotações de registro da ocorrência.

O clarão amarelo dos postes de luz ilumina as folhas no asfalto. Nessa época do ano, as lâmpadas das ruas ficam acesas quase vinte e quatro horas por dia.

A primeira ambulância entra na Mittelvägen, sobe na calçada, passa pela viatura da polícia e para em frente ao cordão de isolamento.

Karin vai até lá e explica a situação aos paramédicos. Eles a acompanham para dentro do prédio e examinam o primeiro corpo.

Depois seguem juntos até a sala de dança e ioga pouco iluminada.

Karin se detém no meio da sala e se põe a observar enquanto os paramédicos se agacham ao lado do homem morto. Os reflexos do globo espelhado brincam no rosto e na barba do cadáver.

— Vamos buscar a maca — um dos paramédicos diz com voz pesada.

Karin vai até a janela a fim de abrir uma das cortinas para deixar entrar a luz do poste da rua.

Assim que puxa a cortina, tem um sobressalto tão violento que sua cabeça instantaneamente se enche de adrenalina.

A pulsação lateja em seus ouvidos.

Há uma menininha parada ali, completamente imóvel, com as mãos crispadas sobre a boca e os olhos fechados por trás de óculos de lentes grossas.

— Oh, querida — Karin consegue dizer.

A menina devia estar escondida atrás da cortina havia muitas horas. Quando Karin toca com delicadeza em seu ombro, ela abre os olhos e cambaleia.

— Não precisa ficar com medo agora, ele já foi embora — Karin diz.

Os lábios da menina estão brancos e ela parece exausta. De repente, suas pernas cedem e ela desmorona no chão. Karin se ajoelha e segura a criança, sentindo o corpo tenso e trêmulo.

— Posso carregar você?

Com muito cuidado, pega a menina no colo e sai da sala de dança. Ela a segura de forma que não possa ver nem o homem morto nem o cadáver da mulher na entrada da cozinha.

— Quem esteve aqui? Você viu quem foi? — a policial pergunta enquanto caminham entre as mesas.

A menina não responde. Karin sente o hálito quente e úmido dela contra seu ombro, e, aos sussurros, diz que ela não precisa ter medo agora.

Combinam que Andrej vai esperar a chegada dos detetives e da equipe de peritos forenses enquanto Karin acompanha a criança na ambulância. A policial se senta ao lado da menina, segura sua mão e mais uma vez pergunta de quem ela estava se escondendo — mas a menina não responde, apenas aperta com força a mão de Karin. Suas pálpebras estão semicerradas, como se estivesse prestes a cair no sono.

43

Lars-Erik Bauer acorda com a sensação de ter sido atropelado por um caminhão. Alguma coisa está muito errada, mas seu cérebro está lento e não consegue processar as informações dos sentidos.

Está frio, ele está deitado, e o chão parece tremer embaixo dele.

Um momento antes de abrir os olhos, ele pensa no estranho telefonema de Kristina.

Ela parecia diferente.

Algo acontecera.

Ele jamais ouviu uma voz tão solitária. Ela deve ter pedido desculpas pelo menos dez vezes, dizendo que a bateria do carro estava completamente descarregada.

Ela dera uma carona ao filho até o aeroclube de Barkarby, ao sul da reserva natural de Järvafältet. No caminho de volta, no meio da floresta, a bateria arriou e o carro morreu.

Ela tentou ligar para diferentes serviços de assistência, mas não obteve resposta, e no fim das contas simplesmente se trancou dentro do carro, com medo de andar pela floresta.

Se ele fosse imediatamente com seus cabos para chupeta, teria tempo de sobra para voltar e preparar o chá de Pellerina na hora certa.

Na realidade, eles tinham marcado seu primeiro encontro para a semana seguinte; Lars-Erik já reservara uma mesa no restaurante de peixes e frutos do mar Wedholms Fisk.

Lars-Erik geme quando suas costas recebem um violento golpe.

Ele abre os olhos, pisca e vê a lua cheia que cintila acima das copas das árvores passar feito um flash.

É como um sonho.

Sua mandíbula se fecha abruptamente no instante em que a cabeça atinge algo duro.

Ele não consegue entender o que se passa. Está sendo arrastado em cima de uma lona ao longo de uma trilha em uma floresta de pinheiros. Sua cabeça e suas costas batem sem parar em pedras e raízes.

Ele não consegue mover as mãos nem as pernas e percebe que foi drogado. Sua boca está seca e ele não tem ideia de quanto tempo ficou inconsciente.

Seus olhos se fecham mais uma vez; ele não consegue mantê-los abertos.

Pensa nos efeitos dos gases anestésicos que costumavam ser muito usados, como o halotano, combinados com opioides e overdoses de relaxantes musculares injetados na coluna vertebral.

Anestesia imediata e paralisia prolongada.

Deve ter sido uma armadilha.

Kristina o enganou, despertou seu interesse e o atraiu para a floresta.

A última coisa de que se lembra é de estacionar o carro na estrada escura.

Os faróis apontavam para o carro de Kristina na estradinha de cascalho. As árvores ao redor e a vegetação rasteira da valeta pareciam um cinzento cenário de teatro.

Naquele momento Pellerina lhe enviou a foto de uma pintura que ela havia feito na escola, e ele ligou para ela e disse que era um lindo cachorro.

Parecia um caroço marrom com quatro patas.

Pelo retrovisor, ele viu alguém se aproximar por trás do carro enquanto Pellerina explicava que era um cavalo, não um cachorro, e que o nome dele era Silver.

Um vulto vestindo um poncho de chuva preto veio se aproximando rápido por trás do carro e se avermelhou no brilho das luzes traseiras.

Lars-Erik abriu a porta, mas não se lembra do que aconteceu depois disso.

Ele se lembra da grama alta da beira da estrada se dobrando sob a porta do carro quando ele a abriu.

Um recibo de estacionamento caiu do painel quando a corrente de ar entrou no veículo.

Em seguida, o som fraco de vidro contra vidro.

Ele perde a consciência outra vez e só volta a si quando a pessoa que o está arrastando pela floresta para e solta a lona.

A cabeça de Lars-Erik cai pesada no chão.

Ele olha para a lua e para as copas das árvores negras que circundam a clareira.

Tudo está frio e silencioso.

Ele abre a boca e tenta falar algo, mas não tem voz. A única coisa que consegue fazer é permanecer deitado de costas, respirando o cheiro do musgo e da terra úmida.

Seus dedos do pé estão coçando e formigando.

Ele esboça uma tentativa de se mover, mas o corpo não obedece. O máximo que consegue fazer é virar ligeiramente a cabeça para o lado.

Passos se aproximam no solo macio.

Ele olha para as árvores.

Um galho se quebra, e em seguida ele vê um homem magro que vem percorrendo o caminho.

Lars-Erik tenta pedir ajuda, mas nenhum som sai.

O vulto passa por cima de uma árvore caída e se torna visível ao luar.

Seu rosto magro é encarquilhado, coberto por uma rede de rugas.

O homem passa por Lars-Erik, muito perto, sem nem sequer olhar para ele, então estaca de repente em algum lugar fora de seu campo de visão e volta.

Ele está rolando um grande barril de plástico.

Lars-Erik tenta dizer ao homem para buscar ajuda. Mas o som que sai de sua boca não é mais alto que um sussurro.

Com cuidado, o homem ergue os pés de Lars-Erik e os enfia pela abertura do barril, que em seguida puxa por cima de suas pernas até os quadris.

Lars-Erik não consegue se mover. Só lhe resta jogar a cabeça prostrada de um lado para o outro, em direção às árvores mudas e escuras.

O velho não diz nada e não o olha nos olhos. É evidente que está apenas fazendo um trabalho. Com movimentos bruscos, ele enfia a metade inferior do corpo de Lars-Erik no barril.

Ele maneja Lars-Erik como se fosse um animal abatido, uma carcaça.

Com um violento puxão, o homem levanta o barril, e as pernas de Lars-Erik cedem. Ele desmorona no barril, afundado até as axilas. Sua camisa desliza para cima e ele corta a barriga nas arestas afiadas do plástico.

Ele ainda não consegue entender o que está acontecendo.

O velho tenta empurrá-lo mais para o fundo do barril.

Ele se mostra inesperadamente forte, mas é impossível: seus braços estão pendurados e metade de seu corpo ainda está acima da borda.

O homem dá alguns passos para o lado e volta com uma pá.

Agora Lars-Erik percebe um buraco fundo no chão próximo ao barril. Na grama ao lado dessa cova há um rolo de plástico e um balde contendo um líquido branco.

O homem magro caminha até ele novamente, levanta a lâmina da pá e o golpeia com força no ombro.

A bordoada quebra a clavícula esquerda de Lars-Erik, que urra de dor. Ele respira com dificuldade pelo nariz e lágrimas lhe escorrem pelo rosto.

O homem joga a pá no chão e se inclina sobre ele.

A dor é tão intensa que a visão de Lars-Erik esmaece quando o homem espreme seu ombro de modo a fazê-lo passar pela borda do barril. Seu braço direito está esticado para cima, mas o homem o dobra atrás da nuca, depois empurra sua cabeça para baixo e tampa o barril.

O velho balança o barril algumas vezes até tombá-lo. Depois o rola para dentro do grande buraco.

Com o impacto, Lars-Erik desmaia. Quando recobra os sentidos, ouve um ruído ressonante, como um pesado aguaceiro.

Depois de alguns momentos, percebe que o homem levantou o barril no fundo do buraco e começou a enchê-lo de terra. O barulho se torna cada vez mais distante, até parar por completo.

O ar úmido dentro do barril cheira a plástico, e não há oxigênio suficiente.

O corpo dele ainda está paralisado; em pânico, ele tenta girar a cabeça e vê um pontinho luminoso na lateral do barril.

Lars-Erik olha fixamente para a luz e percebe que é o luar brilhando através de um tubo para a passagem de ar na tampa.

Seu ombro contorcido e sua clavícula quebrada latejam de dor. Seus dedos estão enregelados, sua circulação sanguínea não consegue chegar até eles.

Lars-Erik se dá conta de que foi enterrado vivo.

44

Saga passa em disparada pela entrada de ambulâncias do Hospital Södermalm, encosta rente à calçada e desce do carro de Nathan sem fechar a porta. Dribla macas e carrinhos de bebê largados pelo caminho e segue direto para o pronto-socorro infantil, depois de dar de cara com um sapo de plástico verde de um metro de altura.

A sala de espera está lotada de bebês chorando e jovens pálidas. Há folhetos informativos espalhados pelo chão. Um homem está às voltas com uma acalorada discussão ao telefone.

Jurek agiu de manhã bem cedo, trinta minutos depois de Saga deixar Pellerina no clube de atividades extracurriculares e partir para a balsa com destino a Högmarsö.

Ele teve muito tempo.

Ele matou os funcionários do clube, o diretor e a professora auxiliar de educação especial.

Os policiais que foram os primeiros a chegar à cena do crime encontraram Pellerina escondida atrás de uma cortina.

Se Saga não tivesse instruído a irmã sobre como se esconder e ficar em completo silêncio, Jurek Walter a teria raptado.

Ela nunca mais veria a irmãzinha.

Ignorando o sistema de filas, Saga vai direto ao guichê de atendimento, mostra sua identificação policial e pede para ver Pellerina Bauer.

A irmã está em uma das salas de emergência.

Saga começa a correr ao longo do corredor, empurrando para fora do caminho um carrinho de utensílios de limpeza.

O esfregão tomba e ela ouve o cabo bater no chão.

Cadeiras de rodas, suportes para soro e carros macas com colchões azuis estão alinhados ao longo de uma parede.

Uma enfermeira está empurrando um carrinho de emergência.

Saga diminui a velocidade ao se aproximar do policial uniformizado de vigia diante da última porta antes do elevador B.

— Você está sozinho? — ela pergunta, mostrando a identificação policial.

— Sim — o homem responde, sem tirar os olhos dela.

— Mas que p...? — Ela suspira e entra.

A iluminação no ambulatório apertado e sem janelas é suave. Pellerina está sentada na cama com um cobertor amarelo sobre os ombros.

Na mesinha de cabeceira ao lado há um copo de suco e um sanduíche de queijo em um prato de papel.

Saga se lança sobre ela e a abraça. Com a irmã aninhada nos braços, ela permite, pela primeira vez, que o alívio a invada. Aperta o rosto contra o cabelo emaranhado de Pellerina.

— Vim o mais rápido que pude — ela diz.

As irmãs permanecem um bom tempo abraçadas; por fim Saga olha para Pellerina, obriga-se a sorrir e acaricia seu rosto.

— Como você está se sentindo?

— Tudo bem — a menina responde, séria.

— De verdade? — Saga sussurra, lutando para conter as lágrimas.

— Podemos ir pra casa com o papai agora?

Saga engole em seco. Ela continua precisando refrear seus próprios pensamentos, forçando-se a não imaginar o que pode ter acontecido com o pai.

— Você sentiu medo?

Pellerina faz que sim com a cabeça e olha para baixo, tira os óculos e cutuca o canto de um olho. Seus cílios claros lançam pequenas sombras sobre as bochechas redondas.

— Eu posso entender — Saga diz, afastando um pouco do cabelo da testa da irmã.

— Eu me escondi atrás da cortina e fiquei quietinha que nem um rato — Pellerina sorri e coloca de novo os óculos.

— Isso foi muito inteligente — Saga diz. — Você viu quem era?

— Um pouco, antes de fechar os olhos... Era um homem, mas foi muito rápido.

Saga sente o coração acelerar e olha para a porta.

— A gente precisa ir agora. Algum médico já examinou você?

— Ela volta logo.

— Há quanto tempo você está esperando?

— Não sei.

Saga aperta o botão de alarme e depois de algum tempo aparece um enfermeiro, um homem de meia-idade de óculos e uma barriga protuberante.

— Quero que um médico dê uma olhada nela antes de irmos embora — Saga diz.

— A dra. Sami estará aqui assim que puder — o homem responde, com a paciência já no limite.

— Pellerina só tem doze anos, e não sei quanto tempo vocês já a fizeram esperar até agora.

— Compreendo que seja uma situação lamentável, mas temos que priorizar os casos mais graves. Tenho certeza de que você pode...

— Escuta aqui — Saga o interrompe bruscamente. — Você não está em posição de avaliar a urgência deste caso.

Ela mostra a identificação policial ao homem, que examina cuidadosamente o documento e o devolve.

— Esta criança é uma prioridade — Saga diz.

— Posso pedir ao médico da triagem para vir e fazer uma nova avaliação...

— Não há tempo para isso. Basta chamar qualquer porra de médico que seja qualificado.

O homem não responde, apenas sai agitado do ambulatório.

— Por que você está tão furiosa? — Pellerina pergunta.

— Eu não estou furiosa, eu realmente não estou, você sabe que às vezes pareço furiosa quando fico estressada.

— Você falou um palavrão.

— Eu sei, eu não deveria ter feito isso, foi muito bobo da minha parte.

Depois de algum tempo, elas ouvem vozes do lado de fora, e em seguida entra uma médica, uma mulher miúda de olhos castanho-claros.

— Soube que você queria falar comigo — ela diz com cautela.

— Basta examinar a menina — Saga rebate, impaciente.

— Não entendo. — A médica sorri.

— Não podemos ficar aqui, estamos com pressa, mas primeiro quero ter certeza de que ela está bem.

— Não vou impedir a senhora, contanto que prove que é a guardiã legal dela.

— Apenas faça o que estou dizendo!

O policial entra, com a mão no coldre.

— O que está acontecendo aqui?

— Vigie a porta! — Saga vocifera. — Não saia da frente daquela porta, e pelo amor de Deus feche seu colete à prova de balas!

O policial não arreda pé.

— Que tipo de ameaça estamos esperando?

— Não tenho tempo para explicar... E na verdade não faz diferença, você não teria a menor chance de qualquer modo — ela diz, e tenta se acalmar.

Saga olha a médica nos olhos e dá alguns passos em sua direção, tentando falar baixo para que Pellerina não escute.

— Ouça, eu trabalho para a Polícia de Segurança, sou superintendente operacional e preciso colher o depoimento dessa menina em um lugar seguro... É possível que ela tenha testemunhado um duplo homicídio, e é bastante provável que o assassino venha atrás dela... Acredite em mim, você não quer nós duas neste hospital mais do que o necessário. Vamos embora assim que você terminar. Ela foi operada por conta de uma condição cardíaca, a tetralogia de Fallot... Sei que você fez um eletrocardiograma, mas preciso saber se ela está mostrando qualquer sinal de trauma sério.

— Eu compreendo — a médica diz, os olhos escuros de tensão.

Enquanto a médica conversa com Pellerina, Saga sai do ambulatório, verifica o corredor e olha na direção da entrada do hospital, esquadrinhando as pessoas que esperam do outro lado do vidro na recepção.

Sua avaliação imediata foi que o sacristão estava morto havia duas semanas, mas os prazos de validade da comida na geladeira sugerem que ele foi enterrado na cova mais de quatro meses antes.

Castor é o cúmplice escolhido por Jurek. Ela até havia cogitado a ideia, mas considerou aquilo impossível.

Agora sabe que Joona estava certo o tempo todo.

Castor ficou na capela, de olho na cova, mantendo o sacristão vivo. Quatro meses dentro de uma cova, Saga pensa.

E agora Jurek levou o pai dela.

Ela tenta ligar mais uma vez para Lars-Erik, mas o celular dele continua desligado.

Saga emite um alerta notificando o desaparecimento do carro do pai; em seguida, liga para a Polícia de Segurança e pede a um dos especialistas do suporte técnico que rastreie o celular dele.

Enquanto fala ao telefone, Saga vê um homem magro entrando pela porta. Ela encerra a ligação e, cautelosa, saca a pistola. Só quando tem certeza de que não é Jurek ela desliza a arma de volta para o coldre.

Saga olha de relance para o outro lado do corredor; em seguida, pega novamente o celular e liga para a linha direta de Carlos Eliasson na Unidade Nacional de Operações.

— Jurek Walter está de volta — ela diz, sem rodeios.

— Eu soube do que aconteceu na escola da sua irmã.

— Ela precisa de um apartamento seguro imediatamente — Saga diz, mais uma vez olhando para a entrada do hospital.

— Não podemos providenciar isso, não é assim que as coisas funcionam; a unidade de segurança pessoal precisa primeiro realizar uma avaliação. Não basta estar preocupada, você sabe disso. As mesmas regras se aplicam a todos.

— Então vou tirar uma licença, preciso encontrar um lugar pra me esconder.

— Saga, você está começando a falar como um certo superintendente com sotaque finlandês...

— Valéria — ela o interrompe, levantando a voz. — Ela recebeu proteção? Me diga que ela está sob proteção policial!

— Não há ameaça tangível — Carlos responde, com paciência.

— Ela precisa de proteção! Isso é responsabilidade sua, caramba... Quer saber de uma coisa? Cale a boca, Jurek está de volta, é isso que está acontecendo.

— Saga, ele está morto. Você mesma o matou, depois você encontrou o...

— Apenas se certifique de que a Valéria receba proteção — Saga o interrompe e encerra a ligação.

Ela perscruta mais uma vez o corredor enquanto a cabeça gira em um turbilhão de pensamentos. Joona tinha razão o tempo todo, e ela e Nathan Pollock perderam um tempo valioso com uma distração. Joona levou a ameaça a sério; ele tinha uma rota de fuga preparada e conseguiu salvar a si mesmo e à filha.

O policial que está de vigia na porta olha para Saga com perplexidade quando ela entra de novo no ambulatório.

A médica aperta a mão de Pellerina e vai falar com Saga.

— É uma menina adorável, muito inteligente.

— Ela é, não é mesmo? — Saga diz, com um terrível peso no peito.

— Não há nada de errado com o coração dela — a médica continua. — Mas Pellerina passou por um susto terrível. Não creio que tenha visto a violência, ao que parece ela manteve os olhos fechados o tempo todo... É um pouco difícil saber, mas ela não mostra sinais de dissociação ou desorientação, e não tem problemas psicomotores.

— Obrigada.

— Eu recomendo que ela consulte um psicólogo, porque vai precisar falar sobre o que aconteceu.

— Claro.

— Se ela começar a ficar ansiosa ou tiver problemas para dormir, você terá que voltar. Às vezes...

— Ótimo — Saga interrompe a médica e vai até Pellerina.

Ela rapidamente envolve a irmã com o cobertor amarelo e a pega no colo, passa pela médica no corredor e ordena que o policial as acompanhe até o carro.

Acomoda Pellerina no banco de trás, aperta o cinto de segurança e agradece ao policial.

Enquanto dirigem para longe dali, Saga pensa que deveriam rumar para o norte, para algum lugar sem conexões com ela. Ela pode encontrar algum chalé de verão isolado, arrombar a porta e se esconder lá com a irmã. Podem ficar nesse esconderijo enquanto a polícia faz seu trabalho. Mas primeiro ela precisa arranjar um celular novo, para não ser localizada.

Saga encosta no meio-fio na região de Skanstull e está procurando na internet o endereço de lojas que vendem aparelhos usados quando recebe uma ligação de Carlos.

— Saga — ele diz com uma voz entrecortada. — Enviei um de nossos carros para verificar Valéria e... Não sei como dizer isso, mas ela sumiu, foi levada... Encontramos os restos mortais de um homem em um carro carbonizado, há sangue por toda parte, as estufas estão destruídas...

— Você montou bloqueios nas estradas? — ela pergunta, quase num sussurro.

— É tarde demais para isso, aconteceu há vários dias... Deveríamos ter lidado com isso de forma diferente.

— Sim.

— Providenciei um apartamento seguro para sua meia-irmã — Carlos diz, concluindo a conversa.

45

Valéria torce o corpo um pouco para o lado a fim de aliviar a pressão nos calcanhares e ombros feridos.

Como antes, a tampa baixa do caixão a impede de se mover muito. Ela é obrigada a se deitar de costas novamente.

A escuridão é total, e há muito ela perdeu a percepção do tempo.

A dor na coxa onde levou uma mordida foi horrivelmente intensa no início.

Ela urinou na própria roupa duas vezes, mas agora está quase seca.

Não pensa na fome, mas está morrendo de sede; sua boca está completamente ressecada.

De tempos em tempos ela pega no sono e dorme por cerca de uma hora, talvez menos. Não há como saber. Em uma ocasião, ouviu um som surdo e os gritos distantes de outra mulher.

Está tão frio que ela se sente dentro de uma geladeira. Consegue manter os dedos das mãos aquecidos, mas os dos pés estão dormentes.

Por trás do cheiro doce do caixão de madeira, ela detecta o odor úmido de terra.

Parou logo de gritar pedindo ajuda, quando percebeu que Jurek Walter era o responsável pela situação, exatamente como Joona previra.

Ela foi enterrada viva.

Isso é obra de Jurek, e o homem parrudo que foi até sua estufa é o novo cúmplice dele.

Um homem de força e agressividade medonhas.

Ela já tinha perdido as galochas quando ele a agarrou por um dos tornozelos e a puxou para as entranhas da floresta. Sua capa de chuva escorregou para cima do corpo e se arrastou atrás dela feito um manto. Quando ficou presa em um galho, o homem parou e a rasgou.

Ele jogou Valéria dentro do porta-malas de um carro e dirigiu por uma estrada acidentada.

Valéria usou as mãos feridas para tentar abrir o compartimento, mas perdeu o equilíbrio quando o carro deu uma guinada brusca.

A mordida na coxa estava sangrando.

Ela tentou outra vez, mas era impossível.

De repente ela se lembrou do que Joona lhe disse sobre situações como aquela. Às vezes ele contava sobre o treinamento que dera à filha em Nattavaara.

O macaco, Valéria pensou.

Quase sempre há um macaco no porta-malas de um carro.

Na escuridão, Valéria passou a mão sobre o carpete, encontrou os parafusos de fixação do friso, soltou-os, conseguiu se mover para o lado e abrir o painel. Tateou a borda do pneu sobressalente, apalpando uma chave de roda e um triângulo de emergência antes de encontrar uma bolsinha de náilon contendo o macaco.

Ela posicionou o macaco o mais próximo possível do trinco e, em seguida, usou os dedos para girar a extremidade do suporte no sentido horário até alcançar a tampa do porta-malas, então fixou a alavanca.

O carro deu uma guinada e ela caiu por cima de um ombro, mas conseguiu segurar o macaco no lugar e começou a girar a alavanca.

O porta-malas era tão apertado que a cada volta ela arranhava os nós dos dedos.

O metal começou a chiar enquanto a tampa era forçada para cima, mas o carro parou abruptamente.

Ela continuou a girar a alavanca o mais rápido que podia, porém desistiu quando o motor foi desligado e a porta do motorista se abriu.

Ela tateou à procura de algum objeto que pudesse usar como arma, pegou a chave de roda e, assim que o porta-malas se abriu, atacou. Mas o homem estava preparado: agarrou e jogou para longe a chave de roda, puxou o cabelo dela para trás e pressionou um pano gelado sobre sua boca e nariz.

Quando voltou a si, estava no breu. Pediu ajuda, tamborilou os dedos para simular um pedido de sos em código Morse, procurou por qualquer coisa que pudesse usar para abrir o caixão, empurrou as mãos e os joelhos para cima e para os lados com todas as forças, mas o máximo que ouviu foi um leve rangido na madeira.

Ela aquece os dedos sob as coxas e cochila, mas a dor dos ferimentos nos calcanhares a faz acordar e ela tenta mexer os pés.

De repente, ouve um baque surdo acima dela, depois um arrastar pesado. Seu coração começa a bater mais rápido quando ela escuta vozes. Não consegue entender direito as palavras, mas há um homem e uma mulher discutindo.

Valéria pensa que a encontraram e começa a pedir ajuda; em seguida, ouve um súbito estrondo quando alguém pisa no caixão.

— Pelo amor de Deus, porra, ela precisa de água, senão vai morrer hoje, talvez amanhã — o homem diz.

— Mas é perigoso — a mulher diz com uma voz agitada. — É muito...

— A gente consegue fazer isso — o homem a interrompe.

— Eu vou bater nela se ela tentar sair — a mulher diz. — Vou rachar a cabeça dela!

A luz repentina queima os olhos de Valéria quando o caixão se abre. Ela semicerra os olhos e vê um homem e uma mulher acima dela.

Valéria está deitada sob o piso de uma sala com cartazes de touradas nas paredes.

Alguém abriu aquele buraco serrando as tábuas do assoalho e a camada de isolamento.

O homem aponta um rifle de caça para Valéria e a mulher empunha um machado. Parecem perfeitamente comuns, como vizinhos, ou o tipo de pessoa que se vê no supermercado. O homem tem um bigode loiro e olhos ansiosos; o cabelo da mulher está preso em um rabo de cavalo e ela usa óculos de armação cor-de-rosa.

— Por favor, me ajudem. — Valéria engasga, pondo uma das mãos na borda do caixão.

— Fique aí! — o homem ordena.

O caixão está encaixado no piso técnico, o vão por baixo da casa que se acessa para reparos no sistema hidráulico ou elétrico. Valéria está fraca, mas tenta se sentar. O homem acerta o rosto dela com a coronha do rifle. A cabeça de Valéria tomba para trás, porém ela continua segurando a borda do caixão.

— Fique onde está, sua vadia! — o homem rosna. — Vou meter bala em você, tá ouvindo? Vou meter bala em você!

— Por que estão fazendo isso? — Valéria pergunta entre soluços.

— Deita!

Sangue morno escorre pelo seu rosto. Valéria levanta uma das mãos e agarra o chão. A mulher desfere uma machadada, mas Valéria recolhe a mão antes de a lâmina abrir um talho profundo na tábua do assoalho.

O homem a empurra no peito com o cano do rifle e ela cai para trás dentro do caixão, batendo a cabeça no fundo.

Valéria teve tempo de ver as grossas correias no chão ao lado do caixão. São do mesmo tipo que ela usa no viveiro de plantas, e ela sabe que os guinchos resistem a uma tração de dez toneladas.

— Dá água pra ela — a mulher diz com voz firme.

Valéria está ofegante, sabe que precisa estabelecer contato com eles, que não pode ficar histérica.

— Por favor, eu não entendo...

— Cala a boca!

Uma adolescente munida de um pedaço de madeira se aproxima do caixão. Com uma expressão de terror no olhar, ela joga uma garrafa plástica de água no caixão; depois, com o pé, fecha a tampa.

46

Pellerina foi imediatamente incluída no programa de proteção policial, com o mais alto nível de segurança que o Estado era capaz de oferecer.

Saga comprou dois celulares pré-pagos usados e adicionou ambos os números à lista de contatos dos aparelhos para que ela e Pellerina possam se comunicar.

Certificando-se de que não estava sendo seguida, ela dirigiu pelo distrito de Stora Essingen antes de ir para o bairro de Kungsholmen e seguir até o estacionamento no subsolo do parque Rådhusparken, onde parou ao lado de uma van preta com vidros cobertos por insulfilm.

As lentes de todas as câmeras de segurança já estavam cobertas.

Saga saiu do carro, deu a volta e apertou a mão da guarda-costas, uma agente loira e alta.

— Meu nome é Sabrina.

— O nível de ameaça é altíssimo — Saga disse. — Não confie em ninguém, e não revele o endereço a quem quer que seja.

Saga foi buscar Pellerina, despediu-se rapidamente e prometeu ir vê-la assim que possível; em seguida, abriu a porta da van e afivelou o cinto de segurança da irmã.

— Eu quero o meu celular — Pellerina disse quando Saga deu a ela o aparelho usado.

— Eu levo pra você quando for te visitar. Ele está quebrado e preciso mandar consertar — Saga mentiu.

Através dos óculos de lentes grossas, Pellerina olhou para ela com uma expressão de desamparo e começou a chorar.

— Eu era muito cuidadosa com ele.

— Não foi culpa sua — Saga disse, enxugando as lágrimas do rosto da irmã.

Como já esteve envolvida em operações de segurança pessoal

antes, Saga sabe que o apartamento que a polícia disponibilizou para Pellerina fica na rua P O Hallmans, número 17, e tem um avançado sistema de segurança, com portas reforçadas e janelas blindadas.

Saga volta para o carro de Nathan e observa a van dar marcha a ré e desaparecer depois de passar pelo portão sanfonado e subir a rampa.

No caminho entre Högmarsö e o Hospital Södermalm, Saga já fez três ligações para o departamento de TI e telecomunicações da Polícia de Segurança. Estão tentando rastrear o celular do seu pai, mas o aparelho não pode ser ativado remotamente e não está emitindo qualquer tipo de sinal. A última vez que Lars-Erik o usou foi quando falou com Pellerina na aula de pintura, e nesse ponto o sinal foi captado por uma estação-base de dados móveis em Kista.

Ela sabe que estão tentando obter informações de outras torres de telefonia para tentar triangular o sinal e identificar com maior precisão a localização do pai no momento do telefonema.

Apesar de saber que não vai adiantar nada, Saga continua tentando ligar para ele. Os infinitos toques sem resposta são como uma sombria lembrança da noite em que sua mãe morreu.

As ligações caem todas na caixa postal e ela encerra as chamadas antes de ouvir a mensagem formal; em seguida, liga para Nathan Pollock.

Ele ainda está em Högmarsö com a equipe forense. O vento forte distorce sua voz.

— Como está Pellerina? — ele pergunta.

— Ela vai ficar bem, está em um local seguro agora — Saga responde, engolindo o nó na garganta.

— Que bom.

— Ela teve sorte.

— Eu sei, é incrível — Nathan diz.

— Mas Jurek está com meu pai — ela sussurra.

— Vamos torcer para que não seja o caso — Nathan diz.

— Eu sei que ele pegou meu pai e Valéria.

Ela respira fundo, limpa a garganta e aperta uma das mãos contra os olhos. Lágrimas queimam por trás das pálpebras.

— Me desculpe — ela diz num fiapo de voz. — É muito difícil de aceitar, embora eu tenha sido avisada.

— Nós vamos resolver isso — Nathan diz. — Precisamos nos concentrar em...

— Eu tenho que procurar meu pai — ela o interrompe. — É o meu dever, é a única coisa em que consigo pensar. Ele provavelmente ainda está vivo, e preciso encontrá-lo.

— Nós vamos encontrá-lo, eu prometo — Nathan diz. — Há muitas pessoas aqui, já vasculhamos cada centímetro da casa e da garagem do sacristão, mas não há nada que possa ser vinculado a Jurek ou a Castor... Erland Lind não tinha computador, mas encontramos o telefone dele debaixo da cama.

— Talvez isso possa nos dar algo — Saga sussurra.

— Os cães farejadores esquadrinharam a floresta de fora a fora, mas parece que não há mais nenhuma cova por aqui.

A ligação está falhando muito, e ela ouve gritos ao fundo.

Saga apoia a cabeça no encosto e passa os dedos pelo couro áspero do volante.

— Eu ficaria feliz em voltar. Seria útil? — ela pergunta. — Precisamos falar com Carlos sobre a emissão de um alerta nacional ou...

— Espere um momento — Nathan a interrompe.

Saga mantém o celular no ouvido e o ouve falar com alguém. O vento continua fustigando o microfone, e as vozes desaparecem.

Uma mulher entra num carro, dá a partida, dirige até a rampa e espera o portão se abrir.

— Você ainda está aí? — Nathan pergunta.

— Claro.

— Você precisa ouvir isto: a perícia encontrou algo dentro da tampa do caixão. Tiraram fotografias aplicando a técnica de luz rasante, e descobriram duas palavras... O sacristão deve ter riscado as letras com as unhas antes de morrer, são quase ilegíveis.

— O que está escrito? — Saga pergunta.

— "Salvem Cornélia".

— "Salvem Cornélia"?

— Não temos ideia de quem...

— A irmã do sacristão se chama Cornélia — Saga o interrompe, dando partida no carro. — Ela não tinha nenhum contato com o irmão e mora perto de Norrtälje. Fica a menos de vinte quilômetros do rio onde atirei em Jurek.

47

Saga dirige até Svartnö, faz a volta e para o carro no acostamento. Pelo retrovisor, observa o cais e a água cinza-escura.

Quando vê a balsa se aproximando da terra, sai do carro e desce a encosta a pé.

Nathan está sozinho no convés com as duas mãos na amurada.

Os cabos cortam a água com um chiado.

A rampa desce e raspa o concreto do molhe.

Nathan acena para o balseiro na cabine, depois caminha até a praia. Saga lhe entrega as chaves do carro e se senta no banco do passageiro.

Nathan entra, ajusta o assento e dá a partida.

Cornélia mora nos arredores da área residencial de Paris och Wien, a leste de Norrtälje.

— Não havia mais nada na tampa do caixão — Nathan diz.

— Jurek provavelmente ameaçou matar Cornélia para obrigar o sacristão a cooperar — Saga explica, verificando se o toque do celular não está desativado.

— No que será que ele pensou enquanto estava lá dentro? — Pollock continua. — Deve ter percebido que ia morrer e por isso escreveu a mensagem; tinha a esperança de que alguém encontrasse o túmulo e resgatasse a irmã.

— Jurek deve tê-lo aterrorizado para ter certeza de que não contaria a verdade à polícia... Talvez já tivesse experimentado a sensação de ser enterrado vivo, ou visto a irmã enfiada em um túmulo... A demência dele se desenvolveu muito rápido depois do nosso primeiro encontro.

Eles atravessam prados orlados por uma floresta de pinheiros e passam por baixo da rodovia E18.

A mão esquerda de Nathan segura a parte inferior do volante. Apesar do iminente divórcio, ele ainda está usando a aliança fina de casamento.

Saga se controla para não dizer a ele que ligue e pressione a adestradora de cães policiais a se apressar.

De acordo com o sistema de navegação do carro, faltam menos de cinco quilômetros.

No caminho, recebem breves atualizações no terminal de comunicação do carro: Cornélia não atende ao telefone e, no mês passado, várias contas foram encaminhadas à justiça por falta de pagamento.

Antes de se aposentar, Cornélia trabalhava como enfermeira no Hospital Norrtälje.

Ela tem setenta e dois anos e é solteira.

A tela mostra uma mulher de ombros largos com cabelo branco curto e óculos de leitura pendurados no peito.

— Quem colheu o depoimento dela? — Nathan pergunta.

— Ninguém — Saga responde. — Eu atirei em Jurek seis meses antes de o sacristão encontrar o corpo. Não havia razão para pensar na existência de qualquer ligação entre ele e a irmã.

— Mas ela mora a menos de vinte quilômetros de onde ele desapareceu.

— Eu sei, mas sabíamos que Jurek estava morrendo. Até onde ele seria capaz de chegar? Conversamos com todos os moradores em um raio de dez quilômetros do rio... O que já significou setecentos depoimentos.

Saga se lembra de que debateram a possibilidade da expandir o raio de buscas para vinte quilômetros, mas isso incluiria a área construída de Norrtälje e teria aumentado o número de depoimentos mais de vinte vezes.

— Eu me refiro a mais tarde, quando o corpo foi encontrado e o sacristão desenvolveu demência — Nathan diz, olhando de relance para Saga.

— Eu mesma liguei e falei com ela — Saga disse. — Ela não entrava em contato com o irmão havia dez anos, e não tinha nada de interessante a dizer.

Eles entram em uma estreita estrada de terra batida com uma faixa central de grama amarela congelada que desemboca direto na floresta densa.

Saga fita os troncos escuros das árvores que passam zunindo.

Talvez Jurek esteja mantendo Valéria e seu pai sepultados nas terras de Cornélia.

A boca de Saga fica seca e ela pega a garrafa plástica de água mineral.

Isso não é impossível, não seria de estranhar se Jurek agrupasse os túmulos.

Ela sempre se perguntou como Jurek conseguia se lembrar da localização de todas as covas, pois não eram marcadas.

— No que você está pensando? — Nathan pergunta, olhando de soslaio para ela.

— Em nada... Como assim?

— Você está tremendo.

Ela olha para a garrafa na mão, bebe um pouco mais, põe a embalagem no porta-copos no console central e aperta as mãos entre as coxas.

— Estou preocupada com o meu pai — ela diz.

— Eu posso entender — ele responde.

Saga se vira para olhar os abetos verde-escuros, a urze esparsa e as moitas de mirtilo.

Não consegue suportar a ideia de ter exposto o pai a isso. É tudo culpa dela, é responsabilidade dela, e ela precisa salvá-lo.

Estão a vários quilômetros das outras casas quando a floresta escura se abre para dar lugar a uma clareira. Nathan desacelera assim que uma casa vermelha com janelas e beirais brancos desponta a certa distância.

— A adestradora de cães sabia que era urgente, certo? — ela diz.

— Ela partiu imediatamente — Nathan diz.

— Mas deve haver cães mais perto. Talvez em Norrtälje?

— Amanda é a melhor — Nathan responde pacientemente.

O carro segue devagar em direção à casinha. Um enlameado jipe Wrangler dos anos 1980 está estacionado numa garagem com teto de lona, ao lado de uma parede de troncos de bétula empilhados.

Saga tira a Glock do coldre de ombro e põe uma bala na câmara.

Eles param em um caminho de cascalho assolado por ervas daninhas que leva até a casa. Saga sai do veículo sem dizer palavra e avança segurando a pistola junto ao corpo, apontada para o chão.

Ela ouve Nathan fechar a porta do carro.

Saga está confiante de que Jurek não está ali; isso não combinaria com seu modus operandi, fácil demais de rastrear.

Ela segue para um dos lados à procura de solo revirado, sinais de escavação recente. Ansiosos, seus olhos perambulam em direção à borda da clareira atrás da garagem e aos arbustos nus na lateral sombreada da casa.

Sem esperar por Nathan, ela corre para os fundos da construção. Ali o solo é mais seco e está coberto de pinhas.

No gramado entre a casa e a margem escura da floresta há dois abetos enormes, árvores de galhos pesados e contorcidos.

Há uma escadinha de alumínio caída na grama atrás da maior das árvores.

Saga passa por um carrinho de mão cheio de água e espia o interior de uma pequena estufa repleta de plantas mortas. Não consegue ver nenhum sinal óbvio de covas, nenhuma horta, nenhum canteiro.

— Saga? Fale comigo — Nathan diz ao dobrar a esquina da casa.

— Pode ser que eles estejam enterrados na floresta — ela diz.

— Eu sei como você se sente, mas precisamos fazer isso na ordem certa; primeiro conversamos com Cornélia.

Nathan volta para a frente da casa e deixa Saga fitar as árvores por algum tempo.

Saga está prestes a se virar e segui-lo quando ouve o som de algo sendo esmagado na borda da floresta. Ela dá meia-volta e ergue a pistola, apertando o gatilho até sentir sua leve resistência; concentra o olhar, à procura de movimento.

A única coisa que consegue focalizar são troncos de árvores.

Saga se move devagar para o lado e, mais uma vez, ouve um ruído de trituração. Pensa que talvez seja algum animal em busca de comida na vegetação rasteira, e se desloca com cautela em direção à beira da mata.

Ela se detém e fica completamente imóvel por um instante, perscrutando as árvores.

Como a varredura não detecta nada, ela se vira e começa a andar de volta para a frente da casa, mas para e olha de novo na direção das árvores, mirando o ponto onde ouviu o barulho; por fim, contorna a esquina da construção.

Nathan toca a campainha e dá um passo para trás.

Saga se posiciona ao seu lado e vê uma placa indicando que ali reside uma enfermeira de plantão.

Cornélia opera uma clínica de enfermagem particular em casa, ela pensa.

Nathan toca a campainha de novo. O som é perfeitamente audível através das paredes. Ele espera um momento e tenta abrir a porta, que não está trancada e se abre em silêncio nas três dobradiças.

— Abaixe a arma — ele diz.

Saga enxuga o suor da mão na calça jeans, mas mantém a pistola empunhada enquanto o segue para dentro de uma sala de espera contendo um televisor, dois sofás duros e um revisteiro.

Eles cruzam o piso de linóleo cinza-claro, verificam o lavabo e avançam pela porta do ambulatório.

Pendurados nas janelas, dois grandes leques bloqueiam a vista da garagem. O sol acaba de alcançar a copa das árvores. As vidraças estão sujas, e há moscas mortas nos peitoris.

Ao longo de uma parede veem um beliche coberto com um papel protetor grosso; na outra, uma escrivaninha com computador, telefone e impressora.

Atrás da escrivaninha há uma porta com um visor de vidro fosco na altura do rosto.

A sala atrás da porta está escura.

À medida que se aproxima e abre a porta, Saga vê o próprio reflexo indistinto no vidro embaçado. A única coisa visível na escuridão é o lampejo metálico de uma réstia de luz do sol de fim de tarde.

Saga estica uma das mãos e tateia a parede, e o pensamento de que pode haver alguém lá dentro observando seus movimentos passa rápido feito um raio por sua cabeça. As pontas dos dedos encontram o interruptor, ela o aperta e levanta a pistola.

Ela entra a passos lentos e estremece ao olhar em volta.

A sala de estar de Cornélia, dotada de uma lareira, foi transformada em uma sala de cirurgia. As cortinas estão fechadas e presas no lugar com prendedores de roupa.

Partículas de poeira cintilam no ar sob o brilho da luz do teto.

Nathan para ao lado de Saga e olha para o equipamento que aparenta ser usado com frequência.

A mesa de cirurgia devia ter apenas uns dez anos, mas a máquina de ECG não é digital e tampouco imprime as leituras em papel milimetrado.

Há um foco de luz cirúrgica redondo ao lado de um suporte para soro e um carrinho auxiliar em aço inox. Sobre o carrinho há um capnógrafo e cilindros de oxigênio, ar comprimido medicinal e dióxido de carbono.

— Isso é avançado demais para uma clínica de enfermagem — Nathan diz.

— Estou começando a entender onde estamos — ela responde.

48

Com a pistola em riste, Saga atravessa a sala de cirurgia e abre uma porta que leva a um pequeno quarto. A cama está bem-arrumada, coberta com uma colcha de crochê. Sobre a mesinha de cabeceira há uma caixa de comprimidos ao lado de uma Bíblia.

Eles vão até a cozinha, cuja mobília consiste em uma mesa de pinho e quatro cadeiras com espaldar de ripas e almofadas vermelhas amarradas. Acima da pia há um armário antiquado, com potes de vidro para guardar farinha, açúcar e aveia em nichos de madeira. Dentro da pia, veem uma xícara de café manchada e um prato com migalhas.

— Ele a levou — ela diz.

— Amanda vai chegar com os cachorros daqui a uma hora — Nathan informa.

Saga abaixa a pistola, faz uma pausa por alguns segundos e a coloca de volta no coldre. Caminha devagar até a janela e olha para o enorme pinheiro e a escadinha de alumínio caída na grama.

A floresta não é exatamente imensa, talvez não mais do que mil hectares, mas começou a escurecer e as buscas serão demoradas.

Eles voltam para a sala de estar e param em frente ao plástico protetor estendido em cima do carpete, sob a mesa de operação.

— Devemos chamar a equipe de perícia? — Nathan pergunta.

— Sim — ela suspira.

Saga olha para as cortinas fechadas. Agora a réstia de luz desvaneceu quase que por completo. A essa altura alguém já pode estar lá fora observando os dois sem que percebam.

— Então foi aqui que Jurek veio parar depois que você atirou nele — Nathan diz.

Saga faz que sim com a cabeça e vai até um armário alto com porta de vidro. Examina a vasta gama de serras, bisturis, agulhas de sutura curvas e homeostatos. Na prateleira de cima há um diário encadernado à moda antiga.

O cheiro acre de desinfetante atinge Saga em cheio quando ela abre o armário e pega o diário.

Na coluna "data de internação", Cornélia inseriu o dia em que Saga pensava ter matado Jurek Walter, e na coluna "nome e local de residência" ela escreveu "Andersson".

O sobrenome mais comum na Suécia.

A isso se seguia um relato manuscrito de quinze páginas dos primeiros quatro meses, mais três páginas de anotações esporádicas sobre o tratamento até o verão em que estavam.

Lado a lado, Saga e Nathan leem a respeito de tudo o que aconteceu naquela sala, cada vez mais espantados com a exatidão das suposições de Joona.

Cornélia estava fumando no estacionamento da reserva natural de Bergasjön quando seu cachorro farejou algo. Um corpo havia sido arrastado pela correnteza e ficara encalhado na parte rasa, pouco antes de uma larga curva no rio.

Cornélia achava que o homem estava morto quando deu ré no jipe para descer a encosta suave e entrar na água. Apenas quando colocou o homem na traseira do veículo percebeu que ele estava consciente.

Apesar do frio e da gravidade dos ferimentos, de alguma forma o homem conseguiu persuadi-la a não levá-lo ao hospital.

Ela deve ter percebido, pelos ferimentos à bala, que ele provavelmente era procurado pela polícia, mas ainda assim considerou seu dever tentar salvar sua vida.

Cornélia disse ao homem que era enfermeira e que poderia dar um jeito nos machucados até que ele tivesse condições de procurar um médico de sua confiança — assim que chegaram à casa dela, porém, ele pediu que ela própria realizasse as operações necessárias.

O diário não registra como ela obteve os equipamentos — talvez tivesse uma cópia das chaves do almoxarifado do hospital em que trabalhara.

No diário, ela faz uma descrição minuciosa da condição de saúde do paciente e do tratamento.

Ele tinha três ferimentos que ofereciam risco de vida e vários outros menos graves.

Os tiros disparados por Saga estão todos descritos.

Dois ou três projéteis de alta velocidade haviam rompido o lobo frontal do pulmão esquerdo e fraturado a omoplata do mesmo lado.

Cornélia registrou que não tinha qualificação para administrar sedativos fortes, mas que o paciente recusou até mesmo analgésicos básicos.

Ele perdeu a consciência várias vezes durante as sucessivas cirurgias a que foi submetido.

De acordo com a descrição de Cornélia, a condição do paciente era crítica até ela salvar o pulmão e estancar a hemorragia do braço.

— Cornélia ofereceu o próprio sangue em uma transfusão... Como é do grupo sanguíneo O, sabia que poderia doar sangue a qualquer pessoa, independente do grupo — Saga diz.

— Inacreditável — Nathan sussurra.

Horas depois, naquela mesma noite, ela começou a operar a mão ferida de Jurek. Uma grande parte tinha sido dilacerada pelo tiro, literalmente arrancada.

Lesão traumática da artéria, ruptura completa. Não havia como salvá-la.

— Ela amputou a mão dele — Saga sussurra.

Cornélia descreve passo a passo como removeu a mão sem dispor de equipamento especializado: usando um fio serra de Gigli, cortou os ossos expostos, isolou os vasos sanguíneos e nervos, inseriu um cateter duplo para drenagem e, em seguida, moldou o coto usando um retalho de tecido e pele.

— Por que Jurek não destruiu o diário, incendiou a casa ou algo do tipo? — Nathan pergunta quando terminam de ler.

— Porque ele sabe que nada disso poderia incriminá-lo enquanto não executasse seu plano — Saga responde. — Jurek não tem medo da prisão nem de ficar internado numa clínica psiquiátrica de segurança máxima. Não foi por isso que ele escapou.

Ela sai de casa e observa a estrada que atravessa a floresta.

Um corvo crocita ao longe.

Ela olha o jipe na garagem, depois dá a volta na construção. Para diante da janela acortinada da sala de cirurgia e imagina como as coisas se desenrolaram.

Pouco depois da operação, Jurek deve ter começado a procurar um homem de mesma idade e compleição física que ele.

Muito antes de se recuperar por completo, deve ter circulado por aí no jipe de Cornélia para procurar entre mendigos e sem-teto.

Quando encontrou o homem certo, atirou nele nos mesmos pontos do corpo onde havia sido baleado, depois o deixou morrer.

Talvez Jurek tivesse planejado tudo desde o início, talvez a ideia lhe tenha ocorrido quando sua mão precisou ser amputada.

Apesar da grande quantidade de antibióticos, Jurek sofreu uma infecção secundária no braço afetado, que resultou em gangrena.

Cornélia combateu a infecção até onde pôde, mas por fim decidiu realizar uma segunda amputação, acima do cotovelo. A essa altura, Jurek já devia ter deixado a mão e o torso do desconhecido para apodrecer no mar.

Na primavera seguinte à segunda amputação, Jurek levou as partes do corpo em decomposição para o irmão de Cornélia, o sacristão. Jurek o obrigou a fotografar o torso, a cortar o dedo da mão, conservá-lo no álcool e cremar o resto.

Provavelmente a ideia era o sacristão entrar em contato com a polícia e informar sobre o corpo que havia encontrado — mas, antes que tivesse tempo para fazer isso, ele encontrou Saga na praia.

O vento sopra através das árvores, derrubando mais pinhas no chão.

Saga está imóvel no jardim.

A água no carrinho de mão é preta como piche.

A Terra continuou a girar, e os últimos raios de sol do entardecer iluminam o grande pinheiro de um ângulo diferente — e agora Saga vê uma nova sombra na relva.

Ela revela o que estava escondido atrás da árvore.

Há um corpo pendurado em um galho alto.

É por isso que a escadinha de alumínio está ali.

Saga contorna a árvore e olha para o cadáver da mulher com a corda em volta do pescoço.

Cornélia se enforcou.

As galochas caíram no chão sob seus pés.

Há sangue seco incrustado nas pontas dos dedos e no peito.

Ela deve ter feito isso há cerca de três semanas, chutando a escada para longe, e em seguida lutou instintivamente para se libertar do laço.

Provavelmente já estava morta quando o sacristão arranhou com a unha a mensagem na tampa do caixão.

Ele era o refém de Jurek, que assim poderia obrigar Cornélia a fazer o que ele queria — não o contrário.

Jurek precisava dela, não do sacristão.

A última anotação no diário de Cornélia diz respeito a testes de uma prótese YK, que graças a movimentos funcionais controlados por fios permitia abrir e fechar uma mão mecânica.

Talvez tenha sido nesse momento que Cornélia percebeu que ele estava planejando matar mais pessoas, e que havia salvado a vida de um sádico serial killer.

49

Sete horas depois, a adestradora de cães deixa Saga na rua Timmermansgatan. Ela percorre às pressas o último quarteirão até seu prédio na Tavastgatan, sobe correndo as escadas, entra no apartamento, tranca a porta, verifica tudo e depois fecha as cortinas de todas as janelas.

Acima dos telhados, assoma um céu preto.

Saga vai até a cozinha e começa a ligar para os colegas envolvidos nas buscas por seu pai. Ninguém tem nada a relatar ainda, mas um deles diz que vai receber no dia seguinte as informações de oito estações-base de dados móveis.

Saga engole o impulso de gritar com ele e xingá-lo.

Em vez disso, explica com muita calma que o pai foi enterrado vivo e que pode não sobreviver até o dia seguinte.

— Por favor, tente fazer mais pressão sobre eles — ela implora. — Eu preciso dos resultados esta noite, isso pode fazer toda a diferença.

Ela desliga, enxuga as lágrimas, tira as roupas sujas e joga as peças no cesto. Depois toma uma ducha rápida para limpar os ferimentos nas pernas e nos braços antes que infeccionem.

Ela se cortou feio na vegetação rasteira atrás da casa de Cornélia.

Já estava escuro quando a adestradora de cães chegou.

Saga observava da varanda quando a adestradora apareceu em uma perua velha. Ela parou atrás do jipe na garagem, desceu, colocou uma mochila no chão e abriu a traseira do carro.

Amanda, uma mulher alta na casa dos trinta anos, estava usando um boné preto sobre o cabelo loiro-acobreado, roupas de caça pretas e pesadas botas de trilha com tornozelo reforçado e fechos de botas de esqui.

Enquanto Amanda dava água aos dois cães policiais depois da viagem de carro, Saga foi falar com ela.

— Você encontrou a gente — Saga disse, estendendo a mão.

Amanda parecia tímida; ela desviou rapidamente o olhar, depois apresentou os cães.

Billie era uma pastora-belga especializada em encontrar cadáveres, identificando o cheiro de corpos mortos e sangue seco. Tinha a cabeça preta, mas a pelagem espessa no pescoço era quase loiro-avermelhada.

Ella era uma retriever preta, treinada para encontrar pessoas vivas. Recentemente havia sido levada de avião até a Itália para ajudar nas buscas de vítimas após um terremoto.

Saga se agachou e conversou com Ella, abraçando-a e dando tapinhas atrás das orelhas da cachorra, explicando que ela tinha que encontrar seu pai vivo.

Ella ficou ali parada, ouvindo e abanando o rabo.

Embora não estivesse usando roupas adequadas, Saga decidiu entrar na floresta com Amanda e os cães. Precisava ter certeza de que não deixariam passar nada despercebido quando se cansassem, que não lhes escaparia nenhum vestígio de cheiro. Usaram lanternas para iluminar o caminho, deixando os cães decidirem em que direção seguir.

Levaram quase seis horas para vasculhar a densa floresta. Saga rasgou a calça jeans, e seu cabelo teimava em se enroscar nos galhos pontudos.

Amanda sobrepôs uma grade de coordenadas a um mapa de satélite para que pudesse marcar os setores nas linhas horizontais e verticais à medida que os esquadrinhavam.

Chegaram a Björknäs sem ter encontrado qualquer vestígio de Valéria ou do pai de Saga.

Quando voltaram para os respectivos veículos, Saga tinha começado a sentir o frio e os cães mostravam sinais de fadiga; Ella tinha espuma branca nos cantos da boca, embora ainda abanasse o rabo quando Saga a acariciava; Billie, por sua vez, parecia nervosa, choramingando e encolhendo as orelhas pontudas como se estivesse ansiosa para ir embora dali.

Agora Saga desliga o chuveiro e se seca, aplica emplastros sobre os cortes mais profundos, veste uma calcinha limpa, uma calça de veludo folgada e uma camiseta desbotada; em seguida, coloca de novo o coldre de ombro e a pistola.

Pega o colete à prova de balas e o enfia em uma bolsa de lona, junto com uma faca e várias caixas de munição.

No chão do corredor em frente à porta, deixa o capacete, o macacão e as botas de motociclista.

Ela precisa estar pronta para o caso de encontrarem seu pai. Precisa estar pronta para entrar em ação se receberem qualquer tipo de dica anônima, se alguém vir Castor ou Jurek.

Saga abre o armário de armas, pega uma pequena Sig Sauer P290, verifica se está carregada, alimenta uma bala na câmara, solta a trava de segurança e a prende sob a mesa da cozinha com um pedaço de fita adesiva.

Põe de lado o rolo de fita, então para e se força a ficar completamente imóvel.

Ela está começando a agir como Joona.

Se alguém a visse agora, pensaria que está paranoica.

Ela precisa se recompor e pensar com clareza.

Pellerina está em segurança.

Repete isso várias vezes para si mesma.

Pellerina está em segurança. E Saga não vai desistir enquanto não encontrar o pai.

É uma situação terrível, mas ela vai dar conta.

Um dia, tudo isso não passará de lembranças, ela diz a si mesma. Lembranças dolorosas, mas que ano após ano vão desaparecer aos poucos.

Ela tira uma caixa de vinho da despensa, se serve de uma taça de tinto, observa a superfície trêmula e toma um gole.

Saga se senta à mesa da cozinha, bebe um pouco mais, pega o celular pré-pago de segunda mão e liga para Pellerina, embora já tenham conversado por telefone duas vezes hoje. Ela não disse à irmã que o motivo de não ter ido vê-la é porque é muito perigoso. Não quer deixar Pellerina assustada, mas sabe que uma única visita pode revelar o endereço secreto.

Saga sente muita falta da irmã, gostaria de abraçá-la e brincar com ela, mas não pode ceder.

— A Sabrina é muito legal — Pellerina diz em sua voz ligeiramente ofegante.

— Você acha que vai conseguir dormir bem se ela estiver com você?
— Por que você não pode ficar comigo?
— Tenho que trabalhar.
— De noite.
— Tudo bem?
— Eu tenho doze anos agora.
— Eu sei, você já é uma mocinha.
— Podemos dizer boa-noite se você tiver que trabalhar — Pellerina sugere.
— Tenho tempo pra conversar um pouco mais.
— Tá bom.
— Boa noite, Pellerina, eu te amo.
— Saga?
— Sim?
— Eu estava pensando — ela diz baixinho, depois fica em silêncio.
— O que você está pensando?
— Eu tenho que ficar aqui porque assim as meninas palhaças não me pegam?

50

Saga verifica se a porta da frente está trancada e, em seguida, esconde o coldre e a pistola embaixo do outro travesseiro na cama de casal.

Ela levou quase uma hora tentando acalmar Pellerina o suficiente para que pudessem dizer boa-noite.

Primeiro falaram sobre como as meninas palhaças eram de faz de conta; depois Saga direcionou a conversa para *Frozen* — mas, quando estava prestes a encerrar a ligação, Pellerina começou a implorar que ela fosse buscá-la.

Quando por fim desligaram, Saga notou que a irmã ainda estava chorando.

Saga apaga a luz, rola para o lado e deita a cabeça no travesseiro.

Sente o cansaço se alastrar pelo corpo e fecha os olhos, mas imediatamente começa a pensar no pai, e a frequência cardíaca acelerada lateja em seus ouvidos.

É a segunda noite do pai dentro de uma cova.

A temperatura vai cair abaixo de zero, o solo vai endurecer, a grama vai começar a cintilar com a geada.

Ela precisa encontrar o pai.

E depois precisa encontrar e matar Jurek. Ele está escondido em algum lugar. Ela precisa atraí-lo para fora da toca e terminar de uma vez por todas o que ela mesma começou.

Saga acabou de cair em sono profundo quando sonha que uma mão áspera está acariciando seu rosto.

É a mão da mãe, que envelheceu. Quando Saga percebe que ela ainda está viva, sente uma intensa gratidão.

Ela tenta explicar o quanto está feliz.

A mãe crava os olhos nela, balança a cabeça, caminha para trás, bate com as costas contra a janela e se enrosca no cordão das persianas.

Saga acorda de repente e abre os olhos. O quarto está às escuras. Ela dormiu por apenas uma hora.

Ela pisca e tenta descobrir o que a acordou. O celular está carregando, a tela apagada.

Saga está tentando se convencer de que precisa voltar a dormir quando vê a silhueta magra sentada na cadeira ao lado da janela.

Ela começa a se perguntar se é seu pai, e então o medo toma conta dela e um jorro de adrenalina percorre em disparada seu sistema nervoso.

Ela toma consciência de quem é.

Com o coração martelando, Saga desliza a mão sob o outro travesseiro, mas a pistola não está mais lá.

— Pequena sereia, sempre letal — o homem na cadeira diz.

É uma voz que ela nunca será capaz de esquecer, uma voz que ela ouviu muitas vezes em seus pesadelos.

A cadeira range quando o homem se inclina para o lado, acende o abajur de chão e olha para ela.

— E ainda bonita como sempre — ele continua.

Os olhos pálidos e o rosto enrugado de Jurek Walter estão voltados para ela.

Ele está sentado com as costas eretas, a pistola e o coldre de Saga no colo. Numa das bochechas há uma profunda cicatriz, e falta um pedaço da orelha. Ele veste uma camisa xadrez, e a mão protética de plástico reluzente lembra a de um pequeno boneco em comparação com a áspera mão direita.

Com movimentos vagarosos, Saga se senta na cama. Seu coração bate tão rápido que sua respiração está entrecortada. Ela sabe que precisa se acalmar, sabe que tem de fingir e jogar o jogo dele até conseguir pegar a pistola na cozinha.

— Achei que tinha te matado daquela vez — ele diz. — Mas eu estava com pressa, fui desleixado.

— Eu achei que tinha matado você — ela responde, e engole em seco.

— Foi por pouco.

— Sim, eu li o que Cornélia fez — Saga diz, respirando pelo nariz. — Mas não entendo por que você se dispôs a passar por tanto sofrimento. Você poderia ter ido para o hospital, receberia cuidados adequados, evitaria a dor.

— A dor não me assusta, faz parte da vida — ele diz com toda a calma do mundo.

— Mas quando você vai terminar, quando tudo isso vai acabar? — ela pergunta, um calafrio percorrendo a espinha quando os olhos pálidos dele se fixam nela novamente.

— Acabar? — ele repete. — Eu vivo para restaurar a ordem... Eu sou incansável, fui roubado e isso criou um vazio que precisa ser preenchido.

— Entendi — ela responde, quase inaudível.

— Eu tive que sobreviver... Joona tirou meu irmão de mim, e presumo que você saiba que vou tirar tudo dele.

Ao pensar nisso, ele quase parece sorrir por alguns segundos. A trama das rugas se aprofunda como uma malha se espalhando pelo rosto.

Saga pondera sobre o comentário dele, sobre ele pensar que a tinha matado. É verdade que ele a espancou com tanta violência que ela perdeu os sentidos, mas Saga tem certeza de que Jurek não achou que ela estivesse morta.

Por alguma razão, ele a deixou viver.

E, por alguma razão, quer que ela acredite que foi um erro.

Ela precisa se lembrar de que Jurek mente o tempo todo. Tanto faz se a pessoa acredita na mentira ou percebe as suas segundas intenções: de uma forma ou de outra, todos sempre caem na armadilha.

A única esperança de Saga é se concentrar em encontrar um modo de chegar à cozinha com vantagem suficiente para alcançar a pistola.

— Você ainda passa o dedo pela sobrancelha esquerda quando pensa — ele diz.

— Boa memória — Saga rebate, abaixando a mão.

— Sabe de uma coisa? Notei que você estava olhando para mim através das pálpebras quando entrei no quarto... Se você tivesse acordado naquele momento, a Glock estaria na sua mão...

Jurek para de falar, levanta-se e caminha calmamente até o armário de armas, onde tranca a pistola.

— Fascinante, não é? O pequeno detalhe evolutivo de nossas pálpebras? — ele diz, virando-se para encará-la mais uma vez. —

Podemos ver alterações na luz quando nossos olhos estão fechados: movimento, silhuetas... E, durante o sono, o cérebro registra percepções sensoriais.

Saga desvia o rosto para não revelar sua agitação. Ela diz a si mesma para não perder o controle agora; precisa manter a calma, mas não consegue entender como ele conhece seus segredos.

Quando criança, Saga volta e meia tinha problemas para dormir; havia noites em que ficava deitada acordada, ouvindo e registrando os mais ínfimos movimentos através das pálpebras.

Sempre que pensava ter visto algo, abria os olhos e verificava o quarto.

Ela nunca contou a ninguém sobre esse comportamento compulsivo, nem mesmo a seus namorados, e jamais escreveu sobre isso em nenhum diário.

Quase todas as crianças têm pensamentos compulsivos, mas o que torna essa lembrança tão dolorosa é que mais tarde Saga percebeu que ela estava vinculada a uma questão de sobrevivência genuína. Quando sua mãe tinha episódios maníacos, costumava imaginar todo tipo de coisa, via inimigos em todos os lugares e se tornava agressiva.

Saga precisava acordar se a mãe entrasse em seu quarto durante a noite, para que então pudesse acalmá-la.

Saga sabe que Jurek está tentando provocá-la. Ela precisa se concentrar, manter a conversa fluindo, não permitir que ele a ludibrie.

Jurek quer que ela acredite que ele consegue ver "a verdadeira Saga".

Mas é claro que não consegue.

Ela precisa pensar.

Talvez tenha lhe contado alguma coisa sobre as pálpebras quando estava na unidade de segurança máxima, quando foi drogada.

Ela recebeu Trilafon e Cipramil, bem como injeções intravenosas de Stesolid e Haldol diretamente nos músculos.

A medicação forte deve ter afetado seu discernimento e causado lapsos em sua memória.

É a única explicação lógica, Saga pensa, e seu olhar encontra o de Jurek novamente. Os olhos pálidos a observam como se ele estivesse tentando determinar o efeito que suas palavras exerceram sobre ela.

— Sua irmã estava escondida atrás da cortina — ele disse. — Me dei conta disso depois... Muito bom, você a treinou bem.
— O que você está fazendo aqui? — ela pergunta.
— Você quer mesmo saber?

51

Saga empurra as cobertas, põe os pés no chão e se levanta. Ela não tem que jogar de acordo com as regras de Jurek.

— Sente-se e fique quieta — ele diz.

A única coisa em que ela consegue pensar é chegar à cozinha, pegar a pistola debaixo da mesa e atirar nele, nas duas coxas.

E, depois que ele estiver caído, atirar no braço bom.

O que o tornaria quase inofensivo.

Então vai colocá-lo na banheira e deixá-lo sangrar até dizer o que ela quer saber. Ele vai falar e, assim que ela descobrir onde está seu pai, vai matá-lo.

— Eu só quero um pouco de água — Saga murmura, e se vira em direção à porta.

Ela sabe o que Joona disse: não espere, mate Jurek instantaneamente, assim que tiver a chance. Joona diria: "Se der ouvidos a Jurek, a probabilidade de encontrar seu pai com vida diminui a cada minuto, mesmo se você estiver em vantagem".

Jurek se põe de pé enquanto Saga atravessa o quarto. Ela pode sentir os olhos dele acompanhando seus movimentos, demorando-se em seu rosto, no pescoço, nos curativos em seus braços.

— Fique aqui — ele diz.

Ela se vira para ele, coça a barriga e o olha nos olhos.

— Eu não vou tentar escapar. — Ela sorri e vai para o corredor sem demonstrar urgência.

Saga sente que Jurek a segue, mas não consegue calcular o tamanho da vantagem que tem. A luz do abajur mostra sua sombra deslizando pela parede, acompanhada de perto pela de Jurek.

Sem se deter, ela empurra a porta do quarto e avança em direção à cozinha.

Ao sair para o corredor, percebe que Jurek está logo atrás dela. Ele não a deixaria ir sozinha.

Saga olha de relance para a porta da frente, que está fechada, e para as roupas e o capacete no chão.

Talvez conseguisse se afastar dele e agarrar a arma.

Ela hesita, porque a porta da cozinha está fechada e o momento se foi. Quando passa pela cômoda, sobre a qual estão chaves e algumas velas perfumadas, ela ouve a respiração dele em seu pescoço.

Sem um pingo de pressa, ela abre a porta da cozinha, acende a luz e vai até a pia sem olhar para a mesa.

Observada por Jurek, ela enche um copo de água fria, depois se vira para encará-lo e bebe.

A camisa de flanela xadrez de Jurek está pendurada por cima da pequena mão protética, ao passo que a manga direita está puxada até o cotovelo. Os anos de soldado e o trabalho como mecânico lhe deram um aspecto maciço, ela pensa, olhando para a mão estranhamente áspera, os músculos e as veias grossas sob a pele enrugada do antebraço.

Quando ela lança um rápido olhar para a mesa, vê que uma das cadeiras está em uma posição infeliz. Terá que empurrá-la para fora do caminho a fim de alcançar a arma.

Saga bebe mais um pouco de água, depois aponta para a mesa com o copo na mão.

— Podemos nos sentar?

— Não.

A pistola pesa tão pouco que bastou uma única tira de fita adesiva para prendê-la. Isso vai poupar segundos decisivos. Porque mesmo que a fita fique colada à arma quando ela puxar a pistola, em nada vai atrapalhar o disparo.

Jurek vai até o balcão e pega um copo do armário. Ela se afasta um pouco mais, alguns passos para mais perto da mesa.

No momento em que ouve a torneira aberta, Saga se move, rápida e silenciosa, em direção à arma escondida. Põe o copo na mesa, empurra a cadeira para o lado com uma das mãos e estende o outro braço debaixo da mesa. Quando está prestes a agarrar a arma, um violento empurrão de Jurek impele seu corpo para a frente.

Saga cai por cima de duas cadeiras e sua omoplata atinge em cheio a parede; ela bate o joelho no chão, tenta se levantar e, em busca de apoio, tateia a mesa.

O pote de vidro cheio de cereal matinal se estilhaça no chão.

Jurek puxa Saga com força pelo cabelo e usa a prótese para golpeá-la na orelha, com tanta força que ela cai de lado; na tentativa de se manter de pé, ela manda uma cadeira pelos ares.

A pancada faz a cabeça de Saga zunir.

Jurek ataca mais uma vez mirando a cabeça da policial, que se esquiva e o acerta no rosto com um gancho de direita.

A mão de Jurek agarra o pescoço de Saga e começa a apertar sua garganta. Ele a puxa com força para perto e a atinge no rosto e no pescoço com a prótese dura; a visão de Saga se turva.

Ele está agindo sem qualquer sinal de fúria; é apenas fria eficiência.

Um corte no supercílio de Saga faz o sangue escorrer pela face.

Ainda agarrando sua garganta, ele a joga para o lado e bate nela mais uma vez; Saga tenta se proteger com a mão, mas sente as pernas começando a se dobrar.

Mais uma bordoada na cabeça e Saga desaba, batendo com a têmpora no assoalho de madeira.

Uma onda de vazio a percorre.

Seus dedos do pé estão formigando.

Ela pisca, mas não consegue ver nada.

Em algum nível, percebe que ele a está arrastando pelo cabelo de volta para o quarto.

Jurek faz Saga se sentar na cadeira junto à janela, tira o cinto, enrola-o no pescoço dela e o amarra ao espaldar.

Saga não consegue respirar.

Ela pode ver Jurek parado à sua frente, imóvel, apenas observando.

A prótese se soltou durante a luta e está pendurada pelas alças e pela camisa.

Saga tenta enfiar os dedos sob o cinto para afrouxá-lo. No esforço para levar um pouco de ar aos pulmões, ela esperneia e tenta derrubar a cadeira, mas só consegue batê-la contra a parede.

Seu campo de visão se contrai e ela vê imagens bruxuleantes de Pellerina em contraste com um céu branco, até que de repente Jurek solta o cinto em volta de seu pescoço.

De quatro, Saga tosse e tenta puxar o ar, inclinando-se para a frente enquanto cospe saliva ensanguentada no chão.

— Sente-se — ele diz calmamente.

Ela se endireita e tosse outra vez, sufocada. Seu rosto e pescoço latejam de dor. Jurek está parado ao lado da estante de livros, e com os dentes arranca a fita adesiva da pequena pistola.

A visão de Saga ainda está trêmula.

Com três passos curtos ele se põe na frente de Saga, esprime as bochechas dela e enfia o cano da arma em sua boca. Em seguida, aperta o gatilho.

A arma faz um clique, mas não está carregada: Jurek retirou a bala.

Saga se engasga e sente o suor escorrendo entre os seios.

— Não sei onde Joona Linna está — ela consegue dizer.

— Eu sei disso — Jurek diz. — Você não sabe nem mesmo em que continente ele se encontra neste momento. Eu o conheço, ele não conta nada a ninguém, é a única maneira... Se eu achasse que havia a menor possibilidade de você saber algo sobre Joona, não hesitaria em cortar seu lindo rosto, pedacinho por pedacinho.

— Então por que sequestrou meu pai?

— Eu não quero machucar ninguém. Estou quase terminando com você. Você me ajudou a escapar da unidade de segurança máxima, essa era sua única função.

Saga usa as costas da mão para limpar o sangue da boca. Seu corpo inteiro está tremendo do choque.

— Então o que está fazendo aqui? — Saga pergunta.

— Meu irmão não tem túmulo, nada. Eu quero saber onde ele está.

— Talvez tenham espalhado as cinzas em um jardim memorial em algum lugar? — Saga sugere com uma voz rouca.

— Eu tentei descobrir.

— Não tenho absolutamente nenhuma ideia. Em certos casos eles guardam a localização em segredo como forma de evitar que se torne um lugar de peregrinação, mas isso...

— Pode ser, mas quero saber onde ele está — Jurek a interrompe.

— Deve haver alguma documentação... Não acredito em Deus, é claro, mas gostaria de enterrar meu irmão por causa dos meus pais...

Igor teve uma vida difícil, aqueles anos no orfanato em Kusminki acabaram com ele... E foi no Instituto Serbski que ele se tornou quem era...

— Sinto muito — Saga sussurra.

— Você tem acesso quase total dentro da Polícia de Segurança e da Unidade Nacional de Operações — Jurek diz devagar. — Vou te dar seu pai em troca do meu irmão.

— Quero meu pai vivo.

As rugas no rosto de Jurek se aprofundam no que poderia se passar por um sorriso.

— Eu também queria meu irmão vivo... Mas se você puder fornecer os documentos mostrando onde ele está enterrado, será o suficiente.

Saga assente e pensa que a única explicação para Jurek ter reagido tão rápido na cozinha era ele nem sequer estar olhando para a torneira quando se serviu de um copo de água — foi apenas um estratagema para descobrir onde a arma estava escondida.

— Você vai fazer isso por mim — Jurek continua. — Mesmo que signifique vazar material confidencial, mesmo que tenha que infringir as regras.

— Sim — ela sussurra.

— Amanhã nos encontraremos na mesma hora, mas em outro lugar.

— Onde?

— Vou te enviar uma mensagem.

52

Assim que Jurek vai embora, Saga tranca a porta, manca até o armário de armas, confirma que a Glock está carregada e prende o coldre ao corpo. Checa a porta e as janelas mais uma vez, olha no guarda-roupa e embaixo da cama, e depois vai para o banheiro inspecionar seus ferimentos.

Ela lava o rosto, enxágua a boca e se seca; em seguida, joga a toalha ensanguentada na banheira, vai se sentar na cama com todas as luzes acesas e começa a vasculhar o banco de dados da Polícia de Segurança.

Desiste depois de três horas de pesquisas.

Quando para, já amanheceu.

Ela não consegue encontrar nenhuma informação sobre o paradeiro dos restos mortais do irmão gêmeo morto de Jurek Walter.

Saga sente o quanto o corpo está dolorido quando se levanta e veste uma calça jeans e um suéter macio.

Antes de sair do apartamento, ela faz outra tentativa de esconder com maquiagem os hematomas no rosto e no pescoço.

A imensa sala de investigação da Unidade Nacional de Operações está deserta. Saga passa pelo mapa da Europa que cobre uma parede quase inteira e se detém em frente às fotografias borradas de Castor, impressas a partir da filmagem da câmera de segurança bielorrussa.

Cada detalhe que observaram assume um significado completamente novo agora que sabem que Jurek está por trás de tudo.

Eles pensavam estar à procura de um assassino que vinha tentando expurgar a sociedade, que se via como uma espécie de super-herói incumbido de uma missão. Na verdade, Castor não passava de um escravo, um açougueiro domesticado.

Saga ouve vozes no corredor. Nathan está trocando algumas palavras com um colega junto à máquina de café enquanto espera seu expresso.

A investigação preliminar de repente se tornou a de maior envergadura do país, e em breve eles terão uma reunião com os chefes das equipes de trabalho. Contam com recursos quase ilimitados, mas Saga sabe que isso não vai salvar seu pai.

Ela precisa encontrar os restos mortais do irmão gêmeo de Jurek.

Nathan entra e, antes de olhar para Saga, deixa cair no chão sua bolsa pesada.

— O que aconteceu com você? — ele pergunta, pousando a xícara sobre a mesa.

— Ah, você sabe, atravessei a floresta com a Amanda e os cachorros... Minhas roupas estavam totalmente erradas.

— Parece que você participou de uma luta de boxe.

— É mais ou menos como eu me sinto — ela diz, e vira o rosto.

Nathan bebe um gole de café e se senta.

— Passei no laboratório e peguei dois relatórios.

— E você já teve tempo de ler? — Saga pergunta com uma voz rouca.

— Só dei uma olhada, mas os caras estão bastante confiantes de que identificaram a causa da morte de Cornélia.

— Ela se enforcou?

Ele puxa uma pasta grossa de dentro da bolsa, abre e pega os dois relatórios preliminares da patologia. Põe os óculos de leitura, folheia um deles e acompanha as linhas com o dedo indicador.

— Vamos ver — ele murmura. — Sim, aqui está... "A causa determinante da morte foi a obstrução total de fluxo arterial para o cérebro."

— Posso ver?

Saga se senta na beirada da mesa e começa a examinar o material. Ela para quando lê que o sacristão estava enterrado na cova atrás de sua casa em Högmarsö havia pelo menos três meses, mas morreu de desidratação uma semana após o suicídio de Cornélia.

— Os dois ajudaram Jurek, e agora estão mortos — ela diz, deslizando da mesa.

Pensa em todos os acordos que Cornélia e Erland devem ter feito com Jurek. Suas tentativas de ser úteis a fim de salvar a si mesmos e um ao outro podem muito bem ter sido a causa de suas mortes.

Eles não tinham ideia de como Jurek era perigoso.

Joona costumava dizer que cada pacto que uma pessoa faz com Jurek apenas a arrasta mais fundo no lodaçal.

Saga imagina uma antiquada rede de pesca em águas rasas, em que os anéis de madeira formam um túnel do qual não se pode escapar. Cada seção da rede é projetada para que o peixe entre com facilidade, mas não consiga sair.

O celular de Saga vibra. Uma mensagem de texto avisa que a polícia emitiu um alerta nacional e que a Interpol foi acionada.

— Um alerta nacional — ela diz em voz baixa.

— Sim, eu soube.

— Ainda não identificaram Castor?

— Não.

Saga vai até o mapa da floresta de Lill-Jan e da região do complexo industrial de Albano. Examina a linha férrea e a distribuição dos cemitérios. Jurek manteve um grande número de vítimas enterradas vivas ali.

Ela encara os marcadores no mapa, tentando entender como Jurek era capaz de controlar a localização de todas as covas, espalhadas por uma área de cerca de três milhões de metros quadrados.

E aquele era apenas um de seus cemitérios.

Ele devia ter mapas em algum lugar, ou listas de coordenadas.

Porém, em todos os anos de buscas e investigações, nunca encontraram nada parecido.

Nem sequer descobriram onde ele morava de fato.

O apartamento registrado em seu nome evidentemente não passava de um endereço de fachada.

E não havia vestígio algum de Jurek no alojamento de trabalhadores imigrantes onde o irmão estava se escondendo. Peritos forenses e equipes de cães vasculharam toda a pedreira, os edifícios adjacentes e os abrigos antiaéreos, mas era como se Jurek jamais tivesse estado lá.

— Nathan, o que realmente aconteceu com o irmão gêmeo de Jurek Walter? Com o corpo dele, quero dizer; onde está agora?

— Não faço ideia — ele responde, deixando as fotos sobre a mesa.

— Se o corpo ainda existe, eu gostaria de dar uma olhada nele — Saga diz, quando se sente confiante de que sua voz se manterá firme. — Nos ferimentos, sabe? As velhas cicatrizes em suas costas.

Nathan encolhe os ombros.

— Há um relatório abrangente do Karolinska e um arquivo com pelo menos mil fotos.

— Eu sei, mas gostaria de ver com meus próprios olhos. Não é importante, mas... você sabe quem foi o responsável pela autópsia?

— Na verdade não me lembro, mas provavelmente o Nils.

— Certo.

Nathan desliza a cadeira até o computador e faz o login, fica em silêncio por um momento enquanto digita algo e depois clica com o mouse.

— Nils Åhlén — Nathan confirma.

— Posso ver? — Saga pergunta, parando atrás dele.

Ele aponta para o computador e sai do caminho. Saga puxa uma cadeira e começa a procurar informações sobre se o corpo foi preservado por algum motivo, mas não encontra nada. Há apenas tabelas documentando todas as lesões, o peso e a condição de cada órgão.

Saga diz a si mesma que precisará ligar para Nils assim que tiver um tempo livre. Será que deveria ir ao banheiro e ligar para ele agora mesmo?

Pelo canto do olho, ela vê Nathan encarando as fotos do arquivo de Walter Jurek afixadas na parede.

As fotografias oficiais da polícia o mostram de frente e de perfil. Jurek está mais velho, tem mais cicatrizes e perdeu o braço esquerdo. Mas a calma em seu rosto enrugado e olhos pálidos não mudou.

— A reunião está prestes a começar — Nathan diz.

O celular de Saga toca enquanto ela desliga o computador.

— Bauer — ela diz ao atender a chamada.

— Encontramos o carro do seu pai — uma policial diz, ofegante como se tivesse corrido para lhe dar a notícia.

O aeroclube de Barkarby, a estrada e a área ao redor do carro de Lars-Erik foram isolados com cordões de segurança. A polícia não encontrou nenhum sinal visível de luta corporal, mas descobriu o celular destruído na lama congelada a dez metros do veículo.

Os investigadores na cena do crime vasculharam os galpões dos mecânicos, os hangares verdes que abrigam aviões esportivos de pequeno porte, o prédio do aeroclube e a pista de pouso coberta de mato.

O ponto de partida da equipe que sai à procura de Lars-Erik é a estrada de cascalho além da fita plástica esvoaçante.

A grama de inverno está enregelada. Edifícios de tijolos vermelhos e amarelos se erguem acima das copas das árvores, como sombrias testemunhas das buscas.

Saga não conseguiu entrar em contato com Nils Åhlén. Ele está a bordo de um avião, voando de volta de uma conferência em Melbourne, e não chegará em casa antes das oito da noite. O pensamento de que Nils pode saber algo sobre o irmão de Jurek é a única coisa que impede Saga de entrar em pânico.

Policiais com cães farejadores e voluntários da Delegacia de Pessoas Desaparecidas formam longas correntes humanas. Todos foram instruídos a procurar canos saindo do solo ou terra que pareça ter sido revirada recentemente.

Noventa pessoas vestindo coletes amarelos começam a andar pela grama através de trechos de floresta, cutucando com gravetos os arbustos densos e a vegetação rasteira, esquadrinhando estradas e trilhas.

Assim que fazem uma pausa após vasculhar as encostas arenosas de uma pista de motocross dos arredores, Saga se afasta e liga para Randy. Ele não atende, e uma forte sensação de solidão enche seu peito.

— Encontraram o carro do meu pai, vou ficar aqui enquanto durarem as buscas... Por favor, me ligue assim que ouvir este recado — ela deixa uma mensagem de voz, depois volta para seu lugar na corrente humana e, com os outros, continua a sondar a reserva natural de Järvafältet.

São oito horas da noite e Saga está esperando no Bar Falafel. Ela desce da banqueta alta e pega a sacola de comida no balcão.

As buscas foram interrompidas às seis e meia, quando ainda não haviam encontrado nenhum vestígio de seu pai.

Saga sabe que precisa descobrir onde estão os restos mortais do irmão de Jurek para ter alguma chance de revê-lo com vida.

Ela volta para seu apartamento, tranca a porta, deixa a sacola de comida sobre a mesa da cozinha, verifica todas as janelas e armários, olha embaixo da cama, puxa as cortinas, apaga todas as luzes e só então liga para Nils Åhlén.

— Eu literalmente acabei de ligar meu celular — Nils diz com sua voz anasalada. — O avião nem terminou de taxiar ainda.

— Preciso te perguntar uma coisa.

— Terminaremos a autópsia amanhã ou...

— Ouça — Saga o interrompe. — Estou ligando porque você fez a autópsia no irmão gêmeo de Jurek Walter.

— Igor.

— O que aconteceu com os restos mortais dele?

— Não me lembro — Nils murmura. — Mas acho que seguimos os procedimentos de praxe.

— Você consegue descobrir?

— Alguém roubou o corpo da câmara frigorífica — ele diz em voz baixa.

— Roubou?

— Logo depois que terminamos a autópsia.

— Por que alguém iria querer roubar o corpo dele? — ela sussurra.

— Não faço ideia.

Saga dá alguns passos a esmo para a frente, depois se vira e se encosta na janela, sentindo o frio do vidro contra as costas suadas.

— Poderia ser uma coincidência? — ela pergunta. — Estudantes de medicina fazendo uma brincadeira? Alguém que só queria um cadáver?

— Por que não? — ele responde.

— Nils, por favor, me diga o que você sabe, isso é importante demais.

— Eu não sei de nada — ele diz devagar. — E essa é a verdade... Só mencionei o roubo para uma pessoa, a única pessoa que achei que precisava saber a respeito... Pensei que ele ficaria transtornado, mas aceitou com uma calma tremenda.

Ela olha fixamente para o nada, ciente de que Nils está falando de Joona, e que é ele a pessoa que por algum motivo roubou o corpo.

— Você tem alguma ideia de onde o corpo possa estar agora?

— Não fiz nenhuma tentativa de descobrir porque não havia necessidade prática — Nils responde sem rodeios.

Eles encerram a ligação e Saga fica em silêncio por um tempo.

O corpo sumiu.

Saga tinha certeza de que Nils seria capaz de ajudá-la, de que havia uma explicação lógica para o paradeiro do corpo.

Seu pai foi enterrado vivo, e ela não tem nada para oferecer em troca da libertação dele.

Ela tira da sacola a caixa de plástico de falafel, pega alguns talheres e se senta à mesa da cozinha.

Saga olha para o celular. Passou o dia inteiro sem ligar para Pellerina porque não sente vontade de mentir para a irmã mais uma vez. Primeiro ela precisa salvar o pai.

53

Em breve a escuridão cairá sobre os campos e prados; as cores da paisagem já estão diluídas e aquosas.

Como de costume, o vento sopra do sudoeste, e os ramos nus dos salgueiros-chorões balançam suavemente.

Joona e Lumi cumprem os últimos turnos do dia enquanto Rinus descansa em seu quarto.

Eles estão na sala de vigilância, a maior do prédio. Colocaram as canecas de café vazias em cima de uma caixa de munição.

O rigorosíssimo cronograma e as tarefas monótonas fazem com que os dias no esconderijo tendam a se embaralhar, indistintos.

— Zona 2 — Lumi diz, fechando a tampa da lente da objetiva do binóculo ao tirá-lo de uma das aberturas.

Ela pousa o objeto na mesa de madeira lisa com toalha de feltro, esfrega os olhos e consulta o relógio.

A zona 2 abrange os campos em direção a Eindhoven e uma estufa distante.

Todas as zonas se sobrepõem e levam em consideração as idiossincrasias da paisagem.

É impossível cobrir os arredores por completo o tempo todo, mas, enquanto seguirem o plano, o risco de alguém se aproximar da oficina sem ser detectado é reduzido ao mínimo.

— Zona 3 — Joona diz, olhando para a filha.

Ela está sentada na cadeira, encarando o chão.

— Ainda faltam noventa minutos para acordarmos Rinus — Joona diz.

— Não estou cansada — ela murmura.

— Mesmo assim, você precisa tentar dormir um pouco.

Lumi não responde, apenas se levanta e passa pela mesa onde o celular de Joona está carregando.

Ela para na frente do grande monitor. Está dividido em setores, mostrando a oficina e o interior da garagem de vários ângulos.

As paredes lisas reforçadas se fundem na escuridão.

Rinus repintou o pilar que fora desgastado pela porta de aço hidráulica.

Velha e torta, a porta chacoalha com o vento.

Lumi caminha de volta, passando pela fileira de escotilhas que cobrem as fendas de disparo diante da garagem, e se senta de novo na cadeira sem olhar para o pai.

— Quanto tempo você planeja nos manter escondidos aqui? — ela pergunta após uma pausa.

Joona olha com o binóculo através de uma das aberturas, demorando-se num denso punhado de arbustos em frente a um dique cheio de água.

— Está começando a parecer Nattavaara — Lumi continua. — Se Saga não tivesse encontrado a gente, ainda estaríamos lá, não é?

Joona abaixa o binóculo e se vira para a filha.

— O que você quer que eu diga? — ele pergunta.

— Eu nunca teria ido para Paris.

Joona levanta o binóculo e examina a parte seguinte do setor, um descampado sulcado e o arvoredo de onde emerge a passagem subterrânea.

— E se os mandachuvas da polícia não tiverem dado ouvidos ao Nathan? — Lumi continua, para as costas de Joona. — E se não tiverem acreditado em você? Quero dizer, aí a Valéria não recebeu nenhuma proteção... Se isso aconteceu mesmo, ela está segura?

— Não.

— E você não se importa. Eu não consigo entender isso.

— Eu não pude ficar com ela, tive que ir embora para...

— Pra me salvar... Eu sei — ela o interrompe.

— Você está com a zona 4.

— Pai. — Lumi se levanta. — Estou fazendo tudo isso porque prometi que faria, porque é importante pra você, mas isso não vai funcionar pra sempre... Já estou ficando atrasada na faculdade, tenho uma vida social. Isso aqui é inútil demais, em todos os níveis.

— Eu posso cuidar das suas zonas — ele diz.
— Por que você faria isso?
— Se você quiser desenhar, ler, comer...
— É disso que você acha que estou falando? — ela retruca. — Que eu quero ficar sentada desenhando em vez de cumprir minhas obrigações?
— Eu não me incomodo — ele diz.
— Bem, eu me incomodo! — Lumi vocifera, agarrando o binóculo sobre a mesa.

Ela passa por Joona, para na janela ao lado do arquivo de gavetas de aço e ajusta o disco de focalização do binóculo.

Ao lado do anexo parcialmente desmoronado atrás da oficina, o cano de esgoto se projeta como um enorme canudo.

Há um pneu de trator velho caído na borda do descampado. Numa estradinha distante, as luzes dos carros cintilam entre os troncos das árvores.

Tudo está em paz.

Lumi fecha a tampa da lente da objetiva e abaixa o binóculo. Não tem forças para dizer em voz alta o nome da zona que ela acabou de verificar. Em vez disso, atravessa a sala, afasta a cortina e sai.

Joona se concentra na zona 5; olha pelo binóculo, demorando-se na fazenda vizinha ao longe, onde há um velho ônibus estacionado no quintal.

Nas anotações que entregou a Nathan Pollock, Joona lhe pediu que vazasse informações aos tabloides assim que Jurek Walter estivesse morto e Nils Åhlén confirmasse categoricamente a morte.

Pelo menos uma vez por dia Joona verifica todas as páginas das edições on-line dos jornais, mas até agora não viu nada, o que significa que Jurek ainda está vivo.

E Joona sabe do que Jurek é capaz.

Ele continua a ouvi-lo sussurrar que vai pegar sua esposa e sua filha, que vai pisoteá-lo e esmagá-lo no chão.

Mas Joona consegue entender a filha. Nos últimos dois anos, Lumi tem sido dona do próprio nariz e está vivendo a própria vida, uma vida com a qual antes ela só poderia sonhar.

E, para ela, Jurek Walter não é uma ameaça real.

Ele não morreu, como eles acreditavam ao deixar seu esconderijo em Nattavaara. No entanto, nada aconteceu a ela.

A filha de Joona leva o tipo de vida que qualquer mulher jovem e independente levaria.

Joona verifica novamente o pátio da fazenda e o ônibus ao longe antes de fechar a tampa da lente e abaixar o binóculo.

Ele vai até a cozinha para pegar café, passa pela cortina e desce a escada até o piso térreo, abre a porta e pisca por causa da luz intensa.

Lumi está ao lado da bancada com o celular colado ao ouvido. As maçãs de seu rosto estão vermelhas quando, com uma expressão de rebeldia, seu olhar encontra o do pai. Joona marcha até ela, arranca o telefone da sua mão e encerra a ligação.

— Eu preciso falar com o meu namorado, e você não pode...

Joona arremessa o aparelho no chão e pisa nele, despedaçando-o.

— Você está louco! — ela grita. — O que deu em você? O tempo todo você é de uma tranquilidade de enlouquecer, mas está mesmo é morrendo de medo. Parece um velho se escondendo num bunker com um monte de armas e comida enlatada pra poder sobreviver a alguma porra de uma guerra que nem é real.

— Lamento ter arrastado você para esta história, mas não tive escolha — Joona diz com uma calma sombria, despejando numa caneca o café que ainda resta na cafeteira.

Lumi esconde o rosto nas mãos e balança a cabeça.

— Você acha que tudo que eu faço é perigoso — ela murmura.

— Eu me preocupo com você.

Ela respira fundo, trêmula.

— Eu não queria gritar, mas isso me deixa com muita raiva, porque a coisa não está funcionando; na verdade, é claustrofóbico pra cacete — ela diz baixinho, sentando-se à mesa da cozinha.

— Não temos escolha — Joona responde, bebendo um pouco do café amargo.

— Eu não te contei sobre o Laurent — ela continua com uma voz mais calma. — Tenho um relacionamento com ele, é importante pra mim.

— Ele também é artista?

— Ele trabalha com videoarte.

— Tipo o Bill Viola.

— Isso aí, pai — ela diz a meia-voz. — Tipo o Bill Viola, só que mais moderno.

Joona vai até a pia e enxágua a caneca.

— Você não pode fazer isso de novo — ele diz.

— Pra mim é insuportável a ideia de que ele deve estar em pânico. Quero dizer, não é pra menos, já que eu simplesmente desapareci, né?

O cabelo de Lumi se solta do rabo de cavalo, e a ponta de seu nariz está vermelha.

— Se você ligar para o Laurent, Jurek vai matá-lo. E antes de morrer o Laurent vai revelar o número do qual você ligou para ele.

— Você está louco — ela diz, e engole em seco.

Joona não responde, apenas volta para a sala de vigilância. Pega o binóculo, regula o disco de dioptria do visor para a zona 1 e recomeça.

54

Já está quase escuro o suficiente para que precisem trocar os binóculos pelos fuzis com mira de visão noturna a fim de vigiar a paisagem plana ao redor da oficina.

Joona está verificando a casa principal lacrada com tábuas e os móveis de jardim abandonados.

Ouve Lumi entrar na sala e olha para ela. Ela parou perto da cortina, com a mão sobre uma pilha de cadeiras.

Ele volta a observar, inspecionando a cancela e a trilha estreita que sai para a estrada principal.

— Você está bem? Tem certeza de que está bem, pai? — Lumi pergunta, enxugando as lágrimas do rosto. — Não faz tanto tempo assim que você saiu da prisão depois de passar um longo período lá... Você disse que precisou ajudar um velho amigo, mas estou supondo que na verdade tinha a ver com Jurek.

— Não — Joona responde, e segue para a zona 2.

Ele verifica com o binóculo as cercanias imediatas, primeiro os arbustos escuros ao longo do dique, depois aponta o visor do binóculo em direção à estufa distante.

— É sempre ele, toda vez que você perde o juízo — Lumi continua. — Eu sei o que aconteceu com Samuel Mendel, e como isso afetou você. Você achou que tinha que nos sacrificar pra...

— Quieta! — Joona a interrompe bruscamente.

Uma luz pisca no topo do campo de visão do binóculo, como um arco-íris azul. Apenas por um átimo. Joona olha através do vidro da janela e vê a tela de um celular se apagar em uma mão grande.

— Acorde, Rinus, temos visitas — ele diz em voz baixa ao identificar duas silhuetas na escuridão.

Lumi corre para fora da sala enquanto saca a pistola.

Joona entrevê a silhueta da cabeça do homem mais alto em contraste com o plano de fundo ligeiramente mais claro. O vulto se move em direção à oficina antes de desaparecer atrás de algo.

Ele ouve Lumi voltar com Rinus.

— Não consigo mais vê-los, mas estão perto — Joona diz.

— Quantos? — Rinus pergunta.

— Dois.

Rapidamente Lumi tira um rifle semiautomático de uma caixa de madeira, insere um cartucho e põe a arma sobre a mesa; em seguida, tira outra, insere um cartucho e a coloca ao lado da primeira.

— Não acho que seja Jurek — Joona diz, olhando Rinus nos olhos.

Lumi vai até o monitor enquanto verifica a bolsa de emergência contendo passaporte, dinheiro, água, sinalizadores e uma pistola.

Joona levanta de novo o binóculo e esquadrinha depressa todo o setor antes de passar para o seguinte.

A luz fraca do monitor ilumina o rosto ansioso de Lumi. Ela está concentrada nas câmeras externas que mostram o que está acontecendo nos arredores imediatos da oficina e da garagem.

Na luz tênue, as imagens ficam cinzentas e granuladas.

De repente, dois vultos surgem da escuridão.

Os contornos pálidos se movem ao longo da lateral da oficina e passam por cima de algo caído no chão.

— Estou vendo os dois — Lumi diz.

Rinus se posiciona ao lado dela enquanto fecha o colete à prova de balas.

Os diodos que formam a imagem das câmeras infravermelhas sensíveis ao calor fazem parecer que as duas figuras estão caminhando em meio a uma tempestade de neve.

Parecem emitir uma espécie de poeira pálida.

Eles param em frente às grandes portas da garagem.

Lumi vê os dois apenas de relance pelas câmeras dentro do prédio enquanto as portas soltas balançam com o vento.

Joona examina minuciosamente as zonas para que não sejam pegos de surpresa por outros intrusos.

Rinus pega uma das semiautomáticas em cima da mesa.

Não é possível ver o que os dois homens estão fazendo do lado de fora da garagem.

No monitor, Lumi vê um deles segurar a porta aberta para o outro.

— Estão entrando — ela diz num sussurro.

Joona e Rinus estão ao lado dela, observando a tela.

Os dois intrusos se viram e o monitor fica branco quando um deles levanta uma câmera e bate uma foto.

Joona deixa cair a porta de aço reforçada.

Ela bate com estrondo atrás dos intrusos, o clangor metálico ecoando nas paredes.

Os dois homens gritam, caem para trás e tropeçam na parede sólida, debatendo-se em pânico, tateando e arranhando desesperadamente a parede.

Rinus acende os holofotes, e Lumi e Joona veem que pegaram dois rapazes. Um está esmurrando a porta com ambas as mãos, e seu boné caiu. Ele tem uma barba ruiva e cheia e veste calça jeans rasgada. O outro está ofegante, é mais baixo, tem cabelo escuro e veste uma jaqueta jeans com forro de lã.

Eles se contorcem e se reviram no espaço fechado, com uma expressão de medo abjeto no rosto, e tentam entender o que está acontecendo.

Rinus abre uma das fendas de disparo, e de súbito as vozes agitadas dos jovens soam ainda mais altas.

Ele grita algo em holandês, e os dois homens imediatamente ficam imóveis e levantam as mãos bem alto.

— Não os assuste — Joona diz.

Os intrusos obedecem a uma série de ordens curtas de Rinus. Eles se viram de frente para a parede, ajoelham-se, põem as mãos atrás das costas e, em seguida, inclinam-se para a frente de modo a encostar o peito e um lado do rosto contra a parede.

Essa é uma das melhores maneiras de controlar um inimigo — quando estão nessa posição, demoram muito mais tempo para desferir qualquer tipo de contra-ataque.

Joona percebe que os dois rapazes não têm nada a ver com Jurek; porém, por julgar que ainda podem ser perigosos, ele os mantém sob a mira de uma das semiautomáticas enquanto Rinus desce até onde estão.

Um deles se sobressalta tanto quando a porta se abre que quase perde o equilíbrio.

Rinus entra, abaixa a pistola, guarda-a de volta no coldre e em seguida revista os dois rapazes.

— O que estão fazendo aqui?

— Estamos procurando um bom lugar pra fazer uma festa — o barbudo diz em voz baixa.

— Fiquem de pé.

Ambos se levantam com cautela, e sua respiração acelera quando veem o rosto cheio de cicatrizes de Rinus.

— Uma festa? — ele pergunta.

— Factory Dive, uma noite, um palco, três shows — o mais jovem de jaqueta jeans responde.

— Desculpe — o homem barbudo deixa escapar. — Achamos que o lugar estava abandonado. Moramos em Eindhoven, já passamos de carro por aqui um monte de vezes.

— Nas placas está escrito que é propriedade particular.

— Nessas placas sempre está escrito "propriedade particular" e "entrada proibida" — o mais baixo diz.

55

Saga deixa o celular e a pistola sobre a mesa da cozinha. Já é tarde da noite. O vento sopra com tanta força que faz a janela tremer. Uma faixa de vidro escuro é visível entre as cortinas.

Ela se sente estranhamente vazia desde sua conversa ao telefone com Nils Åhlén.

Agora ela não tem nenhuma margem de negociação e precisa mudar de estratégia.

Não é fácil entender o que levou Joona a pegar o corpo.

Joona sempre respondeu com inesperada dureza às ações de Jurek, e sempre se mostrou preparado para fazer coisas que nenhum outro policial faria.

A mente de Jurek é muito metódica, e seus únicos erros aconteceram quando ele, por um momento, perdeu o controle.

Joona provavelmente pegou o corpo para provocar outro desses momentos de descontrole.

Deve ter enterrado o cadáver em algum lugar, a menos que o tenha congelado.

Joona nunca poderia ter previsto que ela precisaria do corpo.

Se ao menos ele entrasse em contato, Saga pensa, tentando comer uma garfada da comida fria.

No instante em que pensa em ligar de novo para Nils e perguntar sobre a câmara fria do Instituto Karolinska, seu celular começa a vibrar em cima da mesa.

Ela tem um ligeiro sobressalto, depois sorri de alívio quando vê que é Randy.

Ela empurra para o lado a caixa de comida e pega o celular.
— Randy?

— Acabei de ouvir sua mensagem, estava na câmara escura. Como estão as coisas?
— Até que bem, diante das circunstâncias — ela murmura.
— Quer que eu vá até aí?
— Não, eu...
— Eu ficaria feliz.
— Preciso trabalhar — ela alega.
— Já são onze horas — Randy diz baixinho.
— Eu sei.
— Posso perguntar o que está acontecendo?

Depois de falar com Randy, Saga arrasta a poltrona da sala de estar para o corredor, aumenta o toque do celular até o volume máximo, coloca o aparelho sobre a cômoda, prepara um expresso quádruplo, calça os sapatos e o casaco e então se senta na poltrona e fica encarando a porta da frente com a pistola na mão.

Randy disse a Saga para ligar sempre que quisesse conversar. Se ela precisasse de companhia, ele poderia vir e dormir no sofá.

Mas Saga está começando a perceber que precisa lidar sozinha com a situação.

Caso contrário, não voltará a ver o pai.

Haviam encerrado as buscas com cães farejadores na área de floresta ao redor da casa de Cornélia e percorrido Järvafältet com grupos de oficiais e voluntários.

É quase insuportável.

A imagem do pai deitado em um caixão, como o sacristão, lutando para conseguir ar suficiente através de um tubo estreito.

O café forte já esfriou quando Saga se lembra de beber um gole. Ela põe a caneca de lado, olha de relance por cima do ombro e, em seguida, acomoda-se para vigiar a porta outra vez.

Ela sabe que, após os esforços das últimas vinte e quatro horas, deveria estar exausta, mas parece que seu cérebro não consegue relaxar.

Se Jurek entrar em contato hoje à noite, ela vai dizer que espera receber amanhã informações sobre o paradeiro dos restos mortais do irmão dele.

Ela não pode dizer a ele que Joona levou o corpo.

Ela não vai negociar com Jurek, mas precisa dar um jeito de deixar claro que se o pai dela morrer, ele nunca vai descobrir onde está o irmão.

Por volta das duas da manhã, Saga está quase pegando no sono quando de repente seu celular vibra para avisar que ela recebeu uma mensagem de texto.

Com as mãos trêmulas, ela pega o telefone em cima da cômoda e tenta ver o conteúdo. A luz intensa da tela faz suas pupilas se contraírem. As letras deslizam para o lado enquanto ela lê: *Hasselgården, entrada C1, ala 4, 2h30.*

Com a sensação de que tudo está acontecendo muito devagar, Saga tira uma folha de papel da impressora, anota o endereço e o horário e a deixa sobre a mesa da cozinha.

Se ela não voltar para casa ou não entrar em contato, alguém encontrará o recado.

Ela pega a pistola e duas caixas de munição.

Enquanto desce as escadas, procura informações sobre Hasselgården — "Jardim das Aveleiras" — e descobre que é uma casa de repouso para pessoas com demência administrada por uma empresa privada cujo site proclama que o cuidado dos idosos é um mercado em expansão.

Saga tira a lona que cobre a moto, dá a partida e se afasta de Södermalm na noite fria de inverno.

Ela passa para a quinta marcha na parte reta da Bergslagsvägen, e sua cabeça dá um tranco para trás quando a moto acelera.

As luzes dos postes altos no meio da estrada passam como flashes.

O nome Hasselgården, com sua alusão a aveleiras, faz Saga pensar em um edifício de madeira vermelha do século passado, com assoalho de tábuas rangendo e lareiras tradicionais; quando se aproxima da casa, porém, encontra um edifício alto e encardido com gesso rosa-salmão e janelas de caixilhos marrons.

Ela para a moto a quinze metros da entrada C1, guarda a pistola no baú lateral e deixa o capacete no guidom.

A porta da entrada principal está destrancada.

Ela examina a planta do prédio e a localização das escadas de incêndio, então pega o elevador até o quarto andar.

O mecanismo entra em ação com um chiado.

Saga pensa em como subestimou Jurek; ele era mais forte e mais rápido do que ela jamais poderia ter imaginado.

A única razão pela qual ainda está viva é que ele quer algo dela.

Talvez deseje apenas reaver os restos mortais do irmão, mas ela precisa estar preparada para a possibilidade de ele querer algo mais.

Saga vai ouvir o que ele tem a dizer, vai falar com ele — precisa fazê-lo acreditar que ele está bagunçando sua cabeça, conseguindo entrar na escuridão que existe dentro dela.

Mas, assim que descobrir onde o pai está, ela vai enviar uma equipe de resgate até lá e fazer tudo o que puder para deter Jurek.

Ela sabe que não pode se dar ao luxo de cometer mais erros; da próxima vez que tiver uma arma nas mãos, precisa ter certeza de que vai matá-lo.

Jurek é extremamente perigoso — mas não para ela, não no momento.

Ela pode tirar vantagem do fato de que ele está interessado nela.

Não tem nada a ver com um conto de fadas do tipo "A Bela e a Fera".

Jurek não está apaixonado por Saga, mas ela percebe que ele vê algo especial nela.

Foi isso que Joona quis dizer, que Jurek tem interesse no que se passa dentro dela, em suas catacumbas interiores.

Ela precisa tirar vantagem disso.

Saga repete para si mesma que não deve se deixar arrastar, não deve se deixar cair em provocação, mas vai ter de permitir que Jurek entre em seu íntimo, apenas um pouco, de modo a induzi-lo a revelar alguma coisa.

Pode ser muito perigoso, mas ela não tem escolha.

Deu certo da última vez, e ela planeja que dê novamente.

Ela vai se manter fiel à verdade.

Vai trocar escuridão por escuridão.

Ela se olha no espelho do elevador. Seus olhos estão sombrios e impassíveis. Seu rosto está machucado, parece o de outra pessoa.

56

As portas do elevador se abrem e Saga sai para o quarto andar. Três metros à frente há uma porta de vidro com uma placa em que se lê Enfermaria 4. Ela pode ver o elevador iluminado e seu próprio reflexo, mas é difícil distinguir o corredor além da porta.

Os gritos de uma mulher vazam por entre as paredes.

As portas do elevador se fecham atrás de Saga. A luz se reduz a uma tira estreita, então desaparece por completo.

De súbito, a enfermaria escura se torna visível através da porta.

Um velho com o nariz pressionado contra o vidro olha fixamente para Saga. Quando ela tenta encará-lo nos olhos, ele se vira e sai correndo.

Com cautela, Saga abre a porta, entra e se certifica de fechá-la.

O velho está arrastando um tubo pelo chão.

A iluminação suave se reflete no linóleo cinza. Um corrimão preto ladeia uma parede.

Uma das portas à esquerda está aberta.

Saga avança devagar, tentando ver se há alguém escondido atrás da porta.

A fileira de sprinklers no teto cria sombras semelhantes a flores pontiagudas.

Ela se aproxima da porta aberta; antes de chegar a ela, porém, a porta se fecha com um estrondo.

Um homem está falando com uma voz arremedada, e a julgar pelo barulho está arrastando os móveis para reorganizá-los.

A porta seguinte também está aberta.

Saga se aproxima com cautela, e cada passo revela mais um pedaço do pequeno saguão, da porta do banheiro e do papel de parede florido.

Uma mulher magra dorme sentada numa cadeira de rodas no meio do cômodo. Nas costas de uma de suas mãos há um hematoma escuro deixado por uma cânula.

Mais adiante no corredor, alguém ri baixinho.

Saga avança a passos lentos, olhando de relance para a saída de emergência, e repara que a porta se abre para fora.

A policial sabe que Jurek é muito mais forte do que ela.

Saga passou incontáveis horas treinando na academia de musculação e em estandes de tiro.

A forma física de Jurek vem exclusivamente de situações de combate em que ele foi obrigado a matar para sobreviver.

Ela passa por cima de uma muleta caída no chão e segue adiante no corredor.

Há respingos de um líquido marrom-avermelhado no rodapé arranhado e no papel de parede texturizado.

Atrás dela, o elevador começa a se mover.

Com passos silenciosos ela chega à sala dos funcionários, que está às escuras. Ouve um bipe, algum tipo de alarme.

— Olá? — Saga diz, hesitante, e entra pela porta.

De um dos lados vem uma luz fraca, iluminando uma mesa de jantar com uma toalha de mesa natalina e uma tigela de laranjas.

Ela sente uma onda gelada de adrenalina ao avistar marcas de pés numa poça de sangue viscoso no chão da cozinha em forma de L.

A geladeira está aberta. É de onde vem o ruído.

Uma poça de sangue se espalha para um dos lados.

Saga olha o próprio reflexo na janela escura e a porta vazia que sai para o corredor.

Ela dobra a esquina e vê uma mulher de meia-idade caída no chão atrás de uma cadeira derrubada.

O clarão da geladeira não ilumina o rosto da mulher, mas Saga pode ver a calça e a camiseta azul-escuras.

O crachá laminado reluz no peito dela.

Saga se aproxima e vê que uma das pernas da calça da mulher está erguida. A canela foi partida em duas; o osso pontiagudo rompeu a pele e se projetou para fora, atravessando as meias de náilon manchadas de sangue.

A cabeça da mulher está na escuridão; conforme Saga se aproxima, porém, descobre que o nariz e todo o rosto foram esmagados.

O piso de linóleo embaixo dela está coberto de sangue.

A mandíbula superior e a cavidade nasal foram afundadas, deixando à mostra seus dentes inferiores.

Saga se vira e, com as pernas trêmulas, refaz o caminho ao longo do corredor.

Ela abre a caixa vermelha na parede e pega o pesado extintor de incêndio para ter algum tipo de arma nas mãos.

De trás de uma porta vem um som semelhante ao de uma criança chorando, mas deve ser uma das pacientes, uma mulher senil com voz estridente.

Saga chega à sala de lazer da casa de repouso; no beiral da janela, há um castiçal elétrico do Advento.

Um homem corpulento está sentado no sofá com o rosto voltado para um televisor desligado.

— Você pode parar aí mesmo e levantar as mãos — ele diz em voz baixa.

Ela põe o extintor no chão enquanto ele se levanta e se vira para encará-la. Não há dúvida de que é o homem conhecido como Castor.

Ele é grande, maior do que ela esperava. Numa das mãos, segura uma serra; um serrote comum com a lâmina enferrujada.

Castor está vestindo uma capa de chuva preta amarrotada, e os brincos de pérola balançam em suas orelhas.

— Saga Bauer? — Castor diz.

Ele estala as bochechas, deixa o serrote cair no chão e começa a andar em direção a Saga. Em seus olhos estreitos há uma expressão triste e séria.

— Vou revistar você e verificar se tem alguma arma, e quero que fique completamente imóvel — ele anuncia em uma voz sombria.

— Achei que deveria vir desarmada — Saga diz.

Ele para atrás de Saga e começa a passar as mãos grandes pelo pescoço dela, por baixo dos braços, no peito, na barriga e nas costas.

— É uma situação íntima e eu também não me sinto exatamente confortável com ela — o homem explica enquanto começa a apalpar entre as pernas e as nádegas dela.

— Talvez agora já seja suficiente — ela diz.

Sem responder, ele desce tateando pelas coxas e canelas, depois se levanta e inspeciona o cabelo da policial. Por fim pede a ela que abra a boca e a confere com a lanterna do celular.

— Jurek me disse para não me preocupar com os outros orifícios corporais — ele diz.

— Não estou armada — ela insiste.

— E você não vai precisar disto — ele diz, pegando o extintor de incêndio com uma das mãos.

Ele começa a andar e ela o segue pelo corredor. Quando ele se inclina para colocar o extintor de incêndio no chão, Saga vê que o homem carrega uma carteira abarrotada no bolso de trás da calça.

Mais adiante no corredor, uma idosa está caminhando com um andador. Ela para a cada porta e puxa a maçaneta, gritando que vai dar uma sova em todas as crianças.

Castor leva Saga até uma sala escura que cheira a tabaco de cachimbo e álcool em gel antisséptico.

— Jurek estará aqui em breve — ele diz, acendendo a luz.

— Ele é seu chefe? — Saga pergunta.

— Ele está mais para um irmão mais velho rigoroso. Eu faço tudo o que ele me diz para fazer.

Saga passa pela pequena área da cozinha e descobre um senhor deitado na cama, chorando. Ele tem cabelo branco, braços finos e veste uma camisola desbotada. Um enorme curativo está pendurado em seu rosto.

— Cadê todo mundo? — ele pergunta, aos soluços. — Fico esperando e esperando, mas cadê a Louise e os meninos, estou tão sozinho...

— Pare de choramingar, Einar — Castor diz.

— Sim, sim, sim — o velho concorda, e aperta os lábios.

Castor tira a capa de chuva preta, amassa numa bola e a enfia atrás do aquecedor.

Saga pensa nas imagens da filmagem de Castor atirando em um homem em Belarus e no rastro de destruição que ele deixou no bar da rua Regeringsgatan.

— Eu tenho consciência da minha aparência, mas sou mais inteligente do que a maioria: 170 na escala Wechsler de QI.

— Todas as pessoas são diferentes — Saga diz, com cautela.

Castor olha de soslaio para ela; depois sorri, revelando os dentes da frente tortos.

— Mas eu sou especial — ele diz.

— Você se importaria de explicar melhor?

— Se você acha que entenderia...

— Me teste.

— Eu tenho um alelo, um gene variante que significa que posso incorporar mutações, como a fertilização in vitro, só que natural... Nasci com uma espécie de sexto sentido.

— Como assim?

— A versão simplificada é que meu dom está no espectro da precognição, da clarividência... Quase ninguém acredita em mim quando falo isso... Não que tenha importância. A verdade é que tenho uma habilidade: quase toda vez que entro em algum lugar, eu sei quem vai ser o primeiro a morrer.

— Você sabe quem vai morrer primeiro?

— Sim — ele responde, muito sério.

57

Castor franze os lábios e fecha os olhos, como se estivesse tentando enxergar o futuro para saber qual pessoa naquela sala será a primeira a morrer. Alguns segundos depois, abre os olhos e meneia a cabeça com pesar.

— O Einar — ele anuncia, e em seguida inclina a cabeça para trás em uma risada silenciosa.

Assim que o velho ouve seu nome, a parte superior de seu corpo começa a balançar de forma catatônica e ele reinicia os lamentos.

— Cadê você? Louise? Estou esperando e esperando...

Castor suspira, vai até Einar e aperta sua boca com tanta força que o sangue escorre pelo queixo do velho; depois o homenzarrão o esmurra, batendo sua cabeça contra a parede.

— Ele está apenas senil — Saga diz.

Castor limpa a mão na calça e caminha de volta até Saga. Einar soluça baixinho na cama, perguntando perplexo onde estão Louise e o meninos.

— Você consegue adivinhar por que uso minhas pérolas? — ele pergunta.

— É uma homenagem a uma pessoa importante em sua vida — ela responde.

— Quem?

— Se eu acertar, você me diz onde está meu pai?

A porta se abre e Jurek Walter entra; está vestindo a camisa xadrez de costume, calça de operário e sapatos pesados.

Sem sequer olhar para eles, vai até a área da cozinha e se serve de um copo de água. Sua prótese bate no balcão com um ruído surdo quando ele fecha a torneira.

— Este lugar não é desnecessariamente arriscado? — Saga pergunta. — Por que você não mora na sua própria casa?

Jurek bebe a água e depois enxágua o copo.

— Eu não tenho casa — ele diz.

— Acho que você tem uma casa, sim — Saga continua. — Talvez não seja tão isolada, já que você parece achar arriscado levar Castor até lá.

— Uma casa? — Jurek repete em voz baixa, cravando nela os olhos pálidos.

— Você passou o começo da infância em Leninsk, perto do cosmódromo — ela diz. — Seu nome era Roman, e você morava em uma casa com seu irmão Igor e seu pai.

— Sim, muito bem — Jurek diz secamente. — Imaginei mesmo que foi rastreando os movimentos do meu pai que Joona Linna encontrou a pedreira.

Ele olha para baixo e tenta ajustar as alças da prótese.

— Mas aqui na Suécia... Por que seu irmão não morava com você? — Saga continua.

— Ele queria viver na pedreira. Precisava estar perto das coisas do nosso pai, dos móveis que eram familiares. Creio que alguns lugares exercem uma espécie de atração magnética que mantém as pessoas por perto.

Castor se posiciona atrás de Jurek e tenta ajustar as alças da prótese sob a camisa. A prótese parece estar um pouco torta, e ele tenta afrouxá-la.

— Tire isso logo de uma vez — Jurek diz.

Com um sorriso calmo, Castor começa a desamarrar as alças das costas de Jurek.

— Uma prótese nunca obedece como a pessoa quer — Castor explica para Saga. — É quase como se a relação de poder se invertesse quando você começa a se adaptar às limitações impostas por ela.

Enrola a manga da camisa de flanela de Jurek para cima, desencaixa o acessório do braço com delicadeza e o puxa para fora da manga junto com as alças.

Saga vê de relance a ponta do coto antes que a camisa caia de volta no lugar. A parte que restou do braço amputado termina pouco abaixo do ombro. Cornélia esticou a pele por cima do coto e se certificou de que os pontos e as suturas ficassem na parte interna do braço.

Castor coloca a prótese na pia e amarra com um nó a manga solta da camisa de Jurek.

— Você sabia que existem próteses mais modernas? — Saga diz.

— De qualquer forma, a verdade é que não sinto falta do braço — Jurek responde. — É apenas uma questão cosmética, uma tentativa de não chamar atenção.

Saga olha para a mão de plástico manchada de sangue estendida sobre a pia e para o fio de areia escorrendo dela.

— Por que você enterrou o irmão de Cornélia em uma cova? — Saga pergunta.

— Cornélia estava ameaçando cometer suicídio, então a levei para a ilha e a fiz assistir ao enterro do irmão.

— Mas isso não funcionou — Saga diz.

Jurek faz um gesto resignado com a mão e em seguida segura o nó da outra manga da camisa.

— Eu gostaria de ter mantido Cornélia viva. Mas quando ela soube que eu tinha localizado sua filha em Fort Lauderdale, se enforcou... Achou que isso salvaria a filha, mas obviamente não salvou.

— Você não dá a mínima para os assassinatos — ela diz com voz rouca.

Mais uma vez Jurek crava os olhos pálidos nela, e Saga sustenta o olhar sem piscar.

— Essa é uma boa observação — ele diz.

Castor pega uma frigideira e a põe no fogão, depois abre a geladeira de Einar e tira ovos, queijo e bacon.

— Acho mesmo que você não queria me matar antes, como mencionou da última vez que nos encontramos — Saga diz, com a sensação de dar um salto no escuro.

— Talvez não — ele responde. — Talvez seja assim com as sereias. Ninguém quer que elas morram... E é isso que as torna tão perigosas. Você sabe que elas vão estragar tudo, mas ao mesmo tempo a ideia de que possam desaparecer é insuportável.

Castor liga o exaustor acima do fogão e começa a derreter um pouco de manteiga na frigideira.

— Vamos para a sala de lazer — Jurek diz.

Deixam Castor cozinhando e saem para o corredor. Jurek empurra uma cadeira de rodas para longe, sem transparecer nenhuma urgência.

— Eu me lembro do que você disse sobre o que sentiu nas primeiras vezes em que matou pessoas — Saga fala enquanto caminham.

— É mesmo?

— Você disse que era estranho... Como comer algo que você não achava que fosse comestível.

— Sim.

— E agora, como é?

— Como um trabalho braçal.

— E nunca foi bom? — Saga pergunta, hesitante.

— Ah, foi sim.

Atrás de uma das portas uma mulher grita a plenos pulmões, a ponto de a voz falhar.

— Isso é difícil de imaginar — Saga diz.

— "Bom" talvez não seja a palavra certa, mas a primeira vez que matei alguém depois do suicídio do meu pai... tive uma sensação reconfortante, como quando você resolve um enigma complicado... Pendurei o sujeito numa estaca e contei a ele a razão de aquilo estar acontecendo.

— Então foi aí que você explicou sua maneira de ver as coisas... Como iria restaurar a ordem, ou sei lá a definição que você dá — Saga diz enquanto passam pelo extintor no chão.

Jurek não responde.

Entram na sala de lazer, o mesmo espaço onde Castor estava à espera de Saga quando ela chegou.

Há uma senhora idosa de pé do outro lado do sofá, cutucando com uma bengala o chão à sua frente; ela murmura algo e em seguida reinicia o processo.

Jurek aponta para uma mesa sobre a qual há um pequeno laptop. Eles circundam o aquário escuro e se sentam frente a frente. A manga da camisa de Jurek para em cima da mesa e ele a empurra para o lado com a mão direita.

Saga olha para a velha atrás do sofá e engole em seco. Desse ângulo ela pode ver que a senhora está cutucando com a bengala uma cabeça decepada. A mulher parece não entender o que é aquilo caído no chão, mas ainda assim está aflita; é como se não fosse capaz de descobrir exatamente o que há de errado ali, mas de alguma forma imagina que pode usar a bengala para consertar as coisas.

A cabeça que rola devagar pertence a um homem na casa dos trinta anos com uma barba preta bem aparada. Os óculos dele caíram e agora jazem na poça de sangue.

58

Saga desvia o olhar da velha senil e ouve o som da própria respiração. Olha para o aquário escuro e pensa que é capaz de lidar com esse encontro com Jurek, contanto que mantenha a calma.

— Nunca foi bom para você? — Jurek pergunta.

— Apenas uma vez, quando atirei em você — ela responde, olhando-o diretamente nos olhos.

— Gostei disso — Jurek diz.

— Porque você me enganou, me levou a pensar que eu tinha matado minha mãe — Saga continua, mas se arrepende de imediato.

Ela não quer falar sobre a mãe.

Ela nunca quer falar sobre a mãe, isso não lhe faz bem.

A idosa recolhe os óculos com a bengala e se afasta, deixando um rastro de sangue para trás. Ela se detém e olha para a porta, murmura algo para si mesma, parece esquecer os óculos e começa a andar em direção ao corredor.

— Presumi que você tinha feito isso de caso pensado — Jurek diz, recostando-se na cadeira. — Teria sido perfeitamente natural, mas me enganei.

— Sim.

— Eu sei que você tinha apenas oito anos — ele continua. — E, em termos puramente legais, você não tinha responsabilidade de cuidar dela. Mas é lógico que você poderia ter salvado sua mãe, isso é sempre uma opção.

— Você não sabe do que está falando — Saga diz, sentindo o peso de cada respiração.

— Não sei nada sobre você, não estou afirmando isso, mas presumo que você ia para a escola como todas as crianças suecas.

— Sim.

— E você está me dizendo que ninguém percebia nada? Que ninguém percebia que você às vezes passava dias e dias sem dormir, que ia para a escola com hematomas no rosto e...

— Mamãe nunca me bateu — ela o interrompe, depois franze os lábios.

— Mas era bastante autoritária, não? Você disse que nunca queria tirar a jaqueta porque tinha vergonha dos hematomas.

Saga tenta abrir um sorriso cansado na tentativa de esconder a agitação. Jurek se alimenta da escuridão de outras pessoas.

Ele acha que consegue chocá-la, usar a crueldade para fazê-la perder as estribeiras — mas Saga já pensou em todas essas coisas, é por isso que mantém essa porta fechada a sete chaves.

— Mamãe nunca me bateu — ela diz com a voz mais calma.

— Eu não disse que ela batia em você. Você sobreviveu, ficou tudo bem, mas isso lhe deu a chance de salvá-la — ele prossegue, enxugando a mão na parte da frente da camisa xadrez.

— Eu sei o que você está fazendo — Saga diz.

— Tudo o que você precisava fazer pra salvá-la era contar a alguém sobre sua situação — Jurek diz devagar. — Mas por algum motivo você pensou que isso seria desleal. E foi o que matou sua mãe.

— Você não sabe de nada — Saga diz.

Os lábios de Saga estão secos; quando ela os umedece, sente que a boca está trêmula.

Jurek não tem como saber, mas Saga se lembra da manhã em que, depois de três dias insones, a mãe se sentiu melhor e preparou panquecas para o café da manhã. Antes de Saga sair para a escola, a mãe a fez prometer que não contaria a ninguém nada sobre o que tinha acontecido naquela noite.

Foi há muito tempo, e Saga não se lembra mais do que aconteceu; sua única lembrança é a mãe dizendo que a menina acabaria em um orfanato se contasse qualquer coisa sobre o assunto.

Ela se levanta devagar da cadeira e desvia o olhar.

Talvez fosse apenas um comentário desimportante e descartável, mas por que a mãe disse que perderia a custódia da filha se ela dissesse alguma coisa?

— Não estou dizendo que você queria matá-la — Jurek responde. — Mas você negligenciou a possibilidade de salvá-la. Isso é perfeitamente compreensível, tendo em vista o que ela fez com você.

Saga percebe que deixou Jurek entrar em sua cabeça.

Ela olha para cima, encara o padrão floral simples do papel de parede e tenta se recompor.

Não importa, ela diz a si mesma. Isso faz parte do plano, ela dá conta do recado.

Saga sabe que a técnica de Jurek de misturar verdades e mentiras tem a capacidade de abrir as portas que levam às catacumbas de cada um. Não há perigo se ela der um basta e travar a porta agora; ele não tem como ir além.

Ela percebe que Jurek está certo quando diz que alguém na escola deve ter percebido que as coisas não iam bem. Ela se lembra dos hematomas no pescoço e nos antebraços, e sabe que costumava se sentir extremamente cansada. Tentaram conversar com ela, é claro — ela foi levada para falar com a enfermeira e a psicóloga da escola.

Saga se vira para Jurek, pigarreia baixinho e, em seguida, o encara nos olhos.

— Minha mãe era bipolar e eu a amava, mesmo que às vezes fosse difícil — ela explica com calma.

Jurek passa a mão grande pelo computador fechado.

— Não é uma doença hereditária — ele diz.

— Não.

— Mas existem vulnerabilidades genéticas que aumentam em um fator de dez o risco de um filho manifestar a mesma condição de transtorno bipolar da mãe.

— Vulnerabilidades genéticas? — ela pergunta com um sorriso cético.

— Anomalias na configuração dos genes que controlam a percepção de tempo são transmitidas geneticamente; em tese, devem operar em uma frequência de vinte e quatro horas, é claro. Se isso não acontecer, porém, o risco de transtorno bipolar aumenta.

— Eu durmo bem.

— Mas eu sei que você tem períodos de hipomania... quando fica incrivelmente focada, pensa rápido e se irrita com facilidade.

— Você está tentando me dizer que sou louca?

Os olhos de Jurek permanecem cravados nela.

— Você tem uma escuridão dentro de você que é quase páreo com a minha.

— Como é sua escuridão?

— É escura — ele diz, com um traço de sorriso no rosto.

— Mas você é são ou louco?

— Depende de quem pergunta.

Jurek se levanta e anda até uma das portas. Aguça os ouvidos, espia o corredor, volta para Saga. A manga da camisa vazia balança enquanto ele caminha.

— A doença do seu irmão não é genética, então? — Saga pergunta assim que ele se senta de novo.

— Igor foi simplesmente massacrado.

— Por que você não cuidou dele?

— Eu cuidei...

— Eu estive lá na pedreira com a equipe forense, examinei o alojamento, desci ao antigo abrigo. Eu vi tudo.

— A perícia não deixa escapar nada. — Jurek suspira e se inclina para trás.

— Seu irmão vivia na miséria absoluta — Saga diz. — Você alguma vez esteve lá, providenciou uma refeição quente pra ele? Alguma vez dormiu sob o mesmo teto que ele?

— Sim.

— Você o tratava como a um cachorro.

— Ele foi o melhor cachorro que já tive.

— E agora você quer enterrá-lo como um ser humano?

Ele sorri sem alegria.

— Eu solicitei todos os arquivos sobre seu irmão — ela continua. — O pedido precisa ser autorizado, isso vai levar alguns dias.

— Não sou eu quem está com pressa, sou?

— Você só terá as informações se eu receber meu pai de volta — ela diz, e sente o queixo começar a tremer. — Sei que parece uma ameaça, mas a melhor coisa é você libertá-lo imediatamente.

— Você acha?

— Eu prometo, você vai receber todas as informações relacionadas ao corpo do seu irmão. Mas, se meu pai morrer, você vai sair de mãos vazias.

— Então não o deixe morrer — Jurek diz, seco.

Ele abre o laptop e vira o computador prateado na direção de Saga. Um programa de chamada de vídeo já está em execução. Usando tecnologia ponto a ponto, o computador está conectado a outro computador em local diferente. As duas telas mostram em tempo real o que está acontecendo na frente do outro computador.

Saga vê que o outro computador está dentro de um espaço apertado com paredes de cimento, iluminado por uma lâmpada nua pendurada no teto.

— O que é isso? — Saga pergunta, embora saiba a resposta.

Sombras negras dançam de uma ponta a outra da parede de cimento, como se estivessem reagindo à voz de Saga; um momento depois, uma figura aparece ao lado da tela.

É seu pai.

É possível ver uma barba branca incipiente no rosto; seus óculos se foram e ele espreme os olhos em reação ao brilho intenso da lâmpada. Sua jaqueta de veludo cotelê marrom está suja e cheia de terra. Algo o assusta e ele se encolhe e recua, como se esperasse ser golpeado.

— Pai! — Saga grita. — Sou eu, Saga!

Quando ouve sua voz, ele começa a chorar. Saga pode ver a boca do pai se mexer, mas não sai som algum. Ele não parece estar gravemente ferido, porém há um pouco de sangue seco em seu rosto e na camisa branca.

— Por favor, não se preocupe — ela diz para a tela.

Seu pai se aproxima do computador; Saga vê a luz da tela se refletir no rosto dele. Tremendo, ele estende a mão suja. Mais uma vez tenta dizer algo, mas ela não consegue ouvir nada.

— Pai, escuta — ela diz em voz alta. — Eu vou te encontrar, eu prometo...

Jurek interrompe a conexão e fecha o laptop, depois se senta e estuda Saga como se ela fosse a cobaia de um experimento. Com uma curiosidade paciente, seus olhos claros se demoram no rosto dela.

— Agora a escuridão vai se fechar em torno dele novamente — ele diz por fim, com toda a calma do mundo.

59

Saga tira a chave da porta e a pendura no pescoço, depois cobre a fechadura com fita adesiva e veda a fenda de correspondência.

A luz do banheiro incide oblíqua em seu rosto. Ela tem um vinco profundo entre as sobrancelhas, e a falta de sono deixa sua pele com um aspecto quase transparente.

A gola da camiseta sob a jaqueta está molhada de suor.

Ela já revistou o apartamento. Foi a primeira coisa que fez quando entrou em casa.

Empurra a poltrona, vai até a cozinha e abre uma das gavetas. Ao passar, o movimento faz a folha de papel com o endereço da Hasselgården esvoaçar em cima da mesa.

Pega duas facas de cozinha resistentes, entra no quarto e usa a fita adesiva para prender uma delas atrás da porta aberta.

Ela e Jurek já se encontraram duas vezes agora. Talvez ela pudesse tê-lo matado na primeira ocasião se tivesse escondido melhor sua pistola, ou se tivesse consciência da presença dele no apartamento.

É possível que ela realmente tenha registrado a chegada de Jurek durante o sono, através das pálpebras, mas rejeitou o aviso. Ela tem dormido muito com Randy, já não está mais tão alerta como costumava ser.

Saga prende a outra faca com fita adesiva na lateral do vaso sanitário e dá um passo para trás a fim de confirmar que é impossível ver a arma oculta; depois apaga a luz do banheiro.

O celular está largado em cima da cômoda do corredor. Ela não recebeu mais nenhuma mensagem.

Seus olhos ardem de cansaço enquanto ela vai até a sala de estar pegar o abajur de chão, deixando um rastro de pegadas sujas no assoalho de madeira. Posiciona o abajur no corredor, acende e aponta a luz diretamente para a porta, de modo a ofuscar qualquer eventual intruso.

Os pensamentos rodopiam em sua cabeça, uma torrente de imagens despencando em cima dela.

Os cadáveres no asilo, o rosto assustado do pai.

O olho esquerdo dele estava ferido, ligeiramente caído.

Os movimentos eram os de uma pessoa à beira da morte.

Saga engole em seco e se esforça para não chorar; isso não ajudaria em nada. Se não consegue dormir, então precisa aproveitar o tempo para se concentrar, pensar.

Ela se senta na poltrona com a pistola na mão, a bolsa de munição a seus pés.

Confere de novo o celular, mas a tela está escura. Ela deixa a pistola no braço da poltrona e enxuga a mão suada na calça.

Deveria tentar dormir um pouco, talvez recorrer aos comprimidos de morfina que guardou.

Isso a acalmaria.

Não é provável que Jurek volte a entrar em contato esta noite. Ele acha que só no dia seguinte Saga vai conseguir mais informações acerca dos restos mortais do irmão.

Ela pega de novo a pistola e encara a porta da frente.

Há bolhas de ar presas sob a fita adesiva prateada.

Ela fecha os olhos devagar, inclina a cabeça para trás e vê a luz do abajur de chão através das pálpebras.

Detecta uma ligeira mudança na iluminação e imediatamente abre os olhos de novo.

Não foi nada.

Saga não consegue deixar de pensar que não precisavam ter matado os funcionários do turno da noite; poderiam amarrá-los, trancá-los em algum lugar. Deve ter sido Castor. Jurek não gosta de matar; não significa nada para ele.

Se foi Jurek, então fez isso porque queria assustá-la, um lembrete de como é perigoso, de que está falando sério sobre ela nunca mais ver o pai com vida a menos que obtenha informações sobre o paradeiro do corpo de seu irmão.

Saga percebe que suas mãos estão tremendo quando, pela enésima vez, verifica se o telefone está carregado e o toque no volume máximo.

São cinco e meia da manhã.

Joona não teria ficado nem um pouco feliz com a maneira como Saga está lidando com a situação. Ele a teria mandado matar Jurek na primeira chance, mesmo que custasse a vida do seu pai.

Para ela, isso é impossível.

Não é uma escolha que seja capaz de fazer.

Joona teria dito que, enquanto Jurek permanece vivo, o custo aumenta a cada segundo. E o montante não para de crescer, até que por fim a pessoa perde tudo.

Talvez Saga esteja errada, mas a sensação é que ela e Jurek estão mais uma vez sentados diante de um tabuleiro de xadrez.

Ela estava tentando atraí-lo por meio de um movimento de abertura defensivo.

Esse era o plano.

Mas o que conseguiu em troca?

Devia ser alguma coisa, uma vez que é impossível mover uma peça sem deixar uma lacuna.

Parece que ela deixou escapar um detalhe importante, algo que lhe passou despercebido, algo que poderia ter relação com outra coisa.

De súbito, seu cansaço desaparece.

Jurek conseguiu direcionar a conversa para a mãe de Saga, embora ela tivesse demarcado um limite bastante rígido com relação ao assunto.

Era estranha a facilidade com que isso tinha acontecido.

Ela julgara que tinha controle sobre a situação, que estava apenas refutando falsas alegações sobre a mãe, mas ainda assim acabou por revelar que a mãe era bipolar.

Provavelmente não importa, mas foi desnecessário.

Às vezes Saga se sente como uma borboleta que Jurek está tentando pegar, mas às vezes é como se ele já a mantivesse dentro de um pote de vidro.

Jurek Walter é astuto.

Ele proferiu uma série de suposições sem fundamento antes de afirmar que a mãe de Saga a machucava.

Ele estava apenas chutando — mas agora ele sabe.

Cada conversa com Jurek é um precário exercício de equilíbrio.

Saga esfrega forte o rosto com uma das mãos.

Ela precisa pensar.

Suas lembranças da conversa estão ficando mais fracas a cada minuto.

Jurek demonstrou frieza quando disse que o irmão gêmeo era um cachorro; isso era parte da estratégia, ele queria ver como ela reagia à sua frieza, Saga tem certeza. Mas quando falou sobre casas diferentes, provavelmente foi genuíno. Ele disse que alguns lugares exercem uma espécie de atração magnética que faz a pessoa sempre querer voltar para lá.

— Merda — ela murmura, e se levanta da poltrona.

Há algo de que ela deveria se lembrar.

Mas era como se a visão dos cadáveres tivesse apagado sua capacidade de pensar de maneira estratégica.

Saga olha de relance para a porta, vai até a cozinha, põe a pistola sobre o balcão e abre a geladeira.

Quando perguntou a Jurek sobre o irmão, Saga permitiu que ele desviasse a conversa para o transtorno bipolar de sua mãe.

O que obteve em troca?

Ele estava quase na obrigação de lhe dar algo.

Saga tira um tomate-cereja do cacho, enfia na boca, morde e sente o sabor da súbita explosão.

Ela tentou provocar Jurek alegando que ele não cuidou do irmão doente, afirmando que tinha visto a miséria em que o irmão vivia quando a polícia revistou o antigo alojamento de trabalhadores imigrantes na pedreira de cascalho.

Foi nesse momento que aconteceu.

A voz de Jurek adquiriu um tom inesperadamente zombeteiro quando ela mencionou que a equipe forense vasculhara todos os cantos da pedreira.

A perícia não deixa escapar nada, ele disse, parecendo sugerir que na verdade os peritos tinham deixado passar despercebida a coisa mais importante.

Saga puxa o filme plástico de um prato de sobras e começa a comer com a mão enquanto tenta repassar mentalmente toda a conversa.

Jurek afirmou que Joona conseguiu encontrar seu irmão após fugirem do cosmódromo em Leninsk por causa do trabalho do pai na pedreira.

Ela mastiga o macarrão frio, engole, depois coloca um bocado de frango na boca, sentindo o sabor do limão e do alho.

Castor estava atrás de Jurek, ajudando-o a desamarrar as alças. Ele falou sobre as próteses e o fato de a pessoa começar a se adaptar às limitações.

Um disparatado desprezo pela fraqueza, Saga pensa. Em sua mente, ela vê Castor colocando a prótese em cima da pia, e depois um pouco de areia escorrer pela borda dela.

Ela viu, mas na hora não entendeu.

Jurek está morando na pedreira, é a única resposta plausível.

Ele estava lá o tempo todo, ela conclui.

Com dedos trêmulos, ela coloca o prato vazio na pia e tira da geladeira a caixa de falafel do dia anterior. Mastiga rápido, depois morde a ponta de um pimentão verde.

A pedreira é o lugar magnético, ela pensa. É onde tudo começou e terminou, foi onde o pai de Jurek morreu, e foi onde o irmão gêmeo de Jurek morreu.

Quando ele disse "A perícia não deixa escapar nada", quis dizer exatamente o contrário.

Deve haver outro bunker que não conseguiram encontrar. Possivelmente é ainda mais subterrâneo, abaixo dos que a equipe forense vasculhou.

Saga não consegue conter um largo sorriso.

Pode ser que sua constatação faça sentido.

Ela repassa mais uma vez a conversa enquanto come homus seco e palitinhos de cenoura, bebe suco direto da caixa e limpa os dedos pegajosos na calça jeans. Vai até a mesa, vira a folha de papel e começa a anotar os pontos-chave, começando com a areia que escorreu da prótese.

Jurek não revelou nada óbvio, mas, como um todo, é possível que tenha deixado algo escapar.

Ele disse que tinha vivido com o irmão, mas não havia nenhum vestígio de sua presença nem nos prédios nem no bunker.

O esconderijo perfeito. Jurek sabia que os policiais não seriam capazes de encontrar o refúgio oculto, uma vez que já haviam esquadrinhado o lugar com todos os recursos à disposição.

A parede de cimento visível atrás do pai dela poderia muito bem pertencer a um abrigo antiaéreo da Guerra Fria.

E no momento em que a conexão com seu pai foi interrompida, Jurek disse: *Agora a escuridão vai se fechar em torno dele novamente.*

Ele não disse uma palavra sobre túmulos, nada sobre cavar.

Saga tem quase certeza de que o pai está na pedreira em Rotebro. Ela sai às pressas para o corredor e pega o celular em cima da cômoda.

60

Depois de encerrar a ligação para Verner Sandén, seu chefe, Saga permanece sentada na poltrona com o celular na mão, sentindo uma assustadora agitação dentro de si. Sandén ouviu atentamente o que ela disse, tratou-a com arrogância apenas uma vez e concordou com sua análise em quase todos os pontos.

Quando ela explicou o plano que havia elaborado, ele ficou em silêncio por alguns segundos e então lhe deu sinal verde para montar uma pequena equipe. Saga teria acesso a oficiais da Unidade de Resposta Rápida e também contaria com um franco-atirador experiente.

— Estou abalada e muito cansada... Mas talvez a gente possa enfim colocar um ponto-final nisso, talvez possamos salvar meu pai, quem sabe Valéria também — Saga dissera.

Ela se levanta e vai para a cozinha.

O céu está ficando mais claro através das cortinas fechadas.

Quando a polícia chegou à casa de repouso, Jurek e Castor já tinham ido embora havia muito tempo.

Não é líquido e certo que a operação desta noite terá sucesso; pode ser que Saga esteja redondamente enganada. Ela precisa ter isso em mente, mas agora sente uma enorme sensação de alívio pelo simples fato de ter um plano.

Ela vai preparar uma armadilha que poderá ser cancelada e evaporar feito névoa caso as circunstâncias mudem.

Todavia, com um pouco de sorte ela estará um passo à frente de Jurek por alguns segundos — e, se isso acontecer, serão os últimos segundos da vida dele.

O plano é Saga se posicionar na pedreira de cascalho com o atirador de elite e com a equipe de resposta rápida quando Jurek fizer contato com ela para fornecer a localização e o horário do próximo encontro.

Ela vai dizer que o esperará; se ele der as caras, poderá ser executado pelo franco-atirador.

Saga abre o laptop novamente e examina as imagens de satélite e de drones. É uma área bastante vasta, com desníveis extremos.

Ela olha para o longo bloco cinza do alojamento de trabalhadores, que forma uma faixa estreita entre a floresta e a fossa de extração de areia.

Abaixo disso estão os bunkers.

Ela liga para o chefe de novo e diz que precisa de mais dois franco-atiradores.

Verner responde que no momento oportuno ela terá toda a equipe à disposição.

Saga coloca o laptop e uma almofada com bordados dourados em uma bolsa de náilon azul da Ikea, busca na cozinha a caneca de *Game of Thrones* e tira da tomada o abajur de chão.

Já é noite quando Saga e Nathan Pollock se aproximam do ponto de encontro na estreita estrada a oeste de Rotebro.

O celular de Nathan vibra; é uma mensagem de texto de Verônica. Ela lhe enviou um coraçãozinho vermelho.

— Assinei todos os papéis — ele diz.

— Que bom.

— Não sei por que eu estava sendo tão babaca.

A igreja do século XII em Ed reluz como uma joia branca na escuridão, ao lado dos campos adormecidos e do lago negro.

A equipe já está lá.

Os veículos pretos brilham como respingos de tinta ao longe.

Nathan entra com o carro em uma trilha acidentada, deixando para trás o muro da igreja e as placas que alertam sobre a realização de manobras militares na área.

É pouco mais de meia-noite, e se Jurek seguir o mesmo padrão das madrugadas anteriores, eles ainda têm muito tempo para assumir suas posições.

Postes de luz esparsos iluminam o estacionamento deserto.

Nathan permanece no carro enquanto Saga vai ver a equipe. Troca apertos de mão com cada um dos seis homens da Unidade de

Resposta Rápida, com o oficial no comando e com os peritos forenses da Polícia de Segurança. Depois vai falar com os três franco-atiradores, que estão um pouco distantes dos demais.

Dois deles são do Grupo de Operações Especiais de Karlsborg, homens à paisana na casa dos trinta anos. Linus é alto e loiro e encara Saga por um tempo um pouco longo demais quando se cumprimentam, ao passo que Raul tem cicatrizes profundas na maçã do rosto e esconde a boca com a mão esquerda quando sorri.

Atrás deles está Jennifer Larsen, da Polícia de Estocolmo. Vestida de preto, ela prendeu o cabelo castanho em uma trança grossa e amarrou uma bandagem elástica esportiva em volta da mão direita.

— Vocês podem vir comigo, por favor? — Saga diz.

— Pra onde você mandar — Linus sorri.

— Ótimo — Saga diz, sem retribuir o sorriso.

— É só dizer em quem vamos atirar — Raul fala.

— Vou precisar de algum tempo para montar meu equipamento e resolver as questões balísticas — Jennifer pede.

— Quanto tempo?

— Vinte minutos devem dar.

— Você vai ter mais de meia hora depois das minhas instruções.

— Perfeito.

Os três atiradores de elite acompanham Saga até o restante do grupo. Toda a área ao redor da igreja medieval está em silêncio.

Uma meia-lua treme no gelo fino que recobre o lago.

Até agora, Jurek sugeriu um local diferente a cada encontro para evitar potenciais armadilhas. Se Saga estiver certa e Jurek estiver escondido na pedreira, o plano pode ser bem-sucedido.

Quando Jurek entrar em contato, ela vai falar que sabe onde estão os restos mortais do irmão dele, mas vai dizer também que precisa de uma prova de que o pai ainda está vivo antes de concordar com uma troca.

Perfeitamente razoável.

O que Jurek não sabe é que já há franco-atiradores posicionados do lado de fora do esconderijo. Assim que aparecer, um dos atiradores terá tempo para incapacitá-lo.

Se ela estiver errada sobre o esconderijo de Jurek, a única coisa que vai acontecer é a operação ser cancelada.

O cenário hipotético mais perigoso é se os franco-atiradores errarem ou apenas ferirem Jurek e ele conseguir escapar.

Se isso ocorrer, a equipe de resposta rápida será acionada para invadir o prédio.

Mas se Jurek fugir e o pai de Saga não estiver lá, ela provavelmente nunca mais vai descobrir seu paradeiro.

E toda a confiança entre ela e Jurek se desmanchará no ar.

O mesmo vai acontecer se Jurek perceber que há franco-atiradores por perto, caso tenha algum tipo de sistema de alarme ou vigilância por câmeras ocultas.

Mas é a única chance de Saga.

Ela nunca teria insistido nessa operação se as chances de êxito não fossem tão altas.

Saga reúne a equipe em um círculo, distribui mapas da pedreira e meticulosamente explica e revisa o posicionamento de cada franco-atirador. Jurek Walter não será capaz de deixar o antigo alojamento sem acabar em uma perfeita linha de tiro. Ela mostra à equipe de resposta rápida por qual caminho entrar, onde se reagrupar, rotas de acesso para ambulâncias e um lugar onde um helicóptero poderia pousar.

Enquanto apresenta as instruções de táticas operacionais, pensa no que Joona disse sobre mandar às favas todos os escrúpulos, desrespeitar todos os regulamentos quando se trata de Jurek Walter. A única coisa que conta é matá-lo. Em nome disso valiam a pena todas as possíveis perdas e danos, todas as potenciais consequências imagináveis.

— Então você não quer que a gente atire também no outro, o cara grande? — Linus pergunta.

— Não até que o alvo principal tenha sido incapacitado.

— Incapacitado?

— Devemos considerar que se trata de uma situação de refém — Saga explica, e ouve a tensão na própria voz. — Vocês não podem hesitar, vocês não podem errar o alvo, e vocês só têm uma chance.

— Beleza — Linus diz, erguendo as mãos.

— Ouçam, todos... Para acabar com qualquer vestígio de dúvida quando a situação se tornar crítica, quero enfatizar que a palavra "incapacitar" significa que o tiro precisa ser fatal.

O círculo ao redor dela fica em completo silêncio. Um vento frio sopra vindo do cemitério, levantando as folhas congeladas do chão.

— No fundo, não é uma operação complexa — Saga continua, com uma voz ligeiramente mais suave. — As várias etapas estão claras, todos vocês já receberam as instruções e vamos interromper a ação se algo der errado... Vou estar com o atirador número um, que é você, Jennifer, e vamos manter estrito silêncio no rádio até que seja dada a ordem final para prosseguir.

61

Os franco-atiradores voltam para os carros e começam a pegar os fuzis, os capacetes e as redes de camuflagem.

Na luz fraca dos porta-malas dos dois veículos, eles se trocam e vestem roupas quentes e à prova d'água.

Saga vê Raul fazer uma dancinha requebrando os quadris com as mãos atrás do pescoço assim que veste a calça.

Ela vai até o grupo da Unidade de Resposta Rápida para confirmar as táticas a serem empregadas quando arrombarem as portas reforçadas.

Os homens são especialmente treinados para situações com reféns, nas quais tomar de assalto e invadir o local é a única alternativa.

— É possível que o refém esteja ferido ou em péssimas condições, e uma onda de pressão pode causar sérios danos — ela diz.

— Vamos começar com soldas a arco elétrico nas dobradiças e ferrolhos — o líder do grupo diz.

Saga está prestes a discutir o uso de explosivos como último recurso, mas silencia quando ouve uma discussão entre os franco-atiradores.

— Mas que porra você está fazendo? — Jennifer pergunta, furiosa.

Com um sorriso, Linus olha para o amigo e balança a cabeça.

— O que você acabou de fazer? — ela pergunta.

— Nada — ele responde.

Saga o vê abotoar calmamente a calça camuflada. Ele tem ombros largos, e é pelo menos uma cabeça mais alto que Jennifer.

— Tenho trinta e seis anos e dois filhos — Jennifer diz. — Trabalho na polícia há oito, e nunca ouvi falar de alguém que simplesmente beliscou o mamilo de outra pessoa. Essa é uma tática usada pra humilhar e excluir as mulheres de certas profissões.

— Tudo o que importa pra nós é você ser uma boa atiradora — Linus responde friamente.

— Escuta aqui — Saga diz, parando na frente deles. — Essa sua porra de atitude foi desnecessária e pouco profissional... Não, cala a boca. Jennifer está certa, toda mulher já passou por isso, ninguém gosta, então vê se daqui pra frente dá um tempo.

As bochechas de Linus estão vermelhas.

— Então liga pro meu chefe e fala pra ele me demitir. Eu sou um dos melhores, mas agora que vocês, senhoras, se uniram...

— Vamos lidar com isso mais tarde — Saga diz.

Os homens verificam os equipamentos com expressão emburrada. Saga vai até o carro de Jennifer e vê que ela instalou uma mira telescópica com visão noturna no fuzil e enrolou quatro carregadores de munição com fita adesiva camuflada, todos alinhados no porta-malas.

— Eu preciso de três franco-atiradores — Saga explica. — Não há tempo pra encontrar um substituto pra ele.

— Não se preocupe — Jennifer diz, tirando alguns fios de cabelo da boca.

Ela encaixa uma faca no cinto, acima do quadril esquerdo. Depois veste o colete à prova de balas e aperta as alças nas laterais.

— Você vai ficar a mais de quatrocentos metros da área-alvo — Saga diz.

— Vou fazer os ajustes necessários.

— Você lidou bem com aqueles idiotas.

— Antes eu costumava deixar esse tipo de coisa pra lá — ela responde, cansada. — E, ah, você sabe... eu sentia vergonha. Mas agora tem coisas demais acontecendo na minha vida pra eu tolerar mais merda. Minha mãe tem Alzheimer, e o resto da família já está brigando pela herança.

— Sinto muito.

— Mas o pior é que agora meu marido está determinado a correr a maratona de Estocolmo.

— Todos eles têm seus pequenos projetos — Saga responde. — Quero dizer, meu namorado meteu na cabeça que é fotógrafo.

— Mas ele não faz fotos de nus, certo? — Jennifer pergunta com um sorriso sarcástico.

— Faz, mas tudo *muito* artístico. — Ela sorri.

— Meu marido também passou por essa fase... A maratona é muito pior. Espero que você não tenha que lidar com esse tipo de coisa.

Saga está prestes a responder quando o celular vibra em sua mão. Ela lê a curta mensagem de texto de Jurek: *Clube de Golfe de Lidingö, duas da manhã.*

Ela se afasta alguns passos de Jennifer, recompõe-se, pensa em como responder, e em seguida digita com os dedos trêmulos: *Eu sei onde o corpo do seu irmão está. Antes de qualquer troca, preciso ver se meu pai está bem.*

Lê a mensagem duas vezes, respira fundo e clica em enviar. Agora não tem volta, ela pensa. Acabou de mentir para Jurek, e vai ser muito difícil sustentar a mentira se algo der errado.

Enquanto espera que Jurek responda, ela observa os campos.

A floresta atrás da igreja está escura. A iluminação âmbar na fachada faz o pequeno edifício cintilar feito vidro fundido.

Há uma chance de que ela consiga consertar tudo.

Seu celular vibra de novo. Saga olha para a tela e estremece ao ler: *Tenha um laptop em mãos.*

Com o coração aos pulos ela atravessa o estacionamento e diz em voz alta para que todos possam ouvi-la:

— Escutem, recebemos uma mensagem do sequestrador. A situação está em andamento agora, vocês sabem o que fazer, assumam suas posições, fiquem atentos para que nenhum de vocês seja localizado e aguardem novas ordens.

62

Saga está no micro-ônibus da frente, estacionado em uma trilha da floresta no topo da cordilheira de Estocolmo, a cerca de um quilômetro dos limites da grande pedreira de cascalho onde ela acha que Jurek está se escondendo.

Já faz quarenta minutos que está sentada lá.

Por precaução, os peritos forenses e o líder da equipe a deixaram sozinha.

Limparam o painel interno do veículo e montaram um fundo branco. Saga está encostada nele, sentada em cima da almofada com o laptop nos joelhos e a caneca de *Game of Thrones* ao lado. A única luz vem da tela e do abajur de chão que ela trouxe do apartamento.

Se ela não tirar o laptop do lugar, vai parecer que está sentada em seu apartamento quando os computadores se conectarem e as câmeras forem ativadas.

Ela pensa no que dirá se Jurek lhe pedir que leve o laptop para um cômodo específico do apartamento. Com sorte, bastará dizer que a bateria está carregando e que eles correm o risco de perder a conexão caso ela saia do lugar.

Os carros que passam pela estrada principal são quase inaudíveis, mas o som da sirene de uma ambulância na autoestrada chega ao micro-ônibus.

A essa altura, os franco-atiradores já devem estar posicionados nos arredores do antigo alojamento, e a equipe de resposta rápida se dividiu em três pares na floresta acima.

Saga pensa mais uma vez na conversa iminente. Ela vai sugerir uma troca imediata, mas sem parecer apressada demais. Jurek se alimenta das conversas com ela, da sensação de que está dissecando sua alma.

Ela controla a respiração, sente os movimentos suaves da barriga e expira mais devagar.

Quando ouve o som borbulhante que indica uma chamada recebida no Skype, Saga é invadida por uma estranha calma.

É quase como se tivesse opiáceos em seu sistema nervoso.

Ela desliza os dedos frios sobre o teclado, move o cursor para o símbolo verde e clica para aceitar a chamada.

O rosto de Jurek surge na tela. Está tão perto que chega a ser desconcertante. Ela pode ver a rede de rugas e as inúmeras cicatrizes na testa, no queixo e numa de suas bochechas.

Os olhos de Jurek a inspecionam com calma.

Ele veste um desbotado anoraque preto com capuz por cima da mesma camisa xadrez que estava usando da última vez. Não está usando a prótese. A manga vazia do anoraque está pendurada. Saga pode ver o contorno do coto sob o tecido.

— A esta altura já deveriam ter encontrado o carro do seu pai — ele diz.

— Eu sabia que isso não nos levaria a lugar nenhum, mas me juntei às buscas porque era o que se esperava de mim — ela responde com sinceridade.

De algum lugar atrás de Jurek vem o som de uma tosse cansada. Ele não reage; seu olhar pálido não se desvia do rosto dela nem por um segundo.

— Estive pensando sobre o que aconteceu quando você encontrou meu irmão — ele diz.

— Injetaram em você uma dose alta de cisordinol, e você deixou escapar "Leninsk" — Saga diz.

— Não, isso... Você não teria como entender o que eu disse.

É impossível dizer se ele está fingindo surpresa ou se genuinamente não sabia disso.

— Foi assim que encontramos você.

Ele inspira e se inclina para mais perto da tela. Saga se força a não desviar o olhar.

— Você sabia que Joona executou meu irmão?

— Como assim? — ela pergunta em um fiapo de voz.

— De acordo com o relatório da autópsia, ele atirou no coração dele à queima-roupa, tão próximo que a pólvora do cano da arma marcou a pele.

Saga também leu o relatório post mortem e sabe que Jurek está certo, em termos puramente técnicos. Não havia testemunhas da morte de Igor, e Joona se recusou a responder a quaisquer perguntas na averiguação obrigatória que é automaticamente instaurada quando há disparos de armas de fogo.

— Eu sei que Joona pretendia prender seu irmão — ela diz com voz firme. — Alguma coisa deve ter acontecido, caso contrário ele não teria atirado.

— Por que não? As pessoas se gabam alegando que existem normas aceitáveis para o comportamento humano... Mas, em essência, todo mundo é ciumento, covarde, cheio de ódio... limitado pelo ambiente em que vive e disposto a defender seu território com agressividade repugnante... a destruir outras pessoas... Porque, no fim das contas, para quem ainda está vivo e se senta para jantar com a família, o sofrimento de outras pessoas não significa nada.

— Quero ver se meu pai está bem — Saga sussurra.

— Quero ver se meu irmão está bem — Jurek rebate, virando o computador.

Paredes de cimento nuas passam piscando pela câmera na borda superior do laptop antes de a imagem se deter no pai de Saga.

Ele está enrodilhado de lado no chão de cimento, ao lado de um tambor de plástico azul. Seus pés descalços estão cheios de areia e a jaqueta de veludo cotelê está imunda.

— Lars-Erik, sente-se — Jurek diz.

Saga vê o pai se encolher, mas não faz nenhum movimento para se sentar.

— Sente-se direito agora — Jurek diz, dando-lhe um chute de leve no ombro.

— Desculpe, desculpe — Lars-Erik geme, e se senta encostado na parede, tremendo.

Ele contrai os olhos contra a luz e quase tomba, mas apoia a mão no chão para se firmar. Tem vestígios de sangue sob as narinas, nos lábios rachados e na barba branca.

Ele olha com expressão surpresa para Jurek, que lhe vira as costas e volta para o computador.

— Você está dando água pra ele? — Saga pergunta.

Jurek se senta na frente da tela outra vez. Seus olhos pálidos escrutinam o rosto dela.

— Por que de repente você está tão preocupada com o seu pai? — ele pergunta em voz alta. — Alguns anos atrás, você nem sabia se ele estava vivo ou morto.

— Eu sempre me preocupei com o meu pai — ela retruca, engolindo em seco. — E preciso ter certeza de que você vai mesmo libertá-lo se eu te der o que você quer.

— Castor vai levar Lars-Erik até um posto de gasolina, onde ele vai receber um celular para ligar para você.

— Combinado — Saga sussurra.

Jurek se inclina para mais perto da tela e a estuda com atenção.

— Como você descobriu onde estão os restos mortais do meu irmão? — ele pergunta após uma pausa.

— Não posso contar — ela diz, e percebe que o laptop começou a tremer em seu colo.

O silêncio entre eles cresce. Muito devagar, Jurek inclina a cabeça para o lado, sem tirar os olhos de Saga.

— Como posso saber se você não está tentando me enganar? — ele pergunta calmamente.

— Porque você não faria essa pergunta se achasse que estou te enganando.

Os lábios de Jurek esboçam um sorriso fino, e Saga pensa que, se estiver errada, se Jurek e seu pai não estiverem na pedreira, mesmo assim vai prosseguir com a troca. Vai mentir sobre a localização do corpo do irmão dele, vai dizer que ele está sendo mantido em uma câmara fria secreta do Instituto Karolinska.

Jurek se levanta e leva o laptop enquanto sai do recinto onde o pai dela está deitado. Saga vê de relance uma saleta com paredes de cimento antes de Jurek fechar e trancar uma espessa porta de aço e percorrer um túnel escuro.

— Em breve vamos encerrar nossas negociações — ele diz para a tela do computador. — Mas preciso me encontrar com você uma última vez pra descobrir por que alguém levou o corpo de Igor.

— Eu prometo que você terá suas respostas — ela diz. — Devo ir para o Clube de Golfe de Lidingö agora?
— Você receberá um novo endereço — ele responde, e encerra a ligação.

63

Saga veste depressa o equipamento de camuflagem e o colete à prova de balas, prende o coldre na cintura e põe a mochila nas costas. Pega uma bússola e em seguida sai correndo pela floresta.

A luz suave da lanterna traça um caminho cinza no chão preto. Ela desvia de uma árvore e pula por cima de algumas raízes enormes.

Em quatrocentos metros ela precisará desligar a lanterna, e aí mergulhará na mais completa escuridão.

Ela conta os passos e se vira, mantendo a cabeça baixa; abre caminho através de um denso matagal, dá uma guinada e corre novamente.

Respirando pelo nariz, ela desacelera quando está a cerca de cem metros da posição de Jennifer. Verifica a bússola, desliga a lanterna e dobra o corpo para passar por baixo do galho de um pinheiro.

Ela avança com cautela, estendendo uma das mãos, esquiva-se de uma árvore e escorrega em uma pedra.

À esquerda, vê um holofote na pedreira, mas está longe demais para ter alguma utilidade para a equipe.

Seu celular vibra e ela se detém; inspira ar frio para os pulmões, abre o bolso, pega o aparelho e lê:

Rinque de patinação no gelo de Järfalla, três da manhã.

Saga continua andando, e pensa que consegue chegar à pista de patinação de gelo em quinze minutos de carro. Se estiver errada, ou se por algum motivo errarem o alvo ao atirar em Jurek, ela partirá para lá sozinha e continuará como se nada tivesse acontecido.

Quando chega a um declive, ela diminui mais o ritmo e passa a pisar com cuidado para não fazer barulho, para não quebrar nenhum galho nem causar um desmoronamento de pedras ladeira abaixo.

Embora saiba a posição em que Jennifer está, Saga tem dificuldades para localizá-la. A franco-atiradora cortou alguns galhos para se cobrir, está vestindo equipamentos de camuflagem e uma rede sobre o capacete; deitada de bruços com as pernas afastadas, enfiou o cano do fuzil em meio a uma moita de urze. Saga se aproxima agachada e percebe que Jennifer a ouviu, mas nem por um segundo sequer afasta os olhos da mira de visão noturna.

No breu, a quatrocentos metros de distância, não é possível distinguir o alojamento de trabalhadores da pedreira.

Nem mesmo o contorno.

Tudo é escuridão.

Saga sabe que há uma cerca na frente do abrupto abismo que leva até o fundo da fossa da pedreira, quase cinquenta metros abaixo do nível original do solo.

Há um holofote em um poste a cerca de dois quilômetros de distância, mas não passa de um pontinho branco em contraste com o céu preto.

A equipe mantém silêncio no rádio até a ordem definitiva para prosseguir ou abortar a missão.

Saga se deita de bruços a uma curta distância de Jennifer. Consegue sentir o cheiro das agulhas de pinheiro e da terra úmida. Afasta um galho do rosto e tira da mochila o binóculo com ampliação de imagem.

É parecido com qualquer outro binóculo moderno, mas capta a luz ultravioleta onde o olho humano só enxerga escuridão.

Uma placa de microcanais multiplica os elétrons que são liberados pelos fótons detectados e recria uma imagem visível.

Saga perscruta a escuridão e vê um mundo radiante e verde-esmeralda. A maior parte da luz captada pelo intensificador de imagem parece vir do distante holofote no pilar. Mas é nesse clarão que o alojamento e o asfalto quebrado são agora visíveis.

Foi ali que começaram a extrair areia em escala industrial muitos anos atrás, e foi ali que o pai de Jurek se fixou com visto de trabalho provisório quando fugiu para a Suécia.

O antigo alojamento está abandonado há anos. Algumas acomodações estão quase intactas, mas outras estão em ruínas, pouco mais do que alicerces agora. Quase todas as janelas estão quebradas, os telhados desabaram e há pilhas de tijolos encobertos por mato.

Um corvo grita ao longe.

Saga esquadrinha a área-alvo, seguindo a linha dos prédios e escrutinando as ervas daninhas e pilhas de sucata e entulho.

Tudo é de um verde luminoso e parece estranhamente plástico.

As sombras dão ao solo o aspecto da água na superfície de uma piscina.

Na floresta do outro lado, ela consegue identificar sem dificuldade os outros franco-atiradores. O círculo mais claro próximo ao solo deve ser a lente da mira de visão noturna, que corresponderia à posição de Linus.

Jurek ainda não teve tempo de sair, mas não deve demorar muito.

Não há carros estacionados nas imediações; talvez ele o tenha deixado no complexo industrial no acostamento da estrada, ou possivelmente em Rotebro. De qualquer forma, terá de partir logo se quiser chegar ao rinque de patinação a tempo.

Saga verifica se a pistola ainda está no coldre e dá uma rápida olhada para Jennifer. Na pequena quantidade de luz infravermelha emitida pela mira de visão noturna, consegue distinguir apenas parte da bochecha e uma sobrancelha da atiradora de elite.

Mais uma vez Saga esmiúça o alojamento com o binóculo de visão noturna. Verifica área por área: as portas, as paredes desmoronadas, as pilhas de tijolos. O mundo verde é bizarramente desprovido de vida.

Ela se detém.

Há uma vela acesa atrás de uma das janelas.

Ela está a ponto de romper o silêncio quando por fim se dá conta do que está vendo. É o reflexo da luz do holofote numa lasca de vidro que restou em uma das vidraças, de resto completamente destruídas.

Ela precisa se recompor.

Não há margem para erros.

Saga verifica o último prédio destruído do bloco — o que foi quase varrido do mapa — e começa tudo de novo.

O silêncio é tão grande que consegue ouvir quando Jennifer engole em seco.

Saga não sabe como a mira de visão noturna dos atiradores reagirá ao anoraque preto de Jurek, se ele vai ser engolido pelas sombras por causa do contraste.

Isso tornaria muito mais difícil enquadrá-lo na mira e disparar um tiro certeiro.

Jurek é magro e capaz de se mover com uma velocidade extraordinária.

Os franco-atiradores não terão muitos segundos para mirar no peito dele e apertar o gatilho.

Ouve-se um barulho na floresta, talvez um galho se quebrando.

Saga olha para trás e fita a escuridão, subitamente preocupada com túneis e outras entradas, com a possibilidade de Jurek sair da pedreira por uma rota oculta.

Talvez ela tenha cometido um enorme erro. E se arruinou as chances de uma troca por ter sido gananciosa e querer demais?

Seu pai está prostrado pela dor e pela desidratação.

Valéria provavelmente está em uma situação ainda pior — isso se ainda estiver viva.

Há ambulâncias de prontidão no trevo rodoviário de Bredden.

Dois helicópteros sobrevoam Kallhäll. Não é possível ouvi-los daqui, mas estão a apenas um minuto e meio da pedreira.

Ela move um cotovelo, e seu corpo esmaga silenciosamente o musgo.

Mais uma vez Saga examina com minúcia o antigo alojamento; vai de porta em porta, e então de repente faz uma panorâmica para um lado de modo a investigar a entrada de Älvsundavägen. Alguém jogou lixo encosta abaixo. Parcialmente tomada por um matagal, a trilha de cascalho leva a uma cerca de arame cujo propósito era impedir as pessoas de entrarem na área mais perigosa. Uma placa com o nome da empresa de segurança está caída na grama. Mais adiante ela vê a carroceria enferrujada de um carro, ervas daninhas despontando do chassi.

Saga volta o olhar para o alojamento. Tudo está congelado em tons de pistache e algas marinhas.

Na fossa de extração de areia ela vê as máquinas de peneirar e enormes trituradoras com correias transportadoras; mais ao longe está a entrada de Norrvikenleden, que é onde ficam o escritório e a plataforma de pesagem.

Jurek deve estar aqui, ela pensa. Ele trancou atrás de si uma enorme porta de aço quando deixou o pai dela. Parecia um antigo bunker, com piso de cimento arenoso.

Por outro lado, existem mais de sessenta e cinco mil bunkers na Suécia.

Ele poderia estar em qualquer lugar.

E se ela exagerou na importância que atribuiu às próprias observações? É possível que tenha interpretado tudo errado, não é? Ela leu e releu a lista centenas de vezes, e tanto Verner quanto Nathan concordaram que a operação era justificada.

Por algum motivo, Saga se pega pensando no verão passado, quando ela e Pellerina encontraram uma andorinha morta no jardim em Enskede. Pellerina encheu a cova rasa com flores e morangos silvestres antes de pousar suavemente o pássaro na terra.

Uma folha de plástico rasgada balança no vão de uma das portas.

O vento parece estar ganhando força, assobiando pela floresta atrás deles.

De repente, uma luz intensa faz com que toda a paisagem pareça superexposta, como o clarão de uma explosão silenciosa.

64

Saga abaixa o binóculo e vê um carro que vinha pela estrada principal e agora avança em direção à cerca. A luz dos faróis varre as velhas latas de tinta, as garrafas vazias, os pedaços de pneus velhos, um forno branco com a porta pendurada.

A mulher no banco do passageiro solta o cinto de segurança.

O rapaz diz alguma coisa.

Saga não entende o que eles estão fazendo, parece que a mulher tenta se ajeitar por cima das pernas do motorista. Cabelo loiro oleoso cai sobre o rosto dela. Apoiando-se no volante com uma das mãos, ela se vira, puxa o vestido para cima deixando à mostra a bunda branca e monta no homem.

Isso não pode estar acontecendo, Saga pensa.

Esses dois podem arruinar toda a operação.

Saga verifica o alojamento mais uma vez; vê pelo canto do olho um raio de luz, volta as atenções para o carro e percebe que o cara está filmando com um celular a relação sexual.

A porta do terceiro alojamento se abriu, possivelmente por causa do vento.

Jennifer está respirando devagar.

A operação precisará ser cancelada daqui a pouco.

A luz enche a paisagem outra vez, pintando-a de branco radiante. O carro dá marcha a ré, eles já terminaram, o para-brisa está embaçado.

O filme não é exatamente um longa-metragem, Saga pensa consigo mesma enquanto olha para a janela do prédio onde o pai de Jurek se enforcou.

O tempo está se esgotando. A essa altura, já deveriam ter visto Jurek.

Saga ouve a respiração de Jennifer acelerar e mais uma vez examina rapidamente a área-alvo, mas tudo parece tranquilo.

Um velho estrado de cama e um punhado de papelão molhado.

Há uma laje de concreto caída na pista. Está rachada no meio, e os vergalhões de reforço enferrujados são visíveis na fissura.

O vento ficou mais forte, e Jennifer precisa ajustar o alcance do fuzil para compensar.

Saga consulta as horas.

Ela pode ficar mais quatro minutos antes de sair para o rinque de patinação.

A probabilidade de Jurek estar aqui diminuiu drasticamente.

Um pássaro grande se move pelas copas das árvores acima deles.

Saga tenta enxergar alguma coisa na densa escuridão verde atrás do alojamento; a imagem bruxuleia ao redor da silhueta dos edifícios.

É hora de partir se ela quiser chegar a tempo ao encontro com Jurek; Saga sabe disso, mas ainda assim insiste em esquadrinhar a área mais uma vez, com o mesmo rigor de antes.

Área por área, ela verifica a antiga casa do pai de Jurek. A cortina esfarrapada balança ao vento. Está prestes a passar para o edifício seguinte quando algo chama sua atenção no final da fileira de prédios. Ela faz uma panorâmica para o edifício completamente demolido.

A luz verde-escura se espalha pelos alicerces, pelos destroços de uma parede, pelos escombros de telhas e por uma viga do telhado caída.

Saga prende a respiração.

A imagem tremeluz e, quando se estabiliza novamente, ela vê movimento, rente ao nível do solo.

— O prédio mais distante — Saga diz, e ouve Jennifer deslocar o cano do fuzil por entre a urze.

Uma figura magra está saindo do subsolo, pé ante pé.

Deve haver uma escadaria ali.

— Estou vendo o alvo — Jennifer diz baixinho.

O homem endireita as costas e se torna uma silhueta fina em contraste com o brilho verde-pálido do holofote distante.

Só quando o homem dá alguns passos à frente Saga tem certeza de que é Jurek. O brilho verde-musgo envolve seu contorno, mas ela reconhece a jaqueta preta com capuz e a manga vazia esvoaçando ao vento.

— Fogo — Saga diz pelo rádio, olhando para a imagem tremeluzente.

Ele caminha em direção à margem da floresta e logo se esconderá atrás do próximo edifício.

Eles têm menos de três segundos.

O capuz está levantado, mas o anoraque está aberto. A camisa xadrez fica visível quando o vento agarra a manga solta.

— Fogo — Saga repete, e Jennifer dispara o fuzil.

Saga vê o tiro acertar o alvo, bem no alto do torso, e tem quase certeza de que o projétil revestido transpassou o corpo.

Jurek dá um passo curto para o lado e continua avançando.

O eco do tiro ricocheteia nos prédios.

Saga não consegue respirar, quase deixa cair o binóculo. A olho nu, observa de novo o alojamento, mas está tudo escuro, não dá para enxergar nada.

Com as mãos trêmulas, ela levanta o binóculo de novo. Da outra posição, Linus dispara.

O sangue explode nas costas de Jurek.

Ele estaca.

Saga pode ver com clareza a cena.

Jennifer atira mais uma vez e o acerta bem no meio do peito. Ele tomba de lado como um animal alvejado e permanece caído, absolutamente imóvel.

— Alvo um abatido, alvo um abatido — Saga informa o líder da equipe, ficando de pé.

Ela deixa o binóculo cair no chão, sai em disparada para a margem da floresta e desce a encosta.

Enquanto avança, provoca pequenas avalanches de pedras.

Ela não se preocupa com os riscos, com Castor.

Enquanto corre, saca a pistola.

Saga não pode vê-lo agora, mas continua dizendo a si mesma que ele deve estar morto, ele deve estar morto.

Agachando-se, corre rente à lateral do prédio, puxa do cinto a lanterna e a acende, sobe em um velho palete e vê o corpo no facho de luz oscilante.

Ele ainda está lá.

De cócoras para passar sob uma viga caída, Saga tropeça e, em busca de apoio, estende o braço e agarra a parede, depois pisa em um colchão encharcado.

A equipe de resposta rápida vem correndo atrás dela. Saga ouve o farfalhar dos equipamentos, o baque das botas, mas não desgruda os olhos do corpo nem sequer por um segundo.

Ele está deitado ao lado dos escombros dos alicerces, torcido de lado, sangue respingado na pilha de tijolos.

De súbito, Saga imagina que ele levanta a cabeça, que estica o pescoço e que a parte de trás de sua cabeça se ergue do chão, apenas por um momento.

O coração de Saga está batendo a mil por hora.

A coronha da pistola está escorregadia na mão suada.

As palavras de Joona sobre Jurek ter sido uma criança-soldado passam como um raio por sua mente. Ele não dá a mínima para a dor, e fará o que for preciso para sobreviver.

Uma folha de plástico se enfuna e esvoaça, bloqueando a visão de Saga.

Ela se detém, segura a lanterna ao lado da pistola, tenta encontrar uma linha de tiro, vê a luz captada pelo plástico, avista o homem no chão e dispara três tiros.

Ela vê o corpo sacudir em espasmos com os impactos e sente o coice da arma se demorar em seu ombro direito.

Continua avançando, desvencilhando-se do plástico com uma das mãos, e tenta piscar para se livrar do resquício do clarão dos tiros.

O torpor decorrente dos disparos efervesce como espuma de banho em seus ouvidos.

Vidro se racha sob sua bota direita.

Ela chega ao alvo caído de costas e mantém a pistola apontada para ele enquanto, com um chute, faz o corpo sem vida rolar de costas e se vê olhando para o rosto de seu pai.

Ela não entende.

Não é Jurek, é o pai dela quem jaz ali; foi no pai dela que atiraram.
Ele está morto, ela o matou.
O chão cambaleia, e Saga cai sobre um joelho.
Tudo desmorona ao seu redor.
Saga estende a mão e, quando as pontas dos dedos tocam a face barbada do pai, tudo escurece.

65

Saga está sentada imóvel em uma cadeira numa das enfermarias do pronto-socorro do Instituto Karolinska. Sobre os ombros, tem um cobertor da ambulância.

Nathan Pollock está de pé ao seu lado, tentando fazê-la beber um pouco de água de um copo de plástico.

O colete à prova de balas e a mochila dela ficaram na pedreira, mas ela ainda está vestindo as roupas de camuflagem.

A pistola e o coldre estão escondidos pelo cobertor.

Ela está descorada e suando frio. Sua testa está suja e as maçãs do rosto manchadas de lágrimas. Os lábios estão pálidos como alumínio, as pupilas estranhamente dilatadas.

Ela não responde a nenhuma das perguntas do médico, nem parece notar quando ele desenreda o braço dela do cobertor para medir seu pulso.

A mão dela está flácida, e há vestígios de sangue marrom sob as unhas.

O hospital trabalha em estreita colaboração com o Centro Nacional de Psiquiatria de Desastres e com o Centro de Crise e Trauma.

O médico se endireita, pega o celular e liga para um dos psiquiatras de plantão.

Saga ouve o que ele diz sobre dissociação e amnésia, mas não se dá ao trabalho de protestar, é inútil.

Ela só precisa pensar um pouco antes de seguir em frente.

O médico os deixa sozinhos, sai e fecha a porta.

Nathan se agacha na frente dela e tenta sorrir para o rosto congelado de Saga.

— Você ouviu o que ele disse, você é uma vítima, e é perfeitamente natural ter sentimentos de culpa por sobreviver...

— O quê? — ela murmura.

— Não é sua culpa, você é uma vítima, não havia nada que você pudesse ter feito.

Saga olha para o chão, para os arranhões e para as marcas deixados no piso por rodinhas de borracha; lembra-se vagamente de que, enquanto a colocavam à força na ambulância, dizia aos gritos que a culpa era dela. Chorava e repetia que Jurek tinha razão, que ela não se importava se o pai estava vivo ou morto.

— Foi uma armadilha — Nathan diz com voz suave, tentando fazer com que os olhos cegos dela o encarem.

Jurek não cometeu um erro quando a levou a pensar na pedreira. Foi tudo planejado nos mínimos detalhes. Ele tomou providências para que ela visse a areia escorrendo do braço protético.

Provavelmente Jurek tomou essa decisão quando Saga tentou pegar a pistola escondida na cozinha. Foi quando teve certeza de que ela queria matá-lo.

E o jogo mudou de tom e direção.

Jurek entendeu exatamente como Saga pensava.

Ele sabia como conceber a armadilha e como atrair Saga para participar de seu terrível plano.

Foi um truque de mágica, uma ilusão — uma camisa xadrez e um anoraque.

Jurek quebrou a clavícula e o ombro do pai de Saga e amarrou com força o braço dele nas costas para que a manga da jaqueta ficasse pendurada.

Jurek conduziu o pai dela escada acima e o libertou enquanto ele próprio deixava o bunker através de uma passagem que levava à casa de bombas na borda da floresta. Tinha cavado o túnel sob os escombros e edifícios em ruínas.

Com a ajuda de cães rastreadores, a polícia conseguiu reconstruir a rota de fuga de Jurek através da floresta e ao longo dos limites da pedreira até os loteamentos em Smedby.

Saga desabou de joelhos ao lado do pai morto. O tempo se alargou até se converter em um imenso buraco escancarado. Alheia, Saga já não notava a presença dos homens e mulheres da equipe de resposta rápida que vasculharam e cercaram o alojamento, desceram pelos degraus, verificaram os corredores e arrombaram a porta de aço no interior do abrigo.

Não havia ninguém lá.

Nem Jurek, nem Castor, nem Valéria.

Não havia mais bunkers; a perícia não tinha deixado escapar nada.

A equipe de resposta rápida chegou a perfurar o piso de cimento reforçado do bunker, mas embaixo dele não havia nada além de areia.

Para enganar Saga, Jurek vinha mantendo o pai dela no mesmo bunker onde o irmão mantinha as vítimas anteriores.

A localização do verdadeiro esconderijo de Jurek permanece desconhecida.

O brilho da luz fluorescente no teto incide quase diretamente no rosto de Saga. Há agulhas de pinheiro secas em seu cabelo. Gotas de suor escorrem pela bochecha.

Uma enfermeira entra, apresenta-se e pede a Nathan para deixá-las a sós; em seguida, diz a Saga que vai aplicar um sedativo para ajudá-la a dormir.

Nathan se levanta e aperta suavemente seu ombro antes de ir embora.

Enquanto a enfermeira prepara a injeção de Stesolid Novum, Saga começa a pensar de novo nas pálpebras, e no fato de que são transparentes, que a pessoa nunca de fato abaixa a guarda.

— Eu tenho que...

Ela fica em silêncio e lentamente se levanta da cadeira, apoiando-se na enfermeira com uma das mãos enquanto abre caminho para fora da sala.

Com o cobertor em volta dos ombros, ela sai da enfermaria do pronto-socorro. Sai para o ar frio da manhã, atravessa os enormes edifícios e deixa para trás a área do hospital.

Sabe o que tem de fazer, o que deveria ter feito há muito tempo.

Ela precisa buscar Pellerina, sair do país e se esconder em algum lugar.

O Palácio de Karlberg brilha com um bruxuleio branco na névoa da manhã enquanto ela cruza a ponte sobre os trilhos do trem. O cobertor cai dos ombros na frente da larga escadaria que leva ao monumento, mas ela não percebe.

Sua roupa de camuflagem cinza tem manchas escuras de sangue nos braços e no peito.

Ela se sentou com o pai nos braços, pressionando a cabeça dele contra o peito até os paramédicos chegarem.

Ela cruza a estreita ponte Ekelund para chegar ao distrito de Stadshagen, depois caminha ao longo de Kungsholms até chegar ao número 17 da rua P O Hallmans.

Toca a campainha, mas não há resposta. Prestes a tocar novamente, muda de ideia.

Ela não sabe mais o que está fazendo ali.

Pellerina está mais segura do lado de dentro do apartamento do que do lado de fora.

A menina não corre perigo.

Na verdade, Saga só quer abraçá-la, ouvir suas palavras sábias, sentir seu amor.

Segurando as lágrimas, ela pega a pistola, verifica o carregador e se certifica de que está funcionando.

Em seguida, começa a caminhar em direção à sede da polícia.

Saga tem mais uma tarefa a concluir, uma que não pode esperar. Ela precisa encontrar dentro de si uma nova dureza, ir atrás de Jurek e matá-lo.

66

Joona pousa a mira de visão noturna sobre a mesa e contempla a paisagem. Não há luzes acesas na fazenda vizinha ao longe, mas o céu está começando a clarear um pouco no horizonte. A bruma no ar captura a luz da cidade.

Parece que toda Weert está em chamas.

Do outro lado da sala mal iluminada, Rinus muda de zona de vigilância, puxa uma cadeira até a janela e abre a escotilha.

Lumi está diante do monitor.

Ela não fala direito com Joona há dois dias, não olha para ele e responde apenas de forma muito lacônica a perguntas diretas.

Joona esquadrinha a grama na frente do velho ônibus, as rodas dianteiras, os faróis, o para-brisa e toda a extensão do teto plano.

O céu estrelado parece estar coberto de gaze.

Joona se lembra da vida com a família em Nattavaara, da última vez que se esconderam de Jurek. Ele treinou a filha para ela estar o mais preparada possível se o pior acontecesse.

Eles se conheceram melhor e ficaram mais próximos.

Ele se lembra do céu de um negrume cristalino e de como ensinou a menina a se orientar pelas estrelas.

No hemisfério Norte, é possível se guiar pela estrela do norte, ou Polaris, que está sempre apontada diretamente para o Norte e não se move em relação à rotação da Terra como outras estrelas.

— Você ainda consegue encontrar a estrela do norte? — ele pergunta.

Ela não responde.

— Lumi?

— Sim.

— Fica na ponta da cauda da Ursa Menor, você só tem que...

— Eu não me importo — ela o interrompe.
— Não — Joona diz.
Ele volta a levantar a mira de visão noturna do fuzil e verifica sua zona, pedaço por pedaço. Eles não devem se permitir ficar complacentes, dizer a si mesmos que nada vai acontecer.

Ontem ele leu no site de um jornal a respeito de uma grande operação policial nos arredores de Estocolmo, mas não havia indicação do que se tratava.

Joona perdeu a noção do número de vezes que procurou uma mensagem de Nathan, esmiuçando os jornais noturnos em busca de alguma menção a boatos não confirmados sobre a morte de um assassino em série até então desconhecido durante uma investida policial.

Mas, como ninguém publicou nada parecido, Joona precisa presumir que Jurek Walter ainda está vivo.

Ele tem de proteger Lumi — mas se a polícia sueca não conseguir deter Jurek muito em breve, vão encerrar a proteção a Valéria.

A situação atual não é sustentável por muito mais tempo.

Joona pensa em todas as informações sobre Jurek que examinou ao longo dos anos. Ele até mandou traduzir todas as cartas que o pai dele enviou de Leninsk para a família em Novosibirsk.

Vadim Levanov era um engenheiro espacial extremamente interessado na exploração do cosmo. Joona se lembra de uma carta sobre George O. Abell, o astrônomo norte-americano que descobriu a nebulosa da Medusa, que faz parte da constelação de Gêmeos.

Naquela época, pensava-se que eram os restos de uma supernova, mas na verdade era uma nebulosa planetária — gás que foi expelido de uma estrela gigante vermelha bem no final de sua existência.

Joona pensa no fascínio de Vadim Levanov ao explicar que a constelação de Gêmeos mudaria em breve, já que uma nebulosa desse tipo tem uma vida curta — apenas um milhão de anos.

Joona se move para a zona 3, abre a escotilha e olha para o poste telefônico e um aglomerado de árvores.

— Pai, você provavelmente fez a coisa certa da última vez — Lumi diz, e respira fundo. — Jurek tinha um cúmplice... É por isso que a família de Samuel Mendel desapareceu, embora Jurek estivesse sendo mantido em isolamento. Nós sabemos disso agora. E eu entendo que...

que você provavelmente salvou minha vida, e a da mamãe, quando cortou todos os laços com a gente.

Joona deixa a filha falar enquanto observa o trecho de floresta onde se oculta a escotilha do túnel escondido. Um saco plástico voou com o vento e se enroscou em algumas amoreiras.

— Mas ainda assim foi um preço alto a pagar — Lumi continua. — A mamãe se acostumou com isso, ao luto... A vida dela ficou em suspenso... Eu era apenas uma criança, me adaptei, esqueci você.

Joona verifica as margens de um arvoredo. A pá dianteira de uma grande escavadeira está no chão. Ele sempre passa algum tempo observando a máquina, porque seria uma boa posição para um franco-atirador.

— Você está me ouvindo? — ela pergunta.

— Sim — ele responde, abaixando a mira de visão noturna.

Joona fecha a escotilha, vira-se e encontra o olhar vazio de Lumi na sala semiescura. Quando o cabelo castanho cai sobre a testa, ela fica a cara de Summa.

— Às vezes me provocavam na escola por não ter pai — ela diz. — Parece tão antiquado, mas a verdade é que mães solo não eram uma coisa tão comum naquela época... E a gente não tinha nem uma única foto sua. Como eu ia explicar isso?

— Era o que precisava ser feito — Joona responde.

— De acordo com você — ela ressalta.

— Sim.

— Você não consegue entender como eu me sinto? Você me liga e me diz pra largar tudo e... Ah, esquece, não adianta continuar falando. Mas tudo isso porque você enfiou na cabeça que Jurek não está morto. Pode ser que você esteja certo dessa vez também, não sabemos, mas a situação é muito diferente agora, porque sou adulta e tomo minhas próprias decisões.

— Isso mesmo — Joona diz em voz baixa.

Ela sai da frente do monitor a anda até o pai. Para diante dele abraçando o corpo, respira fundo e continua falando.

— Quero dizer, a vida não é só sobreviver, é viver. Mesmo que eu tenha dito uma porção de coisas por estar com raiva, sei que você está preocupado comigo, que está fazendo isso por minha causa, e eu não sou ingrata, realmente não sou, embora não esteja tão convencida quanto você de que Jurek voltou dos mortos.

— Ele voltou — Joona diz.

— Tá legal, mas fora isso... Em algum momento você precisa tomar uma decisão: como vou enfrentar o medo?

— E se você morrer? E se ele raptar você?

— Então é assim que as coisas têm que ser — ela diz, encontrando o olhar dele.

— Não posso aceitar isso.

Ela suspira e volta para o monitor.

Completamente imóvel na cadeira, Rinus observa sua zona através do binóculo. Embora não entenda sueco, sabe o suficiente para ficar fora da discussão.

Joona abre a escotilha que dá para a zona 2 e corre a vista pelos campos em direção a Eindhoven. A estufa está tão ao longe que parece um minúsculo pontinho de luz. Ele pega a mira de visão noturna e observa a estufa. Uma luminosa miragem dourada. Ajusta o foco para o máximo alcance possível, mas mesmo assim não sabe dizer se os contornos escuros atrás do vidro são plantas ou se há alguém ali.

Joona sabe que não pode obrigar Lumi a permanecer com ele aqui. Pode até tentar persuadi-la — mas, no final das contas, a escolha é dela.

Mais cedo ou mais tarde ela vai acabar voltando para Paris, não importa o que ele diga. Antes disso, alguém precisa deter Jurek Walter.

Certa vez, quando era criança, Joona estava na ilha de Oxkangar, no arquipélago finlandês, e a água da enseada estava lisa como um espelho.

Como de costume, ele caminhava ao longo da praia procurando garrafas com mensagens.

A cerca de vinte metros adiante, viu uma pata boiando, uma adem ou pata-real, uma fêmea marrom com cinco patinhos numa pequena fileira irrequieta.

Ele não sabe por que nunca se esqueceu disso.

Um dos patinhos ficou para trás e foi atacado por uma gaivota. A mãe voltou para salvar o filhote solitário e afugentou o pássaro maior. Mas em seguida outra gaivota atacou o resto dos patinhos.

Joona gritou e tentou espantar as gaivotas.

Sacudindo as asas, a mãe voltou para proteger os quatro patinhos, mas aí a primeira gaivota atacou de novo o patinho solitário, acertando-lhe uma bicada no rosto.

A pata voltou às pressas e a gaivota largou o patinho, que, com o pescoço sangrando, soltava grasnados agudos.

Joona agarrou algumas pedras e tentou jogá-las nas gaivotas, mas estava longe demais.

A mãe pata começou a se desesperar. A segunda gaivota investiu contra os quatro patinhos de novo, bicando-os e tentando agarrar um deles. A mãe pata teve que desistir. Para salvar os outros quatro filhotes, abandonou o patinho solitário à própria sorte. A primeira gaivota deu uma brusca guinada no ar, mergulhou na direção do patinho ferido, bicou-o, agarrou-o por uma das asinhas e voou para longe com ele.

Essa é exatamente a tática de que Jurek lança mão.

Joona segue em frente, abre a escotilha da zona 1 e olha para a velha casa e a trilha estreita. Antes que tenha tempo de aumentar o foco da visão noturna, avista luzes saltando para cima e para baixo.

— Um veículo — ele diz.

Rinus começa a verificar sistematicamente as outras zonas enquanto, sem dizer uma palavra, Lumi enfia cinco cartuchos de munição no rifle de precisão e passa a arma para Joona.

Joona rapidamente acopla a mira, apoia o rifle na janela e observa o carro que se aproxima ao longo da trilha estreita. Os faróis saltam em sincronia com os buracos no asfalto. Através do para-brisa, ele vê pelo menos dois ocupantes.

— Duas pessoas — ele diz.

O carro para na frente da cancela.

O facho dos faróis ilumina a maior parte da trilha que leva à casa principal. Uma das portas se abre e uma mulher sai do carro. Ela olha em volta, sobe na valeta e dá alguns passos na campina. Desabotoa a calça jeans, empurra para baixo a calça e a calcinha até os tornozelos e depois se agacha com as pernas abertas.

— Só parou pra mijar — Joona diz, abaixando o rifle e removendo a mira novamente, sem tirar os olhos das duas pessoas.

A segunda pessoa ainda está dentro do carro. O brilho do painel ilumina a ponta de um nariz e um par de sobrancelhas.

A mulher se levanta, abotoa a calça jeans e volta para o carro, deixando um lenço de papel no chão.

Lumi murmura algo e vai para a cozinha, enquanto Joona observa o carro dar marcha a ré e desaparecer de vista.

Quando as luzes somem, ele tira os cartuchos de munição do rifle e guarda a arma no lugar.

Joona atravessa a sala, afasta a cortina, abre a porta e entra na cozinha. Lumi está parada na frente do micro-ondas, que está ligado e zunindo. Ouve-se um bipe e o aparelho silencia. Ela abre a porta, tira uma caneca de plástico cheia de macarrão instantâneo fumegante e a coloca sobre a mesa.

— Você tem razão — Joona diz. — Estou com medo de Jurek, com medo de perder você, e é exatamente disso que ele está tirando proveito... Eu tinha absoluta certeza de que a única maneira de protegê-la era desaparecer, me esconder com você... Você sabe, tudo isso aqui.

— Pai, só estou dizendo que isso não vai funcionar a longo prazo — ela explica, sentada à mesa.

— Eu sei, e entendo, é claro que entendo, mas se você concordar em ficar aqui por um pouco mais de tempo, vou voltar para a Suécia e me encontrar com Jurek.

— Por que está dizendo isso? — ela pergunta, tentando engolir as lágrimas.

— As coisas deram errado, tenho que admitir, pensei que Saga e Nathan seriam capazes de rastrear Jurek com rapidez... Digo, ele está em uma de suas fases ativas, e eles dispõem de um bocado de material, muitos recursos, mas... não faço ideia de por que as coisas não correram do jeito que eu esperava.

— O que você vai fazer?

— Não sei, mas cheguei à conclusão de que não posso fugir disso, é minha responsabilidade deter Jurek.

— Não.

Por alguns instantes Joona observa o rosto da filha, seu olhar baixo, a expressão triste de sua boca.

— Vai ficar tudo bem — ele diz a meia-voz, depois passa pela cortina de volta para a sala de vigilância.

Rinus mudou sua cadeira para a zona 3. Abaixa o binóculo e ouve enquanto Joona lhe explica seu novo plano.

— Eu treinei você, então você fará um bom trabalho — Rinus fala em seu jeito conciso.

— Se eu ainda for bem-vindo depois de tudo isso, adoraria visitar você e Patrik na primavera.

— Contanto que você aguente Patrik te chamando de Tio da Finlândia — Rinus diz. Pela primeira vez em vários dias, um traço de sorriso perpassa seu rosto sulcado de cicatrizes.

É madrugada quando Lumi caminha até o carro com Joona. A cancela foi aberta e a estreita faixa de asfalto se estende como um fio de prata através do prado úmido.

Eles olham em direção à estrada principal.

Finos véus de névoa pairam sobre os campos.

O plano de Joona é dirigir de volta até o sul da França e lá embarcar no primeiro voo disponível para Estocolmo, o mais rápido que puder, sem entregar o esconderijo deles.

Pai e filha estão cientes de que é hora de ele partir. As bochechas de Lumi estão pálidas e a ponta do seu nariz, vermelha.

— Pai, sinto muito por ter sido tão horrível.

— Você não foi — Joona sorri.

— Sim, eu fui.

— Você estava certa. É bom não ter voltado atrás no seu argumento — ele diz.

— Eu não quis dizer que você tinha que ir embora imediatamente. A gente pode ficar aqui um pouco mais, isso não seria um problema, seria? — ela pergunta, e engole em seco.

Joona enxuga as lágrimas do rosto dela.

— Não se preocupe, vai ficar tudo bem.

— Não, não vai.

— Lumi.

— Vamos continuar aqui, por favor, pai. Nós...

A voz dela fica embargada e as palavras se transformam em soluços cortantes. Joona a abraça e ela se agarra com força a ele.

— Não consigo suportar — ela diz.

— Lumi — Joona sussurra. — Eu te amo mais do que tudo, estou muito orgulhoso de quem você é e não há nada que eu queira mais do que ser parte da sua vida, mas preciso fazer isso.

Joona continua abraçado à filha até que ela pare de chorar e comece a respirar com mais calma.

— Eu te amo, pai — ela diz entre fungadas.

Quando enfim se separam, a realidade implacável entra em ação novamente: a pista estreita, o carro à espera.

Lumi assoa o nariz e enfia o lenço no bolso. Ela sorri e faz o melhor que pode para se recompor. Sua respiração solta fumaça no ar frio.

— Lembre-se: nada disso é culpa sua, de forma alguma — Joona diz. — Se der errado, a responsabilidade não é sua. Esta decisão é minha, e eu decidi fazer isso porque acredito que é a coisa certa a fazer.

Ela balança a cabeça, ele dá a volta no carro e abre a porta.

— Volte para mim — ela pede em voz baixa.

Ele a olha nos olhos e entra no carro.

Dá a partida no motor e as luzes traseiras colorem de vermelho a pista sob os pés dela.

Lumi leva a mão à boca e observa o pai ir embora.

O carro desaparece de vista.

Quando já não consegue mais vê-lo, Lumi fecha a cancela, fixando-a com o parafuso enferrujado, e volta para a oficina.

67

Sabrina Sjöwall sabe bem o que fazer e está ciente da situação, mas ninguém lhe disse por que a Unidade de Proteção Individual decidiu que a ameaça a Pellerina Bauer é tão grave a ponto de exigir o mais alto nível de medidas de segurança.

Inquestionavelmente, o aspecto mais importante da proteção de testemunhas é manter o endereço em segredo.

A localização da menina não é mencionada em nenhuma lista ou relatório. Apenas pessoas com envolvimento direto com os altos escalões da polícia têm conhecimento do endereço. O apartamento fica no nono andar e é composto de cinco quartos e uma cozinha. Desnecessariamente grande para uma única criança, é claro, mas às vezes famílias inteiras ficam sob proteção ali.

A porta da frente parece idêntica a todas as outras do prédio — mas, em teoria, é capaz de resistir a ataques de um lançador de foguetes.

A vida aqui deve ser tão normal quanto possível. Os móveis são simples, mas agradáveis, com sofás de couro marrom, mantas, pisos de madeira e tapetes macios.

Tudo transmite a impressão de absoluta normalidade, mesmo que o mundo adquira um brilho estranhamente suave em função das janelas termoplásticas.

Sabrina veste roupas civis, mas mantém a Sig Sauer P226 Legion no quadril e a unidade de rádio portátil pendurada no ombro esquerdo da jaqueta.

Ela tem olhos azuis e cabelo castanho-escuro, preso em uma trança nas costas. Seus joelhos doem, embora ela corra todas as manhãs, frequente uma academia de musculação e faça aulas de treinamento de táticas de tiro.

Tem um metro e oitenta de altura, quadris robustos e seios grandes. Sempre lutou contra a balança, e perdeu quatro quilos desde que parou de comer doces no último verão. Tenta ficar de olho nas calorias, mas não aguenta sentir fome o tempo todo; isso a deixa fraca e atrapalha sua concentração.

Sabrina trabalha há seis anos na Unidade de Proteção Individual em Estocolmo e já cumpriu mais de vinte missões semelhantes, mas é a primeira vez que está neste apartamento específico.

Atuar como guarda-costas de qualquer pessoa que tenha sido posta no programa de proteção a testemunhas é algo extremamente exigente. Os aspectos sociais são tão importantes quanto o lado puramente técnico das coisas. Em última análise, o agente tem a responsabilidade de manter a saúde mental da pessoa ameaçada.

Sabrina avisa Pellerina que o chá está pronto.

Ela encheu dois pratos com arroz e iscas de peixe, ervilhas e crème fraîche aromatizado com açafrão e tomate.

Pellerina chega correndo com suas pantufas fofas e pisa intencionalmente na soleira da porta da cozinha para fazê-la ranger. Talvez sejam os minúsculos pregos de latão, ou pode ser que a madeira esteja rachando, mas por algum motivo a soleira emite um guincho estridente sempre que se pisa ali.

Sabrina nunca conviveu com pessoas com síndrome de Down; sempre teve um pouco de medo delas por não saber direito o que dizer.

Mas Pellerina é maravilhosa.

É muito óbvio que a menina vem tentando esconder o quanto está preocupada com o pai e a irmã mais velha, Saga, mas de tempos em tempos declara que o pai é cardiologista e às vezes precisa trabalhar à noite.

Ela costumava frequentar uma creche que funcionava também à noite, mas nos últimos tempos Saga tem ficado com ela.

Pellerina passa muito tempo pensando no pai desaparecido; ela se preocupa que ele tenha caído da bicicleta e quebrado a perna, e imagina que é por isso que não veio buscá-la.

Pellerina come quatro iscas de peixe, mas não toca nas ervilhas, apenas as arruma em um círculo na beirada do prato.

— Meu pai é uma galinha, eu dava ervilhas e milho doce pra ele comer — a menina diz.

Assim que Sabrina termina de limpar a cozinha, é hora de assistir ao programa de aspirantes a cantor *Swedish Idol* na sala de estar. Pellerina tira os óculos e puxa o banquinho para Sabrina. Ela é a juíza e precisa ficar sentada no banquinho enquanto Pellerina faz a mímica e a dublagem e dança ao som das canções de Ariana Grande.

Uma hora depois Pellerina vai para a cama, não sem antes escovar os dentes e ir ao banheiro.

Sabrina fecha as cortinas do quarto e elas balançam suavemente, os ilhoses tilintando no varão.

— A gente ainda pode ter medo do escuro, mesmo tendo doze anos — Pellerina diz baixinho.

— Claro — Sabrina responde, e se senta na cama de Pellerina. — Eu tenho trinta e dois anos e às vezes fico com medo do escuro.

— Eu também — Pellerina sussurra, brincando com o crucifixo de prata de Sabrina.

Pellerina conta a ela sobre a corrente de e-mail que a deixou assustada. Explica que a mensagem dizia que se a pessoa não a encaminhasse para mais gente, as meninas palhaças apareceriam à noite para machucá-la. Sabrina a tranquiliza e, por fim, consegue fazê-la rir. Eles desejam boa-noite uma para a outra e concordam em manter a porta ligeiramente aberta e deixar a luz do banheiro acesa.

Sabrina atravessa o tapete macio da sala, sai para o corredor e verifica se a porta da frente está trancada, mesmo já sabendo que está.

Ela não faz ideia de por que se sente tão inquieta, mas uma sensação de ansiedade na boca do estômago a aflige.

Ela vai à cozinha buscar um copo e uma garrafa grande de Coca-Cola zero, volta para a sala, acomoda-se no sofá e começa a assistir a um programa de namoro na televisão.

O programa é tão ridículo que seu rosto fica quente e ela precisa tirar a jaqueta.

Ela se abana com a mão, depois se recosta outra vez.

A luz pálida da televisão pinta suas feições ligeiramente melancólicas. As sombras de sua cabeça e ombros sobem e descem na parede atrás dela.

Ela vai de novo até a cozinha, prepara um sanduíche na mesa de pinheiro, faz o que precisa fazer no Facebook e Instagram, depois vai escovar os dentes.

Talvez seja a incômoda sensação na barriga, mas ela sempre é afetada pela consciência da própria solidão quando está em uma missão como esta.

Sabrina é uma pessoa bastante tímida, na verdade.

Sua irmã está tentando convencê-la a namorar pela internet.

Ninguém quer ficar sozinho, mas ao mesmo tempo Sabrina sente que tem necessidade disso.

Ela não consegue explicar.

Muitas vezes acha que relações sociais são exaustivas.

Como na ocasião em que o vizinho a convidou para jantar.

Ela conseguiu se safar da situação sem parecer muito estranha, dizendo que precisava ajudar a mãe com as decorações de Natal.

Essa conversa com o vizinho a aborrece há semanas, e agora ela quase nunca ousa usar as escadas do prédio.

Talvez sua timidez tenha algo a ver com seu trabalho, talvez ela só precise ficar sozinha quando não está trabalhando, dormir na própria cama sem ter de se preocupar com qualquer outra pessoa.

A mãe de Sabrina também consome uma boa parte do seu tempo, embora tenha se mudado para um conjunto residencial para idosos. Ela tem o próprio apartamento privativo com acesso a refeições prontas e um espaço compartilhado para atividades.

A mãe dela sempre foi meio *new age*. Isso a faz feliz, incute certa vitalidade nela. Mas desde que se mudou para o novo residencial, ela se juntou a um grupo espírita.

Sabrina não sabe direito o que pensar a respeito disso. A mãe disse que vem tendo contato com o próprio pai, já falecido, e que ele está muito zangado com ela.

Ele continua gritando com todos e a chamando de vagabunda e puta.

Sabrina herdou o grande crucifixo de prata do avô. Na verdade, ela nem é exatamente cristã, mas sempre o usa, talvez como uma espécie de talismã de proteção.

Sabrina tentou perguntar à mãe o nome do médium, mas foi informada apenas de que é um dos residentes do lar de idosos.

Os médiuns costumam oferecer apoio e conforto.

Aquilo soa mais como manipulação, algum tipo de ataque pessoal.

Sabrina sente pena da mãe, levada a acreditar que o pai está zangado com ela.

É muito triste.

Aparentemente, três semanas atrás o avô disse a ela para se enforcar.

Foi então que Sabrina decidiu dar um basta naquilo. Ameaçou denunciar o médium e os administradores do residencial, e disse à mãe que não a visitaria novamente a menos que parasse de frequentar o grupo espírita.

Mas ela voltou para ver a mãe no domingo passado.

Ela estava de peruca nova, com cachos crespos castanho-claros até os ombros. Não se parecia em nada com o cabelo que usava antes.

Sua mãe lhe ofereceu um "chá da tarde" e pegou uma bandeja com fatias de um bolo de três camadas.

Elas folhearam juntas o antigo álbum de fotografias de quando Sabrina era pequena e depois voltaram ainda mais no tempo, até o casamento do pai e da mãe de Sabrina, a formatura da mãe no ensino médio.

Quando chegaram a uma fotografia em preto e branco do avô de Sabrina, a mãe não quis mais olhar.

Ela travou com a mão agarrada ao álbum, sem dizer nada.

Sabrina nunca tinha visto aquela fotografia.

O avô estava de pé sob uma escada portátil encostada em um edifício, com uma expressão sisuda no rosto. Vestia uma estranha jaqueta apertada nos ombros, o crucifixo de prata visível no peito, e segurava o chapéu numa das mãos.

Sabrina tentou fazer a mãe virar a página, mas ela não quis; apenas ficou ali sentada com sua peruca horrorosa, encarando a foto.

Antes de Sabrina ir para a cama, ela dá outra volta pelo apartamento, vai ver Pellerina e se certifica de que todas as janelas estão fechadas e trancadas; em seguida, vai até o corredor e liga o monitor para que possa checar a porta da rua e o patamar na frente da porta reforçada.

Há um carrinho de bebê estacionado do outro lado do elevador.

Ontem à noite alguém tocou a campainha, mas não havia ninguém. Provavelmente apertaram o botão errado.

Sabrina desliga o monitor, vai para o quarto, põe o celular para carregar, deita-se totalmente vestida na cama, com a pistola ainda no coldre, e apaga a luz.

A tela de seu telefone brilha um pouco antes de escurecer. Sabrina encara o teto, fecha os olhos e pensa no fato de que alguém virá substituí-la amanhã.

68

Sabrina Sjöwall tem um sobressalto e abre os olhos na escuridão. A adrenalina percorre seu corpo.

Alguém está batendo com força na porta do apartamento.

Ela se levanta da cama, cambaleia e estende a mão para se apoiar na parede.

— Porra, mas que horas são?

Ela ajusta o crucifixo em volta do pescoço enquanto passa pelo quarto de Pellerina. Atravessa a sala de estar às escuras, trombando no banquinho com um baque surdo.

Sua jaqueta ainda está largada em cima do sofá.

Outra violenta batida na porta.

Sabrina esfrega a barriga e leva a mão à pistola no coldre enquanto sai para o corredor.

Acende a luz para poder enxergar os botões, depois liga o monitor na parede ao lado do interfone.

A imagem em preto e branco pisca e fica mais nítida.

É a mãe dela.

A mãe de Sabrina está no patamar, batendo na porta.

Está usando a peruca encaracolada e fita a câmera de vigilância.

Seu rosto é visível à luz dos botões do interfone, mas a escada atrás dela está completamente às escuras.

Como sua mãe foi parar ali?

De alguma forma, ela conseguiu entrar pela porta da rua, pegou o elevador e agora está do lado de fora do apartamento.

Sabrina engole em seco e pressiona o botão do microfone.

— Mãe, o que a senhora está fazendo aqui?

A mãe olha em volta sem entender de onde está vindo a voz da filha, depois bate na porta outra vez.

— Como a senhora encontrou este lugar?

A mãe de Sabrina mostra um pedaço de papel no qual havia anotado o endereço e, em seguida, guarda-o de volta na bolsa.

Sabrina tenta entender como aquilo aconteceu. Estava visitando a mãe quando foi informada da missão. Deve ter repetido o endereço em voz alta enquanto falava ao celular, e a mãe deve ter pensado que estava falando com ela.

Quando a mãe dá um passo para trás, quase é engolida pela escuridão na escada. Seu rosto se torna uma sombra cinzenta.

— Mãe, a senhora precisa ir embora — Sabrina diz.

— Eu me machuquei, eu...

Ela se inclina para a luz novamente, apalpa a cabeça sob a peruca e mostra os dedos ensanguentados.

— Ai, meu Deus, o que aconteceu? — Sabrina diz, destrancando a porta.

Ela empurra a maçaneta para baixo, olha para a mãe no monitor e vê um homem magro surgir rapidamente do breu.

Sabrina abriu apenas uma fresta da porta; começa a fechá-la de novo quando sente alguém agarrar a maçaneta do outro lado.

— Ninguém morre! — a mãe dela grita. — Ele me prometeu que...

Sabrina apoia uma das mãos no batente e puxa com toda a força. Não consegue entender o que está acontecendo. A outra pessoa é muito forte, a fresta está lentamente ficando mais larga.

Sabrina não vai conseguir segurar; deixa escapar um gemido, a maçaneta já está começando a escorregar da mão suada.

Tenta fechar a porta uma última vez.

Impossível.

Ela solta a porta e volta correndo para dentro do apartamento; tropeça nas pantufas de Pellerina, batendo o ombro contra a parede, e derruba no chão um pôster emoldurado.

Sabrina atravessa a sala de estar e entra no quarto de Pellerina, pega na cama o corpo quente da menina, a acalma enquanto a carrega no colo e percorre o corredor em disparada, passa pelo próprio quarto e entra no banheiro.

Em silêncio, fecha e tranca a porta e apaga a luz.

— Pellerina, você precisa ficar em silêncio absoluto, você consegue?

Ela sente a menina tremer.

— Sim — Pellerina sussurra.

— Você precisa ficar deitada na banheira o tempo todo e não pode levantar os olhos. A gente pode fingir que é uma cama especial pra você dormir — Sabrina explica.

Ela ajeita algumas toalhas grandes dentro da banheira e passa a menina por cima da borda.

— São as meninas palhaças? — Pellerina pergunta na escuridão.

— Não se preocupe, eu vou cuidar disso, apenas tente ficar bem quietinha.

Pellerina já havia contado a Sabrina que o primo de uma amiga tinha ficado cego, que as unhas compridas das meninas ainda estavam pregadas nos olhos dele, que isso tinha saído até no jornal, mas a polícia não tinha conseguido encontrar as meninas palhaças porque elas se escondiam na floresta.

Sabrina acalmou a menina e explicou que era apenas uma história inventada — as pessoas dizem que é de verdade, mas não é. A mesma coisa acontecia quando ela era pequena.

Sabrina escolheu um exemplo engraçado e conseguiu fazer Pellerina rir antes de dizer boa-noite.

Sabrina se afasta da porta, desata a correia do coldre e saca a pistola, alimenta uma bala na câmara e solta a trava de segurança.

— Você está bem, Pellerina? Está deitada?

— Sim — a menina sussurra.

Sabrina sabe que o rádio portátil está na jaqueta que deixou largada no sofá na noite anterior. Em tese, deve mantê-lo consigo o tempo todo para que possa entrar em contato imediatamente com a central de comando.

Aquilo não deveria acontecer.

Ela tem sido descuidada.

O celular dela está em cima da mesinha de cabeceira, à vista de todos. Se o homem esteve lá, provavelmente já pegou o aparelho.

Ela mal pode acreditar que se deixou enganar para abrir a porta. Pensou que a mãe tinha sofrido uma queda e precisava de ajuda.

Mas alguém deve ter revelado a localização do esconderijo secreto, visto Sabrina entrar, e então rastreou sua mãe e foi buscá-la no residencial para idosos.

Um ruído surdo vem da banheira quando Pellerina se mexe.

— Você tem de ficar quietinha — Sabrina sussurra.

Sabrina pensa no homem magro que surgiu das trevas e na maçaneta da porta escorregando de suas mãos.

Lentamente, seus olhos começam a se acostumar com a escuridão. Uma réstia de luz muito fraca da lâmpada no corredor chega ao banheiro.

O brilho fraco é como uma risca aquosa sob a porta do banheiro. Apenas o suficiente para revelar que há alguém parado do lado de fora.

69

Sabrina está absolutamente imóvel no banheiro escuro, encarando a luz sob a porta.

Respira da maneira mais silenciosa de que é capaz e sente o suor escorrendo pelas costas.

Ouve-se um som metálico em algum lugar do apartamento.

O homem deve estar no quarto de Pellerina. A policial consegue ouvir os ilhoses se movendo ao longo do trilho quando ele abre as cortinas.

Sabrina encosta o ouvido na porta do banheiro.

Ele está vasculhando o quarto de Pellerina. A fechadura magnética no guarda-roupa solta um estalido quando ele abre a porta e os cabides de plástico vazios se chocam uns contra os outros.

Em seguida, ela ouve passos de novo. É impossível dizer em qual direção.

Sabrina aponta a pistola para a porta e recua. Encara a faixa de luz que entra por baixo da porta.

Seu coração está batendo rápido.

O homem está esquadrinhando sistematicamente o apartamento; é só uma questão de minutos até encontrar as duas. Ela precisa dar um jeito de pegar o rádio no sofá, voltar ao banheiro e soar o alarme.

Se o homem não estiver com uma arma de fogo, Sabrina provavelmente conseguirá detê-lo por tempo suficiente até a chegada do reforço.

Ela percebe que ele está andando pela sala de novo. Os passos desaparecem quando ele pisa no tapete, depois voltam.

Agora ele se dirige ao corredor, aos outros quartos e possivelmente à cozinha.

— Espere aqui — ela sussurra para Pellerina.

Sabrina hesita por um momento, gira a fechadura sem fazer barulho, empurra a maçaneta para baixo e abre suavemente a porta.

Mantém o cano da pistola apontado para a fresta, o dedo apoiado no gatilho enquanto a outra mão empurra a porta.

Sabrina sai e faz uma varredura com a pistola ao longo do corredor, certificando-se de que está seguro.

O pesado crucifixo de prata balança entre os seios.

Ela fecha a porta do banheiro e seu olhar percorre a mal iluminada passagem de acesso para as portas dos dois quartos e a abertura para a sala de estar.

Tudo está quieto.

Sabrina atravessa a primeira porta e vê que seu celular sumiu. Segue em frente, o olhar constantemente se alternando entre a sala de estar e a porta do outro quarto.

Ela olha para o vão da porta do quarto de Pellerina e sente um arrepio ao passar.

Devagar, aproxima-se da sala de estar.

O assoalho de madeira range sob seus pés.

Cada porta representa um ponto de perigo.

Sabrina se mantém rente a uma das paredes do corredor e empunha a pistola apontada para a frente; agora pode entrever o tapete macio da sala e um pedaço do sofá onde sua jaqueta deveria estar.

Olha para trás e fica com a impressão de que a maçaneta da porta do banheiro se mexeu ligeiramente.

Sabrina avança. Não há outra opção. Ela precisa entrar na sala de estar, embora o homem possa estar esperando por ela ali.

Tudo está em silêncio.

Sabrina dobra os braços, segura a pistola na frente do rosto e tenta controlar a respiração. A soleira da porta da cozinha range. O homem deve ter pisado nela.

A reação de Sabrina é instantânea; num átimo, ela dá os últimos passos ao longo do corredor e se precipita na sala de estar às escuras.

Inspeciona as paredes, depois se ajoelha e, com a pistola em riste, faz uma varredura da direita para a esquerda ao redor do cômodo.

O brilho da luz que vem do corredor cobre todo o chão até a porta entreaberta da cozinha.

No piso de parquete há pegadas ensanguentadas nas duas direções.

Sabrina se levanta, dá a volta no grande sofá e vê que o rádio ainda está pendurado no ombro esquerdo da jaqueta.

Está prestes a alcançá-lo quando ouve o estrépito de uma cadeira batendo contra a mesa na cozinha.

A porta da cozinha se abre e Sabrina se agacha atrás do sofá.

Os passos do homem se aproximam.

Ela olha de relance para a pistola na mão direita. O cano está apoiado no tapete macio.

Ela está respirando muito rápido.

O homem chega à sala de estar; seus passos são mais lentos no assoalho de madeira e silenciam por completo quando ele pisa no tapete.

Ele está a apenas três metros de distância.

Sabrina tenta se mover de lado para que ele não a veja caso avance em direção ao banheiro onde Pellerina está escondida.

A pulsação de Sabrina lateja em seus ouvidos, o que torna difícil ouvir o que o homem está fazendo.

Parece ter tropeçado no banquinho.

Ele se aproxima do sofá e vai direto até Sabrina.

Ela percebe que está prestes a ser descoberta. Mais alguns passos e ele a verá deitada no chão.

Portanto, ela precisa agir agora.

Ela se levanta de um salto, segurando a pistola com as duas mãos.

Mas não há ninguém lá. Ela esquadrinha a sala com a arma.

Ele se foi.

Ela deve ter ouvido errado.

Com as mãos trêmulas, ela desacopla o rádio da jaqueta e começa a andar de volta para onde Pellerina está.

Leva apenas alguns segundos; no entanto, é tarde demais quando percebe que o homem estava agachado na outra extremidade do sofá.

Ele se levantou e está bem atrás dela agora.

Ela dá meia-volta com a pistola, mas sua mão é bloqueada abruptamente enquanto a lâmina de uma faca é enterrada em sua axila.

A pistola cai no tapete, quica e desliza pelo assoalho de madeira.

A dor sob o braço é tão intensa que Sabrina não consegue oferecer resistência quando o homem a arrasta para o lado e lhe dá uma rasteira.

Ela desaba pesadamente sobre a mesinha de centro, cuja borda a golpeia como a pancada de um taco de beisebol.

A fruteira de vidro se estilhaça.

Ela desmorona e tenta amortecer a queda com a mão, mas não é capaz de evitar a pancada da nuca no chão.

As laranjas da fruteira rolam pelo tapete.

Sabrina ofega e tenta se levantar.

Sangue quente e pulsante escorre da axila ferida.

O som dá a impressão de que ela está em uma praia contemplando o mar, mas se dá conta de que é apenas sua própria respiração, de que está entrando em choque circulatório.

O homem pisa com força no ombro de Sabrina e olha para ela. Ele tem um rosto enrugado e absolutamente sereno.

Ele se abaixa e desloca o pesado crucifixo de prata para o lado, de modo a não danificar a lâmina, impede Sabrina de se mexer e em seguida crava a faca com força entre os seios, através do esterno, penetrando no coração.

Uma imensa onda chega deslizando e quebra sobre ela com um som sibilante.

O homem se levanta.

Sabrina consegue ver apenas uma figura nebulosa, uma silhueta magra.

Ele pegou a faca na cozinha, nem sequer se deu ao trabalho de vir armado.

Sabrina pensa na fotografia do avô debaixo da escada; em seguida, a rebentação a arrebata e tudo fica escuro e frio.

70

Quando o avião começa a descer sobre Estocolmo, Joona vê que o país está coberto de neve — exceto os lagos maiores, que estão descobertos e negros. Campos e trechos de floresta se sucedem em tons de chumbo.

Depois de passar pela imigração, ele se dirige ao guarda-volumes, insere o código em um dos compartimentos e tira a bolsa que contém seus documentos e as chaves do apartamento na rua Rörstrandsgatan. Volta a assumir sua verdadeira identidade e pega um táxi para o estacionamento de longa permanência na zona industrial de Lunda.

Paga a taxa, entra no carro e destranca o porta-luvas.

Sua pistola ainda está lá.

O crepúsculo já começou a cair quando Joona chega ao Departamento de Medicina Legal. Suspensa num poste de concreto, uma lâmpada balança ao vento, sua luz oscilando para a frente e para trás no estacionamento quase vazio.

Joona sai do carro e abotoa a jaqueta por cima do coldre de ombro enquanto avança a passos largos pela entrada principal.

Nils Åhlén está pegando um par de luvas descartáveis quando Joona entra no laboratório de patologia principal.

— Você vem? — Joona pergunta.

— Você está ciente do que aconteceu, Joona? — Nils responde, deixando cair as luvas na lixeira.

— Tudo que sei é que Jurek ainda está vivo. Você pode me contar o resto no carro.

— Sente-se — Nils diz em sua voz rouca, e aponta para uma cadeira de metal.

— Eu quero ir imediatamente — Joona diz com impaciência, mas se cala quando vê a expressão no rosto do professor.

Nils olha para ele com tristeza, depois respira fundo e começa a contar tudo o que aconteceu desde que Joona foi embora.

Joona se levanta e escuta Nils dizer que ninguém acreditou que Jurek Walter estava por trás dos assassinatos por causa da filmagem de Belarus que mostrava o homem conhecido como Castor matando um guarda.

Quando Nils tira os óculos e diz que Valéria nunca chegou a receber proteção alguma, Joona afunda pesadamente na cadeira e cobre o rosto com ambas as mãos.

Nils tenta explicar como a teoria de Joona foi descartada porque todas as evidências pareciam refutá-la: a filmagem, o método e todos os depoimentos de testemunhas, que pareciam apontar Castor como o único assassino.

Só depois que encontraram o sacristão enterrado o nome de Jurek veio subitamente à tona. Agora sabem que foi a irmã do sacristão que cuidou dos ferimentos de Jurek e amputou o braço dele.

O rosto de Joona está impassível e seus olhos cinza-claros adquirem um aspecto vítreo e sem expressão quando ele abaixa as mãos e encontra o olhar cansado de Nils.

— Eu tenho que ir — ele diz baixinho, mas não se move.

Nils continua o relato e agora conta o que aconteceu na estufa, depois na escola. Joona balança a cabeça lentamente enquanto ouve as circunstâncias da morte do pai de Saga.

Quando Nils conta que Pellerina está desaparecida e a agente que atuava como guarda-costas dela foi assassinada, Joona se põe de pé, deixa o laboratório e corre para a saída.

Nils o alcança no estacionamento e se senta no banco do passageiro enquanto Joona liga o motor do carro.

A noite de inverno está sombria e estranha, como se alguém tivesse destruído a realidade e a substituído por um mundo solitário e abandonado.

Eles dirigem por ruas escuras e úmidas, passando por parques com paredes de escalada vazias no frio.

Durante o curto trajeto de carro até a sede da polícia, Nils Åhlén conta a Joona as poucas coisas que Saga lhe disse sobre seus encontros com Jurek Walter.

— Ela não quer falar, não quer escrever nenhum relatório — Nils explica com voz pesada. — Parece que está se culpando por tudo o que aconteceu.

Alguns anos atrás, Jurek se aproveitou de Saga para escapar de uma unidade psiquiátrica de segurança máxima. Saga, no entanto, conseguiu arrancar dele informações que levaram à morte de seu irmão gêmeo.

A neve molhada começa a cair na água enquanto eles passam ao longo da rodovia Klarastrandsleden. Os faróis se alongam sobre as manchas oleosas.

Agora Jurek regressou dos mortos e, seguindo sua prática habitual, pegou as pessoas mais próximas de Saga. Ao mesmo tempo, contudo, ele se desviou do padrão, Joona pensa enquanto ouve Nils.

Ele a ludibriou e a fez a matar o próprio pai.

Isso é de uma crueldade indescritível.

Mas Jurek Walter não é sádico.

A princípio, Joona se pergunta se o comportamento incomum de Jurek se explicaria por ele estar fascinado pela beleza e pela escuridão de Saga.

Talvez tenha doído mais do que o normal quando ela começou a enganá-lo? Por isso ele decidiu levar a cabo uma vingança tão brutal?

— Não — Joona sussurra.

Vai muito além disso. Jurek desencadeou toda essa catástrofe para fazer Saga perder a sanidade.

Ninguém é capaz de se defender contra Jurek, nem Joona, nem ninguém.

Eles cruzam a ponte Sankt Eriksbron e se aproximam do parque Kronoberg e do antigo cemitério judaico onde Samuel Mendel e a família estão enterrados.

A neve sopra na direção deles ao longo da rua. Joona tira o pé do acelerador, mas a sensação é de que ainda estão avançando em alta velocidade.

Estacionam em frente à sede da polícia e percorrem a grande entrada envidraçada.

Pegam o elevador e passam pela antiga sala de Joona, batem à porta da sala de conferências e entram. Saga Bauer mal esboça uma reação ao ver Joona. Ergue os olhos por um breve instante e depois continua a escrever uma lista de nomes em um quadro branco.

— Saga, eu sinto muito, acabei de saber...

— Não quero falar sobre isso — ela o interrompe.

Nathan se levanta do computador e aperta a mão de Nils e Joona. Seu rosto parece devastado, quase à beira das lágrimas. Ele tenta dizer algo, mas silencia e cobre a boca com a mão.

Joona se volta para Saga e vê que ela escreveu os nomes de todas as pessoas que foram encontradas enterradas, na ordem de comunicação do desaparecimento.

— Aonde você acha que isso vai nos levar? — ele pergunta.

— A lugar nenhum — ela sussurra.

— Há muitos de nós trabalhando nisso agora — Nathan diz. — Os chefes estão conosco, junto com a Unidade Nacional de Homicídios, os peritos forenses, uma porção de detetives, as coisas estão esquentando...

— Enquanto isso, estamos vasculhando as lixeiras — Saga diz, sem olhar para eles.

— Eu entendo — Joona diz. — Mas estamos todos aqui agora, os quatro indivíduos que mais sabem sobre Jurek Walter no mundo.

Saga abaixa a caneta e olha para ele com os olhos injetados de sangue. Os lábios dela estão rachados, e uma bochecha e a garganta cobertas de hematomas amarelados.

— É tarde demais — ela diz, com a voz oca. — Você voltou tarde demais.

— Não se conseguirmos salvar sua irmã e Valéria — ele responde.

71

Nathan pediu comida, e eles comem enquanto trabalham. Nils Åhlén fala ao telefone com um colega em Odense enquanto espeta nacos de alface com um garfo de plástico.

Joona arrastou a luminária da mesa para ver melhor o conteúdo de suas caixas: anotações danificadas pela água, fotografias borradas, páginas impressas do registro populacional, cartas manchadas escritas a lápis em alfabeto cirílico.

A chuva de neve derretida cai contra as janelas e escorre até os peitoris encardidos.

Saga não toca na comida, mas bebe um pouco de água mineral enquanto envia à polícia de São Petersburgo uma solicitação formal de acesso a relatórios.

Joona limpa a mesa, guarda a salada de Saga na geladeira e continua examinando cada detalhe da nova investigação.

Ele caminha ao longo da parede de fotos das novas cenas de crime e se detém diante das imagens da reserva natural em Belarus.

— Jurek não deixa nada ao acaso, embora às vezes possa dar essa impressão — Joona diz. — Ainda assim ele é humano e comete erros... Alguns desses erros são armadilhas, mas outros são portas... Sei que ele está aqui nos detalhes, ele pensa de maneira obstinada.

Nathan se ocupa adicionando novos pormenores ao banco de dados. Depois de algum tempo, ele se pergunta em voz alta se é hora de fazer barulho na mídia, implorando publicamente a Jurek para não machucar Pellerina.

Todos sabem que isso seria inútil, mas ninguém se dá ao trabalho de discutir com ele.

Saga vai até uma das janelas e olha para fora.

— Não temos tempo para ficar tristes, isso pode esperar — Joona diz.

— Tá certo — ela suspira.

— Eu entendo que é terrível, mas precisamos de você — ele continua.

— O que eu poderia ter feito?

— Você falou com ele três vezes, talvez...

— Não, isso não vai levar a gente a lugar nenhum! — ela exclama.

— Porra, não vamos encontrar absolutamente nada. Eu pensei que tinha uma chance, mas não tinha, ele estava muito à minha frente.

— Às vezes é o que parece.

— Ele faz você acreditar em mentiras, faz você perder as estribeiras — ela continua, esfregando com força uma das sobrancelhas.

— Gosto de pensar que sou razoavelmente inteligente, mas cometi todos os erros que poderia ter cometido.

— Ele também comete erros — Joona diz. — É possível saber o que ele está tramando.

— Não, não é.

Nathan se levanta da cadeira, afrouxa a gravata e abre o primeiro botão da camisa.

— Joona quer que a gente tente descobrir como Jurek pensa — ele diz. — Todo mundo tem as próprias regras, o próprio sistema... Ele mantinha um monte de pessoas enterradas no mesmo local, na floresta de Lill-Jan. Quero dizer, de todos os lugares do mundo, por que precisamente lá? Como ele era capaz de se lembrar da localização de todos os caixões e barris?

De propósito, Saga derruba uma pilha de relatórios de uma das mesas.

— Isso é uma estupidez! — ela diz com a voz trêmula. — Não somos nós que fazemos as regras aqui; por que estamos fingindo que somos? Nós perdemos e vamos ter que fazer tudo o que ele disser.

— O que ele está dizendo, então? — Joona pergunta. — Você não contou o que ele...

— Pare! — ela o interrompe. — Tudo que eu preciso saber é o que você fez com o corpo de Igor, é isso que ele quer... Não dou a mínima pra mais nada, eu só quero a Pellerina de volta, ela tem medo do escuro, ela está...

— Saga — Joona diz. — Não se trata do corpo de Igor. Isso é parte das mentiras, da manipulação.

— Não, isso é importante pra ele — Saga diz, entre soluços de choro.

— Não é importante, ele não é sentimental nem religioso, ele não é de se preocupar com os restos mortais de alguém.

Na concepção de Joona, Jurek exagerou o interesse pelo corpo do irmão porque já sabia que os restos mortais haviam sido levados por Joona.

Essa foi a única razão pela qual ele disse que estava disposto a trocar o pai de Saga pelo cadáver do irmão.

A ideia era que Saga começasse a procurar o corpo e então constatasse que Joona o havia levado. Desesperada para trazer o pai de volta, ela seria obrigada a entrar em contato com Joona, revelando assim a localização de seu esconderijo.

Uma manobra inteligente e cruel.

Um plano brutal, que provavelmente teria dado certo se Saga fizesse alguma ideia de onde Joona estava.

Mais uma vez, Saga foi apenas um meio que Jurek usou para alcançar um fim.

Joona olha para o rosto angustiado de Saga e pensa: é por mim que Jurek está obcecado, e ele precisava de um cúmplice com quem pudesse compartilhar essa obsessão. É por isso que meu número de telefone estava no celular do pedófilo alemão, é por isso que o ladrão de túmulos pegou o crânio de Summa. Mas Jurek escolheu Castor — e não há limites para o que ele está preparado para fazer.

— Eu conversei com Jurek — Saga continua, com uma voz tensa. — Ele quer que Igor tenha um túmulo adequado, e se ele me ligar de novo preciso ser capaz de dizer a ele onde o corpo está.

— Ele não vai ligar. Se ele disse que vai, estava mentindo pra você.

— Ótimo, então tudo o que temos em mãos são as mentiras dele — ela diz baixinho, limpando as lágrimas e se sentando novamente.

— Nem tudo deve ser mentira, é por isso que você precisa nos contar todos os detalhes das suas conversas com ele.

— Não adianta, é perda de tempo. Eu tenho uma memória muito boa, mas a de Jurek é incomparável, está em outro patamar. Ele se lembra tim-tim por tim-tim de tudo que eu já disse a ele, desde que nos conhecemos na unidade psiquiátrica de segurança máxima. É uma loucura, cada gesto, cada entonação... Não temos a menor chance, ainda não estamos nem perto de pegá-lo.

— No primeiro encontro cara a cara que você teve com Jurek, ele mencionou Leninsk. Isso foi o suficiente, nós o pegamos — Joona ressalta.

— Foi pura sorte.

— Não, foi graças a *você*, você fez Jurek falar; ele queria entrar na sua mente, e calhou de lhe dar algo que não tinha planejado.

— Foi o que eu pensei na época — ela diz, calma. — Mas ele me enganou, no fim ficou claro que era uma armadilha após a outra.

— Você botou as conversas com ele no papel?

— Eu não quis — ela sussurra.

— Mas você consegue se lembrar delas?

— Pare com isso — ela murmura, e morde o lábio trêmulo.

— Eu sei que você consegue se lembrar de tudo se tentar.

— Chega — ela diz, mais alto agora, e pontinhos vermelhos começam a brotar em sua testa.

— Conte para nós onde ele mora — Joona diz em tom ríspido.

— Quem?

— Jurek.

— Se eu soubesse disso, eu...

— Mas o que você acha? — ele a interrompe. — Você falou com ele, você deveria...

— Eu não sei! — Saga berra.

— Talvez você saiba — Joona insiste.

— Pare com isso!

— Diga o que você pensa quando...

— Eu não quero! Eu não quero... — ela fala em meio a soluços.

— Saga, eu vou te fazer algumas perguntas, e você precisa tentar respondê-las.

— Não consigo mais lidar com essa merda agora.

— Claro que consegue.

— Seja gentil com ela — Nathan intervém.

— Cale a boca — Joona rebate, e se aproxima até ficar bem na frente de Saga. — Você falou com Jurek, e eu quero saber onde ele está se escondendo.

— Nós vamos embora — Nils Åhlén diz.

— Vocês ficam aqui — Joona retruca.

Saga encara Joona com os olhos arregalados. Sua respiração está ofegante, como se ela estivesse exaurida depois de correr uma maratona.

— Não suporto pensar nele, você não entende? — ela diz. — Ele me humilhou, e estou com ódio de mim mesma.

— Tente pensar nele mesmo assim — Joona insiste.

Saga respira fundo e fita o chão.

— Tá bom, tanto faz — ela diz. — Tive a impressão de que ele estava morando numa casa, porque esboçou uma reação quando eu disse isso, mas provavelmente era só mais uma armadilha.

— O que exatamente você disse?

Ela levanta a cabeça e o encara com seus olhos azuis cansados.

— Eu disse que achava que ele tinha uma casa, e que provavelmente não era tão isolada assim, já que ele achava muito arriscado deixar Castor ficar lá.

— O que ele disse a respeito?

— Ele usou o que eu disse contra mim, revirou do avesso minhas palavras e me fez acreditar que estava se escondendo na pedreira. Parecia lógico. Porque existe alguma ligação dele com os lugares onde viveu.

— Existe, sim — Joona confirma.

Joona vai olhar os vários mapas, em seguida se abaixa para pegar em uma das caixas uma pasta contendo impressões de registros, contratos de aluguel e notificações da Receita Federal sobre pendências de débitos tributários.

— Talvez porque ele fugiu de Leninsk, foi expulso da Suécia, acabou no país errado e teve que voltar para cá? — Nathan diz a meia-voz.

— Jurek nunca viveu naquele apartamento em Södertälje — Joona diz enquanto folheia a pasta. — Não havia pertences pessoais lá, nenhum vestígio seu... Provavelmente ele só ia até lá para pegar correspondências e encomendas.

— E ele também não morava na pedreira, era tudo mentira — Nathan continua. — Nós falamos com os escavadores... O alojamento foi demolido, a área toda escavada. Não há mais bunkers.

— Mas ele viveu lá quando criança, disso sabemos — Joona diz, pensativo.

— Sim — Saga sussurra.

— E enquanto ele estava se recuperando, morou com a irmã do sacristão — Nathan faz questão de lembrar.

— Jurek estava à beira da morte quando Cornélia o encontrou... Está tudo nos diários dela, cada detalhe das cirurgias — Nils aponta.

— Com o nome de Andersson... O sobrenome mais comum na Suécia, só pra brincar com a gente — Nathan suspira.

— Ele não está brincando com a gente — Joona diz.

— Só que não temos como checar o álibi de todos os cidadãos do país que se chamam Andersson — Nils diz.

72

As horas passam, e o trabalho de converter a vasta quantidade de material em alguma espécie de formato manejável continua, em silêncio.

Joona sopra o café e observa o mapa da Europa com os locais onde os cúmplices rejeitados foram encontrados ou assassinados.

As luzes piscam devido a uma interrupção no fornecimento de eletricidade.

Ele volta as atenções para o mapa da área de Norra Djurgården e examina os alfinetes que marcam a localização de cada cova individual na floresta de Lill-Jan e no complexo industrial.

— Como Jurek conseguia encontrar as covas no escuro? — Joona pergunta.

Nathan procura os óculos de leitura entre os papéis sobre a mesa, mas, como de costume, estão apoiados em sua testa.

— Nós tentamos com coordenadas e números primos, rodamos as informações nos melhores programas de que dispomos... Geometria, trigonometria, testamos todo esse tipo de coisa.

— Ele não é matemático — Joona diz, estudando o padrão das covas.

— Não existe a porra de um sistema — Saga suspira.

— Espere — Joona se apressa em dizer, ainda olhando para o mapa.

— Não podemos simplesmente admitir isso? — ela sussurra.

— Não.

— Ser obstinado não é o suficiente — Saga diz. — É hora de repensar isso, precisamos fazer um apelo público por ajuda.

Joona se desloca ao longo da parede, observa as fotos da pedreira, da casa de Cornélia e do apartamento em Södertälje.

— Às vezes eu entendo a maneira como Jurek pensa — ele diz em voz baixa, com a sensação de que está prestes a interpretar as nuances ocultas, acercando-se das respostas.

Ele volta ao mapa da floresta de Lill-Jan e acompanha com o dedo a antiga linha férrea, olhando para os alfinetes que marcam cada cova individual.

— A posição das covas é aleatória? — Nils pergunta.

— São os gêmeos — Joona diz, e começa a arrancar os alfinetes.

— O quê? Do que você está falando?

— Gêmeos, a constelação — Joona continua, tirando mais alfinetes. — É assim que ele consegue se lembrar da localização das covas.

Joona arranca o último alfinete, tira o mapa da parede e o segura erguido contra a luz para que ela brilhe através dos pequenos orifícios no papel.

— Vocês se lembram da carta do pai de Jurek sobre a nebulosa da Medusa? — Joona pergunta.

— Sim — Nathan responde.

— Ela faz parte da mesma constelação.

Joona põe o mapa sobre a mesa e traça linhas entre os minúsculos orifícios dos alfinetes: a imagem lembra uma pintura rupestre de duas pessoas de mãos dadas.

— A constelação de Gêmeos — Nathan diz lentamente.

Saga se posiciona atrás de Nathan enquanto ele saca o celular e procura no Google uma fotografia da constelação de Gêmeos, depois amplifica a imagem. Coteja o mapa com a imagem e a aumenta um pouco mais. Os buracos no mapa correspondem quase com exatidão às estrelas.

— Isso é loucura — Nathan sorri, olhando para os demais.

— Comemos o bispo dele — murmura Saga.

Ela afunda em uma cadeira e passa a mão suavemente sobre o tampo da mesa.

— Saga… Ainda estamos juntos nas profundezas das catacumbas — Joona diz. — E é nossa vez de mover as peças. É sua vez de jogar.

— Agora a gente sabe que é possível perceber as intenções do joguinho dele — Nathan diz com voz rouca. — Ele estava seguindo um padrão…

— Uma ordem — Saga diz baixinho.

— O quê? — Nathan pergunta.

Ela engole em seco e fecha os olhos para tentar encontrar as palavras certas.

— Códigos morais não significam nada pra ele, isso já sabemos, não que tenha importância — ela diz, olhando Joona nos olhos. — Mas ele segue um certo tipo de ordem.

— No que você está pensando? — Joona pergunta.

Ela esfrega a testa com força.

— Não sei por que eu disse isso. — Ela suspira.

— Volte, volte um pouco — ele diz. — No que você estava pensando quando usou a palavra "ordem"? Isso parece relevante. A que tipo de ordem você se refere?

Ela balança a cabeça, abraça o próprio corpo, olha para o chão e fica em silêncio por um longo tempo antes de finalmente falar.

— Quando estávamos na cela da unidade psiquiátrica de segurança máxima, Jurek e eu costumávamos conversar sobre... sobre como foi a primeira vez que ele matou alguém — ela começa a contar, e levanta os olhos.

— Ele disse que era uma sensação estranha, como comer algo que ele não achava que fosse comestível — Joona diz.

— Sim, mas no outro dia, quando me encontrei com ele na casa de repouso, ele comparou matar a fazer um trabalho braçal... Ele não mata por diversão, disso nós sabemos, mas perguntei a ele se alguma vez foi bom matar alguém.

Ela fica em silêncio novamente.

— E não foi — Joona diz.

Saga encontra o olhar dele.

— Não, mas a primeira vez de todas, o primeiro assassinato que ele cometeu na Suécia depois do suicídio do pai... Ele disse que o deixou mais calmo, como se tivesse resolvido um enigma complicado... Um enigma sobre como restaurar a ordem, eu acho... Porque foi quando ele se deu conta de que, em vez de matar os culpados, tinha que tirar tudo deles.

— Nós sabemos quem foi a primeira vítima dele na Suécia? — Nathan pergunta.

— Não — Nils responde. — Não encontramos corpos suficientes.

— Será que... será que o nome da primeira vítima foi Andersson? — Saga pergunta, limpando a boca com a mão.

— Você está pensando que pode ser por isso que Jurek disse a Cornélia que esse era o nome dele? — Joona pergunta. — Ou seja, ele roubou sua nova identidade de sua primeira vítima fatal?

— Da mesma forma que assumiu o nome Jurek Walter antes de voltar para a Suécia.

— É um bom raciocínio, Saga — Joona diz. — Muito bom.

Ela meneia a cabeça com uma expressão febril nos olhos e observa enquanto Nathan começa a procurar o nome nos arquivos de Jurek.

— Nenhum Andersson, nada — Nathan sussurra diante do computador.

— Então é uma vítima da qual não temos conhecimento — Joona diz.

— Vamos lá, precisamos pensar — Saga diz, e faz uma pausa para respirar fundo. — Quando Jurek voltou à Suécia depois de todos aqueles anos e encontrou o pai morto, quando pensou na solidão que quase o levou ao suicídio... Quem foi a primeira pessoa em quem pensou, quem ele queria destruir?

— As pessoas que tomaram a decisão de separar Jurek e o irmão do pai, os funcionários do antigo Departamento de Estrangeiros sueco — Nils Åhlén sugere.

— Não é nenhum deles. Cometeram suicídio vários anos depois, estão na lista — Joona diz.

— Então quem Jurek matou primeiro? — Nils pergunta.

— Talvez o capataz da pedreira? É o que eu teria feito. Dê uma pesquisada nele... O homem que levou Jurek e o irmão — Saga diz, mais uma vez limpando a boca com as costas da mão. — Quero dizer, foi ele quem começou tudo. Ele poderia apenas ter dito ao pai para manter os filhos sob controle, normalmente é o que a maioria das pessoas faz, e isso teria sido o fim da história.

— Temos como descobrir o nome dele? — Nathan pergunta, clicando no computador.

— Deve ser possível — Saga diz.

Nils começa a pesquisar relatórios antigos no próprio laptop.

— Eu sei que tenho as anotações em algum lugar — Joona diz, tirando de uma caixa um pacote de cadernos.

— Jan Andersson — Nils diz, e tira os olhos do computador.

— Esse era o nome do capataz? — Saga pergunta, sem fôlego.

— Sim, mas não se encaixa — Nils diz. — Ele não foi a primeira vítima...

— O quê?

— Ele está vivo — Nils diz, e continua lendo. — Jan Andersson e a família ainda estão vivos, é por isso que o nome dele nunca apareceu na investigação.

— Jurek teria ignorado o homem que denunciou a família dele à polícia? — Nathan pergunta em voz alta, cético.

— Bem, Jan Andersson está aposentado agora, e sua filha mora em Trelleborg — Nils continua. — A esposa já morreu, mas o irmão é vivo. Ele tem uma família numerosa em Lerum.

— Acho que Jan Andersson está morto há muitos anos — Joona diz pausadamente.

— Como assim? — Nils pergunta.

— Jurek não assumiu apenas o nome dele, mas roubou sua identidade por inteiro — Joona explica. — É por isso que parece que ele ainda está vivo.

— Você quer dizer que Jurek recebe a aposentadoria de Jan Andersson, paga as contas dele...?

— Exatamente.

— Nesse caso, o mais provável é que esteja morando na casa de Andersson em Stigtorp — Nils diz, virando o laptop para eles.

73

Valéria sente frio o tempo todo agora, e perdeu a sensibilidade nos pés. As escaras nas costas insistem em acordá-la. Está tão escuro e silencioso ali, sob as tábuas do assoalho, que ela perdeu toda a noção do tempo.

Para fazer durar o suprimento de água, ela espera a sede beirar quase o insuportável antes de dar um gole. Esse uso frugal aumentará suas chances de ser encontrada, mas também a está deixando mais fraca.

Ela diz a si mesma que a essa altura alguém deve ter percebido o que aconteceu no viveiro de plantas, deve ter visto o sangue e o corpo no carro. Seus filhos certamente devem ter acionado a polícia, e todos estão à procura dela.

Imóvel e quieta, Valéria aguça os ouvidos tentando escutar qualquer sinal de vida, mas cochila e está sonhando com um barco a remo cheio de água quando acorda de repente com o som da voz de uma menina, muito perto dela.

— Papai? Papai?

Valéria bebe um pouco de água para recuperar a voz.

— Papai? Saga?

— Olá? — Valéria diz, e pigarreia com cautela. — Está me ouvindo?

Abruptamente, a menina fica em silêncio.

— Meu nome é Valéria, também estou presa... bem ao seu lado.

— Tô morrendo de frio — a menina diz.

— Eu também, mas vamos sair daqui... Qual é o seu nome?

— Pellerina Bauer.

— Você estava chamando Saga... Você conhece Saga Bauer?

— Saga é minha irmã. Ela vai me resgatar, porque ela é da polícia.

— Quem foi que sequestrou você, Pellerina? Você sabe?

— Não.
— Você viu a pessoa?
— É um homem velho, mas muito, muito rápido... A Sabrina estava cuidando de mim quando ele chegou, eu estava escondida na banheira e fiquei quietinha feito estátua, não dei um pio, mas mesmo assim ele me achou.
— O que aconteceu?
— Não sei, eu acordei e estava tudo escuro... Eu tenho doze anos, mas ainda tenho um pouco de medo do escuro.
— Eu tinha medo do escuro quando tinha doze anos, mas você não precisa ter medo agora, porque estou aqui o tempo todo. Você pode falar comigo o quanto quiser, sempre.

Valéria deduziu que o homem e a mulher que lhe deram a água são perigosos. Jurek deve ter mentido para eles, amedrontado os dois. Eles pensam que estão a salvo contanto que façam o que Jurek diz, contanto que a mantenham em cativeiro e dentro de um caixão. Mas Pellerina é apenas uma criança. É difícil imaginar o que Jurek pode ter dito a eles para convencê-los a tratá-la assim.

O tempo passa na escuridão sob a casa. As longas horas se fundem. Valéria tem febre e dor de cabeça. Pellerina está congelando e com muita sede.

Nada podem fazer além de tentar aguentar até serem resgatadas.

No início, para ajudar a acalmar a menina, Valéria falou sobre suas estufas, descreveu as diferentes plantas, as árvores frutíferas e os pés de framboesa. Agora está inventando uma longa história sobre uma menina chamada Margarida e seu cachorrinho.

O cachorrinho caiu em um buraco, e Margarida o está procurando em todos os lugares. Pellerina conversa com o cachorro, tenta consolá-lo e dizer que sua dona vai encontrá-lo em breve.

Valéria deduziu que Pellerina estava em algum tipo de esconderijo secreto ou acomodação segura quando Jurek foi raptá-la. Isso significa que o desaparecimento dela não passou despercebido. A polícia sabe o que aconteceu, e é provável que esteja realizando intensas diligências e buscas pela menina. O tempo está começando a se esgotar. Valéria pode sentir sua condição geral se deteriorando rapidamente, e uma criança não consegue resistir muito tempo sem água.

Ela conta que Margarida continua procurando em lugares diferentes e sempre encontra pistas: o brinquedo favorito do cachorro, um osso, a coleira.

Valéria adormece no meio da história, mas acorda quando ouve os passos de pessoas no cômodo acima delas.

Há um ruído rascante à medida que as tábuas do assoalho se levantam.

— Prepare-se, já vou abrir — a mulher diz, em tom ríspido.

— Estou preparado — o homem responde.

— Se ela tentar sair, atire.

A mente de Valéria fica a mil por hora quando ela ouve o homem e a mulher afrouxarem as correias do outro caixão. Eles também têm medo de Pellerina. O que diabos Jurek disse a eles?

— Tá legal, abra — o homem diz.

Eles empurram a tampa para abrir o caixão.

— Segure ela! — a mulher grita.

— Estou tentando, estou tentando! — a filha deles responde.

— Me deixe sair! — Pellerina implora, aos soluços.

— Bata nela! — A mãe grita. — Dá uma porrada na cara dela!

Ouve-se um violento tapa, e Pellerina começa a choramingar de dor.

— Fique quieta! — o homem vocifera.

— Olá? — Valéria grita. — O que vocês estão fazendo?

— Dê a garrafa de água pra ela.

Mais baques surdos, e Pellerina começa a chorar ainda mais alto.

— Fique calma, Anna-Lena — o homem diz.

— Pelo amor de Deus, foi ela quem queimou ele, foi ela quem...

— Eu não quero ficar aqui — Pellerina diz, soluçando.

— Beba logo! — a mulher rosna.

— Eu não quero! Eu não quero! — Pellerina grita e chora. — Eu quero ir pra casa...

Alguém acerta outro tapa em Pellerina, que se engasga e começa a tossir.

— Ela está sangrando — a filha sussurra.

— Estão me ouvindo? — Valéria chama. — Por que vocês estão machucando uma criança?

— E você cale a boca! — a mulher grita.

— Vocês podem me dizer por que estão mantendo uma menininha presa aqui? — Valéria pergunta. — O nome dela é Pellerina e...

— Não deem ouvidos a ela — a mulher a interrompe.

Antes de falar, Valéria pondera sobre as possíveis consequências de suas palavras, mas não há tempo de pensar nessas coisas, e ela decide arriscar de qualquer maneira.

— Pellerina não tem nada a ver com isso, o pai dela teve uma overdose e ela está comigo só até ele sair da clínica de reabilitação.

— A gente sabe de tudo — o homem diz.

— Que bom, porque não vou dar desculpas — Valéria diz. — Eu sou uma viciada... e estava desesperada quando tudo aconteceu.

— O que ela está dizendo? — a filha pergunta.

— Sinto muito pelo que eu fiz, juro...

— Cale a boca! — a mulher grita.

Eles fecham novamente a tampa do caixão de Pellerina e Valéria os ouve apertar as correias.

— O homem que vocês conheceram, o nome dele é Jurek... Ele só quer o dinheiro dele, eu não sei o que ele vai fazer comigo, mas isso é minha própria culpa, não vou negar, peguei um monte de dinheiro emprestado dele pra comprar heroína e depois fugi... Entendo que vocês queiram me punir, mas se vocês deixarem Pellerina morrer, vão estar tão fodidos quanto eu.

— Ele falou pra gente não dar ouvidos a elas — a adolescente sussurra.

— Quando a crise de abstinência bate, você começa a entrar em pânico, a fissura é como se alguma coisa se apoderasse de você, você faz qualquer coisa pra arranjar meio grama... Eu queimei o rosto dele para conseguir dinheiro, e o celular dele... Pellerina não sabe nada sobre isso.

— Ele disse que foi a menina, o aborto da natureza que queimou aquelas letras no rosto do Axel — a adolescente diz.

— Não, fui eu, ela nem sabe escrever... Marquei aquelas letras nele com um ferro em brasa, achei que podia obrigá-lo a sacar dinheiro no caixa eletrônico.

— Atire nela, atire nela pela tampa — a mulher diz.

— Calma — o homem diz. — A gente não pode, você sabe o que a gente tem que fazer.

— Me dá o rifle — a mulher diz. — Eu vou atirar nela.

— Já chega! — o homem ruge.

A mulher geme e se afasta.

— Está frio aqui e estamos congelando — Valéria diz. — Acho que Jurek não quer que eu morra, porque aí não vou poder pagar o dinheiro que devo a ele.

— Mas o que a gente pode fazer, porra? — o homem pergunta com uma voz mais contida.

Ela os ouve começar a recolocar as tábuas do assoalho no buraco.

— Pellerina é só uma criança, os pais dela são viciados em drogas — Valéria continua, com voz mais forte. — Eu não sei por que vocês estão maltratando a menina... Se não vão deixá-la sair, então pelo menos deem a ela comida e algumas roupas quentes.

Ela começa a chorar quando os passos desaparecem no piso e tudo fica em silêncio novamente.

— Beba um pouco de água, mesmo que eles tenham sido horríveis com você — ela diz em meio às trevas.

Pellerina não responde.

— Eles bateram em você com o porrete? Pellerina? Foram malvados com você? Você consegue me ouvir? Você sabe que eu estava mentindo para eles quando disse que queimei aquele menino? Eles achavam que você tinha feito isso, mas sei que não é verdade. Não é bom contar mentiras, você não deve mentir, mas fiz isso pra eles deixarem você em paz. Às vezes a gente tem que dizer coisas bobas. Mas juro que nunca machuquei ninguém assim... E você?

— Não — a menina sussurra.

— Mas eles acham que sim, é por isso que não querem tirar a gente daqui.

74

Após uma rápida reunião para instruções, as equipes da Unidade de Resposta Rápida partem da base em Solna.

Duas vans pretas e um veículo de comando branco passam em alta velocidade por Rinkeby e Tensta, seguindo um Volvo preto.

Nils Åhlén foi para casa, mas Nathan Pollock está no micro-ônibus branco com os oficiais comandantes da equipe.

Joona Linna dirige o primeiro carro do comboio, e Saga Bauer está sentada ao lado dele com os olhos fechados. Ambos receberam ordens diretas para permanecer nos bastidores e não tomar parte ativa na operação.

— Saga, como você realmente está? — Joona pergunta.

— Tudo bem — ela responde, seca.

— Você sabe que pode deixar isso comigo, certo?

— Tudo o que eu sei é que tenho que encontrar minha irmã — ela responde em voz baixa.

Tanto Saga quanto Joona acham difícil acreditar que vão encontrar Jurek na casa, mas ainda assim estão com uma sensação inebriante de que têm algum tipo de vantagem, de que não é uma tarefa absolutamente impossível derrotar Jurek.

Joona descobriu uma parte crucial do sistema.

O que parecia ser um método caótico ou diabolicamente complexo era na verdade um padrão simples: o alinhamento das estrelas formando uma constelação pela qual Jurek e o irmão gêmeo sentiam afinidade.

É perfeito em todos os níveis.

As estrelas que representam as cabeças dos gêmeos são chamadas de Castor e Pólux.

De acordo com a mitologia grega, Castor e Pólux eram irmãos gêmeos criados pelos deuses.

Apenas uma coisa os separava.

Pólux era imortal, ao passo que Castor era mortal.

Quando Castor perdeu a vida em uma batalha, Pólux suplicou a Zeus que lhe permitisse compartilhar a morte do irmão, e que seu gêmeo pudesse, por sua vez, dividir com ele sua imortalidade.

Os inseparáveis gêmeos, portanto, passaram a viver alguns dias do ano no reino de Hades.

Empoeiradas ervas daninhas junto à mureta de proteção balançam conforme os veículos passam, e um pacote vazio de batatas fritas esvoaça no ar.

O comboio cruza a ponte em Stäket, passa por um campo esportivo e pega a saída para Kungsängen.

Saga segura no colo um mapa com duas casas circuladas em vermelho.

Mesmo tendo sido derrotada na partida de xadrez contra Jurek, ela conseguiu identificar as verdades nas quais as mentiras dele se alicerçavam.

Saga entendeu que o primeiro assassinato cometido por Jurek era a pista para a sua psique. O crime lhe dera a noção de que havia uma maneira de restabelecer a justiça.

Saga conseguiu conectar esse primeiro assassinato ao nome Andersson.

Joona concluiu que Jurek havia adotado a identidade completa de sua primeira vítima.

Nathan conseguiu rastrear o local de trabalho da filha de Jan Andersson, Karin: a agência imobiliária Bjurfors, em Trelleborg. Quando entrou em contato com ela, Karin disse que não falava com o pai havia vinte anos. Ele sempre fora um alcoólatra solitário, e lhe enviava um cartão de Natal todos os anos. Ele ainda faz isso, mas é a única indicação de que está vivo. No começo ela tentava ligar para ele; ele nunca atendeu nem nunca telefonou de volta. Ela mandou cartas e o convidou para batizados e festivais anuais do lagostim, mas nunca teve resposta e enfim desistiu.

Três dos veículos entram na pequena aldeia de Brunna, enquanto o quarto segue para a base militar do Castelo Granhammar.

O capataz aposentado, Jan Andersson, é dono de duas pequenas casas em Stigtorp, nos arredores de Kungsängen. São um pouco separadas das outras residências, mas não completamente isoladas.

Muitos anos atrás, Jurek assassinou Andersson e roubou sua identidade. Ele saca a aposentadoria de Andersson e paga suas contas. É a identidade que ele usa sempre que precisa mostrar um documento ou viajar para o exterior.

O solo congelado desce em direção à água. Nas partes mais íngremes, rochas nuas se destacam, mas fora isso a floresta de pinheiros é escura e densa.

O veículo para em uma trilha na floresta ao norte de Stigtorp. Saga permanece no carro enquanto Joona vai falar com a equipe de resposta rápida que invadirá a casa.

Vinte metros floresta adentro, há um penhasco de onde se pode avistar toda a pequena comunidade: onze casas em quatro aglomerados.

Uma perua branca está estacionada no cascalho em frente aos três edifícios pertencentes a Tratores Hultström.

As duas casas de propriedade de Jan Andersson estão aninhadas às margens da floresta.

A Unidade de Resposta Rápida pode chegar a Stigtorp em menos de cinco minutos.

Os policiais da outra van já se separaram. Um grupo aguarda em um bote inflável de fundo rígido em Garnsviken, ao passo que o outro se aproxima da casa percorrendo a floresta a pé.

Quando Joona alcança a equipe, os policiais estão sentados no chão, conversando. A respiração deles forma nuvens de fumaça no ar gelado; todos vestem pesados coletes à prova de balas e seguram no colo rifles semiautomáticos, a versão mais compacta da série G36 de Heckler & Koch.

Um deles está deitado de costas com os olhos fechados, como se tentasse dormir; outro come frutas secas e oferece algumas ao homem sentado a seu lado.

Esses homens precisam ser capazes de alternar num piscar de olhos entre situações extremamente árduas e de descanso, entre momentos de alta carga de adrenalina e de relaxamento.

O líder do grupo, conhecido como Thor por causa da barba hirsuta, tem modos estranhamente dóceis. Joona se põe a escutar enquanto ele dá ordens com uma voz surpreendentemente suave.

— Eu era o único que estava assistindo ao jogo quando o alarme disparou? — um deles diz.

— É sempre assim — outro sorri. — Bem no minuto em que você acende a churrasqueira ou pega uma cerveja da geladeira.

— Isso aqui conta como festa pra mim — um oficial ruivo comenta.

— Com certeza, contanto que o filho da puta esteja realmente se escondendo naquela cabana — o primeiro diz.

— Não pensem que vai ser um trabalho fácil — Joona intervém.

— Talvez você não saiba, mas este é exatamente o tipo de situação para a qual recebemos anos de treinamento: invadir os lugares e neutralizar sequestradores — o homem de cabelo vermelho responde e olha para Thor.

— Eu gostaria que isso acontecesse, mas não acho que vá acontecer — Joona diz.

— Venha comigo — Thor chama Joona de lado.

Eles caminham por trás da van preta. O vento carrega o barulho da rodovia.

— O que você está fazendo? — Thor pergunta em tom gentil.

— Jurek Walter é perigoso — Joona responde.

— Foi o que nos disseram.

— Que bom — Joona comenta.

Ele vê seu próprio reflexo na pintura preta da van: um homem de terno e gravata cinza ao lado de um policial equipado e armado até os dentes.

— Algo mais? — Thor pergunta.

— Eu respeito sua equipe. Com base em tudo que vi até agora, vocês são ótimos... Mas Jurek é muito mais perigoso do que vocês imaginam.

— Vou mencionar isso para eles.

— Se você quiser, ficarei feliz em ir com vocês.

— Obrigado, mas vamos ficar numa boa — Thor diz, e dá um tapinha no ombro de Joona. Abrindo um sorriso, ele pergunta: —

Quero dizer, estamos falando de um, no máximo dois criminosos, não é?

Joona olha para um dos homens, que está ajoelhado brincando com um cão policial.

— Jurek é um homem idoso agora — Joona diz lentamente. — Mas tem mais experiência de combate do que qualquer um de vocês, ninguém da sua unidade chega nem perto... Ele é um combatente há muitas décadas, matou centenas de pessoas... e antes disso foi uma criança-soldado. É a única coisa que ele sabe fazer.

— Positivo — Thor sussurra.

— Se ele estiver dentro daquela casa, a maioria de vocês vai morrer — Joona diz, olhando nos olhos do policial.

— Espero que não seja o caso, tenha certeza — Thor responde, sem desviar o olhar. — Mas cada um de nós já se despediu da família.

— Eu sei.

Todos os membros da Unidade de Resposta Rápida gravaram vídeos para serem entregues aos familiares caso percam a vida em serviço. Os vídeos são armazenados em dispositivos USB e guardados em envelopes lacrados dentro de um cofre na sede da polícia.

Thor abre a traseira da van e pega uma caixa de granadas de distração; em seguida, responde a uma chamada no rádio do comandante operacional.

A outra equipe está em posição.

Os policiais se levantam em silêncio e vestem as balaclavas e os capacetes. As semiautomáticas balançam silenciosamente nas alças de couro.

75

Thor e sua equipe descem a trilha íngreme em direção à água. Os policiais mantêm entre si uma distância de aproximadamente quatro metros.

O caminho está coberto de pinhas e agulhas de pinheiro. A água na enseada congelou; a temperatura deve ter caído pelo menos dez graus desde a noite anterior.

Thor não consegue parar de pensar no superintendente alto com sotaque finlandês e modos mortalmente graves.

A maioria das pessoas tende a ficar impressionada quando encontra a equipe de resposta rápida, mas Joona Linna só tinha visto as fraquezas do grupo e parecia genuinamente preocupado com a segurança dos policiais.

Isso irritou Thor.

E ele não é de se deixar aborrecer.

Em uma tentativa infantil de parecer corajoso ou adulto, ele disse ao superintendente que seus homens já haviam se despedido da família.

Sabe perfeitamente bem que nem ele nem ninguém na equipe está preparado para morrer.

Todos se esquivam do pensamento da morte e dizem a si mesmos que se expõem aos riscos para ajudar a tornar o mundo um lugar mais seguro.

Thor pensa naquelas breves mensagens de despedida. Os policiais recebem modelos para ajudá-los, de modo que possam se preparar com antecedência para a gravação. Toda a situação estava longe de ser natural, e ele provavelmente demonstrou uma indiferença inacreditável quando disse adeus à mãe e à esposa Liza.

Ele sabe que encarou a câmera quando se dirigiu a Liza. Falou devagar, do jeito que se deve fazer, repetiu várias vezes que a amava, e pediu desculpas por tê-la decepcionado.

Só quando começou a falar com a filha as lágrimas apareceram. Abriu-se um abismo, de forma bastante inesperada. A única coisa que pôde fazer foi tentar lhe explicar quem ele era para que ela tenha alguma lembrança sua quando crescer.

No ponto em que o terreno se aplaina, a equipe chega a um cruzamento e vira à direita. Trezentos metros adiante, a floresta se abre para a ampla clareira que contém o punhado disperso de edifícios.

Áreas de cascalho e grama amarelada descem em direção às águas encrespadas.

Thor pousa o dedo na empunhadura da semiautomática.

Ele gesticula para a equipe se espalhar ao longo da lateral, passando rente a um tanque enferrujado de diesel em cima de alguns blocos de concreto.

Um cachorro late dentro de um dos prédios ocupados pela Tratores Hultström, mas o cão policial não esboça a mínima reação; nem sequer fica de orelha em pé em sinal de alerta, apenas se mantém grudado a Thor.

A alta garagem de metal corrugado bloqueia a visão dos homens enquanto passam por uma de suas extremidades. Thor aponta rapidamente o rifle ao virar a esquina e se vê olhando para a carroceria amarela de um caminhão basculante. A algumas centenas de metros, há uma casa na beira da água, em cujo píer as ondas marulham.

A equipe segue em frente. As botas pesadas esmagam o cascalho, e o equipamento faz um ruído baixo à medida que os homens se movem.

As duas casas de que Jurek Walter se apossou ficam bem no final da clareira. A da frente bloqueia quase por completo a visão da segunda. Até aqui, Thor consegue ver apenas o telhado e a antena parabólica.

A janela da primeira casa está escura e reflete o céu nublado.

O grupo de Thor não faz nenhuma tentativa de ocultar a aproximação.

Não importa se forem vistos, porque todas as rotas de fuga possíveis estão protegidas. O terreno é acidentado em quase todos os lados, com pedras nuas e encostas íngremes. A floresta ao longo da praia é a única rota de fuga efetiva, e é lá que a outra equipe está posicionada.

As ordens de Thor são para invadir a casa à força, resgatar os reféns e incapacitar o sequestrador.

Ele marcha com o rifle erguido em direção ao primeiro edifício, sem tirar os olhos do alvo.

O reboco se desintegrou na extremidade da construção, revelando a alvenaria por debaixo. Há uma cortina imunda de renda pendurada na única janela.

O cachorro começa a ofegar e ergue o focinho.

— O que foi? — Thor sussurra, movendo-se cautelosamente de lado no quintal de modo a poder ver a outra casa.

Ele olha de novo para a cortina de renda.

Acabou de detectar movimento por trás dela?

Seu coração começa a bater mais rápido.

Ele para e aponta o rifle para a janela.

Não era nada.

Está prestes a seguir em frente quando vê uma sombra atrás da cortina, um rápido movimento no pequeno cômodo.

Com um gesto, indica para a equipe a potencial presença de um indivíduo hostil pela frente.

Thor avança devagar e, pelo canto do olho, vê um dos homens se deslocar para a esquerda e outro se apoiar sobre um joelho.

A mira de Thor está apontada para a janela com o caixilho de madeira descascado.

Um vulto aparece atrás da cortina, depois uma cabeça.

Ele está prestes a puxar o gatilho quando percebe que há um cervo dentro da sala.

Através da cortina de renda, vê as orelhas do animal se contraírem nervosamente. O hálito do animal forma nuvens de fumaça em torno de seu focinho preto.

Thor estica o braço para o lado com a mão cerrada e a equipe se espalha, se divide e passa pelas duas laterais da casa.

De repente, ouve-se uma cacofonia de cascos quando o cervo se vira e corre floresta adentro.

Thor anda pela casa e descobre que falta uma parede. Há pilhas de folhas de árvore nos cantos, e ervas daninhas e brotos desordenados crescem rompendo o chão do cômodo vazio.

Ele aponta o rifle para a casa seguinte.

É um chalé vermelho com varanda envidraçada, em parte escondido pelas árvores, como se tivesse sido engolido pela floresta.

A casa está abandonada, mas parece intacta.

Todas as janelas estão cobertas por persianas azul-escuras.

Ao lado da casa há um trecho cimentado ao abrigo do vento. A água da chuva congelou em uma churrasqueira em formato de cúpula que fica ao lado da porta da frente, junto com uma cadeira de plástico que o vento derrubou.

Todos os policiais sabem o que se espera deles.

Assim que a porta for arrombada, Thor entrará com dois de seus homens.

Ele se encosta à parede ao lado da porta.

Dois de seus homens apontam as armas semiautomáticas para a casa enquanto ele puxa uma máscara para proteger o rosto e fixa a lanterna no rifle.

Quando o líder da equipe dá a ordem final para invadir, as janelas são estilhaçadas por granadas de gás lacrimogêneo.

Elas detonam quase simultaneamente com um grave e estrondoso som de sucção.

Uma chuva de lascas de vidro cai no chão.

As persianas e a varanda filtram a fumaça clara que passa.

Thor já está suando.

Um dos policiais abre a porta da frente com uma enorme esmerilhadeira angular.

Granadas de atordoamento explodem em uma tempestade de ruído e luz ofuscante.

A porta é arrancada e Thor entra na casa.

A lanterna no rifle ilumina um túnel cheio de fumaça através do corredor e cozinha adentro.

Dois policiais o seguem, cobrindo as laterais da casa.

Ele já pode sentir o gás lacrimogêneo queimando os pedaços de pele que sua máscara não protege.

Mais uma vez, ouve o cachorro latir ao longe.

Thor pensa na bela policial que estava esperando no carro. Ele não conseguiu tirar os olhos dela.

O para-brisa refletia as copas das árvores e o céu branco. Atrás do reflexo ele viu o rosto triste da mulher, como se estivesse em um sonho.

Depois de verificar a cozinha e o banheiro, Thor se aproxima da porta fechada do quarto. As tábuas do assoalho rangem sob seu peso. Ele gesticula para um dos policiais, que se aproxima e se posiciona ao lado da porta.

Trêmula, a lanterna do rifle ilumina a maçaneta e a fechadura de latão.

Thor respira mais rápido, e sente que não está conseguindo absorver oxigênio suficiente.

Ele conta até três, posiciona o dedo no gatilho, dá um passo adiante e desfere um pontapé que escancara a porta. Uma nuvem cinza em forma de onda o engole, e por vários segundos ele não consegue enxergar nada.

76

A operação já acabou quando Joona e Saga chegam à casa de Jan Andersson. Com o auxílio do cão farejador, a Unidade de Resposta Rápida ainda está esquadrinhando o restante da área.

Todos sabiam que as probabilidades de pegar Jurek de surpresa e incapacitá-lo não eram grandes; uma vez que o principal objetivo deles é resgatar Pellerina e Valéria, porém, não tiveram escolha a não ser prosseguir com a ação.

Joona olha dentro da primeira casa ao passar. Há sacos de sementes de grama e adubo úmido no chão, ferramentas de churrasco penduradas em um gancho na parede e um comedouro enferrujado balança, suspenso no soquete da lâmpada.

Thor está no vão da porta da casa maior, a máscara antigás em uma das mãos. Seu pescoço está vermelho e os olhos lacrimejam.

— Ainda estamos todos vivos — ele diz com a voz rouca quando avista Joona.

— Fico feliz.

— Vocês vão ter que colocar vigilância neste lugar e falar conosco se ele voltar.

— Ele não vai voltar aqui — Joona responde.

— Você ainda não entrou. Tem certeza de que é a casa dele? Não encontramos arma nenhuma, nada.

Joona dá um passo e derruba a churrasqueira em formato de cúpula. O gelo se quebra e a água escura escorre. Entre os punhados de cinzas molhadas na grama, há uma pistola dentro de uma embalagem a vácuo.

Os olhos azul-claros de Thor encaram a arma.

— Como você sabia disso?

— Jurek não é o tipo de cara que curte churrasco — Joona diz, sacando a própria Colt Combat e soltando a trava de segurança.

É um bom esconderijo para uma arma reserva, fácil de pegar se a pessoa precisar sair do local com pressa. Jurek transportou a churrasqueira da casa em ruínas, mas deixou para trás os utensílios de cozinha.

O vento que sopra da água incide em cheio, e ninguém faria um churrasco bem na frente de casa quando há uma área cimentada mais bem abrigada.

Saga puxa a pistola do coldre de ombro e segue Joona casa adentro.

O piso do corredor sombrio range. Há uma única jaqueta militar pendurada num gancho e um par de botas enlameadas em uma prateleira.

Eles seguem para a cozinha. A cortina foi destruída, e há uma granada de gás lacrimogêneo jogada em meio aos cacos de vidros no piso de linóleo.

Em cima do fogão imundo veem uma frigideira com uma camada espessa de gordura cor de cera. Uma xícara de café, um garfo e um prato limpos foram deixados sobre a mesa na varanda.

Há moscas e vespas mortas embaixo de todas as janelas.

Joona abre a geladeira e vê manteiga e ovos frescos. Saga encontra um saco de pão na despensa e o segura contra a janela para verificar a data de validade.

— Embalado ontem — ela diz.

Joona volta para o corredor. Com um suave empurrão do cano da pistola, abre a porta do banheiro. Vê na pia uma porção de lâminas de barbear descartáveis amarelo-brilhantes. Ao lado da torneira, uma escova de dentes num pote de vidro riscado.

Saga entra no quarto.

Há uma fileira de fotografias sobre uma cômoda de madeira escura.

A família de Jan Andersson — a filha e a esposa.

Joona vem atrás de Saga e guarda a pistola no coldre quando vê a granada de gás lacrimogêneo no meio da cama desfeita.

— Ele esteve morando aqui todos esses anos, mas não mudou nada, nenhum detalhe — Saga diz, abrindo o guarda-roupa. — É nesta cama que ele está dormindo, não é? Ele manteve a geladeira abastecida e pendurou as roupas no armário ao lado das roupas de Jan Andersson.

Vasculham o quarto mesmo sabendo que não vão encontrar nada de útil.

Há uma Bíblia na gaveta da mesinha de cabeceira, bem como um par de óculos de leitura e um frasco de comprimidos para indigestão. Joona tateia embaixo da gaveta e folheia a Bíblia.

Eles passam duas horas procurando mapas, endereços, qualquer coisa que possa levá-los a Valéria e Pellerina.

Aos poucos, vai se dissipando a sensação inebriante de que finalmente estavam se aproximando de Jurek.

Quando Joona e Saga saem da casa, a Unidade de Resposta Rápida já se foi. Todos os itens que os policiais encontraram dentro da casa menor estão alinhados em perfeita ordem na área cimentada. Nathan mudou a cadeira de plástico de lugar e está sentado no meio dos sacos e baldes, protegido do vento frio.

— Verificaram as outras construções, falaram com todos os vizinhos que estavam em casa — ele diz. — Jurek parece ser reservado, em todos esses anos as pessoas só o viram algumas vezes e de longe.

Saga caminha a passos lentos ao longo da fileira de cortadores de grama, latas de tinta e caixas apinhadas de eletroeletrônicos antigos.

— Se há alguma coisa que pode nos ajudar, precisa estar aqui — Saga diz. — Aqui é o lugar dele, a casa dele, obviamente descobrimos onde ele está morando.

— E é por isso que não há covas por perto... Assim como não havia nenhuma na pedreira — Joona diz.

— A casa e os locais de sepultamento são mantidos separados — Nathan afirma.

— Sim. — Saga suspira.

— Nossos especialistas estão examinando a conta bancária de Jan Andersson pra ver se é possível vincular compras aos endereços — Nathan diz.

— Não vamos conseguir nada — Joona diz, olhando para a floresta escura atrás deles.

— Pare com isso. Pellerina e Valéria têm que estar em algum lugar, tem que haver um jeito de encontrá-las — Saga diz.

— Sabemos que ele usou uma constelação para localizar os caixões na floresta de Lill-Jan — Nathan diz, pensando em voz alta. — Isso significa que ele utiliza sistemas, e que somos capazes de decodificá-los.

— Nós o conhecemos, estamos chegando perto — Joona continua. — Ele assumiu a identidade do capataz, passou a usar o nome Andersson...

— Porque foi aqui que tudo mudou pra ele — Saga diz.

— Mas onde diabos está o resto dos túmulos? — Nathan pergunta.

Saga pega o mapa e o desdobra. A grande folha de papel farfalha no vento frio. Eles olham para as casas na clareira, a estrada através da floresta, a pequena comunidade mais próxima de Kungsängen.

Joona olha para os círculos vermelhos marcados ao redor das duas casas, a enseada estreita, a ponte e a estrada que leva a Jakobsberg e Rotebro.

— Ele fez de novo — Joona diz em voz baixa.

— O quê? — Saga pergunta.

— Gêmeos, só que numa escala diferente. Dessa vez, a constelação é muito, muito maior — Joona responde, apontando para os círculos vermelhos no mapa. — Nós estamos aqui, no lugar onde Jurek viveu durante anos, para onde ele sempre voltava; aqui é Pólux, a cabeça de um dos gêmeos...

— Vá devagar — Nathan diz.

— Olhem — Joona diz, apontando para o alojamento dos trabalhadores na pedreira em Rotebro. — Aqui é Castor, a cabeça do outro gêmeo. E, é claro, onde morava o irmão de Jurek. É a mesma coisa de novo, ele continua usando a mesma constelação, a mesma imagem mental.

— Como um palácio mental — Nathan diz.

Joona adiciona as outras estrelas que compõem a constelação e desenha linhas entre elas para que a imagem fique mais clara: meninos gêmeos cujas cabeças quase se tocam, de mãos dadas.

— Esta estrela, a pedreira, é a cabeça de Igor — repete Joona.

— E, nesta escala, a mão esquerda dele está na floresta de Lill-Jan em Estocolmo.

— Porque ele estava cuidando dos túmulos lá — Saga sussurra.

— Estas são as coordenadas que estávamos procurando — Joona diz, apontando para o mapa. — Temos dezessete pontos exatos e já vasculhamos três deles. Eu asseguro a vocês que Pellerina e Valéria estão em algum lugar entre os que restaram.

77

Emília veste um quimono preto e, depois do banho, prendeu num nó frouxo a cabeleira ruiva. Em uma das mãos, segura um livro cheio de orelhas, *Matemática 3*, que encontrou sobre a mesa da cozinha.

Seu enteado, Dorian, cursa o último ano do ensino médio e está no quarto com um amigo, fazendo o dever de casa.

A plaquinha de "Não perturbe" que o rapaz roubou de um hotel caiu da maçaneta da porta.

Emília abre a porta e entra no estreito corredor em cuja parede há um par de luvas de boxe penduradas, pisa sobre as jaquetas caídas no chão e entra na parte principal do quarto.

Ouve o som de ondas e suspiros ofegantes.

Sentados de costas para a porta, Dorian e o amigo não percebem a entrada de Emília.

Ela estaca quando se dá conta de que os dois estão assistindo a um vídeo pornô no laptop: a tela mostra uma loira fazendo sexo com dois homens ao mesmo tempo.

Emília não pode deixar de espionar os rapazes por um momento. Imóvel, ela olha por trás e de lado a expressão séria e compenetrada dos meninos, cujos olhos estão arregalados, a calça apertada na braguilha.

A mulher do filme está sendo penetrada por trás por um dos homens enquanto o outro empurra o pênis dentro de sua boca.

Emília fita os jovens concentrados na tela; depois, bem devagar, anda para trás e acidentalmente tropeça num skate.

Dorian fecha o laptop às pressas.

Fingindo não ter notado nada, ela se vira para os rapazes e diz que eles deixaram o livro de matemática na cozinha.

Claramente envergonhados, eles se inclinam para esconder a virilha, agradecem pelo livro e dizem que vão continuar estudando.

— Dorian? O que vocês dois estão aprontando?

— Nada — ele responde, atabalhoado.

— Eu sei que você está escondendo algo.

— Não estou.

— Mostre as mãos — ela diz, com uma voz um pouco mais severa.

Dorian enrubesce, mas faz o que ela pede. Sua calça está tão apertada que o zíper é claramente visível. Emília se agacha com uma expressão de fingida preocupação no rosto, antes que a seriedade do momento a atinja.

— O que é isso? — ela pergunta, e engole em seco.

Ela desliza a mão suavemente pela virilha do enteado e tenta esconder o fato de que está respirando mais rápido enquanto aperta o volume rijo. O amigo loiro do rapaz está olhando, incapaz de entender o que se passa.

— Posso ver? — ela pergunta, correndo dois dedos pelo tecido teso.

Dorian desvia o olhar, abre o botão da calça jeans e começa a abaixar o zíper quando a imagem congela.

O diretor interrompe o corte bruto da cena e fecha o programa de edição no computador. Está montando uma primeira versão do material porque o produtor vai ligar hoje para ver até onde chegaram.

Emília volta do camarim para o estúdio vestindo um grosso roupão de banho de microfibra. Seu rímel pesado deixou uma linha de pontinhos pretos sob uma sobrancelha.

Ela observa enquanto o diretor pousa os óculos de leitura ao lado do computador e diz algo para Ralf, que está no comando das câmeras.

O cronograma das filmagens está atrasado, mas Ralf não parece se incomodar. Emília já o viu muitas vezes. Ele já passou dos sessenta anos e é casado com a mesma mulher há mais de vinte. Seu rosto é bronzeado e ligeiramente inchado. A camiseta da banda The Smiths está apertada na barriga, e ele usa um jeans desbotado com cinto de couro marrom, joelheiras e um par de Crocs pretos.

Emília nunca trabalhou com esse diretor. Ele parece estressado e está evidentemente mais acostumado a dirigir anúncios publicitários. Tem barba preta comprida e a cabeça raspada; veste calça Adidas e uma camisa azul com manchas escuras de suor sob as axilas.

Recém-fundada, a produtora de filmes Suécia Profunda ainda está procurando as próprias instalações.

Este não é um estúdio de verdade, apenas um antigo edifício industrial com piso de cimento lustroso. Pode ter sido usado como depósito por algum atacadista. Ao lado da porta da frente há um painel publicitário de metal capenga que exibe a foto de um médico fumando.

Não é o local ideal para gravar, mas as câmeras alugadas são de qualidade decente e o cenário parece real. Provavelmente pertencia a algum estúdio de televisão de verdade, emprestado ou roubado em algum lugar.

Eles gravam de trinta a sessenta segundos de cenas de sexo de cada vez, depois fazem uma pausa de dez minutos.

Seria impossível de outra forma.

Emília se livrou do chiclete de nicotina e bebeu um pouco de água mineral.

As longas cenas de sexo oral acabam de terminar.

De acordo com o roteiro, primeiro ela chupa o enteado, depois o amigo dele enquanto o enteado a chupa.

Agora eles vão fazer penetração vaginal, seguida de sexo anal e muito mais felação, depois dupla penetração, e por fim gozadas na cara.

Muito original, como ela murmurou para si mesma durante a leitura.

O diretor e Ralf passaram a manhã preparando tudo; quando Emília chegou, às onze, estavam prontos para repassar com ela as cenas do dia. Não se exige exatamente um elevado padrão de atuação, mas ainda assim a atriz recebe instruções do diretor.

Olhe para a porta, olhe para ele, estique as mãos.

Sorria quando disser que o pai dele está no trabalho.

Assim como nos contos de fadas, a madrasta é sempre perigosa.

Geralmente filmam usando três câmeras, exceto quando fazem os closes extremos. Em seguida, Ralf usa uma câmera e o steadycam.

O cara novo se chama Dorian. Tem apenas vinte anos, cabelo escuro e curto, olhos verdes e braços tatuados.

Emília verificou o atestado médico dele, emitido na segunda-feira pelo mesmo médico com quem ela se consulta.

Dorian foi trazido depois que o ator original foi demitido no primeiro dia. O produtor ficou com raiva e o puxou pelo cabelo porque ele estava bisbilhotando os depósitos ao lado do camarim.

O produtor compareceu ao primeiro dia de filmagem e disse que um amigo lhe dera permissão para usar as instalações, e repetiu que eles precisavam respeitar aquilo.

Supostamente o tal amigo deixou alguns pertences no depósito ao lado do camarim feminino. Não há fechadura na porta, mas ninguém pode entrar lá; era uma das condições.

Emília não pôde deixar de pensar que o amigo provavelmente não fazia ideia de que as instalações estavam sendo usadas para aquela finalidade.

O produtor se aproximou de cada um dos envolvidos, olhou-os nos olhos e disse que era terminantemente proibido entrar no depósito.

Emília prefere parceiros profissionais, aqueles que apenas fazem seu trabalho.

O maior problema com os iniciantes é que às vezes pensam que se trata realmente de sexo, e fazem um esforço real para deixá-la excitada.

Ela trabalhou com caras que pensavam que a fariam chegar ao orgasmo enquanto filmavam.

As chances de isso acontecer são bem pequenas.

No começo ela até chegou perto algumas vezes enquanto gravava cenas com o ex. Foi ele quem a iniciou no ramo. Antes de conhecê-lo, ela não tinha nenhuma autoconfiança e chegou até a tentar cometer suicídio. Por causa da intoxicação por medicamentos, tiveram de fazer uma lavagem gástrica nela.

É lógico que ela sente o que está acontecendo, seus nervos são estimulados durante a penetração vaginal, mas não há excitação nenhuma, ela não fica molhada.

É tudo uma questão de dinheiro.

Ao menos, ao contrário dos caras, ela ganha bem. Nunca entendeu por que as pessoas fazem isso. Estar em um filme pornô não é exatamente o tipo de coisa de que alguém possa se gabar.

Ela faz o possível para evitar assistir aos filmes; ver-se na tela lhe causa uma sensação estranha. Ela se lembra da primeira vez que acompanhou a edição de uma das cenas e viu um pênis enorme e lustroso deslizando para dentro dela.

A mesma coisa sempre.

Emília andou pensando muito a respeito de um artigo que leu recentemente, sobre duas diretoras que fazem filmes pornográficos feministas. Ficou curiosa e cogitou entrar em contato com elas, mas não conseguiu criar coragem, preocupada com a possibilidade de a desprezarem.

Emília pendura o roupão e se deita novamente na cama. O pôster de futebol na parede caiu, mas não importa, já que agora estão prestes a fazer os closes.

Ela pega o tubo e esguicha mais lubrificante na vagina. A maquiadora vem e arruma o que está no lugar errado, em seguida aplica pó para tirar o brilho da pele.

Dorian está de pé ao lado da cama, com as costas curvadas, masturbando-se para recuperar a ereção. Seu rosto não mostra nenhuma emoção.

O calor das luzes faz Emília estremecer até se aquecer.

Enquanto espera Dorian ficar pronto para a ação, ela olha ao redor e observa o cenário, as luzes, os refletores.

Olha para a fileira de pequenas janelas perto do teto e vê enfeites natalinos pendurados em uma grade na parede.

O diretor e Ralf aguardam em silêncio. Não têm nada a dizer, o pessoal sabe o que fazer.

Dorian começa a suar enquanto se masturba; a maquiadora vai até ele e, com leves tapinhas nas bochechas e no peito, aplica um pouco mais de pó.

Emília pensa como agora não existem mais as *fluffers* — as mulheres que chupavam o pau dos caras e os mantinham duros entre uma cena e outra. Ela sente um pouco de pena dos homens, que precisam se virar sozinhos, tomar uma montanha de Viagra e bater punheta.

É fácil fingir uma ejaculação, mas sem ereção nada acontece.

Emília tem o cuidado de não se responsabilizar pelos caras que têm problemas. Ela tenta se manter longe e faz o possível para esconder sua irritação e impaciência quando eles demoram demais.

Dorian é gentil e quer muito impressionar.

Horas antes, ele teve um pouco de dificuldade; suas mãos ficaram frias e ele não parava de tremer e murmurar consigo mesmo.

— Vamos lá — Emília diz com voz suave.

— Não vai funcionar — ele responde com um olhar suplicante.

— Que idiota — o diretor resmunga.

Ralf suspira e ajusta uma joelheira.

— Vamos lá, está tudo bem — Emília diz. — Vamos fazer de conta que somos só você e eu...

Dorian dá a volta na cama e se deita em cima de Emília, que o ajuda a penetrá-la e manter sua ereção parcial.

— Você sabe, você tem mesmo um pau maravilhoso — ela sussurra.

— Isso não está funcionando — Ralf diz, e começa a desmontar a câmera do steadycam.

Dorian deixa todo o peso do corpo cair em cima de Emília, a barba por fazer roçando o rosto dela, e lentamente começa a mover os quadris.

— Somos só você e eu aqui agora — Emília sussurra.

Ela sente o coração dele começar a acelerar e o abraça, embora isso seja contra suas regras. Geralmente ela tenta relaxar o máximo que pode, para não se cansar e para evitar lesões.

— Não pare.

Emília geme no ouvido dele e o sente crescer e enrijecer.

— Meus Deus, que delícia — ela mente, e troca um olhar com Ralf.

— Certo, câmera rodando — o diretor diz.

— Deite de lado — Ralf diz, ajoelhando-se com a câmera na frente da cama.

— Continue, continue, eu estou quase gozando — ela sussurra.

— De lado — o diretor repete.

Dorian solta um gemido e Emília o sente ejacular, três pulsações fortes, as costas suadas sob a mão dela. O corpo dele relaxa e fica mais pesado, depois ele rola para o lado e sussurra um pedido de desculpas.

— Puta que pariu, não é possível — o diretor suspira, cansado.

Emília se deita e não consegue deixar de rir, mas para imediatamente ao ver que o produtor corpulento entrou no estúdio.

Envergando uma capa de chuva preta, ele está parado perto da porta. Seus ombros largos estão polvilhados por uma fina camada de neve.

Emília fica completamente gelada quando se lembra do que ele fez no dia anterior. Sem olhar para o produtor, ela se levanta da cama e veste o roupão. O sêmen de Dorian escorre pela parte interna de uma de suas coxas.

Emília não sabe por que a ordem de não olhar o que havia no depósito proibido teve o efeito oposto sobre ela. Talvez seja porque ela não goste de ser tratada como criança.

Quando Ralf precisou fazer um longo intervalo para copiar o conteúdo das gravações do cartão de memória, Emília foi para o corredor, passou pelo camarim e parou em frente à porta de metal.

No lugar da fechadura havia um buraco. O plano de Emília era apenas se abaixar e espiar, mas ela se viu tateando a maçaneta e abrindo a porta.

Não foi capaz de resistir, apesar do que tinha acontecido com o ator principal do filme.

O depósito estava às escuras, mas ela conseguiu enxergar algo à esquerda.

O ar estava impregnado de um cheiro de pó de madeira recém-serrada.

Ela acendeu a lanterna do celular, deixando o brilho branco como giz tremeluzir nas paredes de concreto nuas.

No canto mais distante havia uma lona azul-escura cobrindo o que pareciam ser móveis ou caixas.

Emília se lembra de ter ouvido o diretor conversando com os dois rapazes no camarim deles. Hesitou por um momento, depois se esgueirou ainda mais para dentro do depósito.

Agarrou uma ponta da lona, mas era pesada demais para conseguir levantar com apenas uma das mãos.

Então colocou o celular no chão, deixando a luz fria do aparelho brilhar até o teto.

Usando as duas mãos, conseguiu dobrar para trás uma ponta da lona.

Em seguida, rapidamente pegou o celular e apontou a lanterna para ele.

Viu um caixão, feito de compensado e sem pintura, apoiado sobre dois cavaletes.

No chão abaixo, uma serra circular e algumas caixas repletas de pregos e suportes metálicos, correias e blocos de folhas de madeira compensada.

Ela se agachou e apontou a lanterna para iluminar ainda mais. Ao lado de uma fileira de grandes barris de plástico azuis, encontrou um caixão semiacabado, do tamanho certo para uma criança.

78

A temperatura caiu para dezesseis graus abaixo de zero. O calor do lado de dentro faz o rosto de Joona corar enquanto ele percorre o corredor a passos rápidos. A pistola bate contra as costelas sob a jaqueta. Um panfleto sobre a campanha de arrecadação natalina daquele ano se solta da parede e cai no chão quando ele passa.

Carlos está ao lado do aquário, e acabou de alimentar seu roliço peixinho dourado quando Joona abre a porta.

— Não, você tem que dividir a comida — Carlos está dizendo, dando um tapinha no vidro.

Joona já ligou para ele do carro para dizer que desvendaram o código de Jurek, o que significa que há uma chance de resgatarem Pellerina e Valéria.

Ele solicitou uma operação imediata envolvendo os esforços coletivos da Polícia de Estocolmo, da Unidade de Resposta Rápida e do Grupo de Operações Especiais para verificar as coordenadas das catorze estrelas restantes.

Carlos ouviu e disse que entendia, mas, como isso implicaria a maior operação policial da história da Suécia, ele teria de submeter o pedido à aprovação da Comissão Nacional de Polícia e também solicitar uma autorização do Ministério da Justiça.

— Você já falou com eles? — Joona pergunta.

Carlos desgruda os olhos do aquário, volta a se sentar na cadeira e suspira.

— Expliquei que vocês identificaram catorze endereços onde Jurek Walter poderia estar... Não mencionei a constelação, não acho que teria ajudado.

— Provavelmente não.

— Veja bem, você precisa entender que eu tentei — Carlos diz, meio sem jeito. — Enfatizei a urgência da coisa e tudo o mais, mas o ministro da Justiça foi muito claro. Não vai autorizar mais operações... Espere aí, Joona, eu sei o que você está pensando... Mas tente ver do ponto de vista dele, trata-se de um sequestro, não de terrorismo.

— Mas nós...

— Não há ameaça óbvia, a população sueca não está em perigo — Carlos o interrompe.

— Ligue para ele e diga que aceitaremos uma operação de menor envergadura, concentrada em oito locais.

Carlos balança a cabeça.

— Não haverá mais nenhuma operação, não até que tenhamos provas do paradeiro de Jurek ou das vítimas.

Joona olha pela janela atrás de Carlos, para as copas das árvores escuras no parque, os outeiros de grama congelada.

— Isso não é bom — Joona diz em voz baixa.

— Já usamos a Unidade de Resposta Rápida duas vezes essa semana — Carlos lembra. — Sem resultado nenhum para mostrar.

— Eu sei.

— Você precisa entender.

— Não — Joona responde, olhando-o nos olhos.

Carlos abaixa o olhar, passa a mão pelo tampo da mesa, depois olha para cima outra vez.

— Posso te reintegrar, se quiser — ele diz.

— Ótimo — Joona responde, e sai do gabinete do chefe.

Ele pega o elevador até o décimo andar, caminha rápido pelo corredor e abre a porta da sala de investigação.

Com a ajuda dos especialistas técnicos, Nathan e Saga criaram um mapa que corresponde com exatidão à constelação, usando como pontos de partida a casa em Stigtorp e o alojamento de trabalhadores na pedreira. Apenas duzentos metros separavam as cabeças dos gêmeos na floresta de Lill-Jan, mas agora há oito mil metros entre as cabeças e oitenta e seis mil metros da cabeça aos pés.

— Esta versão da constelação tem quatro vezes a extensão de Manhattan — Nathan aponta.

Afixaram o mapa à parede, ao lado das fotos da pedreira, de Castor e das várias cenas de crime.

O irmão de Jurek, Igor, representa Castor, cuja mão está, na versão menor da constelação de Gêmeos, na floresta de Lill-Jan. A barriga se localiza em Ekerö, e os pés em Tumba e Södertälje.

Saga tira a jaqueta do gancho na parede e pega o gorro que tinha enfiado numa das mangas.

— Imprima os endereços e coordenadas exatos — Joona diz.

— Vamos fazer uma reunião com todas as equipes assim que tivermos organizado tudo — Nathan diz, levantando-se de seu lugar na mesa comprida. — Vou precisar de pelo menos três veículos de comando.

— Esqueci de mencionar: vamos ter que lidar com isso por conta própria — Joona diz.

— Certo — Saga suspira.

— Quer dizer então que acabou antes mesmo de começarmos — Nathan diz, afundando de novo na cadeira.

— Nada acabou, nós vamos continuar — Joona diz. — A única diferença é que teremos que vasculhar os locais um de cada vez, e apenas nós, sozinhos.

— Catorze estrelas — diz Nathan.

Saga joga a jaqueta e o gorro sobre a mesa, pega a lista da impressora e entrega o papel a Joona.

— Vocês dois concordam... que Pólux, na constelação de Gêmeos, representa Jurek porque a estrela que equivale à cabeça de Pólux está localizada na casa dele?

— E o outro gêmeo... — Nathan franze a testa.

— É Castor — Joona completa.

— A cabeça dele corresponde à casa de Igor na pedreira — ela conclui.

— E o interessante é que a mão de Castor na versão grande da constelação é onde estavam localizados os túmulos pelos quais Igor era responsável — Joona diz.

— Sim.

— Isso me faz pensar que há uma lógica simbólica, que para Jurek essas estrelas representam mais do que coordenadas.

— Concordo — Saga diz.

— E como precisamos tomar uma decisão rápida... acho que temos que seguir a mesma lógica, que Jurek abandonou as estrelas que formam Castor agora que Igor está morto.

— O que nos deixa com oito locais — Nathan diz.

— Deem uma outra olhada em Pólux — Joona diz. — Onde estão Valéria e Pellerina?

— Eu começaria pelas mãos — Saga diz.

— Uma das mãos está indicando um complexo industrial em Järfalla, a outra uma casa de veraneio ao sul de Bro — Nathan diz, mostrando no mapa.

— Joona? — Saga diz.

— Vamos para o complexo industrial — ele diz. — É onde os gêmeos estão se dando as mãos, como se o irmão morto estivesse entregando a Jurek a responsabilidade de vigiar os túmulos.

Saga e Nathan não dizem mais nada, e os três saem correndo da sala e vestem as jaquetas enquanto seguem apressados pelo corredor.

Saga e Joona estão em um carro, Nathan em outro. Na rodovia E18, ambos os veículos chegam a cento e sessenta quilômetros por hora; quando entram na Viksjöleden, porém, já reduziram para a metade disso.

Agora estão seguindo as instruções do sistema de navegação à medida que avançam pela Järfallavägen ao lado dos trilhos da ferrovia, em uma área industrial degradada.

O lixo se espalhou pelo mato ao longo da cerca alta.

Passam por edifícios baixos feitos de concreto e folhas de metal, áreas asfaltadas atulhadas de contêineres de embarque, pilhas de paletes e uma fileira de caminhonetes abandonadas.

Diminuem a velocidade e viram à direita em uma placa que anuncia os serviços de uma oficina mecânica.

Lentamente avançam em meio a prédios vazios rodeados por caminhões, trailers antigos, postes com esfarrapadas bandeirolas com logotipos de empresas tremulando. Param no estacionamento vazio em frente à Oficina Mecânica jc.

Veem um outdoor derrubado pelo vento.

Os três saem dos carros.

Está muito frio; uma tempestade de neve se aproxima vinda da Rússia, e o serviço de meteorologia emitiu um alerta de nível 2.

Eles vestem os coletes à prova de balas e verificam as armas. Nathan tira do porta-malas uma Benelli M4 Super 90, uma espingarda semiautomática usada por unidades de resposta rápida em todo o mundo.

Joona agarra a sacola contendo alicates corta-vergalhão, um pé de cabra, uma gazua elétrica e uma esmerilhadeira angular.

Saga verifica a Glock e a guarda de volta no coldre.

Nathan envolve a espingarda em uma jaqueta impermeável.

Eles partem a pé.

O edifício industrial no número 14 da rua Åkervägen é propriedade de uma exportadora registrada na Polônia, mas não se sabe ao certo quem é o verdadeiro dono.

A construção fica exatamente no ponto onde as mãos dos dois gêmeos se encontram quando a constelação é sobreposta ao mapa.

Não há vivalma em lugar algum.

No asfalto, veem buracos e estragos causados pelo tráfego de caminhões pesados.

Caindo aos pedaços, o edifício está atrás de uma cerca alta com três fileiras de arame farpado acima. Imediatamente abaixo do telhado de zinco há uma série de janelas estreitas que se estende por toda a extensão do prédio. Em uma das extremidades há uma plataforma de carregamento e uma grande porta de metal retrátil para entrada e saída de mercadorias.

Corvos crocitam alto em volta de uma caçamba no final do círculo de manobras.

A entrada para o número 14 está bloqueada por um pesado portão com o logotipo de uma empresa de segurança.

Joona pousa a sacola de lona no chão, pega os alicates e corta o cadeado, que desaba com um clangor metálico.

Ele chuta os pedaços para dentro da valeta, abre o portão e entra.

Um trem metropolitano passa atrás do prédio, fazendo balançar os arbustos ao lado da cerca.

Na parede ao lado da porta há um amassado painel publicitário de metal anunciando cigarros Camel. A ferrugem dos parafusos escorreu pelo rosto de um médico fumante.

Eles param e aguçam os ouvidos, mas não há som algum no lado de dentro.

Saga usa a gazua elétrica para destrancar a porta.

Nathan desembrulha a espingarda.

Joona coloca no chão a sacola de lona com as ferramentas, saca a pistola, encara os colegas nos olhos e em seguida abre a porta e entra.

Ele verifica o saguão apertado.

Não há nada além de um cabideiro vazio e um quadro elétrico com fusíveis de cerâmica.

O disjuntor principal está desligado.

Seguido de perto por Saga e Nathan, Joona vai até a porta seguinte. Ele ouve a respiração de Nathan logo atrás.

Segurando a pistola na altura do rosto, ele se prepara para inspecionar o lado direito do local enquanto Saga pega a esquerda e Nathan se ocupa da área em frente à porta.

Com cautela, Joona aperta a maçaneta, empurra a porta e aponta a pistola para o recinto espaçoso.

Eles contam até três.

Sons vindos de fora chegam através da fileira de janelas estreitas perto do telhado. Há uma faixa de trechos mais claros no chão de cimento nu.

Saga segue Joona e, em sincronia, eles perscrutam sistematicamente os cantos escuros.

Nathan caminha em direção ao centro do salão e faz uma varredura com o cano da espingarda.

O amplo cômodo está vazio.

Seus passos ecoam nas paredes nuas.

Joona se vira.

Uma das extremidades do recinto consiste quase inteiramente de uma única e imensa porta feita de tiras de metal horizontais que pode ser erguida até o teto.

Não há nada aqui, o chão foi lavado e esfregado.

Pedaços de enfeites natalinos pendurados numa saída de ar balançam aos solavancos na grade.

Sem dizer uma palavra, eles atravessam o local em direção a um corredor escuro. Usando o mesmo sistema, esquadrinham mais dois espaços vazios e o banheiro.

A julgar pelas marcas no piso de linóleo, ali já houve cabines de chuveiro próximas aos ralos.

O último cômodo é um depósito vazio com um pouco de serragem no chão.

Eles voltam para a primeira área, a mais espaçosa. Joona caminha até o centro do salão fechado e vira o corpo, olhando para as janelas estreitas e as paredes brancas.

— Vou dar uma olhada na parte de trás — Saga anuncia e sai.

— Será que este lugar já teve alguma coisa a ver com Jurek Walter? — Nathan pergunta.

— Sim — Joona responde em voz baixa.

— Quero dizer, pode ser que toda aquela hipótese da constelação esteja errada — Nathan comenta.

Joona não responde, apenas caminha até a porta retrátil que leva à plataforma de carregamento. O piso está arranhado, a soleira de metal empenada.

Ele acompanha com os olhos o rejunte de borracha preta, depois se vira para perscrutar mais uma vez o recinto.

Partículas de poeira flutuam sob a fraca luz do sol.

O chão está imaculadamente limpo. Não foi apenas varrido, foi lavado e esfregado.

E há pouco tempo.

Joona caminha até o ralo no chão, ajoelha-se e detecta um forte cheiro de água sanitária.

Remove a grade, puxa o filtro e vê que também está limpíssimo.

Nathan murmura algo sobre ir lá fora e sai.

Joona se põe de pé e olha de novo para a plataforma de carregamento, depois caminha a passos lentos atrás de Nathan.

Ele se detém na porta aberta do saguão. Esta parte do prédio é mais escura.

Joona examina a porta e as dobradiças. Abre e fecha a porta mais uma vez.

Há um fio comprido de cabelo preso a um dos parafusos que prendem a soleira no lugar.

Joona se move para o lado, fica bem rente à parede e inspeciona a beirada da porta.

Há três pequenas formas ovais, não muito longe do chão.

A princípio ele pensa que são nós na madeira visíveis através da tinta, mas os ângulos das ovais o instigam a se curvar e fotografá-las, usando o flash da câmera do celular.

O canto se ilumina e depois volta a ficar às escuras.

Joona ouve um ruído alto de algo raspando do lado de fora. Como uma escavadeira arrastando a pá pelo chão.

Joona amplia a imagem no celular e vê que as formas ovais são na verdade impressões digitais ensanguentadas.

Alguém foi arrastado por esta porta e tentou se agarrar no batente.

Ele não consegue detectar nenhum indício de sangue no saguão, mas parece que um carpete sob medida foi removido recentemente — fragmentos de cola ainda são visíveis no cimento.

Joona sai no ar frio e vê cerca de trinta corvos sobrevoando em círculos uma unidade industrial a alguma distância. As aves se concentram sobre uma caçamba que está prestes a ser içada para a carroceria de um caminhão. É de lá que vem o barulho.

Saga dobra a esquina do prédio vazio. Balança a cabeça e parece estar segurando as lágrimas.

Vários dos corvos pousam e começam a bicar o solo antes ocupado pela caçamba.

O caminhão sai pelos portões da vvs Empreendimentos e vira lentamente para pegar a rua Åkervägen.

Joona sai correndo, detém-se bem no meio da rua e, com um gesto, manda o motorista parar o caminhão.

O veículo pesado desacelera, desliza em direção a Joona e freia com um silvo.

O motorista abaixa a janela e olha para fora.

— Qual é o seu problema? — ele pergunta em voz alta.

— Sou superintendente de polícia da Unidade Nacional de Operações e...

— Eu infringi alguma lei?

— Tire a chave da ignição e a jogue no chão.

— Eu pago seu salário, e...

— Caso contrário, vou atirar nos pneus — Joona diz, puxando a pistola do coldre.

As chaves tilintam ao atingir o asfalto.

— Obrigado — Joona agradece e sobe no caminhão.

Ele ergue a pesada barra de metal para abrir a caçamba, puxa a escotilha e é saudado por um fedor terrível.

Debaixo de uma pilha de canos de esgoto velhos, material de isolamento térmico e embalagens, papelão úmido e um assento de vaso sanitário quebrado, há seis sacos de lixo pretos.

O fundo da caçamba está coberto de sangue.

Por um rasgo num dos sacos é possível ver um braço nu, quebrado na altura do cotovelo e escuro por conta da hemorragia interna.

A mão é pequena, mas não é de uma criança.

Os seis sacos de lixo são suficientemente grandes para conter um corpo cada.

Seis pessoas mortas no local onde os gêmeos dão as mãos.

O prédio foi minuciosamente lavado e esfregado, e os corpos jogados em uma caçamba de lixo.

Joona pega o celular e liga para Nils Åhlén. Enquanto espera a ligação completar, olha de novo para a caçamba, encara o cotovelo quebrado e o estranho ângulo do antebraço. Pensa nas impressões digitais ensanguentadas no batente da porta, observa a mão pálida apoiada no plástico preto e vê que dois dos dedos estão se mexendo.

79

Valéria acorda no escuro com uma dor de cabeça de rachar. Calçaram meias grossas nos pés dela e a cobriram com um cobertor. Mesmo assim, ela está tiritando de frio.

— Pellerina? Está com frio?

Valéria tateia procurando a garrafa de água, desatarraxa a tampa e bebe as últimas gotas.

— Pellerina? — ela repete, mais alto dessa vez. — Você está aí?

A menina não responde, e Valéria abre um sorriso tão largo que seus lábios secos se racham. Eles a levaram para dentro da casa. Deve ter sido o que aconteceu. Dado que ela própria recebeu um cobertor, pelo menos alguma forma de comunicação foi estabelecida. Ela correu um enorme risco quando fingiu ser viciada em drogas; poderia ter dado muito errado.

Valéria ainda não sabe o que acham que ela fez — mas se tivesse contado a verdade e negado tudo, nunca teriam lhe dado ouvidos.

Ela não sabe de onde tirou aquela história, mas fez o possível para tornar plausível sua fase de viciada.

Tem certeza de que eles já tinham notado as feias cicatrizes em seus braços. Nunca tentou escondê-las, nunca quis saber de cirurgia plástica porque acha que merece o desprezo que as cicatrizes às vezes suscitam em outras pessoas.

Seu próprio sentimento de vergonha é muito pior.

Aquela família provavelmente já estava tendo problemas para acreditar no envolvimento de Pellerina. Quando Valéria confessou que ambas estavam sendo punidas pelas dívidas de drogas dela, as coisas se tornaram mais compreensíveis — e, ao mesmo tempo, mais confusas do ponto de vista moral.

Na última vez em que eles removeram as tábuas do assoalho e

abriram o caixão, Valéria mudou de posição para se sentar com a coluna reta mesmo que, aos gritos, eles tivessem dado ordens para que se mantivesse deitada, chamando-a de puta drogada e ameaçando atirar em sua cabeça.

— Façam isso, então — ela respondeu. — Aí vocês serão responsáveis pelas minhas dívidas com Jurek.

— Cale a boca! — a mulher disse.

— Eu preciso que vocês saibam que sinto muito por tudo que eu...

— Você quer que a gente perdoe você? — o homem a interrompeu. — É sério isso? Você é a escória, você nem é um ser humano.

— Pare de falar com ela — a mulher sussurrou.

— Eu não queria fazer coisas ruins — Valéria disse. — Só que não podia mais pedir grana emprestada, a fissura bateu e fiquei desesperada... Você nunca se preocupa com aids ou com overdose, ou em ser espancada ou estuprada... Mas a abstinência te apavora, é como estar no inferno.

— Espero que você esteja no inferno agora — o homem disse.

— Está muito frio, não consigo mais sentir as pernas... Acho que não vou conseguir sobreviver outra noite...

— Isso não é problema nosso — a mulher disse, sopesando o machado nas mãos.

— Jurek mandou vocês matarem nós duas?

— Estamos apenas vigiando vocês — o homem respondeu.

— A gente não devia nem falar com ela — a adolescente deixou escapar.

— Não quero assustar a Pellerina — Valéria continuou. — Mas ela é pequena, em pouco tempo vai morrer congelada. Vocês entendem isso, não é?

— Deite aí — o homem disse, dando um passo na direção dela e erguendo o rifle.

Ele estava tão perto que deu para ver os pelos loiros em seus braços.

— Quero dizer, vocês poderiam levar nós duas para dentro de casa, estou tão fraca que acho que nem consigo me levantar agora... Vocês poderiam me amarrar, afinal, estão armados...

Eles jogaram um saco de restos de comida dentro do caixão, fecharam a tampa de novo com força e apertaram as correias.

Os dedos de Valéria estavam muito fracos para desatar o nó, então ela teve de rasgar o saco com os dentes.

Comeu um pouco das batatas e salsichas cozidas e quase vomitou, mas se concentrou em reter o alimento ingerido.

Seu estômago se aqueceu e seus pensamentos começaram a flutuar de uma forma muito estranha; ela percebeu que a comida estava envenenada e que a estavam sedando ou tentando matá-la.

Por alguns momentos, Valéria sonhou com um beija-flor cor-de-rosa e uma linda tapeçaria chinesa esvoaçando no vento, até que, com um brusco solavanco, abriu os olhos na escuridão.

O lacre em torno da tampa do caixão começou a brilhar em branco e azul. Ela pensou ter ouvido correias soltas caindo nas entranhas da terra seca sob a casa, o ruído de um guincho.

Em seu estado drogado, Valéria pensou que estavam abrindo o caixão de Pellerina. Pensou ouvir a menina chorar enquanto a levavam para dentro da casa.

Valéria não tem ideia de quanto tempo ficou inconsciente.

Parece que pelo menos um dia.

Sua cabeça dói e sua boca está seca.

Ela percebe que eles a drogaram para que pudessem colocar mais roupas nela. Devem ter acreditado em sua história sobre ser uma viciada, e que Pellerina não tinha queimado o rosto de ninguém.

Pellerina não está mais aqui com ela, talvez até a tenham deixado ir embora.

Agora Valéria precisa tentar se salvar, tentar virar o jogo contra Jurek, fazer com que entendam que ele a estava usando.

80

Saga lava o rosto na pia de um dos banheiros da Unidade de Terapia Intensiva no quarto andar do Hospital Karolinska.

Mais uma vez repete para si mesma que precisa se recompor. Mas as lágrimas se avolumam novamente, ela se senta no assento do vaso sanitário e tenta respirar devagar.

— Eu consigo — ela sussurra.

Ela estava na parte de trás do complexo industrial, chutando um monte de folhas de outono congeladas e caminhando ao longo da cerca junto à linha férrea quando ouviu Joona avisar com um grito que encontrara algo em uma caçamba.

Um trem passou sacolejando.

Ela teve a sensação de cair em um buraco num lago congelado e afundar na água glacial.

As ervas daninhas balançavam ao vento enquanto a poeira e o lixo rodopiavam no ar.

O medo repentino era como um cansaço imenso e abrangente.

Uma chance de entregar os pontos, de se deitar no chão e parar o tempo.

Em vez disso, ela se agarrou à cerca baixa que se estendia ao longo do aterro da ferrovia.

E quando ouviu Joona gritar que um deles ainda estava vivo, Saga começou a caminhar como se pisasse em areia movediça.

Não percebeu a bolsa caindo no chão. Deve ter escorregado de seu ombro.

A única coisa em que conseguia pensar era que deveria ter deixado Jurek matá-la.

Era tudo culpa dela.

Corvos negros estavam empoleirados no terreno das instalações da vvs Empreendimentos.

Saga dobrou a esquina e saiu para a rua, viu o caminhão com a caçamba e, pelo para-brisa, viu de relance o motorista.

Joona estava gritando alguma coisa e Nathan se virou na direção de Saga. Ela viu o próprio terror refletido no rosto dele. Ele caminhou em sua direção, segurou suas mãos para acalmá-la e impedi-la de se aproximar.

— Minha irmã — ela balbuciou, tentando passar por ele.

— Por favor, espere, você tem que...

— Quem é que ainda está vivo?

— Não sei, a ambulância está a caminho e...

— Pellerina! — ela berrou.

Ela se lembra de como Nathan a conteve, dizendo que ela tinha de esperar; depois disso ela acabou sentada no carro de Joona a algumas centenas de metros de distância, tremendo.

Chegaram três carros da polícia e seis ambulâncias.

As luzes azuis voaram pelos edifícios e cercas, lançando sombras velozes no asfalto e nos arbustos.

Pelo para-brisa do carro, Saga observou o trabalho dos paramédicos.

De início, a atividade ao redor do caminhão foi frenética e intensa.

Mas todos, exceto a mulher nua, estavam mortos. Saga constatou isso pela maneira como manuseavam os corpos.

Havia três pessoas de pé na caçamba, cortando os sacos de lixo e tirando um cadáver após o outro.

Saga se esforçou para ver se algum dos corpos parecia o de uma criança, mas ela estava longe demais e sua visão, encoberta. Uma ambulância deu marcha a ré e policiais uniformizados isolaram a área.

Ela só conseguiu entrever um dos cadáveres despedaçados que os paramédicos retiraram da caçamba e alinharam no chão. Viu uma perna estreita bater na borda enferrujada da caçamba e um saco de lixo preto grudado às costas de um homem atarracado.

A primeira ambulância deixou a área, levando embora a mulher. Saga ouviu as sirenes começarem a soar quando pegaram a Järfallavägen.

Saga não sabia se Valéria estava entre os mortos ou se era o corpo nu de Pellerina no final da fila de cadáveres perfilados.

Ela abriu a porta do carro e saiu. Não queria, mas precisava ir.

Teve a sensação de que estava atravessando um lamaçal com água espessa, azul, pegajosa. Não sabia ao certo se seria capaz de fazer aquilo.

Joona estava ao lado dos paramédicos. Não a viu chegar. Ela tentou ler o rosto dele.

Ele parecia triste e concentrado.

Saga caminhou até o cordão de isolamento. Um dos policiais uniformizados a reconheceu e a deixou passar.

Ela se ouviu agradecendo e seguiu em frente, parando a poucos passos dos corpos ensanguentados e de uma palidez tenebrosa.

Nem Pellerina nem Valéria estavam entre os mortos.

Saga teve de verificar várias vezes.

O cadáver na ponta da fileira era o de um jovem na casa dos vinte anos, de olhos verdes e cabelo escuro. Teve a garganta cortada, e o rosto e um lado da cabeça espancados sem piedade.

Cambaleando, Saga estendeu a mão para se apoiar na cerca, depois caminhou em meio ao matagal de volta à estrada, onde ficou por algum tempo com as mãos pousadas sobre o capô de uma das viaturas da polícia. Ela se lembra de ver o próprio rosto vagamente refletido na tinta branca, e de pensar que deveria voltar para ajudar. Quando se virou, os paramédicos estavam levantando o homem nu em uma maca.

Ela se agachou, com as costas apoiadas na roda dianteira do carro da polícia, cobriu o rosto e chorou de alívio e gratidão por Pellerina não estar entre os mortos.

Joona por fim se aproximou e se sentou no chão ao lado de Saga. Trouxe consigo um cobertor da ambulância, que acomodou sobre os ombros dela.

— Achei que um dos corpos fosse o dela — Saga disse, enxugando as lágrimas com as mãos.

— É normal sentir alívio, mesmo que outras pessoas tenham sofrido.

— Eu sei, é só que... Isso não é do meu feitio, mas eu simplesmente não consigo... não posso suportar a ideia de alguém machucá-la

— Saga disse, tentando engolir o caroço na garganta. — Pellerina é a mais sábia, a mais maravilhosa...

— Nós vamos encontrá-la.

— Qual é o plano agora? — Saga perguntou, tentando se recompor.

— Se conseguirem salvar a vida da mulher, preciso falar com ela. Depois disso vou para a casa de veraneio, onde está a outra mão de Pólux.

— Vou com você — Saga disse, mas não conseguiu sair do lugar quando se levantou.

— Você não precisa, você sabe.

Saga enxágua o rosto na pia outra vez, depois se seca com toalhas de papel e sai do banheiro do hospital. Enquanto caminha pelo corredor, pensa em todas as outras pessoas — pais, mães, filhos, filhas, esposas, namorados, irmãos e irmãs dos mortos na caçamba — que naquele dia receberiam notícias terríveis. Ela foi poupada dessa vez, premiada com um adiamento temporário, e ainda pode ter a esperança de um final feliz.

A mulher inconsciente foi identificada como Emília Torn. Os paramédicos a levaram para a Unidade de Terapia Intensiva do Hospital Karolinska, onde decidiram sedá-la. Os dois braços e uma das pernas estão quebrados, ela tem graves traumatismos na parte de trás do crânio, foi mordida no pescoço, sofreu um profundo corte na barriga e perdeu muito sangue.

Joona aparece correndo; traz nas mãos um avental cirúrgico no exato instante em que o médico está prestes a entrar na sala de cirurgia.

— Espere — ele diz ao cirurgião. — Preciso saber se há alguma chance de falar com a paciente. Eu sou da polícia, e...

— Então você sabe como funciona — o médico o interrompe.

— Há mais vidas em jogo.

— Ela já foi sedada e está prestes a ser anestesiada, então...

— Fui eu quem a encontrou, só preciso de alguns minutos — Joona tenta convencer o médico, vestindo o avental.

— Não posso deixar você impedir nosso trabalho — o médico rebate. — Mas você pode tentar antes de a intubarmos.

Entram na sala de cirurgia, onde a equipe está atarefada com os preparativos. Um anestesista desinfeta a virilha da mulher na parte superior da perna que não está quebrada e insere um cateter na veia.

O rosto da mulher está pálido e amarelado, a pele já suada por efeito da morfina. Alguns fios de cabelo ruivo estão grudados no rosto com sangue coagulado. Nos braços quebrados são visíveis as manchas de hemorragia interna.

— Emília? Está me ouvindo?

— O quê? — ela responde num murmúrio quase inaudível.

— Havia uma criança no prédio, uma menininha? — ele pergunta.

— Não — ela sussurra.

— Pense, você viu uma menina com síndrome de Down?

— Eu não entendo, ele matou o Ralf... Pisou no rosto dele, depois cortou a garganta dos caras, aí me atacou e...

— Quem foi? Quem fez isso?

— O produtor, ele simplesmente enlouqueceu, ele...

— Você sabe o nome dele?

— Auscultar coração e pulmões — o médico diz, olhando para o monitor de dióxido de carbono.

— Você sabe como posso entrar em contato com o produtor?

— Quem é você, afinal? — ela murmura.

— Meu nome é Joona Linna, sou superintendente da...

— Isso tudo é por sua causa — ela diz com a voz fraca.

— Como assim?

— Ele ficou repetindo que vai pisotear e esmagar você no chão, que você...

O corpo de Emília começa a sacudir, e ela tosse sangue no queixo e no peito. Joona dá um passo para trás de modo a sair do caminho da equipe de médicos e enfermeiros. Deixa a sala de cirurgia, tira o avental no corredor e em seguida corre para a sala de espera.

Saga e Nathan estão sentados lado a lado num dos sofás, olhando para as telas dos celulares. O rosto de Saga está tenso, os olhos injetados de sangue.

— Parece que Pellerina não estava lá — Joona diz.

Saga assente, em seguida guarda o celular e encontra o olhar de Joona. Nathan afasta a pilha de revistas da mesinha baixa e espalha o mapa com a constelação de Gêmeos desenhada.

— Restam sete locais — ele diz. — Acho que podemos começar pela outra mão, a casa de veraneio, certo?

— Talvez estejamos interpretando tudo errado — Joona diz.

— Do que você está falando?

— Estou convencido de que vamos encontrar algo lá, mas isso é uma coisa pessoal para Jurek. Ele disse que quer me pisotear e me esmagar no chão.

— Os pés, você quer dizer? — Nathan pergunta, olhando para Joona.

Eles se debruçam sobre o mapa mais uma vez e o examinam com minúcia. A estrela que representa o pé esquerdo de Pólux fica no meio de uma estrada em Södertälje. Mas o pé direito se localiza em uma casa isolada ao norte de Nykvarn.

81

Enquanto estavam no hospital a tempestade assolou Estocolmo, trazendo enormes quantidades de neve e fazendo a temperatura despencar ainda mais.

Joona dirige veloz em meio à nevasca pesada ao longo da rodovia E20, em direção a Nykvarn. A neve já se assentou entre as pistas e ao longo do canteiro central.

Saga verifica a pistola e insere o pente.

Joona muda de faixa e ultrapassa um caminhão pelo lado errado.

Uma nuvem de neve suja sobe do asfalto e atinge o capô e o para-brisa.

De acordo com o registro de imóveis, a casa em que Pólux está é propriedade de um casal de meia-idade com dois filhos.

Tommy e Anna-Lena Nordin administram o próprio negócio, recrutando pessoal para outras empresas. A filha deles, Miriam, tem quinze anos e cursa o ensino médio em Tälje; o filho Axel, de oito anos, frequenta a Escola Björkesta em Nykvarn.

Joona acelera e o barulho dentro do carro fica mais alto.

À medida que se aproximam do cruzamento de Almnäs, Joona avista pelo retrovisor uma luz azul piscante. Diminui a velocidade e para no acostamento.

No banco de trás, Nathan sorri, embalando no colo o rifle semiautomático.

A viatura da polícia encosta atrás deles, as portas da frente se abrem e delas saem dois policiais uniformizados, um homem e uma mulher. Estufando o peito, a policial caminha em direção a eles enquanto o homem solta o coldre.

Eles haviam parado uma BMW suja que estava a cento e oitenta quilômetros por hora. Já sabem que o carro está registrado em nome de um homem a quem foi concedida liberdade incondicional da prisão, e logo irão descobrir que as três pessoas sentadas no carro estão fortemente armadas.

A bem da verdade, levando-se em consideração as circunstâncias, Ingrid e Jim, agentes da polícia de Södertälje, não precisaram de muito tempo para reavaliar a situação.

No início, Joona relutou em aceitar a oferta de ajuda, porque os dois não faziam ideia de como aquela operação poderia ser perigosa.

— São policiais experientes — Nathan disse. — E os caras prometeram enviar reforços assim que tivermos provas do paradeiro de Jurek... Precisamos da ajuda deles para entrar na casa.

Assim, Saga agora está sentada no banco de trás da viatura da polícia, repassando para os dois policiais os detalhes da operação.

Eles seguem a BMW de Joona ao longo da antiga estrada de Strängnäs.

A neve voa atrás dos dois carros.

No console entre Ingrid e Jim há uma garrafa térmica de café e um saco de pãezinhos de Santa Luzia.

Eles passam pela vasta extensão do Clube de Golfe Vidbynäs, com seus campos verdes e buracos cobertos de neve, enquanto Saga esboça cenários possíveis.

— A hipótese mais perigosa é Jurek e Castor terem tomado conta da casa e já estarem esperando a gente lá dentro, armados até os dentes — ela diz.

O carro da polícia quase escorrega para fora pista ao virar à direita na igreja de Turinge para seguir a BMW de Joona por uma estrada estreita.

— Contanto que a gente não tenha que competir num triatlo... — Jim diz com um forte sotaque rural.

— Nada é pior do que triatlo — Ingrid responde, com o mesmo sotaque.

Eles riem, depois pedem desculpas e explicam que às vezes fingem ser Sture e Sten, dois velhos do condado de Skaraborg.

— Eles não suportam exercícios físicos — Ingrid diz, com um sorriso.

— Nós os inventamos quando começamos a treinar juntos para o triatlo — Jim acrescenta. — Já estamos nisso há quatro anos, um treinando o outro...

— E agora Sture e Sten estão apavorados, porque nos inscrevemos para participar de um triatlo completo nos Alpes franceses.

— Nada é pior do que triatlo — ele repete.

— Desculpe, somos muito bobos — Ingrid ri.

— Bem, não somos *tão* bobos assim — Jim diz, em seu sotaque exagerado.

Eles precisam contornar toda a extensão do campo de golfe para chegar à casa em Mindal. Depois da mansão não há mais marcas de pneus na neve. Reluzentes postes alaranjados sinalizam as margens da estrada para evitar que os carros caiam nas valetas ou invadam os campos.

Joona e Nathan entram no acostamento. Antes de parar de vez, os pneus comprimem e trituram ruidosamente a neve.

Assim que a viatura da polícia passa, eles saem do carro, pulam por cima da valeta e rumam floresta adentro para abrir caminho até os fundos da casa sem serem vistos.

Faz quase vinte graus abaixo de zero; o frio ferroa seus rostos e faz os olhos lacrimejarem.

Entre as árvores, a neve é bem menos profunda, e o chão está forrado de pinhas e agulhas de pinheiro.

Enquanto caminham, Joona esquadrinha o terreno em busca de canos de ar, solo revirado e terra nua.

Alguns flocos de neve caem e se amontoam por entre a vegetação.

Depois de quinze minutos, eles avistam a parte de trás da casa entre as árvores. Avançam com cautela antes de parar na borda da floresta.

A neve espessa acobertou a paisagem em um silêncio ensurdecedor.

A casa é moderna e grande, tem dois andares com um telhado de painéis pretos e fachada cinza.

Nada nesse lugar sugere violência e morte.

A neve no gramado na parte de trás da casa está intocada, ondulando suavemente por cima de canteiros de flores e móveis de jardim.

Joona pega o binóculo e começa a verificar as janelas, uma após a outra. As cortinas do andar de cima estão fechadas.

Ele se demora, mas não consegue detectar nenhum sinal de movimento, nenhuma sombra.

Tudo está silencioso, porém há algo inquietante que Joona não consegue dizer exatamente o que é.

Ele vai descendo o binóculo e vê que montes de neve se acumularam junto às portas da varanda no térreo. Através do vidro, fosco de tanta geada, ele consegue distinguir uma estufa contendo um sofá, duas poltronas e uma lareira de concreto polido.

Há cobertores cuidadosamente dobrados sobre os braços das cadeiras, e o tampo de vidro da mesa está limpo e vazio.

Joona abaixa o binóculo e olha para Nathan, cujo rosto está com um aspecto sombrio, o nariz vermelho de frio.

— Nada? — Nathan pergunta, com um calafrio.

— Não — Joona responde, e só então se dá conta do que o perturba.

Não foi o que ele viu, mas sim o que faltava na cena. Uma família comum de classe média com dois filhos, e não havia sequer um único item de decoração de Natal à vista em pleno dia 12 de dezembro. Nenhum castiçal do Advento, nada de estrelas nas janelas, pisca-piscas ou cordões luminosos, nenhum enfeite no jardim.

A viatura da polícia seguiu direto para a casa em Mindal e estacionou na entrada para carros coberta de neve.

Sentados na viatura, Saga e os dois policiais observam a casa.

A neve cai com mais força agora.

Por uma janela, eles podem ver uma adolescente com fones de ouvido fazendo o dever de casa.

A neve na entrada para carros está intacta. Nenhum veículo chegou ou saiu desde o início da nevasca.

Uma das portas da garagem dupla está aberta. Saga consegue entrever um carrinho de golfe, algumas almofadas de móveis de jardim desbotadas pela ação do sol, uma enorme churrasqueira, um cortador de grama e uma pá com cabo enferrujado.

O rádio crepita, e a voz de Joona quebra o silêncio. Ele e Nathan estão posicionados na parte de trás da casa. Não conseguem ver ninguém e não há nada digno de nota, exceto a ausência de qualquer decoração natalina. Estão escondidos na floresta, mas prontos para entrar pela porta dos fundos se necessário.

Saga sai do carro com os dois policiais uniformizados. Ingrid começa a tossir quando inspira o ar frio.

— Tudo bem? — Jim pergunta baixinho.

Ela faz que sim com a cabeça e os três caminham em direção à casa. Pela janela veem um homem retirando talheres reluzentes da lava-louça.

Ele veste uma camisa azul-pastel com as mangas arregaçadas.

Os três param diante da porta, batem os sapatos para tirar a neve e tocam a campainha.

Saga se afasta para o lado, põe a mão no bolso e pega a pistola.

Da boca dos três saem pequenas nuvens de fumaça da respiração.

Saga sente as ferroadas ardidas do frio no rosto.

Ouvem passos dentro da casa quando alguém se aproxima da porta.

Saga lembra a si mesma que Jurek ou Castor podem estar ali dentro, e que Pellerina e Valéria podem estar enterradas no jardim ou na floresta atrás da construção.

A fechadura faz um clique e o homem que estava na cozinha abre a porta. É um sujeito bronzeado, de bigode loiro e olheiras de cansaço.

Ele está de meias no piso de mármore branco. Atrás dele, uma ampla escada leva até o segundo andar e desce para o porão.

— Tommy Nordin? — Saga pergunta.

— Sim — ele responde, olhando para ela com curiosidade.

— Recebemos uma chamada sobre violência doméstica e perturbação do sossego.

— Violência e perturbação?

— Precisamos entrar e falar com o senhor e sua esposa.

— Mas não houve nenhum episódio de violência e perturbação aqui — o homem diz devagar.

— Mesmo assim precisamos falar com o senhor, porque fomos acionados por uma chamada — Saga alega.

A adolescente que estava sentada à mesa da cozinha aparece no corredor. Seus movimentos parecem estranhamente sonolentos. Ela tirou os fones de ouvido. O cabelo loiro muito liso escorre ao lado do rosto; ela tem as sobrancelhas delineadas e aplicou maquiagem para cobrir manchas no queixo. Os lábios são finos e ela veste calça jeans, meias brancas e uma camisa polo da Hollister com a gola suja.

— Perguntem à Mimmi — o homem diz, acenando com a cabeça em direção à adolescente. — Perguntem a ela... Anna-Lena e eu nos separamos, faz dois meses que não a vejo, ela se mudou para Solna com o nosso filho.

— Então são só vocês dois morando aqui?

— Sim — o pai responde.

— Então o senhor não vai se importar se dermos uma olhada — Jim diz.

— Vocês não precisam do mandado de um promotor para fazer isso?

— Não — Saga responde, seca.

— Podemos interrogar e prender qualquer pessoa sem mandado judicial — Ingrid explica.

— Isso parece uma ameaça — o homem diz, dando um passo para o lado para que os policiais possam entrar.

82

No vestíbulo, Saga desabotoa a jaqueta para poder alcançar depressa a pistola no coldre de ombro.

Ela sopra os dedos enregelados enquanto olha para a escada.

Não há luzes acesas no andar de cima nem no porão.

Ingrid se apoia com uma das mãos na parede enquanto limpa os sapatos no capacho.

Ouve-se um barulho súbito quando Jim acidentalmente tromba com uma vassoura de cabo comprido, em cujas cerdas há poeira e fios de cabelo enroscados.

Os policiais seguem o pai até uma cozinha americana, espaçosa e sem divisórias, separada da sala de jantar por um biombo branco.

— Temos um sistema de cinema em casa que pode ser bastante barulhento — o pai diz, passando a língua pelos dentes da frente.

A adolescente não diz nada, apenas caminha a passos vagarosos para a ilha da cozinha e torna a se sentar no tamborete diante dos livros escolares.

Saga não consegue deixar de pensar que Joona está certo. Mesmo que os pais tenham se separado, é estranho não haver nenhuma decoração de Natal na cozinha ou na sala de jantar.

Dentro da casa parece que o tempo parou.

Há orquídeas brancas na janela.

Por entre as árvores pode-se ver o campo de golfe coberto por um manto de neve.

Uma porta de vidro fosco leva até a sala de estar, e há uma porta de madeira entreaberta que conduz a um corredor.

— Aceitam um café? — o homem pergunta.

— Não, obrigada — Saga responde.

O fino biombo de tecido entre a cozinha e a sala de jantar é semitransparente e balança suave ao sabor da leve corrente de ar.

O homem continua esvaziando a lava-louça, alinhando os copos limpos sobre a bancada.

— O senhor poderia deixar isso de lado por enquanto? — Saga diz.

Ele se vira e olha para ela com uma profunda ruga entre as sobrancelhas.

— O senhor recebeu alguma visita recentemente? — ela continua.

— O que você quer dizer com visitas?

— O que o senhor acha?

Ele coça um dos ombros e continua a esvaziar a lava-louça.

Saga o observa, muda de posição e vê que ele começou a suar.

— Nenhuma visita?

Com uma das mãos ela move o biombo para o lado e entra na sala de jantar, passando por uma grande mesa com tampo de pedra, e então volta a se aproximar de Tommy Nordin.

— Se não foi uma briga doméstica, o que foi? — Saga diz, dirigindo as palavras para o biombo.

— Como eu disse, provavelmente estávamos assistindo a um filme — o pai explica.

Através do biombo, a cozinha parece estar coberta por uma espessa névoa. Saga vê a adolescente olhar de relance para o pai, apreensiva.

— Todos os dias? — Saga pergunta.

— Varia.

— Que dias essa semana?

Ingrid se endireita e estufa o peito sob o uniforme; com uma das mãos no coldre, Jim observa o homem.

Saga vai até uma das janelas que dão para o jardim nevado. Os flocos ainda estão caindo, apenas para serem engolidos pela brancura já existente. Os galhos dos abetos estão pesados. Ela se inclina para mais perto e sente o frio através da vidraça. Há uma trilha de pegadas escuras que se inicia na entrada, contorna a garagem e segue ao longo de uma casinha de brinquedo coberta de neve no quintal.

O coração dela começa a bater mais rápido.

O que andam fazendo na casinha de brinquedo?

O número de pegadas indica que estiveram lá várias vezes.

Ela volta para a cozinha, dá a volta na ilha e sente que a mão está trêmula ao apoiá-la sobre tampo de mármore.

Com muito cuidado, desliza a outra mão dentro da jaqueta e segura a pistola.

Dessa posição ela pode ver pai e filha, bem como as entradas para a sala, para o corredor e para o vestíbulo.

— Quando você parou de usar a casinha de brinquedo? — Saga pergunta à adolescente.

— Não sei — ela responde baixinho, e continua olhando para os livros.

— Depois do verão? — Saga sugere.

— Sim — a adolescente concorda, sem olhar para Saga.

— E o que você guarda lá? — Saga pergunta.

— Nada — ela diz, calma.

— Olhe para fora — Saga diz. — Tem pegadas na neve.

A adolescente não olha, apenas mantém os olhos nos livros.

— Os vizinhos têm duas meninas, às vezes elas usam a casinha — ela sussurra.

— No inverno? — Saga diz, largando a pistola.

— Sim — a adolescente responde, ainda sem olhar para Saga.

— Isso já não está demorando demais? — o homem reclama, esfregando com força a nuca.

— Vamos embora daqui a pouco — Jim diz em tom amigável.

— O senhor pode começar mostrando seu quarto ao meu colega — Saga diz.

— Vejam, eu realmente não estou nem um pouco feliz com essa situação... Isso é invasão de privacidade, eu não fiz nada.

A adolescente abaixa um pouco a cabeça e cobre as orelhas, mas parece perceber o que está fazendo e põe as mãos de volta sobre a bancada.

— Assim que dermos uma olhada, vamos deixar o senhor e sua filha em paz — Jim assegura.

Saga tem a impressão de que escutou batidas nas paredes. Prende a respiração e aguça os ouvidos, mas está tudo quieto outra vez. Talvez tenha sido apenas neve caindo do telhado.

O pai seca as mãos em um pano de prato xadrez, que em seguida joga sobre a bancada, e caminha em direção ao corredor.

Suas meias azul-escuras estão tão puídas que, através do tecido, é possível ver seus calcanhares brancos.

Jim olha de esguelha para Ingrid e segue o dono da casa. Os passos dos dois homens ecoam na cozinha enquanto eles sobem as escadas.

A adolescente não virou a página do livro nenhuma vez. Ainda está com os olhos cravados no começo do capítulo sobre os anos da Suécia como uma grande potência mundial.

— Seu nome é Miriam? — Saga pergunta.

— Sim — ela responde, e engole em seco. — Todo mundo me chama de Mimmi.

— E você está no ensino médio?

— Primeiro ano.

Ingrid vai até a porta de vidro fosco que dá para a sala de estar.

— Que matéria é? — Saga pergunta.

— Ciên... ciências sociais.

— Você ouviu os baques?

A adolescente nega com a cabeça, e Saga percebe que ela tem curativos sujos nos polegares.

— Em que ano eles dizem que a Suécia se tornou uma grande potência? — Saga pergunta.

— O quê?

— Qual século?

— Não lembro — a adolescente murmura e fecha o livro.

— Você se lembra se recebeu alguma visita na semana passada? — Saga continua.

— Acho que não — ela responde num tom sem expressão.

— Mimmi — Saga diz, dando um passo para mais perto dela. — Sou superintendente da polícia, e posso ver que alguma coisa aconteceu aqui.

A menina morde a caneta, cuja ponta está mastigada e amassada. Ela continua encarando a mesa.

— O que aconteceu aqui? — Saga insiste.

— Nada — Mimmi sussurra para si mesma.

— Por que vocês não montaram nenhuma decoração de Natal? — Ingrid pergunta com voz simpática.

— O quê?

— Por que vocês não têm estrelas do Advento ou biscoitos de gengibre?

A menina balança a cabeça, como se aquela pergunta fosse irritante e irrelevante.

Saga imagina que aquela seja uma família comum, que ainda não foi tragada para o mundo de Jurek, uma família que por sorte não sabe que uma das estrelas da constelação está localizada exatamente onde fica sua casa.

Mas, ao mesmo tempo, é óbvio que estão escondendo alguma coisa. Tanto o pai como a filha têm uma expressão de pânico furioso no olhar.

— Você pode me mostrar seu quarto? — Saga pede.

— É ali — a adolescente diz, apontando para a porta que leva ao corredor.

— Me mostre.

A adolescente se levanta sem dizer uma palavra.

— Quem é que joga golfe? — Ingrid pergunta no caminho.

— A família toda, mas eu faço um bico ensinando crianças pequenas.

Saga e Ingrid seguem a menina pela porta de acesso ao corredor, que é bastante longo e termina em um banheiro. Ao longo da parte inferior da parede esquerda há uma fina linha de luzes de LED.

Duas portas são dos quartos das crianças. De acordo com as placas, o primeiro é de Axel, o segundo de Mimmi.

O piso do lado de fora do quarto do menino está gelado. Abaixo da placa com o nome dele há um aviso de ENTRADA PROIBIDA afixado com fita adesiva.

Saga gesticula para Ingrid permanecer no corredor enquanto ela entra com Mimmi no quarto.

Saga e a adolescente passam pela pequena porta de um armário sob a escada que leva ao andar de cima. Com um gesto automático, Mimmi fecha a porta ao entrar.

Na parede acima da cama desfeita há um pôster de David Bowie segurando um livro grosso com uma estrela preta na capa, como um pastor evangélico.

Há uma caixa de remédios para dormir na mesinha de cabeceira.

No canto, nas costas de uma cadeira, está pendurada uma máscara de Dia das Bruxas, uma espécie de zumbi: uma caveira ensanguentada se projetando da boca dilacerada de um homem.

— Então você já passou da fase das princesas — Saga diz.

— Sim — a adolescente responde.

Parece que alguém está batendo em uma porta muito ao longe.

— Você ouviu isso? — Saga pergunta, olhando para a adolescente.

— Não — Mimmi diz devagar.

Saga olha para a janela. Flocos graúdos de neve estão caindo na luz que irradia do quarto.

— E são só você e seu pai que moram aqui?

A adolescente não responde, apenas cutuca, distraída, a máscara medonha.

O teto range, e Saga presume que Jim e o pai da menina estão voltando pela escada para o andar de baixo.

— Sente-se na cama — ela diz.

A adolescente obedece, e as molas do colchão rangem. A parte de baixo das meias brancas dela estão imundas.

— Mimmi… Você sabe que vai ter que me contar o que aconteceu — Saga diz, muito séria.

— Seria melhor morrer — a adolescente sussurra.

83

Em vigília no corredor, Ingrid ouve Saga falar calmamente com a menina no quarto. A seu ver, a família foi prejudicada pelo divórcio, e toda a felicidade deles se esvaiu.

Ingrid olha, hesitante, para a porta do quarto de Axel. Não tem certeza se a superintendente gostaria que ela entrasse ou se deve apenas esperar.

A poeira flutua rente ao chão do corredor, iluminada pelo brilho branco das luzes de LED.

Ela empurra a maçaneta e entra no quarto.

Está escuro e frio.

Ela ouve um som fraco de algo raspando.

Há miniaturas de aviões pendurados no teto com fios de náilon.

Através da parede, Ingrid pode ouvir Saga Bauer conversar com a adolescente.

Um cheiro forte de flores podres impregna o ar.

Ela dá um passo adiante. Seu uniforme chia com os movimentos de seu corpo.

A janela está escancarada e deixa entrar o vento gelado. Com as rajadas, o trinco chacoalha e as cortinas se enfunam.

Várias folhas de papel caíram de uma escrivaninha.

Há algo de terrivelmente errado.

Uma nova lufada faz os aeromodelos balançarem e a porta do corredor se fechar. O guarda-roupa range.

Ingrid avança quarto adentro e vê um pôster da Mulher Maravilha com o escudo nas costas.

Há um menino deitado na cama, fitando-a com olhos castanho-avermelhados.

Ele está quase totalmente coberto de flores.

Seu rosto está repleto de marcas pretas de queimadura, e o torso esverdeado está inchado de gás.

Ele deve estar morto há uma semana, talvez mais.

— Bauer, você precisa ver isso! — Ingrid berra.

A cortina infla novamente, depois afunda de volta.

Pelo canto do olho, Ingrid vê a porta do guarda-roupa aberta. Um calafrio percorre sua espinha, ela se vira e só tem tempo de ver a expressão dura no rosto da mulher antes que o machado atinja sua cabeça. A nuca de Ingrid bate na parede com o pôster da super-heroína. A lâmina grossa penetrou tão fundo seu cérebro que tudo fica escuro e silencioso. Ela nem chega a perceber que suas pernas se dobram, e cai de costas com o pescoço rente à parede em um bizarro ângulo agudo enquanto o sangue jorra no piso.

Depois de dizer que seria melhor ter morrido, a adolescente se cala por completo. Não responde às perguntas e fica sentada com os lábios apertados e a cabeça baixa. Quando Saga ouve a colega chamar, diz a Mimmi para ficar onde está e esperar até ela voltar.

— Prometa que não vai sair daqui — Saga diz.

Ela ouve um baque contra a parede, tão forte que faz sacudir o mural acima da escrivaninha de Mimmi.

Mimmi encara Saga com uma expressão de horror nos olhos, depois cobre as orelhas com as mãos.

Saga sai para o corredor, mas Ingrid não está lá. Ela olha para a cozinha e percebe que a porta do quarto do menino está entreaberta.

— Ingrid — ela chama baixo.

Saga chega mais perto e sente o vento frio do quarto escuro, hesita e enfim entra. As cortinas estão tremulando na frente da janela aberta; a neve entra rodopiando e pétalas flutuam pelo chão.

Por trás do cheiro forte de jacintos, ela sente o fedor da morte.

Não é uma percepção consciente, mas deixa Saga mais cautelosa.

Um reflexo pálido desliza por uma parede.

Saga dá mais um passo para dentro do quarto e, no mesmo instante, percebe uma machadada desferida em sua direção.

Todos os seus anos de boxe a ensinaram a perceber corretamente a direção de um golpe. Por instinto, ela abaixa a cabeça e desliza para trás e para o lado. A lâmina do machado erra seu rosto e corta o gesso acartonado antes de se cravar em uma viga interna da parede.

Saga sai cambaleando para o corredor antes que a mulher tenha tempo de puxar e soltar o machado. Ela estende a mão para a parede em busca de apoio e se afasta enquanto tira a Glock do coldre.

Apontando a pistola para a porta, recua um pouco mais e olha rápido por cima do ombro.

Não há ninguém atrás dela.

A porta do banheiro está fechada, mas a luz está acesa lá dentro.

— Ingrid? — ela chama em voz alta.

Não há resposta, e Saga volta depressa para o quarto do menino.

Sem fazer barulho, a mulher conseguiu sair para o corredor. Está imóvel, o machado sobre um ombro, encarando Saga. O rosto dela está compenetrado. Há salpicos de sangue nos óculos, no pescoço e em ambos os braços.

Saga recua devagar, levanta a pistola e põe o dedo no gatilho.

— Polícia! — ela declara, apertando o gatilho além do primeiro entalhe. — Fique onde está e solte o machado!

Em vez de fazer o que Saga diz, a mulher parte para cima dela. Respirando com dificuldade pelo nariz, aproxima-se a passos largos.

Saga apoia a pistola com a mão esquerda, abaixa o cano e atira na coxa da mulher. A bala passa direto pelo músculo, e o sangue esguicha atrás dela. Ela solta um gemido, mas continua em frente.

A perna da calça fica escura de sangue.

Saga recua até a porta do banheiro.

Os lábios da mulher se estreitam enquanto ela continua caminhando. Ela ergue o machado e derruba a lâmpada do teto, que se espatifa no chão.

Saga atira duas vezes no peito da atacante. O coice arremessa sua omoplata direita contra a porta.

A nuvem de pólvora se dissipa.

A mulher para, estende a mão para a parede, larga o machado e desaba pesadamente no chão. Os óculos respingados de sangue caem em seu colo; a cabeça despenca para a frente e se sacode em vários espasmos.

* * *

No momento em que o primeiro tiro é disparado, Joona dá um pontapé na estreita porta de vidro da estufa. A fechadura se despedaça com um estrondo. A porta se abre e o vidro se estilhaça, espalhando cacos pelo piso de parquete.

Joona entra correndo com a pistola na mão. Nathan rasga o saco plástico da semiautomática e corre atrás dele.

Joona aponta a pistola para o sofá até Nathan passar, em seguida mira a porta da cozinha.

Nathan cobre a retaguarda de ambos enquanto passam às pressas pela lareira.

O reflexo dos dois homens voa pelas janelas que dão para a floresta escura.

Joona para na frente da porta e chama a atenção de Nathan.

— Entramos juntos — ele diz, calmo. — Você fica com o lado esquerdo, noventa e cinco graus.

Ele faz a contagem regressiva com os dedos e abre a porta da cozinha. Entram correndo e, metodicamente, verificam os cantos mais perigosos.

Tudo vazio.

Joona faz sinal para Nathan vigiar a porta do corredor enquanto contorna uma ilha onde há alguns livros escolares e um celular.

Ele aponta a pistola para o biombo que leva à sala de jantar.

Seus movimentos fazem o tecido balançar.

A escuridão caiu no jardim lá fora, e é difícil enxergar qualquer coisa através do biombo. Joona mal consegue distinguir a mesa, as cadeiras e o aparador.

Ele ouve mais dois disparos no corredor.

— O que diabos está acontecendo? — Nathan sussurra, olhando em volta.

Joona se esgueira para trás do biombo enquanto aponta a pistola para a porta que dá para o corredor. Olha para Nathan e o vê virar as costas para a porta do corredor no exato momento em que ela começa a se abrir atrás dele.

— Corredor! — Joona grita.

Nathan só tem tempo de começar a virar o corpo antes que o pai entre na cozinha disparando a espingarda contra ele.

A saraivada rasga a parte de trás do crânio de Nathan.

Sangue e pedaços de cérebro se espalham pela ilha e pelo biombo.

Joona corre para a frente enquanto Nathan cai no chão.

Ele aponta a pistola para o peito do pai; a linha de tiro através do tecido fino do biombo é perfeita, mas Joona não dispara.

O corpo sem vida de Nathan desaba pesadamente no chão e fica estirado de lado.

Sem largar a espingarda, o pai limpa com o ombro o sangue que respingou em seu rosto.

Ele não nota a presença de Joona, que de súbito sai de trás do biombo.

Antes que o pai tenha tempo de apontar a espingarda, Joona usa uma das mãos para agarrar o cano da arma e empurrá-la para o lado; com a outra, dá uma coronhada no rosto dele.

A espingarda dispara e atinge o teto.

O homem cambaleia para o lado e tenta agarrar a arma.

A explosão ressoa nos ouvidos dos dois enquanto uma chuva de fragmentos de gesso e poeira cai sobre eles.

Joona acerta uma cotovelada no rosto do homem.

É um golpe vigoroso.

A cabeça do homem bate com um baque surdo contra a parede e ele se ajoelha. Nem sequer percebeu que Joona arrancou a espingarda dele.

O sangue escorre de ambas as narinas para o bigode, e seus olhos parecem atordoados. Ele estende a mão para se apoiar na parede e tenta se levantar. Joona dá um passo à frente e o chuta com força no peito; o homem se desequilibra, cai para trás e desliza pelo chão.

— Fique aí — Joona diz. Depois pisoteia a espingarda até quebrá-la.

Tossindo forte, o homem recupera o fôlego enquanto passos pesados ecoam na escadaria. Jim entra, muito pálido, sangue escorrendo pelo rosto.

— Merda, ele me nocauteou — Jim murmura, e se detém no vão da porta quando vê o corpo de Nathan.

84

Saga está passando por cima do corpo da mulher morta quando ouve um tiro de espingarda na cozinha. Aponta a arma para a porta e se move em silêncio ao longo do corredor. O cano estremece ligeiramente quando a espingarda dispara pela segunda vez.

Depois de esperar alguns segundos, Saga vai para o quarto de Axel, vê o corpo do menino na cama e confirma que a colega está morta antes de voltar para o quarto de Mimmi.

Silêncio.

A adolescente abriu a janela e saiu. Está só de meias. Suas pegadas na neve formam um amplo arco ao redor da casa.

Saga pega o rádio e chama Joona. Quando ele lhe diz que Nathan está morto, ela sente vontade de se enrodilhar em posição fetal e chorar aos soluços.

Mas, ao mesmo tempo, se dá conta de que a fúria daquela família significa que Jurek esteve aqui.

E se Jurek esteve aqui, eles podem saber algo sobre Pellerina e Valéria.

Rapidamente Saga conta a Joona o que aconteceu — que o menino, Ingrid e a mãe estão mortos, e que ela está prestes a ir atrás da filha.

— Vá em frente, encontre a garota — ele diz.

Está nevando mais forte agora, e em pouco tempo as pegadas da adolescente serão cobertas pela neve fresca.

Mantendo a janela aberta com uma das mãos, Saga sobe e se senta no parapeito. O zinco preto range enquanto ela se arrasta para fora, segura-se com as mãos e depois pula.

Ela aterrissa suavemente na neve e dá um passo à frente para não cair.

A menina tem uma vantagem de cinco minutos, no máximo, e seu rastro ainda é visível.

Saga dá a volta na casa e sente a umidade da neve que entrou nos sapatos e na calça.

O vento espalhou a neve em grandes montes atrás da garagem. Saga continua andando, a pistola na mão. É mais escuro ali, como se a floresta estivesse lançando uma luz negra sobre o jardim.

A casinha de brinquedo é vermelho-ferrugem com detalhes brancos, telhado preto e janelas brancas com cortinas de renda.

As pegadas anteriores são quase imperceptíveis através da neve recém-caída, como um riacho raso, porém as marcas novas estão bem nítidas.

Está escuro dentro da casinha, mas todas as pegadas levam diretamente à portinhola com vitrô.

Saga caminha pela neve, olha por cima do ombro, para ao lado da porta e bate.

— Mimmi? Saia agora.

Ela bate de novo e espera alguns segundos antes de estender a mão e empurrar a maçaneta.

Ela tenta empurrar e puxar, mas a porta está trancada.

— Mimmi, você pode abrir a porta? Eu só quero conversar com você, acho que você pode me ajudar.

Saga acha que ouviu um barulho, o som de algo sendo arrastado pelo chão, algo pesado.

— Eu preciso entrar — ela diz.

Ela usa a pistola para quebrar a janelinha da porta, ouve os cacos caírem no chão do lado de dentro, e então roça o cano da pistola nas bordas para se livrar dos estilhaços maiores.

O interior da casinha está completamente às escuras.

Um fedor rançoso a atinge em cheio enquanto ela tenta enfiar o braço para alcançar a maçaneta. A manga da jaqueta se levanta um pouco e depois para.

A abertura é muito pequena.

Saga tira a jaqueta e a blusa e as joga no chão.

Agora está vestindo apenas uma camiseta branca sem mangas. Seu top esportivo é visível através do algodão fino. Os braços esguios com músculos bem definidos estão cobertos de hematomas e arranhões.

O frio parece estranhamente cortante contra a pele nua, e cada floco de neve que pousa sobre ela queima como uma faísca perdida de fogos de artifício.

Ela tenta espreitar pela janelinha da porta.

Não há movimento algum do lado de dentro.

Segurando a pistola com a mão direita, ela se aproxima do buraco.

Assim que passa o braço para dentro, a adolescente começa a gritar, tão alto que sua voz falha. Saga tenta alcançar a fechadura, mas precisa empurrar a mão ainda mais para baixo.

A adolescente silencia de repente.

Saga se encosta na porta, cortando a axila, alcança a maçaneta e encontra a chave, que ainda está na fechadura.

Com dedos rígidos e congelados, tenta girar a chave. Ouve de novo o mesmo som de algo sendo arrastado, mas se força a continuar.

Ela perde o contato com a fechadura, então encontra a chave com as pontas dos dedos e tenta novamente. A fechadura clica e Saga retira o braço.

Ela empurra a maçaneta, abre a porta e se afasta para o lado.

Nada além de silêncio.

Está muito escuro para ela conseguir distinguir alguém lá dentro.

— Mimmi, vou entrar agora — Saga diz.

Ela se agacha e precisa apoiar uma das mãos no chão para passar pela portinha baixa.

O interior da casinha tem cheiro de umidade e roupa molhada.

No breu, Saga esbarra em um móvel, inclina-se e vê um fogão de brinquedo com algumas pinhas em uma panelinha.

— A gente precisa conversar — ela diz com calma.

Um vulto volumoso se move ligeiramente em um canto. A adolescente está sentada no chão, embrulhada em cobertores enquanto tapa as orelhas com as mãos.

Quando Saga se habitua ao escuro, consegue ver o rosto pálido da adolescente, o olhar de terror em seus olhos e os lábios franzidos.

Joona arrasta o pai da família para a sala de jantar e o algema em uma das pernas da mesa pesada. Em seguida, rasga parte do biombo de tecido e cobre o corpo de Nathan.

Nathan é seu amigo e colega desde que Joona começou a trabalhar na Unidade Nacional de Investigação Criminal. Ele não consegue contar o número de vezes em que o visitou ao longo dos anos apenas para se sentar e organizar os pensamentos em sua companhia.

Joona percebe que um arco fino de sangue já vazou pelo tecido em torno da cabeça de Nathan.

Jim está sentado em uma das cadeiras de espaldar alto da mesa de jantar. Está pálido, seu rosto brilha de suor, e ele desabotoou a gola do uniforme.

— Ambulâncias e mais policiais estão a caminho — Joona avisa Jim. — Mas seria ótimo se você pudesse ajudar Saga a procurar a menina, não podemos deixá-la escapar.

— O quê?

— Você dá conta de fazer isso?

— Eu só preciso... Acho que ouvi o que Bauer disse. Ingrid está morta? Eles a mataram? Isso é verdade?

— Sinto muito — Joona diz. — Eu sinto muito.

— Não... Fomos avisados, você tentou nos impedir — Jim fala, esfregando vigorosamente o rosto com uma das mãos. — Porra, o que há de errado com essas pessoas? A gente só estava tentando ajudar essa família, e eles...

— Eu sei — Joona o interrompe calmamente.

— Eu não entendo, só isso — Jim murmura, e olha para Joona como se não conseguisse se lembrar de quem é. — Vou atrás da garota — diz, e seu corpo cambaleia um pouco quando ele se levanta da cadeira.

— Não esqueça que ela é apenas uma criança — Joona diz.

Jim não responde e sai para o corredor, puxando a lanterna do cinto. A porta da frente se abre e fecha de novo, com violência excessiva.

Os restos do biombo de tecido balançam no ar.

Joona tem certeza de que Valéria e Pellerina estão enterradas ali em algum lugar. Um adestrador de cães farejadores está a caminho. Supondo que ainda estejam vivas, não há tempo a perder. A temperatura caiu de zero para dezenove graus negativos nas últimas vinte e quatro horas.

Joona dá a volta na mesa, olha para a paisagem coberta de neve e então se volta para o homem. Ele está deitado com o rosto encostado no chão. Seu bigode loiro está escuro de sangue, e um dos olhos está muito inchado.

— Você será levado sob custódia e formalmente preso em breve — Joona diz. — Mas se me ajudar, talvez sua situação possa melhorar um pouco.

— Você não entende — o homem balbucia.

— Eu sei que Valéria de Castro e Pellerina Bauer estão aqui em algum lugar.

— Foi legítima defesa, sobrevivência...

— Tommy — Joona diz, agachando-se para olhar o homem nos olhos. — Eu poderia atirar em você, mas não atirei, porque preciso de respostas... Sei que vocês conheceram Jurek Walter. Você precisa me dizer o que ele obrigou vocês a fazerem.

85

Dentro da casinha, Saga vestiu de novo a jaqueta. Ofereceu o próprio suéter para Mimmi, mas ela não respondeu.

É óbvio que a garota já se escondeu ali muitas vezes antes: há cobertores e um saco de dormir, no canto um balde que cheira a urina velha, e o chão está atulhado de pacotes vazios de biscoitos, latas de bebidas e embalagens de doces.

— Então, por que você se esconde aqui?

— Não sei — a menina responde com voz inexpressiva.

— É porque não aguenta o que está acontecendo na sua casa?

Mimmi encolhe os ombros de modo quase imperceptível.

— Na verdade, viemos aqui porque estamos procurando uma mulher e uma menina, Valéria e Pellerina.

— Ah.

Saga pega seu celular e mostra algumas fotos delas. Mimmi olha para elas muito brevemente, depois abaixa os olhos. No brilho frio da tela, seu rosto parece ter sido esculpido em gelo.

— Você reconhece as duas? — Saga pergunta.

— Não — a adolescente responde, e vira o rosto.

— Dê outra olhada.

— Não quero.

A casinha volta a ficar às escuras quando Saga desliga a tela e guarda o celular de volta no bolso.

— O que quer que vocês tenham feito aqui, agora acabou; durante algum tempo as coisas não vão ser muito agradáveis, virá uma porção de policiais e peritos, mas o resultado de tudo vai depender das respostas que você me der.

— Ah.

— Vamos voltar para a casa?

— Eu não posso — a garota diz com a voz trêmula.

— Eu entendo. Vi seu irmãozinho — Saga diz.

Mimmi começa a chorar assim que um facho de luz penetra a escuridão no interior da casinha. Saga rasteja até a janela e ouve as teias de aranha se rasgarem ao abrir a cortina.

É Jim que se aproxima com uma lanterna na mão.

O facho de luz forma um túnel em espiral que se projeta em direção à neve a cada passo que ele dá.

Ele está seguindo as pegadas delas.

— Bauer? Você está aí?

— Nós estamos aqui — ela responde em voz alta.

Ouvem-se passos pesados do lado de fora até a porta se abrir e Jim rastejar para dentro da casinha de brinquedo. Ofegante, ele pousa a lanterna num berço de boneca. O facho de luz brilha através das barras, preenchendo o pequeno espaço. Os móveis são velhos e foram danificados pela umidade, o papel de parede cor-de-rosa está descolando, há teias de aranha penduradas na lâmpada quebrada que pende do teto e o peitoril está coalhado de moscas mortas.

— Recebi ordens de vir procurar você — ele murmura, derrubando o fogão ao se sentar no chão.

A casinha range quando Jim se vira e vai para cima da adolescente. A respiração dele está irregular, e do seu nariz escorre ranho transparente.

— Foi você, não foi? Você matou a minha parceira — ele diz com voz angustiada, e de repente está segurando a pistola contra a cabeça da menina.

— Jim, tire o dedo do gatilho — Saga se apressa em dizer.

— Você tinha que matar Ingrid? — ele pergunta, com um soluço na voz.

— Se acalme, Jim — Saga diz, com firmeza. — Tire o dedo do gatilho e abaixe a arma.

A pistola balança na frente do rosto da adolescente. A testa de Jim reluz de suor, e seus olhos estão vidrados.

— Como se sente agora? — ele pergunta com a voz agitada, empurrando o cano da arma e fazendo a cabeça da garota balançar.

— Por favor, não faça isso — Saga pede. — Eu sei que você está chateado, mas não foi...

— Qual é a sensação agora? — ele berra.

— Boa — a adolescente responde, olhando-o nos olhos.

Mais uma vez a pistola estremece na mão do policial.

— Escute, Jim, não foi Mimmi quem matou Ingrid — Saga diz.

— Mas...

— Foi a mãe dela — Saga diz. — Não sabíamos que ela estava lá, ela estava escondida.

— A mãe dela?

— Estava escondida no quarto do menino.

— Porra, qual é o problema de vocês? — ele diz em um fiapo de voz, abaixando a pistola.

Saga toma a arma da mão dele, prende a trava de segurança, tira o pente de munição e remove a bala da câmara.

— Vá lá fora e mostre ao pessoal das ambulâncias onde estamos — ela diz.

Ele limpa o nariz com as costas da mão e rasteja para fora da casinha; bate a cabeça no batente e fecha a porta.

— Lamento que ele tenha ameaçado você. Ele será denunciado e vai precisar deixar a polícia, mas as pessoas às vezes fazem coisas terríveis quando morre alguém de quem elas gostam muito.

Mimmi assente com um fraco meneio da cabeça e olha para ela.

— Eu sei que você pode me ajudar — Saga diz.

— Você não entende, eu não posso.

— Dê uma olhada nessas fotos de novo — Saga diz, mostrando as imagens de Valéria e Pellerina em seu celular.

— Eu sei quem elas são — a garota rosna, afastando o celular. — Elas são as culpadas de tudo, você não entendeu ainda? Essas duas aí que queimaram meu irmão, mataram ele... Elas fizeram isso e vão se safar? Não está certo, elas estragaram tudo...

Saga se senta no chão ao lado da menina e põe um braço em volta de seus ombros. Em voz baixa, Mimmi conta sobre o homem da polícia secreta russa. Ela não se lembra do nome dele, mas ele rastreou o paradeiro da mulher e da criança através da Ucrânia e da Polônia até a Suécia. Ambas têm uma grave doença mental. Elas se conheceram no Instituto Serbski e conseguiram escapar de lá. A mulher e a criança fizeram um pacto: viajam de um país para outro, concentram-se em uma família específica e matam todos, um por um.

— Elas sempre começam com o filho mais novo — Mimmi sussurra.

— Onde elas estão agora? Você sabe?

Mimmi respira fundo, trêmula, e explica que o homem da polícia secreta vai levar as duas embora da Suécia, e assegurou que elas vão enfrentar a justiça na Rússia.

— Eu sei que é errado fazer esse tipo de coisa, mas aqui na Suécia elas receberiam tratamento médico, seriam libertadas e depois viriam aqui matar a gente... Na Rússia as duas vão ser mandadas pra Colônia Penal 56 e vão ficar lá pelo resto da vida.

Saga mostra uma foto de Jurek no celular.

— É este o homem?

Mimmi abaixa o olhar e faz que sim com a cabeça.

— Você sabe onde Valéria e Pellerina estão agora?

— Não — ela diz baixinho.

— Eu preciso encontrar as duas, porque elas não mataram ninguém...

— Meu irmãozinho, elas mataram ele, queimaram o rosto e quebraram os braços dele...

A adolescente começa a chorar e soluçar muito alto, com a boca aberta.

— Mimmi, você viu isso acontecer? Com seus próprios olhos?

A menina continua chorando.

— Você nunca viu quem matou seu irmão, viu?

Mimmi se acalma um pouco, mas sua respiração ainda está entrecortada.

— Ele contou tudo pra gente. — Ela funga. — Cada detalhe. Estava muito arrependido de não ter chegado aqui a tempo de salvar o Axel.

— Esse homem não trabalha para a polícia secreta russa. Foi ele quem matou seu irmão, e Valéria e Pellerina estão enterradas vivas em caixões em algum lugar... Porque é isso que ele faz.

A menina fica de joelhos e vomita no balde. Faz uma pausa para puxar o ar e vomita de novo. Ela se senta largando todo o peso do corpo, encosta-se à parede e limpa a boca na manga da camisa.

— Me mostre — Saga diz.

Joona está junto à janela da sala de jantar, olhando para a casinha de brinquedo. A luz da lanterna de Jim brilha através da porta aberta e das três janelas, espalhando-se pela neve como uma cruz.

As pegadas já desapareceram por completo.

Pelo reflexo no vidro, Joona vê a grande mesa de jantar e o homem caído no chão. Ele está deitado de lado com as mãos sobre a cabeça. Joona lhe disse que em breve chegarão cães rastreadores, mas o homem mantém o silêncio, embora Joona suspeite que ele está começando a perceber que cometeu um erro.

De súbito a luz dentro da casinha de brinquedo muda, e Saga rasteja para fora segurando a lanterna. Ela se vira e ajuda a menina a sair.

Elas caminham na direção da casa através da neve alta.

Apesar da luz fraca e das nuvens de respiração em torno da boca de ambas, Joona pode ver a mudança na expressão sombria do rosto delas.

Joona as encontra no corredor, e depois as segue escada abaixo até um cômodo com móveis de couro marrom e uma mesa de bilhar.

O teto é baixo e há um leve cheiro de porão embolorado.

A menina tenta empurrar a mesa de bilhar para o lado; Joona se aproxima para ajudar.

As rodinhas de metal sob as pernas da pesada mesa deixam marcas fundas no tapete persa.

Ninguém diz nada.

Devagar, empurram a mesa para o lado até ela bater na parede. Um porta-retratos chacoalha e uma das bolas quica e cai da mesa em cima de uma almofada.

Joona e Mimmi puxam o grande tapete na direção oposta.

Um retângulo denteado, de aproximadamente um metro de largura por dois de comprimento, foi cortado nas tábuas do assoalho. Joona pega a faca, puxa uma das bordas para cima, segura com os dedos e levanta o painel.

As vigas e a camada de isolamento sob a casa sobem junto com as tábuas levantadas.

Ele agarra com mais firmeza e arranha o antebraço ao arrastar o painel para o lado.

A menina afundou no chão ao lado da mesa de bilhar e cobriu as orelhas com as mãos.

Joona vai até a abertura e sente o ar gelado que sobe através dela.

— Ai, meu Deus — ele sussurra.

— Depressa — Saga choraminga.

Embaixo do assoalho há dois caixões sem pintura com correias ao redor das tampas. Estão rodeados de lascas de madeira e serragem. O único som que se ouve é a respiração acelerada de Saga.

86

Inquieto, Joona anda para cima e para baixo no corredor do pronto-socorro do Hospital Karolinska em Huddinge, à espera de notícias.

Ele perdeu a conta do número de vezes que já passou pelas duas cadeiras surradas da enfermaria e pela mesa lotada de folhetos informativos.

Seu cabelo está uma bagunça, seu rosto cansado e preocupado, os olhos assumiram um intenso cinza-prateado e a camisa e a calça estão amarrotadas. Ele lavou o rosto e as mãos para tirar o grosso do sangue e da sujeira.

Imagens aleatórias da confusão no porão da casa teimam em perturbá-lo. Fragmentos da cena, repentinamente iluminados pelo facho da lanterna, passam por sua mente.

São imagens horrendas.

A morte brutal de Nathan, os dois caixões no alçapão sob a casa, o fedor dos corpos, o medo nos olhos dos paramédicos e os gritos da adolescente enquanto era levada por uma policial.

Mais ou menos pela quadragésima vez, Joona para diante das janelas de vidro das portas escuras no final do corredor, vê as costas dos dois policiais uniformizados que montam guarda na entrada, vira e começa a andar de volta.

A segurança no hospital é rígida: dezesseis policiais estão de vigia no pronto-socorro, mas Joona sabe que nada está acabado enquanto não capturarem Jurek Walter.

As portas no final do corredor se abrem automaticamente, e uma senhora idosa é levada em uma maca com rodinhas.

Joona se lembra da reação de pânico de Saga.

Ela estava segurando a lanterna com as duas mãos, mas não conseguia ficar parada. Trêmulas, as sombras se sacudiam e balançavam nervosas pelas paredes.

A angústia de Saga era como a de um animal enjaulado, impossível de extravasar.

Joona continua zanzando pelo corredor. Quatro trilhos de madeira correm horizontalmente ao longo das paredes para servir de anteparo e impedir estragos de batidas de carrinhos e macas. As luzes no teto cintilam como névoa no piso de linóleo cinza.

Ele não consegue parar de pensar na cena.

Joona deu pancadas para desengatar os ganchos, que se soltaram com um estalo, e depois rasgou as correias, arranhando as costas na borda áspera das tábuas serradas do assoalho.

A luz intensa da lanterna atravessou a poeira que seus sapatos tinham levantado do solo seco.

Ele agarrou com as duas mãos a tampa do primeiro caixão e puxou, jogando-a de lado.

Valéria estava estendida ali, coberta com um cobertor cinza, como um cadáver envolto em uma mortalha após um terremoto.

O rosto cinzento e sujo estava imóvel, os lábios rachados e os olhos fechados.

Valéria só reagiu quando a luz forte atingiu seu rosto e ela começou a tatear à procura da tampa.

— Chega — ela soluçou, tentando se levantar.

— Valéria, sou eu, Joona — ele disse. — Encontramos vocês, estamos aqui agora.

O corpo inteiro de Valéria tremia; sem conseguir acreditar que era Joona, ela não parava de agitar os braços e acabou acertando uma pancada na boca dele.

Ele a ajudou a sair, e o cobertor escorregou enquanto ela lutava para passar por cima da borda do caixão. Aturdida e confusa, Valéria piscou na luz ofuscante e quase caiu, depois começou a rastejar em direção ao outro caixão.

— Pellerina — ela choramingou enquanto tentava forçar a abertura da tampa.

Ela estava muito fraca e não conseguia usar as mãos inchadas; as unhas estavam quebradas e as pontas dos dedos, ensanguentadas.

— Abra o caixão! — Saga gritou. — Você precisa abrir!

Joona para no corredor e se encosta na parede com as duas mãos. Duas enfermeiras passam correndo em uniformes azul-claros.

Ele olha para as tiras de fita adesiva no chão que indicam onde os carrinhos e as camas devem ser deixados, mas a única coisa que consegue ver é o quarto do porão: coletes amarelos com largas faixas refletivas, botas molhadas, ele puxando Valéria para longe do segundo caixão e a entregando para os primeiros paramédicos que chegaram ao local.

Um dos paramédicos começou a chorar.

A maca bateu na lateral da escada, derrubando lascas de tinta no chão.

Saga largou a lanterna, que quicou na borda das tábuas do assoalho, aterrissou no solo seco ao lado do caixão de Valéria e rolou sob a casa.

Joona cortou as correias do outro caixão, largou a faca e ergueu a tampa.

Saga gritou com toda força até sua voz falhar e alguém tentou segurá-la, mas ela se desvencilhou e caiu de joelhos na borda do alçapão serrado de forma grosseira, sussurrando o nome da irmã.

Vestindo calça larga e uma jaqueta acolchoada azul, Pellerina estava deitada no caixão. Seu rosto pálido estava completamente imóvel, e ela não reagiu à luz das lanternas dos paramédicos.

Sua boca pequena redonda estava contraída, as maçãs do rosto salientes.

Com delicadeza, Joona levantou o corpo de Pellerina para tirá-la do caixão, amparando-a contra o peito como uma criança adormecida, uma das mãos atrás do pescoço da menina e a cabeça aninhada contra seu rosto. Não conseguiu ouvir os batimentos cardíacos, não sentia o pulso.

— Não, não, não — Saga soluçou.

Outra maca chegou assim que Joona detectou um leve hálito na boca de Pellerina.

— Acho que ela está viva. Depressa, ela está viva! — ele gritou.

— Levem a menina, ela deve estar com hipotermia...

Pisando nas garrafas de plástico e nos sacos vazios do outro caixão, Joona cambaleou para a frente e estendeu a menina para os dois paramédicos. Eles a deitaram suavemente na maca. Saga acariciou o rosto da irmã e repetiu várias vezes no ouvido dela que agora ia ficar tudo bem.

Pena enésima vez, Joona anda até o final do corredor, olha para os dois policiais, vira e refaz o caminho até a porta da sala de emergência.

Enterra a mão no cabelo e se senta numa das cadeiras, que range quando ele se inclina para trás, apoiando a cabeça contra a parede.

Está prestes a se levantar de novo quando a porta se abre e entra uma médica vestindo uma blusa de mangas curtas e calça branca.

— Joona Linna? — ela diz.

— Ela está consciente?

— Tentei dizer a ela que o melhor seria descansar antes de ver alguém, mas ela foi inflexível e insistiu em ver o senhor.

— Como ela está?

— É muito cedo para dizer, está extremamente fraca.

A médica explica que ainda estão esperando os resultados dos exames, mas que em sua opinião Valéria não corre mais risco de morrer. Quando foi trazida, estava sofrendo de sepse, desidratação aguda, desnutrição e, sobretudo, hipotermia. Na ambulância, tinham registrado uma temperatura corporal de trinta e dois graus, mas nas últimas cinco horas haviam conseguido restabelecer os níveis normais usando ar quente e aquecimento interno. As mãos e os dedos dos pés tinham ulcerações provocadas pelo frio, mas parece improvável que tenham que ser amputados, como se temia inicialmente.

Joona agradece à médica, bate de leve na porta e entra.

Valéria está deitada em uma cama com as grades de ambos os lados levantadas. Seu rosto está pálido e encovado. Ela está conectada a um oxímetro de pulso, uma máquina de eletrocardiograma e um monitor de pressão arterial; recebe oxigênio pelo nariz e tem cânulas na parte interna dos dois braços.

— Valéria — ele diz com voz suave, se aproxima e toca a mão dela. Ela abre os olhos cansados.

— Obrigada por me encontrar... policial filho da puta — ela sorri.

— Disseram que você vai ficar bem.

— Eu já estou bem.

Ela franze os lábios; ele se inclina e a beija. Eles se entreolham por um momento, então voltam a ficar sérios.

— Eles não me contam nada sobre a Pellerina — ela diz.

— Para mim também não... Ela mal tinha pulsação quando a encontramos.

As pálpebras de Valéria estão pesadas, e ela deixa que se fechem. Seus cachos escuros estão espalhados sobre o travesseiro, quase alcançando a fina cabeceira de pinheiro embutida na estrutura cromada da cama.

— O que aconteceu naquela casa? — ela pergunta, abrindo de novo os olhos. — Quero dizer, por que estavam fazendo aquilo com a gente?

— É muito cedo para falar. Você precisa descansar. Vou ficar aqui com você.

Valéria umedece os lábios secos.

— Mas eu preciso saber — ela insiste. — Descobri que estavam com raiva da gente, achavam que a morte do filho deles era nossa culpa.

— Ao que parece, Jurek inventou alguma história, mas não sei os detalhes, foi Saga quem conversou com a filha deles — Joona explica, puxando uma cadeira para junto da cama.

Ele só tem tempo de dizer que Nathan e uma colega policial de Södertälje foram mortos na operação antes de Saga entrar no quarto. Ela obviamente chorou muito; seus olhos estão vermelhos e inchados.

— Sedaram a Pellerina — ela diz em voz baixa. — O estado dela é crítico. Aumentaram a temperatura corporal, mas estão tendo problemas com o coração dela, está batendo muito rápido...

A voz de Saga fica embargada e ela engole em seco.

— Tiveram que usar um desfibrilador para desacelerar... E se ela não acordar nunca mais? — Saga sussurra após uma pausa. — Aquele caixão vai ter sido a última experiência dela na vida... Escuridão, solidão.

— Nós duas conversamos o tempo todo — Valéria diz, e começa a tossir.

— Conversaram? — Saga pergunta, virando-se para Valéria com um olhar desesperado.

— Ela não estava com medo, eu juro, não estava — Valéria continua. — Ela estava com frio e com sede... Mas estávamos uma ao lado da outra, e ela só precisava chamar meu nome que eu falava com ela... Ela tinha certeza de que você iria resgatá-la, e você fez isso.

— Ela nem sabe que eu estava lá — Saga sussurra.

— Acho que ela sabe — Valéria diz.

— Melhor eu voltar pra ela — Saga diz baixinho, e assoa o nariz.

— Claro — Joona concorda.

— Você soube que o promotor em Södertörn mandou colocar o pai sob detenção preventiva? — Saga pergunta, jogando o lenço de papel na lixeira ao lado da pia.

— Sim — Joona diz.

— Então, por que estavam fazendo aquilo com a gente? — Valéria pergunta.

— Foi Jurek, ele destruiu aquela família — Saga diz. — Não fizeram mal nenhum a ele, mas Jurek precisava do local e da lealdade deles por algumas semanas... Então assassinou o filho mais novo e botou a culpa em você e na Pellerina, fez com que odiassem vocês duas.

— Isso é terrível — Valéria sussurra, e mais uma vez tosse sem forças. — Não há ninguém que possa deter esse homem?

— Sim — Joona responde.

— Não você, você já fez mais do que o suficiente — ela se apressa em dizer.

— Valéria, vou ficar aqui até você se sentir melhor — Joona diz.

— Mas isso ainda não acabou. Jurek Walter não acabou, ele vai voltar pra te pegar... Não precisa ter medo agora, há dezesseis policiais aqui no hospital, e isso o manterá afastado... Mais cedo ou mais tarde, porém, o nível de proteção vai ser reduzido.

— O que você está planejando? — Saga pergunta.

— Vou continuar com a constelação... É uma aposta, mas a estrela que representa o coração de Pólux... está localizada numa ilhota no lago Mälaren.

— Você sabe que não pode fazer isso sozinho — Saga diz com voz pesada. — Eu ficaria feliz de ir junto, você sabe, mas tenho que ficar com a Pellerina, preciso estar aqui quando ela acordar.

— Eu dou conta.

— Escute o que ela está dizendo — Valéria intervém, a voz agitada.

— Joona, você não pode fazer isso sozinho — Saga repete. — É muito perigoso, você sabe disso, você tem que falar com o Carlos.

— Não adianta.

— Uma pequena equipe da Unidade de Resposta Rápida — Saga implora.

— Não — Joona insiste.

— Que tal Rinus Advocaat, você não pode ligar pra ele? Ele pode estar aqui em algumas horas — Saga diz.

O rosto de Joona se enrijece e ele apoia uma das mãos na estrutura cromada da cama.

— Eu achava que você não soubesse a respeito de Rinus — ele diz calmamente.

— Você falou sobre ele depois que Disa morreu. Você estava quase morto, mas entendi que confiava nele. Não pode pedir ajuda a ele?

— Não — Joona responde, olhando para ela com olhos que nunca tiveram expressão mais sombria.

— Ai, não... — Saga diz com medo na voz. — Joona? Me diga que não é verdade.

— É muito grave? — ele pergunta em tom ríspido.

— Quando Jurek pegou a Pellerina, entrei em pânico e tentei falar com você, eu não tinha outra escolha.

— Saga... — Joona diz, levantando-se com dificuldade.

— Eu estava em pânico — ela diz, com voz quase inaudível. — Pensei que você poderia me dizer onde estavam os restos mortais do irmão do Jurek.

— O que você fez? — Joona pergunta.

Ela esfrega os olhos com força para se livrar das lágrimas.

— Provavelmente não é nada, mas pensei que você precisaria de ajuda pra se esconder... Nils faria qualquer coisa por você, mas ele não é durão, não desse jeito... Por isso pensei no Rinus, daí liguei pra casa dele em Amsterdam e falei com um cara chamado Patrik... Ele disse que Rinus estava no trabalho e dei a ele meu número... Mas ninguém nunca me ligou de volta.

— Existe alguma maneira de Jurek ter acesso ao seu telefone?

— Desculpe — Saga sussurra.

— Então ele vai pegar a minha filha — Joona diz, e começa a caminhar em direção à porta.

— Corra! — Valéria diz.

Joona ouve Saga se desculpando mais uma vez pouco antes de a porta se fechar atrás dele.

87

Metódica, Lumi desloca a mira de visão noturna pelo meio da zona 1, demorando-se nos arbustos e móveis de jardim antes de passar para a casa principal abandonada.

Tudo está estranhamente quieto esta noite.

Ela olha para a porta lacrada com tábuas e as folhas de compensado empenadas sobre as janelas.

Abaixa a mira para obter um panorama mais amplo e fica atenta. Não pode deixar a concentração relaxar.

A temperatura esteve abaixo de zero nos últimos dias, e o céu está excepcionalmente claro para esta parte da Europa.

Sem a visão noturna, a velha casa é invisível na escuridão. De tempos em tempos, os faróis dos caminhões na rodovia brilham através dos arbustos e das árvores.

Luz cinzenta cai como uma cúpula sobre o vilarejo mais próximo, Maarheeze, e ao longe as luzes de Weert são capturadas por partículas no ar, formando uma aurora incolor no céu noturno.

Lumi ergue novamente a visão noturna e se aproxima da oficina, examinando o maquinário coberto de vegetação na valeta. Ela sempre achou que aquele trambolho parecia um enorme modelador de cabelo.

Na verdade, é o rolo giratório dianteiro de uma colheitadeira.

Devagar, ela segue a esburacada trilha de cascalho que leva à oficina, contornando toda a campina até a cancela onde se despediu do pai.

Tinha sido de madrugada, a névoa pairava sobre os campos.

Ela pensa em como sua autoconfiança se evaporou e começou a chorar.

Enquanto examina a estreita estrada que leva a Rijksweg, Lumi se permite contemplar o terrível pensamento de que enviou o pai em uma missão da qual ele talvez nunca mais volte, diretamente para a pessoa de quem ele queria se esconder.

Naquele primeiro dia, quando ficou sozinha com Rinus, tudo estava tenso e quieto.

Eles continuaram com suas tarefas, seguindo a rotina, mas mesmo depois de completar um turno, fazer uma refeição, tomar banho e dormir por algumas horas, ainda havia muito de tempo de sobra.

Começaram a fazer companhia um ao outro, preparando café, falando amenidades e, por fim, conversando sobre assuntos sérios.

Rinus entendeu que ela estava triste após a briga com o pai, e lhe contou sobre a ocasião, muitos anos atrás, em que ouvira falar de Jurek Walter pela primeira vez.

— Joona me ligou de uma linha segura e falei sobre este lugar. Sei que ele queria vir pra cá e se esconder com você e sua mãe, mas no final decidiu outra coisa... Você devia ter o quê, uns quatro anos quando foi embora da Suécia?

— Três — ela respondeu.

— Mas você está viva e tem uma vida.

Ela assentiu na escuridão, e em seguida olhou pelo binóculo para a estufa ao longe.

— Eu tenho uma vida... Cresci com minha mãe em Helsinque, era muito tímida — Lumi disse. — E agora moro em Paris e tenho uma porção de amigos, é ridículo... Tenho um namorado lindo, nunca pensei que isso fosse acontecer; quer dizer, eu sempre pensava, você sabe, quem ia me querer?

— Os jovens são muito descuidados com a própria juventude — Rinus murmurou.

— Pode ser.

— Joona sabe que você tem um namorado?

— Eu comentei, sim.

— Que bom. — Ele meneou a cabeça.

Enquanto desloca a cadeira e a mira de visão noturna para a zona 3, Lumi pensa na primeira conversa com Rinus. Sem nenhuma urgência, vai buscar a garrafa de água, o cobertor e o rifle de precisão; põe a arma no chão à sua frente, encostada na parede.

Ela senta e varre a escuridão com a vista. As únicas coisas que consegue enxergar através da escotilha são as luzes vermelhas na antena de telecomunicações e o brilho distante de Eindhoven, a cerca de vinte quilômetros de distância.

Perto da estação central há um hostel onde Joona alugou um quarto para ela caso precise fugir da oficina.

Lumi está prestes a erguer a mira de visão noturna novamente quando Rinus chega com duas latas de Coca-Cola e um saco de pipoca quente. Ainda não é hora do turno dele, mas ele aparece cerca de uma hora antes para terem tempo de conversar.

— Você conseguiu dormir?

— Um olho de cada vez — ele brinca, entregando uma das latas a ela.

— Obrigada.

Lumi põe a lata no chão ao lado do rifle; em seguida começa a verificar a parte mais próxima da zona, o trecho de cascalho e a cerca de arame farpado caindo aos pedaços diante da campina.

Rinus come pipoca em frente ao monitor que mostra o interior da garagem e as imediações da oficina.

Lumi desempenha sua rotina habitual, esquadrinhando o setor em seções, passando da campina até o arvoredo de onde sai o túnel secreto.

— Eu estava pensando sobre o que você disse hoje de manhã, sobre até hoje nunca ter tido conversas muito longas com seu pai — Rinus diz. — Eu também nunca tive com o meu... O nome dele era Sjra, eu já te disse isso? Esse nome você só encontra aqui... Ele nunca nem pôs os pés ao norte do rio Waal. Éramos muito católicos e... Não sei, meu pai tinha boas intenções, mas a igreja era como uma prisão para mim.

— E sua mãe?

— Ela foi me ver com Patrik em Amsterdam algumas vezes, mas acho que nunca entendeu de verdade que ele é o amor da minha vida, mesmo eu dizendo que íamos nos casar.

Saga desloca a visão noturna para a grande pá de escavadeira perto da linha das árvores.

— Antes de conhecer o Laurent, eu estava saindo com um homem mais velho. Ele era casado, dono de uma galeria de arte — Lumi diz.

— Também tentei isso — Rinus diz, colocando a pipoca no chão. — Bem, ele não tinha uma galeria, mas era mais velho...

— Complexo de pai. — Ela sorri.

— No começo fiquei muito lisonjeado, impressionado com tudo o que ele me dizia... Mas não deu certo, ele me depreciava por minhas opiniões o tempo todo.

Lumi solta um suspiro de solidariedade.

— Eu terminei com o dono da galeria porque ele queria me instalar em um apartamento que alugava... Aí eu estaria disponível como amante dele sempre que lhe conviesse.

— O Laurent me parece muito melhor — Rinus diz.

— Sim, ele é... Ainda precisa trabalhar algumas coisas, mas ele é bem legal.

Às duas horas em ponto, Rinus assume e move a cadeira para a zona 5. Lumi lhe entrega a visão noturna e o rifle e fica atrás dele com a lata de Coca-Cola na mão.

— Como fica a faculdade enquanto você está fora? — Rinus pergunta.

— Eu não sei. Eu deveria estar trabalhando em um projeto gráfico sobre o tema "integração disfuncional".

— O que é isso?

— Não faço ideia — Lumi responde com um sorriso. — Provavelmente é o que eu deveria estar descobrindo.

— Isso me faz pensar nas famílias e na maneira como elas... Sei lá, elas nunca parecem muito bem ajustadas.

— Talvez esse enfoque seja um pouco simplista demais.

— Amor... ou sexo — ele sugere.

— Muito bom, Rinus — Lumi sorri.

— Um lampejo de gênio criativo. — Ele ri e se abana com a mão.

Lumi ri, olha as horas e diz que vai preparar uma refeição para ele assim que acabar de fazer seus exercícios. Ela caminha em direção às fendas de disparo de frente para a garagem. Afasta a cortina, dá a volta nas escadas que levam ao térreo, abre a porta e passa pela cozinha.

O quarto de Lumi está quente, e ela diminui um pouco o termostato do aquecedor. Encontra uma calcinha limpa, em seguida pega no chão a bolsa onde ficam as roupas de ginástica.

Quando volta, ouve o piso do corredor ranger atrás dela. Pensando que deixou cair alguma coisa, ela para e se vira.

Vê apenas a porta fechada do último quarto e a saída de emergência bloqueada onde se leem as palavras STAIRWAY TO HEAVEN.

Ela passa novamente pela cozinha, entra pela porta no alto da escada e desce até o andar térreo.

Quando passa pelo depósito onde guardam a comida e as armas, Lumi ouve o tique-taque baixinho do quadro elétrico ao lado do guarda-roupa.

Em um de seus primeiros dias ali, ela tentou se enfiar à força por entre as roupas penduradas a fim de verificar uma rota de fuga. Ergueu e empurrou a pesada viga de aço para o lado, abriu a porta e sentiu o ar frio do túnel subir e atingir seu rosto.

Ela põe a bolsa no banco de madeira do vestiário, veste suas roupas de ginástica e pendura num dos ganchos a calça cargo, o suéter e a camiseta sem mangas.

Põe um pé em cima do banco e amarra o cadarço, vê uma barra de madeira solta levantada alguns centímetros na outra extremidade e pensa, por puro hábito, que poderia arrancá-la e usá-la como arma, se necessário.

Lumi vai para a sala de exercícios e pedala uma bicicleta ergométrica por uma hora em um ritmo relativamente rápido, depois faz flexões e abdominais no chão frio antes de voltar ao vestiário, tirar as roupas suadas e entrar no banheiro.

Ela tranca e verifica a porta. O cômodo úmido está gelado sob seus pés, e arrepios de frio percorrem seu corpo inteiro.

Toda vez que toma banho, ela verifica o armário do banheiro, tira o saco plástico que contém a pistola e confere se está devidamente carregada. A cruz da mira nesta arma é um pouco estreita demais para seu gosto: idealmente, a lacuna não deveria ser tão pequena quando a velocidade é mais importante do que a precisão absoluta.

Ela guarda a arma de volta, fecha a porta espelhada e olha para o rosto cansado.

A lâmpada no teto pisca.

Há uma fina camada de poeira sobre sua cúpula de vidro branco. A luz se espalha pelo teto como um círculo nebuloso.

Afastando a cortina branca com uma das mãos, Lumi abre o registro e sai do caminho quando a água começa a cair do chuveiro no teto.

Só um homem optaria por ter um chuveiro sem uma ducha manual, ela pensa.

As primeiras gotas formam círculos cinza no poliéster branco. O ruído alto preenche o banheiro. Lumi espera a temperatura aumentar até que o vapor da água a envolva e o espelho comece a embaçar.

88

Lumi entra no chuveiro, puxa a cortina atrás de si e estremece quando a água quente escorre por seu corpo.

Está pensando em Laurent, sentado nu na cama dela, dedilhando o violão com um cigarro entre os lábios.

A água cascateia sobre sua cabeça, respingando nas paredes e na cortina.

Ela começa a se aquecer; os músculos relaxam depois de terem ficado tensos por tantas horas.

Lumi ouve um som de algo raspando pelas paredes e empurra a cortina a fim de olhar para a fechadura.

O ar mais frio a atinge.

Há pequenas pérolas de condensação na pia e no vaso sanitário.

Depois do banho, ela vai cozinhar espaguete, abrir um pote de molho pesto e talvez tomar meia taça de vinho antes de ir para a cama.

Ela ensaboa as axilas, os seios e as coxas.

A espuma desce pela barriga e pelas pernas e desaparece no ralo. Ao se molhar, a cortina branca fica ligeiramente translúcida.

O móvel de madeira sob a pia parece uma sombra escura.

Como uma pessoa agachada.

Lumi fita o chão e não consegue deixar de pensar no pai. Está preocupada porque ele ainda não mandou notícias.

Ela inclina a cabeça para trás, fecha os olhos e deixa a água lavar o rosto e escorrer pelas orelhas.

Em meio ao barulho suave da água, Lumi imagina ouvir vozes, homens gritando.

Ela tira a água dos olhos, cospe e olha outra vez para a cortina trêmula, para a sombra sob a pia.

É apenas o armário do banheiro, só isso.

Quando estica o braço para pegar o xampu, a lâmpada pisca de repente.

A luz diminui um pouco, depois tudo fica completamente às escuras.

O coração de Lumi começa a martelar no peito.

Ela desliga o chuveiro, afasta a cortina e escuta com atenção.

Consegue ouvir apenas as gotas de água que continuam caindo no chão.

Lumi se seca rápido na escuridão, pega a pistola no armário, solta a trava de segurança e consegue encontrar a porta, que destranca e empurra com cautela.

As dobradiças rangem suavemente quando a porta se abre.

Tudo está escuro como breu.

Lumi pega a bolsa, se veste às pressas e empunha de novo a pistola.

Atravessa os cômodos sem fazer barulho, se agacha, abre a porta e espreita lá fora.

Todo o andar térreo está mergulhado na escuridão.

Ela se põe a escutar e tem a impressão de ouvir passos no andar de cima.

Desliza uma das mãos pela parede até encontrar o quadro elétrico, abre a escotilha de metal e, tateando, procura os interruptores e disjuntores.

Estão todos na posição correta.

Em teoria, é impossível cortar a eletricidade, a menos que alguém tenha uma escavadeira e consiga atingir o cabo subterrâneo.

Lumi se vira. Uma luz cinza se reflete nas paredes.

Está vindo do andar de cima.

Ela ouve passos na escada.

Uma luz bruxuleante chega ao andar térreo.

Lumi recua rápido, encosta o corpo na parede e levanta a pistola porque sabe que não há como entrar no armário de roupas sem ser vista.

Seu suéter está úmido e frio nas costas por causa do cabelo molhado.

É Rinus, com uma lanterna numa das mãos e a pistola na outra.

— Estou aqui — ela diz na escuridão, apontando o cano da pistola para o chão.

— Lumi?

A voz dele é cautelosa, mas ele não parece alarmado.

— Eu verifiquei o quadro elétrico — Lumi diz. — Não há nenhum fusível queimado nem nada.

Voltam para cima, passam pela cortina e entram na sala de vigilância. O monitor que mostra imagens das câmeras de segurança está apagado.

Enquanto Rinus se desloca entre as várias zonas, Lumi abre uma caixa de madeira e troca a pistola por um G36 Kurz, um bom rifle de assalto de cano curto fácil de manusear em espaços fechados. Insere um carregador de munição e enfia mais dois nos bolsos da calça.

— Tudo bem, há um corte total de energia ao sul daqui — Rinus diz, abaixando o binóculo. — Maarheeze e Weert estão às escuras.

— Na verdade, fiquei com um pouco de medo — Lumi confessa, indo até ele. — Eu estava no banho quando tudo apagou.

— Quero que nós dois permaneçamos em alerta máximo até segunda ordem — ele diz.

— Tá legal — ela responde e vai conferir a zona 5.

Ela usa a visão noturna para perscrutar a fazenda vizinha e o velho ônibus. Não há luzes em nenhuma das janelas; é tudo escuridão.

Lumi verifica os prados, as valetas e as cercas da zona mais depressa do que o habitual antes de seguir em frente.

Inclinando a mira de visão noturna em um ângulo mais baixo, ela acompanha lentamente a trilha de cascalho que sai da oficina, dá a volta no prado e vai até a cancela fechada.

De repente ela se detém, quase que por instinto.

Viu um movimento.

Seus olhos registraram e ela reagiu antes que seu cérebro processasse a informação. Ela esquadrinha a trilha vazia e recomeça.

A algumas centenas de metros da cancela, ela diminui a velocidade.

Há algo na valeta.

As ervas daninhas estão se mexendo.

Lumi solta o ar quando um gato preto pula e corre pela trilha.

— A luz deve voltar daqui a pouco — Rinus diz.

— Espero que sim — ela responde.

O sistema de alarme mudou automaticamente para baterias de reserva que duram cerca de quarenta e oito horas, mas as câmeras de segurança foram desligadas e a porta hidráulica não funciona sem a energia da rede de abastecimento.

Lumi levanta a visão noturna novamente e observa a casa abandonada, os arbustos e velhos móveis de jardim, a porta e as janelas lacradas com tábuas, o cano de esgoto caído e o barril de água da chuva.

O vento sopra folhas secas pelo terreno.

Ela está prestes a verificar a estrada principal quando percebe que a cancela está aberta.

— Rinus — ela diz, e um arrepio percorre sua espinha. — Um carro — ela continua. — Um carro passou pela cancela com os faróis apagados.

Ela não consegue enxergar o rosto do motorista. Rinus corre e toma a visão noturna da mão dela.

— Jurek Walter — ele diz, sem preâmbulos.

— Não tem como a gente ter certeza disso.

— Lumi, está acontecendo. Fique com sua bolsa por perto — ele diz, e rapidamente veste um colete à prova de balas.

89

Ambos ouvem o barulho do motor do carro que se aproxima da oficina com as luzes apagadas. De alguma forma, Jurek Walter encontrou o esconderijo e sabotou a subestação elétrica nos arredores de Weert para cortar a energia.

Lumi pinta o rosto de preto e limpa as mãos num trapo, veste a jaqueta camuflada e calça um par de tênis ultrarresistentes de material sintético.

Rinus está ocupado com as caixas de munição, iluminadas pelo facho tênue da lanterna. A luz fraca se reflete em uma caixa aberta de balas da Otan de 5,56 x 45 mm. As pontas de cobre dos projéteis cintilam.

Inúmeras vezes eles ensaiaram táticas para uma ampla variedade de cenários possíveis. Lumi sabe que pode simplesmente pegar a mochila e escapar pelo túnel, mas, por algum motivo, Jurek quer que eles o vejam chegando. Não têm certeza de que Jurek está de fato no carro. Talvez esteja em algum outro lugar, vigiando com uma câmera, esperando que ela saia correndo do esconderijo como um coelho assustado.

Rinus pega um recipiente de plástico repleto de carregadores com diferentes combinações de munição — traçante, capaz de perfurar blindagem, cartuchos de munição viva — e o leva até uma das janelas.

Os carregadores são transparentes, de modo que é possível ver que tipo de munição contém; na escuridão total, porém, Rinus tem seu próprio sistema para identificá-los com a ponta dos dedos.

O carro se aproxima devagar pelo pátio, em um ângulo que exige que Lumi ou Rinus abra completamente a escotilha e se incline para conseguir acertá-lo.

— Quantas pessoas você acha que estão dentro do carro? — Lumi pergunta.

— Meu palpite é que são duas — ele diz.

— Mas podemos dar conta de oito, foi o que falamos.

Rinus dobra uma folha de plástico e arrasta uma caixa de madeira pelo chão.

— Difícil mesmo seria se ele tentasse incendiar o edifício — Rinus diz, abrindo a caixa. — Mas seu pai achou que isso não era provável, uma vez que Jurek quer levar você viva.

Rinus tira três pacotes de explosivos plásticos e guarda dois em sua sacola de lona verde. Depois corta o terceiro ao meio, sem retirar o invólucro de proteção, e limpa a faca na calça.

O explosivo exala um leve cheiro de amônia.

De uma caixa menor ele puxa quatro estopins russos com detonadores potentes e deixa a caixa cair no chão.

— Eu não acho que ele vá tentar derrubar a porta; ele demoraria muito tempo pra conseguir explosivos ou rifles antitanque na Holanda.

— Você acha que ele trouxe uma escada?

— Não sei, mas alguma coisa ele planejou — Rinus diz, desligando a lanterna. — Porque se eu fosse invadir este lugar, optaria pela saída de emergência... E presumiria que ela estava vigiada e minada.

— Certo.

Por isso Rinus não tem a intenção de minar a porta, mas sim o corredor um pouco adiante. Movendo-se rápido, ele tateia o caminho através da escuridão, afasta a cortina e a põe de volta no lugar, passa às pressas pelas escadas e pela porta. Liga a lanterna mais uma vez, corre até o quarto de Lumi e põe a sacola no chão.

Rinus olha para a saída de emergência lacrada no final do corredor, calcula o tamanho e o número das passadas e o padrão de movimento.

Logo atrás do batente da porta do quarto de Lumi, fixa com fita adesiva um pacote inteiro de explosivos a cerca de um metro do chão.

A carga é completamente invisível do corredor e poderosa o suficiente para mandar pelos ares metade do andar de cima.

Ele enfia o detonador dentro da massa cinza do explosivo e, em seguida, retira da parede oposta uma pintura com motivo religioso, prende um fino fio de náilon ao prego, pendura novamente o quadro, estica o fio na diagonal ao longo do corredor até o explosivo e o amarra ao pino do detonador. Remove a trava de segurança e se afasta bem devagar.

Se alguém ficar imóvel e apontar a lanterna de um lado para outro pode entrever o brilho do fio de náilon, mas de outra forma é impossível detectá-lo.

Seria necessário avançar a passos muito lentos, um centímetro de cada vez.

No momento em que a pessoa sentir o fio roçar o corpo, já é tarde demais.

Bastam três centímetros para arrancar o pino e acionar o detonador.

Rinus instala uma armadilha semelhante na porta do quarto de Joona, colocando a carga atrás do extintor de incêndio na parede e esticando o fio ao longo do corredor até um parafuso no rodapé.

Vai para a cozinha e constrói sem demora uma armadilha falsa, estendendo um fio três ou cinco centímetros acima do chão e o prendendo a um saco de garrafas vazias ao lado da porta.

Levará algum tempo para desarmar isso também.

Ele anda para trás, fecha a porta que dá para o corredor, olha de relance para a escada que dá acesso ao térreo e prende com fita adesiva meio pacote de explosivo ao nível do rosto. Depois insere o estopim, passa o fio do detonador na maçaneta e remove a trava de segurança.

Rinus desliga a lanterna e volta para a sala de vigilância. Sabe que Jurek é muito experiente, mas mesmo um esquadrão antibomba levaria horas para desarmar aquele corredor.

— Ele está dando a volta na oficina — Lumi diz em voz baixa ao ouvir o barulho do cascalho solto batendo contra o chassi do carro.

Ela se move para o lado a fim de conseguir enxergar o carro, que desacelera e para na frente das portas principais, num ângulo que torna impossível atingi-lo com um tiro de qualquer uma das escotilhas.

— Parou — Lumi diz.

Da posição onde estão, apenas parte do para-choque traseiro e do porta-malas são visíveis.

— O que ele está fazendo?

— Não consigo ver. O carro está parado, mas não sei se ele ainda está lá dentro.

Rinus encaixa no rifle um carregador marcado com uma cruz de fita adesiva vermelha indicando que cada décimo projétil inclui fósforo, que deixará um rastro de luz na escuridão.

O carro está em ponto morto, o motor roncando suavemente.

A porta solta da garagem range com o vento.

Lumi examina mais uma vez a cena lá fora. Um frasco vazio de fluido limpador de para-brisa está rolando pelo pátio. Perto da cerca de arame farpado, os galhos despidos tremulam.

O motor do carro começa a acelerar e a fazer mais barulho.

Um pássaro alça voo para longe.

A nuvem de gases de escapamento se avoluma e se dispersa com o vento em direção aos prados.

De marcha a ré, o carro recua um metro, para e continua roncando o motor.

Ele quer que vejamos isso, Lumi pensa.

De repente, engata a primeira e acelera com tanta força que o cascalho voa atrás do carro. O veículo se lança na direção das portas duplas; ouve-se o estrondo da batida violenta seguido por um baque estridente e o som de vidro espatifado assim que o carro se choca com a parede reforçada e para.

O motor silencia.

Uma das portas da garagem se solta das dobradiças e desaba ruidosamente no chão.

Lumi corre pela sala de vigilância e olha por uma das escotilhas internas. A garagem está escura e silenciosa. Um cheiro de metal e gasolina atinge suas narinas.

— Fique atrás — Rinus diz, passando para a escotilha seguinte.

Sem fazer barulho, ele enfia o cano do rifle de assalto na abertura, inclina-o para baixo e espera vários segundos antes de se inclinar para a frente e olhar através da mira.

A imagem está desfocada e granulada.

Como se estivesse olhando através de águas turvas, ele vê um carro com a parte da frente destruída. A carroceria está amassada e o para-brisa esmagado. Minúsculos e cintilantes cubos de vidro estão espalhados pelo capô.

Dentro do carro, ele distingue a silhueta arredondada de uma cabeça no assento do motorista.

Automaticamente coloca o dedo no gatilho, mas é impossível atirar desse ângulo.

— O que está acontecendo? — Lumi pergunta.

— Não sei.

Rinus se move para a escotilha mais distante, enfia o cano do rifle na fenda, espera e olha através da mira. O para-lama dianteiro direito do carro se soltou e está caído no chão da garagem. Um dos limpadores de para-brisa se move devagar de um lado para o outro, embora o vidro já não exista mais.

Rinus põe o dedo no gatilho mais uma vez e acidentalmente bate o cano contra a lateral da escotilha, fazendo ressoar um som metálico.

Devagar, move o cano da arma na direção do banco do motorista e vê uma mão pousada sobre o volante.

Pela mira, segue a fileira de botões brancos em uma camisa manchada de sangue em direção à gola e a uma gargantilha de ouro.

E então ele vê o rosto.

É Patrik.

Ele está ferido, mas ainda está vivo. O sangue escorre do nariz para a boca. Seus óculos caíram e ele pisca devagar.

Rinus tem absoluta certeza de que não contou a Patrik para onde estava indo. Disse apenas que precisava viajar a trabalho, e jamais mencionou que se esconderia com Joona e Lumi.

Mas Patrik há muitos anos sabe da existência da oficina. Por ser judeu e homossexual, ficou um pouco paranoico quando os populistas de extrema direita começaram a ganhar terreno na Holanda. Quando as coisas pioraram, Rinus o levou até ali em um esforço para fazê-lo se sentir mais seguro, para lhe mostrar que tinham um plano caso tudo desse errado.

90

Angustiado, o coração de Rinus martela no peito, e a mira do rifle treme. Os segundos passam. A boca de Patrik está entreaberta, como fica quando ele dorme.

Com o dedo no gatilho, Rinus começa a procurar Jurek, perscrutando através da mira o interior do carro, depois as laterais.

A escuridão sob o veículo parece estranhamente fluida.

O chão parece molhado.

O pneu dianteiro está enlameado, e os fragmentos curvos dos faróis caídos no chão lembram conchas numa praia.

De repente, a imagem adquire uma brancura ofuscante e Rinus instintivamente joga o rosto para trás.

O clarão permanece em suas retinas na escuridão.

Lumi se reveza entre as diferentes zonas para verificar os arredores.

Rinus examina de novo a garagem, dessa vez a olho nu, e vê uma cintilação dançante ao lado do carro.

O clarão voa contra a parede, inquieto como um pássaro enjaulado.

Algo está queimando.

Rinus se desloca depressa para outra escotilha e olha para baixo. Uma tira de tecido em chamas está pendurada para fora do tanque de gasolina do carro.

— Patrik! — ele grita através da escotilha. — Você precisa sair do carro!

Ele corre de volta para a primeira escotilha. Na luz dançante, vê Patrik abrir os olhos cansados.

— Patrik! — ele grita. — O carro vai explodir! Saia da garagem, você tem que sair da...

A explosão vem em dois violentos estrondos. A garagem se enche de fogo. Estilhaços de metal e vidro são arremessados contra o teto e para o pátio.

Rinus cambaleia para trás.

As chamas invadem as escotilhas.

Da garagem vem um bramido enquanto pedaços fumegantes do carro chovem pelo chão. O fogo ruge, furioso.

— Patrik ainda estava no carro? — Lumi pergunta, com a voz entorpecida de terror.

Rinus faz que sim com a cabeça e olha para ela com uma expressão estranhamente desprovida de vida antes de fechar as escotilhas, uma por uma.

Lumi corre para a última zona e abre a escotilha. Em dois pontos do lado de fora da oficina ela vê intensas chamas amarelas e colunas de fumaça escura como breu.

— Ele está queimando pneus velhos — Lumi constata.

Ela põe a mochila leve nas costas e pensa que Jurek está tentando desviar a atenção deles ou enganar possíveis câmeras térmicas.

Jurek vai tentar entrar a qualquer momento, Lumi pensa, e se desloca para a zona seguinte. O que ele está esperando?

Em meio às labaredas de um pneu, ela vê que o grande tambor da colheitadeira não está mais caído na valeta. A grama morta foi arrancada e há sulcos profundos cruzando o pátio e contornando o prédio.

Eles ouvem pancadas pesadas no corredor do quarto, e o som ecoa através do edifício.

Rinus pendura no cinto várias granadas de mão.

Há um rangido, seguido de alguns segundos de silêncio antes de uma nova série de baques. O alarme ligado à saída de emergência dispara.

— Ele está aqui dentro, não está? — Lumi pergunta, embora já saiba a resposta.

A descarga de adrenalina entra em ação de imediato, e sua mente adquire uma glacial clareza de pensamento. Jurek inclinou o tambor da colheitadeira contra a parede para servir de escada, arrombou a porta e entrou.

— Venha comigo — Lumi diz.

Rinus apenas se vira e desliga o alarme. Cai um silêncio assustador, seguido de um som tilintante vindo da cozinha. Jurek desmontou as duas primeiras armadilhas e conseguiu passar pela falsa em questão de segundos.

— Obrigada por tudo — ela sussurra.

Rinus está de costas para Lumi e meneia a cabeça para si mesmo, depois se vira e encontra o olhar dela, incapaz de sorrir.

Lumi afasta a cortina, localiza o explosivo que foi fixado na porta de acesso ao corredor e desce correndo as escadas.

Assim que ela se vai, Rinus monta uma última armadilha atrás da cortina: estende um fio um metro acima do chão e remove a trava de segurança, depois recua e assume posição.

Ele ouve um som de algo raspando e, por fim, a porta do corredor se abre com um leve rangido.

Não há explosão.

Jurek deve ter empurrado a porta muito devagar, enfiando a lâmina de uma faca fina através da fresta para puxar o fio para cima e cortá-lo.

Rinus não consegue entender como Jurek é capaz de identificar e desarmar tão rápido as armadilhas.

É como se ele tivesse um mapa e soubesse exatamente onde os explosivos estavam posicionados, sua composição e como foram montados.

Através da mira de visão noturna do rifle de assalto, Rinus vê um ligeiro movimento na cortina, depois o brilho de uma lâmina de faca que desliza para cima na lacuna entre o tecido e a parede e corta o fio da última armadilha.

Rinus atira através da cortina em uma trajetória diagonal descendente.

O barulho dos disparos enche a sala, o cano chameja e ele sente o conhecido coice da arma no ombro.

As cápsulas vazias caem no chão.

Rinus conta as balas, para na nona, então mira o explosivo e dá o décimo tiro.

A carga de fósforo em chamas traça um rastro escuro na escuridão.

O explosivo detona instantaneamente.

Ele tenta se proteger, mas a velocidade da detonação é incrivelmente rápida.

A onda de pressão atinge o peito de Rinus e sua nuca bate contra o muro.

Toda a parede ao redor da cortina se desintegra, as tábuas do assoalho se desmancham, os detritos voam pela sala. O corrimão da escada e a porta do corredor desaparecem.

Rinus consegue se levantar apoiado sobre um joelho, debaixo de uma chuva de lascas de madeira e estilhaços de gesso, e esvazia o resto do carregador em três segundos.

Ele atira através dos destroços da parede e do tosco buraco denteado que dá para a cozinha.

Rapidamente ele rola para o lado, retira o carregador e insere um novo, mas é tarde demais.

Rente a uma das paredes, um homem magro está correndo para cima dele.

Com um único movimento, Rinus saca a faca e se levanta; em seguida desfere um golpe numa trajetória inesperada, de baixo para cima e para o lado.

Mas o homem obstrui seu braço e enfia uma lâmina estreita em seu flanco, pouco abaixo da alça do colete à prova de balas.

Abaixo das costelas, na direção do fígado.

Rinus ignora a dor e muda a direção da faca, buscando o pescoço de Jurek, que dá um passo para trás e puxa o pino de segurança.

Quase sem som, o detonador explode dentro de Rinus.

Suas pernas se dobram e ele desaba no chão com violência; suas pálpebras tremem enquanto o sangue jorra do pequeno orifício no flanco.

Só agora ele percebe o que aconteceu.

Não era uma faca comum.

Ao desarmar uma das armadilhas, Jurek levou consigo o detonador russo e o prendeu a algum tipo de estilete ou prego.

Rinus ergue ligeiramente a cabeça e vê Jurek junto à janela com a mira de visão noturna de seu rifle de assalto.

A dor no flanco é como um terrível ataque de cãibras.

O chão está molhado de sangue.

Ele abaixa a cabeça outra vez, ofegando com o esforço, e solta uma granada de mão de seu cinto para explodir os dois.

Mas é tarde demais.

Jurek já se encaminha para as escadas. Se ele souber a rota de fuga, verá Lumi correndo pelos campos.

91

Lumi dobra a alça de ombro do rifle de assalto, fecha a porta do armário, passa por cima das sacolas de papel cheias de sapatos, abre caminho à força entre as roupas penduradas e remove a barra da porta de aço.

Quando está prestes a entrar no pequeno corredor, ouve uma rajada de disparos seguida de uma forte explosão.

Com cuidado, ela fecha e tranca a porta atrás de si.

Mais disparos automáticos batem nas paredes com a precisão de um metrônomo, seguidos de silêncio.

A mão de Lumi está tremendo quando liga a lanterna. Ela desce às pressas os estreitos degraus de concreto até uma sala menor e outra porta de aço.

Precisa forçar o ombro contra a porta para fazê-la se mover. A porta se abre com um rangido, e ela mira a lanterna para uma apertada passagem com paredes de terra. As pranchas de madeira do teto estão escoradas por postes grossos. Montículos de solo e pedras estão espalhados aqui e ali sobre as tábuas soltas do chão do túnel.

A luz da lanterna oscila quando ela aponta o facho em direção à entrada de um grande tubo de concreto.

Embora Rinus tenha descrito a rota de fuga como "uma seção tubular" de duzentos e cinquenta metros de comprimento, Lumi não se deu conta de que ele estava literalmente falando de um tubo enterrado.

Uma passagem subterrânea projetada para funcionar uma única vez.

É uma solução muito simples.

Em teoria, a parte mais difícil foi a ligação entre o edifício e o cano.

Parece tão perigoso quanto um fosso de mina abandonado.

Lumi espera a porta de aço se fechar, então corre pelas tábuas instáveis, agacha-se e entra no túnel.

Ela inclina o corpo e, quase dobrada ao meio, corre ao longo do tubo.

Sua mochila raspa contra o teto.

Ela conta os passos enquanto avança com a maior velocidade possível.

A luz da lanterna ilumina as junções entre as seções do tubo, criando uma sequência de anéis finos à sua frente.

O cano do rifle bate na parede do cano.

Ela tropeça em uma junção irregular, cai para a frente, usa as mãos para amortecer a queda e quebra o vidro da lanterna. Quando se levanta novamente, sente uma dor intensa num dos joelhos, mas segue em frente mesmo assim.

Sangue morno escorre por sua canela, dentro da calça.

A lanterna ainda funciona, mas o facho de luz não tem o mesmo foco.

Ela pensa na explosão e na rajada de tiros e sabe que precisa continuar. Ela se força a correr de novo.

É bem possível que Jurek esteja morto.

Rinus é muito experiente. Ela viu as mãos dele montarem armas em questão de segundos enquanto lhe contava sobre as muitas irmãs de Patrik.

Ele a ensinou a fazer um coldre invisível para uma pistola usando um cabide de metal e um silenciador com uma garrafa de plástico, um punhado de malha de alumínio e um chumaço de palha de aço.

Ela o viu praticar técnicas de combate com faca na escuridão, a precisão e a velocidade de seus movimentos.

Parece impossível que alguém seja capaz de vencer Rinus no combate corpo a corpo, mas ela precisa presumir o contrário — presumir que está fugindo para salvar a própria vida.

A luz da lanterna salta, quica e ricocheteia à sua frente, cintilando na água que se acumulou ao longo da parte inferior do tubo.

De repente, Lumi tem a impressão de ouvir passos atrás dela, e o terror toma seu coração. Provavelmente é apenas o eco dos próprios movimentos, mas ela estaca e desliga a lanterna com as mãos trêmulas, aponta o rifle de assalto para trás, desdobra a alça de ombro e olha através da mira de visão noturna.

Não há nada à vista e tudo está um breu, pois ali embaixo não há luz ambiente para amplificar a visão noturna.

Ela aguarda e tenta piscar para se livrar do suor que escorre para dentro dos olhos.

O único som que ouve é o da própria respiração.

Ela dobra de novo a alça de ombro, dá meia-volta e liga a lanterna.

O botão clica, mas a luz não acende.

Lumi tenta mais uma vez e sacode suavemente a lanterna, porém nada acontece.

Ela fica ali parada, olhos arregalados, fitando a escuridão total.

Com cuidado para não se cortar, remove os fragmentos de vidro quebrado que ainda restam e tateia a pequena lâmpada, pressiona-a de leve e tenta ligá-la outra vez.

A lanterna funciona, e o facho de luz brilha em direção ao teto baixo em uma elipse difusa.

Abaixando-se novamente, Lumi continua correndo pelo cano.

O ar parece rarefeito, e ela ofega.

À medida que corre, Lumi multiplica o número de passos e o comprimento das passadas; quando calcula que faltam pouco mais de quarenta metros, ela se detém e aponta a lanterna acesa para a frente.

O facho de luz está borrado, mas ela consegue ver que o fim do túnel está cheio de terra, do chão ao teto. A extremidade parece ter desmoronado, soterrando o tubo.

Ela tenta manter a respiração calma e segue em frente; em seguida, abaixa a lanterna e o rifle de assalto, sobe na pilha de terra que obstrui a passagem e começa a cavar com as mãos. Com uma sensação crescente de pânico, arremessa punhados de terra para trás.

Suas costas estão empapadas de suor, seu coração bate forte no peito.

Ela tenta dizer a si mesma que é um bom sinal o solo não estar densamente compactado. Se todo o terreno acima dela tivesse desabado, seria impossível cavar com as próprias mãos.

Voltar atrás não é uma opção, e ela não pode permanecer onde está.

Lumi corta a ponta dos dedos em uma pedra pontiaguda, mas não para de cavar.

Ofegante, recua alguns passos e arremessa terra e pedras mais para dentro do tubo, e continua cavando até finalmente alcançar o topo do monte.

Ela pega a lanterna, aponta o facho para a passagem e vê que um dos pilares de sustentação cedeu, causando uma avalanche.

A prancha do teto se arqueou, mas ainda resiste à pressão do peso acima.

Lumi alarga a abertura, enfia o rifle de assalto e a mochila pelo vão e se espreme para conseguir passar.

Terra seca escorre por seu pescoço e suas costas.

Com o máximo cuidado possível, ela rasteja ao longo da desguarnecida seção de conexão e entra em um pequeno compartimento com paredes de cimento.

O solo desmoronado invadiu metade do piso.

Ela enxuga as mãos imundas na calça e depois começa a subir uma escadinha portátil que foi fixada na parede para levar à escotilha de aço no teto. Com os dedos feridos e sangrando, afrouxa os fechos enferrujados, puxa a viga transversal e empurra a tampa para cima com uma das mãos.

A escotilha está emperrada.

Lumi solta a alça da mochila presa à cintura e a usa para se amarrar à escadinha de modo a ter ambas as mãos livres.

Depois de se assegurar de que está bem firme e não vai cair, solta a escadinha, posiciona as mãos espalmadas contra a escotilha e usa toda a força dos braços e das pernas para empurrar.

A escotilha emite um som de gelo sendo triturado.

Lumi respira fundo, concentra-se e arrisca mais um empurrão. A escadinha range de forma alarmante e os músculos dela tremem. Lentamente, a escotilha começa a ceder. Grama e musgo se soltam do solo e fazem terra cair no rosto de Lumi.

Lumi desliga a lanterna e rasteja para o ar frio, fecha a escotilha, cobre-a com grama e folhas e sai correndo, no sentido inverso, rumo à borda do arvoredo.

Ela olha para o céu noturno e localiza a estrela do norte para se certificar de que está no rumo correto.

Correndo abaixada, ela atravessa o campo escuro. Depois de quinhentos metros, esconde-se numa valeta e, pela primeira vez, olha para trás.

Os pneus ainda ardem no pátio, lançando um clarão inquietante sobre as paredes de metal, mas fora isso tudo parece tranquilo e não há sinais de movimento. Ela ajusta o rifle de assalto para a configuração de tiro triplo; em seguida, esquadrinha o campo e o arvoredo através da mira de visão noturna antes de recomeçar a correr.

Alguns pássaros levantam voo perto dela; Lumi imediatamente se joga no chão e rasteja de lado para dentro de um sulco mais profundo.

Depois de alguns segundos ela aponta o rifle de volta para a oficina, olha através da mira e vê o tambor da colheitadeira encostado na parede.

O solo parece oscilar sob o brilho dos pneus em chamas.

Ela abaixa a arma e observa o edifício a olho nu. As duas colunas de labaredas se inclinam com o vento e, quando se endireitam novamente, Lumi julga distinguir uma silhueta magra.

Depressa ela levanta o rifle e olha através da mira, mas agora enxerga apenas as fogueiras brancas e a fachada pulsante do edifício.

Sem olhar para trás, Lumi corre pelo terreno duro ao longo de um dique, pula uma cerca elétrica e atravessa um prado.

Mais adiante passa pela estufa escura, aquela que tantas vezes observou da oficina.

Há folhas amassadas contra o vidro.

Ao lado da porta, um barril de combustível.

Lumi segue a trilha até a estrada principal, a E25, e começa a caminhar paralelamente à rodovia.

Ela mantém o rifle de assalto escondido dos carros que passam.

As ervas daninhas sujas tremem com o vento dos carros, e uma velha caixa de leite desliza ao longo do acostamento.

Sem parar, Lumi arranca um pouco de grama seca da beira da estrada e enxuga o rosto. A dor intensa no joelho se transformou em uma aflição surda e lancinante.

Seu pai estava certo.

Jurek Walter deu um jeito de encontrá-los.

Ela sabe que foi o que aconteceu, mas mesmo assim seu cérebro tem dificuldade para aceitar que esteja acontecendo de verdade.

O dia começa a raiar quando ela chega a Eindhoven.

Montes de lixo e folhas estão espalhados ao lado de uma barreira acústica.

O chão estremece quando um caminhão passa zunindo.

Mancando, Lumi cruza uma grande rotatória, caminha por um pequeno trecho de floresta e se vê em uma parte da cidade repleta de edifícios antigos e casas com paredes de tijolo marrom e madeiramento branco.

As ruas ainda estão desertas, mas a cidade vai acordando aos poucos.

Um ônibus quase vazio se afasta de um ponto.

Lumi limpa na calça a mão ensanguentada e começa a desmontar o rifle enquanto segue caminhando.

Deixa o carregador cair dentro de um bueiro e a culatra em outro, e descarta o restante da arma em uma caçamba apinhada de entulho de construção.

Ela cruza o anel viário e chega ao centro de Eindhoven; entra por uma porta, dá as costas para as ruas e tira a mochila dos ombros. Olha rápido a pasta de plástico que contém seu passaporte, chave do hotel e dinheiro, em seguida tira a pistola e verifica se está totalmente carregada.

Enfia a arma dentro da jaqueta antes de seguir em frente.

Um jovem catador de lixo salta de sua van e para ao lado do veículo barulhento, olhando fixo para ela.

Ela se vira antes que o rapaz tenha tempo de dizer alguma coisa e corre dois quarteirões.

Avança a passos largos por uma fileira de lojas fechadas, atravessa um canal de água turva e segue pelo centro da cidade em direção à estação. Passa pelo estacionamento de bicicletas e chega ao hostel.

Lumi entra e caminha pelo saguão amarelo berrante com seu sofás azul-claros e guirlandas cor-de-rosa.

Ela está imunda e suja de sangue.

Seu cabelo está desgrenhado em tufos cheios de terra, a boca contraída e os olhos estranhamente intensos no rosto riscado de sujeira.

No saguão, um grupo de jovens segurando balões em formato de coração cai num silêncio repentino ao vê-la. Lumi passa em direção aos elevadores como se nem mesmo tivesse notado a presença deles.

92

Tão logo deixou o hospital, Joona embarcou em um voo direto para Antuérpia, alugou uma Mercedes-Benz preta e dirigiu para o leste ao longo da E34. Era madrugada, e ainda estava muito escuro. A rodovia estava quase vazia, e ele não teve problemas para alcançar uma velocidade de cento e oitenta quilômetros por hora.

Jurek usou Saga e a induziu a procurá-lo, Joona pensa ao volante.

Ao alegar que tudo se resumia ao paradeiro do corpo do irmão, Jurek a manipulou para que ela pensasse que tinha a vantagem.

Mas a única coisa que ele queria era descobrir a localização do esconderijo de Lumi.

E ainda há um longo caminho a percorrer antes do amanhecer.

A paisagem plana é negra.

Joona alcança um reluzente caminhão-tanque prateado, ultrapassa e o vê desaparecer pelo retrovisor.

Quando atirou no traumatizado irmão de Jurek, Joona transpôs um limite. Ele não tinha escolha, mas aquilo deixou uma nódoa em sua alma.

De acordo com o relatório da autópsia, os restos mortais do irmão de Jurek foram transferidos para o departamento cirúrgico do Instituto Karolinska para serem utilizados em pesquisas.

Joona sabe que foi por motivos emocionais que roubou o cadáver, mandou cremá-lo e espalhou as cinzas no mesmo jardim memorial onde as cinzas do pai dos gêmeos haviam sido espalhadas.

Provavelmente Jurek visitou o jardim, viu a placa do irmão ao lado da do pai e deduziu que tinha sido obra de Joona.

Jurek sabia que as investigações de Saga levariam a ele.

Foi por isso que assegurou a Saga que estava disposto a trocar o pai dela por informações sobre seu irmão, Joona pensa no meio de um viaduto ao cruzar a fronteira com os Países Baixos.

Ele passa por um posto de gasolina com um amplo estacionamento. Filas de caminhões e picapes reluzem entre as árvores.

A estrada é reta e o céu acima da extensa paisagem está escuro. Vilarejos esparsos brilham como joias de âmbar.

Como Joona saiu correndo do hospital e foi direto para o aeroporto, não teve chance de pegar uma arma. Resta-lhe apenas a esperança de chegar a Lumi antes de Jurek e levá-la para se esconder na casa de outro colega em Berlim.

Nas margens da rodovia há postes altos com quatro fileiras de cabos. Fazendas e galpões industriais passam por entre as árvores.

Imediatamente após um grande complexo esportivo com diversos campos de futebol iluminados por holofotes, ele muda para a última faixa da direita e pega a saída para a E25.

Saga não demorou muito para perceber que teria que perguntar o que aconteceu com o corpo de Igor, pensa Joona.

Mas só depois que o pai morreu e Jurek raptou sua irmã é que Saga desabou e tentou entrar em contato. Todo mundo tem seu ponto de ruptura.

O coração de Joona começa a bater mais forte quando ele vê que Maarheeze está às escuras, resultado de um apagão total.

O colapso no fornecimento de energia elétrica parece se estender até Weert.

E provavelmente também está atingindo o esconderijo de Rinus.

Ele sai da rodovia e precisa diminuir a velocidade enquanto dirige ao longo da estrada estreita paralela à rodovia.

A casa e os campos estão mergulhados nas trevas.

Muito antes de chegar à curva, Joona vê luzes azuis piscando no asfalto e troncos de árvore enegrecidos.

Uma viatura branca da polícia está estacionada ao lado do desvio.

As listras amarelas e azuis nas portas da frente e nas laterais da viatura cintilam entre os galhos nus dos arbustos.

Joona faz a curva e passa direto pelo cordão de isolamento, trovejando ao longo da pista estreita na direção dos edifícios principais.

Vê cinco carros da polícia estacionados do outro lado da campina, e duas ambulâncias e uma viatura dos bombeiros junto à oficina.

Para se certificar de que não está bloqueando o caminho das ambulâncias, Joona para com uma guinada brusca na frente da casa abandonada e estaciona ao lado dos velhos móveis de jardim. Sai do carro sem se preocupar em fechar a porta e atravessa correndo o prado.

Uma das portas da garagem está caída no chão, e os destroços de uma explosão são visíveis no pátio e na grama alta.

As luzes azuis se misturam umas às outras ao longo das paredes de metal, dos veículos e dos policiais uniformizados.

Joona percebe que é tarde demais, que a batalha acabou.

Há policiais por toda parte; Joona os ouve falando pelo rádio, percebe que estão tentando avaliar a gravidade do incidente e formar uma equipe de investigação. Alguém em algum lugar teme que possa haver mais explosivos e quer esperar pela chegada do esquadrão antibomba.

Um pastor-alemão dá puxões ansiosos na guia, latindo alto.

Joona passa pelos restos derretidos de um pneu queimado e caminha até um dos policiais uniformizados, mostra a identidade e informa que a Interpol foi acionada. Finge não ouvir quando o policial o instrui para esperar: simplesmente levanta a fita de isolamento e entra na garagem.

As paredes reforçadas estão manchadas de fuligem, e o fogo deixou um cheiro acre.

Os restos de um carro incendiado estão encostados na parede interna.

O tanque de gasolina do automóvel explodiu, rasgando grandes porções do chassi.

Sentado no banco do motorista há um cadáver carbonizado, contorcido numa posição estranha.

Joona entra pelo vão que foi serrado na porta blindada.

Abre o armário de equipamentos contra incêndio, pega o machado que está pendurado ao lado do extintor e corre em direção à escada.

Se Jurek ainda estiver aqui, ele precisa ter certeza de que está morto.

A porta do armário embutido e a rota de fuga de emergência estão fechadas.

Joona ouve vozes lá em cima.

A explosão deixou as escadas atulhadas de pedaços de gesso e lascas de madeira. Os pés de Joona esmagam os detritos.

As paredes internas do andar de cima são quase inexistentes agora, e os fragmentos restantes estão crivados de buracos de bala.

Dois paramédicos estão deitando alguém em uma maca. Uma perna pende flácida para fora; Joona vê uma calça enodoada de sangue e botas militares.

Com o machado oscilando na mão, Joona se aproxima do homem na maca.

O facho da lanterna de um dos paramédicos está apontado para baixo, e Joona vislumbra o rosto ensanguentado de Rinus.

Joona passa por cima de uma viga enegrecida e encosta o machado contra a parede, cambaleando ligeiramente com um súbito ataque de dor de cabeça.

Um zumbido agudo retumba em seus ouvidos.

Rinus está com uma máscara de oxigênio sobre a boca e o nariz. Seus olhos encaram o teto. Ele parece estar tentando entender o que se passa.

— Tenente — Joona diz, parando ao lado da maca.

Com a mão fraca, Rinus puxa a máscara de lado e umedece a boca. Um paramédico levanta seu pé para cima da maca e afivela o cinto sobre suas coxas.

— Ele foi atrás dela — Rinus diz em voz quase inaudível, e fecha os olhos.

Joona dispara escada abaixo, sai pela garagem e passa pelos policiais que orientam as manobras da primeira ambulância. Com a cabeça tomada pelo pânico, ele atravessa correndo o prado coberto de geada em direção ao carro.

93

Joona engata a ré, freia e desliza para trás no cascalho, muda de marcha e pisa fundo. As rodas levantam uma nuvem de poeira.

Há um carro da polícia bloqueando o caminho.

Com uma guinada brusca, Joona desvia, passa no meio das roseiras e atravessa a valeta. O porta-luvas se abre com o solavanco, espalhando documentos no banco do passageiro e no chão.

Ele volta à pista esburacada e aumenta a velocidade. A grama amarela chicoteia as laterais do carro.

Um policial está ocupado estendendo um cordão de isolamento, mas Joona passa direto e arranca a fita.

Assim que chega à van da polícia, ele dobra à esquerda, derrapa na faixa de emergência e entra na via estreita, despedaçando uma pequena placa de advertência de madeira e raspando a lateral do carro na barreira de concreto que separa a estrada vicinal da rodovia.

Os pneus trovejam no terreno irregular, espalhando terra.

O carro balança, volta para o asfalto e voa ao longo da estrada, na direção oposta ao tráfego do outro lado da barreira.

Logo vai amanhecer.

Um grupo de pessoas espera em um ponto de ônibus.

Joona pisa fundo e ultrapassa um trator, chega a Maarheeze e desce uma colina. Gira o volante para a direita e passa por um túnel sob a rodovia. Está indo tão rápido que o carro escorrega para a outra faixa e roça a lateral na parede de concreto.

A janela do lado do motorista se estilhaça, e pequenos cubos de vidro voam para dentro do carro.

Joona acelera de novo e vira à esquerda na rotatória, atravessando a entrada de um posto de gasolina e derrubando uma placa publicitária.

Jurek está acostumado a agir por trás das linhas inimigas; sem perceber que ele a está seguindo, Lumi vai acabar mostrando o caminho para o hostel.

Joona passa por um veículo de transporte de cavalos numa estradinha lateral de acesso, volta para a via expressa, ultrapassa um caminhão pela direita e acelera o máximo que o carro aguenta.

O vento ruge pela janela quebrada.

Ele percorre um pedaço de floresta e logo chega a Eindhoven.

O céu está um pouco mais claro a leste agora, e a cidade reluz nos últimos respingos de escuridão.

Prédios de tijolos marrons passam zunindo.

Ele se aproxima rápido de um cruzamento; o semáforo está vermelho, um carro já parou e há um ônibus chegando pela direita.

Joona aperta a buzina e ultrapassa o carro parado, atravessa o cruzamento, acelera forte na frente do ônibus e ouve a frenagem e o estrondo passando poucos centímetros atrás dele.

Cruza três pistas e desvia abruptamente para a rua Vestdijk, atravessa o canal e dirige na faixa exclusiva de ônibus.

Edifícios grandes e modernos passam depressa dos dois lados.

Um caminhão de entregas e dois carros menores estão bloqueando as duas pistas na frente dele.

Estão indo muito devagar.

De súbito a enxaqueca de Joona explode atrás de um dos olhos. Ainda é apenas um prenúncio da dor de cabeça de verdade, mas por um instante o carro balança e quase invade a pista oposta antes que ele recupere o controle.

Ele aperta a buzina, mas os outros veículos não têm para onde ir.

Joona sobe na ciclovia vermelha e os ultrapassa por dentro, arrancando uma lixeira afixada a um poste. Pelo retrovisor, vê a lixeira voar sobre a calçada e estilhaçar uma vitrine.

O carro volta abruptamente para a estrada, as rodas estrondeando no meio-fio.

Ele faz uma curva fechada à direita, cantando os pneus, em direção à 18 Septemberplein.

Talvez já seja tarde demais.

Joona acelera para cruzar uma faixa de pedestres, freia e faz uma curva fechada à esquerda, cortando um trecho de tráfego em sentido contrário antes de entrar na praça em frente à estação.

Os pombos decolam do chão.

A maior parte do edifício plano e quadrado com fachada de vidro da estação de Eindhoven está aninhada ao lado do hostel.

Ainda é muito cedo para a multidão de usuários do transporte público. Pelas portas de vidro ainda se veem poucas pessoas andando por ali.

Um mendigo está ajoelhado sobre um pedaço de papelão, ao lado de uma pilha de jornais de distribuição gratuita.

Joona entra atrás da fila de táxis e para.

Uma cascata de estilhaços de vidro cai de suas roupas quando ele sai do carro e corre em direção ao hostel.

Ele começa a procurar automaticamente por algum tipo de arma.

Vê um policial uniformizado na galeria vazia ao lado das máquinas amarelas de bilhetes de trem. Ele está curvado, comendo um sanduíche embrulhado em um saco de papel.

Joona muda de direção e vai até o policial, um homem de meia-idade com costeletas loiras e cílios quase brancos.

Pedaços de alface caem do sanduíche.

Joona passa rápido por dois pilares e se aproxima do oficial por trás. Estende a mão, solta o coldre do homem e pega a pistola.

O policial se vira com a boca cheia de comida. Há um par de óculos de sol no bolso da camisa.

— Interpol. É uma emergência — Joona diz, olhando de relance para o hostel.

Ele começa a se afastar, mas o policial agarra sua jaqueta. Joona o empurra com força. O homem bate a cabeça na parede e derruba o sanduíche.

— Escute, vidas estão em jogo aqui — Joona diz.

O policial puxa e ergue o cassetete para atacar; Joona consegue aparar o golpe, mas ainda assim é atingido no rosto.

Ele encaixa o braço em volta do ombro do policial e dá um puxão para trás, derrubando-o no chão. Apoiado em uma das mãos, o homem tenta se levantar, mas Joona acerta um pontapé num dos seus joelhos.

Esparramado no chão, o policial solta um grito de dor.

Joona pega o rádio dele e corre para o hostel; no caminho, joga o aparelho no telhado de uma casa de câmbio e contorna o bicicletário abarrotado.

Enquanto corre em direção à porta do hostel, verifica o carregador da pistola.

Parece conter oito ou nove balas.

Quando entra no hostel, Joona ainda consegue ouvir os gritos do policial.

É cedo, mas já há cerca de vinte jovens no saguão e na recepção.

Joona mantém a pistola apontada para o chão.

Dois dos elevadores estão quebrados e o terceiro está preso no oitavo andar, onde fica o quarto de Lumi.

A dor de cabeça de Joona faz um clarão irromper diante de seus olhos. Ele abre a porta de acesso às escadas e sobe correndo.

Seus passos ecoam pelos degraus.

Com a pulsação latejando nos ouvidos, ele chega ao oitavo andar. Os músculos das coxas estão tensos pelo esforço, a camisa encharcada nas costas.

Ele percorre depressa o corredor, vira uma esquina e derruba no chão um display com folhetos sobre as atividades oferecidas pelo hostel.

— *Wacht even.**

Um rapaz para na frente de Joona, apontando e parecendo dizer que ele precisa recolher os papéis do chão.

Joona avança, empurra o rapaz para fora do caminho e passa por ele. Há um homem parado em uma das portas, olhando. Ele esboça um protesto, mas se cala abruptamente quando Joona aponta a pistola para seu rosto.

Joona pode ouvir um tique-taque suave.

Ele chega ao quarto de Lumi.

A fechadura foi arrombada e o quarto está vazio.

A cama está intacta e a mochila de Lumi está numa das cadeiras.

O cesto de lixo foi derrubado.

---

* "Espere um segundo", em holandês. (N. T.)

O coração de Joona bate tão forte que ele pode senti-lo na garganta.

Sai correndo do quarto, vira a esquina e se pega encarando o rosto pálido de Jurek no final do corredor.

Com uma corda sobre o ombro, ele está arrastando um grande embrulho de plástico para dentro do elevador.

O brilho de uma luminária de parede reflete em sua rígida mão protética.

Joona ergue a pistola, mas Jurek já se foi.

Ele começa a correr e ouve um tinido quando as portas do elevador se fecham. Joona aperta o botão, mas o elevador já está subindo.

Para no último andar, o vigésimo oitavo.

Joona se lança de volta para as escadas e começa a subir correndo.

Sabe que Jurek poderia quebrar o pescoço de Lumi a qualquer momento. Mas isso não seria o suficiente para ele, seu método de fazer as coisas não é tão simples.

Desde que Joona pegou Jurek pela primeira vez, muitos anos atrás, há uma escuridão singular entre eles.

Jurek passou grande parte da vida trancafiado e isolado.

E, todos os dias, pensava em como pisotear e esmagar Joona no chão.

Ele vai capturar todas as pessoas que Joona ama e enterrá-las vivas.

Joona terá que passar o resto da vida procurando os túmulos, até por fim desistir e se enforcar, consumido pela solidão.

Foi assim que Jurek imaginou sua vingança.

Seu objetivo era levar Lumi e enterrá-la em algum lugar.

É o que seus instintos o mandam fazer, é como se manifesta sua noção de ordem.

Mas agora que Joona o alcançou ali no hostel, ele de repente mudou seu plano.

Exatamente como fez da última vez, quando levou Disa, Joona pensa enquanto sobe correndo as escadas.

94

Joona chega ao último andar, mas continua correndo e sobe até o último lance de degraus, mais estreito, que conduz ao telhado. Abre a porta, verifica os dois lados com a pistola em riste e sai para o ar frio.

O sol está raiando no amplo horizonte. A cidade se espalha em todas as direções, vidro e metal cintilando na luz.

A maior parte do terraço do hostel fica escondida pela construção preta em seu centro, que abriga o fosso da escada e as máquinas dos elevadores.

Joona espreme as costas contra a parede, tentando recuperar o fôlego.

O terraço é coberto com uma camada de seixos e, como numa praia, há um caminho estreito de tábuas de uma ponta à outra.

Joona olha em volta e dá alguns passos.

Não há ninguém à vista.

Parafusos enferrujados sustentam um poste com uma luz vermelha no topo. Excrementos brancos de pássaros escorreram pela lateral dos equipamentos de ventilação.

Joona já começa a pensar que foi enganado, que terá que voltar para baixo, quando de repente vê rastros no cascalho ao lado do caminho de tábuas, a alguma distância.

Algo pesado foi arrastado por ali.

Joona ergue a pistola e começa a correr pela lateral da sala de máquinas. Pisa nas pedras soltas, mira a arma e, por um átimo, tem um vislumbre de Jurek antes que ele desapareça na próxima esquina.

Jurek embrulhou Lumi em plástico reforçado. Joona não tem ideia se ela consegue respirar ou se ainda está viva. Jurek amarrou uma corda grossa em volta do pacote, formando um laço que ele pode segurar por cima do ombro e que lhe permite arrastar o peso atrás de si.

Joona segue no encalço deles.

As pedras deslizam sob seus pés.

Ele volta a subir nas tábuas e corre rente à parede mais comprida da sala de máquinas, passando por uma fileira de antenas parabólicas cinzentas.

O sol nascente está atrás dele, lançando longas sombras sobre as pedras claras.

A certa distância, Jurek arrasta Lumi em direção à beira do terraço entre os equipamentos de ventilação e uma grande quantidade de painéis solares.

Joona não sabe se Jurek está armado.

Ele ouve sirenes na rua.

Joona se desloca rapidamente para o lado na tentativa de identificar uma linha de tiro razoável.

O sol da manhã está batendo nos painéis solares, e o reflexo ofusca sua visão.

Jurek desaparece como uma sombra atrás do clarão.

Joona se detém, empunha a pistola com as duas mãos e aponta para a silhueta esguia através dos flashes de luz.

— Jurek! — ele grita.

A mira treme enquanto Joona continua se movendo para o lado a fim de escapar do reflexo ofuscante; surge uma brecha e, assim que ele avista Jurek outra vez, dispara.

Aperta o gatilho três vezes, e os três tiros acertam Jurek nas costas. O estalo seco e agudo dos disparos ecoa pela cidade. Jurek tomba para a frente, vira-se e saca a pistola de Lumi.

Joona dispara mais três vezes, direto no peito.

Jurek perde o controle da arma, que desliza pelas tábuas do chão; em seguida, se vira depressa e continua arrastando Lumi para a borda.

Deve ter vestido um dos coletes à prova de balas na oficina de Rinus.

Joona chega mais perto.

Jurek está atrás dos equipamentos de ventilação agora. Cinco grandes ventiladores estão zumbindo atrás de uma grossa grade metálica.

Joona o avista novamente, mira mais baixo e atira na coxa. A bala rasga a calça e transpassa o músculo. O sangue esguicha de Jurek, as gotas cintilando sob a forte luz do sol.

Joona se aproxima com a pistola erguida e o dedo no gatilho. Consegue enxergar Jurek apenas nos intervalos entre as chaminés e as saídas de ar.

Lumi está recebendo muito pouco ar; Joona percebe que ela está sufocando, os lábios estão azuis e os olhos vidrados.

O cabelo suado está grudado no rosto por dentro do plástico.

A enxaqueca de Joona arde atrás de um olho e ele quase cai.

Mancando, Jurek ergueu Lumi e caminha em direção à borda baixa do terraço.

Este é seu novo plano.

Mais uma vez, Joona chegará tarde demais.

Jurek quer que ele implore e ameace e depois veja a filha cair.

Joona passa pelos equipamentos de ventilação, faz pontaria e atira na outra perna de Jurek. A bala atinge a parte de trás do joelho e sai pela rótula.

Lumi cai com violência sobre as pedras redondas que revestem o terraço. Jurek cambaleia para o lado, despenca sobre o quadril, rola de barriga para baixo e tenta levantar a cabeça.

Joona se lança para a frente, ainda apontando a arma para Jurek. Puxa Lumi para longe de Jurek e rasga o plástico que cobre seu rosto.

Ouve a filha ofegar e tossir, então se vira novamente para Jurek, encosta a pistola contra a nuca e aperta o gatilho.

A arma clica, depois clica de novo.

Joona tira o carregador.

Vazio.

Um helicóptero se aproxima, e agora é possível ouvir mais sirenes.

Uma pequena multidão se aglomerou na rua em frente ao hostel. Estão todos olhando para cima, filmando com o celular.

Joona volta suas atenções para Lumi, desamarra a corda que a envolve e arranca o plástico.

Ela vai ficar bem.

Agora Jurek está sentado, encostado a uma das chaminés. Seu braço protético se soltou e está dependurado pelas alças.

Ele tenta puxar uma comprida lasca de madeira do chão.

Joona sente o fogo queimar dentro de si e é incapaz de impedir o que precisa acontecer. Arrastando a corda, ele se detém na frente de Jurek e prepara um laço.

Jurek olha para ele com seus olhos pálidos e solta a lasca de madeira. Em seu rosto enrugado não há indício algum de dor ou raiva.

Joona alarga o laço e vê que Jurek está entrando em choque circulatório por causa da hemorragia.

— Já estou morto — Jurek diz, enquanto usa a mão para tentar evitar a corda.

Joona agarra a mão dele e a torce, quebrando o braço na altura do cotovelo. Jurek solta um gemido, depois encara Joona novamente e umedece os lábios.

— Se você olhar demais para um abismo, o abismo também olha de volta para você — ele diz, tentando em vão mover a cabeça para longe do laço.

Na segunda tentativa, Joona consegue colocar o laço em volta do pescoço de Jurek; aperta o nó na nuca com um puxão tão forte que a respiração de Jurek se torna um silvo.

— Agora já chega, pai, pare com isso — Lumi diz atrás dele.

Joona vai até a parte de trás dos painéis solares e amarra a ponta da corda a uma das resistentes pilastras.

O barulho do helicóptero está mais próximo.

Joona puxa Jurek até a beira do telhado. A prótese vem se arrastando atrás dele, até que por fim se solta. Jurek tensiona o pescoço, tosse e tenta respirar.

— Pai, o que você está fazendo? — Lumi pergunta com uma voz apavorada. — A polícia está a caminho. Ele vai passar o resto da vida na cadeia, e...

Joona levanta Jurek, que está tão enfraquecido que mal consegue ficar de pé. O sangue dos buracos dos tiros respinga sobre seus sapatos.

Lá embaixo, os trilhos da estação ferroviária tremeluzem como fios de cobre.

Ouvem-se vozes na escada.

O braço quebrado de Jurek se contorce em espasmos.

Joona dá um passo para trás e olha Jurek nos olhos.

Há uma expressão estranha neles.

É como se Jurek estivesse procurando algo nos olhos de Joona, ou tentando ver seu próprio reflexo nas pupilas dele.

Lumi se virou de costas e está chorando.

Jurek cambaleia e sussurra algo no exato instante em que Joona o empurra pelo peito com ambas as mãos, derrubando-o do parapeito.

Lumi grita.

A corda desliza rápido por sobre as pedras lisas e por cima da borda do terraço. Emite um som agudo quando trava e se retesa. Uma janela andares abaixo se estilhaça, e fragmentos de vidro caem sobre a multidão amontoada na calçada. O painel solar ao lado de Joona balança e range.

Joona corre em direção à escada, empurra o zelador que tenta detê-lo e desce correndo os degraus até o vigésimo andar. Ouve a gritaria antes mesmo de chegar ao corredor. A porta de um dos quartos se abre e uma mulher sai cambaleando, usando apenas calça jeans e sutiã.

Joona passa por ela e entra no quarto, fecha e tranca a porta.

A janela está quebrada, cacos de vidro cintilam sobre o carpete cinza e a cama.

Pendurado na corda, o corpo de Jurek balança suavemente, entrando e saindo pela janela.

Ele está morto — sua coluna vertebral se partiu.

Sangue escorre do sulco profundo que o laço talhou no pescoço.

Joona para na frente de Jurek e observa o rosto magro e enrugado, os olhos pálidos.

O corpo entra novamente no quarto.

Estilhaços de vidro se soltam do caixilho da janela e caem sobre o peitoril.

Joona se sente dominado por um cansaço extraordinário, o confuso efeito resultante de um combate terrível.

Jurek Walter está morto.

Ele não vai voltar.

O corpo oscila devagar para a frente e para trás. O sangue dos ferimentos das balas goteja sobre seus pés, deixando um rastro fino no carpete e no caixilho da janela.

Joona não tem certeza de quanto tempo ficou parado olhando fixamente para Jurek quando a fechadura da porta faz um clique atrás dele.

Lumi entra e diz com a voz muito suave que ele precisa sair do quarto com ela.

Joona olha para a mão grande de Jurek, as unhas sujas, o antebraço, a camisa ensanguentada.

— Acabou, pai — Lumi sussurra.

— Sim — ele responde, fitando os olhos pálidos de Jurek.

Lumi põe o braço em volta da cintura de Joona e o leva para fora do quarto; passam pelo zelador que segura a chave mestra e pelos policiais que aguardam.

95

Valéria descansa na Unidade de Terapia Intensiva, pensando em sua breve conversa com Saga pouco antes de a enfermeira entrar para aplicar mais morfina.

O estado de Pellerina piorou; sua frequência cardíaca aumentou outra vez e a desfibrilação parece não funcionar mais.

Saga estava pálida, tinha olheiras e estava tão agitada que mal conseguia ficar parada ao lado da cama.

Quase obsessiva, afastava freneticamente o cabelo do rosto e insistia que Valéria lhe contasse pela milésima vez suas conversas com Pellerina.

Valéria descreveu como ela e a menina haviam passado quase o tempo todo entretidas conversando e assegurou que a irmã de Saga não sentiu medo enquanto estava no caixão.

— Era como estivéssemos de mãos dadas — Valéria disse, sobretudo para acalmá-la.

Saga assentiu, mas estava claramente tendo problemas para se concentrar.

Quando Valéria acordou no caixão agasalhada por um cobertor e não obteve resposta de Pellerina, deduziu que a família tinha acreditado na história que ela contou. Ela assumira toda a culpa, dizendo que teria feito qualquer coisa para conseguir mais heroína. Valéria se convenceu de que, depois que perdeu a consciência, a família havia levado Pellerina para dentro da casa — era por isso que a menina não estava respondendo.

Uma enfermeira com o cabelo preso em tranças e um piercing de prata na sobrancelha entra para dar a Valéria mais morfina para a dor nas mãos e nos pés.

Saga tentou esperar, mas estava ansiosa demais para ficar e correu de volta para o centro cirúrgico.

Agora a dor de Valéria abranda, e o quarto fica mais escuro conforme suas pupilas se contraem.

Tudo se torna confuso, como que encoberto por véus cinza-escuros.

As luzes formam círculos irregulares, como grandes engrenagens de metal.

A enfermeira está de pé ao lado da cama, verificando sua temperatura e pressão arterial.

Valéria não consegue mais ver o rosto da enfermeira, que agora é apenas um borrão escuro.

Seu corpo está quente e ela sente um formigamento agradável.

Quando a enfermeira se inclina para lhe explicar alguma coisa, Valéria vê que os botões da camisa dela ficaram ligeiramente amarelos. Entende tudo o que ela diz, e está a ponto de fazer uma pergunta quando de repente se esquece.

Suas pálpebras ficam mais pesadas.

Os policiais de prontidão do lado de fora da porta do quarto finalmente pararam de falar sobre futebol.

Valéria acorda e abre os olhos, mas ainda não consegue enxergar de verdade.

Outro enfermeiro está monitorando o eletrocardiograma e os níveis sanguíneos. Valéria não tem ideia de por quanto tempo dormiu.

Ela tenta se concentrar e olha para o suporte de soro e as gotas brilhantes caindo no tubo.

Tudo se torna nebuloso novamente, e Valéria fecha os olhos enquanto o enfermeiro tenta deixá-la mais confortável. Está quase dormindo quando o celular toca.

— Meu telefone — ela murmura num fiapo de voz, abrindo os olhos.

O enfermeiro pega o celular sobre a mesa de cabeceira e passa para Valéria. Ela não consegue enxergar a tela, mas atende a chamada mesmo assim.

— Valéria — ela diz com uma voz cansada.

— Sou eu — Joona diz. — Como você está?

— Joona? — ela pergunta.
— Como você está?
— Tudo bem, um pouco grogue por causa dos remédios, mas...
— E Pellerina?
— O estado dela piorou... O coração não está batendo direito, a frequência cardíaca está acelerada demais... É terrível — ela responde.
— Você falou com Saga?

Valéria se sente como uma criança enquanto o enfermeiro permanece ao lado da cama e limpa metodicamente a cânula com soro fisiológico.

Joona está muito longe, mas Valéria percebe que ele está diferente, que alguma coisa aconteceu.

— Não tenho coragem de perguntar — ela diz com voz calma.
— Lumi está bem — Joona diz.
— Graças a Deus.
— Sim.

Os dois ficam em silêncio. A distância sibila, sonhadora, ao longo da linha telefônica. O enfermeiro conecta uma seringa à cânula e verifica o cateter.

— O que aconteceu? — Valéria pergunta enquanto observa o sangue ser sugado para dentro do tubo, misturando-se com o fluido na seringa.

— Jurek está morto.
— Jurek Walter está morto?
— Dessa vez, está... Acabou — Joona diz.
— Você finalmente o deteve.
— Sim.

O enfermeiro deixa algo no carrinho ao lado da cama e sai rápido do quarto, em três passadas longas.

— Você não está ferido, está? — Valéria pergunta, fechando os olhos outra vez.

— Não, mas vou ficar aqui por algum tempo. Preciso responder a algumas perguntas.

— Você vai acabar na prisão de novo? — ela pergunta ao ouvir a porta se fechar suavemente.

— Vou ficar bem, tenho o apoio da Interpol e do Escritório de Relações Internacionais — ele responde.

— Você parece triste — Valéria diz.

— Só estou preocupado com você, Saga e Pellerina... Eles não reduziram a segurança, não é?

— O hospital está abarrotado de policiais. Tem dois bem do lado de fora da minha porta, vinte e quatro horas por dia. É um pouco como estar de volta à prisão.

— Valéria, você precisa de proteção.

— A melhor coisa seria você voltar para casa.

— Lumi vai voltar para Paris amanhã.

— Eu também gostaria de ir para Paris.

— Vou buscar você assim que terminar aqui.

— Só vou precisar de umas roupas melhores.

— Eu te amo — ele diz.

— Eu sempre amei você — ela responde.

Eles encerram a ligação. Valéria sorri para si mesma. Por baixo das pálpebras, seus olhos ardem de cansaço. Pensando no fato de que Joona vai voltar para casa, ela adormece com o celular na mão.

Quando acorda, o efeito da morfina passou, deixando para trás uma leve sensação de náusea.

Os policiais do lado de fora da porta do quarto estão falando de novo sobre futebol e técnicos de times.

Ela está deitada de costas, encarando o teto.

Suas pupilas voltaram ao tamanho normal e sua visão está funcionando outra vez.

Ela observa os painéis quadrados do teto suspenso.

Num deles há uma mancha cinza e úmida; parece a fotografia de uma das crateras da lua.

Com sede, ela vira a cabeça para a mesinha de cabeceira, mas seu olho se detém no tubo que está inserido no braço esquerdo.

Uma seringa cheia de líquido transparente ainda está conectada à cânula.

Valéria se lembra do enfermeiro que estava no quarto com ela enquanto conversava com Joona ao telefone.

A injeção foi preparada, mas não aplicada. O enfermeiro simplesmente saiu do quarto sem dizer palavra alguma.

No carrinho de metal ao lado da cama há uma pequena ampola de vidro vazia. Valéria estende a mão para pegá-la e a gira na mão.

Ketalar 50 mg/ml, lê no rótulo.

Um anestésico usado para sedar pessoas em cirurgias.

Ela não consegue entender por que a sedariam. Ninguém lhe disse coisa alguma sobre a necessidade de uma operação.

Enquanto falava com Joona, ela havia olhado de relance para o enfermeiro que limpava a cânula em seu braço.

Não se lembra do rosto, tudo era meio que um borrão.

Mas reparou na bela pérola pendurada no lóbulo da orelha do enfermeiro.

Branca como giz, com uma espécie de brilho cremoso ao redor.

Valéria se lembra de ter se sentido como uma criança pequena enquanto o enfermeiro se movia em torno dela.

Ele tinha pelo menos dois metros de altura, ela pensa, e estremece.

96

Saga está esperando o novo cardiologista em uma sala reservada para familiares na Unidade de Terapia Intensiva. Seu rosto está tenso de ansiedade e falta de sono. Na mesa à sua frente há um copo de papel amassado.

Com um gesto agitado ela afasta uma mecha de cabelo do rosto e se inclina para ver o corredor inteiro.

— Sem chance, é impossível — ela sussurra para si mesma.

Ela olha para o aquário com os pequenos cardumes de tetras-néon e pensa em quando Joona foi até a casa do pai dela para avisá-la. Logo que soube que Jurek ainda estava vivo, ele implorou que ela fugisse com a família.

Ela se lembra de sentir pena de Joona, de achar que ele tinha perdido o juízo e estava paranoico.

Quando Joona percebeu que ela não tinha intenção de se esconder, ele a alertou sobre um possível encontro com Jurek.

Saga se levanta da cadeira e sai para o corredor.

Ela lembra de se sentir insultada pelos avisos de Joona, lembrando a ele que, a bem da verdade, ela passara mais tempo com Jurek do que ele próprio.

Ignorava o fato de que Joona vivera com a presença de Jurek por anos a fio, que se via refletido nele todos os dias a fim de sobreviver ao confronto iminente e inevitável.

O primeiro conselho que Joona lhe deu foi matar Jurek imediatamente, sem levar em consideração consequências pessoais.

O segundo foi que Jurek pensava e se comportava como um gêmeo. E que, tendo um novo cúmplice, ele podia estar em dois lugares ao mesmo tempo.

O último conselho dizia respeito a uma situação hipotética em que Jurek conseguia raptar um membro da família dela.

"Se isso acontecer", Joona disse, "você precisa se lembrar de que não deve fazer nenhum acordo com ele, porque isso nunca vai trazer nenhuma vantagem para você... Ele não vai desistir, e cada acordo que fechar com Jurek só vai fazê-la afundar ainda mais na armadilha dele."

Saga afunda em uma cadeira e se lembra do que Joona disse sobre o plano de Jurek de tirar dela todas as pessoas que amava — não porque quisesse lhes fazer mal, mas porque desejava chegar à escuridão interior de Saga.

Se tivesse dado ouvidos a qualquer um dos três conselhos, ainda teria sua antiga vida.

Ela sabe que traiu Joona.

Não fez isso de maneira intencional, mas seu contato com Patrik foi o que levou Jurek ao esconderijo de Lumi.

Como se ela tivesse sido escolhida, como uma espécie de Judas que precisava existir para trazer equilíbrio ao mundo.

Seus pensamentos são interrompidos quando uma mulher por volta dos cinquenta anos, com cabelo loiro na altura dos ombros e sem maquiagem, aparece e se apresenta como Magdalena Herbstman. É a cardiologista responsável pelos cuidados de Pellerina naquela manhã.

— Posso entender a preocupação com sua irmã — ela diz, sentando-se.

— O último médico falou que o coração dela está batendo rápido demais porque ela passou muito frio — Saga explica, apertando com força o maxilar.

A dra. Herbstman faz que sim com a cabeça e franze a testa.

— É muita informação para absorver, mas, como você disse, a hipotermia causou um grave distúrbio no ritmo de uma das câmaras do coração dela, um tipo de arritmia chamada taquicardia ventricular, ou TV... Quando o coração acelera, deixa o corpo de sua irmã sob muita tensão. A princípio a taquicardia se resolveu, é o que acontece muitas vezes, mas na noite passada a frequência cardíaca aumentou ainda mais e durou mais tempo. Por isso, tentamos contê-la com a desfibrilação e a medicação estabilizadora.

— Achei que tivesse ajudado — Saga diz, e começa a remexer nervosa uma perna.

— De início, sim... Mas o problema é tão grave que sua irmã acabou na condição conhecida como tempestade elétrica, que são séries repetidas de taquicardia. Nós a estamos mantendo sob sedação enquanto preparamos a ablação.

— Ablação? — Saga pergunta, afastando o cabelo do rosto.

— Vou inserir um cateter no coração dela, tentar identificar a área que está enviando os impulsos errados e criar algum tecido cicatricial.

— O que isso faz?

— Quero queimar a pequena área que está causando o problema. Se funcionar, o coração deve começar a bater na frequência normal novamente.

— A senhora quer dizer que ela vai ficar bem?

— Eu sempre procuro ser honesta com as pessoas. A situação da sua irmã é crítica, mas prometo fazer o possível para ajudá-la — a dra. Herbstman explica, levantando-se.

— Eu preciso ficar com ela — Saga diz, levantando-se com um salto tão abrupto que a cadeira bate com força na parede. — Preciso ver o que está acontecendo; ficar sentada aqui à espera, olhando pra esses peixes, está me deixando louca.

— Você pode ficar com a minha assistente clínica.

— Obrigada — Saga sussurra, e segue a médica ao longo do corredor.

Saga quer continuar falando com a cardiologista, levá-la a perceber que ela e Pellerina são pessoas de carne e osso, não apenas pacientes de passagem pelo hospital, não apenas uma parte qualquer do dia normal de trabalho dos médicos.

Talvez devesse dizer que seu pai era cardiologista e trabalhava no Instituto Karolinska em Solna.

É possível que se conhecessem.

Conduzem Saga por uma porta que dá acesso ao que parece ser uma avançada sala de controle de um estúdio de gravação, com uma grande variedade de monitores e computadores.

De um alto-falante saem barulhos e vozes abafadas.

Tudo parece um sonho.

Em várias telas aparecem leituras de ECG, as ondas do gráfico identificando a cadência e a frequência do coração, os intervalos entre as contrações assinalados por um bipe sonoro regular.

Saga cumprimenta uma mulher mais velha, mas não registra o nome dela. Os óculos da mulher estão pendurados no pescoço, presos a uma correntinha de ouro.

Saga murmura o próprio nome, depois caminha devagar em direção à parede de vidro.

Há pelo menos cinco pessoas na sala de cirurgia muito bem iluminada. Todas usam trajes e máscaras azul-claras sobre a boca.

Na mesa de operação está deitada uma pequena pessoa, imóvel.

Saga não consegue acreditar que é a irmã mais nova.

A mulher mais velha diz algo e puxa uma cadeira para Saga. A cardiologista entra na sala de cirurgia.

Saga fica parada em frente à parede de vidro.

Um lençol azul cobre os quadris de Pellerina; a parte superior do corpo está nua, o rosto coberto por uma máscara de oxigênio.

Saga olha para a barriguinha protuberante e os seios púberes. Dois eletrodos de desfibrilação são colocados em seu tórax, na diagonal, em ambos os lados do coração.

Saga afasta o cabelo do rosto.

Ela diz a si mesma que se Pellerina ficar bem isso significará que ela não chegou tarde demais, que ela conseguiu salvar a irmã.

Se Pellerina sobreviver, então tudo terá um sentido, afinal.

A mulher mais velha está parada na frente das telas, digitando alguma coisa num dos computadores. Ela explica com calma que vai ficar de olho em tudo.

— Você pode se sentar — ela diz. — Prometo que...

Ela se interrompe, aperta o botão do microfone e avisa a equipe na sala de cirurgia que outra tempestade elétrica está a caminho.

Saga olha para a irmã. Pellerina está deitada completamente imóvel, mas nos monitores do eletrocardiógrafo seus batimentos começam a acelerar de forma alarmante.

A sala de cirurgia fica barulhenta enquanto o desfibrilador carrega. A equipe recua um pouco antes da descarga elétrica.

O corpo de Pellerina se contorce em um violento solavanco, e em seguida fica imóvel.

É como se alguém a tivesse atingido nas costas com um taco de beisebol.

Seu coração começa a acelerar outra vez.

O sinal de alarme dispara.

Há um ruído alto e o corpo de Pellerina se ergue com um espasmo.

Saga cambaleia para o lado e se agarra à mesa para se apoiar.

O desfibrilador chia enquanto carrega novamente.

Outro ruído.

Os ombros de Pellerina são arremessados para cima e sua pele estremece.

A mulher mais velha fala ao microfone, informando aos colegas na sala de cirurgia as leituras dos monitores.

O coração de Pellerina está batendo ainda mais rápido.

A equipe se afasta dela e há outro ruído vindo do desfibrilador.

O corpo da menina sacode bruscamente.

Lágrimas escorrem pelo rosto de Saga.

Alguém ajeita o lençol azul que cobre os quadris de Pellerina, depois dá um passo para trás momentos antes que o próximo choque seja deflagrado.

Eles desfibrilam a menina onze vezes para interromper os episódios recorrentes de taquicardia ventricular; por fim, o coração se acalma e as leituras voltam aos parâmetros normais.

— Meus Deus — Saga sussurra, afundando na cadeira.

Enxuga as lágrimas do rosto e pensa que tudo o que aconteceu, e tudo o que está acontecendo agora, é culpa dela, responsabilidade dela.

Foi ela quem revelou para Jurek o esconderijo de Pellerina. Estava confusa e aturdida após a morte do pai, e queria apenas pegar a irmã e escondê-la em algum lugar.

Saga estava na porta apertando o interfone quando se deu conta do perigo, mas era tarde demais. Ela já mostrara o caminho a ele.

97

Saga está de pé outra vez e sente as pernas tremerem enquanto se mantém em frente à parede de vidro voltada para a bem iluminada sala de cirurgia, observando o trabalho calmo e metódico da cardiologista.

Ela inseriu um tubo na coxa direita de Pellerina, esmiuçando as veias do coração para encontrar o substrato, a área de onde partem os impulsos que fazem o coração da menina disparar.

Usando fluoroscopia, ela pode ver em uma tela grande a posição exata do tubo.

A cardiologista e sua assistente parecem concordar quanto ao local que está enviando os sinais errados.

Saga entende que precisam se apressar antes que mais uma tempestade elétrica comece.

Todos na sala estão muito concentrados, trabalhando em silêncio.

A equipe sabe o que tem de fazer.

A cardiologista examina uma imagem tridimensional do coração de Pellerina.

Ajusta lentamente o cateter e, em seguida, começa a ablação.

Um som metálico e penetrante corta a sala enquanto a médica queima o tecido.

O cateter se desloca por uma pequena distância.

Saga repete para si mesma que Pellerina não teve medo quando estava no caixão porque Valéria estava com ela o tempo todo.

Ela não teve medo do escuro naquela ocasião, e não tem medo do escuro agora.

Com a voz agitada, a mulher mais velha diz algo no microfone.

Saga olha rápido para os monitores de ECG. As ondas estão ficando mais próximas, como pontos feitos por uma máquina de costura.

— Preparar para a desfibrilação — a assistente anuncia em voz alta.

A cardiologista tenta, até o último momento, queimar outra área, enquanto o som metálico se mescla ao zumbido do desfibrilador durante o carregamento.

A assistente lê no microfone as medições.

Os membros da equipe recuam e, no instante seguinte, vem o ruído da descarga elétrica.

O peito de Pellerina sacode e sua cabeça balança para o lado.

Outra tempestade começou.

Saga percebe que Pellerina não será capaz de resistir por muito mais tempo.

As telas mostram que a arritmia está desenfreada, mas agora a menina deitada na mesa de operação está perfeitamente imóvel, como se não houvesse nada acontecendo dentro dela.

Há mais um ruído, depois outro.

O coração de Pellerina continua disparado.

A cardiologista está suando, fala depressa e com a voz agitada, depois desloca o cateter e tenta realizar a ablação do coração acelerado de Pellerina.

Com as mãos trêmulas, a anestesista verifica o suprimento de oxigênio.

Fazem mais uma tentativa com o desfibrilador.

Outro ruído de descarga elétrica, mas o coração da menina não amaina; em seguida, para completamente de bater, e a linha nos monitores do eletrocardiógrafo ficam planas.

Por um ou dois segundos há leves ondulações, um tênue resquício de contração dos átrios, mas depois a linha fica completamente horizontal.

O sistema dispara um alarme.

A equipe começa a fazer uma massagem cardíaca em Pellerina. A cardiologista deu um passo para trás e tirou a máscara. Ela observa atentamente a tela, depois sai.

Saga está atrás da parede de vidro, olhando para o homem cujas mãos pressionam o peito da irmã em um ritmo constante.

A porta se abre e a cardiologista entra. Vai até Saga, diz que precisa falar com ela e pede que a acompanhe.

Saga não responde, apenas afasta o braço quando a cardiologista pousa a mão sobre ele.

— Eu queria dizer pessoalmente a você que não fomos capazes de encontrar a área que está causando a taquicardia ventricular de sua irmã — a médica explica. — Tentamos de tudo, mas não conseguimos impedir o último ataque.

— Tentem de novo — Saga diz.

— Desculpe, mas agora é tarde. Precisamos parar todas as tentativas de ressuscitação.

A cardiologista deixa Saga sozinha junto à parede de vidro e sai. O homem interrompe a massagem cardíaca.

Saga coloca as duas mãos no vidro.

Eles tiram as pás do desfibrilador do corpo de Pellerina.

Saga sente vontade de gritar, mas fica em silêncio.

Ela se vira e caminha em direção à porta e passa pela assistente; não ouve o que ela diz, apenas entra na sala de cirurgia.

Os monitores são desligados e a sala mergulha no silêncio quando o cateter é removido.

Alguém puxa o lençol azul-claro sobre o peito nu de Pellerina.

Tudo está quieto demais.

As lâmpadas cirúrgicas acima da mesa de operação são apagadas.

No início a sala parece ter ficado às escuras, mas ainda está perfeitamente iluminada.

Os membros da equipe cirúrgica se dispersam, como ondas em uma piscina.

Deixam Pellerina para trás, no centro da sala.

As tampas de plástico das lâmpadas estalam à medida que vão se resfriando.

Numa espécie de transe, Saga se aproxima da irmã morta e pensa que os médicos e enfermeiros não podem parar, não podem desistir. Ela nem mesmo percebe que tropeça numa cadeira que está no caminho.

A máscara de oxigênio deixou uma marca cor-de-rosa no rosto pálido de Pellerina.

Vocês precisam tentar de novo, Saga pensa.

Enquanto ela se aproxima, suas pernas ameaçam se dobrar.

A sensação é de que ela precisa cruzar um oceano inteiro antes de conseguir segurar a mão inerte da irmã.

— Eu estou aqui agora — ela sussurra.

O semblante da garota é sereno, como se ela estivesse dormindo profundamente, um sono sem pesadelos.

Saga ouve um dos membros da equipe tentando lhe explicar que o coração de Pellerina não aguentou o último ataque.

A voz vai minguando até desaparecer de vez e deixa Saga sozinha com a irmã.

Os enfermeiros retiram o equipamento.

Saga nunca se sentiu tão exausta em toda a vida. Tem vontade de se deitar ao lado da irmã, mas a mesa de operação é muito estreita.

Há gotas de sangue no piso de PVC ao lado de um carrinho de instrumentos cirúrgicos repleto de pinças hemostáticas, tesouras e bisturis.

O reflexo dos instrumentos metálicos incide no teto.

Saga cambaleia ao olhar para a mãozinha da irmã na sua, depois fita a boca encovada e as pálpebras rosadas.

Ela sabe que é tudo culpa dela; pensou que tinha a situação sob controle, achou que seria capaz de enganar Jurek, mas em vez disso matou seu próprio pai e levou Jurek ao esconderijo de Pellerina.

É culpa dela a irmã estar morta.

Saga se inclina sobre Pellerina, acaricia seu rosto, depois levanta e se vira.

Ela pega um bisturi do carrinho de instrumentos e sai aos tropeções da sala de operação.

Dois policiais ainda estão de plantão do lado de fora da porta.

Saga não ouve o que dizem a ela, apenas avança ao longo do corredor.

As luzes das lâmpadas no teto se estendem feito poças de sal sobre o linóleo.

As portas automáticas no final do corredor se abrem para a passagem de um grupo de enfermeiras.

Saga vira à direita e entra no banheiro, tranca a porta e vai até a pia.

Estão todos mortos — sua mãe, seu pai, sua irmã.

É tudo culpa dela, de mais ninguém.

Ela pressiona a lâmina afiada do bisturi no pulso esquerdo e faz uma incisão. A lâmina pontuda e cortante afunda e quase sem resistência se enterra através da pele e das veias saltadas, dos tendões, dos ligamentos e dos músculos, até o osso.

Quando o bisturi corta a artéria, o primeiro jato de sangue atinge o espelho e os azulejos.

Minúsculos pontos vermelhos respingam na tampa do vaso sanitário e na caixa da descarga.

Saga arfa quando a dor ardente da incisão atinge seu cérebro.

O sangue esguicha em fortes pulsações, bate na borda da pia antes de escorrer para o ralo.

Seu coração começa a bater cada vez mais rápido para compensar a perda de pressão.

Ela estende a mão e tenta se apoiar na parede para manter o equilíbrio.

Um adesivo do movimento da juventude esquerdista foi parcialmente raspado do espelho.

As pernas de Saga estão a ponto de ceder.

Ela se senta na tampa do vaso sanitário e mantém o braço sobre a pia. Seus dedos estão gelados.

No chão há um dispenser com sapatilhas descartáveis de plástico azul para proteger os sapatos. A luz do dia chega através da fresta sob a porta.

Saga está respirando mais depressa agora; inclina a cabeça para trás contra a parede, fecha os olhos e não sente nada além de alívio.

Este é o lugar para onde ela caminhou por tantos anos.

Ela ouve uma batida distante, como se fosse em um mundo diferente.

Sua pulsação urra em seus ouvidos.

Aquilo a faz pensar em um trem, o barulho das rodas sobre os trilhos, os solavancos ao passar pelos cruzamentos.

Seu braço cai da pia.

Saga abre os olhos e encara com expressão vazia as paredes brancas. Ela se esqueceu de onde está. Não consegue encontrar energia para erguer novamente o braço. O sangue escorre pela mão e goteja no chão.

Ela não ouve quando as batidas na porta se transformam em baques.

O corte está ardendo muito.

Ela ofega e fecha os olhos outra vez.

Um enorme anjo desliza pelo piso de um salão de baile. Com passos silenciosos, ele vai direto até Saga, bate a cabeça no imenso lustre e o faz balançar.

As pesadas asas do anjo estão dobradas atrás das costas.

Os prismas de cristal tilintam, depois o ruído desaparece.

O anjo para diante de Saga e a encara com um olhar triste e acolhedor.

Epílogo

É uma noite surpreendentemente amena de maio. Castor deixa o Grand Hotel e atravessa a pequena praça cujo nome homenageia Raoul Wallenberg. A água da baía de Nybroviken está quase tão parada quanto a luz nevoenta.

Ele vai até o Riche e abre caminho por entre um grupo de jovens. A música está alta demais, as conversas já se tornaram estúpidas.

Castor veste um terno de linho amarrotado e uma camisa cor-de-rosa enfiada dentro da calça, mas que teima em subir e revelar sua barriga sem pelos.

Seu olhar é calmo, mas os brincos de pérola balançam ansiosos quando ele se senta num dos tamboretes altos.

— Que noite — ele diz para a mulher sentada no banquinho ao lado.

— Maravilhosa — ela responde por educação antes de retomar a conversa com a amiga.

Quando o barman se aproxima, Castor pede cinco doses de vodca Finlândia.

Ele olha para a mão que a mulher pousou ao lado de sua taça de vinho, as unhas bem-feitas e a aliança reluzente.

A garrafa reflete um lampejo de luz. O barman alinha os cinco copinhos e os enche até a borda.

— Perfeito — Castor diz, e entorna o primeiro.

Ele olha para o copinho na mão e o gira entre os dedos antes de pousá-lo de volta sobre o balcão.

No momento, Castor administra um serviço de chaveiro em Årsta; fez uma licitação para adquirir uma indústria de produtos químicos em Amiens, no norte da França, e está abrindo uma companhia de transportes em Gotemburgo.

Ele sente o calor do álcool atingir o estômago e pensa no dia em que fez uma visita a Valéria de Castro no hospital, no último inverno. O plano era sedá-la e depois levá-la para um túmulo numa ilha no lago Mälaren. Como ela estava cansada devido aos efeitos da morfina e não o reconheceu, ele pôde preparar a seringa anestésica sem ter que recorrer à violência. Ela estava falando ao telefone e parecia prestes a pegar no sono.

Quando estava pronto para administrar a injeção, ele a ouviu dizer que Jurek Walter estava morto.

Pelo que entendeu, Valéria acabara de receber a notícia da pessoa com quem estava conversando.

Parecia um fato consumado, mas ele se lembra de ter pensado que não necessariamente tinha que ser verdade apenas porque parecia ser.

"Você finalmente o deteve", ela dissera com a voz cansada.

Quando ouviu aquelas palavras, Castor começou a escutar um tique-taque mecânico dentro da cabeça. Foi questão de alguns segundos, não mais que isso. Viu diante de si um grande mostrador de relógio, os algarismos romanos destacados em marrom e dourado.

Tique-taque, tique-taque.

O ponteiro ornamentado dos minutos avançou um pouco e indicou o número um no instante em que Castor viu o próprio rosto.

Ele estava prestes a virar para Valéria, deitada imóvel na cama, mas em vez disso os olhos dele foram atraídos para o próprio reflexo no espelho acima da pia.

O relógio seguiu em frente, assinalou mais um tique-taque e apontou para o número dois antes de ele ver o rosto de Valéria.

Ele ia morrer antes dela. Precisava ir embora.

Havia deixado sua assinatura no espelho, como uma saudação zombeteira que a polícia jamais entenderia.

Afinal, era apenas um jogo.

Dois homens barbudos se sentam ao lado de Castor e pedem uma cerveja sofisticada de uma pequena cervejaria sueca. O homem um pouco mais velho é evidentemente o chefe do outro. Eles ficam de costas para o bar, falam sobre investimentos de capital e tentam parecer mais experientes e conhecedores do mundo do que de fato são.

Castor esvazia o segundo copinho e, em seguida, tira os sapatos, chutando-os para longe junto ao balcão.

— Por favor, fique de sapatos — o homem mais jovem diz.

— Sinto muito — Castor se desculpa, olhando-o nos olhos. — Sofro de retenção de líquido. Meus pés estão inchados.

— Ah, então não tem problema — o homem abre um sorriso largo.

Castor meneia a cabeça e leva a terceira dose de vodca aos lábios. Engole de uma só vez, depois pousa o copinho sobre o balcão.

Você pode montar o quebra-cabeça inteiro para a polícia e até mesmo entregar na mão deles a última peça, Castor pensa. Mesmo assim é como pedir a um besouro para resolver uma equação de segundo grau.

— Lindos brincos — o homem mais jovem diz.

— Obrigado — ele responde. — Eu os uso como uma homenagem à minha irmã.

— Estou só brincando.

— Eu sei — Castor diz, sério. — Não se preocupe, está tudo bem.

Ele saiu do hospital e, assim que pegou a rua Katrinebergsvägen, jogou fora o documento de identidade, as chaves e o uniforme de enfermeiro.

Como Jurek Walter salvara sua vida, ele aceitava todas as severas punições sempre que cometia um erro.

Ele próprio tirava a camisa e entregava o cinto a Jurek.

Mas agora que Jurek está morto, Castor apagou todas as ligações com ele. Destruiu seus computadores e celulares, jogou fora o material de pesquisa e as fotografias, limpou e desmontou as armas.

A conexão está quase no fim, ele pensa enquanto bebe a última dose de vodca.

— Quase — ele sussurra, e esmaga o copinho na mão.

A única coisa que resta é uma pequena fotografia colorida que guarda na carteira. A dobra no meio da foto parece um risco de neve cortando a garganta de Joona Linna.

ESTA OBRA FOI COMPOSTA PELA ABREU'S SYSTEM EM ADOBE GARAMOND
E IMPRESSA EM OFSETE PELA GEOGRÁFICA SOBRE PAPEL PÓLEN SOFT DA
SUZANO S.A. PARA A EDITORA SCHWARCZ EM ABRIL DE 2022

A marca FSC® é a garantia de que a madeira utilizada na fabricação do papel deste livro provém de florestas que foram gerenciadas de maneira ambientalmente correta, socialmente justa e economicamente viável, além de outras fontes de origem controlada.